Marily

Onze vader

ROMAN

Vertaald door Jeanette Bos

Meulenhoff Amsterdam

Eerste druk 1994, veertiende druk 2002
Oorspronkelijke titel *Our Father*

Vormgeving omslag Mariska Cock
Foto voorzijde omslag Allan Jenkins/Trevillion/Image Store
Foto achterzijde omslag Firmin de Maître/De Standaard
Vormgeving binnenwerk Zeno

www.meulenhoff.nl
ISBN 90 290 7126 5 / NUR 302

VOOR MIJN MEDEZUSTERS

E.M. Broner
Carol Jenkins
Gloria Steinem

IN LIEFDE EN DANKBAARHEID

DEEL I

DE ZUSTERS

HOOFDSTUK I

'Vrouwen kunnen je even erg kwetsen als mannen!' foeterde Ronnie heftig in het duister van de vensternis. De anderen zaten rond de gedoofde open haard in het lamplicht, dat schitterde in het gouddraad van Mary's blouse, de gouden ketting om Elizabeths hals, Alex' goudblonde haar. Goud: zijn geschenk aan hen.

De telefoons rinkelden niet meer. Elizabeth nam alle belangrijke gesprekken aan. Stond erop dat alleen zij sprak met de president, de minister van Buitenlandse Zaken, de president van de Duitse Bondsrepubliek. De persoonlijke liet zij aan Mary over. Alex mocht geen enkel gesprek voeren. Die Elizabeth: nijdige mond, schriel, de oudste. Deed geweldig gewichtig. Is ze vast ook. Minister van Financiën of zo. Maar Mary is even ingebeeld. Op grond waarvan? Ze is knap, maar ze wordt dik. Heeft nooit iets anders gedaan dan trouwen, geloof ik. Met een hoop rijke mannen trouwen. Legale prostitutie. Vergeleken bij hen is Alex goedig en gedwee. Onnozel huisvrouwtje. Hoe is zij in deze familie terechtgekomen. Ha! En ik?

Niemand reageerde. Alex draaide zich om en wierp haar een lange blik toe, maar keek toen weer zwijgend voor zich. Ronnie keerde zich bruusk naar het raam. Donker buiten. Ze kon alleen een strook gazon zien en de donkere bomenmassa die het huis afschermde van de weg een paar honderd meter verderop. Kale takken die spookachtig in het duister staken: november. De godin zij gedankt voor coniferen – daar drongen geen geluiden, zelfs geen koplampen doorheen. Over deze afgelegen weg reden trouwens weinig auto's. 'n Weg die alleen door oud bos leek te gaan, maar in feite langs villa's voerde.

Moet hier weg. Moet eigenlijk vertrekken. Hoor hier niet, ben hier niet welkom.

De telefoon ging. Mevrouw Browning kwam binnen.

'De gouverneur,' fluisterde zij tegen Elizabeth die overeind sprong en de kamer uitliep.

Wat bezielt dat kind? vroeg Mary zich af. Kwam die uitbarsting door wat ik over mannen zei? Zo te zien kan ze daar niet veel van weten. God weet dat ík recht van spreken heb over mannen: wie heeft daar meer ervaring mee? Bovendien ís Vader een potentaat en tegelijk een peuter, het wás dom en kinderachtig dat hij zout bleef gebruiken terwijl hij wist dat zijn bloeddruk te hoog was. Het zíjn allemaal knulletjes, ze worden nooit volwassen. Al mijn mannen waren knulletjes met spulletjes: Don met zijn vermaledijde motor, Paul met zijn vliegtuig, Harold met zijn Rolls, Alberto – wel, die speelde met vrouwen. En ik bleef met alle kinderen zitten.

Merkwaardig meisje, stug gezicht, hoogrood, schemerig in haar donkere hoekje, versleten spijkerbroek en sweatshirt, gympjes en dikke sokken, voeten opgetrokken op het kussen, godallemachtig, lijkt wel een pot, weet ze hoe ze eruitziet? Kan het haar schelen?

Vreemd dat Elizabeth de gordijnen niet dicht heeft gedaan, dat doet ze altijd, om het duister buiten te sluiten, verder niets, niets dan bomen buiten. Altijd al. Huis in het niets, leegte, leegte...

Stop.

Goeie genade, die gordijnen zijn sjofel en verschoten. Wanneer ben ik hier voor het laatst geweest? 't Zomerfeest, zijn tachtigste verjaardag. Twee jaar geleden. Toen was het hier niet verwaarloosd, niet merkbaar tenminste. Armoedig kussen in de vensternis, verschoten brokaat, gerafelde koorden, moet opnieuw bekleed worden. Vader heeft de zaken op hun beloop gelaten. Maar heeft hij ooit op dergelijke dingen gelet? Ik vraag me af wie wel. De huishoudster misschien. Alleen die vrouw hier... misschien had zij geen besef van decorum, maar hij had 't moeten handhaven.

Hij kreeg vast weleens vrienden op bezoek. Tenzij hij hen allemaal heeft overleefd. Tweeëntachtig, niet zo oud, mannen als hij worden negentig, honderd. Hun hele leven lang wordt er zo goed voor ze gezorgd. Ze nemen nooit enig risico. Don.

Elizabeth kwam terug, met een zelfgenoegzaam lachje op haar gezicht.

'De gouverneur is ernstig bezorgd.'

Zij ging zitten, keek Ronnie even doordringend aan. Ze had voor zichzelf al vastgesteld dat het meisje gek was, op een niet direct definieerbare manier, maar toch duidelijk gestoord. Zijn wij waarschijnlijk ook. Maar wij houden tenminste de schijn op. Misschien is Alex normaal, burgerlijk huisvrouwentypetje, denkt nooit verder dan het volgende bridgepartijtje. De enige manier om gezond te blijven, meedrijven op de stroom, je laten meevoeren. Toch lees je over al die huisvrouwen aan de valium. Maar Alex is dom, de beste bescherming tegen gekte. Natuurlijk, Mary is ook dom, maar briljant als het gaat om opklimmen via mannen. Allemaal gek gemaakt, onherroepelijk. Onze Vader. Vader, o Pappa, pappa. Onze vader die nog niet in de hemel zijt en er wellicht nooit komt. Maar wie weet, als die daarboven de regels heeft gemaakt waarnaar wij hier beneden leven, is hij misschien tevreden over hem. Zijn wil beschikt over onze vrede. Ik vraag me af of zijn wilsbeschikking in zijn bureau ligt.

Wat zou Ronnie daarmee bedoeld hebben? vroeg Alex zich af, en liet haar blikken van het ene voorwerp in de kamer naar het andere dwalen, vreemde kamer, toch moet ik hier dikwijls geweest zijn. Bijna alles vergeten. Mijn vloek: geen geheugen. Natuurlijk zal er sindsdien wel opnieuw zijn behangen. Een paar schimmige beelden van heel vroeger – ik herinner me die antieke wandtafel, geloof ik. Bekritiseerde zij Mary omdat die Vader bekritiseerde? Maar eigenlijk luchtte Mary haar woede over een andere man, geloof ik. Zij is meer dan eens getrouwd geweest, denk ik. Treurig, 'n scheiding. Dat bedoelt Ronnie waarschijnlijk ook, zij is van streek door een vrouw, een vrouw heeft haar gekwetst, misschien haar moeder die stierf, misschien wij, die hier zo kalmpjes zitten terwijl Vader wellicht sterft. Maar wij zitten stil van schrik, lijkt me. Niet onverschillig. Of wel? Vooral ik, opgeroepen bij het vermoedelijke sterfbed van mijn vader die ik bij leven nooit heb gekend en mij ook nauwelijks kan herinneren, afgezien van die dag dat ik hier met Stevie verscheen, zo verschrikkelijk, maar misschien was dat omdat ik hem in al die jaren nooit was komen opzoeken, hem zelfs geen ansichtkaart of zo had gestuurd. Maar hij heeft mij ook nooit opgebeld. Nooit.

Maar het is ooit anders geweest, nietwaar? Ik weet immers nog hoe hij met een brede grijns juichte: Waar is mijn kleine Alexandra, waar is mijn meisje? Liefkozingen, harige wangen, tabakslucht, schoot, ik zit bij Pappa op schoot. Dat was toch zo?

Na een oproep van Ronnie waren de zusters vrijdagavond rond zessen vrijwel gelijktijdig gearriveerd. Mary met de lijndienst van vijf uur uit New York, Elizabeth met het vliegtuig van vier uur uit Washington, Alex een half uur later uit Wilmington. De auto stond bij Logan te wachten om hen – werkelijk in slakkegang – in het spitsuur van Boston naar Lincoln te brengen. Ronnie ontmoette hen bij de voordeur.

'Waarom is zíj hier?' fluisterde Mary op de overloop tegen Elizabeth. 'Waarom was zij hier toen het gebeurde? Woonde zij hier?'

Elizabeth haalde onwetend de schouders op.

'Denk je dat zij iets verwacht? Denk je dat hij iets gezegd kan hebben?'

'Nee,' zei Elizabeth vinnig.

'Ze moet absolúút iets verwachten,' hield Mary aan, 'anders zou ze hier niet rondhangen.'

Alex ving het op en onderbrak haar. 'Bedoel je Ronnie? Waarom zou zij hier níet zijn? Zij woont hier toch? Haar moeder is toch de huishoudster?' De anderen keken haar minachtend aan en draaiden zich zwijgend om. Alex zag hen weglopen en voelde zich door de grond gaan.

Twee onbekende vrouwen dienden het eten op. Tijdens de maaltijd spraken de zusters slechts over ditjes en datjes: Elizabeth en Mary, de twee oudsten, gaven de toon aan en zij zouden nooit belangrijke zaken bespreken terwijl het personeel in en uit liep. Maar nu zaten zij bijeen in de salon, zonder bedienden.

Elizabeth voerde het woord en noemde scherp haar naam: 'Ronnie?' Langzaam wendde zij zich weer naar hen toe.

'Wanneer is het precies gebeurd?' vroeg zij opnieuw, 'en waarom was jij hier?'

'Ik heb hier de afgelopen vier maanden gewoond. Mijn moeder was ziek.' Ronnie wendde haar gezicht weer af.

'Je moeder is toch Noradia, de huishoudster?' vroeg Mary. 'Waar is zij?'

'Overleden,' zei Ronnie tegen het raam.

'O!' Een gezamenlijke zucht of alleen van Alex? Toen stilte.

Alex draaide zich om op haar stoel, lamplicht verzachtte haar gezicht. 'Wat erg, Ronnie. Ik wist, we wisten het niet. Wat vreselijk.'

'Ik vroeg alleen maar waar ze was,' zei Mary verdedigend.

Alex stond op en liep naar de vensternis, ging daar op de rand naast Ronnie zitten en legde haar hand op Ronnies arm. 'Je moet gebroken zijn,' zei ze meelevend. 'Eerst je moeder en dan... dit.'

Ronnie zat stijf rechtop en keek naar het glanzende gezicht van Alex tegenover haar.

'Waar is ze aan gestorven?' vroeg Alex bekommerd.

De zware stem van Elizabeth verdrong de zachte van Alex: 'Wanneer is ze gestorven?'

'Wat is het vandaag?'

'Vrijdag,' zei Elizabeth.

Ronnie dacht na. 'Dinsdag.' Het klonk gesmoord. 'Ze is dinsdag overleden,' herhaalde ze.

'Waaraan?' herhaalde Alex.

'Kanker.'

'O, lieverd.' Alex streelde Ronnies arm. Ronnie trok haar arm rustig terug, maar Alex weigerde zich daaraan te storen. 'Is ze lang ziek geweest?'

'Een tijdje.'

'Kun je erover praten?'

Ronnies stem klonk strijdlustig, haar woorden waren een aanval. 'Ze begon zich een maand of zes geleden ziek te voelen, geloof ik, en werd in juni onderzocht in het Mass General. Het was borstkanker, maar die was uitgezaaid door haar hele lichaam. Ze wilde thuis sterven. Hier,' verbeterde zij bitter. 'Wij hebben haar gisteren begraven.'

'Mijn god,' fluisterde Alex. 'Zij was zo jong!' Ze aarzelde. 'Niet-waar?'

Wat weet jij van haar? dacht Ronnie en keek haar minachtend aan. En waarom doe je alsof het je iets kan schelen? 'Zij had een zwaar leven. Als iemand van jullie weet wat dat betekent,' voegde zij er bitter aan toe. 'Zij was vierenvijftig.'

'Vierenvijftig!' fluisterde Alex.

'Hier?' vroeg Mary verbaasd. 'Jullie hebben haar híer begraven? In Lincoln?'

'In Boston. Waar mijn grootmoeder begraven ligt.' Zo geen hartelijk gezelschap op aarde, dan toch tenminste in het graf. 'Jullie vader stond erop dat ik met hem terugkeerde naar Lincoln. Hij vond het geschikter (bij dat woord keken Mary en Elizabeth op) als ik terugging en haar kamer ontruimde. Hij wilde haar spullen weg hebben.'

Mary fronste haar wenkbrauwen. 'Wat is er nu voor personeel?'

'Mevrouw Browning – die oudere vrouw met grijs haar – zij kookt en voert de huishouding. Hij heeft haar aangenomen toen

Mamma ziek werd. Teresa is die dikke vrouw. Werkt hier al jaren, als dagmeisje. Jullie hebben haar weleens gezien.' Als jullie tenminste ooit op zoiets onbelangrijks als een dienstmeisje letten.

'Wat aardig dat je hier bent gebleven om voor je moeder te zorgen,' zei Alex dweperig.

Ronnie keek haar dreigend aan.

'Nou, wat is er gebeurd?' hield Elizabeth aan.

'Hij zei dat ik mee terug moest gaan en haar spullen pakken, en dat hij de auto weer naar Boston zou sturen, zodat ik niet helemaal met de bus hierheen hoefde komen en met haar spullen zeulen.' Met haar spullen zeulen: een stuk of zes armoedige jurken, wat foto's, een gebroken kam.

'Hij had kunnen wachten. Je tijd gunnen om bij te komen,' zei Mary minzaam.

Ronnie schokschouderde. 'Wat maakt het uit? Ik wilde niet meer terugkomen in dit huis.'

'Dus Vader kreeg direct na de dood van je moeder een beroerte,' zei Elizabeth nadenkend.

'Direct na haar begrafenis. De begrafenis was om half twaalf. Wij waren pas tegen tweeën hier terug. Druk verkeer. Hij lunchte altijd om half een en hij was erg star geworden, in ieder geval meer dan ik me herinner. Hij was hongerig en prikkelbaar, hij snauwde tegen mevrouw Browning. Terwijl zij zijn omelet bakte, dronk hij iets, een bourbon met water. Hij was in een vreselijk humeur. Ik heb met hem gegeten toen ik hier was.'

Mary keek Elizabeth veelzeggend aan. Ronnie zag het. 'Op zijn bevel,' verklaarde zij kwaad. 'Niet dat hij genoot van mijn gezelschap. Hij sprak nauwelijks tegen me. Maar hij had kennelijk behoefte aan gezelschap.'

Elizabeth knikte. 'Ga alsjeblieft verder,' zei zij.

'Hij at alsof hij uitgehongerd was, maar hij bleef mopperen, de soep was waterig, de omelet was droog... ik weet het niet, die van mij was 't niet, waren 't niet. Maar hij schrokte alles naar binnen, hij verslond vier sneetjes geroosterd brood, toen keerde hij zich naar mij om iets te zeggen, iets onaardigs over mijn moeder, ik weet het niet, en plotseling schokte hij op zijn stoel en kermde: "Mijn hoofd!" Hij greep naar zijn hoofd en zakte in elkaar. Ik dacht dat hij dood was.'

Zij luisterden ademloos naar dit zakelijke relaas, zij kenden de man.

Elizabeth nam de leiding van het verhoor weer op zich: 'En jij...'

'Ik belde het alarmnummer. De ambulance bracht hem naar het ziekenhuis in Concord. Ik vertelde hun wie hij was en zij belden het hoofd van de afdeling neurochirurgie. Hij was er niet, maar een andere neurochirurg kwam vrijwel onmiddellijk om de spoedgevallenspecialist bij te staan. Zij behandelden hem meteen, gaven hem steroïden, namen hem mee voor een CAT-scan. Toen zij hem meenamen, heb ik jullie gebeld.'

'Was hij al ziek?' vroeg Elizabeth.

Ronnie haalde haar schouders op. 'Niet dat ik weet. Hij slikte medicijnen voor zijn bloeddruk...'

'Propanolol,' verbeterde Elizabeth.

'Hoe weet jij dat?' vroeg Mary verbaasd.

'Ik zag hem het innemen toen wij hier de laatste keer waren. Ik vroeg wat het was,' verklaarde Elizabeth kortaf en nam de ondervraging weer op. 'Hoe ben je aan onze nummers gekomen?'

Ronnie bekeek haar grimmig. 'Die stonden in zijn aantekenboekje, dat altijd in de zak van zijn jasje zit. Ik kreeg het bij zijn opname. Ik kreeg zijn spullen.'

'Jíj?' riep Mary uit. 'Ze hadden die voor ons moeten bewaren.'

'Míjn telefoonnummer stond in zijn boekje?' overpeinsde Alex verbaasd.

Ronnie staarde naar de vloer. 'Alles ligt op de tafel in de grote hal,' zei zij met een metalen stem. 'Portefeuille, sleutels, aantekenboekje, bril, zakdoek. Ik weet niet hoeveel geld er in de portefeuille zit,' snauwde zij. 'Ik heb niet gekeken.'

Stilte.

'Zij was bíj hem, Mary,' zei Alex verzoenend.

Ronnies hoofd schoot overeind. Zij wierp een woeste blik op Alex en vervolgens op Mary. 'Zij namen aan dat ik familie van hem was,' zei ze op haar stoere toontje.

Elizabeth stond plotseling op. 'De gordijnen moeten dicht.' Zij liep naar de voorramen en trok hard aan het gordijnkoord, liep toen naar de vensternis en bleef daar staan, een eis. Alex stond op en ging terug naar haar stoel bij de open haard. Ronnie verroerde zich niet.

'Mag ik?'

'Waarom laat je ze niet open? Niemand kan naar binnen kijken.'

'Gordijnen behoren 's avonds gesloten te zijn!' Elizabeths stem schoot schel uit.

Ronnie keek haar onbewogen aan.

'Ga je opzij!' gilde Elizabeth.

Ronnie stond op en liep weg. Elizabeth rukte ruw aan de koorden, de gordijnen schoten dicht in de vensternis. Zij liep weg en Ronnie ging weer zitten, zij trok haar benen op het kussen en leunde achterover tegen de muur.

Elizabeth keerde terug naar haar stoel bij de koude haard. Haar stem was even kalm als voor het sluiten van de gordijnen. 'Ik hoop alleen dat Hollis een volmacht heeft, anders zitten we werkelijk in de nesten. Er moeten beslissingen worden genomen terwijl hij in coma ligt – over zijn aandelen, dit huis, andere bezittingen. En het is mogelijk dat hij niet meer bij kennis komt.'

'Ik neem aan dat wij die jóu moeten geven,' snauwde Mary.

Elizabeth bekeek Mary koeltjes. 'Als hij een volmacht heeft opgesteld, heeft hij die waarschijnlijk aan Hollis gegeven. Het doet er niet toe wie die heeft, als iemand hem maar heeft. In ieder geval ben ik het meest geschikt voor dit werk. En ik ben de oudste.'

'Je bent beslist het meest geschikt om ons te bedriegen.'

'Dat is belachelijk. Alles wat ik doe wordt vastgelegd. De dossiers liggen ter inzage. Als we niet de juiste stappen nemen, kan de nalatenschap in waarde dalen. Dan verliezen we allemaal.'

'Aangenomen dat jullie allemaal in zijn testament staan,' flapte Ronnie eruit. Alle drie keerden ze zich om en staarden haar aan.

Toen de telefoon voor de vierde keer ging – 'Margaret Thatcher,' prevelde Elizabeth toen zij terugkwam, 'ernstig bezorgd' – stond Ronnie op en liep de kamer uit. 'Dat werd tijd,' mompelde Mary. Moet met Elizabeth over haar spreken: moeten we haar laten blijven?

'Cointreau,' zei zij tegen Alex en leunde weer achterover in de fauteuil, ze schoof haar schoenen uit en trok haar benen naast zich. Zij nam het glaasje met een glimlachje aan en keek naar Elizabeth. 'Nou! Eindelijk kunnen wij eventjes bijpraten. 't Is zo lang geleden! Ik heb je niet meer gezien sinds Vaders verjaardag twee jaar geleden! Je lijkt magerder.'

'Waarschijnlijk wel.' Elizabeth nam een slokje Perrier.

'Hoe is het met je gegaan?'

'Niet geweldig. Clare is overleden.'

Mary schoot overeind. 'O, Lizzie! Wanneer?'

'Dit voorjaar. Je weet dat ik het afschuwelijk vind om Lizzie genoemd te worden.'

'Mijn god! Sorry! O, god! Waarom heb je niets laten horen? Dan had ik de begrafenis bijgewoond, je in ieder geval terzijde gestaan!'

'Ik ben niet naar de begrafenis geweest. Die werd door zijn kinderen georganiseerd, in Ohio, waar zijn ouders begraven liggen, waar een van zijn zoons tegenwoordig woont. 't Oude huis van de familie. Stad waar hij is opgegroeid. Zijn vrienden uit Washington waren niet welkom.'

'O, wat zul je je ellendig hebben gevoeld. Je had moeten bellen! Je had naar New York kunnen komen en een tijdje bij me kunnen logeren.'

'Waarom?'

'Ik weet wat het is de man te verliezen van wie je houdt.'

Vleesgeworden gekwetste waardigheid, dacht Elizabeth. 'Meer dan eens,' zei zij bot.

Op Mary's lichte huid verschenen rode vlekken.

Elizabeth bedaarde. 'Uiteindelijk is hard werken voor mij de beste remedie tegen verdriet. Ik ben gewoon thuis aan mijn boek blijven werken.'

Mary bestudeerde haar ringen.

Niemand vroeg naar het boek.

'Ik kan het niet helemaal volgen,' zei Alex met een krampachtig lachje. 'Kan ik – ik bedoel, mag ik – vragen wie Clare was?'

Met strakke mond zei Elizabeth: 'Clare McCormick. De econoom. Een geweldige econoom. Bij de Economische Adviesraad. Het hoogste adviesorgaan van de regering op economisch gebied,' legde zij de wezenloos kijkende Alex uit. 'Adviseur van de Centrale Bank en het BBB.'

Alex keek onnozel.

'Het Bureau voor Beheer en Begroting. Een overheidsinstantie die de nationale economische politiek bepaalt.'

Alex zag eruit als een twaalfjarige die moeizaam een reeks Latijnse verbuigingen in het hoofd stampt.

'Je weet toch dat ik onderminister van Financiën ben, nietwaar? Wij tellen niet alleen maar geld, Alex, wij bepalen de nationale economische politiek.'

Zij weet niet dat ik zelfs niet weet wat dat betekent. Wat is economische politiek eigenlijk? Niet vragen. 'En jij was met Clare getrouwd?' vroeg zij meelevend.

'Ze waren... heel goede vrienden,' legde Mary uit.

'Mijn beste vriend ter wereld,' murmelde Elizabeth.
'Wat erg,' fluisterde Alex. 'Waaraan is hij gestorven?'
'Longontsteking.'
'O,' zei Alex bedroefd. 'Hoe oud was hij?'
'Longontsteking?!' riep Mary ongelovig uit.
'Zeventig,' zei Elizabeth. 'Zeventig jaar jong.' Zij stak een sigaret op. 'Dat krijg je op middelbare leeftijd, mensen beginnen dood te gaan,' zei zij bruusk. 'Dergelijke berichten kunnen we dagelijks verwachten. Dood en ziekte, verlies aan alle kanten. Dat is alles wat ons wacht.'
'O, Elizabeth, jij bent altijd zo negatief!' snauwde Mary. 'Ik geloof beslist niet dat ik alleen maar dood en verlies kan verwachten!'
'Nee, jij verwacht waarschijnlijk een nieuwe echtgenoot.'
'Dat doe ik zeker. En waarom niet! Je bent even akelig als altijd.'
Een lange stilte vervuilde de lucht als muffe sigarerook.
Alex stond plotseling op. 'Iemand nog een drankje?' kweelde ze en liep naar het kleine dressoir waar ze haar wijnglas vulde. Ze draaide zich om en begon voorzichtig: 'Herinneren jullie je mij eigenlijk nog? Ik bedoel, ik herinner me jullie tweeën, maar heel – vaag – geloof ik. Jullie leken me zo volwassen. Ik herinner me je bruiloft,' zei zij tegen Mary. 'Zo fantastisch! De gestreepte tent en de mannen allemaal in rok en hoge kristallen glazen op de tafels en al die bloemen, overal bloemen! Je had zes bruidsmeisjes en zes bruidsjonkers. Je was zo mooi, net een filmster, ik dacht dat je een godin was!'
Mary zweeg. Elizabeth ging naar Engeland, liet mij hier alleen achter. Eenzaam. 'Ja,' zei zij ten slotte. 'Dat was in 1955. Ik trouwde met Harry Burnside. Jij was mijn bloemenmeisje. Je was in het zachtroze en droeg roze seringen, overgevlogen uit Canada.'
In herinneringen verzonken stem: '1955. Ik moet zes zijn geweest. Met kerst zeven. Ik heb die jurk nog steeds. Tenminste, hij ligt bij Mam op zolder, ik zag hem een paar jaar geleden toen ik boven een koffer zocht voor Stevie, die toen ging kamperen. Maar Harry herinner ik me niet.'
'Hij is gestorven. In 1960.'
'Ik weet nog dat hij veel ouder was dan jij.'
Elizabeth grijnsde vals. 'Even oud als haar pappie.'
Mary's ogen schoten vuur, maar Alex zat naar het plafond te staren, herinnerde zich iets en riep uit: 'Was je niet met een beroemd-

heid getrouwd? Ik weet nog dat mijn moeder een keer iets over jou voorlas uit de krant. Veel later.'

'Alberto waarschijnlijk. Alberto di Cenci. Dat heeft in alle kranten gestaan. Hij was beroemd omdat hij charmant, rijk en een playboy was, verder niets. Hij heeft nooit iets gedáán!'

'Echt beroemd werd hij,' teemde Elizabeth, 'toen hij jou liet zitten voor Nina Newton.'

'Die filmster?' riep Alex opgewonden uit. 'Die herinner ik me! Ik heb haar oude films op tv gezien.' Zij wierp een blik op Mary's gezicht. 'Ze moet intussen heel oud zijn,' voegde zij er snel aan toe.

'Ze moet intussen heel dood zijn, met al die drank en drugs van haar,' snauwde Mary. 'Zij leefde toen al op cocaïne. Cocaïne is tientallen jaren lang de favoriete drug geweest in mondaine kringen.'

'In ieder geval in de kringen van het eurotuig,' voegde Elizabeth er nuffig aan toe.

'Daar ben je dan goed afgekomen,' zei Alex hartelijk.

Elizabeth grijnsde tegen Mary. Het was stil in de kamer.

Alex probeerde het opnieuw. 'O, ik benijdde jullie allebei – zo mooi en volwassen, en jullie hadden elkaar en dit prachtige huis. Jij,' zij wendde zich tot Mary, 'kwam vaak naar Vaders huis in Georgetown, maar jij,' zij wendde zich tot Elizabeth, 'kwam nooit. Waarom was dat?'

'Mijn moeder was dood,' zei Mary kortaf. 'Ik kon in de schoolvakanties nergens anders heen. Ik moest naar Vaders huis – met Kerstmis, Thanksgiving en Pasen in Georgetown en 's zomers hier.'

Alex fronste haar wenkbrauwen en zocht in haar geheugen. 'Had jij een witte kamer? Helemaal wit?'

Mary knikte.

'Maar jij kwam nooit ginds?' vroeg zij aan Elizabeth.

'Mijn moeder was van Vader gescheiden, zij leefde nog, leeft nog steeds. Ik woonde bij haar. 's Zomers had hij de voogdij over mij, daarom moest ik elke zomer naar Lincoln. Verder woonde ik bij mijn moeder in Boston,' zei zij uitdrukkingsloos.

'O!' Alex slaakte een diepe zucht, alsof deze brokjes kennis een bepaalde honger hadden gestild. Haar stem schoot opgewonden uit, dringend. 'Mijn moeder – Amelia – jullie hebben haar gekend, nietwaar? Ja. Nou, zij is hertrouwd, een lieve vent maar zij hebben samen nooit kinderen gekregen. Ik denk dat Charlie... nou, ik weet dat zij ze graag gewild had, dus ik vermoed dat hij niet kon. Ik bedoel, het kon niet aan haar liggen. Nee toch. Ik bedoel, zij had mij.'

'O, juist,' zei Elizabeth spottend. 'Ik bedoel, volkomen juist, bedoel ik.'

Het ging volkomen langs Alex heen. 'En ik wenste altijd, o, ik wilde zo verschrikkelijk graag zusters hebben, ik dacht voortdurend aan jullie tweeën. Ik bedacht dan waar jullie waren en wat jullie deden, ik smeekte mijn moeder jullie uit te nodigen voor een bezoek. Maar ze had altijd wel een excuus: jullie waren volwassen en ver weg, jullie hadden zelf kinderen om voor te zorgen,' zei zij tegen Mary, 'of jullie woonden in Frankrijk of Zwitserland.' Zij wendde zich tot Elizabeth: 'Jij had een belangrijke overheidsfunctie en kon niet weg.' Zij stopte even. 'Ik vroeg me altijd af hoe zij over jullie hoorde, maar op de een of andere manier heb ik nooit over jullie doorgevraagd. Ze knuffelde me altijd, of probeerde me af te leiden. Ik kreeg die tactiek in de gaten,' lachte Alex.

De anderen staarden haar aan.

'De pot op met zusters,' zei Elizabeth. 'Besef je geluk. Je had een moeder die je knuffelde.'

'Besef je geluk, je had een moeder,' zei Mary ijzig.

Alex lag in bed met opengetrokken vitrage en gordijnen naar de sterren te kijken. Eindelijk heb ik hen gevonden, eindelijk ben ik met hen onder een dak, en ik kon evengoed in Newark, Delaware, zijn. Tranen welden op. Zou het anders zijn geweest als ik hen jaren geleden had gevonden, als zij mij hadden bezocht, als ik hen had mogen bezoeken? Waarom mocht dat niet? Natuurlijk, zij zijn veel ouder en hebben andere moeders... O, waarom geef ik zoveel om hen terwijl zij totaal niet om mij geven?

O, ze wilden niet praten of misschien wilden ze niet met mij praten net als Mam, waarom vertelt niemand mij iets terwijl er zoveel is dat ik wil weten, moet weten, waarom moet ik dat? Maar ik moet het, ik moet, ik wil alles weten over hen, hem, hun levens. Mijn familie. Zij zijn toch mijn familie? Alex legde haar hand op haar hart, dat pijn leek te doen, en wreef er zacht over. Ik vraag me af of je werkelijk in je hart de dingen voelt. Er bestaan mensen die denken dat gevoelens in hun maag of in hun lever zetelen. Voelen we de dingen alleen maar in ons hart omdat ons gezegd is dat we daar voelen? Wie heeft me toch verteld dat als een chimpansee een verschrikkelijk verlies meemaakt, bij voorbeeld als zijn moeder sterft of zo, en als hij dan sterft en ze snijden hem open, dat ze beschadigingen aan het hart vinden? Zou dat waar zijn?

Pijn overspoelde haar en ze draaide zich op haar zij.

Hier weer terug. Sinds mijn negende niet meer in dit huis geslapen. Zevenentwintig jaar geleden. Schitterend toen, de bomen een groen waas, de tuinen in bloei, het huis zo weelderig, zo ruim. Het huis in Georgetown was voller. Geloof ik. Het huis in Baltimore zeker, glimlachte zij. Dit huis ziet er nu anders uit, zoals de lagere school wanneer je daar als volwassene terugkomt. De gangmuren dringen tegen je aan, wat toen reusachtig leek, lijkt gekrompen, klein. Herinner ik het me verkeerd? Te mooi? Elizabeth was zo groot en ze wist alles, soms las ze me voor of deed alsof ze met me tenniste. Een paar keer zijn we met ons drieën gaan wandelen. Mary was zo leuk, ze plaagde, speelde krijgertje en leerde me zwemmen. Mammie liet elke middag voor ons allemaal limonade en koekjes klaarzetten op de beschutte veranda. Soms kwam Pappa ook, ging bij ons zitten, nam mij op schoot, streelde mijn haar. Dat weet ik nog! Dat deed hij! En hij kocht een jong hondje voor me, noemde het Charlie Chaplin en toen leek het of alles opeens ophield. Wij gingen bij Oma en Opa wonen. Ik herinner me Mamma's strakke mond, Oma en Opa heel bleek, zeiden haast niets. Iedereen behandelde me alsof ik ziek was. Toen trouwde Mammie later met Charlie... we bleven in het kleine rijtjeshuis in Baltimore wonen.

Ja, ik had toevallen. Een soort toevallen. Misschien was ik ziek. Misschien vertelt Mammie daarom niets. Misschien heb ik een erfelijke, ongeneeslijke ziekte die nog een jaar of twee onopgemerkt blijft. Een afgrijselijk degeneratieverschijnsel waardoor mijn leden zullen verwelken, mijn haren uitvallen, iets dat voorkomt in Vaders familie dat hij haar niet had verteld en waarom zij... O, wat een onzin. De anderen zijn gezond genoeg en zij zijn niet jong meer. Elizabeth is in de vijftig.

Vader zeventien jaar niet gezien. Stel je voor dat hij nooit meer bijkomt of kan praten of horen, dan zal ik hem nooit kunnen vertellen... kan hij mij nooit vertellen... zal ik nooit weten. Haatte hij mij? Waarom heeft hij me in de steek gelaten? Hij heeft hen niet in de steek gelaten. Mam zou het me kunnen vertellen, waarom doet ze 't niet? Waarom heb ik zo'n gat in mijn geheugen? Misschien is er niets te vertellen. Dat zou het ergste zijn. Helemaal niets gebeurd. Gewoon een stel dat uit elkaar ging. Maar Mamma is zo lief, waarom zou iemand haar willen verlaten? Hij was een rokkenjager, vermoed ik, maar hij is na Mamma nooit meer getrouwd. Maar hij had Noradia, de huishoudster, hij sliep met haar, daarover ging al dat gedoe met Ronnie. Zij moet een kind van hem zijn, kijk maar naar haar ogen, haar mond. Maar Noradia kan niet verantwoordelijk zijn geweest voor hun breuk, was zij hier toen eigenlijk al?

Er is iets gebeurd. Niemand wil het me vertellen.

Ze verachten mij, waarom verachten ze mij?

Zij lag te woelen: ze willen niet dat ik hier ben, ik blijf niet, ik ga zo gauw mogelijk naar huis. Ze draaide zich op haar andere zij, porde in de matras, probeerde te slapen. Het licht van de sterren hinderde haar waarschijnlijk, leek door haar gesloten oogleden te dringen. Het was geen maanlicht, de maan was verdwenen, achter de andere kant van het huis gezakt. Haar oogleden werden aan de binnenkant doorboord door kleine schitterlichtjes.

Elizabeth deed op het gevoel haar contactlenzen uit, zonder in de spiegel te kijken. Ze legde ze in een klein doosje en goot er vloeistof over. Daarna kleedde ze zich methodisch uit en vermeed zorgvuldig de spiegel. Weet Ronnie iets? Is het mogelijk dat hij alles aan haar moeder heeft nagelaten? Noradia kan hem de afgelopen jaren onder druk hebben gezet, hij was volledig afhankelijk van haar. Ze moet ons gehaat hebben, ze wilde vast graag dat er voor haar dochter gezorgd werd. Misschien heeft ze hem overgehaald zijn testament te wijzigen en dat aan Ronnie verteld. Het gezicht waarmee ze dat zei. Triomfantelijk.

Ze ontkleedde zich langzaam, pelde de lagen af die haar magere lichaam verhulden – jasje, trui, ceintuur, zijden blouse, hemdje, rok, panty, slipje – en stapte onder de hete douche.

Nooit, besliste ze toen de hete naalden haar lichaam raakten. Hij was een Upton, voor Uptons telt bloed. Alleen bloed en de naam. Van generatie op generatie. Stephen Upton, de naam ging over van vader op zoon. Wij zijn geen zonen. Ze onderbrak het wassen, besliste toen: nee. Hij heeft haar zelfs nooit erkend. Ze heeft zijn ogen, net als ik, maar ze heeft ook zijn mond, de enige van ons met zijn mond, zijn ogen en mond in het ronde, bruine boerengezicht van een gedrongen Chicana. Schandelijk. Hij moest het zien, moest weten dat iedereen het kon zien, behandelde haar als de dienstbodendochter die zij was en blikte in zijn eigen ogen. Kon het hem schelen?

Ze gleed in een badstoffen peignoir, vouwde een handdoek om haar hoofd en liep blootvoets naar de slaapkamer, haar slaapkamer, al die jaren voor haar gereserveerd. Ze stak een sigaret op. Ze had hier hoe lang... twee jaar niet geslapen. Zijn tachtigste verjaardag. Misschien was hij eenzaam, moeilijk voor te stellen, hij die nooit iemand nodig had. Hij was pas in de vijftig toen Noradia hier kwam werken, zat nog in het kabinet, had gemakkelijk kunnen hertrouwen, toen of zelfs later. Massa's mannen doen dat, trouwen vrouwen van twintig, dertig jaar jonger. God weet dat hij uitging met ieder beschikbaar en begeerlijk welgesteld mokkel, steeds zijn naam in de kranten, gekoppeld aan een of andere charmante gastvrouw in Washington. Maar hij zei dat hij vrouwen haatte. Spuwde die woorden uit, zei dat hij na Amelia het huwelijk zat was. Geen idee waarom hij haar verliet. Weet Alex ook niet. Zit haar dwars. Nou, dat probleem heb ik in ieder geval niet.

Ze wreef driftig met de handdoek over haar hoofd, kamde toen haar dunne haar, keek nog steeds niet in de spiegel. Waarschijnlijk uitgeput geraakt door verlangen-haat-behoefte-wraakzucht, god, de hartstochten die het huwelijk wekt, moeder nog steeds zo bitter, veertig jaar later, is het veertig, 't is nu '84, nee, vijftig, Jezus! Trekt nog altijd zo'n gezicht als ze over hem praat, haat tot in de dood, zelfs tot na de dood, ze zal zich er nooit mee verzoenen, wel, wie kan het haar kwalijk nemen, tenslotte. Ik heb toch maar geluk gehad dat ik nooit in dat moeras ben beland.

Maar zelfs als je niet trouwt, als je verhoudingen hebt, een relatie, raak je hoe dan ook uitgeput. Haar ogen prikten, zij veegde erover met haar hand en ving in de spiegel een glimp van haar gezicht op, haar vaders gezicht, lange smalle haviksneus. Als hij hertrouwd was, had hij misschien weer een kind gekregen, nog een wettig kind. Nalatenschap in vieren verdeeld en niet in drieën. Als het een jongen was geweest, waren we onterfd, kregen we een aardig pensioentje. Reken maar. Beter zo. Maar zijn ogen in die kleine schurk: schandelijk.

'n Ongelukje noemen ze dat. Alsof een man iets met zijn linkerhand doet, een vlieg doodslaat, ongelukje, onbeduidend. Denkt ze dat ze recht heeft op medezeggenschap in onze beslissingen, op deelname aan het familieberaad? Waarom is ze hier? Natuurlijk, ze is voor haar moeder gekomen: Noradia sterft, vader krijgt een beroerte of wat dan ook. Misschien hield hij van haar. Hij was van haar afhankelijk. Maakt niet uit. Haar ogen brandden weer en ditmaal kwam ze er niet aan, ze leunde achterover tegen het kussen van het nog opgemaakte bed. Een enkele traan liep over haar linkerwang.

Moet zijn studeerkamer doorzoeken, zijn papieren, het testament moet ergens liggen, misschien in de kluis, ken ik de combinatie? Heb ik hem ooit gekend? Waar zou hij hem bewaren? Te moe om vanavond te kijken: gisternacht zo laat thuisgekomen, moest toen pakken, vanochtend om half negen natuurlijk een vergadering. Mary weer zien... Altijd slopend om haar te zien, te moeten aanhoren. En die Alex, mijn god, ze is nog erger dan Mary: ongelooflijk.

Morgen ga ik grondig zoeken.

Ik had dit graag met Clare besproken. Hij zou hebben gezegd: 'Al die losse stukjes, lieveling, hoe kan ik daar lijn in brengen? Liefde en verlangen en haat en jaloezie en behoefte en afhankelijkheid, allemaal woorden. Ze hakken in op een weefsel dat zo teer en sterk is als een spinneweb. – Je kent het Afrikaanse spreekwoord – een spinneweb kan een leeuw tegenhouden – wel, lieveling, het houdt mij tegen.' Hij zou gelachen hebben en nieuwe martini's voor ons hebben ingeschonken en mij op mijn voorhoofd hebben gekust en gezegd hebben laten we bespreken wat we morgen in de Raad zullen zeggen en daar zouden we ons op gestort hebben, allebei opgewonden, een krijgsplan uitstippelen, en dan, ja dan kon hij praten over manipulatie en afhankelijkheid en psychologische tactieken. Dan kon hij praten over macht. En als hij vertrok zou ik me in de wolken voelen over alles, wegzeilen op al die tactieken en strategieën die inhaken op de zwakheden, kwetsbaarheden van anderen, moet die van jezelf verborgen houden, en tegen de tijd dat ik naar bed ging zou ik de mijne vergeten zijn. Hield me in de wolken. Clare.

Mary vouwde haar zijden bloes langzaam op, telkens weer, tot hij een rolletje was, liet hem toen los, en een strook met goud doorschoten witte zijde viel over haar knieën. Moeilijk om in deze kamer in dit huis te zijn. Moeilijk om met Elizabeth samen te zijn. Die domme, dweperige Alex. Onuitstaanbaar. En de kleine bastaard. Verwacht ze dat wij haar als gelijke behandelen? Met haar manieren? Voeten opgetrokken op het kussen met haar schoenen aan, gympjes notabene! Cola drinkend uit een blikje! Loopt als een jongen, kleedt zich als een jongen, dat zou vergeeflijk zijn, maar ze ziet eruit als een árme jongen, vuile spijkerbroek, slordig sweatshirt. Als ze in die kleren kwam eten, is het geen wonder dat Vader niet tegen haar sprak. 't Verrast me dat hij het slikte. De ochtend toen ik in mijn pyjama naar beneden rende, naar Mamma rende, er was iets gebeurd, wat was het? Ik moet mezelf gestoten of gesneden hebben, ik huilde. Vader ging tekeer: Uptons verschijnen niet beneden in hun nachtgoed of peignoir! Hij was zo streng dat ik nog harder huilde en Mamma liet me door juffie weer naar boven dragen. Welke juffie was dat? Juffie Annie, ik was dol op haar, ik noemde haar Annie Nanny, wat heb ik gehuild toen zij wegging... Ging trouwen. 'Annie gaat trouwen en krijgt een kleine meid, net als Mary,' zei ze. Een andere Mary die mij verdrong! Ik was ontzet. Ik schreeuwde alleen maar harder. Nee, het moet juffie Gudge zijn geweest, want zij foeterde '*Pas en déshabillé!*' Juffie Gudge sprak altijd Frans, daarom vond Mamma haar aardig, ook al sloeg ze me vaak.

Het huis zal verkocht moeten worden, geen van ons kan zich permitteren het aan te houden, 't stamt uit een ander tijdperk, zelfs half afgesloten, met alleen onze slaapkamers open, vergt het een stoet bedienden. Maar wie wil het kopen, wie wil het hebben, hier weggestopt in Lincoln, mijlen overal vandaan. Stel dat we het niet kwijtraken! Alles is haveloos, de kroonluchter in de eetkamer is vuil, Noradia deed haar werk niet goed, misschien was ze al langer ziek dan ze wisten, nou, ze had iets kunnen zeggen, moeten zeggen, hij had iemand anders kunnen nemen, ik neem aan dat ze daar bang voor was, ziek aan de dijk gezet worden op haar oude dag, de tennisbaan gebarsten en vol onkruid, het zwembad een schuimende poel. Misschien wil iemand het hebben omdat het het huis is van een groot man. Maar hij kan maanden zo blijven. Jaren.

Ze stond op en kleedde zich helemaal uit. Ze keek pas in de spiegel toen ze de satijnen nachtpon over haar hoofd had laten glijden. Toen kwam ze dichterbij, bestudeerde haar beeld, stapte achteruit, hief haar kin op. Ze vond haar schoonheid vanzelfsprekend en onderzocht haar gezicht zoals een ambachtsman zijn gereedschap. Ze stak haar voeten in hooggehakte satijnen muiltjes, wankelde naar de badkamer en begon met haar avondlijk ritueel. Borstel, tandzij, waterpik, remover voor gezichtsmake-up, voor oogmake-up, reinigingscrème, lotion, nachtcrème, halscrème, oogcrème, handcrème. Ze borstelde haar haar, nog steeds donker en glanzend, met wat hulp van Antoine. Het gezicht was nog goed, dacht ze en strekte onbewust haar hals om het nogmaals te bekijken. Zelfs zonder make-up. Nog steeds mooi. Dat kleine oogklusje had enorm geholpen. Alleen het lichaam... Maar toch, mannen hielden van weelderige vrouwen, ongeacht de mode.

Ze liep zwikkend terug naar de slaapkamer, overzag die en zuchtte. Helemaal wit: alleen zo kwam ze echt tot rust. Hotels waar ze vaak logeerde hadden gedurende al haar huwelijken zo'n kamer voor haar gereed gehouden, *votre chambre*, madame Burnside, madame Di Cenci, madame Armonk. Met Don niet veel gereisd. Thuis waren haar bed en chaise-longue bedolven onder kanten kussens, de kanten sprei, het kleed op het tafeltje, allemaal wit. Wit meubilair. Handgeweven vitrage zoals deze hier, voor haar geen machinale wanprodukten.

Het bed was niet opengeslagen.

Nieuwe huishoudster, niet goed ingewerkt, Ronnie kon haar natuurlijk niet inwerken, maar het meisje was niet nieuw zei Ronnie, ze was hier al jaren, zíj moest beter weten. Mary trok de sprei van het bed en liet hem op de vloer vallen. Laat het meisje – hoe heette zij? – hem morgen maar van de vloer oprapen, misschien begrijpt ze de boodschap. Ze sloeg het laken terug en liet haar lichaam tussen het schone, koele beddegoed glijden en zuchtte toen haar huid zich opende, iedere porie dronk de koelte in, zuchtte van genoegen, koel wit satijn tegen haar lichaam, koel wit katoen eromheen, als het dat was, ja, ze voelde het laken tussen haar vingers, hij had nog steeds batisten lakens, die vrouw had hem niet bekeerd tot polyester, zelfs al streek zij liever niet.

Haar gezicht gloeide en haar hart bonsde luid toen de herinnering haar trof, afschuwelijk, afschuwelijk, haar eigen blouse strijken voor haar vertrek. Afschuwelijk. Moest aan geld zien te komen. Onmiddellijk.

HOOFDSTUK 2

'Ik weiger met haar naar het ziekenhuis te gaan,' fluisterde Mary op de overloop verhit tegen Elizabeth. 'Ik weiger beslist!' Maar zaterdagmorgen om kwart voor elf persten alle vier de vrouwen zich in Stephens limousine voor de korte rit naar het ziekenhuis en liepen gezamenlijk naar de intensive care. Zij werden opgewacht door de neuroloog die diep van hen onder de indruk was, bijna boog toen hij zich voorstelde, handen schudde (en Elizabeths koude hand losliet alsof het een ijsklomp was), dokter Stamp, Arlen Stamp, wat een adembenemende ontmoeting, vooral met Mary. (Het gezicht houdt stand, dacht ze.) Zijn ogen vlogen gewoon over Ronnie heen, hij negeerde haar volkomen. Had hij geruchten gehoord?

Hij was vlot, beleefd, maar kon geen prognose bieden. Niemand die het wist, zei hij. Stephen had een hersenbloeding gehad, een hypertensiële hersenbloeding in de linkervoorhoofdskwab, niet ongebruikelijk bij een man van zijn leeftijd met hoge bloeddruk, een bloeduitstorting uit een gescheurde ader had een deel van zijn hersenen totaal verwoest, ze konden niet zeggen hoeveel. De hersenen zaten nog vol bloed, als dat wegtrok, kregen zij beter zicht op de schade. Zij hadden hem intraveneus steroïden toegediend, hielden hem op de intensive care, gaven hem medicijnen om de bloeddruk omlaag te brengen en bewaakten zijn hartslag en bloeddruk.

'We zullen natuurlijk adequaat reageren op iedere verandering in een van deze factoren,' besloot hij. Hij keek snel naar hun gezichten om te zien of ze voldoende onder de indruk waren, maar voelde zich onzeker: ondoorgrondelijke vrouwen waren dit. Hij ging over tot diplomatie: natuurlijk deden zij alles wat zij konden, zo'n groot man, nietwaar? De arts richtte zich voornamelijk tot Mary en verklaarde gewichtig, alsof hij haar iets nieuws vertelde, dat Stephen Upton een eminent adviseur was geweest van iedere Republikeinse president en van de partij sinds het aftreden van Hoover. De hele stad Lincoln was trots dat hij hier woonde, zij moesten wanhopig zijn over de ziekte van zo'n vader, zo'n goed en wijs man. Hij zou alles doen wat hij kon om hem aan hen terug te geven.

'Daar zijn wij van overtuigd, maar wij willen graag een second opinion, als u geen bezwaar heeft,' zei Elizabeth op een toon die duidelijk maakte dat zij het zou doen, of hij bezwaar had of niet.

'Natuurlijk! Natuurlijk! Dokter Roper, directeur van het General – en dat is hét ziekenhuis van Harvard, weet u –, is de grote naam op dit gebied. Zal ik hem voor u bellen of wilt u dat zelf doen?'

'Wij bellen hem, dank u.' Maar gaan dat eerst na, dacht Elizabeth. 'Hoe zit het met zijn eigen arts, dokter Biddle?'

'Ja, de jongedame,' hij wierp voor het eerst een blik op Ronnie, 'stelde voor dat wij hem gisteren zouden roepen en hij kwam naar uw vader kijken. Hij heeft uw moeder behandeld, is het niet?' vroeg hij aan Ronnie die knikte.

Iedereen wist het dus, dacht Mary.

'Ja, wij zijn zeker blij met alle medewerking die wij kunnen krijgen,' zei hij op gespannen toon en leidde hen naar de kamer van de oude man. Stephen lag als een witte warrige bult in het bed, met een scheef gezicht, een kap over zijn neus, een infuus aan zijn onderarm, een tweede boven het sleutelbeen in zijn keel en een catheter in zijn onderlichaam waaruit druppels vielen in een zak die aan de zijkant van het bed hing. Mary hapte naar adem toen zij hem zag, die grote bruine ogen stroomden vol tranen, de arts was geroerd, hij schoof dichter naar haar toe, legde zijn hand op haar arm. Maar zij negeerde hem, greep de hand van de oude man. 'Vader! O, Pappa! Je kleine Mary is er! Mary meisje eigenwijsje,' riep ze, maar de hand reageerde niet, de ogen gingen niet open. Ook Elizabeth zag er ontdaan uit, maar zij raakte hem niet aan. Toen Alex sprak, begaf haar stem het, smoorde in gefluister, ze mompelde: 'Hallo, Vader, ik ben Alex...' Ronnie zei niets.

Ze stonden enkele minuten bij hem als bij een dode, toen bracht de arts hen naar buiten. Elizabeth stelde een paar gedetailleerde vragen over medicijnen en verpleging, en zij vertrokken. Ze persten zich weer in de auto. Ze spraken niet.

Elizabeth staarde uit het autoraam. Verschrikkelijk: híj zo hulpeloos. Wat zou hij het verafschuwd hebben zoals we daar op hem neer stonden te kijken, hij liet nooit iemand op zich neerkijken als het aan hem lag, sprak altijd staande. Hij was natuurlijk langer dan wij, langer ook dan veel andere mannen, maar hij stond altijd graag als hij tegen iemand sprak. Als hij moest zitten, zocht hij een stoel met een hoge zitting, hij zat toch al hoog, een lange rug. De kalme, krachtige stem, de rust van zijn lichaam, geen overbodige gebaren, jarenlang heb ik hem geïmiteerd om niet op moeder te lijken, altijd met een hand aan haar haar of met haar ringen draaiend of met haar handen rondzwaaiend. Ik wilde de aandacht beheersen zoals hij dat deed, leerde dat ook, Clare zei dat ik het voor elkaar had, maar niet net zo, ze luisteren niet op dezelfde manier naar mij, het is anders. Ze luisterden graag naar hem, zagen tegen hem op, groot staatsman. Ze luisteren niet graag naar mij.

'Vader zou het verafschuwd hebben dat wij daar op hem neer stonden te kijken,' zei Elizabeth in de stilte.

'Ja. En met zo'n openhangende mond en zo'n scheefgezakt gezicht...!' ratelde Alex, 'iederéén zou dat verafschuwen, het is zo vernederend! Ik hoop maar dat hij zich zijn toestand niet herinnert als hij bijkomt.' Arme schat, arme man. Gevoelens omspoelden haar hart. Waarom kan ik niet aan hem denken als míjn vader?

Niemand gaf antwoord.

Niemand geeft mij ooit antwoord.

Elizabeth en Mary zaten naast elkaar op de achterbank; de twee jongere vrouwen zaten tegenover hen op de klapstoeltjes naast de bar.

Mary wendde zich tot Elizabeth. 'Heb je enig idee wat de arts werkelijk dacht dat de prognose was?'

Elizabeth schudde haar hoofd.

Alex zei opgewekt: 'Davids vader, Sam, heeft een beroerte gehad en lag ongeveer achtenveertig uur in coma, maar hij is eruit gekomen en nu in orde, echt, hij kan zelfs weer praten en lopen. Het heeft natuurlijk wel een paar jaar geduurd.'

Stilte.

'Het is waar,' antwoordde zij op haar eigen tegenwerping, 'hij was een stuk jonger dan vader.'

'Hoe oud?' wilde Mary weten.

Ze zei iets tegen mij! 'In de zestig, een- of tweeënzestig. Sam is nu zevenenzestig, hij kan zelfs weer rijden! Hij is een jaar geleden zelf met mijn schoonmoeder naar Stevies school gereden voor de diploma-uitreiking.'

'Onze Vader reed zelf nooit ergens heen,' zei Elizabeth bruusk.

Ronnie kreeg medelijden met Alex. 'Wie is Stevie?'

Alex glimlachte dankbaar tegen haar en barstte los: 'Mijn zoon. Hij is bijna negentien, volgende maand wordt hij negentien, de dag na Kerstmis, ik heb allebei mijn kinderen pal na Kerstmis gekregen en dat is echt wonderlijk, want ik ben zelf op eerste kerstdag geboren. Hij heeft vorig jaar zijn middelbare school afgemaakt en zit nu op de universiteit,' zei ze stralend, 'op Lehigh, om ingenieur te worden, zijn vader is chemicus, David, mijn man, hij werkt bij Dupont, zijn hele leven al, sinds hij werkt tenminste,' giechelde zij nerveus.

Drie paar ogen staarden haar verbijsterd aan.

Ellendelingen, dacht ze en ratelde door. 'Mijn dochter Amelia, we noemen haar Melly, ze heet naar mijn moeder, het was zó verwarrend want Mam was er zo vaak en David noemt háár Amelia, daarom zijn we Amelia, mijn dochter Amelia, maar Melly gaan noemen. Ze is zeventien, ze wordt drie dagen na Kerstmis achttien, zij zit ook op de universiteit, ze zitten allebei op de universiteit!'

Zij zocht op hun gezichten naar de bevestiging die ze gewoonlijk kreeg van vrouwen, lachjes en knikjes, ja de kinderen zijn schattig en we zijn dol op hen, de jouwe moeten bijzonder lief zijn want jij bent zo'n schat en wat fantastisch dat het keurige kinderen zijn, veilig op de universiteit waar we hen graag zien, de boodschappen die vrouwen seinen, zuchtjes en gefluister, lachjes, een uitgestoken hand. Niets. Ronnies onbewogen Indiaanse gezicht was naar haar toegewend; Elizabeth en Mary bekeken haar alsof ze een onbekende diersoort observeerden.

Toch kon ze niet ophouden. 'Mijn kinderen zijn precies een jaar na elkaar geboren, we hebben dat niet gepland, het gebeurde zomaar, in die tijd waren voorbehoedmiddelen niet zo betrouwbaar, weet je. Ik gebruikte zo'n zaaddodende pasta, maar...' ze bloosde, zweeg en stak weer van wal. 'Ik heb Stephen naar Vader genoemd, en natuurlijk naar Davids grootvader Schmiel, maar hij was dood en Vader was er nooit, dus er was nooit verwarring, hij had geen bijnaam nodig, ik bedoel hij bezocht ons nooit of zo. Vader. Maar hij was zo snoezig dat we hem vanzelf Stevie zijn gaan noemen, niet Stephen. Hebben jullie ooit bijnamen gehad?'

Nu keken ze haar aan alsof ze van een andere planeet kwam. Ze barstte weer los: 'Ik heb hem naar Vader genoemd omdat ik dacht dat het hem plezier zou doen!'

Elizabeths en Mary's ogen fonkelden gelijktijdig, alsof een poppenspeler hun hoofden bestuurde. Een klein lachje raakte Elizabeths dunne mond. 'Maar dat was niet zo, wel?'

'Niet bepaald,' gaf Alex toe, blozend. *Dus nu draagt zo'n kleine smous mijn naam.* Dat bezoek. Het enige bezoek dat ze ooit had gebracht sinds Mamma haar zeventien jaar geleden had meegenomen, met haar gave voor hem in haar armen, haar zeven maanden oude wolk van een baby. Met David, die dat niet hoorde – gelukkig. Die dan ook niet begreep waarom ze verklaarde dat ze onmiddellijk vertrokken, al waren ze net aangekomen. Zo'n lange rit uit Delaware, en zij wilde meteen omkeren en teruggaan? Hij was gefascineerd door Vader, de grote man, beroemde vader, bedoel je dat Stephen Upton je vader is? Dé Stephen Upton? Hoe bedoel je: je kent hem niet? Je hebt je vader niet gezien sinds je tíende?! Onvoorstelbaar voor iemand met zo'n hechte familie als David. Een beetje gênant, zijn reactie op het huis, mijn god, wat is dat hier, dat is geen huis, dat is een kasteel! Heeft zeker dertig, veertig kamers, midden in een park! Goh, Alex, iedere slaapkamer een eigen bad! Doodjammer dat ze hier niet was opgegroeid in plaats van in dat rijtjeshuisje in Baltimore. Al die voordelen. Aan de andere kant was hij blij dat het niet zo was, ze zou nooit met hém zijn getrouwd! Lachend, een en al plezier. Zo naïef. Ben ik ook, vermoed ik.

Ze had niets verteld, maar toch pakte hij de auto weer in, zwijgend, verbaasd, in de wetenschap dat er een goede reden moest zijn als zij het vroeg. Vroeg ook na die dag nooit waarom. David. Die er niet over zeurde en niet klaagde toen Stevie heel de lange terugreis huilde. En nooit vroeg waarom ze haar vader nooit meer opzochten of hem op bezoek vroegen. Hij moet het zich hebben afgevraagd. Haar hart smolt weer, van liefde voor David, de schat, de goeierd, haar man, de vader van haar kinderen. Mijn man, herhaalde zij in gedachten, mijn lieve man. Waarom kan ik dat niet voelen?

Zij vermande zich, haalde diep adem en richtte zich tot Mary. 'Jij hebt ook kinderen, nietwaar? Ik weet nog dat je een schattig zoontje had, nog maar een paar maanden oud, je bracht hem mee naar Lincoln op een zomerfeest, jaren geleden toen ik nog klein was. Toen we bij Vader woonden. Ik geloof dat je man er ook was...'

'Ja,' zei Mary plotseling, 'ik heb er drie.'

'O, wat fantastisch,' kweelde Alex.

Elizabeth trok een gezicht. 'Is het zo fantastisch om een vruchtbare koe te zijn?' Ze stak een sigaret op.

Mary zwaaide met haar handtas om Elizabeths rook te verdrijven. 'Wat fantastisch is, Elizabeth, is dat sommige mensen liefde kennen in hun leven.'

Ronnie keek naar hen, een lachje speelde om haar mondhoeken.

Alex' handen lagen krampachtig gevouwen op haar schoot. Ze schraapte haar keel. 'Hoe oud zijn ze?'

'Achtentwintig, tweeëntwintig en twintig.'

'Jongens of meisjes?'

'De twee oudsten zijn jongens. De jongste is een meisje.'

'O, ze zijn al echt volwassen, hè?' kweelde ze. Alsof je kiezen worden getrokken. Wat moet ik doen om te zorgen dat ze tegen mij praten?

'Heel volwassen,' zei Mary ijzig. Ze keerde zich naar het raam. 'Dát is ook fantastisch. Geen kinderjuffen meer om mee te ruziën.'

'Hoe heten ze?' vroeg Alex, voorover geleund, gretig, met stralend gezicht.

'De jongens heten Martin en Bertie. Ze zijn allebei jurist. Vermoeiend beroep. Het meisje heet Marie-Laure. Ze heeft nog niet besloten volwassen te worden, al slikt ze de pil. Ze studeert. Bennington. Mijn alma mater.'

'Jouw alma mater?' hoonde Elizabeth.

Mary werd nijdig. 'Ik heb op Bennington gezeten!'

Terwijl Elizabeth spottend naar Mary keek, kwam Alex vlug tussenbeide. 'En ze zijn net als wij, is het niet!' riep ze uit in mateloze blijdschap.

Elizabeth en Mary keken haar aan. 'Nou, wij hebben allemaal verschillende moeders,' antwoordde zij bedremmeld op hun blikken. 'Zij hebben allemaal verschillende vaders, nietwaar?'

'Nee. Harold is Martins vader. Alberto is de vader van Bertie en Marie-Laure.' Niet dat hij ook naar haar heeft omgekeken. 'Twee vaders, geen drie.' Mary zwaaide rook weg.

Elizabeth maakte haar sigaret uit en staarde recht voor zich uit. Alex bloosde. Ze haalde een zonnebril uit haar tas en zette hem op. Ze keerde zich naar het raam. Stom. Ik ben stom. Verdomme. Verdomme. Verdomme.

Na de lunch bleven ze zitten aan de glazen tafel in de tuinkamer, met uitzicht op de tuin, ruïne in feite – overwoekerd, altijd al rommelig in november, de treurigste maand, dacht Mary, want er waren nog sporen van wat geweest was, een paar kleurige bladeren die aan doodse takken hingen, vrouwen die hangen aan mannen die zich naar de dood hadden toegewend. Wat dreef hen? Hier en daar dieprode en goudkleurige vlekken van chrysanten tussen de bruine, sprietige rommel. Toen ik klein was, was de tuin een wonder, ieder jaargetijde in bloei, kleurvlagen verzorgd door een leger tuinlieden. Het leek of haar hart stilstond. Was dat mogelijk? Kon hij alles erdoor hebben gejaagd? Was hij failliet? Was alles daarom zo verwaarloosd?

'Hoe komt alles toch zo smakeloos!' barstte zij uit. 'Waarom is de tuin niet onderhouden, het huis!' Ze keek bijna in tranen naar Elizabeth.

Elizabeths mond verstrakte. 'We moeten erachter komen. We moeten een vergadering houden.' Ze keek Ronnie scherp aan.

'Hij kan toch niet failliet zijn!' riep Mary uit. 'Hij heeft in de jaren vijftig IBM-aandelen gekocht!'

Ronnie deed zelfs geen moeite haar grijns te verbergen.

Elizabeth richtte zich tot haar. 'Als je ons wilt verontschuldigen...'

Ronnie keek haar aan, niet-begrijpend.

'We moeten familieberaad houden,' zei Elizabeth met een doordringende blik.

Ronnie werd bleek.

'Ronnie is familie,' wierp Alex tegen.

'Nee, dat is ze niet.'

'Ze is zijn dochter, dat weten we allemaal. Ze is evengoed zijn dochter als wij. Eigenlijk meer, zelfs,' bezwoer ze Mary. 'Jij vertrok naar school toen je zeven was. Jij woonde hoofdzakelijk bij je moeder,' zei ze tegen Elizabeth, 'en ik heb Vader niet meer gezien sinds ik negen was.' Behalve die ene keer...

'Is dat van enig belang?' vroeg Elizabeth nors.

'Nou, sinds zijn pensionering heeft hij hier gewoond, nietwaar! Dus Ronnie heeft hem iedere dag gezien. Niemand van ons heeft hem iedere dag gezien sinds onze kinderjaren!' verklaarde zij, alsof ze ergens het afdoend bewijs van had geleverd.

Elizabeth zette vragende ogen op.

'Nou, ze heeft hem meer gezien... was meer in zijn buurt... dan wij. Ik bedoel, zij heeft hier haar leven lang gewóónd! Dus als hij hier 's zomers kwam wonen, was zij hier. En toen ging hij met pensioen en verkocht het huis in Georgetown en kwam hier, nietwaar? Dat zei je toch?' vroeg ze aan Mary.

'Nee,' beweerde Elizabeth met gezag. 'Hij heeft het huis in Georgetown verkocht toen hij uit het kabinet ging. Toen Kennedy werd gekozen en er een nieuwe regering kwam. Maar hij bleef werkzaam als jurist – in New York – tot zijn pensioen. Pas toen is hij hier voorgoed komen wonen.'

'Dus sinds hij met pensioen is, heeft hij hier onder een dak gewoond met Ronnie.' Zij wendde zich tot Ronnie: 'Wanneer is hij met pensioen gegaan?'

'Op zijn zeventigste,' zei Elizabeth vinnig voor Ronnie kon antwoorden. 'In 1972.'

'Hoe oud was je toen?' Opnieuw richtte Alex zich tot Ronnie.

'Dertien,' mompelde zij.

'Zie je wel! Sinds haar dertiende zag zij hem iedere dag van haar leven tot... wanneer ben je vertrokken?'

'Op m'n veertiende,' zei Ronnie met een lachje.

'Je veertiende! Je bent op je veertiende het huis uit gegaan! Waar ging je heen?'

Ronnie dacht even na. 'Bij een tante in Boston wonen,' zei ze ten slotte.

'Dit is allemaal flauwekul,' kwam Elizabeth tussenbeide, 'en het doet niet ter zake. Contact, als daarvan al sprake is, geeft geen wettig recht. Ronnie heeft geen enkele wettig erkende relatie met onze vader. Ze kan geen wettig recht doen gelden op iets van de nalatenschap. Ze hoort dus niet op deze vergadering.'

'Maar ze heeft morele rechten,' protesteerde Alex. 'Ik bedoel, we gaan toch beslissingen nemen met betrekking tot hem? En zij heeft toch evenveel recht om dat te bespreken als wij? Ze kent hem ongetwijfeld beter dan ik. Je kunt wel zeggen dat contact geen wettig recht geeft, maar wie heeft ergens recht op, degene die hem kent of degene die er een of andere formele relatie mee heeft? Moreel, bedoel ik. De nalatenschap kan mij niet schelen. Bovendien, misschien heeft zij wel wettige rechten. Misschien zou ze een proces kunnen aanspannen.'

Mary keek Alex woedend aan. 'Laten we niemand op een idee brengen!'

Ronnie stond zo onverhoeds op dat haar stoel omviel. Ze liet hem liggen. Ze leunde met gespreide handen op de tafel en beet hun toe: 'Wettig! Dat zijn jullie allemaal, nietwaar! Letter van de wet! Nou, die staat aan jullie kant en hou de boel maar. Ik wil niets van hem! Of van jullie! Ik veracht jullie allemaal, gewoon een stel verwende prinsessen! Jij,' ze keerde zich driftig naar Elizabeth, 'werkt voor de meest corrupte, stompzinnige regering die dit land ooit heeft gehad, je steunt die fascistische zwijnen in Washington, net als hij deed! En jij!' driftig tegen Mary, 'bent niet meer dan een sjieke prostituée en dat is mijn moeder nooit geweest, hoe durf je op haar neer te kijken! En jij!' richtte ze zich tot Alex, 'bent een patroniserende huichelaarster, een onnozele burgerlijke progressieveling. Laat mij erbuiten!' Ze schoot de kamer uit en knalde de deur achter zich dicht zodat de ruitjes rinkelden.

Elizabeth en Mary bleven onbewogen zitten, maar Alex, bleek, keek hen woedend aan. 'Hoe konden jullie zo over haar praten! Waar ze bij was! Dat was wreed, gemeen, het was verschrikkelijk! Jullie zijn... afschuwelijk! Ze is onze zuster!'

'Halfzuster,' verbeterde Elizabeth.

'Onwettig. Een onecht kind,' verbeterde Mary.

'We zijn allemaal halfzusters. Ze is een menselijk wezen,' zei Alex verbaasd. 'Met gevoelens.'

'Die zijn me niet opgevallen, behalve jaloezie en wrok,' zei Elizabeth fel.

'O, hou toch op, Alex,' zei Mary minachtend, en voegde eraan toe: 'Ze behandelde jou niet bepaald liefderijk.'

Alex bestudeerde hun gezichten. 'Zijn jullie echt onverschillig? Voor haar, wat haar betreft? Vraag je je ooit af hoe haar leven hier geweest moet zijn? Kind van een dienstbode, en je weet hoe hij dacht over... minderheden. En dan in Lincoln, klein bruin meisje in een blanke schoolklas, lelieblanke buurt? Wat is er met jullie aan de hand?'

'O, ik voel wel iets!' riep Mary uit. 'Steeds als ik die babyblauwe kijkers zie. Vaders ogen. Hoe is ze daaraan gekomen? Blauw is recessief – ze zou geen blauwe ogen kunnen hebben als ze niet van de andere kant blauwe genen had. Haar moeder was niet de enige hoer in de familie. Waarschijnlijk een uit een lange reeks.'

'Jij verkeert nauwelijks in een positie om een andere vrouw een hoer te noemen,' zei Elizabeth ijzig.

'Wat moet dat betekenen?'

'Dat jij er nou mee trouwde...'

'Wát?'

'De een na de ander – hoeveel, vier? Je bent expert in neuken voor geld, net als een prostituée. Zoals Ronnie zo treffend zei. Seksuele diensten in ruil voor contanten. Moesten wel seksuele diensten zijn die je verleende, iets anders heb je nooit te bieden gehad.'

Mary's bleke gezicht vertoonde bloedrode vlekken. 'Ik ben niet om geld met Don getrouwd! Of met... een van de anderen! Ik hield van hen! Maar jij weet niets van liefde, frigide koe, je bent waarschijnlijk nog steeds maagd! Ik denk niet dat Clare hem ooit in zijn leven overeind heeft gekregen! Hij had evenveel seksualiteit als een dooie makreel!' Haar ogen waren nat.

'Kreng!' fluisterde Elizabeth.

Alex zat met open mond te kijken. Mary keerde zich naar haar toe. 'Zit daar niet met je mond open vliegen te vangen, Alex, jij onnozele kleine slijmerd.'

Alex deed haar mond dicht, maar haar gezicht stond strak van de schrik. 'Waarom?' riep ze bevend uit. 'Waarom zoveel haat?'

'Waarom niet?' riep Mary. 'Je hoort hoe ze tegen me praat! En is ze ooit een zuster voor me geweest? Toen ik haar nodig had, toen ik opgroeide in dit huis? Ik hield zoveel van haar, ik heb een liefhebbende aard! Maar zij behandelde mij als oud vuil, beneden haar stand, zij was veel te goed voor mij! Het genie,' brulde ze en draaide zich snel naar Elizabeth. 'En jij had een moeder waar je naartoe kon, ik moest hier blijven...'

'Mijn moeder was een eersteklas kreng,' snauwde Elizabeth, 'dus doe maar niet alsof ik het gemakkelijk had. Als een tennisbal kaatste ze mij telkens hier naar hem terug. Als ik een verantwoordelijk lid van de maatschappij ben en geen parasiet zoals jij, komt dat niet doordat ik zo'n fantastisch leven heb gehad. Ik heb mezelf gevormd. Mezelf gemaakt tot wat ik ben. Door wilskracht en intelligentie.'

'En met vaders hulp,' zei Mary venijnig. 'Hij heeft je je eerste baan bezorgd. Hij heeft nooit iets voor mij gedaan.'

'Wat had een mens voor jou kunnen doen? Je hebt je kandidaats niet eens gehaald. Het enige waar jij aan kon denken, was naar bed gaan met een vent met een vette buidel. In ieder geval was jij zijn lievelingetje, hij was gek op jou.'

'Gek op mij!' gilde Mary. 'Hij was nooit thuis. Hij werkte altijd. We hadden geluk als hij thuis was op Thanksgiving of met Kerstmis. Hij nam nooit langer vrij dan één maand in de zomer en tijdens de oorlog deed hij zelfs dat niet. Hij hield me nooit gezelschap, zelfs niet na de dood van mijn moeder. Direct na haar dood werd ik naar school gestuurd, alsof hij me strafte! Ik was zeven. Zeven! Ik ben opgegroeid met een kinderjuf en een huishoudster. Ik had je nodig!' snikte ze.

'Ik was niet verantwoordelijk voor jou. Ik had mijn eigen problemen, al was jij daar blind voor.'

Maar Mary's hoofd lag op tafel, ze snikte. Alex' gezicht vertrok, haar hand zweefde boven Mary's hoofd, maar ze raakte haar niet aan, sprak niet. Ze staarde stom naar Elizabeth.

Elizabeth stak een sigaret op en keek naar het raam.

In gedachten zag Elizabeth zichzelf terug, haar jongere zelf, ontroostbaar, huilend: 'Ik wil er niet heen!'

'Je moet,' zei Moeder en blies rook uit, 'of je het leuk vindt of niet. Je moet als een stankwolk onder zijn neus hangen, voortdurend. Je moet wel als je iets van die rotzak wilt krijgen. Hij zou graag vergeten dat je bestaat.'

Ze pakte haar cocktail, armbanden rinkelden aan haar arm. 'En je zult iets van hem moeten krijgen. Ik kan je niets geven. We kunnen van mijn alimentatie leven, meer niet, en die houdt op als ik sterf of hertrouw, dus pas op je tellen, jongedame. Als jij niet doet wat ik zeg, kan ik zo met Mike O'Brien trouwen, die automonteur met wie mijn ouders me op mijn achttiende wilden laten trouwen. Nu is hij een weduwnaar met acht kinderen dus je zou een hoop broertjes en zusjes hebben, net iets voor jou, hè, verwend prinsesje dat je bent, dat hij van je gemaakt heeft! Jij verwacht maar dat het huis voor je wordt schoongemaakt, het eten opgediend. En als ik het deed, zou je je studie wel kunnen vergeten – kun je secretaresse worden, net als ik!'

Ze stak een sigaret aan met de peuk van de vorige. 'Ik wil dat je daar iedere zomer bent, iedere vakantie waarvoor hij je uitnodigt, en je zult gehoorzaam en beleefd zijn, hoor je me? Wees een braaf dochtertje en laat hem niet vergeten dat je bestaat. Ik wil niet dat hij jou behandelt zoals hij mij heeft behandeld!'

'Stuur me alsjeblieft niet weg, Moeder,' huilde Elizabeth. 'Ik vind het daar afschuwelijk. Ik zal mijn kamer schoonmaken! Ik zal de afwas doen! Ik zal met een beurs gaan studeren!'

Maar Moeder kon haar al niet meer horen, zij was ondergedoken in het verleden, herhaalde die eeuwige monoloog voor zichzelf, sprak alleen in schijn nog tegen Elizabeth.

'Hij gooide me op straat zoals mannen met hoeren doen, en hij wist dat ik maagd was, een keurig katholiek meisje, toen ik hem leerde kennen. Wat heeft hij me het hof gemaakt! Kwam me achterna op kantoor, kuste me in mijn hals en hield een roos voor mijn neus. Hij wilde me iedere avond zien, zelfs een ogenblik van scheiding was te lang, zei hij, hij zat graag achter zijn bureau zodat hij me de hele dag kon zien. Hij liep me achterna als ik naar het toilet ging. Het damestoilet! Alle meisjes plaagden me omdat hij bij de deur van het toilet op me stond te wachten. Zei dat hij jaloers was, niet kon verdragen dat ik uit het zicht was. Nou, ik zag er aardig uit, geloof ik, ik had prachtig haar, net zo rood als 't jouwe, maar dik en krullend, niet dun en steil zoals 't jouwe. Maar ik dacht dat ik lelijk was, want ik had sproeten. Die heb jij in ieder geval niet gekregen. Hij was toen zo knap, lang en slank en donker, met die betoverende blauwe ogen en een haviksneus, zo'n krachtig gezicht! Zo mannelijk! Hoe kon ik hem weerstaan? Ik probeerde het, ik zei dat het een zonde was! Maar toen hij me naar zich toe trok, o, hij was zo sterk, en ik bood weerstand maar hij accepteerde geen weigering...

Ik voelde me als een klein dienstmeisje in de handen van haar meester. Dat zei hij. Hij zei: Je bent mijn dienstmeisje, mijn slavin, en je zult doen wat ik wil. Ik lachte, ik dacht dat het een spelletje was. Maar ik heb het gedaan, god, ik bezwijmde bijna in zijn armen, hij had me, hij wist het. Sindsdien zat hij als Clark Gable door het kantoor naar me te kijken, die alwetende blik, weet je wel, de blik die zegt: jij bent van mij. Tot ik merkte dat ik zwanger was. Vijf zalige weken heb ik in mijn leven gehad. Toen wilde hij me niet meer kennen. Zei dat hij niet de eerste was. Hij heeft het bloed gezien, kwam er de eerste keer zo moeilijk in! Ik was zo onnozel, dacht dat hij nog steeds jaloers was, ik kon niet geloven dat hij niet meer van me hield na al die hartstocht...

Dus ik drong aan op een huwelijk. En ik heb gewonnen. De slag. En de oorlog verloren. Je was drie jaar oud, hij heeft het drie jaar volgehouden, hij was nooit thuis, we gingen nooit samen ergens heen, zelfs niet met Kerstmis. Hij ging alleen naar zijn familie, zei dat hij thuis niet met een Ierse dienstmeid kon aankomen. Ik nam jou mee naar mijn familie, ik huilde de hele dag. Toen gooide hij me op straat, jij was erbij, jij weet wat er gebeurd is. 'n Toelage op voorwaarde dat ik mijn mond hield. Hij lokte me in de val en geen wet hield hem tegen, alle wetten in de wereld zijn op de hand van de Stephen Uptons van deze wereld.'

Ze knipperde met de ogen alsof ze ontwaakte, keek de kamer rond, keek nog eens en zag haar dochter. 'Hij zal jou niet op dezelfde manier behandelen. Je vindt het niet leuk, maar ik denk alleen aan jouw bestwil. Ooit zul je me dankbaar zijn. Je zult je eigen weg moeten banen in de wereld, zoals jij ervoor staat.'

Wie kan begrijpen hoe ik er op mijn twaalfde voor stond? Bleek, schriel, véél te slim volgens opa Callahan. Ik snapte nooit hoe iemand te slim kon zijn. Iedere zomer hier met hem in dit huis opgesloten en hij altijd maar om zijn snoesje roepen, waar is mijn Mary? Mary had hem, ze had een kinderjuf, ze had een moeder, maar toch zat ze altijd te jengelen, werd altijd vertroeteld, verwend. Tot het ongeluk, en toen zat ze altijd alleen maar te huilen en wilde dat ik haar moeder was.

Op mijn zestiende was ik briljant maar ze hielden me steeds in de gaten, wachtten op achteruitgang. Ik gunde hun niet het genoegen dat ik tot onnozelheid zou vervallen, zoals andere meisjes van die leeftijd. Op mijn achttiende nog steeds te mager en te slim. Te slim. Vader die me opnam met die kille ogen, van hoofd tot voeten, dun steil rood haar, bril, vormeloos en schriel lichaam, een staak, je zag hem denken: 'Met jouw charmes heb je een opleiding nodig.' Een blik op mijn cijfers aan het eind van mijn eerste semester op Smith, een knikje: 'Als je het volhoudt, stuur ik je naar de universiteit. Als je er binnenkomt!' Hij barstte in lachen uit. Een vrouwelijke hoofdvakstudent aan de London School of Economics in 1952. Ik had me zoveel voorgesteld van de school die Beatrice Webb had gesticht. Onmenselijk. Maar het maakte me volwassen. En in ieder geval was het Londen, ver van hier, van haar, van hem. En mijn mentor: Clare! O, heerlijke nieuwe wereld. Een tijd lang dacht ik dat ik toch nog gelukkig zou worden.

Arm marymotjedotje, ze kan er waarschijnlijk niets aan doen dat ze dom is. Als ze er maar niet zo mee te koop liep, alleen liefde telt, al het andere is surrogaat, en maar pochen, die zomer dat we gingen roeien op het meer, Clare was me net duidelijk geworden, eenendertig jaar oud en zo'n verdomde idioot, ik wilde dood, ik onderzocht het sterven, kalmeringsmiddelen, drank, polsen doorsnijden. Ik overwoog zelfs tegen een boom te rijden, zoals Mary's moeder. Ik had haar daar altijd om geminacht, maar het vergde toch meer moed dan ik had. Uiteindelijk was ik bang. Een lafaard ten slotte. Daarom ben ik er nog en slijt de dagen van mijn leven. Ik verdien mijn leven.

En Mary was net getrouwd met de charmante Alberto, prins Playboy, had hem meegenomen hierheen voor het feest van 4 juli om met hem te pronken bij de familie en bij Vader. En bij mij. Natuurlijk, Vader hoonde hem, ijdele Italiaanse uitvreter noemde hij hem, de mooie maffiabink. Leek wel een vrouw, zei hij. Allebei betoverend, zij in een zwierige witte jurk, hij in een goed zittend wit kostuum, zij weelderig, bleke huid en donker haar, ze droeg een slappe strohoed. Ik roeide terwijl zij achteroverleunde tegen het groengestreepte kussen en opschepte: 'Ik weet alles van de liefde!' Alles van de liefde! Ik wilde haar slaan, meppen met die roeispaan. Ik had haar een paar dingen over de liefde kunnen vertellen waar zij geen idee van had.

Nou, wat ze ook van de liefde weet, het zal haar waarschijnlijk weinig meer baten, hoe oud is ze, vierenveertig? vijfenveertig? Nee, ik ben drieënvijftig, zij is vijf jaar jonger, achtenveertig. Ze schiet op. Toch nog steeds een schoonheid, de arts was ondersteboven van haar, misschien wat hulp gehad van een goeie plastisch chirurg. Lijkt doodsbang. Zit kennelijk zwaar in geldnood. En zij heeft altijd vorstelijk geleefd: flats op Fifth of Park, huizen in Parijs of op Capri, buitenhuizen in Maine, landgoederen in Virginia, villa's in Vail of Gstaad, wat waren die mannen rijk! Legertjes bedienden, limousines die haar naar de winkels brachten, ze kan nog steeds niet rijden. Geremd door geld. Eén had zelfs een eigen vliegtuig, geloof ik. Wie was dat? Paul. Nam het ervan, met al die rijke echtgenoten.

Terwijl ik me behielp met een klein flatje in Washington. Maar goed, ik werkte. Altijd een genoegen, zelfs als de politici het verknoeien.

Harry Burnside liet Mary een smak geld na toen hij stierf. Maar ze gingen naar de rechter – zijn kinderen uit zijn eerste twee huwelijken. Toch kreeg ze miljoenen, heb ik gelezen. Kreeg van Alberto ook een geweldige alimentatie toen hij ervandoor ging met die filmster, ik had pret, wilde haar een anonieme kaart sturen: hoe krijgt de vrouw die alles van de liefde weet het voor elkaar om 's werelds beste minnaar te verliezen? De volgende vent was rijker dan die twee andere tezamen, Paul, die met het vliegtuig. Natuurlijk, ze liet hem zitten voor die idiote Don, die waarschijnlijk niet veel had. Verliet een man met een vliegtuig voor een met een motor: ha! Maar toch, hoe kan ze blut zijn? Dan had ze al het geld van Harry en Alberto op moeten maken. Onmogelijk, ze kan stom zijn, maar niet zo stom.

Ze keerde zich om en drukte haar sigaret uit. Ze wierp een blik op tafel waar Mary nog lag, met haar hoofd op haar armen, wat kalmer, snuffend. Alex haalde een paar zakdoekjes en stopte die in Mary's hand. Ze ging rechtop zitten en snoot haar neus. Niet erg damesachtig, dat getoeter.

Elizabeth nam haar rustig op. Mary beantwoordde haar blik boven het zakdoekje. 'Ik weet dat je me haat,' zei ze op kalme, hese toon. 'Je bent altijd jaloers op me geweest. Je denkt dat Vader meer om mij geeft dan om jou.'

Elizabeth keek haar strak aan. 'Doet hij ook. Charmante onbeduidendheid ziet hij graag bij vrouwen. Net als je moeder.' Ze keek naar Alex. 'En de jouwe. Dat heb ik allang geaccepteerd. Charmante onbeduidendheid amuseert hem. Maar je kunt niet liefhebben zonder respect, en mij respectéért hij tenminste.'

'Mijn moeder is geen charmant onbeduidend iemand,' zei Alex. 'Ze heeft misschien niet jouw opleiding, Elizabeth, of jouw hersens. Maar ze is een goed mens.'

Elizabeth trok haar wenkbrauwen op. 'Leren we terugslaan? Waarom ook niet, hier krijg je geen medelijden.'

'En jóuw moeder?' snauwde Mary.

Elizabeth zat klaar. 'Dat was mijn moeders grootste fout: ze leek een aardig leeghoofd doordat ze zo jong was. Maar haar ware intelligentie bleek snel genoeg. Daarom heeft hij haar zo gemeen aan de dijk gezet.'

'Hij heeft haar aan de dijk gezet omdat ze hem het huwelijk had ingelokt,' ruziede Mary.

'Wat weet jij daarvan? Wat weet jij überhaupt?'

'Oooh!' riep Alex uit, met haar handen tegen haar slapen. 'Gaan we alleen maar ruzie maken? Hebben we niets gemeen? We zijn zusters! We delen afstamming, genen, een stukje geschiedenis, hoe je 't ook wilt noemen! Kunnen we niet in vrede praten?'

Elizabeth en Mary keken naar haar.

'Je hebt gelijk,' gaf Elizabeth toe, maar nam het woord vóór Alex met een zucht van dankbaarheid en opluchting verder kon gaan. 'Er moeten beslissingen worden genomen. We moeten fatsoenlijk kunnen overleggen.' Ze tikte met haar potlood op het glazen tafelblad. 'We moeten beslissen wat we doen. Hij kan wekenlang in coma blijven, maandenlang misschien. Ik heb een belangrijke baan, ik kan geen weken of maanden weg. Aan de andere kant kan hij elk moment bij bewustzijn komen. Ik stel voor dat we elkaar afwisselen – ieder van ons blijft een week zodat er hier iemand is die hem dagelijks kan opzoeken en die de anderen kan waarschuwen bij belangrijke veranderingen.'

'Dus er is hier steeds iemand alleen, alleen in dit huis,' zei Mary fronsend. 'Ook Ronnie?'

Elizabeth haalde haar schouders op.

De deur vloog open en mevrouw Browning stoof binnen. 'Mevrouw,' haar hoofd schoot van de een naar de ander. 'Juffrouw Upton,' ze beperkte zich tot Elizabeth, 'd'r zijn hier mensen van de kranten en de tv. Journalisten. Buiten. Een hele bende, met camera's en zo. Ze vragen naar meneer Upton. Wat moet ik tegen hen zeggen?'

'Wij zullen hen te woord staan, mevrouw Browning. Zeg hun dat we over een kwartier een verklaring afleggen. Misschien kunt u koffie voor hen zetten.'

'O. Ja. Dat kan.' De vrouw haastte zich weg, vervuld van deze belangrijke gebeurtenis.

'Sluit de deur achter u, mevrouw Browning.'

Zodra de deur dicht was, kermde Mary: 'Ik wil niemand zien in deze toestand! Mijn ogen zijn vast rood, ik zie er vreselijk uit!'

'Je ziet er prima uit. Je ziet eruit als de liefhebbende dochter. We moeten gezamenlijk verschijnen, bezorgd, de meisjes Upton, weet je nog? Zijn koninginnetjes die om hem wenen. Ik zal een nietszeggende verklaring opstellen, zeggen dat we niets kunnen voorspellen, het beste ervan hopen, treuren...'

'En bidden,' mompelde Alex.

Twee hoofden draaiden zich naar haar toe. Weer fout.

Ze zagen er vrij goed uit voor een stel wijven op hun retour, dacht de verslaggever, zoals ze daar samen voor het grijze natuurstenen huis stonden, dat thuis leek te horen in een BBC-film, een is nog jong, in de dertig waarschijnlijk, blond en slank, knap. Die donkere adembenemend, echt een stuk, alleen wat korte stelten. Zelfs die ouwe met het zilverige haar zag er niet slecht uit – slank, elegant, voornaam, kopstuk op Financiën. Beroemd in hun jeugd, kranteartikelen over familiefeestjes met 'de drie gratiën van Massachusetts', een was nog klein, allemaal verschillende moeders, een echte versierder, die oude heer. Lijken geen spat op elkaar, al hebben de blonde en die ouwe zijn ogen, die herken je zo, als je ze ziet weet je wie de vader is, ijsblauw. Echte aristocraat, hoeder van de traditie, zijn klasse. Die donkere heeft donkere ogen, warm, ziet eruit alsof ze op een satijnen laken thuishoort, met een struisvogelboa om. Lekkere grote tieten. Ze zien er allemaal treurig uit, alsof ze echt bezorgd zijn. Die blonde bleek als een doek, de donkere lijkt zelfs net gehuild te hebben. Ouwe man van in de tachtig, en zij geven nog om hem.

De verslaggever was onder de indruk.

De oudste zuster pakte de microfoon.

'Onze vader,' ze pauzeerde en keek naar de twee anderen, 'zou willen dat wij u bedankten voor uw komst, voor uw bezorgdheid. Hij heeft een beroerte gehad en krijgt nu een voortreffelijke behandeling in het Emerson-ziekenhuis.'

'Geen plannen om hem naar Boston over te brengen?' riep een stem.

'Momenteel niet,' ijzig! Deze dame werd niet graag onderbroken. 'Wij rekenen op zijn spoedig herstel. Aangezien hij momenteel in coma ligt, zouden mijn zusters en ik het op prijs stellen als u het ziekenhuispersoneel niet lastig valt. Als u kaartjes wilt achterlaten, zullen wij u op de hoogte stellen zodra zijn toestand verandert.'

Zij leek klaar, maar de fotografen lieten hun camera's niet zakken. Zij wachtten op iets.

'Heeft de president gebeld?'

'Ja, de president was zo vriendelijk vanochtend te bellen en zijn hoop uit te spreken op een snel en volledig herstel van onze vader.' Zij wachtte ook. Onbeweeglijk, geen trillinkje. Stram als een soldaat, volkomen beheerst. Een echt kreng. De donkere stond met haar zakdoek te friemelen, trok haar buik in. De blonde zag er doods uit. Lijkwit. Tragisch. Verbazend. Man van tachtig.

'Nog meer telefoontjes?' riep iemand.

Ze hield een envelop omhoog. Voorbereid. Ze las ze op in protocollaire volgorde, staatshoofden van andere landen, Amerikaanse ministers, senatoren, hoofden van dienst, een Episcopaalse bisschop, een reeks Republikeinse burgemeesters, filmsterren. Loon van de grootheid: een massa telefoontjes. Toch moesten ze er trots op zijn. Stephen Cabot Upton. De grote vader. Geen zoons. Vond hij vast een ramp. Zelfs geen bastaard, volgens de geruchten, hoewel er jaren geleden sprake was van een nikkerdochter. Vandaag niet hier. Waarschijnlijk opgeborgen in Podunk, Mississippi, afgekocht met een nette lijfrente. Houdt haar mond en leeft er lekker van.

De menigte van verslaggevers en cameramannen – en één cameravrouw – schuifelde onrustig. Wachtte. Wilde iets.

'Heeft u iemand die u adviseert?' riep Bill Dwyer van de *Globe*. Jawel.

'Pardon?' Uitschietende stem. Eerste barstje in het ijs.

'Ik bedoel een advocaat of zo?' Een man, bedoelde hij. Die voor jullie drieën zorgt, die zegt wat jullie moeten doen. Ha, ik wed dat dat steekt. Maar het was waar, ze leken naakt voor dat huis, als je het een huis kon noemen, landhuis, kasteel. Oude familie, gaat helemaal terug tot die verdomde Plymouth Rock of zo. Oud, oud kapitaal. Dat kunnen ze beslist niet aan, drie vrouwen alleen. Relicten.

'Wij hebben natuurlijk contact met de advocaten en artsen van onze vader,' zei ze, 'die ons alle adviezen zullen geven die wij behoeven.' Niet dat we die nodig hebben, makker. 'Als dat alles is, heren...' zij zag Ann Canning van de *Newton Times*, 'en dames, dan zullen wij u nu verlaten. Ik neem aan dat u allemaal van mevrouw Browning koffie heeft gekregen om u te verwarmen op deze kille, vochtige dag. Goededag en dank voor uw komst.' Ze draaide zich om, de anderen volgden haar het huis in, liepen als dames, geen gewiegel, geen geklets, opgeheven hoofden op trotse nekken. Ze is goed, jongen, professioneel, gepokt en gemazeld in Washington. Slaagt erin niets te zeggen en jou dat op te laten schrijven. Toch heeft deze familie iets oprechts: ze leken allemaal oprecht verdrietig.

HOOFDSTUK 3

Verborgen achter vitrage keek Ronnie toe door een bovenraam. Mary's kamer. Ze had hier niets te maken, buiten evenmin, wat zouden die verslaggevers doen als ze wisten dat zij in huis was, onecht kind, niet blank, ze zouden haar omringen met microfoons, zij kon ALLES VERTELLEN. De koppen halen in de *National Enquirer*, misschien zelfs in de *Globe*. Ze kon hen niet horen, maar Elizabeth voerde waarschijnlijk het woord, vlot en beheerst, vast een vlekkeloze vertoning. Ze waren nu klaar, hadden zich omgekeerd, liepen als prinsessen het huis weer in. Ronnie liet de slip van het gordijn vallen en schoot de kamer uit, sloot de deur zachtjes achter zich, huis met gesloten deuren, niet zoals dat van Rosa, daar zat nooit een deur dicht, behalve als Rosa en Enriqué neukten.

Onwettig, onwettig was haar aanwezigheid in Mary's kamer, in iedere andere kamer dan de hare, in de zitkamer, de salon, de eetkamer, de tuinkamer, de bibliotheek. Mamma die haar wegjoeg, fluisterde: 'Naar binnen, Ronalda,' zelfs als hij er niet was. Maar later plofte ze in de vensternis neer om te lezen en zei dat Mamma haar met rust moest laten. Dan zuchtte Mamma en veegde haar handen aan haar schort af alsof ze nat waren. Maar alleen als hij er niet was. En in feite zat ze nooit rustig, ze deed het alleen om het te doen. Ze kon zich daar niet ontspannen, alleen in haar eigen kamer of in die van Mamma, of in de keuken toen die Mamma's keuken was.

Huis waar ze was opgegroeid, verstopt in de keuken, haar kamer en die van Mamma, dienstbodenvertrekken. Ze was vroeger het liefst buiten, in de bossen, of hing rond bij de knechten of de tuinman. Op haar achtste had ze haar kamer behangen met foto's van filmsterren, astronauten, basketbalspelers, de Beatles, Jacques Cousteau. Ze plakte herfstbladeren tegen de muur waar haar kast stond, rond de spiegel, langs het lijstwerk, muur bedekt met roodgeelgoudoranje. Het was dan wel een gevangeniscel, maar het was de hare, zij zou doen wat zij wilde. Mamma keek verbaasd, maar liet haar met rust zolang zij de kardinale regel niet vergat: het huis was hún bezit, zelfs al waren zij er bijna nooit. Als een van hen er was: geen geluid, niet rennen, niet lachen, niet voor spelen en alleen heel stil achter spelen. Ieder teken dat er in de achterkamers van het kasteel een kind was begraven, bedreigde hun voortbestaan, zei of bedoelde Mamma. Waarschijnlijk ook terecht, hij zou hen zonder aarzelen op straat hebben gezet. Waarschijnlijk hield hij van Noradia, maar hij besefte het niet. Hij had zijn eigen hart op de vaalt kunnen gooien zonder het ooit te merken. Wat was dat voor een man? Zo zijn er zoveel.

Na mijn vertrek was hij hier voortdurend, gepensioneerd, zij bij hem, stil, naast hem staand, *si* Cabot, maar zo noemde ze hem alleen als ze samen waren. Wachtend op een opdracht, met gebogen hoofd, extatisch in haar onderwerping. Voorkwam zijn wensen, las van zijn gezicht of hij de soep, het vlees lekker vond. Haar God. Kwam hier eerst als kamermeisje, keek jarenlang naar de kok en leerde koken als een blanke. Haar intelligentie zijn winst, haar brein zijn bezit: zij bespaarde hem geld; toen de meisjes waren vertrokken, ontsloeg hij de kok en hield alleen haar en een paar daghulpen aan. Zij probeerde haar repertoire uit te breiden toen ik oud genoeg was om te lezen, liet mij haar de recepten voorlezen uit de kookboeken die hij voor haar had gekocht. Toen ik vertrok, kende zij ze uit haar hoofd. Ongeletterde mensen hebben een geweldig geheugen.

Ronnie glipte langs de achtertrap naar beneden en kwam zonder gezien te worden in haar eigen kamer. Ze liet zich op haar bed vallen. Moet iets doen. Ergens heen gaan, hier vandaan. Geen geld, geen plek om heen te gaan, verdomde dissertatie die wacht. Zou ideaal zijn als ze gewoon hier kon blijven en eraan werken. Dat had je gedroomd, meisje.

De zusters waren in de keuken, ze kon hen horen praten. Zetten vroeger nooit een voet in de keuken. Ruzie? Discussie: thee of chocola? Ze bestelden beide, en koekjes, had mevrouw Browning koekjes? Linzentaart en chocoladecakejes, prachtig, brengt u ze alstublieft in de tuinkamer. Mary's stem, zo bevelend tegenover bedienden. Zo te zien heeft zij in haar tijd genoeg koekjes gehad.

Moet een baan vinden. Maar met een baan wordt het moeilijk mijn proefschrift af te krijgen. Misschien zou de Universiteit van Boston haar een beurs geven. Zes maanden werk zou genoeg zijn. Moest een paar boeken lezen die ze had meegebracht en in de afgelopen maanden nauwelijks aangeraakt. Zat steeds bij Mamma. Haar arme voorhoofd afvegen, haar arme billen schoonmaken. Waarom heb ik deze stapel turven meegesleept? Om Hem iets te bewijzen? Maar Hij heeft ze nooit gezien, had er ook geen belangstelling voor gehad, zou nooit vragen: 'Wat doe jij tegenwoordig, Ronnie?' Zou Hij onder de indruk zijn als Hij het wist? Hoopte ik dat? Moet lezen, dacht zij en werd overvallen door vermoeidheid. Haar lichaam ging vanzelf naar de deur van haar kamer, eruit, door de gang naar de keuken en haar mond ging open en vroeg mevrouw Browning een kopje extra op het blad te zetten, en ze zweefde de tuinkamer binnen waar haar zusters zaten.

'Hollis komt om zes uur,' zei Elizabeth, maar zweeg toen Ronnie binnenkwam.

'Kom je thee met ons drinken? Wat gezellig! Kom maar naast mij zitten, Ronnie,' zei Alex en klopte op een stoel – stom, het was de enige lege stoel aan de tafel, maar het was toch aardig van haar. Zij probeerde tenminste hartelijk te zijn. Had haar vermoedelijk geen huichelaarster moeten noemen. Misschien meent ze het. Wie weet. Ronnie probeerde tegen haar te glimlachen, maar haar mond kon het niet, wilde niet. Vertrok maar wat. Alex klopte op haar hand. Ronnie staarde haar sprakeloos aan, leek waarschijnlijk op zo'n verdomde stomme illegaal. Elizabeth en Mary keken toe in ijzige stilte. Versteende gezichten. Haat.

'Ik ben niet in dit huis opgegroeid, weet je,' zei Alex vriendelijk en klopte Ronnie op de hand, 'en ik heb je nooit leren kennen.'

Jezus Christus, ze praat tegen me alsof ik zes ben. Verdomde patroniserende huichelaarster.

'Vertel me over jezelf en je moeder. Ik heb je moeder ontmoet, geloof ik, en jou gezien toen je jong was, een tiener. Toen ik onze vader bezocht. Zestien jaar geleden. Met mijn baby,' zei ze weifelend.

Niemand sprak toen mevrouw Browning binnenkwam met het dienblad en thee inschonk. Alex had chocolademelk en bedankte mevrouw Browning met een kreetje voor het toefje slagroom erop.

Ja. Ik herinner me dat zij in de zitkamer stond met een beige jurk aan die dacht ik van zijde was, en de baby voor hem hield, glimlachend: 'We hebben hem Stephen genoemd.' Hij stopte zijn pijp, grinnikte, mompelde iets en liep naar zijn favoriete stoel om te gaan zitten roken. Zij liet de baby in een stoel vallen, draaide zich bliksemsnel om alsof ze de deur uit wilde rennen en zag mij in de hal. Zag mij. Ik smeerde 'm vliegensvlug, verstopte me in de bossen achter de garage. Ik mocht niet gezien worden. Ik verwachtte dat zijn toorn zou neerdalen, bliksemschicht, om ons uit het paradijs te stoten. Ik zag Mamma al huilen, haar gezicht afvegen met haar schort. Maar toen er niemand kwam, kalmeerde ik, veilig achter de garage, ik zei hardop: zijde. Ik kende het woord, maar wist niet hoe zijde eruitzag. Stom, er is genoeg zijde in dit huis, maar ik kende het toen niet. Maar ik dacht dat haar jurk van zijde was: ik wist het niet zeker.

Roze, zij en de baby allebei roze en lachend. Erfgenaam en erfgename van het paradijs, gerechtigd rond te lopen en in alle kamers te zitten. De vergulde stoel in de zitkamer was zelfs nat van de babyplas, zei Mamma later. Maar nadat arme Mamma hun koffers had uitgepakt en al hun spullen had opgehangen, pakten ze weer in en vertrokken een uur na hun aankomst. Problemen in het paradijs?

'Je bleef niet lang,' zei Ronnie provocerend.

'Nee,' glimlachte Alex. 'Dat kon niet. Mijn man moest terug. Hij is chemicus. We kwamen maar voor een dagje. We wilden alleen onze zoon aan Vader voorstellen.'

Nooit liegen tegen het personeel, idioot. Het personeel weet wel beter. Alex wendde haar leugenachtige gezicht af van Ronnie en nam een slok chocolademelk. Maar zij was onvermoeibaar. 'Vertel me over je arme moeder,' begon ze weer. 'Is ze lang ziek geweest?'

Zes maanden. Heb ik je al verteld. Afgelopen mei onderzocht en afgeschreven. Ronnies stem klonk geïrriteerd: 'Ik weet niet hoe lang ze ziek was. Misschien al lang zonder het iemand te zeggen. In het voorjaar is ze een keer naar dokter Biddle gegaan. Hij zei dat er een kijkoperatie nodig was. Ze belde me om het te vertellen. Ik ging met haar naar het Mass General voor de biopsie. Toen ze haar openmaakten... zagen ze dat haar hele lichaam aangetast was. Overal. Te laat voor chemotherapie. Hij ging niet met haar naar Boston, naar het ziekenhuis. Hij stuurde haar met de limousine.'

De zusters staarden haar aan, uitdrukkingsloos.

Waarom vertel ik hun dit allemaal? Waarom toon ik het hun? Maar ze ging door, ondanks zichzelf. 'De artsen belden hem hier op en hij belde haar en toen sprak hij met mij...'

'Híj vroeg jóu te spreken?' viel Mary haar in de rede.

'Ja. Ze wist dat ze zou sterven. Ze wilde hier terugkomen, ze wilde hier sterven.' Ronnies stem begaf het. Ze nam een slok thee. Vroeg zich af of ze weer moest gaan roken. 'Kan ik een sigaret bietsen?' vroeg zij aan Elizabeth, die haar pakje over tafel schoof. Ronnie stak er een op en inhaleerde. Het brandde in haar keel. Cauterisatie. Ze ging verder. 'Hij zei dat hij haar niet terug liet komen tenzij ik voor haar kwam zorgen. Dat deed ik.'

'Dat was heel aardig van je,' zei Alex en legde haar hand op die van Ronnie.

Ronnie verstijfde. 'Het was geen aardigheid. Ik hield van haar.'

Alex bloosde.

'In jullie familie weten jullie geloof ik niets van liefde!'

'Ik hou van mijn moeder,' zei Alex. 'Ik ben gewoon stom. Ik bedoel, ik druk me niet goed uit. Ik druk me stom uit.'

'Patroniserend ben je.'

'Het spijt me. Ik wilde je niet kleineren. Ik bedoelde dat je een goede dochter bent. Ik bedoelde dat je daden van liefde getuigen.'

Ronnie haalde haar schouders op. 'Laat maar. Het spijt mij ook. Dat ik jullie theepartijtje onderbroken heb.' Haar ogen gleden over de twee zwijgende zusters, ze stond op, liep de kamer uit en sloot de glazen deur stilletjes achter zich.

Elizabeth bestudeerde de uitgespreide papieren op het bureau. Wat moet je ervan denken, alles was zo versnipperd alsof hij niet wilde dat iemand er samenhang in zag. Hij vertrouwde niemand. Ze had niet meer kunnen vinden dan rekeningen van een aandeel in een vakantieoord in Nevada, een flatgebouw op de Bahama's, twee flatgebouwen in Boston, aandelen IBM en zes andere goede beleggingen, hij leek genoeg te hebben, maar hier was niets echt recent, moet in de kluis liggen. Geen testament. Waarschijnlijk ook in de kluis. Kon ik die maar open krijgen. Hij moet de combinatie ergens genoteerd hebben, hij was oud, heeft vast niet op zijn geheugen vertrouwd. Ze trok de bureauladen weer open, zocht naar een kaartje, iets met een cijfercombinatie erop gekrabbeld. Ze bladerde door de papieren in een onafgesloten geldkist. Niets. Ze zuchtte, stak een sigaret op.

Hij kan ons allemaal onterfd hebben. Is mogelijk. Kan van gedachten veranderd zijn. Riep ons iedere zomer en Kerstmis bij elkaar voor een familiebijeenkomst, maar afgelopen jaar niet. Waarom? Hij was oud en eenzaam, met alleen die vrouw. Maar hij heeft haar vast niet veel nagelaten, zo al iets. Wat is hij toch een rotzak: ging zelfs niet met haar naar het ziekenhuis. Correct natuurlijk. Kon maar beter niet met haar worden gezien, een dienstbode tenslotte. Maar toch.

Hij heeft misschien alles nagelaten aan Harvard. Misschien haatte hij ons omdat wij meisjes zijn.

Ze kreeg rook in haar ogen, die prikten en traanden. Waarom zou hij ons haten? Wij waren zijn kinderen. Zo behandelde hij ons gewoon. Hij zou een zoon ook gemeen behandeld hebben, zijn leven verpest hebben, kleinerend, wraakzuchtig, rivaliserend. Maar toch had hij aan een zoon alles nagelaten, hem tot executeur benoemd, ons kleine legaten toebedeeld. Zo werkte zijn geest. Werkt. Zoals het nu is: geen idee wat hij deed.

Ze draaide rond in zijn enorme bureaustoel naar het raam achter haar. Had graag een raam achter zijn bureau, licht achter hem dat de aangesprokene verblindde, hem omstraalde.

Grijsbruin, november, bomen, gras, dovend grijs licht.

Eind van de dag, van het jaar, van een tijdperk. Als ik ga, zal dat het eind van een tijdperk zijn, zei hij op zijn laatste verjaardag, zijn gezicht star als van een robot, dreigend naar ons starend, de bol van een cognacglas in zijn hand wiegend. Wie kon zeggen wat hij voelde, of waarom? Als hij dit jaar sterft, 1984, symbolisch. Einde van een tijdperk. Ook het einde van zijn tak van de familie. Zei hij niet maar dacht hij. Zijn broers hadden zonen met zonen, er liepen nog steeds Uptons rond, maar niet van zijn zaad, alleen ik, maar meisjes tellen niet. Maar nee, hij bedoelde dat de nieuwe mannen geen distinctie, geen karakter hadden. Allemaal miezertjes tegenwoordig. Ander slag, zei hij. Einde van een tijdperk. Einde van de Republiek. Gore geldwolven die naar het gespuis lonkten in een wereld van televisie en computers, joden en Arabieren en Jappen en Chinezen en godweetwie namen de wereld over. Geen Engelse heren, hoeveel generaties ook verwijderd van het grote wereldrijk. Heren der schepping, te herkennen aan hun goede schoenen en tweedjasjes. Jappen kunnen die ook kopen. Kom nou, ooit een Jap in een tweedjasje gezien? Ha! Engeland tegenwoordig een derdewereldland, de gelen nemen de wereld over.

Je hebt nooit gezien dat ik net als jij ben, Vader.

Hollis Whitehead nam een slokje en zette zijn glas neer. 'Dus jullie beste keuze is het aanvragen van het curatorschap,' besloot hij. 'Hij was koppig, jullie vader. Ik probeerde hem over te halen mij een volmacht te geven, voor een geval als dit. Je weet, wij oude mannen moeten vooruitzien, rekenen op dit soort dingen, ik heb het zelf vijf jaar geleden gedaan, mijn zoon een volmacht gegeven voor het geval ik uitgeschakeld zou worden, natuurlijk had Cab geen... eh... iemand in zijn praktijk zoals ik mijn zoon in mijn praktijk heb, maar ik heb hem jaren geleden gewaarschuwd, toen hij met pensioen ging...' Hij besloot te stoppen voor hij zich nog dieper in de nesten werkte, leunde achterover en nipte van zijn Manhattan.

'Hoe lang zal het duren?' vroeg Elizabeth.

'Een maand. Zes weken. Als er geen problemen zijn.'

'Wat bedoel je, wat voor problemen?' Mary boog haar volle boezem naar hem over en hield haar hoofd schuin zodat zij naar hem op leek te kijken hoewel hij zat. Kon het niet laten, dacht Elizabeth, moest iedere man verleiden die ze tegenkwam. Zelfs een dorre ouwe lul als Hollis Whitehead. Een van de redenen dat ik haar haat. Zoals ze altijd haar hoofd scheef houdt en haar hals toont als ze met een man praat. Net als een verliezende wolf zijn zwakke plek toont en zich gewonnen geeft. Val me niet aan, ik geef me over. Dan voelt hij zich veilig, ontspant zich, voelt zich groeien, neemt haar over. En zij begint hem te beheersen via zijn zwakheden – die hij volstrekt niet beseft. Mary was daar kampioen in. Eeuwenoud spel, zo gaat dat. Is mij bespaard gebleven.

Met een warme glimlach boog hij zich naar haar toe. 'Wel, bij voorbeeld, mijn lieve Mary, een familieruzie. Als een van jullie bezwaar zou maken tegen de aanvrager bij voorbeeld.'

Mary leunde achterover en beet op haar onderlip. Ze denkt vast na. Vraag me af of haar lippen bewegen als ze leest. Ze kijkt hem aan als een zesjarige, volmaakt goedgelovig, dacht Elizabeth.

'Wat gebeurt er intussen? Hoe zit het met rekeningen die meteen betaald moeten worden?' bracht Elizabeth in het midden.

'Ik geloof niet dat er veel is dat geen maand of zes weken kan wachten,' zei hij ongeïnteresseerd.

'Mevrouw Browning en de tuinman-chauffeur worden per maand betaald,' zei ze, 'maar de daghulpen per week.'

'O, nou, kunnen jullie daar zolang zelf voor zorgen? Jullie kunnen jezelf later terugbetalen.'

Mary keek ontzet.

'Heeft hij een testament gemaakt?' drong Elizabeth aan.

'Ja. Het ligt in de kluis op mijn kantoor.' Hij zette zijn lippen op elkaar.

'Ach zo.' Ze dacht na. 'Wil jij de aanvraag voor ons opstellen?'

'Zeker, als jullie weten wie de aanvrager wordt.'

Elizabeth keek naar Mary en Alex, toen weer naar de jurist. 'Ik zal het doen.'

'Gaan jullie tweeën daarmee akkoord?'

Ze knikten. 'In orde. Nou, als dat alles is, ga ik maar.' Hij hees zich langzaam uit de fauteuil alsof het pijn deed.

'Fijn jullie allemaal weer te zien. Alleen heel jammer dat 't bij deze gelegenheid is. Cab en ik zijn bevriend sinds de oorlog: we zaten samen in Washington. Ik begon toen net, een jonge advocaat. Hij was mijn mentor, hij maakte me wegwijs in D.C. Ik ken Cab al bijna vijftig jaar,' besloot hij plechtig.

De drie zusters begeleidden hem naar de deur. 'Ik ga morgen bij hem langs,' zei de jurist en gaf Alex een klopje, kuste Mary op de wang en schudde Elizabeth de hand.

Ze liepen terug naar de zitkamer, waar de gordijnen gesloten waren en waar vanavond ter ere van Hollis Whitehead een haardvuur brandde. Mary zat op de bank ertegenover en wuifde zich koelte toe. Alex schonk aan de bar tegen de wand nieuwe drankjes in en ging toen naast Mary zitten. Elizabeth ging in een fauteuil ernaast zitten.

Niets verwarmt haar bloed, dacht Mary. Al zit ze bij het vuur, ze blijft een kouwe. IJsberg. Altijd zo. Toe speel met me, Lizzie, o, Lizzie kunnen we met de bal spelen, de pop, doen alsof, leer je me zwemmen, toe Lizzie.

'Dus jij neemt de zaak over,' zei Mary beschuldigend.

'Uiteindelijk ben ik de enige van ons die in staat is financiële zaken af te handelen.' Zij nipte van haar Perrier (Perrier!) en stak een sigaret op. Mary keek dreigend.

'Kennelijk begrijp jij niets van mijn werk,' barstte Elizabeth uit. 'Ik reis de wereld rond voor de regering, werk economische overeenkomsten en strategieën uit ten bate van dit land. Ik ben vorige week naar Egypte geweest en werd bij het vliegveld opgewacht door twee driesterrengeneraals in een limousine! In elk land dat ik bezoek, spreek ik met de hoogste economische functionarissen, vaak met het staatshoofd! Terwijl jij, wed ik, nog niet eens met een chequeboek kunt omgaan.' Ze keek Mary veelbetekenend aan. 'Wil jij echt Vaders rekeningen betalen? Ik betaal het personeel uit mijn eigen zak.'

Mary bestudeerde haar ringen.

'Ik bedoel, als jij curator wilt zijn, hoef je 't maar te zeggen. Dan bel ik Hollis morgenochtend en zeg dat hij jouw naam moet invullen. Het is een hoop onbetaald werk en ik ben niet van plan dat op mij te nemen als jij er achteraf over gaat mokken en pruilen. Daar heb ik geen zin in.'

'O, ik wil je niet voor de voeten lopen, Elizabeth,' grauwde Mary. 'Ik weet wat er gebeurt met mensen die jou voor de voeten lopen. Je schakelt ze gewoon uit.'

'En ik weet hoe jij jengelt en mokt!'

'Zelfs Vader zei dat je een kreng was,' riep Mary.

Elizabeth draaide zich vliegensvlug om. 'En hij noemde jou een teef!' gilde zij. 'Ik zat hier aan de ontbijttafel, ik hoorde hem!' De zomer voor ze naar de universiteit vertrok, lang donker pagehaar, robijnrode pruilmond, bedelend: Pappa, alsjeblieft, laat me rijles nemen en geef me een auto, een kleintje maar, een MG misschien, zodat ik naar huis kan om je op te zoeken. Vader lachte spottend: 'Zodra je wilt komen, stuur ik de chauffeur met de limousine.' Mary's gezicht betrok. Hij trok aan zijn pijp en keek haar na. Teef, mompelde hij. Was het om haar moeder, om de manier waarop Laura stierf? Maar waarom dat 'teef'?

Mary kermde: 'Hij híeld van mij!'

Elizabeth zag de tranen in Mary's ogen. Gevoelige slag. 'Hij respectéérde mij,' glimlachte zij koud.

Mevrouw Browning kwam hen roepen voor het diner.

Elizabeth maakte zich automatisch gereed voor het slapengaan, maar haar gedachten waren op hol. O god, waarom moest ik hier terugkomen, waarom moet zij hier zijn en zich alles herinneren. Alsof je in een golf verdrinkt. Al die jaren heb ik het kunnen vergeten. Waarom, Jezus Christus, waarom moet ik haar zo haten? Ze is niets, betekent niets voor mij. Mijn leven is verder gegaan, zij is blijven steken. Ik heb iets bereikt, geniet zelfs een zekere faam, binnenkort misschien het boek, binnenkort, ja. Zij heeft alleen maar drie kinderen na vier echtgenoten. Typisch een vrouw, leeft in haar kut en baarmoeder.

Moest ik haar nou echt aan het huilen maken.

O, Christus, ze huilt om niets. Altijd al.

Alex die daar met een bleek gezicht naar ons zat te staren, nou en, kan het schelen wat die denkt of voelt. Stomme huisvrouw, net als haar moeder Amelia.

Amelia, slank, jong, lang honingblond haar, eenvoudige kleding, heel anders dan Mary's moeder Laura. Moet zwaar voor haar zijn geweest, hier de hele zomer opgesloten zitten met Stephens dochters, haar eigen baby, Alex, pas zes maanden oud. Die dag dat ze haar hand op mijn knie legde, ik zat in de tuinkamer te lezen, ze keek net zo naar me op als Alex naar mensen opkijkt, wil je mijn vriendin zijn, Elizabeth?

Waarom in vredesnaam zou ik bevriend willen zijn met de derde vrouw van mijn vader, maar vier jaar ouder dan ik?

Ik had al een moeder, verscheidene zusters en tantes die geen van allen veel van me houden. Wat moet ik verdomme met jou aan? Maar inwendig huilde ik: kun je me helpen? Me redden? Ik haatte haar daarom – ze was gewoon een domme vrouw, wat kon zij doen. 'Zeker,' antwoordde ik op een toon die beduidde: stel je niet aan. Ze lachte een beetje en liep weg. Ze probeerde me te omhelzen, te helpen, denk ik, maar wat kon zij doen. En ze was Vaders vrouw. Ik was opgelucht dat hij met haar trouwde, maar jaloers, jaloers.

Moeder hoorde me uit over hen, ik weet waarschijnlijk meer over Stephens leven dan enig ander, jarenlang opgelet. Bespioneerde namens Moeder al zijn volgende vrouwen. Bij iedere nieuwe vrouw: hoe ziet ze eruit, hoe lang, welke haarkleur? God, ze was nijdig over Laura, deftig meisje, donker en slank, veel mooier dan Moeder, van oude, rijke familie zoals hij. Wat was ze opgetogen toen Laura Mary kreeg. Weer een meisje! Ha! Zij heeft hem ook geen zoon geschonken! Misschien ligt het aan hem! Hij zou me niet op die manier aan de dijk hebben gezet als ik een zoon had gehad, geloof mij maar, Elizabeth Upton. Vijf was ik. Wist ze wat ze tegen me zei? Merkte ze niet, kon haar niet schelen, gedreven door haat, ik hoofdzakelijk een wapen in haar oorlog tegen hem, tegen haar eigen drankzuchtige vader met losse handen, klein katholiek Iers meisje, nooit gerespecteerd. Ik verwoestte haar leven en dat ik een meisje was, maakte de puinhoop compleet. O, god...

Ik lag vaak in bed manieren te verzinnen om mijzelf te verlossen. Als ik groot ben, word ik rijk en beroemd en zal ik voor Moeder zorgen. Dan koop ik een groot huis voor haar op Bacon Street en een lange auto en huur een man om hem te rijden. Dan zal ze glimlachen. Dan is ze gelukkig. Dan zal ze van me houden.

Maar ten slotte verongelukte de geweldige Laura dronken in een auto, overduidelijk zelfmoord, verwend nest, kwaad omdat hij nooit thuis was, dag en nacht werkte voor de oorlogsinspanningen. Laura een egoïstisch prinsesje, had Moeder goed gezien, besteedde weinig aandacht aan Mary, gaf om haar dames, haar bewonderaars, haar cocktails, haar garderobe. Ze aaide Mary over het hoofd, kuste haar, zei lieve woordjes – op weg naar buiten. Wist ik wel. Toch haatte ik Mary omdat zij haar had, dat weinige liefs in haar leven. Mary kende haar nauwelijks. Opgevoed door kinderjuffen. Voor Mary was haar moeder een hunkering. Ik ook: Lizzie, toe speel met me.

Het babyhartje hunkerde naar mij.

Maar Vader was altijd zo druk met haar, zocht haar, riep: Waar is mijn Mary? Waar is mijn kleintje?

Ikke hier, Pappa! Sprong in zijn armen. Hij ving haar altijd op, knuffelde haar, kuste haar. Ik een ronddrijvende stankwolk, een waar ze aan gewend waren, die niet opviel. Hij bouwde het speelhuis voor haar. Gaf haar een auto toen ze achttien was. Ik moest vechten om naar een goede school te mogen. Hij hield mij nooit vast toen ik klein was.

Moeders schuld.

Maar al maakte Laura haar gek, Amelia versloeg haar echt, ha! Amelia was gewoon, niet aristocratisch, had zelfs niet gestudeerd, Stephen vierenveertig en zij negentien. Moeder klemde haar kaken opeen toen ik haar vertelde (en wat genoot ik) (ja, maar je had ook met haar te doen) dat Amelia secretaresse op zijn kantoor was geweest, net als Moeder. De rest heb ik haar niet verteld. Dat Amelia een lief kind leek, dat hij van haar leek te houden en zij van hem. Zo teder als ze elkaar aankeken, de manier waarop zij haar hand op de zijne legde, voorzichtig om niet te storen, alleen maar aan te raken. Met ingehouden adem. En hij leunde achterover, een glinstering in zijn ogen, zonder wreedheid, louter genoegen. Maar Moeder triomfeerde toen Amelia Alex kreeg, weer een dochter. Wat een ophef over meisjes, je zou denken dat mensen ze graag kregen. Ha!

Wat is er toen gebeurd? Had Moeder gelijk: was haar zonde dat ze weer een dochter kreeg en geen zoon? Plotseling was Amelia vertrokken, had Alex meegenomen en kwam nooit meer terug.

Riep Vader hen net als ons op voor het feest van 4 juli? Vroeg hij haar niet, of liet Amelia haar niet gaan? Betaalde hij haar alimentatie? Geld voor het kind? Wat was er afgesproken? Ik was zelf allang vertrokken, hoefde Moeder geen verslag meer te doen. Moeder kreeg minder belangstelling voor me toen ik haar niets meer kon vertellen over hem. Noemde zich nog steeds mevrouw Upton, mevrouw Catherine Upton, zonder verdere verwijzing naar Stephen Cabot, droeg pakjes en kettingen van Chanel, maar de pakjes waren confectie en de kettingen *faux* zoals dat heet, rookte, dronk Manhattans, woonde in die flat in Back Bay, speelde bridge, ging naar ieder feestje waarvoor ze werd uitgenodigd, een vrouw alleen, niet helemaal zoals het hoort, niet veel uitnodigingen, probeerde haar stand op te houden met haar vriendinnen. Gaf af op haar familie, de drankzuchtige oude man, de afgetobde oude vrouw. Waarom niet? Zodra haar vader in die driehoogflat in Somerville haar zag, begon hij te schelden: Daar is mevrouw Hoogmoed. We gingen er alleen heen met Pasen, Thanksgiving en Kerstmis. Dat was genoeg. Haar broers en zusters moesten haar ook niet. Mij evenmin.

Ik sloeg haar met stomheid, denk ik, ambitieus als ze zelf was geweest. Het hoogste waarnaar zij kon streven, was een goed huwelijk – dat wil zeggen een rijk huwelijk. Ik leefde in een ander zonnestelsel. 'London School of Economics: wat is dat? Waarom in de naam van alles wat heilig is, wil jij econome worden, wat doen die?' Keek naar me alsof ik van een andere planeet kwam. Nog steeds. Vierenzeventig, stem gelooid door whisky en sigaretten, nog steeds knap, nog steeds even krengig als altijd, zegt dat ze van plan is hem te overleven zodat ze iets van de rotzak kan erven. Heeft zich op haar manier met mij verzoend: 'Je mag een frigide kreng zijn, maar misschien was het toch slim van je om niet te trouwen en geen kinderen te krijgen. Je hebt tenminste nooit meegemaakt wat ik heb meegemaakt.' Meegemaaktmeegemaakt.

En ik ontsnapte?

Mary ontwaakte in paniek, bezweet, oriënteerde zich: Lincoln, Vaders huis, Vader niet hier. Ze ging zitten, keek de kamer rond, stond toen op en liep naar de badkamer. Drijfnat was ze. Ze liet haar nachtpon op de vloer glijden, zette de douche aan, trok een douchemuts over haar hoofd en stapte eronder. Lincoln, Vaders huis, Vader niet hier. Hij ligt in coma. Dezelfde oude nachtmerrie:

auto over vangrail, ik in vlammen. Don. Ze begon te huilen en liet zich gaan, niemand kon haar boven de douche uit horen. Wanneer zou het ophouden? Huil maar kleine Mary arme Mary. O, god, Don, hoe kon je. Hoe kon je sterven, hoe kon je mij achterlaten, hoe kon je? Terwijl je wist hoe ik van je hield, hield, hield...

Na een paar minuten kalmeerde ze wat, ze draaide de kraan dicht en stapte uit de bak, sloeg een handdoek om zich heen. Ze droogde zich stevig af, liep terug naar de slaapkamer. Ze voelde aan haar lakens: nog nat. Ze trok de dekens weg om de lakens te luchten, ging toen in de chaise-longue bij het raam zitten. Haar tas lag vlakbij op de grond, ze trok hem naar zich toe en haalde er een cloisonné doosje uit en wat vloeitjes. Ze deed het doosje open, nam er een brokje hasj uit, verkruimelde wat op het vloeitje. Ze nam een sigaret uit een open pakje, brak die doormidden en strooide de tabak over de hasj. Ze rolde het op, likte aan de uiteinden, draaide die strak ineen. Ze stak het aan. Ah.

Toen er nog maar een stompje over was, deed ze de peuk weer in het doosje. Moet hier een contact vinden. Zal wel naar Boston moeten gaan. Aldo weet 't misschien. Ronnie weet vast massa's bronnen. Kan het haar niet vragen.

Waarom ben ik zo ondersteboven? Elizabeth, Elizabeths schuld. Zo vol haat, zo hatelijk. En ik hield zo van haar, had haar nodig, geen echte moeder, Laura, altijd op weg naar een feestje, lunch, thee, cocktails, wat dan ook. Liet me binnenbrengen om goedenacht te zeggen voor ze 's avonds wegging, in mijn nachtpon, met geborsteld haar, o, mijn snoezige meisje, mijn schattige meisje. Ze rook naar poeder, parfum, streelde haar jurk om zijde te voelen, taf, fluweel, wol zo zacht als fluweel. Goedenacht, Mamma, veel plezier.

Soms rook ze vreemd, Pappa soms ook, sterk en zuur, vreemde praat, langgerekte woorden: Daaar is mijn kleeeine meeeid, mammies schaaatje...

Nog maar dertig toen ze stierf, kranten vol foto's van haar. Laura Upton, gevierde gastvrouw dood door auto-ongeluk. Juffie verstopte de krant, maar ik zag het, ik kon lezen, ik was zeven. DODELIJK ONGELUK stond er. Juffie Gudge vertelde 't me met strakke mond, hield me op schoot, Mammie zou niet meer terugkomen, ze was naar de hemel om bij de engelen te wonen, ze is nu een engel, kijkt op je neer en beschermt je, Maudie maakte aan de overkant van de kamer het bed op, zoals ze Maudie aankeek, met waarschuwende blik toen Maudie zei: 'Verbaast me niets.' Hoe komt het dat ik dat nog weet terwijl ik het niet begreep. Tante Pru kwam statig over uit Boston met een vilthoed met een veer erop en een gegraveerde jaden ring, met oom Samuel als een smallere schaduw achter haar aan, ze greep me, arm kind, en Pappa zo kwaad, huilde zijn gezicht rood en wit, zijn ogen rood. Rook weer zo raar. Tante Pru schold hem uit, was niet bang voor hem, haar kleine broertje.

Ze moet maar naar kostschool, zei hij tegen oom Samuel, ik kan hier niet voor haar zorgen, er woedt een oorlog, ik ben nodig, Buitenlandse Zaken werkt dag en nacht, liet mijn bagage pakken en versturen naar de school van juffrouw Kipmar.

Iedereen van wie ik ooit hield, heeft me in de steek gelaten.

Maar op Kippekop waren er tenminste andere meisjes, vriendinnen – Amy, Caroline, Elena, Catherine, allemaal ongewenste kinderen. Gelukkiger daar, kinderen om mee te spelen. Maar eenzaam in de zomers, lange eenzame zomers in Lincoln, al die jaren. Alleen Elizabeth hier en zij haatte me, haatte me altijd. Nou ja, meestal. Wanneer niet – de dag dat we de kok overhaalden om een picknickmaal voor ons klaar te maken en we ervandoor gingen, helemaal naar de beek. We speelden laten we doen alsof, Elizabeth was Rosalind en ik was Celia, dat was Shakespeare, zei ze.

Amy trouwde met een Franse graaf. Catherine werd kunstzinnig en opende een galerie in New York, Elena stierf op haar dertigste aan een overdosis drugs, Caroline woont in Boston, weer getrouwd, net als ik vier keer gescheiden, nou ja, ik ben maar twee keer gescheiden en twee keer weduwe. Weduwe. Relict.

Ze stond op en trok de doorgestikte deken van haar bed, liep terug naar de chaise-longue en sloeg hem om zich heen. Ze leunde achterover en staarde naar de hemel, echt zwart hierbuiten, zag ik nooit zo in New York, net als de hemel boven Vail of Gstaad, maar geen sterren vannacht, alleen duister, wolken als rook, als bleek licht.

O, Lizzie kon het waarschijnlijk niet helpen, gegeven hoe de zaken stonden. Haar moeder op straat gezet om plaats te maken voor de mijne, zij op straat gezet om plaats te maken voor mij. Ze was hier altijd alleen, altijd, hing rond in hoekjes, bleek, met een boek, keek naar ons met die bleke, kille ogen, naar Mammie en mij en mijn juffie en mijn dienstmeisjes. Ik was een snoezige baby, waar is mijn kleine meisje, Pappa is thuis en wil zijn Mary zien!

Sprak nauwelijks tegen haar, zij lang en slungelig en onbevallig. Altijd alleen. Wat kon ze anders voelen, ze was maar een kind.

Maar ik hield van haar. Kon ze dat niet voelen? Ze haatte me omdat ik van haar hield, wat is er met haar aan de hand?

Je zou denken dat ze haar moeder gezegd zou hebben dat ze hier niet heen wilde! Waarom zou iemand ergens willen zijn waar ze duidelijk niet welkom was? En ze is nu geen kind meer. Ze is een hatelijke volwassene. Ik moet haar laten stikken, wat doet ze ertoe? Zal ik doen. Ik zal haar gewoon negeren, ze doet er niet toe, ze is niet belangrijk voor mij. Ze doet er niet toe, ze is onbeduidend. Vergeet haar. Jaloerse, verbitterde, dorre oude vrijster. Ik wed dat ze nog nooit in haar leven een orgasme heeft gehad.

HOOFDSTUK 4

Een konijntje schoot geluidloos over het pad het struikgewas in. Doodsbang, bonzend hartje, bang voor mij zoals ik bang was in Engeland. Deed stug en hooghartig toen Clare me meenam naar Oxford om zijn vrienden te ontmoeten. Waarom was ik zo doodsbang? Ze leken allemaal zo briljant, met dat Oxbridge accent en die flitsende Britse humor – had, heb ik niet, kon niet meedoen. Mijn grappen klinken log, sarcastisch, gemeen. Grappen van een met haat gevoed kind.

O, waarom blijf ik maar denken over die tijd, kinderjaren en dergelijke? Al zolang ik hier ben. Mijn leven lang geprobeerd het te begraven. Te overstijgen. Doordat ik hier ben met Mary, me voel zoals zo vaak in die jaren. Zelfde haat en jaloezie, zelfs zonder de aanwezigheid van Vader die ons onze plaats wijst, bang maakt. Je moeder leert je geen manieren, Elizabeth, maar allicht, hoe zou ze 't kunnen, zo'n ordinaire Ierse. Uptons gebruiken hun slavorken niet voor de vis en hun visvorken niet voor hun vlees; ze kauwen niet met open mond, drinken niet voor ze uitgekauwd zijn, rapen geen gevallen servet op, snuiten hun neus niet aan tafel, spreken niet over persoonlijke dingen in het bijzijn van personeel, vragen niets aan bedienden die opdrachten verwachten, houden een stuk brood niet in hun handpalm terwijl ze het smeren, eten niet met hun ellebogen op tafel, slurpen niet van de soep. Ze vertonen zich niet buiten hun kamer in hun ondergoed en verzorgen hun lichaam niet in het openbaar; een Uptonvrouw haalt het niet in haar hoofd in het openbaar haar haar te kammen of lippen te stiften en zal zeker niet een afzakkende onderjurk ophijsen in de vestibule van het huis, zoals ik jou vorige week zag doen! Uptons praten niet plat en Uptonvrouwen gebruiken nooit, nooit, nooit woorden als verdomme of klote en ik wil ze uit jouw mond niet meer horen, jongedame.

Een ander tijdperk. Voorbij maar niet betreurd.

Uptonvrouwen zijn elegant, zij respecteren mannen te allen tijde, zij denken aan hun voorgeslacht. Je voorouders waren ministers, een was de grootste prediker van zijn tijd, de Kolonie at uit zijn hand. Je betovergrootvader was gouverneur van deze staat, je overgrootvader leidde de meerderheid in de Senaat, je vader, juffer, is machtiger dan de minister van Buitenlandse Zaken...

Mannen in limousines kwamen en gingen, allemaal bijzonder belangrijk. Gefluister en geheime agenten. Bibliotheekdeur urenlang gesloten, de butler – we hadden toen een butler, was ik vergeten – klopte met zijn witgehandschoende hand, droeg bladen met drank naar binnen, een veiligheidsagent zat op een rechte stoel in de hal, achter de jaloeziedeur naar de tuin zat een tweede op een vouwstoel in de hete zon. Maar ik luisterde af op het toilet naast de speelkamer. Had Mary nooit ontdekt – waarschijnlijk geen interesse. Lange discussies over wel of niet spoorlijnen bombarderen die naar bepaalde kampen liepen, moet de holocaust zijn geweest. Vader ertegen, hij won de slag. Was het na het einde van de tweede wereldoorlog dat ik Vader hoorde betogen dat we een atoombom op de Sovjetunie moesten gooien? Ik misschien veertien, vijftien. Hij schreeuwde dat Bertrand Russell en John von Neumann allebei aandrongen op preventieve kernaanvallen op de Sovjetunie. Die rotcommunisten hebben kernwapens, gromde Vader. Moeten die rooien uitschakelen voor ze de hele verdomde wereld verzieken. Rooien machtig in Duitsland vóór Hitler, konden weer opkomen. Krachtige beweging in China. Wilden ze dat hier ook?

Zat wat in, denk ik. Kijk maar wat er gebeurd is. Sovjets, Oostblok, China, Afrika, uitgezaaid naar Midden-Amerika, Zuid-Amerika als we Allende niet uitgeschakeld hadden...

Toch leek dat een drastische stap...

Ik vraag me af of hij voor Hitler was. Bij voorbeeld in 1939, of eerder.

Later werd Russell zelf een rooie. Vader haatte hem. En ik hoorde dat Von Neumann op zijn sterfbed nachtenlang schreeuwde in onbedaarlijke angst.

Alles eist zijn tol.

Dat is nu allemaal voorbij, helemaal voorbij. Vader sterft en uit de CIA-rapporten die ik heb gezien, blijkt dat de Sovjetunie uitgehold ineenstort. We hebben gewonnen. Ik neem aan dat ik mijzelf tot de winnende partij moet rekenen. Het kapitalisme heeft gewonnen. Toch zijn er dingen waar ik het niet mee eens ben, dingen die ik niet in de theorie kan opnemen, dingen waar Clare het nooit over had, dacht hij erover na? Ik heb hem nu nodig, moet met hem praten.

Ik weet niet waarom ik zo... Vader is hier niet en zijn eisen zijn niet zo belangrijk meer, nietwaar. Alleen Mary is hier, en Alex. Zoals vroeger meestal in de zomers. Vader ginds in Washington, Mary hier, dan Alex, vlaskopje. Brengt mijn gedachten, nee mijn stemming terug, voel me op een of andere manier kinderlijk, alsof alles wat ik sindsdien heb meegemaakt in een film hoort en dit echt is. Ik ben weer thuis. Mijn volwassen leven slechts een film. Ik wandelde elke dag in deze bossen toen ik hier woonde. Wandelde er voor ik die eerste keer naar Engeland vertrok, zo angstig, zo vastbesloten, kiezen op elkaar net als Moeder, ik zou, zou, zou. Zou wat? Hem tonen. Ontsnappen. Aan Moeder. Aan hem. Aan mijn gevoel nergens thuis te horen. Zou een eigen plek maken. Een einde aan mijn hulpeloosheid.

Maar hoe kon ik dat daar doen? Die Engelsen, die Engelse humor, superieur en licht, het leven een amusante absurditeit. Beangstigend. Ik gedroeg me nog hooghartiger dan zij, hoopte dat ze 't niet zagen. Doodsbang dat ik toch als dom zou worden ontmaskerd. Misschien schuilen achter hun manieren ook angst en verlegenheid. Wat doen zulke mensen als zij pijn hebben? Hun manieren suggereren dat dat nooit voorkomt. Met een geestige spitsvondigheid snijden ze hun polsen door, schertsend storten zij zich over de balkonrand.

De LSE was ook zo'n zooitje, vol koffiebonen en linksen. Harold Laski liep er met wazige blik rond, iedereen fluisterde over de beroemde Amerikaan die in '53 met de staart tussen de benen was gevlucht voor McCarthy. Wie wist dat het zo'n verdomd links toevluchtsoord zou zijn. Behalve Clare, goddank. Zo'n aanzienlijke instelling. De studierichting econometrie negeerde vrouwen volkomen. Mannelijke professoren prefereerden mannen, zelfs koffiebonen. Veel van die moslims, Afrikanen, Indiërs zijn nu president of premier van hun land. Vorig jaar zat ik op zijden kussens thee te drinken uit porseleinen kopjes, over de goede oude tijd te keuvelen met mijn vriend Sayyid, de president van Oman. Dacht met warmte terug aan de LSE, toch was het een ongelukkige tijd: vreemd is dat. Lachten om de geur die er hing, de eeuwig stovende kool. Iedere dag de hele dag. Walgelijk eten. Op het toiletpapier stond aan de ene kant London Country Council en op de andere kant Was nu uw handen s.v.p. Sayyid zag daar voor het eerst toiletpapier, dacht dat het leesstof was. We hadden allebei een lessenaar in de zaal voor promovendi en telkens als de koninginmoeder ons bezocht, moesten we onze kluisjes voor haar opendoen. We kregen een borsteltje om stof te verwijderen van de boeken die uit het depot kwamen, stof der eeuwen.

Mijn flatje in Hampstead, toen niet zo modieus. Zolderverdieping, Saksische raampjes, gaspit om op te koken, de verwarming liep op munten. Altijd koud en vochtig.

Een vrolijk stel meisjes, maar niemand deed economie: we waren met ons drieën in mijn jaar, twee vielen af in het eerste jaar, een zwanger, de ander een zenuwinstorting. Ik besloot dat ik het zou halen, me niet klein zou laten krijgen! Clare hielp me erdoorheen. Ander soort intelligentie, 'n soort dat ik begreep, dat dingen samenbracht. Zaten in zijn studeerkamer, altijd vuur in de haard, die vochtige kamer vol boeken en papieren, hij schonk thee of sherry voor me in, we praatten, praatten urenlang. We hielden van elkaars geest. Allebei Amerikaans.

We beschouwden geld allebei als een concept, een conventie: een menselijke overeenkomst om waarde toe te kennen aan iets dat in wezen geen waarde had. Op een van de Trobriand-eilanden, hoe heet het ook alweer, Kiriwana, Kiriwina, drukken ze waarde uit in bananebladeren. Vrouwen binden ze tot een soort bezems bijeen, de mannen fokken varkens, dingen met echte waarde, natuurlijk doen de vrouwen het werk. Maar de vrouwen spelen quitte: alleen zij kunnen de bananebladeren binden en de mannen hebben daar alles voor over, gebruiken ze om de levenden van de doden te bevrijden in begrafenisriten. Kostbare bundels, teken van welstand: in werkelijkheid volkomen waardeloos. Ik lachte, snoof van minachting om zulke domme mensen! Primitieven! Wat lichtten zijn ogen op, hij vond het heerlijk me neer te sabelen: 'Het is ook amusant, maar bedenk eens even, Elizabeth, als je wilt, wat buitenaardse wezens zouden vinden van onze eerbied voor goud of diamanten, of zelfs voor papiergeld – die ons niet kunnen warmen of voeden of anderszins in leven houden. Waarvoor we toch vechten, zelfs moorden. Je kunt Kwakiutls of Papoea's belachelijk vinden omdat ze protserige feesten aanrichten om aanzien te winnen, maar de ouwe jongens in Virginia, waar ik mijn doctoraal heb gehaald, dronken zich met hetzelfde oogmerk ongans. En het wordt gewoonlijk volkomen redelijk gevonden als volwassenen failliet gaan doordat zij huizen, auto's, schilderijen kopen met hetzelfde oogmerk. Bedenk eens dat een van de meest waardevolle – en dure – stoffen in de westerse wereld plutonium is – en dat is absoluut dodelijk. Een klein balletje ervan kan een hele stad doden.'

Liet me stil, vol gedachten achter.

Diamanten alleen maar stukjes rots, goud gewoon een metaal. Zelfs de echte dingen die mensen willen – mooie kleren en auto's, mooie huizen – zijn alleen maar suikerglazuur. Het hele mondiale stelsel kunstmatig, een spelletje 'laten we doen alsof', grote staten op papier gebouwd. Maar als de koersen instorten, doen echte mensenlevens dat ook. Het echte leven op niets gebaseerd. Niets komt uit niets voort: is dat niet van Shakespeare? Niet waar. Alles komt voort uit niets, uit een woord, een verklaring dat dit goed is, dat waardevol. Hij vond het briljant, een schitterend kunststuk: de mens die de wereld herschept met papier – woorden en geld. Hij was er opgetogen over, de menselijke geest die de materie overwint.

Nooit gepraat over wat werkelijke waarde heeft. Wat is dat? Voedsel, water, slaap. Liefde? Bestaat die? Of is 'liefde' gewoon een ander woord voor macht? Mary: ik weet alles over liefde. Maar wat zij liefde noemt, levert haar geld op. Wat zij liefde noemt, is macht.

Elizabeth schopte dode bladeren op. De zon, bleek, nog laag aan de hemel, wierp zwak licht op de grond door een stuk bos met kale esdoorns en eiken waar ze even bleef staan om zich te warmen in het bleke licht. Zo stil. Nog niemand op, zelfs nog geen koffie klaar. Wil ik best zelf zetten.

Moeder probeerde de schijn op te houden, deed alsof we een hulp hadden, druk bezig in de flat – zei Edith Whartons moeder niet: 'Een salon is áltijd netjes'? Als het haar beurt was om haar vriendinnen te onthalen, deed ze altijd alsof ze niets te doen had. Gelukkig dat zij de huwelijkscadeaus had gehouden, het zilveren theeservies, het glasservies van Rosenthal.

Eigenlijk denk ik dat ze een behoorlijke alimentatie kreeg. Alleen niet genoeg om op Beacon Street te blijven wonen. Wat was het belangrijk voor haar om bij die rijke lui te horen. Daarom werd ze verliefd op hem. Nee, wees eerlijk tegenover het loeder. Het was ook de oude naam, de status, de klasse. Ze groeide op in een driehoogflat in Somerville, acht kinderen in een vierkamerflat, was aan de lijnen op het achterbalkon. Gegil op vrijdagavond als de mannen hun loon hadden en zich bedronken, haar vader die altijd een van hen met zijn riem bedreigde. Haar moeder op haar veertigste oud, nauwelijks nog tanden in haar mond en een zwarte voorin. Moeder had ambities, of tenminste dromen. Al waren ze armzalig: 'Als je intelligent en welgemanierd bent, Elizabeth, zul je ooit met een Belangrijke Man trouwen.' Nu ja, het was tenslotte in de jaren dertig.

Raakte in feite haar familie kwijt toen ze met Vader trouwde. De zijne negeerde haar, maar hem niet. Vaders moeder – heb ik haar ontmoet toen ik klein was? – weigerde naar de bruiloft te komen van haar zoon en een katholiek. En Moeders pummel van een vader, Jack Callahan, haatte Moeder omdat zij trouwde met een man die zich te goed voelde om een voet in zijn huis te zetten. 'Ze is buiten het geloof getrouwd!' brulde hij als Oma haar probeerde te verdedigen – alsof hij iets om geloof gaf. Hij haatte mij omdat ik Vaders kind was, Vader haatte me omdat ik van haar was. Vader haatte Moeder omdat zij hem tot een huwelijk dwong; Moeder haatte Vader omdat hij haar tot een scheiding dwong. Mijn erfenis: haat. Wat een familie. De kinderen Callahan met littekens en slechte geheugens sloegen als volwassenen hun eigen kinderen. Moeder kon het na een tijd niet meer aanzien en ging niet meer naar Somerville. Nu allebei dood, kleine ouwe opie en omie. Zoete dromen.

Haar dromen: daarvan werd ik het instrument. Was ik ooit meer voor haar? Zelfs nu? Toch is dat meer dan ik voor Vader was. En voor Clare?

Clare hield van mij. Dat weet ik. Weet ik zeker.

Mary hield ook van mij. Waarom kon ik niet van haar houden?

Ze liep verder, haar handen in haar zakken, schopte tegen de bladeren, wierp bladstof op, maakte geluid, sjj, sjj. Zoals het klonk toen ik klein was, toen ik hier was met Thanksgiving, Kerstmis. Lange wandelingen in mijn eentje, om dat huis uit te zijn.

Moest eruit, innerlijk in vuur en vlam van afgunst. Afgunst doet pijn, het kermt, brandt. Mary en Laura en alle aandacht die zij kregen, de nichtjes ook. Mijn tantes en ooms – ha! – zíjn broers, zusters en schoonfamilie. Allemaal keken zij mij koud aan, zagen mijn onaanzienlijke katholieke moeder, nauwelijk meer dan een prostituée, ik nauwelijks meer dan een onecht hoerekind. Wat zouden ze hebben gedacht als ze Ronnie ooit hadden gezien! Ha! Mary, dat verwende nest, verwachtte altijd dat ze kruipend werd bediend. Verwachtte alles, verwachtte dat iedereen van haar hield. Ze had al die liefde en toch klampte zij zich aan mij vast, zocht mij altijd op: Lizabit speel met me, Lizabit gaan we kleuren. Soms gaf ik toe, ging met haar zwemmen of verstoppertje spelen in het bos.

Niet veel aan, alleen wij tweeën en zij zo klein, vijf toen ik tien was, zeven toen ik twaalf was... Toen hield ik ermee op. Geen kind meer. Nooit andere kinderen hier, tot Alex. Was zestien bij Alex' geboorte, maakte al plannen voor om te vertrekken, voorgoed te vertrekken. Kostte me nog een paar jaar. Er kwamen niet vaak kinderen op bezoek. Buiten de familiefeestjes kwamen er alleen mannen in limousines, zonder kinderen, stel je zo'n slee voor met op het raam een sticker: 'Voorzichtig! Kind in de auto.' Ha!

Maar wat kon het mij schelen, ik kon toch niet goed opschieten met kinderen. Niets was belangrijk, alleen dat ik mijn hersens gebruikte, dacht. Mijn intellectuele gelijken vond. Vond ik zeker niet hier – Mary, ha! Vader wist veel van politiek en geld, maar een echte intellectueel was hij niet, o, hij is slim genoeg, denk ik, maar niet zoals Clare. Hij was vooral bekend, lid van een selecte kring, geaccepteerd door de juiste mensen, jarenlang deelgenoot in vertrouwelijke gesprekken, verbonden met de geheime krachten die een staat besturen: gewiekste industriëlen.

Maar Clare! God, ik voelde me zo opgewonden, gestimuleerd, o, god, het verlangen dat opwelde in mijn binnenste! Iets dat ik nooit eerder had gevoeld. Ik eenentwintig, hij veertig. Zat in zijn studeerkamer terwijl hij praatte, zo gemakkelijk, alles in zijn hoofd, nooit een aantekening nodig. Blonde lok voor zijn gezicht. Bracht de kapitalistische geldeconomie in verband met de filosofen, met Hobbes en Hume en Adam Smith natuurlijk, en daarna met Darwin en Herbert Spencer, met schilders, schrijvers, het kapitalisme schiep kunstvormen, de roman, gezinsvormen veranderden toen de produktie uit het huishouden verdween. Met Marx, die het kapitalisme en zijn mogelijkheden goed had begrepen.

Clare zo geweldig, zo mooi en briljant en hartstochtelijk, Ellen zo zuur, ik begreep er niets van, waarom vond ze het niet heerlijk om met hem getrouwd te zijn? Wat benijdde ik haar. Zij was niet jaloers op mij, bezag me minachtend, weer zo'n domme kleine beschermelinge, alsof ze iets wist dat ik niet wist. Nou, dat was zo, nietwaar. Toch ben ik hem altijd blijven adoreren. Zelfs nu. Ze leeft nog, hoor ik, woont in een huisje in de Cotswolds, schildert haar fletse aquarellen. Terwijl hij in een koud, koud graf ligt...

Zal Vader zomaar sterven, zonder dat er tussen ons iets is gezegd, noch het een noch het ander? Als ik hem rechtstreeks vroeg wat hij van mij dacht, zou hij waarschijnlijk lachen. Maar als hij niet van mij hield, waarom zei hij dan van wel, ach, in die situatie zou hij dat zeggen, denk ik. Maar dat had niet hoeven gebeuren. Was het liefde? Heeft hij misschien verdriet gehad, geleden door iets dat ik heb gezegd? Is dat de definitie van liefde: jezelf in een positie brengen waarin iemand je kan kwetsen? Soms meende ik dat zijn ogen even glinsterden van plezier om mij, mijn hersens. Ik dacht dat hij me mocht op de dag dat ik hem in Washington opzocht en hem zei dat hij Clare een baan in de regering moest bezorgen in overeenstemming met zijn kaliber en niet het onbeduidende baantje dat hij had geregeld, of anders...! Ik had me voorbereid, ik was hard. Het amuseerde hem. Die dag zag hij zijn eigen vlees en bloed. Ik zou hem waarschijnlijk toch niet hebben kunnen benadelen, ongeacht wat ik deed. Dat moet hij geweten hebben, maar hij deed het toch. Maar zei: 'Ik wil je hier niet meer zien.'

Toch kreeg ik ook daarna van zijn secretaresse oproepen: familiebijeenkomst in het huis in Lincoln, 4 juli. Zorg dat je er bent. Zijn broers en zusters en hun gezinnen, alle neefjes en nichtjes, beroemde vrienden, alle slaapkamers open, enorm veel personeel in die tijden. Wel honderd mensen verdrongen zich, hij schepte hoffelijk op: mijn dochters Elizabeth, Mary en Alexandra, hun moeders hebben hen naar koninginnen vernoemd en jullie zien vast wel waarom. O, hij was zo geweldig, zo charmant. Mary met de echtgenoot van dat moment, kinderen. Ik nam Clare een paar keer mee: wat dachten ze? Vader respecteerde Clare, ze spraken op een of andere manier dezelfde taal. Maar Vader sprak nooit meer persoonlijk, vertrouwelijk met mij. Alleen die hartelijke publieke figuur, wat was hij meesterlijk, hield iedereen voor de gek. Heb ik nooit geleerd. Dat kunnen alleen mannen zich permitteren: die wikken en beschikken. Vrouwen mogen knikken.

Minder feestjes sinds Amelia's vertrek. Maar wel wat. En hij riep mij nog steeds op, Mary ook. Maar Alex nooit. Wat heeft Amelia hem aangedaan, dat hij haar kind zo radicaal uitsloot? God weet dat hij mijn moeder haatte, maar hij bleef mij oproepen. Liet me oproepen.

Op zijn tachtigste verjaardag kwam de president een uur. Helikopter op het voorgazon. Foto's in de *Globe*, *People*. Groot oud man, eminent staatsman. Hij zag er nog uitstekend uit, alsof hij het eeuwige leven had. Armen om zijn kleinzoons heen. Niet mijn kinderen. Ik eindig bij mezelf, zij gaat verder. Mijn werk is mijn onsterfelijkheid. Ik zou haar weleens een boek willen zien schrijven over het kapitalisme als de triomf van de Scheppende Mens, alles uit niets. Uitbreiding en verdieping van Clare's ideeën. Als ik het ooit afkrijg. Sinds zijn dood geen zin meer.

Las hem graag stukken voor als hij op de bank in mijn flat luierde. Op zondagochtend, een Bloody Mary in de ene hand, een sigaret in de andere, die wenkbrauwen opgetrokken, altijd klaar voor een scherpzinnige, laatdunkende opmerking. Hij wekte me na zijn rondje joggen, maakte laat-zondagsontbijt terwijl ik koffie zat te drinken in mijn peignoir, een Upton-taboe. Hij maakte dan een omelet of spiegeleieren, improviseerde 'n hollandaise saus. Imponeerde me altijd. Of bracht bagels en roomkaas mee. Een ritueel. In de zonnige kamer de *Washington Post* en de *New York Times* liggen lezen. Gelukkig. Lachte me altijd uit als ik de kruiswoordpuzzel in de *Times* deed – 'zo'n kleinburgerlijke hobby, Liz' – maar gaf o zo trots antwoord als ik hem iets vroeg. Vroeg zorgvuldig naar dingen die hij wist: Griekse letters, poëziecitaten, aardrijkskunde. Rivier in Oost-Borneo. Hoe wist hij dat soort dingen? Dan las ik hem een nieuwe passage voor, hij luisterde met hart en ziel, oplettend en stralend gezicht. Gaf om mijn werk, wilde dat het geweldig was. Had geen behoefte het zelf te doen. Zijn roem was gevestigd onder de kenners. Zijn onsterfelijkheid gegarandeerd. De man die het ongelijk van Keynes aantoonde.

Maar nu, in 1984, Orwells jaar van de ondergang, gebeurt er iets nieuws, de recessie van '81-'82, ach, was te verwachten, noodzakelijke zuivering van afval, treft de armen natuurlijk het eerst, dat hoort erbij, dat beangstigt me niet, wel de nieuwe stelsels, nieuwe benaderingen, maken mij ouderwets, wereldmarkten, wereldboekhoudingen, multinationals die vertrekken naar landen zonder arbeidswetgeving, dubieuze obligaties, vijandige overnames, Siegel redde vorig jaar Martin Mariëtta van Bendix, iets nieuws is ontketend, losgebroken zoals Clare vond dat er in de vijftiende eeuw iets nieuws was losgebroken, honger naar iets, machtige kracht die alles op zijn weg vertrapte, dingen die natuurlijk toch verdienden te sterven, de Mens is niet te stuiten. Een van de grote zuiveringen ten behoeve van het voortbestaan van de sterksten, catharsis die de economie reinigt, overtollige luie arbeiders en methodes afvoert. Niet bij de ellende blijven stilstaan, kijk naar het grootse tafereel, de toekomst van de mensheid.

In de verte luidde een kerkklok achtmaal, iedere toon trilde in de lucht: zondagochtend. Met een onrustige maag keerde ze terug naar het huis, vertraagde haar pas in een plas zonlicht: ik kan vakantie nemen! ik kan er hier aan werken! Naar huis vliegen, diskettes, boeken, dossiers inpakken. Moet ze laten versturen, te veel om te dragen. Dat duurt dagen. Met de auto misschien, de Alfa, die gebruikt niemand hier.

Haar gedachten stokten. Er drong een beeld in binnen als inkt in vloeipapier, een herfstdag in New England, Elizabeth die in Clares Porsche reed, hij mokkend naast haar omdat zij niet opnieuw een Brandenburgs Concert wilde horen, ze had een bandje van Bill Evans opgezet met 'I was up with the lark today', de muziek tintelde van luchtig plezier, de weg liep tussen twee rijen bomen als een *chemin cru* in Normandië, een tunnel van purper, oranje, paars, tinten goud, de rode esdoorns verkleurden spiraalsgewijs, rond en rond, van oranje overgaand naar vermiljoen naar roodbruin, hij ten slotte toch glimlachend naast haar, voldoening vervulde haar, wat het ook gekost heeft, dacht ze, het was het waard.

Werkelijk?

De conditie van de oude heer was onveranderd, zei dokter Stamp. De zusters begrepen dat hij zondagochtend om elf uur speciaal naar de intensive care kwam om hen te ontmoeten, dat hij zijn rondes vroeg maakte, vóór achten, en op zondag vaak helemaal niet kwam. Elizabeth begreep ook dat hij niet wilde dat ze de grote man uit dit kleine ziekenhuis zouden overbrengen naar Boston: als er televisiecamera's of journalisten waren, wilde hij in de schijnwerpers staan. De zusters waren tevreden, vooral Mary liet hem weten hoezeer zij de persoonlijke zorg waardeerde die Vader hier ontving.

Elizabeth had dokter Biddle gebeld om te vragen of hij een neuroloog kon aanbevelen en hij had dezelfde professor Roper van Harvard genoemd. Maar ze vertelden dokter Stamp dat zij zíjn aanbeveling hadden gevolgd en dat dokter Roper morgenmiddag om een uur of vier zou arriveren. Schikte dat? Hij was gevleid (zo'n voorname dame), hij verliet de kamer bijna buigend, achteruitlopend.

Dat is de vrucht van roem en rijkdom, meesmuilde Ronnie.

De zusters stonden rond het bed van de oude man, bekeken hem tien minuten lang en vertrokken toen.

In de auto vroeg Alex later aarzelend: 'Denken jullie dat het waar is dat mensen in coma kunnen horen wat er in hun omgeving wordt gezegd? Ik bedoel, dat heb ik ergens gelezen. Denken jullie dat het waar is? Denken jullie dat we tegen hem moeten praten, zeggen wie we zijn, dat we hopen dat hij spoedig herstelt en dat we aan hem denken en bidden,' ze zag hen kijken, 'nou, in ieder geval iets zeggen om hem te laten weten dat we er zijn en om hem geven?'

De drie anderen staarden haar aan.

'Doen we dat?' grinnikte Ronnie.

Alex zette door. 'Of we zouden bandjes kunnen afspelen. Je weet wel, kalmerende muziek. Ze hebben van die bandjes met de oceaan, brekende golven, meeuwen, de branding. Misschien kalmeert dat hem als hij van streek is. En hij is waarschijnlijk van streek, weet je, nu hij niet kan spreken en zo. Weet je?' Ze bestudeerde hun gezichten en zocht wanhopig naar een reactie.

Niemand keek haar aan.

'Wat wou je tegen hem zeggen?' vroeg Mary na een tijdje. 'Je kent hem nauwelijks.'

'Weet ik,' zei Alex bedrukt. 'Daarom juist...'

'Hij was geen vader voor jou. Hij heeft je in de steek gelaten toen je... hoe oud was?'

'Nee, *wij* gingen weg. Mamma en ik, we vertrokken plotseling. Midden op de middag. Het was net voor mijn tiende verjaardag, ik weet het nog, want ik was ziek op mijn tiende verjaardag, daardoor miste ik mijn verjaardag en Kerstmis, allebei tegelijk. Ik weet niet wat het was, iets raars, een toeval. Het was geen epilepsie,' voegde ze snel toe. 'Denk ik niet. Ik heb tenminste al jaren geen toeval meer gehad. Niet meer sinds ik volwassen ben.'

'Oké,' zei Mary geërgerd, 'hij heeft je er dus uit gegooid. In ieder geval ken je hem niet.'

'Hij hield van je moeder,' zei Elizabeth peinzend.

Alex keerde zich met haar hele lichaam naar Elizabeth, met smekende blik. 'Echt?'

'Riep hij je niet op voor de familiefeesten?' vroeg Elizabeth.

'Ik weet niet... ik weet niet. Mam vertelde 't nooit.'

'Nou, het is vreemd,' zei Elizabeth. 'Hij was misschien geen zorgzame vader, maar hij was bezitterig: hij wilde dat zijn dochters bij ceremoniële gelegenheden verschenen; hij wilde met hen pronken.'

Een waas trok voor Alex' ogen. 'Je hebt geen idee hoezeer ik naar hem verlangde – naar mijn vader. Natuurlijk,' voegde ze er vlug aan toe, 'ik bedoel niet dat Charlie niet fantastisch was. Maar Mam trouwde natuurlijk pas een paar jaar later met hem. En ik begreep niet waarom ik mijn oude vader niet meer had, waarom Charlie nu mijn vader was. Ik benijd je dat je een vader hebt,' zei ze verlegen tegen Elizabeth.

'Hij was geen vader voor mij,' snauwde Elizabeth.

'Hij was voor niemand een vader,' zei Mary treurig.

'Hij vaderde meer over jou dan over mij,' grauwde Elizabeth.

'Dat was alleen omdat hij jouw moeder haatte. Dat was het probleem,' zei Mary ijzig. 'Hij haatte jou niet.'

Alex keerde zich naar Mary. 'Maar je zei dat hij van de mijne hield. Waarom kwam hij me dan nooit opzoeken?'

'Vraag me niet hem te verklaren!'

Ronnie bekeek hen zwijgend en nadenkend. 't Leek hun niet veel heil te brengen dat ze prinsessen in het paradijs waren. Wat een miserabele vrouwen. Mijn vriendinnen in Roxbury zijn beter af. O, schiet op, Ronnie, laat je niet verleiden tot de kapitalistische mythe dat de rijken ongelukkiger zijn dan jij en ik. Propaganda, geloof er niets van. Deze vrouwen zijn gewoon een bijzonder treurig stel, even verdorven als Hij.

En ik? Ik stam ook van Hem af, niks aan te doen. Maar geen nabijheid, geen vaderschap. Ik besefte niet eens dat hij mijn Vader was tot de dag dat ik in de spiegel keek en zijn ogen zag. Ik moet tien, elf zijn geweest. Hij was er, de hele familie, 4 juli, ik hielp Mamma opdienen, ik droeg eten naar de lange tafel in de tent, hielp afruimen, ik was klein maar snel, sterk en netjes. Elizabeth was met een man met raar blond haar, leek geverfd of gekruld of zo. Zag plotseling dat Elizabeth de ogen van de oude man had en keek naar Hem. Hij praatte met een senator. Die avond zag ik ze in mijn gezicht. Daardoor zag ik er zo anders uit dan Mamma, haar ronde gezicht, hoge jukbeenderen – eenvoudig, helder, nobel gezicht, kleur van zonlicht. Haar oeroude en toch jonge gezicht, onbedorven. Geen harde, strakke lijnen van hebzucht, harde leugenplooien van plichtmatige glimlachjes.

Toch vergeef ik het haar nooit.

Ik wist dat ze van hem hield, wist het al veel eerder, altijd al. Naar hem toegebogen, haar hoofd wat scheef, *si señor*, *si Cabot* als ik er niet bij was.

Ik was razend, maar kon haar die avond niet ter verantwoording roepen, ze was uitgeput, de volgende dag ook, arme voeten helemaal gezwollen, onderbenen bijna tot de knie gezwollen. Toen de familie naar bed ging, plantte ik haar in de keuken neer. Ik vulde een bak met warm water en bitterzout en zette haar met haar voeten daarin. Ik maakte een schotel van hun kliekjes voor haar, maar ze was te moe om te eten. Daarna ging iedereen naar huis, maar hij bleef, nog weken, eiste iedere minuut iets, trap op, trap af, blad met ontbijt, Noradia, maak mijn bad klaar, pers mijn broek, maak vanmiddag sandwiches en koekjes bij de thee, meneer Saltonstall komt theedrinken, iedere dag van zijn leven zelfgemaakte soep bij de lunch, krabsalade, omeletten, tongfilet met verse asperges, al dat werk voor één persoon, dan weer het diner, drie gangen als hij alleen was, vijf voor bezoek, Mamma neuriënd in de keuken, vond 't niet erg, leek het leuk te vinden, waarom vond ze het niet erg? Ronnie voelde woede opkomen, voelde haar gezicht kleuren. De auto stopte voor het huis. Bij het uitstappen kondigde Elizabeth aan: 'Vergadering na de lunch. Jij ook, Ronnie.' Ronnie staarde haar ziedend aan.

Elizabeth wachtte tot Teresa de tafel had afgeruimd voor zij de vergadering opende, leidde hem alsof het een officiële aangelegenheid in Washington was, alleen de voorzittershamer ontbrak, verdomme. Hoe durft ze me te sommeren. Denkt ze dat ze me kan commanderen?

'We zouden beter weten waar we aan toe zijn als we het testament konden vinden,' ging Elizabeth verder. 'Ik vermoed dat het in de kluis ligt, maar ik ken de combinatie niet.'

'Ik zie niet wat het uitmaakt, of we 't vinden of niet,' zei Alex. 'Ik bedoel, wat zouden we doen als hij ons geld naliet dat we anders niet zouden doen?'

'Denk je dat we hier rond zouden hangen, hem elke dag opzoeken en de liefhebbende dochters spelen, als hij ons onterfd heeft en alles aan Harvard nalaat?' beet Mary haar toe.

Alex keek verbijsterd.

'Of aan jouw zonen,' zei Elizabeth tegen Mary.

Zij werd bleek. 'O, god.' Ze draaide haar ringen rond. 'Hij is tot zoiets in staat!'

'Nou, ze zouden het vast wel delen met hun beminde liefhebbende moeder,' spotte Elizabeth.

‘O, god.’ Mary was te afwezig om terug te slaan. ‘We moeten erachter komen!’ zei ze heftig.

‘Kunnen we niet. Hollis heeft duidelijk gemaakt dat hij het ons niet zal vertellen. De enige manier om erachter te komen is het testament vinden. En dat kunnen we alleen als we in de kluis kunnen komen.’

Ronnie grijnsde: ‘Huur een brandkastenkraker.’

‘Ken je er een?’ informeerde Elizabeth koel.

Ronnie bloosde.

‘Hebben wij geen wettige rechten? Als zijn dochters!’

‘Niet als hij ons expliciet uitsluit.’

Mary dacht na. ‘We zijn beslist niet de meest zorgzame dochters geweest.’

‘Hij zal ons niet helemaal onterven,’ zei Elizabeth stellig. ‘Wij zijn van zijn bloed. Maar hij kan ons kleine lijfrentes nalaten. Wij zijn tenslotte meisjes, die vast een man vinden om ons te onderhouden.’ Ze richtte zich tot Ronnie. ‘Jouw houding suggereert dat je niet verwacht dat hij je bij testament erkent.’

Ronnie keek haar lang en koud aan.

‘Waarom hang je hier dan rond,’ wilde Mary weten.

Ronnie wierp haar een blik vol haat toe.

‘Om dezelfde reden als ik,’ zei Alex rustig.

Allemaal keken ze haar aan. Ze keek met vaste blik terug.

‘Om jullie te leren kennen. Jullie allemaal.’

‘Waarom in hemelsnaam?’ vroeg Elizabeth na een pauze.

Moet iets te doen hebben, kan niet zomaar in mijn kamer zitten, kan niet te veel bij hen zijn, waarom blijf ik hier, wat doe ik hier? Ronnie pakte het ene na het andere boek, mapje, stapeltje papier op en legde het weer neer. Mijn onderzoeksgegevens ordenen, het godverdomde proefschrift gaan schrijven. Het materiaal lezen waar ik vorig jaar niet aan toekwam. Een rooster opstellen voor mezelf, niet langer als een verdwaald kind door dit huis zwerven. Zou ze gelijk hebben? Blijf ik om hen te leren kennen? Waarom? Wat wil ik van hen? Elizabeth altijd in Zijn studeerkamer, Mary die leest en luiert in de tuinkamer, Alex die uren wandelt, helemaal naar de stad wandelde om een bibliotheekkaart te halen, genoeg boeken hier, meest ongelezen. Verstopt zich verder in haar kamer, net als ik, kan nergens heen, al die kamers en nergens heen kunnen. De salon met dat stijve Franse meubilair, daar kun je je niet ontspannen, waarom noemde hij het de salon? Lijkt wel een negentiende-eeuwse roman: wat is een salon in godsnaam? We zijn toch niet op een schip? De zitkamer, daar kan iedereen binnenlopen en je zien. Nou en? Ik ben een lid van de familie, Alex zegt het, ik kan nu overal komen.

Of zijn we hier uiteindelijk toch om Hem, willen we iets van Hem? Erkenning?

HIERBIJ VERKLAAR IK DAT RONALDA VELEZ MIJN NATUURLIJKE DOCHTER IS, VERWEKT IN LIEFDE WANT IK HIELD VAN HAAR MOEDER, DIE BRAVE ZIEL DIE ZO GOED VOOR MIJ HEEFT GEZORGD TOT ZIJ EEN DODELIJKE ZIEKTE KREEG, DIE MEER OM MIJ GAF DAN OM DIE DOCHTER, DIE DAARDOOR DUBBEL BENADEELD WAS.

Belachelijk. Gebeurt nooit.

Ik zou Mamma's kamer kunnen ontruimen, haar spullen gewoon wegdoen. Ze naar de kerk of iets liefdadigs brengen. Zelfs een arme vrouw zou er waarschijnlijk haar neus voor ophalen.

Haar ogen stroomden vol. Kan ik niet.

Ze ging op het smalle bed zitten en leunde achterover tegen het hoofdeinde. Dienstbodenkamer in de keukenvleugel, klein, armoedig, maar met uitzicht op de overwoekerde groentetuin. Bed, kast, keukenstoel. Maar er staat tenminste een bureau, nou ja, een tafel. 'Mamma, ik heb een bureau nodig! Ik moet een plek hebben om mijn huiswerk te maken, we moeten een scriptie schrijven, Mamma, een scriptie! Als ik aan de keukentafel schrijf, komen er allemaal vlekken op. Het is belangrijk, Mamma!' Haar huiswerk op gelinieerd papier, vol etensvlekken. Andere kinderen typten het hunne in de hoogste klas op keurig mooi schoon wit papier zonder lijntjes. Kon ik haar niet vertellen, kon niet om een typemachine vragen: zou haar deprimeren. Probeerde altijd haar niet te deprimeren. Maar dan voer ik woedend tegen haar uit om iets stoms en onlogisch. Plotselinge woedeuitbarsting. Zoals ze naar me keek, donkerbruine ogen, zo treurig haar hoofd schudde, soms breidde ze alleen maar haar armen uit terwijl ik tegen haar schreeuwde, dan vloog ik naar haar toe en ze hield me vast en we huilden allebei. Ze hield van me. Mamma hield van me. Het was niet zo dat ze meer van Hem hield, maar Hij had gewoon alle macht. Had Hij die of had zij Hem die gegeven?

Ze zocht overal tot ze iets had gevonden, een tafel in de schuur, oud grenen geval, lang geleden afgedankt maar mooi, ze was zo blij. 'Ronalda, kijk eens!' Iets dat ze me kon geven. Nu staat de computer erop. Ik wou dat ik hem kon houden. Niets is van mij in dit huis, zelfs niet de tafel die ik jarenlang heb gebruikt. Ze zouden me hem waarschijnlijk laten houden, ze hoeven hem niet, maar ik zou erom moeten vragen, een bedelaar aan hun deur. Kan ik niet.

Vreemd, hoe je kunt weten dat geld niet alles is, dat liefde het belangrijkste is, weten dat je moeder tenminste van je hield en niemand van hen, zo lijkt het tenminste, Elizabeth en Mary. Maar het helpt niet, niets helpt. Ik haat hen, haat, haat, haat hen. En ik verdraag de gedachte niet dat ik misschien van hen hou, wil houden, ik hou van mijn haat, die wil ik houden. Waarom, vraag ik me af. Hield hun vader van Mamma? Was hij in staat tot liefde? Zag Hij hoe mooi ze innerlijk was? Het waren beslist niet haar kleren of haar figuur die Hem aantrokken. Eenvoudig gezicht, geen make-up. Maar misschien trok dat Hem aan na al Zijn sjieke vrouwen, secretaresses, call-girls, allemaal uitgedost in couture en kettingen, geverfd, beschilderd, hooggehakt, geaffecteerd. Misschien was ze een opluchting, iemand die Hij openlijk kon minachten, als meid behandelen, en zij accepteerde het.

Dit huis. Van Hem. Geweldige ruimten, zeeën van licht op de glanzende vloeren, prachtige oude tapijten, de sierlijke tafels, schilderijen...

Mamma moest die vloeren boenen, tapijten stofzuigen, tafels en schilderijlijsten afstoffen, de kroonluchters schoonmaken, ammonia en water met kranten, Ronalda, daarmee krijg je glas het beste schoon. Denk eraan. Denk eraan, zodat je als je groot bent en dienstbode wordt zoals ik, de vaardigheden beheerst die ik moest leren. Dat bedoelde ze ook al zei ze het nooit: mijn toekomst stond vast. Onze huidskleur. Een vaste, onveranderlijke gevangenis die wij overal met ons meedragen. Zelfs in Mexico, het land waar haar ouders vandaan kwamen: bedienden. Zelfs geen eigen, andere plek om naar terug te keren.

De tuinen waren vroeger zo mooi, adembenemend in april, forsythia, hyacinten en narcissen, daarna tulpen en seringen, daarna de blauwe regen, en dan mei, o, god, alles barstte open: de rododendrons en azalea's als vlammen, lavendel, oranje, roze, kerserood en de rozen, die ouderwetse met een geur van poëzie, en dan de pioenrozen en de clematis. Ik dacht dat ik hovenier wilde worden, hovenier in het paradijs. Vroeg Mamma het aan Hem te vragen. Ik was tenslotte twaalf. Tony bracht zijn zoon vaak mee om hem te helpen met het gazon, kleine Tony, niet veel ouder dan ik. Zoveel vrouwen tuinierden. Ik zag ze altijd voor hun huis als Mamma en ik naar de stad reden, naar de markt, geknield op een mat, met mooie strohoeden op, handschoenen aan. Ik verstopte me achter de deur toen ze het Hem ging vragen. Een méisje hovenier! Hij lachte bulderend. Wat krijgen we nou! Zeg maar dat ik akkoord ga als ze ramenzemen gaat studeren!

Is dat alles wat Hij me toewenste?

Nou, stel dat Hij ja had gezegd. Zou ik de rest van mijn leven voor Hem werken, net als Mamma, bediende in Zijn huis. De rest van mijn leven misschien in deze kamer slijten, eventueel in Aldo's flat boven de garage. Voor de auto zorgen en de leiding hebben over de tuinlui. Geroepen worden voor een complimentje of een standje, gebogen hoofd, ja meneer. Net als Mamma.

Kon ik die tafel maar houden.

Ik heb nooit iets tegen haar kunnen zeggen. Toen niet, later niet, zelfs niet toen ze me na mijn vertrek in Boston kwam opzoeken. Kon ik niet. Zij hield van Hem, de enige in haar leven behalve ik. Voor haar ging liefhebben boven alles, boven bemind worden. Bovendien, ze heeft het nooit geweten. Als ze wel...? Misschien was Hij vriendelijk tegen haar als ze alleen waren. Keek nooit echt naar haar voor zover ik weet, maar moet 't toch gedaan hebben, moet wel.

Ze had altijd alleen maar ons, Hem en mij. Nee, lang geleden had ze haar ouders, haar broers en zusters, zij hielden van elkaar, zij had gelukkige herinneringen. Gelukkige herinneringen! Kinderjaren in een barakkenkamp tussen autowrakken en potscherven, haar vader en moeder en alle kinderen steeds op weg van de ene boerderij in Californië naar de andere, gehuisvest in barakken zonder bad of toilet, kisten als meubels, één matras vol vlekken op de vloer voor iedereen. Ze moesten allemaal werken, zelfs de kinderen, om genoeg te verdienen om de stille tijd door te komen. Maar ze herinnerde zich vooral het licht in de ochtendschemering als ze op weg gingen naar de velden, de dauw nog op de bladeren, haar hand in die van haar Mamma, of op haar Pappa's schouders gezeten, het hele gezin tezamen.

Broer, zuster, Pappa gestorven aan tuberculose, een andere broer gewelddadig gedood, andere zusters gingen naar Los Angeles om een baan als dienstbode te zoeken, wat een mop. Hoe konden zij behoorlijke dienstbodes zijn, ze hadden nooit een huis gehad, een wasmachine, vaatwasmachine, stofzuiger, koffiezetapparaat, keukenmachine. Moesten alles leren, alles angstwekkend nieuw, bedreigend. Maar Mamma deed het.

Mijn mamma met haar mamma, mijn abuelita, de grootmoeder die ik nooit heb gekend, twee vrouwen alleen in een vijandige wereld, en ze hadden altijd zo dicht bij hun familie geleefd. Hadden twee jaar nodig om werkend het land te doorkruisen, vaak hongerig. Reisden naar Vermont en toen de laatste appel in de kist zat, stapte grootmoeder met haar op de bus naar Boston, met een briefkaart in haar hand geklemd waarop het adres stond waar Mamma's tante, abuela's zuster Imelda, jaren eerder met haar man naar toe was getrokken. Maar Imelda woonde niet meer op het adres van die jarenlang gekoesterde kaart, een kaart die ze geen van beiden konden lezen en die Imelda niet geschreven kon hebben. Wie schreef hem? Wie las hem aan hen voor?

Ronnie had een prop in haar keel, ze stond op en liep de kamer door.

Vergeet het, voorbij allemaal, afgedaan, ik ben niet gedoemd zoals zij, ik heb een kans. Haar blik viel op de uitgeschakelde computer, de stapels boeken en papieren op de tafel.

Luie illegaal.

Hoe kon ik nou iets doen, kermde ze in stilte tegen zichzelf, terwijl zij doodging, zoveel pijn had, terwijl ik elk moment bij haar probeerde te zijn! Ik heb mijn doctoraal gehaald, nietwaar? Met strakke discipline! Ik heb het onderzoek gedaan!

Ze plofte neer op de stoel voor de tafel en keek naar de bruine, verwaarloosde groentetuin. Was niet meer onderhouden sinds Mamma ziek werd, maar een paar verwilderde groentesoorten vochten voor hun leven en enkele tomaatplanten hadden zich uitgezaaid en schoten in dunne stengels omhoog.

Ieder voorjaar spitte de tuinman de grond om voor Mamma en zij plantte de pepers en kruiden die ze hier niet kon kopen, en staakbonen, tomaten, asperges, pompoenen en aubergines. Iedere ochtend vroeg op, daar buiten met haar kleine goudkleurige handen aan het werk in de grond, sjorrend en duwend, met de planten in de weer of het haar eigen kinderen waren.

Ze was hier gelukkig. Alleen miste ze haar mamma. Graf in Boston, voor haar te ver weg om 't te verzorgen. Nu samen.

Wat is er gebeurd? Ze werd afgelopen voorjaar gewoon ziek. Misschien was ze daarvoor al ziek, kon ze 't allemaal niet meer bijhouden. Want alles was verlopen, alle tuinen een puinhoop, hij had nog steeds tuinlui in dienst, hoe kon dat? Alsof alles uiteenviel toen zij geen toezicht meer hield. Alsof zij de ziel was van het huis dat zij nooit kon bezitten. Al zijn geld en macht konden de dingen niet bijeenhouden.

Misschien is er liefde nodig om de dingen bijeen te houden.

Ha! Waar vind je die?

Waar kon Mamma die vinden, zesentwintig jaar oud, haar eigen moeder gestorven, alleen, alleen, alleen in de wereld, harteloze wereld voor haar. Ze bofte dat ze deze baan vond.

Ze raakte nooit uitgepraat over de man in uniform die haar in een limousine kwam halen! Haar armoedige jas, spulletjes in boodschappentassen. Zonder dienstbodentekort had ze zo'n baan nooit gekregen. De chauffeur zei dat ze achterin moest gaan zitten en ze hield doodsbang de handgreep vast, overtuigd dat iemand haar weg zou komen sleuren uit deze auto waarin ze niet hoorde. Ze reden naar deze stad, helemaal wit, berijpte bomen, sneeuw nog op de velden, niet zoals in Boston waar het een vieze brij was geworden. En zulke grote huizen, zoveel bomen, zulke huizen had ze zich niet kunnen voorstellen, boerderijen waren weleens groot, maar niet zoals deze huizen.

En toen haar eerste blik op het huis! En toen binnen! Al die kamers, al die meubels, zo voornaam, zo elegant, zo rijk. Ze had zelfs een eigen kamer, boven op de tweede verdieping, nu gesloten, een hele verdieping met bediendenkamers, kleine cellen met een gemeenschappelijk bad. Het punt is dat het beter was dan ze gewend was. Ze werkte in een paleis. Dienstbode van een blanke god. Moet haar angst hebben aangejaagd: wat wist zij van zilver en kristal schoonmaken? Van antiek walnotehout en rozehout boenen? Ze liep op haar tenen door de kamers, doodsbenauwd dat ze iets brak, kraste, vuilmaakte. Hij had toen een stoet bedienden, zij kon al Engels spreken, zij luisterde, keek naar de kok. Alles wat ze leerde maakte haar trots op zichzelf: vaardigheden leren, kennis verwerven. Dat deed ze, nietwaar, hoe je kristallen kroonluchters reinigt, vlekken uit Perzische tapijten haalt. Hoeveel mensen weten zoiets? Ze leerde zo goed dat hij haar tot huishoudster en kok benoemde toen hij het personeel inkromp. Vierentwintig uur per dag zes dagen per week op afroep beschikbaar, tweehonderd dollar per maand plus kost en inwoning. Bijna niemand meer hier, alleen hij een paar weken in de zomer. Alle echtgenotes overleden of vertrokken, de kinderen elders. Alleen het feest van 4 juli. Misschien heeft hij haar van begin af aan genaaid, hield hij haar daarom aan, bevorderde haar.

Ik werd geboren in april '59. April-maart-februari-januari-december-november-oktoberseptember-augustus, ja, augustus '58, in de zomer dat hij hier alleen was, toen. Misschien begon het eerder. Zij kwam in de sneeuw, na kerst-januari-februari misschien, '56. Ik weet hoe het ging, gegaan moet zijn. Op een avond, laat, hij in bed, roept hij haar via de intercom, Noradia, breng me cognac, zij jong en glad en eenvoudig, klimt de trap op, komt nerveus dichterbij, draagt het bruine glas op een zilveren blad, kom hier, ga zitten. Vind je me aardig? O, *si señor*. Vurig. Hield van een weerzinwekkende oude man, al over de vijftig, gerimpelde huid, wit als dode vis, half kaal hoofd, die haviksneus. Hij had alleen maar geld. Macht. Hield je daarom van hem, Mamma? Omdat hij de *señor* was? *Droit de seigneur*. Daar wisten de vrouwen in jouw familie vast alles van. Maar toch, hoe kon je die handen verdragen op je gladde goudkleurige lichaam?

Woede overstroomde haar hart en Ronnie stond op en ijsbeerde heen en weer, maar het was onzin in die kamer te ijsberen, drie stappen heen en drie terug. Ze zakte weer neer op de stoel, legde haar hoofd in haar handen.

Ik haat je Mamma, fluisterde ze huilend, ik haat je, haat je, haat je!

HOOFDSTUK 5

Zondag regende het met tussenpozen de hele dag, de lucht een dikke grijze brij. De zusters waren rusteloos. Elizabeth installeerde zich in Vaders studeerkamer om zijn papieren te bestuderen en samenhang te brengen in wat ze had gevonden, maar bleef ijsberen, opgeschrikt door gedachtenvluchten, en zat dan weer achterovergeleund in zijn bureaustoel met de hoge rugleuning, met haar gezicht naar het raam en de bleke, kille novemberdag. Haar ogen leken voortdurend te branden en ze had haar contactlenzen verwisseld voor een bril. Maar de bril met benen montuur hinderde haar ook, ze zette hem telkens af, veegde hem schoon, wreef langs de zijkanten van haar neus en over de plekken waar hij achter haar oren rustte. Af en toe legde ze de bril op het bureau, stond op en liep de keuken in voor een kop koffie, of ging naar het toilet om haar gezicht te wassen, of naar de zitkamer waar Mary zat te lezen, waarschijnlijk een of ander flutromannetje. Mary deed haar boeken altijd in bewerkte leren omslagen. Pretentieuze manier om haar rommel te verbergen. Zwijgend stond Elizabeth dan bij de voorramen naar de regen te kijken.

Dan liep ze terug en doorzocht de kamer die al menigmaal grondig was doorzocht. De behoefte het testament te vinden, omklemde haar borst als de baleinen van die korsetten die in de jaren vijftig werden gedragen. Mary wist 't vast nog wel, hoe heetten die, vrolijke weeuwtjes? We waren zo mager, maar we persten ons in die martelwerktuigen, en soms staken de baleinen door de stof. Metaal of been, ze drukten tegen, prikten in de huid, deden pijn. Overkwam me eens op een thé dansant met een stel jongens van Princeton. Toen ik weer terug was in mijn kamer, was de huid op mijn ribben onder mijn borsten kapot en bloederig. Mijn zogenaamde borsten, zoals Mary altijd zei. Ze was vijf jaar jonger dan ik, maar twee keer zo omvangrijk, daar in ieder geval. En er zo trots op. Merkwaardig. Zoveel drukte over borstomvang. Nooit begrepen. Toch probeerde ik in die tijd een meisje te zijn, net als andere meisjes te zijn. Vuurrode lipstick, dunne wenkbrauwen, hoge hakken.

Ze zei altijd dat ik jaloers was op haar uiterlijk, maar ik probeerde nooit met haar te wedijveren, wist dat ik kansloos was. Wilde niet eens. Ik wilde geen uiterlijke dingen...

Uitgeput knalde ze een archieflade dicht. Waarom doe ik dit! Ik heb deze kamer vijf keer doorzocht! Waarom wil ik beslist dat testament vinden? Ze liet zich in de bureaustoel vallen en legde haar hoofd op het blad. O god, omdat ik het wil, ik wil zijn erfgename zijn, ik wil de woorden op papier getypt zien staan, ik wil mijn naam horen voorlezen: 'en aan mijn dochter Elizabeth... mijn lieve dochter Elizabeth...' 'Mijn lieve dochters Elizabeth en Mary' zou ik al niet kunnen accepteren.

Ik moet het horen.

Maar ik heb het geld niet nodig. Niet om het geld.

Schiet op, Upton, je zou graag miljoenen hebben.

Wat zou ik ermee doen?

Je rijk voelen. Een buitenhuis kopen. Een Porsche zoals die van Clare kopen. Je reed dolgraag in die auto.

Maar je droomt van geld zoals je van een loterij droomt. Je hebt het niet nodig.

Ik heb het nodig, nodig.

Vertel me niet dat je in symbolen gelooft: geld is gelijk aan liefde. Als hij van ons houdt, laat hij ons dan alles na? Mijn vaders huis. Mijn vaders nalatenschap.

Wat ik in feite wil, is mijn naam vermeld zien als executeur testamentair, zoals hij een zoon benoemd zou hebben.

Ze hief haar hoofd op. O god, wat als hij dat niet heeft gedaan! Ze beet op haar onderlip, paniek in de ogen, haar bovenlichaam stijf rechtop. Het zou onverdraaglijk zijn als hij die taak niet had toevertrouwd aan haar – een onderminister van Financiën – als hij haar tezamen met zijn andere dochters onder de hoede van een of ander man had geplaatst. Onverdraaglijk.

Mary had Browning vuur laten aanleggen in de zitkamer. Het was een grote kamer om alleen in te zitten, groot zelfs voor vier of vijf mensen, maar hij was comfortabeler dan de stijve, formele salon en de haard was breder. Zij nestelde zich in een zware fauteuil in haar soepele trui, van kasjmier gebreid. Tijdens het lezen dronk ze kruidenthee, die de huishoudster elk uur ververste. Maar ze dwaalde steeds af en bleef dan in het vuur zitten staren, zag weer haar moeder in deze stoel zitten in een witte jurk, lachend, een blanke, elegante, delicate, met diamanten omhangen arm uitgestoken naar het cocktailglas dat de butler haar aanreikte. Moest een feestje zijn geweest, ik naar beneden gebracht voor een nachtzoen.

Ze keek neer op haar eigen blanke, delicate pols die op het boek lag en schrok, sidderde van afschuw bij de aanblik van kleine bruine haartjes die uit haar arm staken. 'Armen met armbanden, blank en naakt / (in lamplicht dat bruin donshaar zichtbaar maakt!)' Brr! Weerzinwekkend.

Ze stond op, rekte zich uit en liep naar de hal, wierp een blik in de lege eetkamer, ging naar Vaders bibliotheek en bekeek de boeken op de planken zonder op Elizabeth te letten.

'Niet veel hier dat jou zal interesseren,' zei Elizabeth hatelijk.

'Nee,' mompelde Mary afwezig.

'Hoofdzakelijk geschiedenis en politiek. Recht. Niet veel romans en zeker geen romannetjes,' treiterde Elizabeth.

'Ja,' zei Mary en liep weer weg.

Alex vond een hoop regenkleding in het berghok achter de keuken. Ze pakte een regenjas, een hoed en een paar korte vuile laarzen die haar pasten en ging wandelen. Ze wandelde urenlang, blij met de koele regen op haar gezicht terwijl haar gedachten somber ronddoolden over paden die alle leidden naar een duistere plek, dichter en ondoordringbaarder dan de mist. Tweemaal op haar wandeling schokte haar hele lichaam zoals het zou schokken bij een boze droom – een onverhoedse, krampachtige, schrikwekkende siddering, die haar hele lichaam leek te doorboren. Dan nam het af. Word ik gek? Ze drong de gedachte weg en wandelde verder.

Ronnie zette de computer aan, schreef haar onderzoeksgegevens over van de diskette naar de harde schijf en stelde een rooster op. Toen viel zij op haar bed neer en bleef daar languit naar het plafond liggen staren. Het was gescheurd en verkleurd, waarschijnlijk niet meer gewit sinds zij als baby voor het eerst die kamer was binnengekomen, een paar maanden oud. Noradia had haar een keer de geschiedenis van de kamer verteld toen ze een jaar of veertien was en tekeer was gegaan over Stephen. Mamma had uitgelegd dat Stephen na Ronnies geboorte de grote oude keukens had laten opknappen en verkleinen, zodat Noradia en haar kind kamers konden krijgen op de begane grond. Mamma's gezicht straalde toen ze Ronnie vertelde over zijn goedheid, zijn medelijden met haar omdat zij verscheidene malen op een dag helemaal naar de tweede verdieping moest klimmen. Ronnie zei nijdig dat hij 't waarschijnlijk had gedaan om te voorkomen dat zij haar baby mee zou slepen bij haar werk in huis. Noradia zuchtte, legde haar handen zacht op Ronnies wangen, keek haar aan met dat lieve gezicht vol verdriet, maar stralend. Zei: 'Ronalda, Ronalda, als je gelukkig wilt zijn in het leven, moet je liefhebben.'

'Wat liefhebben!' schreeuwde zij. 'Alles wat je voor de voeten komt? Van het kwaad houden, van de duivel houden, bedoel je dat?!' Ze schoot overeind, dol van woede, danste op en neer springend door de keuken. 'Houden van een verkrachter, een moordenaar, een massamoordenaar, een plunderaar, bedoel je dat?' Hevig geschrokken en vermoeid leunde haar moeder achterover, bleek, keek haar met grote ogen aan, mompelde: 'Ronalda, Ronalda,' en wrong haar handen.

De volgende dag stopte ik wat kleren in een rugzak en ging ervandoor, liftte naar Boston. Ze moet doodsangsten hebben uitgestaan, niet wetende waar ik was, of ik nog leefde of niet, of ik ontvoerd was of gewoon weggelopen. Twee dagen later liet hij de politie voor haar komen, maar het was zinloos, ze konden me niet vinden en wat zou het ook, 't was maar een bruintje, kind van Zijn meid. 't Zou anders zijn geweest als 't Zijn eigen kind was. Bijna een jaar liet ik haar wachten in smart. Arme Mamma, wat heb ik haar laten lijden, ik wilde dat zij leed, kon me niet schelen.

Maar je verdiende het, Mamma. Echt.

Ze sprong op van het bed, doolde naar de tafel, de kast, de deur, liep naar buiten, trof Alex die binnenkwam uit het berghok met nat haar, glazige ogen, zelfs geen lachje. Ze liep domweg langs.

Rusteloos gingen ze allemaal vroeg naar boven, behalve Ronnie die zich nooit verkleedde voor het diner, en ze dwaalden ieder voor zich weer naar beneden, keken tegen zessen in de eetkamer. Tafel zelfs nog niet gedekt. Kwamen elkaar tegen in de hal, koersten naar de zitkamer, zochten iets, hadden ergens behoefte aan. Het vuur brandde nog, maar laag.

'Zullen we een cocktail nemen voor het eten?' vroeg Alex opgewekt. De anderen stemden in, de een nog stuurser dan de ander. 'Ik zal ze inschenken,' kweelde zij. Elizabeth nam Perrier, Mary een vermouth-cassis, Ronnie een cola; Alex nam witte wijn. 'Gezellig, hè?' lachte ze en kroop in een grote fauteuil. 'Het lijkt zoveel huiselijker met een vuur, vind je niet?'

Niemand reageerde.

Ronnie legde nog wat blokken op het vuur, zette ze schuin rechtop, alsof ze een tipi bouwde.

Mary fronste haar wenkbrauwen bij deze ongebruikelijke methode. 'Browning zorgt voor het vuur. Zij doet het niet zo.'

'Mevróuw Browning is druk genoeg met de bereiding van het diner,' zei Ronnie gedecideerd. Het vuur laaide fel op. Ze veegde haar vuil geworden handen af aan de zijkant van haar spijkerbroek en ging toen op een kruk naast de haard zitten om die te bewaken alsof het een wiegekindje was.

'O, niets is zo huiselijk als een vuur!' juichte Alex.

Elizabeth sloeg haar ogen ten hemel, Mary keek haar aan.

''t Is waar!' protesteerde zij lachend. 'Zeg eens dat het niet waar is!'

Ze glimlachten. Met tegenzin.

Alex leunde op haar gemak achterover in haar stoel. 'Dit is zo'n prachtig huis. Is het altijd van de familie Upton geweest?'

Mary keek naar Elizabeth. 'Jij bent de familiehistoricus, Lizzie.'

Elizabeth fronste haar wenkbrauwen. 'Nee, het komt van Margaret Linden, die in 1868 met Abner Upton is getrouwd. Zij was onze betovergrootmoeder en de enige erfgenaam van het fortuin van de Lindens, nadat haar ene broer jong was gestorven en de andere tijdens de Burgeroorlog. Lincoln heeft een interessante geschiedenis. Een zekere Squaw Sachem verkocht de tien vierkante kilometer waaruit Lincoln is ontstaan aan Engelse kolonisten in ruil voor een paar bijlen, schoffels, messen, dekens en wat kleren. In 1636 stichtte Thomas Flint de boerderij Concord en Flint's Pond, het latere stadscentrum van Lincoln – dat in 1754 zelfstandig werd. Op 19 april 1775 werd Paul Revere hier gevangen genomen. Het is altijd een stadje van eigenzinnige geesten geweest, van mensen die hun eigen godsdienst, hun eigen gewoontes verdedigden. Het was maar een klein boerenplaatsje tot in de twintigste eeuw, toen het spoorwegnet werd uitgebreid en de mensen hier zomerhuizen gingen bouwen. Het is in feite nog steeds een stadje van eigenzinnige geesten. Het eerste huis van de Lindens brandde af; dit huis dateert ongeveer uit 1780, het oude gedeelte, Vaders studeerkamer. Het huis werd in de loop der jaren steeds uitgebreid, voor het laatst toen Margaret met Abner trouwde. En natuurlijk is het nadien gemoderniseerd. Vanbinnen.

De Uptons hebben generaties lang op Louisburg Square gewoond. Worth heeft dat huis natuurlijk gekregen, hij was de oudste broer. De oude heer Upton geloofde niet in een volledig eerstgeboorterecht, maar Worth kreeg het leeuwedeel – het huis aan zee in Manchester, het meeste geld. Vader kreeg dit huis en een flink pak aandelen. Prudence kreeg voornamelijk juwelen, waaronder enkele zeer waardevolle. Geen onroerend goed, maar de oude heer kocht voor haar een huis in Back Bay toen ze met Samuel trouwde – Grootvader Upton leefde toen nog. Vader was het jongste kind. Hij zou waarschijnlijk meer van zijn moeder hebben geërfd als hij haar niet had gechoqueerd door met een katholiek te trouwen – mijn moeder – en vervolgens van haar te scheiden. Tot op zekere hoogte moest hij zijn eigen weg banen. Veel meer dan Worth.'

'Hij moest zijn weg banen met slechts een paar armzalige miljoenen?' smaalde Ronnie.

'Minder dan dat,' zei Elizabeth ijzig. 'Jij kunt wel schimpen, maar het vergt inspanning en talent om een fortuin op te bouwen, zelfs als je begint met een miljoen dollar.'

'Natuurlijk! Zelfs toen de meeste mensen nog twintig dollar per week verdienden, of minder.'

Elizabeth keek haar vol afkeer aan.

'Mijn moeder heeft dit huis ingericht toen ze met Vader trouwde,' zei Mary dromerig. 'Het is niet meer veranderd sinds haar tijd.'

Meer dan veertig jaar: dat is te zien.

'Nou, ze heeft het geweldig gedaan!' riep Alex uit. 'Vertel eens, wat heeft iedereen besloten te doen! Blijft iedereen hier?'

Elizabeth stak een sigaret op. 'Wel, als ik curator word, zal ik wel moeten, denk ik. Ik heb gisteren een paar mensen gebeld. Ik kan waarschijnlijk verlof krijgen, hoewel het een ongunstige tijd is: we voeren belangrijke onderhandelingen met Chili, de handel met Zuid-Afrika wordt misschien opnieuw beperkt,' zei ze zelfgenoegzaam. 'Maar ik heb de grote lijnen al uitgezet en het meeste voorbereidende werk heb ik al onder ogen gehad. Mijn staf kan de rapporten opstellen en ze per expresse ter goedkeuring naar mij opsturen. Ik kan de zaken met hen per telefoon behandelen.'

Zwijgend vergeleken zij Elizabeths leven met het hunne. Dinsdagavond vrouwenclub, woensdag het opvanghuis, donderdag het ziekenhuis. David speelt ieder weekend golf, de kinderen zijn de meeste middagen en weekends weg: ik ben een nutteloos mens, dacht Alex.

Ik laat alleen verveling en onbetaalde rekeningen achter, dacht Mary. Hoe lang zal het duren voor de meisjes beseffen hoe lang het geleden is dat ik een lunch heb betaald? Hoe lang kan ik op mijn oude kleren blijven rekenen? Ik eindig nog eens als een negentiende-eeuwse oude vrijster met het keren van de kraag en manchetten van een oude, afgedragen zwarte jurk.

Ik heb ook belangrijk werk te doen, dacht Ronnie heftig. Ik moet alleen aan de slag komen. Maar als ik hier wegga, moet ik een baan nemen om te kunnen leven. Hoe krijg ik dan het proefschrift af? Als ik hier blijf, leef ik gratis. Is dat corrupt?

'Daarom,' vervolgde Elizabeth, 'heb ik besloten aan mijn boek te werken zolang ik hier vastzit. Ik dacht erover om de Alfa te nemen en morgen naar Washington te rijden, dan kan ik daar meteen stemmen. Zoals jullie weten, zijn dinsdag de verkiezingen – misschien willen jullie allemaal naar huis vliegen,' ze grinnikte, 'om te zorgen dat de juiste man wint. Ik haal mijn computer en schijven op en neem die mee.'

'O, de verkiezingen,' mompelde Alex.

Ik kan in Massachusetts stemmen, verwaand varken, dacht Ronnie. Zal ik doen ook, om jouw stem te neutraliseren.

'Verkiezingen,' herhaalde Mary afwezig. 'Maar het staat toch buiten kijf dat Reagan zal winnen, nietwaar?'

'Zeker,' verklaarde Elizabeth.

Mary zei lui: 'Ik geloof dat Alex gelijk heeft – dat het waarschijnlijk goed is voor Vader als we hem dagelijks bezoeken. Dus ik blijf nog een tijdje. Ook al is het hier stomvervelend.'

Alex klapte als een kind in haar handen. 'O, wat ben ik blij! Zo gelukkig! Ik wil jullie echt leren kennen,' zei ze. 'Mijn moeder is gepensioneerd, zij zorgt voor de kinderen en David zolang ik hier ben. Ik heb hen net gebeld, iedereen maakt het goed en ze zegt dat ze graag blijft, dan heeft ze iets te doen. En David... wel, David vindt dat familie altijd op de eerste plaats komt, hij wil dat ik doe wat ik kan om Vader te helpen. En de kinderen... Nou, ik denk dat ze nauwelijks merken dat ik er niet meer ben. Zo onmisbaar ben ik als moeder!' bespotte ze zichzelf. 'Dus ik kan blijven!' riep ze uit. 'En jij ook, hoop ik,' zei ze tegen Ronnie die in het vuur zat te staren.

Mary's gezicht verstrakte. 'Het spijt me, maar ik moet zeggen dat wat mij betreft Ronnie absoluut geen recht heeft om hier te zijn. Noch Elizabeth noch ik hebben haar uitgenodigd, en ik denk niet dat jij het recht hebt haar uit te nodigen.'

Alex fronste vragend haar wenkbrauwen. 'Waarom niet?'

'Je hebt Vader verlaten toen je tien was en hem nooit meer gezien!'

'Maar hij blijft mijn vader,' betoogde Alex rustig, 'en ook die van Ronnie. Wat vind jij, Elizabeth?'

Mary gilde: 'Vraag het niet aan haar! Ik zeg dat ze niet kan blijven! Ik zeg het, ik! Ik zeg dat ik niet wil dat ze hier is! Ze is een onecht kind van een gekleurde dienstbode! Wat ons betreft is zij niet met hem verwant – of met ons! En jou heeft hij verstoten! Hij heeft je nooit uitgenodigd voor de familiefeestjes! Alleen Elizabeth en mij! Hij heeft jouw moeder eruit gegooid! Een kleine nul, een secretaresse, niets!'

'Was mijn moeder ook,' kwam Elizabeth ijzig tussenbeide.

Mary draaide zich woest naar haar om. 'En kijk eens hoe hij jou behandeld heeft!'

'Bedoel je dat jij de enige wettige dochter bent?' lachte Elizabeth.

Mary sloot strak haar mond en leunde achterover.

Ronnie bekeek hen geboeid. En zichzelf: waarom storm ik nu niet de kamer uit? vroeg ze zich af.

'Nou, goed, Alex kan blijven, maar Ronnie niet!' riep Mary ten slotte heftig.

Zonder rancune zei Elizabeth: 'Omdat haar moeder geen trouwboekje had? Hij heeft langer met Noradia samengeleefd dan met een van onze moeders.'

Ronnies mond viel open.

'Ze was een dienstbode! Zelfs niet blank!'

'Mijn kinderen zijn joods – ik ben bekeerd toen ik met David trouwde. En twee van jou hebben een Italiaanse vader,' zei Alex ferm. 'En Noradia heeft hem waarschijnlijk meer troost geboden dan een van onze moeders.'

'Alberto was een aristocraat!'

'O, alsjeblieft,' onderbrak Elizabeth hen, 'bespaar ons je snobisme. Je was altijd zo'n snob. Het enige dat je hebt geleerd op de Kippekoppenacademie.'

'De school van juffrouw Kipmar was de beste meisjesschool in

Virginia!' protesteerde Mary. 'Jij hebt het over snobisme, maar er is geen grotere snob dan jij. Altijd maar opscheppen over Concord Academy, Smith College, dat fantastische London Economics College!'

'London School of Economics!' zei Elizabeth vernietigend.

Mary raasde door. 'Wie is hier nu eigenlijk de snob! Met jouw afkomst houd je natuurlijk vol dat sociaal onderscheid maken snobistisch is! Jouw moeder stamt maar af van ordinaire Ieren uit Chelsea!'

'Somerville,' zei Elizabeth.

'Ze was een kleine slet die hem het huwelijk inlokte.'

Elizabeth werd bleek. 'Mijn moeder was geen slet, maar jouw moeder was een zuiplap die zich doelbewust dronken te pletter reed, wat de familie met veel geld stilhield!'

'Niet waar! Het was de schuld van de andere chauffeur! Heeft Vader zelf gezegd!'

'Welke andere chauffeur, idioot. Ze reed tegen een boom! Verwend nest van een prinses, nijdig op Vader omdat hij dag en nacht werkte ten behoeve van de oorlogsinspanningen. Hij liet het in de doofpot stoppen, maar het was zelfmoord! Hoe kan jij daar iets van weten, jij was pas zeven! Maar ik was twaalf, ik hoorde het personeel, de tantes en ooms praten. Iedereen wist het behalve jij!'

'Kreng dat je bent! Kreng!' snikte Mary.

'Ze was een zatlap! Maak mij niet wijs dat je niet meer weet dat ze dronk. Als ik het zag terwijl ik hier alleen zomers was, moet zelfs zo'n stom rund als jij het gezien hebben – je was hier altijd! Halverwege de dag viel ze zat neer en ze stonk altijd naar drank!'

Mary veegde haar tranen af en keek Elizabeth furieus aan. 'Mijn moeder was een dame, ze was lief, zacht, iedereen hield van haar. Die van jou – zelfs jij noemt haar een eersteklas kreng! Een ordinaire slet! Jij scheldt mij uit! Maar Vader heeft haar zelfs betrapt met een andere man, er waren foto's! Heeft tante Pru me verteld!'

Elizabeth sprak langzaam, ijzig: 'Stomme gore teef, onnozel rotkreng, kuttekop die je bent. Dat was doorgestoken kaart. Ken je Vader nou nog niet?' Ze stond op en liep naar de bar op het dressoir. Tegen de muur geleund schonk ze Perrier in haar glas. Ze bleef ernaar staan kijken.

Mary zat te snotteren. De anderen keken spierwit toe.

'Mijn moeder heeft nooit naar een andere man gekeken,' zei Elizabeth na een tijdje. 'Zelfs na de scheiding niet. Zei dat een keer genoeg was. Ik denk dat ze na Vader mannen haatte. Toen Vader bij ons woonde, woonden we in een mooi huis in Beacon Street. Ik geloof niet dat hij daar veel was. Ik herinner me hem niet, maar ik was erg klein. Ik weet niet waar hij zijn tijd doorbracht. Moeder zei dat hij bezig was een secretaresse te naaien, of een vent te paaien die hem hogerop kon helpen. "Naaien of paaien, alles wat hij doet rijmt op graaien," zei ze. Die foto's – ik was pas tweeëneenhalf toen het gebeurde. Maar ik weet het nog. Op een avond lag ik in mijn bedje te slapen toen ik een verschrikkelijk lawaai hoorde, bonzen, schreeuwen, Moeder die gilde. Ik was groot genoeg om uit bed te klimmen en ik rende mijn kamer uit, op de overloop stond een man met een fototoestel en een flitser die telkens flitste. Het was verblindend, ik was doodsbang, snapte niet wat er aan de hand was. Moeder gilde, haar nachtpon was half uit, haar borst was bloot, ze stompte een andere man op de borst, gilde tegen hem, schreeuwde. De flitslamp bleef maar afgaan, terwijl de tweede man poseerde met zijn arm om Moeder heen. Hij was naakt. Moeder rukte zich los, ze rende naar de telefoon, maar de naakte man greep haar en sloeg haar neer, ze schreeuwde. De man met de camera drukte haar tegen de grond terwijl de ander in de kleren schoot, toen vertrokken ze, renden de trap af en de voordeur uit. Moeder huilde, ging tekeer, zei steeds maar: "Die rotzak, die rotzak."

Haar rug en armen waren nadien nog wekenlang bont en blauw. Er was niet ingebroken, ze hadden een sleutel gehad. Die avond kwam Vader niet thuis. Hij is nooit meer thuisgekomen. Ik begreep pas jaren later wat er gebeurd was. Hij had haar te grazen genomen, hij had die lui gehuurd. Moeder zei: "Hij wint altijd."'

Het was stil in de kamer.

Mary beet op haar onderlip. 'Nou, ze had hem niet moeten dwingen met haar te trouwen,' zei ze ten slotte.

Elizabeth draaide zich heftig om. 'In godsnaam, Mary, zelfs een eersteklas kreng is ooit een onschuldig meisje geweest. Ze was pas twintig, een keurig katholiek meisje, ze geloofde niet in abortus, ze hield van hem en dacht dat hij van haar hield. Ze liet zich niet afkopen door de familie. Volgens haar eigen normen gedroeg ze zich eerbaar. Ze boden haar vijftigduizend dollar! Ze boden aan haar naar Zwitserland te sturen! Maar ze dacht dat de familie haar haatte om haar geloof, maar dat Vader van haar hield en daar ging het om. Dat had hij haar wijsgemaakt – zei dat hij onterfd zou worden als hij zijn familie voor het hoofd stootte.'

'Zij bedreigde hem! Heeft Pru me verteld!'

'Ik zeg niet dat ze een heilige was. Ze dreigde hem te vervolgen wegens woordbreuk. En hij hád haar in bed gekregen door te beloven dat hij met haar zou trouwen. Dat was waar. Zij dacht dat zij de familie onder druk zette, niet Vader. Ze hield zich voor dat hij hetzelfde wilde als zij.'

Mary ging ertegenin: 'Maar dat dreigement betekent dat ze wist dat hij niet van haar hield. En toch wilde ze met hem trouwen. Ze was een onbeschaamd kreng dat inging tegen zo'n machtige familie als die van Vader. Dat lijkt in mijn ogen niet op een onschuldig meisje.'

Elizabeth liep langzaam terug naar haar stoel, ging zitten en wierp haar hoofd achterover. 'Ze was heel godsdienstig,' zei ze vermoeid. 'De overtuiging dat iets juist is kan een onschuldig meisje moed geven. Hij had uit moeten kijken en niet moeten sollen met zo'n religieus meisje, maar ik denk dat haar vroomheid hem uitdaagde, ophitste. Zo is hij tenslotte,' zei ze bitter. 'Hij wil altijd wat verboden is.'

Mary zweeg.

'Is ze nog steeds religieus?' vroeg Alex.

'Nee. Ze zegt dat als God kon laten gebeuren wat haar overkwam, dat hij geen aanbidding waard is.'

'Wat is er dan gebeurd?'

Elizabeth haalde haar schouders op. 'De familie heeft een nietigverklaring geregeld. Hij wilde niet scheiden, hij wilde een politieke carrière en in die tijd – 1934 – was een scheiding desastreus. De familie betaalde mensen, de kerk, de rechters voor een nietigverklaring op duistere gronden, ze hadden geen echte redenen. Ze hadden notabene een kind. Zij was ontroostbaar, ze geloofde niet in scheiding en voor haar was het een scheiding, al heette het anders. Maar ze had geen keus, dat dacht ze in ieder geval. Ze stond zwak door die foto's – hij had die foto's om te bewijzen dat ze overspel had gepleegd. Hij dreigde te scheiden en haar geen cent te geven. Pas later besefte ze dat hij evenmin wilde scheiden als zij.

In ruil voor haar aanvaarding van een nietigverklaring beloofde hij haar een fatsoenlijke toelage voor de rest van haar leven en een legaat in zijn testament als hij het eerst zou sterven.' Wat misschien gebeurt. 'Dus ze accepteerde de nietigverklaring in ruil voor de toelage, omdat ze alleen zo fatsoenlijk voor mij kon zorgen. Ze kon nooit zoveel verdienen dat we daar samen behoorlijk van hadden kunnen leven.' Een bevalling maakt ons dus allemaal tot lafaards – vrouwen in ieder geval. Gijzelaars van de fortuin. 'Ze besefte dat ze verslagen was.'

Ronnie stond op en legde nog een paar blokken op het vuur. Zij keken toe, luisterden naar het knisperen.

'Jij bracht iedere zomer door in dit huis,' zei Alex verbaasd. 'Hoe was het om bij hem te wonen en dat te weten? Was het akelig voor je?'

'Ik hoorde de details pas later... toen ik volwassen was.'

'In ieder geval wilde hij dat je hier was,' zei Alex verlangend.

'Wilde hij niet. Moeder stond erop dat hij 's zomers de voogdij over mij had. Ze wilde dat ik...' haar stem stierf weg.

'Ze wilde dat je geld van hem kreeg!' joelde Mary.

Elizabeth keek haar vermoeid aan. 'Ja. Iets van hem kreeg, contacten, toegang tot zijn wereld, minstens een opleiding. En ze was een kreng, is een kreng, ze is onmogelijk, een naar mens... Maar ook, dat hoor ik tussen de regels als ze praat... ze wilde dat ik een vader had, een mannelijke ouder, een soort... Haar eigen familie had haar onterfd – bij wijze van spreken, ze hadden geen geld – toen zij zwanger thuiskwam zonder trouwring. Haar vader schold haar uit voor hoer en mij voor bastaard, omdat ze niet in de kerk was getrouwd. Hij haatte mij omdat ik Stephens kind was, hij zag hem in mij.'

'De ogen,' mompelde Alex.

Elizabeth schokschouderde. 'Wat dan ook.'

'O, niet alleen de ogen. Kijk maar naar de kin. En de houding. Elizabeth lijkt het meest op Vader,' zei Mary.

De vrouwen namen elkaar op. 'Behalve Ronnie,' zei Alex.

Ze namen Ronnie op.

'Ze is zo klein van stuk,' zei Elizabeth.

'Ze is bruin!' voegde Mary eraan toe.

'Ze heeft zijn ogen, zijn kin, zijn mond,' betoogde Alex.

'Jij ook. Je hebt zijn ogen,' zei Mary tegen Alex.

'Weet je dat ik dat nooit heb geweten tot ik zestien jaar geleden hier kwam,' riep Alex uit. 'Ik herinnerde me niet hoe hij eruitzag en Mam had geen enkele foto van hem, zelfs geen trouwfoto.' Ze wachtte even. 'Dat kon ik nooit begrijpen.'

'Er stonden genoeg foto's in de kranten toen hij met haar

trouwde,' zei Elizabeth. 'Je had in een krantearchief kunnen kijken.'

'Dat zal wel.' Alex leunde voorover, haar stem klonk vurig. 'Wat is er volgens jullie met mijn moeder gebeurd? Weten jullie nog hoe ze toen was?'

'Ik heb alleen in de krant over hun bruiloft gelezen. God verhoede dat Vader míj zou vertellen wat hij uitvoerde,' zei Elizabeth sarcastisch. 'Ik zat op school, het nieuwe semester op Concord was net begonnen, dus het zal in de herfst zijn geweest. Ik was dus...' ze maakte een rekensom, 'vijftien. In '46 vermoed ik, kort na het einde van de oorlog.'

'Ja. Ik ben geboren met Kerstmis '47,' zei Alex vol aandrang, voorovergeleund.

Ze is bezig een puzzel te leggen waar haar leven van afhangt en heeft net een stukje goed gelegd, dacht Ronnie.

'Ik zat op Concord. Ik pakte op een avond de krant op en zag Vader – midden op de voorpagina. Op de trappen van een of andere kerk met die jonge vrouw, onder de kop: KABINETSLID TROUWT MET SECRETARESSE. Pas halverwege de eerste alinea stond dat ze Amelia heette.'

Alex leunde nog verder naar voren. 'Maar later heb je haar gekend, nietwaar?'

'Ik heb je gezegd dat hij van haar hield! Wat wil je van mij?'

Alex keek haar met grote ogen aan. 'Alsjeblieft.'

Elizabeth wierp haar een lange, nuchtere blik toe. Toen stond ze op, liep naar de bar en schonk een glas halfvol scotch.

'Alsjeblieft,' smeekte Alex. Ze jammerde bijna.

'Ik herinner me de eerste zomer die ze hier doorbrachten. Hij werkte nog in Washington, ze woonden in Georgetown, in hetzelfde huis waar hij met Laura had gewoond. Mary's moeder. Zij – jouw moeder – was heel knap – leek op jou, hetzelfde goudblonde haar, maar haar gezicht was zachter, niet zo... fel,' besloot ze verbaasd. 'En er ging... veel liefs van haar uit. Dat omhulde hem. Zijn gezicht veranderde als hij naar haar keek, hij werd zachter. Hij raakte haar steeds aan, legde zijn hand op haar arm of haar rug, streelde haar gezicht. En zij keek zo vol aanbidding naar hem op. Ik werd er misselijk van.' Ze nam een slok van haar scotch. 'Ik haatte haar.'

Alex staarde haar aan. 'Waarom?'

Elizabeth dacht na. 'Zij was een geliefd kind geweest. Net als

Mary. Dat zag je. Geliefde kinderen verwachten dat iedereen van hen houdt en dat gebeurt ook. Ze stralen die verwachting uit, die vervult zichzelf. Ze krijgen overal liefde. Ik was niet geliefd. Door niemand.'

Ronnie bestudeerde Elizabeth.

'Ik was geen geliefd kind,' pruttelde Mary. 'Ik leek alleen maar geliefd.'

'Wat naar, Elizabeth,' zei Alex treurig.

Elizabeth werd kwaad. 'Ik hoef je medelijden niet! Het gaat goed met mij, het is prima gegaan, het gaat prima.'

Alex negeerde het. Vasthoudend als een jachthond op een spoor keerde ze zich naar Mary. 'Herinner jij je haar nog? Hoe ze toen was, hoe hij was? Herinner je je mij?'

Mary dacht na. 'In '46 was ik tien, zat op de school van Kipmar. Vader woonde in het huis in Georgetown, het huis van mijn moeder, zij had het gemeubileerd, behangen... ik ging er in de vakanties heen. Ik was er waarschijnlijk ook met de kerst na hun huwelijk, van Vader en Amelia, misschien ook op Thanksgiving, weet ik niet meer... Ik herinner me haar niet echt meer van toen. Misschien waren ze op huwelijksreis?'

'Ik weet het niet.' Alex bleef geconcentreerd naar Mary staren, die ongemakkelijk op haar stoel heen en weer schoof.

'Het is zo lang geleden!' protesteerde Mary. 'Ik weet nog dat je moeder knap was, heel knap. Mooi haar. Ik was maar een kind, ging op in mijn eigen zaken, weet je. Er waren altijd zoveel partijtjes in de vakanties. Ik had mijn eigen kamer, mijn boeken, mijn radio, mijn grammofoon, ik had een enorme platenverzameling en een eigen dienstmeisje.'

'Ik herinner me je kamer,' fluisterde Alex met gesloten ogen. 'Helemaal wit.'

'Heel haar volwassen leven heeft ze geprobeerd haar maagdelijkheid terug te krijgen,' proestte Elizabeth.

'Ze was pas tien,' wierp Alex tegen, zachtzinnig. 'Ze wás maagd.'

Iedereen zweeg.

'Je kamer was wit,' herinnerde Alex zich en leunde voorover alsof haar houding op zichzelf druk kon uitoefenen, datgene los kon maken wat zij wilde.

Mary zonk achterover. 'Ja,' zei ze zachtjes. 'Ik was van streek en Vader probeerde me te kalmeren. Hij liet me mijn kamer veranderen. Hij liet me hem helemaal wit maken. De huishoudster hielp me, liet de behangers komen, nam me mee naar de winkels...'

'Waarom was je van streek?'

Mary's lichaam bleef volkomen roerloos. 'Jouw moeder...'

Alex leunde verder naar voren.

Mary maakte een handgebaar. 'Ik weet het niet! Ik weet het niet! Misschien was ik jaloers. Misschien vond ik dat hij mijn moeder verried.'

Alex zakte in.

Mary ging kwaad overeind zitten. 'Wat wil je van mij! Zij leefden in hun eigen wereld. Ik weet het niet meer. Ja, ik denk dat hij van haar hield als dat is wat je wilt weten.'

Alex hield aan. 'En ik?'

'Je houdt ook vooral van wit voedsel,' mompelde Elizabeth vol binnenpret. 'Vis, aardappelen, bloemkool, cake, cake, cake...'

'HOUD JE MOND, ELIZABETH!' brulde Alex en bracht hen allemaal tot zwijgen. Plotseling stond ze op, liep naar de bar en schonk wijn in haar glas zonder iemand anders iets aan te bieden.

'En hier,' begon ze weer, 'herinner je je haar hier?'

'Jezus Christus, je bent onmogelijk!' riep Mary uit. 'Jouw moeder leeft nog, waarom vraag je de dingen die je wilt weten niet aan haar!'

'Ik wil weten wat jullie je herinneren.' Geduldig maar gespannen.

Mary zuchtte. 'Kijk, ze was aardig voor me, maar ze was zelf nog een kind, negentien of twintig, zij kon het niet helpen. Maar ze was aardig – voor ons allebei,' zei ze tegen Elizabeth. 'Weet je nog? Ze ging met ons zwemmen, speelde schaak met me en iedere middag liet ze ons op de veranda komen voor limonade en koekjes.' Met een zachte uitdrukking keerde ze zich naar Elizabeth. 'Weet je nog, Lizzie?'

Elizabeth haalde haar schouders op.

'Maar na jouw geboorte,' vervolgde Mary, 'was ze druk, ik zag haar zelden meer en als ik haar zag, had ze jou in haar armen of gaf je de borst of zo.'

Alex slaakte een kreet van smart: 'Herinner je je mij?!'

De zusters staarden haar aan.

'Ze was altijd met jou in de weer, praatte tegen je, hield je vast, sjouwde met je. Je had bijna geen haar, alleen maar dons, goudblond dons. Als een stralenkrans. Maar je was een lief kind, je was geen klier,' gaf Mary toe.

'Alle kinderen zijn schattig, nietwaar?' gromde Elizabeth.

Alex keek dreigend naar Elizabeth.

'Kijk, ik ging naar Engeland, naar de universiteit toen ik eenentwintig was. Jij was toen maar vijf of zes. Ik kwam pas vier jaar later terug en toen kreeg ik een baan in Washington en ging daar wonen. Ik heb hier nooit meer gewoond. Ik kwam hier alleen maar voor de familiefeestjes en na een paar keer was jij er niet meer. Sinds je vijf of zes was, heb ik je zelden meer gezien. En ik heb niet zo op je gelet. Kleine kinderen vervelen me.'

In herinneringen verzonken bestudeerde Mary haar ringen. 'Jij ging in '53 naar Engeland, na het feest van 4 juli. Vader was dat voorjaar onderminister geworden. Hoe oud was jij toen?' vroeg ze aan Alex.

Die telde terug. 'In de zomer van '53 moet ik vijf zijn geweest, met Kerstmis zes.'

'Ik vertrok in '54 naar de universiteit en trouwde in juni daarop. Ik heb hier ook nooit meer gewoond.'

Alex bedaarde.

'Wat probeer je uit te vissen?' vroeg Mary uitdagend.

'Ik weet het niet precies. Wat er gebeurd is. Waarom we weg zijn gegaan. Hoe hij zich voelde.'

'Wat hij voor jóu voelde,' corrigeerde Elizabeth.

'Ja.' Zwakke stem. 'Dat zal wel.'

'Wat zegt je moeder?'

'Zij wil niet... zij wil er niet over praten. Ze zegt alleen dat ze niet met elkaar overweg konden en dat zij besloot te vertrekken. Meer zegt ze niet. Maar...'

'Maar?' spoorde Mary aan.

Alex schokschouderde. 'Ik weet het niet.'

'Ze is hertrouwd, is het niet?'

Alex glimlachte en veranderde van toon. 'Ja. Charlie was echt een vader voor me. Hij en mijn grootvader, zij speelden met me, namen me mee – naar de speeltuin, de dierentuin, de ijsbaan, het circus. Ze waren fantastisch. Charlie leeft niet meer. Opa natuurlijk ook niet. Mam mist ze erg. Met Charlie en mij en haar ouders was haar leven gevuld, meer had ze niet nodig – ze heeft dan ook weinig vriendinnen gekregen of zo. Nu heeft ze niemand.'

Ze wachtte tot ze zouden zeggen: Ze heeft jou toch. Ze heeft je kinderen, je leuke gezinnetje, ze wachtte daarop.

'Jouw kinderjaren waren waarschijnlijk verdomd veel prettiger dan de onze,' was alles wat Elizabeth uiteindelijk zei, 'dus je hoeft ons niet te benijden om Vader. Onze kinderjaren waren volstrekt niet benijdenswaardig, al lijkt dat misschien zo.'

''t Is alleen... je vraagt je af waarom je vader niet om je geeft,' zei Alex gesmoord. 'Je vraagt je af of je iets hebt gedaan – of er iets was – waarom hij je verstoten heeft.'

Ze zaten zwijgend te kijken hoe het vuur wegkwijnde en doofde. Niemand stond op om het weer op te poken.

Na het diner keken ze in de speelkamer uitgeput naar de televisie. Toen ze uiteengingen om naar bed te gaan, hield Alex hen tegen. 'Ronnie blijft,' zei ze. 'Dat wil ik.' Niemand sprak haar tegen, zelfs Ronnie niet.

Stom rund, vol zelfmedelijden omdat Vader haar in de steek heeft gelaten. Weet niet hoeveel geluk ze heeft. Al die liefde die haar familie over haar heeft uitgestort zonder enige reden, gewoon gegeven. Je moet het maar treffen met je familie. Uit liefde voor mij gaf Jezus zijn leven, dat staat in de Bijbel geschreven. Ha! Dan ga je graag naar de kerk. Niet zoals Moeders godsdienst het voorschreef. Dat kreng, hoewel zij de kerk de rug toe had gekeerd, stuurde ze me toch naar die verdomde nonnenschool omdat ze Vader niet zover kreeg dat hij dokte voor een particuliere school. Hel en verdoemenis, en alles was zonde. Die rotnonnen: de katholieke manier om je tanden te poetsen, de katholieke manier om te zitten en te lopen, verdomme. Geen lakschoenen omdat ze je ondergoed weerspiegelden. Tot ik tegen Vader klaagde over mijn opleiding. Hoorde het woord katholiek en liet me in razernij overplaatsen naar Concord. Moeder verkneukelde zich, zonder smeekbeden had ze hem zover dat hij betaalde. Kon haar niet schelen wat het mij had gekost. Maakte mij tot medeplichtige in haar spelletjes.

Vader deed nooit iets totdat hij werd gedwongen. Toen Mary plotseling weigerde rood vlees te eten, in het eten op haar bord zat te prikken, de jus tegen probeerde te houden voordat die in de aardappelen liep, huilend als de jus haar aardappelen vies maakte. At niets dat door bloed was bevlekt. Vader schreeuwde dat ze 't op moest eten, stuurde haar van tafel als ze hysterisch werd. Ze is nooit vegetariër geworden, ze werd blankomaan! Ha! 't Duurde jaren voor Vader toegaf.

In deze familie zijn wij allemaal eigenaardig. Kijk maar naar

Alex. Ik dacht dat zij zo normaal was. Maar ze is onvermoeibaar, een energieke kleine doordrijfster, ze liet Mary niet met rust en mij evenmin. Is onze familie abnormaal, ach natuurlijk, hoe zou het anders kunnen, net als de Callahans, wat een erfenis heb ik, Opa Callahan altijd heel of half dronken, altijd kijvend en klaar om te slaan, Oma altijd ineengedoken, de zoons mager, bleek en met angstige blik maar vol bravoure, de dochters die altijd lief en vrolijk probeerden te doen, wat potsierlijk, wat een zooitje, uitgezonderd Moeder, zij had karakter, dat moet je haar nageven, ze heeft zich niet op de kop laten zitten.

Misschien was dat wat het mondaine leven voor haar betekende: een uitweg. Trekt iedere dag een mantelpakje of zijden jurk aan, vuurrode lipstick, oogmake-up, geblondeerd haar, hoge hakken, zit daar in die flat op haar gerimpelde bovenlip te bijten en te wachten tot de telefoon gaat. 'Liefje! Wat fijn dat je belt, ja, ik ook, zo druk, gek hè? O, wat enig, ik zou dolgraag komen, ik heb die middag een ander feestje, ze drongen zo aan dat ik ja heb gezegd, maar misschien kan ik na afloop langskomen...' Zit dan de hele middag te wachten en komt laat opdagen. Kijk: ik ben gewenst!

Toch is zij beter af dan haar zusters, op hun veertigste versleten met zes, acht kinderen en met een man die weet wat het is de hand op te heffen tegen een vrouw. Net als die goeie ouwe pa. Zonder een nagel om hun gat te krabben, behalve Geraldine die met een man met een zaak is getrouwd, een wagenpark van vijf vrachtwagens, en zich ver boven hen verheven voelt. Ha! Waar mensen al niet trots op zijn.

Beter niet trouwen. Helena, de non, heeft tenminste rust en vrede in haar leven. En de broers zijn sloebers, evenbeelden van de ouwe. Zou 't eigenlijk niet erg vinden om ze te zien. Zien hoe het nu met hen gaat, hoe het leven hun gezicht heeft getekend. Maar ze zouden waarschijnlijk medelijdend naar mij kijken, dorre oude vrijster, lelijk eendje...

Moeder is misschien een beetje trots op me. Mijn dochter, heeft carrière gemaakt, onderminister van Financiën, heel belangrijk, werkt in Washington net als haar vader vroeger, weet je, jaren geleden. Econome, reist de wereld rond om de economische politiek te regelen. Wordt op het vliegveld afgehaald door driesterrengeneraals in een limousine, ontmoet regelmatig staatshoofden en drinkt dan gearomatiseerde thee uit tere porseleinen kopjes...

Elizabeth lag op een brandstapel, in vuur en vlam. Van voorhoofd tot tenen brandde haar lichaam van schaamte.

Waar mensen al niet trots op zijn...

Wat is er van mij geworden.

Ze ging rechtop zitten, hees zich uit bed en liep de kamer door. In het donker vond zij haar sigaretten op de ladenkast, stak er een op en inhaleerde diep.

Zij stuurde me hierheen, iedere zomer, jaar in jaar uit. Hoe ik ook smeekte.

Op een dag zal ik het haar vertellen.

Ze liep naar het raam, trok de gordijnen open en staarde naar buiten. Naar niets. Het zwart.

Niets.

Dit verdriet moet toch ooit eens ophouden?

HOOFDSTUK 6

Maandagochtend vroeg, voor de anderen op waren, nam Elizabeth de Alfa en ging ervandoor. Ze liet een briefje achter: 'Toen ik de auto pakte, zag ik achter in de garage een paar fietsen. Ze moeten schoongemaakt en gesmeerd worden, maar Aldo kan ze in orde maken. ECU.'

'Wat is ECU?' vroeg Alex aan Mary.

'Haar initialen, natuurlijk, wat anders. Elizabeth Catherine Upton. Catherine is haar moeders naam.' Mary liep met een kregel gebaar bij Alex vandaan. 'Mooi is dat! Zij neemt de auto en laat de fietsen voor ons over.'

'Ze had het aangekondigd. Ik dacht trouwens dat jij niet kon rijden,' zei Alex.

'Zij tekent briefjes met haar initialen?' vroeg ze aan Ronnie.

'Denk je dat wij corresponderen?' snauwde Ronnie.

'Nee, maar jullie rijden allebei, nietwaar?' zei Mary. 'Als ik eens naar Boston wil, heb ik Aldo nodig om me te rijden, en dan kunnen jullie niet weg.'

Alex en Ronnie keken elkaar aan. 'Je maakt je zorgen om ons, Mary?' vroeg Ronnie.

'Ik wil alleen geen gezeur als ik de limousine nodig heb.'

Ze kreeg geen gezeur. Nadat ze 's ochtends gedrieën Stephen hadden bezocht, verdwenen Ronnie en Alex. Mary moest de grijze, bewolkte dag alleen doorkomen in het huis. Toen zij ten slotte op zoek ging naar Aldo om hem te vragen haar naar de stad te rijden, vond ze in de garage Alex, die een fietsband stond op te pompen. Aldo reed haar naar Concord waar ze door een paar winkels slenterde. Ze vond een boekhandel en koerste niet naar de romannetjes maar – de keuze zou Elizabeth verbaasd hebben – naar de poëzie. Ze kocht een bundel van Ann Sexton en een notitieboekje in een omslag van Italiaans papier vol paarse, zilveren en turkooise krullen. Op de terugweg stopte ze bij het Cordoba-museum, maar het was gesloten. Natuurlijk, maandag.

Terneergeslagen ging ze het schemerige, stille huis binnen. Zo groot, zo leeg. Wat een naargeestige sfeer had dit huis. Herinneringen hingen er als een stankwolk. Zou het huis in Georgetown ook zo naargeestig zijn?

Ze schrok van een onverwacht lawaai boven haar. Niemand kwam beneden toen ze riep, daarom ging ze de trap op naar de eerste verdieping. De deur naar de tweede verdieping stond open: ze tuurde omhoog langs de zoldertrap. 'Iemand boven?'

Ronnie riep terug dat ze met mevrouw Browning en Teresa iets aan het doen was – wat, dat verstond Mary niet, kon haar niet schelen. Ze rende de trap af naar beneden en bleef onderaan staan, haar hoofd bonsde van woede. Ik wil mijn thee! En zij laat zich helpen door de hulp, zij! terwijl ze zelf de hulp is! Of zou moeten zijn! Mary voelde zich als Sint Sebastiaan, alsof er overal pijlen in haar lichaam werden geschoten. Ze wilde met haar voet stampen en krijsen.

Waarom ben ik zo geërgerd? Wat is er met me aan de hand!

Nukkige baby, zei Elizabeth altijd.

Nou, ik doe het zelf wel!

Zij marcheerde naar de keuken, vulde de ketel, vond de theebusjes en koos lapsang souchong. Het duurde even, maar ze vond het theeservies en zette kop en schotel en suikerpot op een blad. Ze vond een citroen in de koelkast, sneed er wat plakjes af en schikte ze op een bijpassend schoteltje. Terwijl ze bezig was, bezag ze zichzelf met enige verbazing. Ze voelde zich er niet door vernederd, hoe kwam dat? In haar eigen flat vervulden huishoudelijke karweitjes haar altijd met gloeiende schaamte, ze haastte zich, verborg zich, doodsbang dat iemand haar zou zien, dat ze zichzelf zou zien in zo'n vernederende positie. Zij deed geen karweitjes! Maar vandaag voelde het niet als een schande, het voelde – in orde. Ze voelde zich er zelfs sterk door.

En hoewel er heel wat gewone dingen waren die ze niet kon – koken of bakken, bij voorbeeld, een hamer of een schroevedraaier hanteren of autorijden – merkte ze dat ze precies wist hoe ze thee moest zetten: de theepot met heet water voorverwarmen, dan leeggieten en er drie theelepels thee in doen, versgekookt water opschenken. Ze vroeg zich af hoe ze deze dingen wist. Ze zette de pot onder een muts, op een blad, naast een kleinere pot met heet water en droeg het blad naar de tuinkamer. Ze liet de thee een paar minuten trekken, pakte intussen het boek op dat ze daar had laten liggen en begon te lezen. Even later schonk ze thee in de kop, deed er suiker en citroen bij, roerde en nam een slokje van het hete vocht. Perfect.

Heb ik gedaan! Heb ik gemaakt!

Ze leunde achterover, hield haar vinger bij de bladzijde in het boek. De tuinkamer was licht, zelfs op deze bewolkte dag. Een golf van kalme tevredenheid overspoelde haar. Dat speelhuisje buiten achter de oude tennisbanen, Pappa liet het voor mij bouwen, ik had stoeltjes en een bedje en een tafeltje en een porseleinen serviesje. Ik deed alsof ik thee zette – Eloise leerde het me, zij was toen onze kokkin, zij was aardig voor me, had medelijden met me omdat mijn moeder was gestorven – maar in werkelijkheid zette Eloise de thee en bracht die naar buiten, slappe thee met veel melk, van tevoren klaargemaakt. Ik schonk thee in voor mijn poppen en kletste: Ja, mevrouw Carruthers, wat vindt u, mevrouw Bradford?

Toen Lizzie... Ze huiverde en nam haar boek weer op, *Ariël* van Sylvia Plath.

Na een uur had ze het uit en ze sloot het boek bedachtzaam. Ik heb het zo vaak gelezen. Ik vraag me af waarom ik het mee heb genomen. Gewoon toevallig opgepakt, of is het symbolisch? *Pappa, pappa, rotzak, ik ben kapot.* Maar ik ben niet kapot, is het wel, ik zit hier nog te wachten tot hij kiest tussen zijn en niet-zijn. Misschien is hij kapot. Hij met zijn vette, zwarte hart.

> Ik heb nooit met je kunnen praten.
> De tong stokte in mijn mond.
> Hij stokte in een strop van prikkeldraad.

Je vraagt je af wat er met Sylvia Plath is gebeurd, waardoor ze zulke dingen schreef. Lijkt wel alsof haar leven zoals het mijne was, maar dat was niet zo, toch. Niemand anders heeft zo'n leven gehad als ik, iets verkeerd, iets mis met mij, met mijn karakter. Vader zei dat, zei dat het door mij kwam. Zij was niet zoals ik, zij was slim, zij ging naar Smith, net als Elizabeth, ging ook studeren in Engeland, Cambridge. Trouwde met een dichter. En maakte zich van kant. Om hem, lijkt het. Zou ik nooit doen: geen man is 't waard. Ik geloof niet dat ik dat zou doen. Of wel?

Na Don wilde ik dood.

Misschien in werkelijkeid om haar vader. En haar moeder? Mijn mamma een zelfmoordenares, zegt Elizabeth. Een zatlap. Heb ik dat altijd geweten?

Stop!

Ze stond op, rekte zich uit, liep naar het raam, tuurde naar de bomen, vrijwel kaal nu. Kale, verwoeste koren waar onlangs de zoete vogels zongen. Ik, treurend om gulden bossen die kalen.

Het is allemaal gemakkelijker zonder Elizabeth. Minder druk in huis, iedereen voelt zich ontspannen, dat zie je. Alex is dom en geesteloos en Ronnie kun je negeren. Toch saai. Elizabeth houdt je in ieder geval wakker.

> Ten eerste: ben je ons type mens?
> Heb je
> Een glazen oog, een kunstgebit of krukken?

Elizabeth mijn type mens. Alex niet.

Even geen Plath lezen. Moet misschien mijn nieuwe Sexton lezen, maar verdomme, heeft zichzelf ook van kant gemaakt. Had ik aan moeten denken voor ik het boek kocht. Wat heb ik nog meer meegebracht? Merwin, McClatchey, Berrymans *Dreamsongs*, Adrienne Rich, verrukkelijke gedichten maar ik kan niet tegen dat feminisme. Stom: net of je de goden beschuldigt omdat de dingen nu eenmaal zo zijn. Je moet de werkelijkheid aanvaarden, 'm manipuleren als je wilt krijgen wat je wilt hebben. Iedereen wil macht. Mannen hebben die. Vrouwen zijn in het nadeel, zwangerschappen, kinderen opvoeden. Zo is de natuur, doe je niets aan. De feministen zouden dat graag veranderen, maar hoe? Vrouwen moeten macht zien te krijgen op iedere mogelijke manier. Elizabeths manier of de mijne. Wij begrijpen macht. De twee anderen zijn kansloos. Zij zijn gewoontjes. Koeien. Elizabeth en ik zijn bijzonder, gespaard voor het gebruikelijke lot van vrouwen.

Mary stond op, slenterde naar haar vaders bibliotheek en speurde de planken af. Niets dat ik zou willen lezen. Wacht, kijk eens: alles van Trollope, beter dan niets. Ze pakte *Barchester Towers*. In jaren niet gelezen.

Ze keek naar het grijze landschap buiten in het wegkwijnende licht en de ergernis die zij eerder had gevoeld, overspoelde haar. Brrr. Vervelend! Vervelende dag! Ze wilde iets gewelddadigs doen.

Ze nam het boek mee naar haar kamer en zocht naar haar oefenband. Er was niemand in de speelkamer, zij kon de televisie daar gebruiken, ruimte genoeg voor oefeningen. Verdomme. Thuisgelaten. Vergeten. Ze dacht na. Kon naar een serie kijken. Maar er kon iemand binnenkomen. Ik zie Ronnies gezicht voor me als ze me betrapt terwijl ik hier zit te kijken naar *As the World turns* of een spelprogramma.

Ze wierp een blik op de chaise-longue. Afgelopen nacht niet goed geslapen, wel? Ze ging erop liggen, trok een witte wollen sjaal over haar benen en viel meteen in een diepe slaap vol wilde nachtmerries. Ze werd pas tegen vijven wakker, zodat ze zich haastig moest verkleden voor het diner. Deed er niet zo toe, dacht ze. Alleen maar vrouwen hier voor het diner.

Hoewel ze het grootste deel van de dag met slapen had verknoeid, bleef ze zich geprikkeld en onrustig voelen. Des te hinderlijker was het dat de twee anderen zo vrolijk waren toen zij rond zessen de eetkamer binnenkwam. Alex kakelde met rozige wangen *ad nauseam* over de geneugten van het fietsen en hoe attent het was van Elizabeth om daarop te wijzen, Ronnie zag er ook blozend en voldaan uit, tevreden met zichzelf, Mary had geen idee waarom. Misschien was iedereen blij dat Elizabeth er niet was.

Alex ging eindelijk aan de eettafel zitten. 'Elizabeth is echt fantastisch,' verklaarde ze.

Mary trok een wenkbrauw op.

Alex wees met haar vork naar haar (goeie god, wat een manieren! ze was even erg als Ronnie!) en riep opgetogen: 'Jij ook! Zij doet hetzelfde! Beiden jullie zo hard en onverzettelijk, maar in wezen zijn jullie een stel dotjes.'

'Jullie beiden,' zei Mary gemelijk.

'Pardon?'

'Of "jullie beiden", of "allebei", maar nooit "beiden jullie".'

Alex negeerde het en ratelde door tegen Ronnie: 'Denk je ook niet? Dotjes. Gewoon een paar gekwetste baby's.'

'Misschien. Maar gekwetste baby's groeien op tot mensen die baby's kwetsen,' zei Ronnie met vertrokken mond.

'O, Ronnie,' riep Alex uit, 'jij bent de grootste dot van allemaal!'

'Alex, soms denk ik dat je in fabeltjesland leeft,' zei Ronnie vol afkeer.

'Noem het zoals je wilt,' zei ze. 'Maar waar ik woon is het echt.'

Ronnie sloeg haar ogen ten hemel. Kan me niet druk maken om dit gesprek: te stom. Mary geeuwde, met haar hand voor haar mond. Moe.

'Vanavond nog iets op televisie?' vroeg ze.

Terwijl de twee anderen naar een oude film zaten te kijken, lag Ronnie op haar bed te lezen en zette met een gele viltstift strepen in het tijdschrift. Ze legde haar hoofd even op het kussen, met een brede glimlach. Gelukt. Zaken op een rijtje. Aan de slag. Ze keek tevreden naar de computer, aangesloten en geladen met bestanden, naar de oude boekenkast die ze vandaag van de zolder had gesleept en schoongemaakt met citroenolie, waar nu haar tijdschriften op onderwerp in stonden. Ze hadden haar ladenkast uit de kamer moeten halen om de boekenkast erin te kunnen zetten, maar dat gaf niet, die hadden ze in Mamma's kamer gezet, nu zo vol dat je er nauwelijks in kon lopen. Maar dat doet niemand behalve Mamma's geest... O, ik wilde...

Haar voor het laatst even knuffelen, haar zachte wang nog eens kussen.

Maak jezelf niets wijs, Ronalda. Je wilt haar beschuldigen.

Nee. Nooit gedaan, gebeurt nooit. Lang geleden besloten. Vergeet het.

Moet haar kamer opruimen, luchten, zo stoffig. Teresa wilde er zelfs niet binnengaan, geur van de dood, zei ze. Moet haar kleren wegdoen. Arme kleren. Een paar foto's in de lijst van de spiegel gestoken. Ik met zes maanden, twee jaar, universiteit, afstuderen. Aldo heeft die ene genomen, ik vraag me af wie de andere maakte. Mamma had geen toestel. Wat moet ik met dat verdomde kruisbeeld boven haar bed. Lijkt wel goud, waar had ze 't vandaan? Misschien van Hem. Misschien willen de nonnen het hebben, om 't aan een arm kind te geven dat ze willen hersenspoelen. Kan 't niet zomaar bij het vuilnis doen, zij hield ervan. Had het bij haar in de kist moeten leggen.

Denk daar morrege over, Scarlett.

Intussen: morgen zou ze de trein naar Boston nemen en gaan stemmen. Ze kon, als ze daar was, haar spullen ophalen bij Linda. Dan even naar de universiteitsbibliotheek gaan, een paar naslagwerken kopen die ze bij de hand moest hebben, viltstiften, meer diskettes en een opbergdoos. Had nog wat geld over van haar beurs van vorig jaar, voordeel van armoede: je leert zuinig leven. Maar wat moest ze als dat op was?

Ze sprong overeind, trok haar rugzak open, zocht naar haar portefeuille, opende het geheime vakje, trok wat opgevouwen bankbiljetten te voorschijn. Strak rolletje, ze telde: tweehonderdzesendertig dollar. Niet erg veel.

Nu niet over denken. Je vindt wel een manier om te overleven. Je hebt op je veertiende toch zes maanden in de straten van Boston overleefd? Zonder te tippelen. Stal drugs, kreeg gratis eten in opvanghuizen, kerken, sliep in de ondergrondse, in de bibliotheek tot ze je eruit schopten, in de wasserette. In de wasserette Rosa die je bekeek. 'Heb je hier vaker gezien, ja? Hoe oud ben je?' Als een beschuldiging. Ik was bang. Maar ze zag er niet uit als een ambtenaar, met die oude rok, versleten afgetrapte schoenen. Enorme kanjer van een wasserette, ze kon het werk nauwelijks aan, 'de wasmachine, ze is stuk,' ik zag wel dat ze mijn hulp kon gebruiken. Ze had hulp nodig, vier kleine kinderen, maar twee op school, Enriqué twee banen, zij deed ook nog stukwerk als naaister. Beloofde me eten, een bed, gedeeld natuurlijk, en af en toe een dollar zakgeld, en ik hoefde alleen maar op de kinderen te letten als ik uit school kwam, de vaat te wassen, de kinderen in bad te doen en in bed te stoppen, te helpen in de wasserette, haar een beetje vrijheid te geven zodat ze dat verdomde naaiwerk kon doen voor twee cent per uur of wat ze ook kreeg. Het was beter dan de straat. Armeluisvariant van au pair.

Stond erop dat ik naar school ging. Ik vond 't niet echt erg, moest haar alleen dwarszitten. Boze verbitterde wegloopster. Ik heb het haar niet gemakkelijk gemaakt. Redde mijn leven. Zeven mensen in vijf kamers. Afgrijselijke kamers, gebarsten plafonds, bladderend stucwerk, kakkerlakken en soms ratten. Alleen de straat was erger. Sleepte me helemaal naar school, twee maanden te laat, liet me inschrijven als haar nichtje, huilde: 'Mijn zuster, zij dood!' Het lukte: alle Latino's lijken op elkaar, zelfs als het Puertoricanen zijn en geen Chicano's. Ze leken eigenlijk erg op Mamma, altijd verzoenend, maar zij waren luidruchtig, lachten veel. Mamma kroop als een muis door dit huis en lachte zelden. Als ze 't deed, hield ze haar hand voor haar mond als een Japanse om het geluid te smoren. Ze raakten elkaar graag aan, en vooral baby's. Toen ze Joey kreeg, mochten zelfs Lidia en Téo hem vasthouden, knuffelen, met hem spelen. Zelfs de jongens gaven hem een schone luier. Fijn. Fijn daar.

Mevrouw Jenkins wist dat er iets niet klopte, dat Rosa niet echt mijn tante was, dat ik geen Puertoricaanse was. Ze was niet eens een Latino, ze was Afrikaanse, maar oplettend. Nadenkend. Zorgzaam, zelfs na al die jaren onderwijs. Zag iets in me. Redde me. Werkt nog steeds daar in Roxbury, met de moed der wanhoop, redt een paar kinderen, verliest de meeste, zoals ze zei toen ik haar op kwam zoeken. 'De universiteit, Ronnie! Zit je op de universiteit?!' Omhelsde me alsof ik haar dochter was. Ben ik ook. Van haar en van Rosa. Hebben me meer gegeven dan Mamma ooit. Carrie Jenkins gaf me besef van mijn eigen kracht, van andere mogelijkheden... ik hoefde geen dienstbode te worden.

Nee! Ze ging opgewonden overeind zitten, haar gedachten wemelden van mogelijkheden, ze wilde meteen in beweging komen. Geen naslagwerken, die zijn zo duur. Koop een modem, sluit die aan op een databank. Dat moet ik doen. Leunde toen in zichzelf glimlachend achterover. Vreemd hoe je dingen vanzelfsprekend vindt, zoals geld hebben om een modem te kopen, heb ik misschien niet eens, wie weet, geen idee wat die kosten. Maar ik weet dat ik een onderzoeksbeurs kan krijgen om hem te bekostigen, dat weet ik. Weet dingen die andere kleine Chicana's niet weten. Maakt een wereld van verschil: geeft je zelfvertrouwen.

Dat dank ik aan Carrie Jenkins.

Wat raak je er snel aan gewend dat alles voor je wordt gedaan, eten op tafel gezet, huis schoongemaakt, beddegoed verschoond, Teresa doet zelfs het mijne. Nooit koud, zoals het 's nachts soms bij Rosa was. Altijd een extra deken als je die nodig hebt, altijd iets te eten in de koelkast, een auto om je naar de stad te rijden. Durf ik Aldo te vragen me naar Boston te rijden? Zal hij woedend zijn? Mary wel. Geeft niet. Het is anders dan toen Hij hier was.

Het is leuk om dat alles te hebben, maar je gaat erop rekenen.

Raak ik verwend, net als zij?

Zal moeilijk zijn om het op te geven.

Ze peinsde. Misschien moet ik zorgen dat ik niet aan luxe wen. Misschien moet ik naar de stad liften en de trein naar Boston nemen, in plaats van Aldo te vragen. Of de bus nemen. Geen boeken kopen maar naar de bibliotheek gaan. Naar de universiteit gaan en professor Madrick opzoeken, hij helpt me wel aan een bibliotheekpas voor onderzoeksassistenten. Maar dan moet ik een paar keer per week naar Boston.

Wil ik niet.

Waarom niet? Wat houdt je hier? Terwijl je zoveel vrienden hebt in Boston? Ja, stel je voor dat ik Sarah op straat tegenkom, hand in hand met Becky. Nee, zij loopt niet openlijk hand in hand, zij komt er niet voor uit. 't Zou toch mooi zijn als ze er uitgeput, oud en verschrompeld uitzag. Terwijl ik er vrij goed uitzie, nou, beter, dat moet ik toegeven, zelfs al was Mamma's dood een hele aanslag, ik zie er beter uit dan in jaren, ben heel wat kilo's kwijt, zie er uitgerust uit, mijn ogen staan helder, hoe kan dat terwijl ik die vrouwen haat, rotzusters, dit huis haat. Behoorlijk eten, vermoedelijk, en genoeg slaap. Frisse lucht.

Ze liet het tijdschrift uit haar handen vallen, haar armen hingen slap langs haar lichaam. Ze hield haar lichaam stijf, als in een seance, wachtte tot de geest zou spreken, zich zou openbaren. Wat was er hier in dit huis, wat voelde ze hier? Mamma, die geen rust vond? Die me iets probeert te zeggen? Ze vond geen woorden voor haar gevoel dat ze in de hete, gesmolten kern van haar wezen leefde en dat die, als ze nu vertrok, zou stollen en afkoelen en dan zou ze er nooit achter komen.

Waarachter?

Na voltooiing van haar avondlijk ritueel bemerkte Mary tevreden dat de kanten sprei was afgehaald en het laken opengeslagen. De kleine reprimande die ze Browning had gegeven, had effect gehad. Je moet het personeel tegenwoordig gewoon op de huid zitten, anders lopen ze over je heen, doen hun werk nonchalant, altijd gehaast om terug te gaan naar die stomme buis, bang de laatste scène van hun favoriete serie te missen. Natuurlijk, het was bekend dat zij er zelf graag naar keek, maar dat was tenslotte iets anders, zij betaalde voor diensten...

Ze trok een satijnen peignoir aan over haar nachtpon, trok de gordijnen open – ze had Browning opgedragen die 's avonds te sluiten, net als in haar kinderjaren – en nam haar handtas mee naar de chaise-longue. Ze haalde haar doosje hasj eruit en rolde een joint. Kom krap te zitten, moet gauw iets doen. Een cheque verzilveren. Misschien kon Elizabeth wat contanten voorschieten...

Ze inhaleerde diep en leunde tegen de armleuning, trok haar voeten op en tuurde naar de duisternis buiten. Geen maan maar massa's sterren vannacht. Moet iets doen aan dit gevoel, afschuwelijk, helemaal pulpachtig vanbinnen, alles voelde akelig. Het was zo onrechtvaardig! Ze kon er wel van gillen, begreep plotseling mensen die boodschappen op een vel kalkten en dat voor hun raam hingen. ONRECHT! ONEERLIJK!

Hoe konden ze zo tegen haar spreken, over haar spreken! Haar uitschelden: prostituée, hoer, dat andere woord! Terwijl zij nooit, niet een keer in haar leven seks had bedreven buiten het huwelijk, ze had nooit gerommeld, al was er god weet gelegenheid genoeg, zelfs nu nog, mannen begeerden haar nog steeds. In haar jeugd was zij het mooiste meisje op ieder bal geweest.

Goed, zij flirtte graag, maar dat was een spelletje, ze ging nooit verder.

Hoe konden ze...?

Ach, natuurlijk, die ene is lesbisch, verbitterd, nooit een man kunnen krijgen, moet je haar zien, nou, haar gezicht is knap genoeg, vermoed ik, opvallend, die blauwe ogen en die bruine huid, ze zou knap kunnen zijn als ze maar een flauw begrip had van cosmetica, maar geen greintje charme, welke man wil dat, en zoals ze zich kleedt... En Elizabeth een dorre oude vrijster, waarschijnlijk nog steeds maagd, die Clare zag er niet uit alsof z'n gereedschap het deed, en hij was de enige, de enige die ze ooit mee naar huis bracht tenminste. Verbitterde, jaloerse feeks. Jaloers op mijn uiterlijk, mijn stijl, de manier waarop mannen zich in bochten wringen als ze me zien, kijk maar naar die dokter Stamp, naar Hollis. Zelfs Aldo bekijkt me smachtend, hij denkt dat ik het niet zie en ik zal het natuurlijk nooit laten merken, een knecht. Zelfs die verslaggever met dat bruine jasje keek met uitpuilende ogen naar mijn borst. Dat is macht, echte macht voor een vrouw, daarvoor gaan mannen op de knieën, doen alles wat je maar wilt. Dat weet iedereen. Mannen heersen over de wereld, maar vrouwen heersen over mannen.

Bovendien, een vrouw heeft een man nodig. Het is duidelijk: vrouwen zijn geschapen voor huwelijk en kinderen en dan heb je een man nodig, iemand die je onderhoudt. Een vrouw heeft escorte nodig! Anders kan ze 's avonds nooit ergens heen, nooit op reis behalve met die afgrijselijke tours, bussen vol met dorre oude vrouwen die allemaal snakken naar een man. Zonder man leef je alleen, zoals Elizabeth, eenzame oude dag.

...

Nou, ik blijf niet lang alleen! Ik moet gewoon weer overeind krabbelen, met een paar honderdduizend is alles in orde. Als Vader niet ziek was geworden, zou ik het hem zijn gaan vragen. Als hij sterft, komt het wel goed. Alberto's schuld, de schoft. Toen Don, maar dat moest zo zijn, kon niet anders...

Het is niet waar dat ik om het geld ben getrouwd. Wat oneerlijk! Lizzie kan het weten, ik heb het haar geschreven. We correspondeerden toen nog, ik tenminste, zij schreef af en toe, schreef toen om op te scheppen, zo trots dat ze op die geweldige Engelse school was gekomen. O, wat heb ik gehuild toen ze wegging, ik was ontroostbaar, het was vreselijk dat ze er niet meer was, erger, zelfs al was Amelia er met Alex. Ik had haar zo nodig, ze moet 't hebben geweten, ik heb het geschreven. Laat me alsjeblieft niet alleen, Lizzie! Ze heeft zelfs nooit geantwoord. Kwam thuis voor het feest van 4 juli en vertrok, kwam nooit meer terug, nooit meer. Liet mij hier alleen.

Ik ben dus zo gauw als ik kon getrouwd, wat kon ik anders? Hij had me nooit ergens anders zelfstandig laten wonen, hij had me het geld niet gegeven, bovendien zou ik doodsbenauwd zijn geweest, ik kon niets, geen huishouding voeren, met bedienden. En Harry was zo lief, vaderlijk, wel, hij was even oud als Vader, maar ik zei hem dat dat niet gaf, dat ik daardoor meer van hem hield, zo lief, hij zorgde beter voor me dan Vader ooit deed, gaf me een eigen bankrekening, zeurde niet over rekeningen zoals Vader, gaf me huishoudgeld, vroeg nooit naar bedragen, we aten goed, daar hield hij van. Hij ging zelfs met me naar de modeshows, vond 't fijn als ik er schitterend uitzag. Zette me als een baby op zijn schoot, nou, dat was ik toch eigenlijk ook, pas negentien. Hoewel ik natuurlijk heel volwassen was. Ik vond mezelf zo volwassen met mijn strapless avondjurken, mijn opgestoken haar, zwarte kousen, hoge hakken.

Harry was als een vader voor me, zorgde overal voor, ik hoefde nergens over in te zitten, alleen over het personeel, hij nam die huishoudster in dienst, mevrouw Brundage, omdat ik zo jong was toen mijn moeder stierf. Zij leerde me menu's samenstellen, de huishouding besturen, als een volwassene tegen de bedienden spreken.

Hij was lief, geduldig, werd nooit kwaad zoals Vader, natuurlijk was hij anders met zijn kinderen. Maar wie kan hem dat kwalijk nemen, zij waren een verschrikkelijk stel. Ik had niet graag met hen te maken, ze hebben me dikwijls aan het huilen gemaakt, ze waren ouder dan ik, het was niet mijn schuld dat Harry mij aanbad. Toen ze mij uitscholden, zei ik het tegen Vader, hij gaf me een Jag als huwelijkscadeau, gaf die geweldige bruiloft, toen hielden ze hun mond. Hun vader was niet verleid door een arme kleine avonturierster. Harry liep me achterna, maakte werk van me op datzelfde zomerfeest voor Elizabeths vertrek. Wonderlijk toeval. Vaders beste vriend, maar hij maakte toch werk van mij, zo hartstochtelijk was hij. Vader, gechoqueerd, probeerde het tegen te houden. Ik dreigde weg te lopen als hij geen toestemming gaf, hem nog meer voor schut te zetten. Koppige kleine feeks, zei hij. Keek me loensend aan, als hij dat deed, dacht ik soms dat hij mij haatte. Ten slotte gaf hij toe, gaf me die prachtige bruiloft, de tenten, drie orkesten, een dansvloer aangelegd op het gazon, oesters en champagne – ik zag er toen zo betoverend uit, nog 'n foto op mijn tafel...

Het was niet mijn schuld dat Harry stierf. Hij was tenslotte achtenvijftig, die kinderen van hem zeiden dat ik hem had uitgeput. Natuurlijk, Vader is tweeëntachtig en leeft nog. Maar dat was belachelijk. We deden het niet eens zo vaak meer na het eerste jaar, toen ik eenmaal zwanger was, en daarna Marty had, kon hij niet... Soms had ik het gevoel dat hij iemand anders had maar toen kon het me niet meer schelen. Het is leuk als iemand dolverliefd op je is, maar ik vond dat seks overschat werd. Stomvervelend in feite.

Tot Don.

Maar zelfs als hij iemand anders had, moest ik met hem getrouwd blijven, ik had een kind, zijn zoon, eigenlijk was Marty zijn vierde zoon, derde gezin, hij was niet bepaald in de wolken. Maar het interesseerde me niet wat hij verder uitspookte, ik wilde niet scheiden, ik wilde echtgenote zijn, op feesten komen met mijn echtgenoot, mevrouw Iemand zijn. Ik wilde niet alleen wonen zoals die jonge vrouwen tegenwoordig, als je hen hoort, zou je denken dat het een pretje is om over geld te moeten tobben, over je uitgaven voor kleding, om een flat te moeten zoeken, telefoon te laten aanleggen, alle rekeningen zelf te betalen en alles zelf te regelen. Tobben over je auto's, verzekeringen, garages, reparaties, chauffeurs. Maar die kan ik me toch niet meer veroorloven... Toch mis ik ze, heb een hekel aan taxi's, norse chauffeurs die geen Engels spreken, die verwachten dat je uitlegt hoe ze ergens moeten komen, de misselijk makende walm van hun lichaam die de hele taxi vult...

Goddank is hij op de atletiekclub overleden tijdens een spelletje squash en niet bij een andere vrouw in bed, dat zou zo vernederend zijn geweest. Vernederend was het toch wel, met die processen van zijn kinderen, alsof hij hun niet al enorme lijfrentes had nagelaten, zo hebzuchtig, al het geld voor mij was jarenlang geblokkeerd, toen ging het meeste naar Martin, mijn zoon, rijker dan ik, wat een oneerlijke rechter. Hoe moest ik van drie miljoen dollar de flat betalen en het huis in Vail? Hoe ver gaat dat? Strafte me waarschijnlijk voor mijn huwelijk met Alberto, mijn advocaat waarschuwde dat ik moest wachten, rechterlijke wraak, die rechter geilde op me, dat zag ik wel. Maar ik kon niet wachten, vijf jaar liep het al, ik was zo eenzaam, opgesloten in die flat met een baby, en Alberto was zo adembenemend, een aristocraat, zo interessant, hij was uitgeweest met Rita Hayworth, met Ava Gardner, en hij wilde *míj*. Maar hij plukte me kaal, de schoft, bracht vrijwel geen stuiver in, en met al die vurigheid was hij in bed erger dan Harry, besprong me vanachteren, neukte me als een hond. Reageerde onverschillig toen ik hem een zoon gaf. Vernederde me toen zo, 't stond in alle kranten, Nina Newton en Alberto op het strand van de Rivièra, allebei bijna naakt, voelde me een oude huismus, dik en zwanger en oud, die twee goudbruin in de zon, nog slank en gespierd...

Pas achtentwintig en alleen met drie kinderen, nou ja, tweeeneenhalf, Marty was acht, Bertie twee en Marie-Laure op komst. En bijna blut, die schoft nam het ervan op mijn kosten, dat was ook zo mooi, grote krantekoppen over de geweldige alimentatie die ik van Alberto kreeg, nooit een cent van gezien, hij had niets. Nina Newton onderhield hem tot ze genoeg van hem kreeg en hem eruit gooide. Hij trouwde met de maagdelijke dochter van een Italiaanse industrieel die voor zijn dochtertje een titel wilde kopen, meer had Alberto niet te bieden. Maar hij heeft vast geëist dat ze een maagdelijkheidstest deed, net als prinses Diana.

Ik werd ouder, een beetje zwaar, moest drie kinderen onderhouden en was bijna failliet, ik moest snel weer in roulatie komen, een man vinden, ik had geen keus. Ik leefde gedisciplineerd. Mensen denken dat je mooi geboren wordt, ze weten niet hoeveel werk het vergt. Ging op een streng dieet nadat ik Marie-Laure had gespeend, raakte tien kilo kwijt. Deed gymnastiek om mijn huid weer in orde te krijgen. Ik moest trouwen met de eerste de beste geschikte man, gelukkig was Paul niet afstotelijk en vond hij 't niet erg dat ik kleine kinderen had, zolang hij maar niets met hen te maken hoefde te hebben, liet me voor ons huwelijk contractueel beloven dat er niet meer kwamen, dat ik niet meer zou eisen dan – hoeveel was het? – in geval van een scheiding. God weet dat hij rijk genoeg was, als ik gewoon had gewacht tot hij doodging, had ik mijn hele leven geen zorgen meer gehad, maar Jezus, hij leeft nog steeds, zijn eigen vliegtuig, kasteel aan de Loire, villa in Gstaad, een in Costa-Rica, op Capri...

O, dat huis op Capri. Het enige van Paul dat ik mis. Heuvels bedekt met bougainvillea, cyclaam en lavendel, oranje, rood, onstuitbaar welden de bloemen uit de warme grond. Alles groen, bladeren op steen, grijze stenen wegen, stenen muren, witte huizen met rode pannendaken. Rondom de villa lelies en hibiscus, een muur van wingerd en tulpebomen eromheen, maar boven keek je uit over het water, de Baai van Napels met de kleur van Dons ogen, overal water, zover je kon zien. Ezelbellen, oude vrouwen in het zwart die gebogen onder hun last de heuvels op sjokten, rustige bedienden, die kenden hun plaats. De kamers beneden koel en donker, al was de zon nog zo heet, witte muren met okergele tegelvloeren, ik speelde Debussy, kon toen nog spelen, voelde de muziek wegzweven in de ochtend. Fijn als hij er niet was: hij hield niet van Debussy. Of van Beethoven of Bach. Klaagde: moet je die zooi spelen? Kon alleen Chopin aanhoren. Vond het wel aardig denk ik. Ik studeerde de *Ballades* in en kon die heel redelijk spelen.

Nu niet meer. Slappe vingers. Ging zo op in Don, verdriet, speel nooit meer. Moet 't misschien weer ophalen.

Seks als plicht. Dat had hij graag, had me graag stil en gespannen, deed me graag pijn, draaide mijn polsen om, beet in mijn borsten, hoorde me graag kermen. Die gezichtsuitdrukking na afloop, triomfantelijk, minachtend. Ik een ding, gekocht en betaald, bezit.

Ze stond plotseling op, de peuk nog tussen haar vingers, en staarde naar buiten alsof daar een spook stond.

Gekocht en betaald. Dat bedoelen ze.

Ze zakte langzaam weer neer op de chaise-longue.

Maar het is niet eerlijk! Ik heb alles opgegeven, o wat een genot hem te vertellen dat ik hem verliet, dat gezicht, ooo, wat een triomf, mijn triomf dit keer, je krijgt geen cent van me, dat weet je, kreng.

Kon me niet schelen. Alleen Don telde nog, Don, mijn liefste Don. Vanaf ons eerste oogcontact, tintelend, onverbrekelijk, moesten elkaar aanraken, vasthouden...

Hoe dan ook, ik dacht dat ik volgens dat voorhuwelijkse vodje in geval van een scheiding zoveel honderdduizend per jaar zou krijgen. Had niet in de gaten dat 't alleen gold als hij een scheiding wilde. Had mijn advocaat niet uitgelegd. Mannen heulen samen. Gaf me geen cent.

Kon me niet schelen wat het me kostte. Toen. Nu nog niet. Kon niet naast Don staan zonder dat 't bloed uit mijn hoofd trok, uit mijn vingertoppen, tenen, lippen, bonzend naar mijn hart stroomde, het overstroomde. Kon niet spreken. Die eerste keer, dat feestje op de Zweedse ambassade: blauwe ogen die me strak aankeken alsof ze een wonder ontdekten, eindelijk vonden wat ze zochten. Rechtstreekse verbinding met mijn hart en ik dacht, o, mijn god, dit is wat ik altijd heb gewild. Altijd. Ik wilde zo in zijn armen lopen maar ik wist niet eens zijn naam, hij was gewoon een man in een groepje op een cocktailparty. Ogen als de zee, de baai, aquamarijn, doordringend, doorboorden mij, huid, beenderen, spieren, wilden mijn beenderen in zijn handen nemen, mijn lichaam beheersen. Van mij had hij ze mogen breken, mij ook. Neem mij... Doe met me wat je wilt.

De dag dat we picknickten in de Rockies, had mijn huis in Vail toen nog, Paul dacht dat ik er alleen heen was, kon hem niet schelen, hij was in Brussel voor een van zijn superbelangrijke zaken. Don kocht eten in een picknickmand, wijn, kaas, paté, brood, druiven en appels en we reden weg, spreidden een deken uit, aten en vrijden in een brede greppel vol wilde bloemen. En vielen in slaap met verstrengelde armen – nooit eerder had ik dat gedaan – en toen ik wakker werd was hij weg en een ogenblik lang was ik doodsbang, tot ik hem zag, hij leek op te rijzen uit de aarde, kwam over de rand van de greppel, was waarschijnlijk gaan plassen. En hij leek een reus, geweldig, met welgevormde, zwaargespierde armen, sterk, om de aarde te bewerken, machines te bedienen, macht uit te oefenen, mij beet te pakken, de armen van een Man, gemaakt om mij, Vrouw, vast te houden, te omhelzen, te bezitten, zoals ik daar lag, wit, zacht en glad en van hem, o, van hem, alleen van hem. Voor eeuwig.

Mary huilde en wreef in ondraaglijk verlangen over haar clitoris.

HOOFDSTUK 7

Toen Mary hoorde dat Ronnie van plan was dinsdag na het ziekenhuisbezoek naar Boston te gaan, telefoneerde ze een tijdje en kondigde toen aan dat ze ook ging en dat Aldo hen zou rijden. Ronnie, verbaasd en opgelucht en toen verbaasd over haar opluchting, dacht na: Vind ik het echt zo belangrijk? Wat ze denken, hoe ze me behandelen? Tegelijk zag ze ertegenop om heen en terug te rijden met de meest vijandige zuster. Zou het een lange, zwijgende rit worden, suizend van stille haat? Dan liever de trein. Een prettig gesprek is ondenkbaar – ze haat mij, mijn huidskleur, mijn afkomst, mijn onwettigheid, mijn bestaan. Als ik aardig probeer te zijn, is dat dan bewonderenswaardige zelfbeheersing of corrupte medeplichtigheid? Ben ik dan een Tante Tom?

Het eerste kwartier sprak Mary alleen tegen Aldo, opmerkingen over de veranderingen in het landschap van haar jeugd. Op een toon van innige devotie stemde Aldo gretig met al haar woorden in. Toch werd het zachte zoemen van de zware auto onverdraaglijk en Mary zat haar handen te bestuderen, met haar witte handschoenen op haar schoot, toen Ronnie besloot de sprong te wagen.

'Ik zag dat je heel wat poëzie leest,' zei ze.

Mary's lichaam zwol heel licht, als een gedroogde vrucht die in het water valt. 'Ja. Wat... aardig... dat je 't opmerkt.' Ze wuifde zich koelte toe met haar tas. 'Elizabeth houdt me voor een uilskuiken. Ik denk geloof ik dat iedereen dat doet.'

'Ik zag dat je W.S. Merwin las. Ik ben ook dol op hem.'

'Werkelijk!' Mary keek Ronnie vreemd aan. 'Van wie hou je nog meer?'

Zij bespraken een tijdje hun voorkeuren, tot Ronnie Adrienne Rich noemde.

'Ik vind het feminisme zo dom,' zei Mary. 'Tegen de natuur kun je tenslotte niet op. Zolang vrouwen kinderen krijgen, hebben ze bescherming nodig.'

'Tegen wie?'

'Pardon?'

'Tegen wie moeten ze worden beschermd?'

'Werkelijk, Ronnie, je grammatica...'

'Mijn grammatica kan barsten, Mary. Waarom hebben vrouwen bescherming nodig? Die zouden ze niet nodig hebben als mannen hen niet zouden aanvallen, is het wel?'

'Ze hebben ondersteuning nodig!'

'Ze zouden geen ondersteuning nodig hebben als de mannen niet alle bezit en hulpbronnen van de wereld hadden ingepikt, is het wel?'

Mary keek haar verwonderd aan. 'Maar dat is de mannelijke natuur, nietwaar. Ze zijn agressief, rovers.'

'Ik kan niet geloven dat de natuur een soort heeft geschapen waarvan het ene geslacht systematisch het andere belaagt.'

Mary dacht daar met een frons over na. 'Maar hoe zou het anders kunnen? De hele geschiedenis...'

'Geschiedenis is het mannenverhaal over wat er de afgelopen vijfduizend jaar is gebeurd. Ze hebben alle reden om het verhaal zo te vertellen dat hun roofzucht een natuurlijk gegeven lijkt.'

'Je bent vast feministe,' constateerde Mary.

'Reken maar!'

'Nou, ik kan niet met je twisten over het verleden. Daar weet ik niets van. Ik weet alleen dat vrouwen moeten zien te overleven, op elke mogelijke manier. En de veiligste en zekerste manier is zich aan een man te binden.'

'Door een huwelijk zonder mogelijkheid tot scheiding.'

'Mannen moeten gewoon worden gedwongen om hun kinderen te onderhouden. Natuurlijk zou ik... wel, ik zou gewoon weggelopen zijn,' eindigde ze mysterieus.

'Of abortus?'

Mary haalde haar schouders op. 'O, dat kan me niet schelen. Maar vrouwen en kinderen moeten beschermd worden. Het is verschrikkelijk wat er gebeurt met al die alleenstaande meisjes met baby's en met oudere vrouwen die op de mestvaalt worden gesmeten. Mijn vriendin Marge Germaine was tweeënvijftig toen haar man besloot dat hij met een mormel van vijfentwintig wilde trouwen. Na wat juridische manipulaties liet hij haar zonder een cent zitten en nu is ze straatarm. Haar kinderen moeten haar onderhouden.' Ze huiverde. 'Verschrikkelijk.'

'Haar kinderen kunnen haar tenminste onderhouden,' kon Ronnie niet nalaten te zeggen. 'Dat is weleens anders.'

'Zal wel,' gaf Mary afwezig toe.

'Voor een niet-feministe heb je een erg politieke kijk op het huwelijk,' oordeelde Ronnie.

Mary schokschouderde. 'Ieder mens met hersens weet dat het huwelijk een politieke kwestie is. Godallemachtig, het hele leven is een politieke kwestie,' voegde ze eraan toe. 'Feministen zijn heus niet de enige vrouwen met hersens, weet je.'

'Dat zie ik,' glimlachte Ronnie.

Mary's hart sloeg een slag over. Ze glimlachte tegen Aldo's achterhoofd.

Ze zetten Ronnie af bij de universiteit, toen bracht Aldo Mary naar de Ritz, waar ze voor de lunch had afgesproken met haar oude vriendin Christina.

Na het stemmen bezocht Ronnie professor Madrick op de universiteit en kreeg een bibliotheekpas voor onderzoeksassistenten. De inschrijving duurde uren en ze had geen tijd voor de lunch. Ze ging naar de uitslagen kijken, nam toen de ondergrondse naar Cambridge om boodschappen te doen in de COÖP. Aldo zou haar om half vijf voor de winkel ophalen.

Mary was rozig en vrolijk van de wijn en het gezelschap: 'Het was heerlijk om Christina weer te zien, ik heb haar in geen jaren gezien! En o, wat is het fijn om het huis uit te zijn! Zo'n deprimerend huis!'

'Inderdaad.'

Mary keek haar een beetje verbaasd aan. 'Voor jou ook?'

'Ja.' Wat dacht ze wel, dat luxe al het andere goedmaakt?

Aldo reed hen vervolgens naar Ronnies oude flat bij Copley Square om de spullen op te halen die ze daar had laten staan. De buurt was levendig en armoedig, langs de brede weg stonden oude herenhuizen die waren veranderd in rommelige winkels met woningen erboven. Mary was ontzet. 'Heb je hier gewoond?'

Ronnie bereidde zich voor op de aanval. 'Ja.'

Mary tuurde naar buiten. 'Het ziet er angstaanjagend uit.'

'Valt wel mee. 't Is geanimeerd.'

Ronnie gidste Aldo naar haar pand.

'Hier?' riep Mary uit bij de aanblik van het gebouw, waarvan het souterrain en de bel-etage werden ingenomen door een winkeltje dat grammofoonplaten en cassettes verkocht, een reisbureau en een restaurant dat echte Mexicaanse taco's en enchilada's aanbood. Met kramp in de maag wachtte Ronnie op het commentaar, ze had het portier al beet. 'Ik ren even naar boven. Zo terug.'

Mary tuurde om zich heen alsof ze in een vreemd land was. 'Was je niet bang om hier te wonen?'

'Nee. Waarom?' Ronnie was verbijsterd. 'Ik heb op veel ergere plekken gewoond.'

Mary staarde haar aan. 'Mag ik met je mee naar boven?'

Ronnie zette grote ogen op. 'Waarom?'

'Dan kan ik je helpen. Je moet spullen naar beneden dragen.'

'Ik zal haar graag helpen, juffrouw Upton,' zei Aldo, die zich omdraaide. Hij noemde alle zusters 'juffrouw Upton', behalve Ronnie die hij 'Ronnie' noemde.

'Ik kan het wel alleen af, zoveel is het niet. Gaat best,' zei Ronnie in een poging te ontsnappen.

'Ik wil graag zien hoe je gewoond hebt.'

'Het is gewoon een beroerde flat.'

'Ik heb nog nooit een beroerde flat gezien.'

Ronnie haalde haar schouders op. 'Als je wilt.'

Aldo sprong naar buiten om de deur open te houden voor Mary, een dienst waartoe hij zich bij Ronnie niet verplicht voelde. Ronnie hield haar hoofd gebogen en verschool zich achter haar jack. Ze hoopte dat er geen bekenden waren die haar uit een limousine zagen stappen, met een chauffeur die de deur openhield voor een chic geklede dame in een mantel van sabelbont en witte glacé handschoenen.

'Je moet drie trappen op,' waarschuwde Ronnie, nog steeds in de hoop haar te ontmoedigen.

'Ik ben nog niet invalide,' zei Mary, maar ze zwikte op haar hoge hakken en was op de tweede overloop buiten adem.

Linda deed de deur open, riep hoi! en omhelsde Ronnie. Keek stomverbaasd naar de vrouw die Ronnie voorstelde als Mary Scott. 'Zij heeft me hierheen gebracht,' zei ze zonder verdere uitleg. Mary bekeek de grote, lichte kamer met bijeengeraapt meubilair in verschillende stadia van verval – een bank met houten armleuningen en een kussen waar de vulling uitpuilde, een wankele tafel, een oude staande lamp met franje aan de kap, een paar wanstaltige fauteuils, een brede tafel vol boeken en papieren en de opzij geschoven restanten van een maaltijd, en een onopgemaakt bed.

'Toe, ga zitten,' riep Linda. 'Wil je cola of zo?'

'Bedankt. We kunnen niet blijven. Ze brengen me terug naar Lincoln.'

'O.' Het meisje leek werkelijk teleurgesteld, alsof ze echt om Ronnie gaf. Mary tuurde de gang in die op de voorkamer uitkwam.

'Nou, ik heb al je spullen hier bij elkaar gezet,' zei Linda en wees op een rijtje plastic tassen tegen de muur.

'Ik ben verdomd blij dat je mijn spullen voor me bewaard hebt, Lin. Hoe bevalt de nieuwe huisgenote?'

'Goed, hoor,' knikte Linda. 'Ze betaalt haar aandeel op tijd en jat geen eten. Meer kun je niet verwachten,' lachte ze.

'Ik vraag me af...' begon Mary. Ze hielden allebei op en keken naar haar. 'Mag ik je toilet gebruiken?'

'Tuurlijk.' Linda bracht haar door de kamer naar de gang en wees naar de deur.

Ronnie was geschokt. Mary die híer het toilet gebruikte? Mary de pietlut, van de witte kamers, het witte voedsel, de kritische weerzin tegen een hele massa verontreinigers? Maar ze liet niets merken terwijl ze met Linda stond te kletsen in afwachting van Mary's terugkomst.

Mary keek rond. Ze gluurde gefascineerd in een donker keukentje met een aanrecht en fornuis uit vroeger eeuwen voor ze in de lange, donkere, smalle badkamer kwam, bezaaid met de talloze toiletbenodigdheden van twee laat-twintigste-eeuwse jonge vrouwen. Ze wilde natuurlijk niet op dat toilet zitten of haar handen wassen aan die wasbak; met haar handschoenen aan pakte ze een zakdoek om het ongebruikte toilet door te spoelen en liet de kraan lopen. Ze glipte stilletjes naar buiten, in de hoop iets op te vangen van de andere kamer, waarvan de deur op een kier stond. Ze duwde er zacht tegen en zag een schemerige kamer met een bed, een tafel die ook dienst deed als bureau, een oude pluchen divan, een leunstoel en een stel ouderwetse lampen die niet antiek waren. Deze kamer was kleiner en donkerder dan de eerste, leek uit te kijken op een luchtkoker of steeg.

'Dank je,' zei ze toen ze terugkwam en bood aan een paar tassen voor Ronnie te dragen. Allebei de vrouwen keken naar haar.

'Het gaat best, ik loop wel twee keer,' zei Ronnie.

'Het gaat best, ik help haar wel,' zei Linda.

Maar Mary hield aan en kreeg een lichte tas met kleren te dragen. Ronnie en Linda grepen ieder vier tassen met boeken en kleren.

'Ik vind het eigenlijk afschuwelijk je spullen te zien gaan, Ron,' zei Linda toen ze de trap afliepen. 'Net of je echt vertrekt, weet je, voorgoed. Je weet hoe het hier gaat, mensen verdwijnen. Ik ben bang dat ik je nooit meer terugzie. Beloof je dat je contact houdt?'

'Beloof ik. Ik kom hier voor de bibliotheek. 'k Bel je wel, dan kunnen we koffie drinken of een broodje eten of zo.'

'Fantastisch. Niet vergeten, hoor.' Linda kuste haar vaarwel, hield haar armen om haar heen terwijl Aldo uit de auto sprong, de tas uit Mary's hand griste, die in de kofferbak propte en Mary in de auto hielp. Hij stouwde de rest van de tassen ook in de kofferbak, sloeg de klep dicht en stapte weer in. Tijdens haar afscheid van Linda merkte Ronnie hoe woedend hij was omdat Mary tot dienstbaarheid was gedwongen, en ze stapte grinnikend in. Pas toen zag Linda de auto, de geüniformeerde chauffeur en haar ogen puilden uit. Ronnie grijnsde tegen haar en zwaaide, blij dat ze niets uit hoefde te leggen.

'Ik had met genoegen geholpen, Ronnie,' grauwde Aldo. 'Je had juffrouw Upton niet hoeven vragen.'

'Stil maar, Aldo,' suste Mary. 'Ik wilde het zelf.' En ze klopte Ronnie op de hand. Met haar handschoenen aan.

Alex, die eenzaam thee zat te drinken in de serre, zag een opgewekt kijkende Ronnie, beladen met kleren en boeken en bruine zakken met COÖP erop, zonder enige uitleg in haar kamer verdwijnen. Even fijn het huis uit geweest, constateerde Alex. Vreemd: ons huis is zo belangrijk voor ons, we offeren alles op om een huis te kopen of een flat te huren, te meubileren, zo in te richten als we willen. En dan raken we gedeprimeerd als we er niet uit kunnen.

Ik ook.

Ook Mary leek vrolijker dan anders, na een uitgebreide lunch in de Ritz met een oude vriendin en een wonderlijke tocht naar de wildernis (dat zei ze toch?). Een of ander grapje dat ik niet snapte, zoals wel vaker. Misschien bedoelde ze de verkiezingsuitslagen: nee, ze kon niet stemmen, zei ze. New York. David zei gisteravond dat hij ging stemmen, dus ik hoef me niet zo schuldig te voelen dat ik dit jaar mijn burgerplicht verzuim. Maar de waarheid is dat ik dit jaar niet echt wil stemmen. Ik ben er niet zo zeker van dat David gelijk heeft met Reagan, het bevalt me niet hoe de dingen gaan, zoveel meer vrouwen in het opvanghuis... Toch zou ik zijn stem niet ongedaan willen maken.

Misschien had ik vandaag met hen mee moeten gaan, maar wat moest ik dan doen? Mary wilde me niet meenemen naar de Ritz en Ronnie had geen tijd voor me. Ik had gewoon rond kunnen lopen, vermoed ik. Ik ben nog nooit in Boston geweest.

O, waarom ben ik niet gegaan?

Niemand vroeg me.

Toen Elizabeth dinsdag laat in de middag terugkeerde, logeerden de zusters een week in het huis en hadden zulke vaste gewoontes ontwikkeld alsof ze daar al hun hele leven – tezamen – woonden. Iedereen wist bij voorbeeld dat Ronnie, afgezien van de maaltijden, nooit in het eigenlijke huis te vinden was, maar buiten was of in haar slaapkamer. Iedereen wist dat Alex vaak lange tijd de eenzaamheid zocht, tijdens wandelingen naar de stad, fietstochtjes door de landerijen en – beweerde Mary (die haar een keer, toen Aldo haar door de stad reed, uit de St.-Joseph had zien komen) – bezoekjes aan de katholieke kerk. Bij dit schokkende bericht haalden Ronnie en Elizabeth hun schouders op.

Elizabeth zat urenlang in de bibliotheek achter haar computer of onderuit gezakt op de bank met haar neus in een of andere verschrikkelijk dikke turf, een potlood achter haar oor gestoken, een halfbrilletje op haar neus, een blocnote bij de hand. Mary begreep niet waarom zij kleren mee terug had gebracht, want ze leek beïnvloed te zijn door Ronnie en droeg alleen nog maar oude ribfluwelen broeken, flodderige kasjmieren truien en gympjes. Hardloopschoenen noemde Marty die. Elizabeths tengerheid verleende die kleren een soort sleetse elegantie, dat was waar. Ze maakte ook graag vroege ochtendwandelingen in de bossen, op regenachtige dagen in een oude poncho die ze in het berghok had gevonden. Iedere dag stond ze om zes uur op en ging om half twaalf slapen. Rechtlijnig als een liniaal, zei Mary.

Mary was het minst vast in haar gewoontes, het meest rusteloos. Ze lag met een boek in de ene stoel of de andere, in de lichtste en zonnigste kamer – 's ochtends meestal de tuinkamer en 's middags de zitkamer. Soms krabbelde ze in een notitieboekje: Elizabeth lachte dat ze zichzelf liefdesbrieven schreef. En op een dag sloeg ze de grote Bösendorfer open die in jaren niet was aangeraakt, speelde luchtig een toonladder, slaakte een kreet van afschuw en eiste dat Elizabeth een stemmer liet komen. De vleugel was in zo'n slechte conditie dat de stemmer hem niet op concerttoon kreeg en Mary jammerde.

'O, de prinses en de erwt!' zei Elizabeth geërgerd. 'Het lijkt wel of jij een absoluut gehoor hebt.'

'Heb ik,' zei Mary.

Toch speelde ze iedere middag en struikelde door toonladders en oefeningen zodat er overal in het huis deuren dichtsloegen.

Maar ze klaagde dagelijks over verveling en Aldo moest haar de volgende dagen verschillende keren naar Boston rijden. Ze had in haar adresboek de namen opgezocht van oude schoolkameraadjes of vriendinnen die in de omgeving woonden en sprak met hen af voor de lunch, een bezoek aan een galerie, aan het Gardnermuseum of het Museum voor Schone Kunsten, of voor een matinee, terwijl Aldo vergenoegd in de auto op haar wachtte en zijn krant las in de wetenschap dat zij deed wat een dame behoorde te doen en dus veilig was.

Zonder discussie aanvaardden de zusters ook een taakverdeling. Elizabeth zorgde voor de zaken – bemoeide zich met de tuinlui en Aldo, belde reparateurs als er iets stuk ging en betaalde de rekeningen. Mary bemoeide zich met mevrouw Browning, zag toe op de menu's en de boodschappen en liet die soms niet telefonisch bestellen maar vergezelde de huishoudster in de auto (gereden door Aldo) naar de winkel van Donelan of naar Concord om te zorgen dat de gekozen waren van de juiste kwaliteit waren. Maar zoveel vis, kip, koolraap, aardappels, knolselderij en pastinaak werd saai en zoveel kaviaar (het enige niet-witte voedsel dat Mary waardeerde) duur, en Elizabeth stuurde Alex als opzichter mee, met de kanttekening dat ze Mary binnen hun budget moest houden. Na protesten dat ze toch ook groen voedsel toestond, haalde Mary alleen maar haar schouders op.

Alex was het grootste deel van de dag buiten, maar na Teresa's vertrek om vier uur was Alex degene die mevrouw Browning hielp met groenten snijden, sla wassen, tafel dekken. Zij hielp na het diner afruimen en van de kliekjes soep maken voor de lunch van morgen. Op een woensdag – mevrouw Brownings vrije dag – bakte ze een taart.

Alleen Ronnie deed niets, dat dacht Elizabeth tenminste tot ze een keer uit het raam van de studeerkamer keek en Ronnie buiten met Aldo sneeuwschermen zag opzetten. Ze repte erover tegen

Mary, die zei dat zij Ronnie eerder die maand blad had zien harken. Zij bleek elke dag buiten te werken, had de rotte valappels bij elkaar helpen harken, de kwetsbare planten voor de winter beschut en de composthoop gekeerd. Deze wetenschap vervulde Elizabeth met innige voldoening. Het leek, dacht ze, of ze in een klein klooster woonden, waar ieder op eigen wijze bijdroeg en genoot van de dagen die verstreken in eenzaamheid en afzondering, bijna in stilte. Hun werk gaf hun een gevoel van vreedzame orde, harmonie die hun boze bijeenkomsten neutraliseerde.

En iedere dag om elf uur stonden ze gevieren klaar als Aldo de auto voorreed om hen naar het ziekenhuis te brengen. Iedere dag stonden ze gezamenlijk aan Stephens bed en keken op hem neer, zeiden alleen: 'Hallo, Vader, hoe gaat het vandaag?' Ronnie zei helemaal nooit iets en geen van hen raakte hem ooit aan. Dokter Stamp verscheen altijd om een praatje te maken. Na twintig minuten vertrokken ze weer.

Stephen lag een week in coma toen de dokter hen zonder zijn gebruikelijke glimlach tegemoet trad, zijn ernstige blik leek iets gewichtigs te hebben. 'Als u uw vader hebt bezocht, zou ik u graag spreken,' zei hij en toen ze naar buiten kwamen, ging hij hen voor naar zijn spreekkamer. Hij verklaarde dat ze sinds Stephens beroerte verscheidene CAT-scans hadden gemaakt om het afnemen van de hematomen te controleren en dat er sprake was van een herseninfarct.

Elizabeth stak een sigaret op. Mary knipperde met haar ogen en hield haar hoofd schuin naar dokter Stamp. 'Kunt u dat uitleggen?' vroeg zij als een lief onnozel kind.

'Het hersenweefsel is beschadigd – verwoest. Zelfs als hij bijkomt is het vooruitzicht dus niet... hoopvol.'

'U bedoelt dat Vader een idioot zal zijn!' riep Mary.

De arts glimlachte welwillend tegen haar. 'Niet precies... Maar hij kan misschien niet meer bewegen of spreken. Ik wilde u alleen maar waarschuwen dat het vooruitzicht wat pessimistisch is. Hoe langer hij in coma blijft, hoe minder hoop... Het spijt me.'

'O,' zei Mary.

'Dank u,' zei Elizabeth en stond op.

De anderen zeiden het haar na en vertrokken, zonder uitdrukking op hun gezicht. Merkwaardige vrouwen, dacht dokter Stamp. Op een of andere manier anders dan ze leken. En waarom brachten ze altijd dat donkere meisje mee?

Die dag verklaarde Mary tijdens de lunch dat ze vond dat ze de gastvrijheid van haar vriendinnen moest beantwoorden en hen op de thee wilde nodigen in Lincoln. Alex was verrukt, Elizabeth gromde en Ronnie keek ontzet, tot Mary eraan toevoegde dat Ronnie geëxcuseerd zou zijn – waar Ronnie toch ook niet blij mee was.

Maar, ging Mary zonder adempauze verder, vóór zij kwamen moest het huis toonbaar worden gemaakt. Ze sloeg een prachtige leren map open waarin een blocnote met lijstjes zat en kwam onstuimig in actie. Allereerst eiste ze dat Elizabeth een stoffeerder belde om het kussen in de vensternis binnen tien dagen te laten overtrekken (wat uiteraard niemand kon, zodat Mary naar Boston ging om stof te kopen en Teresa het overtrek maakte). Zelf belde ze een stomerij om de gordijnen in de kamers beneden te laten stomen en weer ophangen. Tegen extra kosten kon dat binnen een week. Ze gaf het personeel opdracht alle vitragegordijnen van alle verdiepingen met de hand te wassen (ze waren tenslotte ook met de hand gemaakt, redeneerde ze) en ze op de ouderwetse manier te rekken. Mevrouw Browning en Teresa waren wanhopig: er waren maar twee spanramen en wel veertig stroken vitrage. Het zou veel langer duren dan een week, betoogden zij bevend. Mary stond erop. Ze dwong Aldo de vrouwen te helpen alle ramen van het huis te zemen, alle houten vloeren te boenen, de kristallen kroonluchters schoon te maken, al het zilver te poetsen. Maar het was vrijwel onmogelijk dit alles in een week te doen: Teresa begon over ontslag te praten en dinsdag gaf mevrouw Browning hun met diepe zuchten soep uit blik en boterhammen als middagmaal.

'Dit is belachelijk, Mary,' gilde Elizabeth. 'Je kunt die mensen niet zo opjagen! En dat allemaal voor een stel onnozele vrouwen die niet eens naar boven gaan!'

'Het moet gebeuren!' gilde Mary terug. 'Het is jarenlang niet gedaan!' Met een woeste blik naar Ronnie, wier moeder waarschijnlijk de schuld had. 'En ze zijn niet onnozel! Hoe durf je hen onnozel te noemen! Francine is getrouwd met de rijkste importeur in Boston, ze hebben een van de mooiste pop-artcollecties van het land. Alle musea dingen naar hun gunst! Christina is...'

'Vertel me niet met wie die wijven zijn getrouwd!' brulde Elizabeth met haar handen tegen haar oren. 'Ik wil het niet horen. Ik wil het niet weten.'

Mary keek haar niet-begrijpend aan.

Ronnie leunde grinnikend achterover. 'Ze vindt kennelijk dat getrouwd zijn met een rijke man geen garantie is voor intellect,' legde ze Mary uit.

'Nou, dan weet ik niet wat het wel is!' riep Mary woedend uit. 'Getrouwd zijn en blijven met een rijke man vergt meer vaardigheid en vindingrijkheid dan enige andere baan die ik ken!'

Ronnie schaterde het uit; Alex glimlachte onzeker; zelfs Elizabeth grinnikte schuins. Toen Mary een glimlachje liet ontsnappen, begonnen alle zusters luid te lachen. Er klonk een vleugje hysterie in, maar het was de allereerste keer dat ze samen lachten.

'Mary,' zei Elizabeth vriendelijker, 'het is gewoon te veel voor het personeel. Het is onmenselijk wat je vraagt.'

'Nou, neem dan wat extra mensen in dienst!'

'Ik wil graag helpen als...' begon Alex aarzelend, 'als jullie het goed vinden. Jullie lijken – mensen die in dit soort huizen wonen lijken strenge regels te hebben over wat je wel en niet kunt doen, maar ik wil graag helpen. Iets te doen hebben.'

'Zag ik jou trouwens niet pas op het keukentrapje staan om de bol van een kroon schoon te vegen?' verried Ronnie haar glimlachend.

Ze bloosde. 'Ach, Teresa en Brownie hadden zoveel moeite met de gordijnen...'

'Brownie?!' riep Mary uit.

'Dat is haar bijnaam,' zei ze onschuldig.

'Men noemt het personeel niet bij een bijnaam, Alex,' voer Mary uit, dacht toen na, woog haar prioriteiten af. 'Wel. Ik denk dat het wel in orde is als je helpt,' besloot ze. 'Waarom niet. We leven in een ander tijdperk, nietwaar. Ik weet niet hoe ik deze karweitjes moet doen, maar ik zal ook proberen te helpen.' Ze keek vol verwachting naar Elizabeth.

'Kijk niet naar mij. Het is jouw feestje.'

'En ik ben niet eens uitgenodigd,' grinnikte Ronnie en verliet snel de eettafel.

'O, maar Elizabeth, je moet iemand laten komen om de arme Browning te helpen. We kunnen niet steeds lunchen met boterhammen en soep uit blik!' besloot Mary.

Vijftien dagen na zijn beroerte, twee weken na hun aankomst in Lincoln, op de vrijdagochtend voor het theebezoek, riep Alex uit dat Vaders linkerooglid knipperde. Ze verstarden meteen en bestudeerden hem. Niets.

Zaterdag zei ze dat zijn linkerhand bewoog. Zij verstarden opnieuw en keken strak naar de hand. Niets. Mary rolde met haar ogen naar Elizabeth.

Zondag zei Alex heel kalm: 'Ik weet dat jullie me niet geloven, maar kijk eens! Zijn ooglid knipperde!'

Ronnie zei: 'Ik zag het ook.'

Mary staarde naar Elizabeth. Ze tuurden naar de oude man. Niets. 'Ik denk dat het poetsen je geest heeft aangetast, Alex,' zei Mary en beende weg. Elizabeth liep ook weg, zodat Alex en Ronnie een eindje achter hen aan kwamen. Ze namen elkaar op. Ronnie haalde grinnikend haar schouders op.

'Je zag het toch, hè? Je hield me toch niet voor de gek?' fluisterde Alex.

'Ik zag het,' zei Ronnie. 'Zij willen het niet zien. Zij willen hem dood zien.'

'O, vast niet!'

'Hoezo, vast niet,' spotte Ronnie, 'aartsoptimiste?'

Alex kneep zachtjes in haar arm, grimaste en sloeg haar arm om haar heen toen ze wegliepen. Elizabeth stond te praten met Vaders afdelingsverpleegster, Edna Thompson.

'Zeker, juffrouw Upton.' Ze plukte aan een kaart. 'Ik zal bellen zodra er ook maar iets verandert.'

Elizabeth nam twee extra vrouwen aan via een uitzendbureau en het meeste werk kwam klaar, al verklapte mevrouw Browning in de keuken aan Teresa dat Mary's hulp haar een baan erbij bezorgde. 'Alsof je kleine je helpt,' stemde Teresa in en ze lachten vrolijk. De inbreuk op het decorum had hen verward maar ze voelden ook een vleugje wraakzucht als ze zagen hoe Mary met haar kasjmieren twinset, minirok, parelketting en schort een vitragegordijn van een spanraam probeerde te halen en een kreet gaf omdat ze haar vinger bezeerde aan een van de naalden waarmee het vastzat. Het was om verscheidene redenen bevredigend – allereerst leed zij (zie je nu wat wij doormaken?), vervolgens liep ze likkend weg en moest, om geen vlekken te maken op de pasgewassen vitrage, werkeloos wachten tot het bloeden was gestelpt, zodat ze een paar minuten geen last van haar hadden. Bovendien werd hun gelijk aangetoond: het was onmogelijk veertig stroken vitrage in een week te wassen en te rekken en Mary stemde er ten slotte mee in dat de gordijnen van de bovenverdieping later werden gedaan.

Hun voldoening werd weer uitgehold toen Mary het huis doorliep en juichte dat het er weer zo licht en mooi was, alsof zij dit wonder eigenhandig had bewerkstelligd – maar ze huilde letterlijk om de overgordijnen die met kale plekken terugkwamen uit de stomerij.

Twee dagen voor het bezoek, toen er nog verscheidene stroken vitrage moesten worden gewassen en er veel zilver te poetsen was, begon Mary energiek menu's samen te stellen en af te keuren, maakte Browning weer nerveus door sandwiches met komkommer, waterkers en ham te eisen, gerookte zalm op dun bruinbrood, artisjokbodems met garnalen en mayonaise, kaviaar met eierkruim en ui op toostrondjes, hotelcake, citroencake met custardvla, Sachertorte en alles moest binnen twee dagen worden ingekocht en bereid.

Maar ook dat lukte en de drie dames – want dames waren het onmiskenbaar – arriveerden maandagmiddag stipt om vier uur tezamen in een limousine. Mary begroette hen in een hooggesloten, flatteuze, uitwaaierende, wijnrode wollen *trigère*, getooid met een eenvoudige zware gouden halsketting; Alex droeg de beste jurk die ze bij zich had, een lichtblauwe zijden overhemdjurk (Mary moest toegeven dat die haar ogen inderdaad liet stralen). Elizabeth moest uit de studeerkamer worden gesleurd, maar ze droeg tenminste een goed gemaakte zwarte rok en een witte blouse, mannelijk maar van zware zijde, chic van snit. De dames, meer als Mary gekleed dan de anderen, zagen niets dat aanstoot gaf, ze omhelsden Mary, begroetten Elizabeth met empathische frases (wat een tijd geleden, Lizzie! of: zo blij je na al die jaren te ontmoeten! ik heb zoveel over je gehoord!). Ze namen Alex onopvallend op, liepen door de zitkamer en de salon en roemden luid de schoonheid en de pracht van 'die oude huizen'.

Teresa serveerde thee aan de theetafel, tientallen jaren niet gebruikt en nu uitgeklapt in de zitkamer, waar het kwijnende licht glansde op het nieuwe goudbrokaten kussen in de vensternis en op de pas gestoomde maar zeer oude handgeweven gordijnen, zorgvuldig geplooid om de slijtplekken te verbergen. In de haard laaide het vuur hoog op (maar niet zo hoog als Ronnies vuur, bemerkte Mary), de lampen brandden en de dames keuvelden. Ze praatten over kinderen, honden en vakantie, haalden herinneringen op aan vroegere evenementen in dit huis, aan hun meisjesjaren. Allemaal hadden ze een vriend of verwant die na een beroerte weer hersteld was, zoals Stephen ongetwijfeld ook zou doen. Elizabeth merkte op dat hun conversatie werd gedragen door gelukwensen en lof, zoals een septet door een kwieke basso continuo. Wat was Mary snoezig en Marie-Laure ook, Christina had haar een paar maanden geleden nog gezien toen haar eigen dochter een feestje gaf, Marie-Laure was uit Bennington gekomen, zo mooi, zo charmant. Elizabeth was elegant, en bevriend met Mark Lipman, niet? Zij kenden hem goed – hij was jaren geleden medevennoot geweest van Christina's man. En de minister, zo'n fijne man, zo intelligent, net als Elizabeth zelf. Zo'n belangrijke baan! En ongetwijfeld zo moeilijk! Wat moest ze intelligent zijn.

Ze onderzochten vrijwel onmiddellijk Alex' geloofsbrieven.

'Waar kom jij vandaan, Alex?' vroeg Eloise. 'Wilmington, o dan moet je de Mountjoys kennen, natuurlijk wel, Caroline Mountjoy is ongeveer even oud als jij! Echt niet? Maar de familie Ross ken je vast wel, ze wonen buiten op Glen Ross, ook zo'n prachtig oud huis als dit. Nee?'

Zonder een onvriendelijk woord te zeggen, zelfs zonder een blik te wisselen, wisten ze allemaal – en Elizabeth registreerde het – NIET een van ons. Als onbeduidend afgedaan.

Krengen. Ze wilde woedend voor Alex opkomen en begon haar zaak voor te bereiden.

Maar Alex leek noch de betekenis van hun vragen, noch hun verwerping te beseffen. Alsof ze het eenvoudig niet voelde. Echt stom, dacht Mary, niet ontevreden dat Alex was afgekeurd. Dat geliefde-kind-syndroom, besloot Elizabeth. Kan zich niet voorstellen dat mensen niet van haar houden, voelt zich dus nooit afgewezen. Alex, openhartig en blij met het gezelschap (GEZELSCHAP!), luisterde naar hen en stelde zoveel hartelijke, geïnteresseerde vragen dat zij haar ondanks haar onwaardigheid ook lof toebedeelden – snoezig haar, de stralende ogen van haar vader. Alex koesterde zich nog meer in dit haar zo vertrouwde vrouwelijke klimaat en sprak rustiger, minder dwangmatig dan met haar zusters, over haar kinderen, haar man (dat die arme David niet aan hún man kon tippen, bleek uit de zuinige lachjes van alle bezoeksters), haar huis in Newark – uitgesproken als New Ark – in Delaware, haar arme moeder, een weduwe die niemand meer had. Ze glimlachte dankbaar en ademde rustiger dan in de afgelopen dagen toen ze hen hoorde verzekeren dat haar moeder heus wel iemand had, zij had Alex en haar snoezige kinderen, zij was niet alleen.

Vrouwen zijn overal hetzelfde, dacht Alex. Zelfs als ze rijk zijn.

Alex ontdekte dat ze vrijwilligerswerk deden, net als zij. Zij werkte met arme mensen, overwegend vrouwen en kinderen, huishoudelijk werk in een opvanghuis. Dat schokte hen een beetje.

'Werk je in een van die oorden?' vroeg Christina fronsend. 'Is dat niet – deprimerend? vies? gevaarlijk?'

'Het is deprimerend en vies,' gaf Alex toe. 'Ik voel me nooit in gevaar. Weet je,' ze wierp een korte blik op haar zusters, 'ik weet dat het sentimenteel klinkt. Maar iedere keer als ik een kind aan het lachen maak, een baby help voeden, een uitgeputte vrouw wat rust geef, iets van haar last afneem – weet je, de mensen doen alsof die vrouwen alleen maar op de gemeenschap parasiteren, zoals ze over bijstandsmoeders praten. Maar die vrouwen doen zwaar werk, ze werken! Ze voeden kinderen op en krijgen er geen cent voor, zelfs geen ondersteuning, ze zijn berooid – wel, als ik 's woensdags naar huis ga, voel ik me zo fijn, voel ik dat ik nuttig ben, dat mijn leven nuttig is...' Ze hield op.

De vrouwen keken haar nuchter aan.

'Ik heb afgelopen winter in een soepkeuken gewerkt,' zei Francine verzoenend. 'Ik begrijp dus wel een beetje wat je bedoelt.'

'Zoveel arme mensen,' prevelde Eloise. 'De straten wemelen ervan.'

'Ik blijf meestal uit het strijdgewoel. Ik zamel vooral geld in voor het ziekenhuis,' zei Christina zacht. 'Misschien moest ik meer doen.'

In feite bleek Alex het succes van de middag, dacht Elizabeth naderhand. Ze had mijn verdediging niet nodig. Ze is naïef, heeft geen idee van hun normen, hun taal, de manier waarop hun geest werkt, daardoor stond ze sterker bij deze super-subtiele beschaafde dames. Ze beleefden veel meer plezier aan haar dan aan Mary, die met haar voortdurende verwijzingen naar Gstaad, Capri, Parijs, Alberto, lang vervlogen feestjes met de hertogin van Windsor, roddels over prinses Di en prins Charles, opgedist met veel 'ongetwijfelds' en 'absoluuts' alleen maar beklemtoonde hoever ze van die glorie was afgedwaald. De vrouwen waren zich duidelijk bewust van haar verval. Beseften ook hoe zwak hun greep was op de dingen waardoor ze zich per se wilden laten definiëren. Een besef dat ze verdrongen. Opzettelijke blindheid. *Ik ben superieur, behoor tot de elite. Ik wel!* Wisten best dat slechts een man hen scheidde van Mary's situatie. De meesten hadden niets van zichzelf, tenzij er een man was overleden en hun alles had nagelaten. Natuurlijk, in deze verwelkte economie waren hun mannen misschien spoedig ook nog maar een decimaal verwijderd van de armoede. Ha! Haar mond vertrok minachtend.

God, ik kan die dictatuur van de vrouwelijke vriendelijkheid niet uitstaan. Al die lachjes, omhelzingen, kuskus, koekoe roekoe, daar brengt het je toe. Maar toen ze terugliep naar de bibliotheek die ze als de hare was gaan beschouwen, merkte Elizabeth dat ze neuriede. Ze voelde zich vrolijk, luchthartig. Hoe zou dat komen? Het was ondenkbaar dat die domme conversatie, al die vriendelijkheid haar had opgevrolijkt. Waarschijnlijk was ze blij dat ze waren vertrokken.

Ronnie, opgelucht dat ze was geëxcuseerd voor het theebezoek, leverde haar aandeel door zich onzichtbaar en stil te houden. Dezelfde oude rol die ze in dit huis altijd had gespeeld. Maar ditmaal gonsde er een wolk van vragen rond haar hoofd – welke regels heersen er in deze wereld? wat trek je aan? hoe gedraag je je? mag je met je voeten op de stoel getrokken zitten? mag je klote zeggen? eet je die kleine sandwiches met een vork? is het fout of netjes om je pink uit te steken als je uit een kopje drinkt? knijp je de citroen met je vingers in de thee? moet je daarbij witte handschoenen dragen? waar kan ik in Lincoln witte handschoenen krijgen? wat gebeurt er als de handschoenen nat worden als je de citroen uitknijpt? Giechelig troostte ze zich over haar uitsluiting: ze was blij dat ze niet twee uur lang hoefde te zitten luisteren naar hun ongetwijfeld triviale, snobistische oppervlakkigheden, twee uur waarin zij wat werk kon verzetten.

Maar toen ze drukte in de keuken hoorde, stond ze toch op van de computer en zette haar deur op een kier. Mevrouw Browning legde Teresa driftig uit hoe zij de zilveren broodjesschaal moest vasthouden en aanreiken. Door de openzwaaiende keukendeur klonken stemmen uit de zitkamer. En er kolkte iets in haar maag, kolkte en versteende. Ze pakte weer een tijdschrift op en ging op bed liggen, maar ze kon zich niet concentreren.

Stel dat ik gewoon naar binnen loop: hallo allemaal, hoe gaat het? ik ben de onechte zuster. Ronalda Velez is mijn naam, onzichtbaarheid mijn specialiteit. Zelfs Alex zou gechoqueerd zijn, al doet ze nog zo tolerant. Kiest het standpunt dat het gemakkelijkst voor haar is, dat haar hersenen of geweten niet belast. De anderen hebben tenminste het lef om te zeggen wat ze bedoelen. Zij zijn eerlijk, de krengen. Ze zocht naar de honende glimlach die ze altijd gebruikte als dit soort gevoelens haar overviel, maar die kwam niet, haar mond trilde alleen. In plaats daarvan viel er een deken van gevoelens over haar lichaam, als een blos die een gezicht overtoog.

NIET DOEN.

Deze gevoelens maakten haar zwak, deden haar mond trillen, haar ogen tranen, haar handen verslappen.

NIET DOEN.

Maar ze zonk weg in de warme, vloeibare, weke, troostende, verboden onderwaterwereld. Arme Ronnie. Toen verbannen, nu verbannen, voor bastaard uitgemaakt – nou, dat was ze toch, nietwaar. Klein goudbruin kind met grote ogen, verborgen in de keuken, mag de Man niet storen. Klein bruin mens in een blanke wereld waar bruine mensen niet als mensen werden beschouwd.

Bij die herinneringen huilde zij. En huilen gaf haar een gevoel alsof ze opzwol tot een zompige zwakkeling.

Vijfentwintig jaar lang had zij zelfmedelijden vermeden. Teken van zwakte. Maakte je zwak. Moet sterk zijn, alles overwinnen. Maar het lekte onstuitbaar uit haar, als pus, als pies.

Ik verborgen, zij in het licht. Mijn huidskleur maakt me ongewenst op een theevisite waar zeven vrouwen een triviaal gesprek zitten te voeren. 'Jij bent geëxcuseerd voor de theevisite, Ronnie,' praten tegen me alsof ik een inferieure soort ben, algemeen erkend inferieur, even algemeen erkend als Mary's superioriteit. Haar geboorteakte bewijst het. Hoe kan ze blijven geloven dat zij en haarsgelijken superieur zijn en alle anderen inferieur? Welke kronkelredeneringen moet ze volgen om zo'n waanidee tegen alle feiten in te handhaven? Superieur? Ze ziet er beter uit dan de meesten, is dikker dan velen, slim of stom, maar ze heeft in haar leven niets gepresteerd en denkt alleen aan zichzelf.

Moet je niet zeggen. Ze heeft kinderen. Blijf je principes trouw: kinderen krijgen is de belangrijkste bijdrage aan de samenleving die iemand kan leveren.

Ja, maar ze heeft ze niet zelf opgevoed. Zo'n grote bijdrage was het nu ook niet.

Doe haar niet aan wat ze jou aandoet. Ze snikte hardop. Niemand heeft een rechtvaardiging nodig om te bestaan. Niemand!

Denk daaraan! Doe anderen niet aan wat ze jou aandoen! Niet uiterlijk of slimheid of moraal of kracht of prestaties of godsdienst of huidskleur of geslacht of...

Waarom! Ze huilde zacht maar hoorbaar. Waarom zou het zo'n schokkende invasie zijn als ik dezelfde sandwiches at, dezelfde thee dronk, dezelfde kopjes gebruikte als zij! Het gaat niet eens om de onwettigheid: als mijn moeder een onconventionele artistieke Engelse aristocrate was geweest die gewoon had geweigerd te trouwen, een soort Isidora Duncan, een of andere filmster, zouden ze met me pronken op hun feestjes, opscheppen over hun fantastische zuster, buitenechtelijk verwekt. Het gaat om klasse en kleur. Zelfs als mijn moeder een blanke arbeidersvrouw was geweest, zou ik geaccepteerd worden als ik een goede opleiding had, een bastaard met een doctorstitel. Ze zouden het niet leuk vinden, maar ze zouden me waarschijnlijk met een grapje afdoen: Vader was zo'n losbol! Maar achter de wolken schijnt altijd de zon, kijk, we hebben nu deze briljante zuster, een pas ontdekte verrassing, ze werkt aan een promotie in de ecologie, is ze niet geweldig?

Ach, misschien ging het niet zo. Misschien ook wel.

Promoveer je daarom?

Natuurlijk, ze is ook lesbisch.

Ronnie lachte hardop.

Toch wilde het gevoel maar niet verdwijnen of veranderen. De kamer schemerde voor haar ogen toen ze nog iets veel ergers deed dan zichzelf bejammeren, en zich voorstelde dat ze Elizabeths arm losjes om haar schouder voelde en wonderbaarlijk gekleed in iets behoorlijks, met goed geknipt haar, de zitkamer werd binnengeloodst en voorgesteld als de verloren zuster. Ze zag Mary opstaan, de kamer doorlopen, haar op de wang kussen, lieve Ronnie. Voelde Alex' omhelzing, wat fijn dat je er bent. Zaten gevieren in de warmte van het vuur, vroegen naar elkaars leven, beweenden het verdriet dat ieder had geleden – en ze wist nu dat zelfs zij genoeg verdriet hadden gehad – en hielden elkaar vast in één grote omhelzing, huilend, zeiden: we houden van je. Omdat je mijn zuster bent.

Ze snikte luid.

Houden van je. Omdat je bestaat, niet om iets dat je doet of hebt of weet.

Net als Rosa's kleintjes gewoon van iedereen hielden die bestond. Ik was er nog geen twee dagen toen ze al juichten als ik thuiskwam, naar me toe renden, zich aan me vastklampten. Ik keek naar Rosa, stomverbaasd. Ze glimlachte, zei: 'Ronnie, dat is het mooie van kleine kinderen. Ze houden van je. Je hoeft er niets voor te doen, ze houden gewoon van je.'

Maar mijn echte zusters niet.

Het droombeeld was onverdraaglijk en ze ging rechtop zitten, veegde hard met de rug van haar hand over haar wangen. Ze pakte een sigaret, stak die op en inhaleerde diep.

Stik, trut, ze houden niet eens van elkaar en jij verwacht dat ze van jou houden! Elizabeth en Mary zitten vol haat en woede, en Alex zit vol luchtbellen. En het kan niet van een kant komen, jij zou ook van hen moeten houden, wat vind je daarvan? Zoiets als van Hem houden. Als je gelukkig wilt zijn in het leven moet je liefhebben, zei Mamma. Op die formule heeft sinds het ontstaan van de wereld alle tirannie berust. Heb God lief die je kwelt, heb de koning lief die je graan afneemt, je zijn muren laat bouwen, je het leger in jaagt of je zijn kind laat dragen. Heb hem lief, vereer hem, prijs zijn naam.

Naar de hel met iedereen.

HOOFDSTUK 8

Overeenkomstig het rooster dat ze stilletjes hadden ontwikkeld, lunchten ze dagelijks om half een met hun vieren in de tuinkamer en troffen ze elkaar daar om vier uur weer voor de thee. Voor het diner om acht uur in de eetkamer werd opgediend, kwamen ze rond zes uur of half zeven de zitkamer binnen drentelen voor een cocktail, al hield Mary vol dat Elizabeth en Ronnie hun drankjes geen cocktails konden noemen. Maar op maandagavond, nadat de gasten om een uur of zes waren vertrokken, bleven de drie zusters zitten.

'Het diner kan er absoluut niet meer bij,' kreunde Alex.

'Nee. Ik heb Browning gezegd alleen wat soep te serveren,' stemde Mary in.

Ronnie bleef opvallend afwezig, tot Alex haar kamer binnenkwam, haar naar buiten commandeerde en aan haar arm sjorde tot ze bij hen kwam zitten. Elizabeth wierp een blik op Ronnies gezicht toen zij de kamer binnenkwam en meende dat zij kookte van verontwaardiging over haar uitsluiting van de theevisite. Zou ik ook doen.

'Ik heb vandaag zo genoten!' riep Alex uit. 'Zusters hebben is even leuk als ik me had voorgesteld! Ik ben zo blij dat we elkaar leren kennen.'

'Ons kennen betekent niet noodzakelijk ons liefhebben,' zei Mary.

'Die twee kunnen elkaar zelfs uitsluiten,' zei Elizabeth.

Alex leek het niet te horen. 'Maar Ronnie had vandaag bij ons moeten zijn! Je zou het enig gevonden hebben, Ronnie,' ging Alex verder, ongevoelig voor Ronnies blik.

'Ik betwijfel het,' was alles wat ze zei. Kalm.

Alex hield plotseling op, leek na te denken. 'We hebben je nooit gevraagd. Nooit met jou gepraat over... Ik bedoel we praten allemaal over onze jeugd, behalve jij. En ik zou echt graag willen weten wat je moeder voor relatie had met onze vader.'

'Dat lijkt me duidelijk,' zei Ronnie stug. De anderen lachten.

'O, nee!' Alex legde haar handen tegen de slapen. 'Het spijt me, spijt me, spijt me, dat was stom, dat bedoelde ik niet!' Ze boog zich naar Ronnie. 'Ik bedoel,' zei ze, 'waren jullie allemaal gelukkig toen jullie hier alleen waren?' Ze bestudeerde Ronnies gezicht dat onbewogen bleef en staarde toen in het vuur. 'Ik stelde me hem altijd hier 's zomers voor met Elizabeth en Mary. En toen ik jou had gezien vroeg ik me af hoe hij, weet je, in dat andere leven, dat gezellige gezinnetje waar niemand iets van wist, jullie gedrieën gelukkig en tevreden tezamen...'

'Op de haciënda rijst en bonen zaten te eten?' spotte Ronnie. 'Stephen in een poncho, tokkelend op een gitaar en vaderlijk glimlachend tegen zijn bruine kindje?'

Alex kleurde. 'Dat bedoel ik niet,' protesteerde ze. 'Toen hij een verhouding met jouw moeder kreeg, was hij ouder, misschien rustiger geworden. Misschien was hij – ik weet het niet – ongedwongener, meer ontspannen, op zijn gemak – met een vrouw van...'

'De lagere klassen? Zoals de vele keizers die hun concubines prefereerden boven hun echtgenotes van adellijke afkomst? De aristocraat die tot rust komt bij zijn maîtresse?'

Elizabeth lachte vals. Precies wat ze bedoelde, natuurlijk. Hoofd vol clichés.

Alex bloosde, met een vonkje woede. 'Wel, is het onmogelijk dat jullie drieën leefden... in een zekere tevredenheid, een zeker... begrip voor elkaar hadden?'

Ronnie leunde achterover. 'Wat, *Het kleine huis op de prairie*? Maak je een grapje? Er was een huis en een man die het bezat. Hij had een bruinhuidige dienstbode die hem bediende, dienstbaar was, voor hem boog als een knipmes, *si señor, no señor*. En er was een klein bruin meisje dat ze achter in het huis verborgen hield want ze wist dat ze allebei op straat werden gezet als het meisje geluid maakte of zich vertoonde of hem op een andere manier hinderde. Afgezien van het jaarlijkse feest van 4 juli, als de dienstbode en haar dochter en alle andere gehuurde diensters tien dagen achtereen werkten als slaven, was het huis meestentijds leeg en stil. Het kleine meisje leerde haar plaats kennen – leerde onzichtbaar zijn, zelfs als er niemand was die haar kon zien. De man sprak nooit, nooit, nooit tegen haar. Maar toen hij met pensioen ging, besloot een oude man te worden, kwamen er voortdurend eisen, Noradia maak mijn bad klaar, Noradia breng me cognac, Noradia zoek mijn bril op.'

'En toen je hier de afgelopen maanden bij hem logeerde? Toen je moeder ziek was? Kon hij zich er toen niet overheen zetten?'

Moeder in bed, mevrouw Browning in de keuken, Teresa boven aan het werk: ik wist niet waar ik heen moest, hoe ik me moest gedragen, geen dienstbode meer maar zeker ook geen bewoonster. Misplaatst als ik hen hielp, misplaatst in het huis. Bleef bij Mamma, las haar voor, praatte met haar, haalde thee voor haar als ze die kon drinken, of water. Steeds een gevoelige maag. Kostte ons allebei moeite om het eten erin te houden. Dacht een tijdje dat ik ook kanker had. En daarom zo afviel.

Ronnie zette het colablikje aan de mond en merkte dat het leeg was. Ze zette het op tafel en tuurde naar buiten. 'D'r moet hier iets behoorlijks te drinken zijn in deze tent.'

Elizabeth stond op en liep naar de bar tegen de zijmuur. 'Wat wil je?'

'Geen idee. Wat is er? Wat drinken mensen? Ik ken alleen bier en wijn, en bier vind ik vies en wijn wil ik niet.'

Elizabeth glimlachte tegen haar. 'Gin-tonic?'

'Prima.'

Elizabeth schonk de drank in een hoog glas en bracht dat naar Ronnie, die het met stille verwondering aanpakte. Jezus, was ze soms 'n pot?

Ze nam een slok, liet de vloeistof door haar mond walsen en knikte tegen Elizabeth, bijna glimlachend: 'Lekker!' Ze keerde zich naar Alex. 'Hij liet me met hem eten, maar hij zei niets. Het enige wat hij ooit deed was klagen: "Deze biefstuk is taai" of "Deze broccoli is niet gaar genoeg", zoiets. Iedere middag bezocht hij Mamma een uur. Ik ging naar buiten als hij er was, liep wat rond. Als ik weer binnenkwam, brulde hij meestal tegen mij, alsof hij me uitdaagde hem tegen te spreken: "Ze is beter vandaag," of: "Ze komt weer op krachten." Alsof ze ook maar kon herstellen, alsof dat werkelijk een mogelijkheid was. Alsof hij niet wist dat ze stervende was.'

Drie paar ogen staarden naar de vloer en lazen: 'Hij moet van haar gehouden hebben.'

'Dus toen zij stierf, was hij razend, alsof ze hem had verraden... Zo gedroeg hij zich die dag, de dag van zijn beroerte. Furieus dat ze zoiets vijandigs had gedaan, ziedend om haar boosaardige perversie.'

'Zo voelde ik me toen Don stierf,' mompelde Mary.

Ze keken haar allemaal aan.

'Je laatste man?' vroeg Alex.

Ze knikte. 'Hij was gek op motorrijden, hij had allerlei soorten motoren. Hij reed vooral graag in de bergen – ik had toen het huis in Vail nog – en hij reed naar de passen... hij raakte iets, een rotsblok of zo. Kwam ten val. Sloeg over de kop. Brak zijn nek.' Ze zocht in haar tas naar haar zakdoek, veegde haar neus af en keek dreigend naar Elizabeth. 'Het was géén zelfmoord! We waren ontzaglijk gelukkig.'

Misschien, dacht Elizabeth, maar kun je je mond niet opendoen zonder als een filmsterrenblad te klinken?

Alex maakte een smartelijk geluidje. 'Wanneer was dat?'

'Twee jaar geleden... in juni twee jaar.'

'We hebben allemaal zoveel verlies geleden,' zei Alex en wendde zich beurtelings tot iedereen, 'jij hebt je moeder verloren, jij Clare, jij Don...

Ik heb Charlie verloren... en mijn grootouders. Natuurlijk, ze waren oud, maar ik miste hen echt, weet je, we woonden mijn hele jeugd bij hen. Altijd: tot ik trouwde. En Charlie was als een vader...'

'Don was pas veertig,' rouwde Mary en verstrakte toen, wachtte tot Elizabeth zou honen: 'Groen blaadje, Mary?' Maar ze zei alleen, schor: 'Dat is nou oud worden. Dat is nou overleven: langer leven dan degenen die je verliest.'

Alex fronste haar wenkbrauwen. 'Maar zo oud ben ik niet.'

'Jij niet. Jij bent pas zesendertig. Dat is jong,' deed Mary haar af.

Alex wreef met haar tengere hand over haar bleke voorhoofd. 'Het is niet écht jong. Ronnie is pas vijfentwintig, maar zij is niet écht jong...'

'Chicana's hebben een zwaar leven,' zei Ronnie met overslaande stem.

'Ik bedoel, vroeger werden mensen meestal niet veel ouder dan veertig. De meeste mensen. In de wereld.' Ze wendde zich tot Elizabeth. 'Is het niet?'

'Voor de industriële revolutie,' stemde Elizabeth in.

'O, Jezus, laat haar niet beginnen over de industriële revolutie!' riep Mary uit. 'Dan praat ze je de oren van het hoofd, al die onzin over het kapitalisme en de industrialisatie als de redding van de mensheid! Probeerde indruk te maken op Vader en mij me stom te laten voelen. In dat laatste,' zei ze tegen Elizabeth, 'slaagde je in ieder geval.' Ze keerde zich weer naar Alex. 'Terwijl het voor mij duidelijk is dat mensen veel, veel ongekunstelder leefden in oude tijden, vóór die ontwikkelingen.'

'Hoe weet jij wat ik vroeger zei over de industriële revolutie?' vroeg Elizabeth verbaasd.

Mary haalde haar schouders op. 'Godallemachtig, je hebt er jarenlang over uitgeweid. Regelmatig. Tijdens het diner, tegen Vader. Probeerde hem aan de praat te krijgen, te imponeren. Weet je niet meer? Toen je terug was uit Engeland, in Washington werkte en in de zomervakantie hierheen kwam.' Ze keerde zich naar Alex, met een vals lachje. 'Jij denkt dat Elizabeth zo voornaam en waardig is, maar je had haar toen moeten zien. Als dat geen kruipen was, leek het er toch verdacht veel op! Wij zouden een paar dagen blijven na de feesten van 4 juli. Elizabeth probeerde Vader steeds maar aan de praat te krijgen, maar hij wilde niet, o, hij vertikte het!' Mary lachte. 'Alsof hij had gezworen geen gesprek met je te voeren. Wat is hij toch een smiecht!' Mary giechelde, veegde langs haar ogen, nam een slok wijn en giechelde weer.

Alex tuurde op haar bord. Ronnie keek hevig geïnteresseerd toe. Elizabeth keerde zich met een strak gezicht naar Alex.

'Wat is er nou met mensen die op hun veertigste sterven?'

Ze glimlachte dankbaar. 'Alleen dat ik bijna veertig ben. De leeftijd waarop de meeste mensen stierven. Of eerder. En ik heb het gevoel... vaak... ik wéét dat ik nog niet echt heb geleefd. Is dat niet gek?'

'O, lieve kind, je bent nog nooit verliefd geweest!' zei Mary pedant.

Elizabeth kreunde.

Mary was verdiept in haar stelling en reageerde niet. 'En vertel me niet dat je getrouwd bent. Mensen kunnen jarenlang getrouwd zijn zonder te beseffen dat ze nooit echt verliefd zijn geweest. Zonder te beseffen wat liefde is, kan zijn...'

'Wat nu, je leeft alleen echt als je verliefd bent maar je kunt het grootste deel van je leven doorbrengen zonder verliefdheid? Wat ben je dan, dood?' spotte Elizabeth.

'Wás ik,' verklaarde Mary dramatisch. 'Heel mijn leven speelde ik een rol, deed alsof. Ik leefde nooit echt tot ik verliefd werd!'

Alex peinsde. 'Ik hou van David,' zei ze aarzelend. 'Hij is een lieve man, een goede man.'

'Dat bedoel ik niet!' Mary wierp haar arm omhoog en veegde alle tegenwerpingen weg. Haar ringen glinsterden in het lamplicht, diamant, robijn, saffier. 'Ik bedoel hartstocht, het soort dat je meesleurt, dat al het andere onbelangrijk maakt, dat waard is om voor te sterven!' Haar opgeheven gezicht straalde.

'Het soort dat ze verkopen in die romannetjes die jij leest,' zei Elizabeth honend.

Mary hield op en keek naar haar zuster. 'Elizabeth, ik lees geen romannetjes. Als je de moeite had genomen om te kijken, had je gezien dat ik hoofdzakelijk poëzie lees. Jij denkt dat iedereen op de wereld dom is behalve Vader en jij en je Clare! Waarom stap je niet gewoon van je troon af. Die vliegt onder je vandaan!'

Om haar grijns te verbergen, liet Ronnie haar vork vallen en bukte om hem op te rapen. Mary, die triomfeerde nu ze Elizabeth van haar stuk had gebracht, merkte Ronnies inbreuk op de etiquette niet eens op.

Alex was afwezig.

Gaat volkomen in zichzelf op, dacht Ronnie.

Ze begon te praten, tegen zichzelf, leek het; haar ogen waren niet op iets in de kamer gericht. 'Je zei dat mijn moeder een geliefd kind was geweest. Wel, ik ook. Ik had mijn moeder en grootouders en Charlie en hij was een fantastische man, zo lief, zo vriendelijk voor me, alsof ik zijn eigen kind was – maar ze zorgden allemaal voor me, ze hielden allemaal van me. Ik hield van hen en zij van mij. Misschien,' keerde ze weer terug naar de kamer, naar Mary, 'is dat niet het soort liefde dat jij bedoelt. Maar toen David en ik destijds trouwden, voelde ik wat jij nu denk ik met hartstocht bedoelt. Ik voelde...' Ze brak de zin af, lachend. 'Hij plaagde me altijd, beschuldigde me dat ik hem volkomen wilde bezitten, hij vond het natuurlijk fijn dat ik hem wilde aanraken, vasthouden, de hele tijd. Ik wilde hem de hele tijd helemaal in mijn handen houden, ik zei tegen hem dat ik wilde dat hij zo klein was dat ik hem in mijn handpalm kon houden, ik wilde hem bezitten, hem opslokken, zijn lieve mond, zijn prachtige gladde goudkleurig huid.'

Mary fronste haar wenkbrauwen. Ze had zich vergist.

'En je hebt waarschijnlijk gelijk,' ging Alex afwezig verder, 'in die tijd voelde ik me vol leven. Maar af en toe heb ik nog steeds zulke gevoelens voor hem. Als ik hem voor het raam zie staan of in de achterdeur, in zijn Schots geruite wollen overhemd met opgerolde mouwen.. tegen het licht is zijn profiel donker en helder en krachtig... dan wil ik naar hem toe gaan en hem gewoon... omvatten, omringen, verzwelgen...'

'Wat doe je dan?' Ronnie was geamuseerd.

Alex schrok hevig. 'O! Nou, dat hangt ervan af. Van wat we moeten doen. Ik bedoel, als de kinderen ergens heen moeten worden gebracht of ik ben net een taart aan het bakken... nou, dan lach ik alleen tegen hem. Maar soms ga ik naar hem toe.'

'En?'

'Dan omvat ik hem, omring hem, verzwelg ik hem helemaal!' riep Alex lachend. Ze lachten allemaal. Zelfs Mary.

Alex werd weer ernstig. 'Maar dat neemt niet weg dat ik al deze jaren... het gevoel heb dat er iets ontbreekt. Ik weet niet wat. Ik heb altijd het gevoel gehad – ik geloof tenminste dat ik altijd het gevoel heb gehad – dat er iets essentieels ontbrak in mijn leven. En ik geloof dat ik dacht dat jullie dat allemaal wel hadden, nou ja, Elizabeth en Mary, van jou wist ik het niet, Ronnie. Ik dacht aan jullie alsof jullie engelen waren die in het paradijs leefden – zonder de, ik weet niet, bepérkingen die ik had.'

'Beperkingen?' vroeg Elizabeth, koel.

Alex leunde achterover. 'In '78 maakte David promotie en om dat te vieren nam hij me voor oudejaarsavond mee naar New York. We logeerden in een leuk hotel in de East Side en hij nam me mee naar een geweldige gelegenheid om te eten en te dansen en later naar een jazzclub in de Village. En we zaten in een taxi, op de terugweg naar ons hotel, het moet een uur of drie, vier 's ochtends zijn geweest, ik weet nog dat we Sixth Avenue opreden, en daar op straat, midden op de straat, was een jongeman, volledig in avondkleding, met uitgespreide armen als vleugels, zijn witte sjaal wapperend achter hem, op een schaatsplank. En mijn hart stond stil. En ik wist dat dat was wat ik altijd had willen doen. Ik had me altijd zo vrij willen voelen. En ik wist dat dat nooit zo was geweest.'

'Zul je ook nooit zijn. Door de mannelijke roofzucht,' zei Ronnie hoogdravend. 'Geen vrouw kan zich ooit zo vrij voelen of gedragen, omdat het mannelijk deel van de menselijke soort het vrouwelijk deel tot prooi maakt. De enige soort waarvan het ene geslacht systematisch...'

Elizabeth onderbrak haar. 'Waardoor voelde je je onvrij? Weerhielden je ouders je van bepaalde dingen?'

'O, de dingen waarvan alle ouders hun kinderen weerhouden, denk ik – in het verkeer spelen, weet je wel. Ik weet het niet,' zei Alex vaag. 'Ik bedoel, ze hielden van mij – ze zeiden steeds dat ik zo'n zoet meisje was – en ik wist dat ik een zoet meisje was...'

'Maar je voelde dat je een zoet meisje moest blijven, als je hun liefde wilde behouden,' zei Mary. 'Dat betekende gehoorzamen. Niet in het verkeer spelen, niet met de schaatsplank op de boulevard.'

'Misschien.'

'Wel, je bent kennelijk nog steeds een zoet meisje,' zei Elizabeth met een geamuseerde glimlach die ook Alex omvatte.

'Ja,' lachte Alex terug, en zuchtte. 'Maar ik weet niet of dat het is.' Ze keek Elizabeth aan, heel gespannen. 'Als jij werkt, als jij economie doet, ik weet niet wat je doet, voel je dat je...' ze stopte weer, 'lééft? Zoals Mary bedoelt?'

'Ja. Volkomen. Ik voel me vervuld. Ik voel me op stoom, als een krachtige machine die op volle toeren werkt. Geen machine eigenlijk, want ik voel me helemaal niet mechanisch. Ik gebruik alles wat er menselijk aan me is – wat ik voel en denk en wil en niet wil, lichaam, geest, emotie, alles...'

Alex luisterde oplettend. 'En jij, Ronnie? Wat doe jij als je alleen in je kamer bent?'

Dacht dat je 't nooit zou vragen. 'Op het ogenblik schrijf ik mijn proefschrift.'

Ze verstomden allemaal en staarden haar aan.

Jaah. Daar staan jullie van te kijken, hè? Hadden geen gestudeerde illegaal verwacht.

'Waarover?'

'Energie en milieu, ecologie eigenlijk. Specialiseer me in ecosystemen, alles in het heelal vormt één systeem, alles houdt al het andere gaande, alles draagt bij aan het voortbestaan van het leven. Planten, daar houd ik me vooral mee bezig.'

'Ik ben geïmponeerd,' verklaarde Elizabeth.

Verdomme, waarom is dat zo prettig. Ronnie sloeg haar blik neer om haar vochtige ogen te verbergen.

'Wel, ik ook, Ronnie,' stemde Mary aarzelend in.

Alex wierp Ronnie haar hunkerende blik toe. 'En waar gaat je proefschrift over?'

'Ik heb een jaar lang veldwerk gedaan in de Appalachen, mossen en korstmossen bestudeerd. Nu schrijf ik mijn bevindingen op.'

'Mossen?' vroeg Alex verwonderd.

'Mossen zijn fascinerend,' zei Ronnie verdedigend. 'Ze zitten precies tussen algen in, die volledig afhankelijk zijn van een wateromgeving, en vasculaire planten die op het droge leven. En korstmossen zijn symbioten, bestaan in feite uit twee soorten uit verschillende domeinen, de één een alg en de ander een schimmel. Maar ze leven als één enkele plant, en geen van de twee delen kan zonder het andere overleven.'

Ze keken op van haar onverwachte welbespraaktheid en bleven zwijgen toen ze klaar was, gaven haar tijd om verder te gaan. Maar dat deed ze niet.

'Dus je krijgt een doctorstitel?' vroeg Elizabeth. 'Als je klaar bent?'

'Als het wordt aanvaard. Als de promotie goed gaat.'

'Je moet het gevoel hebben dat je iets werkelijk belangrijks doet, iets dat telt. Voor iedereen, voor de hele wereld. Dat je bijdraagt aan de mensheid,' riep Alex uit.

Ronnie haalde haar schouders op. 'Het is waarschijnlijk niet belangrijker dan kinderen krijgen. En ik zal nooit kinderen krijgen.'

'O, hoe kun je dat weten!' protesteerde Alex hartelijk en stak haar hand uit om haar een klopje te geven. 'Je bent nog jong, een meisje, je bent pas in de twintig!'

'Omdat ik lesbisch ben.'

'O!!!' Hand snel teruggetrokken.

Bingo.

Wist ik wel, dacht Mary.

'Iedere koe kan kinderen krijgen,' zei Elizabeth. 'Niet iedereen kan een proefschrift schrijven.'

Jezus, zou ze 'n pot zijn? vroeg Ronnie zich af. Hardop zei ze: 'Ik denk dat kinderen krijgen zwaar is. Vergt veel van je. Misschien niet het krijgen – al denk ik dat dat genoeg vergt – maar ze grootbrengen.'

Arme Mamma, haar stem brak toen ze mij aan de telefoon hoorde, gilde: 'Ronalda, Ronalda, ik dacht jij dood.' Snikte: 'Waar ben je, wat doe je, waarom je gaan, waarom doe je dit mij aan?'

'Het ís stomvervelend,' zei Mary.

'Wat weet jij daarvan?' zei Ronnie fel. 'Jij had personeel om al het werk te doen!' Rosa maakte zich steeds zorgen om de jongens en uiteindelijk was het Tina die door het lint ging, die verlopen en gedrogeerd thuiskwam. Rosa die iedere dag en iedere nacht werkte, altijd ziek van bezorgdheid, als het niet om het geld was, was het om de kinderen en als het wel om 't geld was, was het vóór de kinderen.

'Ik heb mijn baby's verzorgd!' riep Mary verontwaardigd. 'Ik liet ze niet 's avonds binnenbrengen om me gedag te zeggen voor ik uitging zonder verder aandacht aan ze te schenken! Ik heb mijn kinderen niet op hun zevende naar een kostschool gestuurd! Ik heb ze niet opgevoed zoals ik zelf ben opgevoed! Ik hield ze gezelschap, gaf ze aandacht, en soms was het heel moeilijk... jullie weten het misschien niet, maar Alberto verliet me toen ik zwanger was van Marie-Laure. Ik kreeg haar helemaal alleen. Volstrekt alleen!' Ze barstte in tranen uit.

Alex zuchtte. 'Het leven is smartelijk.'

Elizabeth sloeg haar ogen ten hemel.

Ronnie meesmuilde.

Toch was sinds die dag de sfeer tussen hen veranderd: ze waren op een of andere manier wat rustiger bij elkaar, alsof ze een sluis waren gepasseerd en nu in iets lager gelegen kanalen voeren.

Te voet of op de fiets bezocht Alex de drie kerken van Lincoln toen ze had ontdekt dat er in deze stad geen synagoge van enige geloofsrichting was. De St.-Anne-in-the-Fields, een episcopale kerk, stond werkelijk midden in de velden, bijna vier kilometer van het stadscentrum verwijderd, langs de weg naar het huis van de Codmans. Het was de officiële kerk van de familie Upton, hoewel het niet duidelijk was wanneer de laatste Upton een kerk had bezocht. Ondanks stoelkussens, (dunne) kussentjes op de knielbanken en een loper in het middelste gangpad, was het er sober. Toch sprak de kerk Alex aan en ze woonde er een paar diensten bij, geamuseerd dat ze pittabrood gebruikten als hosties.

De St.-Joseph, de katholieke kerk, een eenvoudig, wit, kaal gebouw, was heel keurig en schoon, meer een klaslokaal dan een plaats van devotie, dacht ze. Zelfs de gebeeldhouwde kruiswegstaties in losstaande decors zonder lijst en geschilderd in gedempt roze, bruin en groen vormden geen tegenwicht voor de schoolse soberheid, die zij in het geheel niet met het katholicisme associeerde. Het leek wel een vergaderzaal van een ouderwets genootschap, dacht ze, met die kleine ronde boogramen van gebrandschilderd glas, ieder raam gewijd aan de nagedachtenis van een andere man, allemaal Ieren. Er was één vrouw bij, merkte ze op. Maar wat haar in de St.-Joseph het meest verwarde, was de waarschuwing in het parochiekrantje: SVP! SVP! SVP! NIET ETEN IN DE HUILRUIMTE. Wat zou dat zijn, een huilruimte? Was er in deze kerk een plek waar de mensen heen gingen om te huilen? Kwamen de tranen gegarandeerd als je daarheen ging? Misschien moest ze ernaar zoeken. Maar in plaats daarvan fietste ze haastig weg en ging maar een keer terug naar de St.-Joseph, om een mis bij te wonen.

Alex gaf de voorkeur aan de unitariërskerk, die de Witte Kerk heette. Hij was klein en van hout, gebouwd in 1842, in neoclassicistische stijl en had afgesloten kerkbanken. Sommige waren groter dan andere en Alex vroeg zich af of die toebehoorden aan rijkere of aan grotere families. De Witte Kerk was eenvoudig en schoon, en op een of andere manier waren de ene simpele kroonluchter, het orgel op het koor, de grote schuiframen, het gevlamde walnotehouten altaar in empirestijl en zelfs de muren doortrokken van vroomheid.

Alex ging er 's ochtends of 's middags regelmatig even zitten en probeerde betekenis te ervaren in de kwaliteit van het licht, de aanblik van het altaar. Ze probeerde de stemmen te horen die ze verborgen waande in de echo's, de hol klinkende voetstappen. Ze woonde daar en in de St.-Joseph diensten bij en voelde zich aangetrokken tot de muziek, bloemen en wierook van de katholieke kerk. Maar de enige preek die haar bijbleef was die van de episcopaalse priester.

Maar na een tijdje besloot zij dat een plek in het bos achter het huis de beste plaats was om te doen wat ze wilde doen. Hoewel zij het niet als aanbidding beschouwde, noemde zij de plaats, een kleine open plek te midden van kale esdoorns en eiken waar de zon door de takken op de bosgrond scheen, haar kathedraal. Hier kon ze elke dag komen: er zat geen deur dicht, niemand versperde haar ooit de weg of vroeg waarom ze er was, en er stonden zelfs banken – een gevallen tak en de stronk van een boom die niet was omgevallen maar geveld en die glad en vlak was.

Toen ze dinsdagochtend om een uur of negen naar haar kathedraal wandelde, zag ze Ronnie een eindje van het pad voorovergebogen in het dichte bos. Op een kleine open plek stond een kruiwagen, hoog opgetast met twijgen.

'Ha! Wat doe je?'

Ronnie kwam overeind, rood van inspanning. Ze hield een paar gebroken takken in haar hand, over haar schouder hing een linnen tas. 'Hout sprokkelen. Afgebroken takken. Aanmaakhout.' Ze liet de takken op de kruiwagen vallen en veegde haar handen af aan haar spijkerbroek. 'Bespaart geld. We gebruiken nogal wat brandhout tegenwoordig.'

'Wat zit er in de tas?'

'Paddestoelen. Zien?' Ze liep naar Alex toe en liet de tas van haar schouder glijden. Ze trok hem open, Alex tuurde erin en zag grote, krullende paddestoelen. 'Toen ik in de Appalachen was, leerde mijn vriendin Lois me alles over paddestoelen, welke giftig zijn en welke eetbaar. Dit zijn cantharellen. Meestal pluk ik deze en eekhoorntjesbrood. We hebben ze pas bij de lunch gehad, heb je 't niet gemerkt?'

'O! De omeletten met paddestoelen!'

'En de paddestoelenrisotto. En herinner je je die verrukkelijke paddestoelensoep van gisteren?'

'Dat is geweldig,' zei Alex verwonderd.

'Waar ga jij heen?'

'Gewoon aan de wandel.'

'Ik wilde net koffiepauze nemen,' zei Ronnie met een knikje naar de thermosfles die in de kruiwagen lag. 'Als we ergens konden zitten, zou ik je een kop aanbieden. Ik zit meestal op de rand van de krui, maar dat is wankel.'

Alex dacht na. 'Ik weet een plek waar we kunnen zitten.'

'Ga maar voor.' Ronnie pakte de thermosfles en volgde Alex naar het pad en nog een paar honderd meter naar het zonovergoten veldje.

Glimlachend wees Alex naar de stronk. 'Voor zitplaatsen is gezorgd.'

Ronnie ging op de grote tak zitten.

'Neem jij de stronk. Die is comfortabeler.'

'Dit is prima.' Ronnie maakte de fles open, schonk dampende koffie in de beker en gaf die aan Alex.

Ronnie zette de fles aan haar mond en dronk eruit. De hals was te wijd om uit te drinken en er liep wat koffie langs haar mondhoek. Ze veegde die weg met de mouw van haar jack.

Ze bleven zwijgend zitten, luisterden naar de drukke stilte van het woud, Ronnie bestudeerde het landschap.

'Jouw plek hier?'

Alex knikte. Ze zwegen weer.

'Ronnie?' Aarzelende stem. Wachtte tot Ronnie weer naar haar opkeek. 'Wat je gisteren zei – dat het belangrijk is om kinderen op te voeden? Meende je dat?'

‘’k Zeg alleen wat ik meen.’ God, je klinkt als een zwaarwichtige idioot. Ze probeerde haar tong soepel te maken. ‘Hoezo?’

‘Nou, weet je, ik bedoel alle mensen verwachten dat ze trouwen en kinderen krijgen.’ Ze keek tersluiks naar Ronnie, bloosde en corrigeerde zichzelf. ‘Ik bedoel, de mééste vrouwen denken dat. En de meeste doen het ook. En dan worden de kinderen groot en vraag je je af wat de zin van het leven is. Weet je? Was dat alles? Weet je? Ze hebben me niet echt meer nodig en ze zijn nog geen twintig. Ze merken nauwelijks dat ik er niet ben.’

‘Ik heb een tijdje een paar kinderen – van mijn tante – helpen opvoeden in de binnenstad. En de kinderen waren fantastisch, aanbiddelijk, lief, geweldig – maar het is een verschrikking om dat werk te doen in die omgeving, zonder geld. Misschien idealiseer ik – sommige mensen vinden dat – maar ik denk dat mensen in Afrika, India en Latijns-Amerika ondanks de vreselijke armoede daar beter af zijn dan mensen in de steden hier. Misschien in ieder geïndustrialiseerd land. In steden ben je niet alleen bang dat je de kinderen niet te eten kunt geven, maar ben je bang voor alles om hen heen, de mensen, drugs, revolvers, de buurt...

En die moeders – degenen die ik ken en ik ken er heel wat – zijn ongelooflijk moedig, goed. Al hun gedachten draaien om die kinderen, hoe ze in leven te houden, ze erdoor te slepen, te laten opgroeien, pogingen het leven van de kinderen beter te maken dan het hunne. En ik denk dat het ook zo gaat als je minder arm bent. Zwaar.’

Alex’ gezicht werd week van meegevoel. ‘Het is zwaar. Je weet nooit of je het beste doet. Wat bij de een goed uitpakt, gaat bij de ander verkeerd. Ze zijn allemaal verschillend en hebben verschillende dingen nodig. Maar zelfs als je dat allemaal achter de rug hebt, doet het er dan toe? Wat als de kinderen na dat alles sterven? En of ze leven of sterven is voor jou van levensbelang, maar het maakt voor de wereld geen verschil. Er zijn zoveel mensen. Wat doet het ertoe dat wij kinderen krijgen, ons leven besteden aan hun opvoeding? In het groot bezien.’

‘Wat is er volgens jou dan belangrijker?’

Alex schokschouderde. ‘Bijna alles.’

‘Auto’s maken? Vliegtuigen bouwen? Bommen maken die de kinderen van een ander zullen doden, misschien die van jezelf?’

‘Tja, als je het zo stelt...’

‘Welke baan is volgens jou moeilijker dan kinderen opvoeden?’

hield Ronnie aan. Rosa en Enriqué, die bijna slaags raakten in hun bezorgdheid om Tina, die op haar veertiende met drugs experimenteerde. Zorgelijke gesprekken tot diep in de nacht over de dertienjarige Raoul die naar een bende werd toegezogen, de tien jaar oude Téo, die bleef zitten op school. Enriqué die met de riem dreigde, Rosa die smeekte: 'Ronalda, praat met ze, naar jou zullen ze luisteren!' Praten was alsof je probeerde een bosbrand uit te blazen.

Raoul gestorven, Tina in het leven, het gezin uiteengevallen.

– Moet ik hetzelfde doen als jij, Mamma? de hele dag achter zo'n kloterige naaimachine zitten?

– Pas op je woorden als je tegen je Mamma praat, meisje!

– Wat verdient ze, hè? Twintig, tweeëntwintig dollar voor een hele dag werken? Ik kan tweehonderd dollar op een nacht verdienen.

– En die cujones pakt het allemaal van je af, hoer!

– Doet hij wat anders dan jij? Neem jij niet Mamma's geld, koopt ze daarmee geen eten voor jou? Waar blijft al Mamma's geld, hè? Wat ziet zij ervan? Heeft zij zulke laarzen, zulke kleren als ik? Hè? Het gaat naar jou en de kinderen, de kinderen en jou! Je bent net als hij!

Enriqué bleek, tot het uiterste gedreven, opgeheven arm.

– Mijn huis uit, hoer, jij bent geen familie van mij! En kom niet terug! Wij hebben je fatsoenlijk opgevoed!

Rosa in tranen. Nog een kans voor Téo, misschien, maar hij was altijd al traag. Lidia en Joey tot nu toe in orde. Rosa wil verhuizen. Maar waar zullen zíj veilig zijn? Ze zouden in geen enkele buurt willen wonen waar ze werden toegelaten, grinnikte ze grimmig.

'Het is zwaar,' stemde Alex ernstig in. 'Je weet nooit zeker wat je het beste kunt doen.'

Ronnie glimlachte. Niet geïnteresseerd in dit gesprek, deze vrouw, haar problemen. Misschien was zij niet zo in welstand opgevoed als Mary en Elizabeth, maar haar leven was niet te vergelijken met dat van Mamma of van Rosa. Aardig burgerlijk blank stel, man met een goede baan, twee kinderen, twee auto's, huis in een buitenwijk. Gezelligheidsclub van louter Dupont-employés, zei ze gisteravond, diners, dansen, golfbanen. Wat is het, tobt ze plotseling over haar imago – alleen maar een huisvrouwtje?

Jezus Christus, wat maakt een leven überhaupt de moeite waard? Kan het de onverbiddelijke natuur schelen dat wij ons aftobben over zingeving. Liefde, zei Mamma, liefhebben maakt het leven de moeite waard.

Alex zei: 'Je moet weten... ik denk aan je als mijn zuster. Ik ben blij dat je mijn zuster bent.'

Ronnie tuurde naar de grond. 'Wel, ik ben ook blij dat ik jou als zuster heb,' zei ze strak.

Ze glimlachten schuldbewust tegen elkaar.

'Ik voel me zoals jij... hier. Misschien verder niet, ik beweer niet dat ik jouw ervaringen heb... maar in dit huis.'

Ronnie keek haar vragend aan.

'Weet je, ik heb het gevoel dat ik hier niet thuishoor.'

'Onwettig.'

'Ja.'

Ronnie dacht erover na. 'Zal wel.'

'Ik hou van Elizabeth en Mary. Weet je, ik kende hen toen ik klein was, ik hield van hen, aanbad hen echt zoals kleine kinderen doen, weet je?'

Ze leken zo schitterend, oogverblindend, in hun lange, lichte zomerjurken, vol zelfvertrouwen, pratend met senatoren en presidenten onder de groengestreepte tent met een mond vol gebak en een cocktail in de hand. Ik weet het nog.

'Van die liefde kunnen ze zich niet zomaar losmaken,' vervolgde Alex. 'Maar,' Alex keek haar recht aan, 'iedereen in dit huis heeft moeite met liefde. Het lijkt wel of zij ieder teken van liefde wantrouwen, alsof ze denken dat ze niets overhouden als ze er wat van weggeven, alsof ze de paar sprankjes die ze er zelf van ervaren in het geheim koesteren, alsof ze brood verstoppen in een concentratiekamp...' ze sloeg haar ogen neer, liet haar arm slap vallen... 'of een huis vol geheimen.'

Ronnie keek haar alleen maar aan.

Alex luisterde hoe Ronnies lichte voetstap over knisperende takjes en bladeren wegstierf: ik kan hier een tijdje blijven zitten, ik ben gekleed voor het ziekenhuis, ik hoef me niet te verkleden. Fijn hier op dit uur van de ochtend, de zon nog in het oosten. O, ik hou van het licht van de ochtendzon die door de kale takken schijnt, Gods vingers, als ik dat zie voel ik me altijd zo dankbaar dat ik halleluja wil roepen, maar natuurlijk noemen we het Gods grootheid terwijl het gewoon een bal gloeiend hete gassen is die licht door het heelal stuurt. Maar het voelt aan als een soort goedgunstige tegenwoordigheid, alleen voor ons bedoeld en het maakt ons bestaan mogelijk – het onze, de planten, de dieren, insekten, alles. Dus waarom zouden wij het niet vereren? Maar dan zeggen we dat het dit wil, of dat, alsof het een bewustzijn heeft en wij weten wat het wil, alsof deugd, zonde, verlossing woorden zijn waarvan we de betekenis kennen, alsof er duidelijke lijnen in de ruimte staan getrokken. Toch bestaan ze, nietwaar – deugd en zonde. Maar verlossing niet. Of had die priester gelijk in die prachtige preek en is verlossing het vermogen tot liefhebben. Je kunt liefhebben omdat je zelf liefde krijgt, Jezus heeft je lief. Je hoeft zijn liefde niet te verdienen, je hoeft alleen maar te bestaan. Hij strekt zijn hand uit en omarmt je, alleen omdat je bestaat. Wat gênant om zo te huilen in het openbaar, iedereen die naar me keek. Misschien dachten ze dat ik weduwe was of een kind had verloren...

Ze huiverde.

Ik zal GEEN kind verliezen.

Vreemd toch: ik geloof niets van dat alles, Jezus, God, welke god dan ook. Sam zo ontdaan dat David niet regelmatig naar de synagoge gaat, maar David kan niet begrijpen hoe hij kan blijven geloven na de holocaust. Ik geloof ook niet: God de Vader. Wat moet je met zo'n vader? Maar toch, die keer in Jeruzalem. Alsof mijn ogen opengingen, alsof iets oerouds me riep, letterlijk aan mij trok, een manier van leven, een andere bestaanswijze. Ik zeg tegen David dat ik bid, maar ik denk dat wat ik bidden noem gewoon denken is. Niet zoals een echte denker, zoals Elizabeth bij voorbeeld, niet als een intellectueel.

Haar geest ging over tot de staat die zij bidden noemde – gewaarwording en gevoel, gewikkeld in verbeelding. Scènes, woorden, personages doken erin op als wrakhout in een golfstroom, maar de stroom ging een eigen gang en ze kwam nooit tot een conclusie, bracht zelfs geen vraag onder woorden. Ze wist alleen dat die periodes van stille eenzaamheid die zij gebed noemde noodzakelijk waren voor haar bestaan.

Ik word bemind en ik heb lief, dat weet ik. Als liefde verlossing is, waarom is dat dan niet genoeg?

Elizabeths grimmige gezicht als zij op de tafel sloeg, Mary die angstaanjagend snikte, onbedwingbaar, Ronnies duistere wrok, ogen ziedend van woede, smart, ze leven zo smartelijk, ik ook, zonder enige reden. Zinloos lijden.

Waar gaat godsdienst over? Lijden levert je bonuspunten bij

god op, poeh, wat is dat voor god. Dat boek dat David me liet lezen toen we pas uitgingen, hoe heette hij ook alweer? Een Rus. Alleen lijden brengt verlossing.

Waarom? Hoe?

Nee.

Allemaal lopen we glimlachend rond, buigen, werken, haasten ons, halen de bus, met een felle pijn vanbinnen, een doorn in het vlees, een behoefte, hoop, een tragisch verlies, iets dat nooit goedgemaakt kan worden. Waar is dat goed voor? Al wat we delen: de pijn van het leven en de zekerheid van de dood. De kinderschoenen ontgroeien betekent groeiende zekerheid dat pijn altijd ons deel is. Het ware verlies van de onschuld. Heeft nooit iets met seks te maken gehad. 't Enige waar pijn toe deugt is ons te verbinden: ween om mij, zuster, want mijn hart is bedroefd, het jouwe ook, ik ween om jou, ik voel jouw pijn, ik voel de mijne, jij voelt de mijne, jij voelt de jouwe, weet dat we in ieder geval dit samen delen, wat ook de oorzaak mag zijn. Wij wenen samen al is het alleen.

Er streek een zuchtje langs haar wang, beelden flakkerden, vage vogelgeluidjes, bewegingen van dieren in het bos dat haar aanwezigheid vergeten was, zich had aangepast aan haar volkomen roerloze, stille lichaam. Gezichten schemerden, verwrongen en grijs, lichamen die ledematen misten, alles danste. De lijnen op de gezichten van de mensen zijn inkervingen – diepe rechte sneden, krullende ondiepe kerven, purperrode zigzaglijnen. Ieder paar handen betast de builen op een ander gezicht, teder, streelt de kreupele leden, de stompjes. Muziek weerklinkt, wij zijn alleen, samen, samen alleen. Wij bestaan en daarom lijden wij. Dieren komen in paren de kamer binnen, als in de ark, schapen, olifanten, gazelles, honden, miereneters, mieren, gekerfd maar minder dan de mensen, naar elkaar happend, elkaar besnuffelend, luidruchtig, blatend en mekkerend, sterke vertrouwde geruststellende geur van levend vlees en mest, allemaal op de vloer poepend en allemaal hongerig, altijd hongerig.

Ze werd huiverend wakker. Ik word gek. Ik moet weggaan.

HOOFDSTUK 9

'Ik ben klaar,' riep Alex met haar hoofd om de voordeur, waar ze op haar stonden te wachten. 'Alleen nog even plassen! Stap maar vast in. Ik kom zo.' In haar minachting voor Alex' ruwe taal was Mary één met Elizabeth, maar Elizabeth tuurde in de lucht. Een paar minuten later sprong Alex in de auto waarin de anderen zaten te wachten. 'Sorry,' zei ze buiten adem toen de auto optrok, 'ik was in het bos en vergat de tijd.'

'We moeten op de terugweg melk halen,' zei Mary.

'Kan mevrouw Browning de winkel niet bellen?'

'En vragen of ze een half litertje brengen?'

'Kan Aldo het niet later gaan halen zonder ons op te houden?' protesteerde Elizabeth. 'Ik moet werken.'

'Ik haal het wel, op de fiets,' bood Alex aan.

Mary haalde haar schouders op. 'Moet hij een extra rit maken. Meer benzine gebruiken. Jij hebt het steeds over zuinig zijn.'

'We zijn niet zó platzak,' zei Elizabeth.

'Je zei dat iedere cent telde, toen ik die beloegakaviaar wilde.'

'Er zit een geweldig prijsverschil tussen beloega- en sevroegakaviaar, Mary.'

'Maar het gaat om het verschil.'

Elizabeth ontplofte. 'Misschien vind jij het leuk, maar ik vind het vervelend om in een limousine voor Donelan te stoppen. Mag ik?'

Mary trok haar wenkbrauwen op. 'Omgekeerd snobisme?'

Elizabeth pakte een sigaret en stak die op.

Mary zwaaide met haar tas.

Alex vroeg zich af waarom haar aanbod om melk te halen gewoon genegeerd was.

Ronnie trok een gezicht. Hun gekibbel fascineerde haar niet meer; ze werd niet meer verrast door signalen van problemen in het paradijs. Het idee van een paradijs was duidelijk een misvatting geweest. Zoeken gewoon wat om over te kibbelen, die twee. Onaangenaam, dacht ze en keurde dat toen af als een uitdrukking van Mary. En hoe ze ook klonk, ze wilde niet als Mary klinken. Ze stonk liever naar de straat.

Vreemd. Afgelopen dinsdag vond ze Mary bijna aardig. Verlegen maar nieuwsgierig, wilde zien hoe ik leef. De andere helft, de lagere helft in feite. Zij woont zoals bijna niemand. Eén procent? Minder? En het lijkt erop dat ze het zich niet kan blijven permitteren. Bereidt zich misschien voor op haar toekomst? Zal nooit gebeuren. Ronnie beet op de binnenkant van haar lip.

Maar ze waren vandaag allemaal in de war, verwonderlijk na de algemene harmonie van gisteren.

Vandaag zagen ze het allemaal toen Stephens ooglid knipperde. Mary riep uit: 'Vader! Vader! Je bent wakker!' De anderen stonden te kijken, zwijgend, en allemaal leken ze op de terugweg diep in gedachten. Ze stopten niet voor de melk, maar nadat hij hen thuis had afgezet, reed Aldo terug naar de stad.

'Ik had het kunnen halen,' zei Alex verwijtend tegen Mary.

'We moeten het voor de lunch hebben,' zei ze kortaf.

Ze zeiden weinig tijdens de lunch. Gakkerend vlogen een paar ganzen over en ze keken allemaal naar de lucht. Mary zei dat het laat was voor ganzen. Ronnie bevestigde het. Elizabeth merkte op dat zij Hollis zou bellen. Het curatorschap was nog steeds niet toegewezen en misschien moest hij de aanvraag vertragen als Vader weer bij kennis kwam. Niemand reageerde. Ze waren klaar met eten en Elizabeth had haar servet opgerold en weer in de ring gestoken, toen Alex zei: 'Realiseren jullie je dat het donderdag Thanksgiving is?'

Ze keken haar alle drie verbouwereerd aan.

'Nou en,' zei Elizabeth.

'O jee, daarom vroeg Browning om een vrije dag,' zei Mary humeurig.

'Wel, wat zijn we van plan?' drong Alex aan.

Ze haalden alle drie hun schouders op, mompelden dat ze 't niet wisten.

'Nou,' begon ze opgewekt, 'ik dacht zo dat we een Thanksgivingdiner konden bereiden en dat naar Vader in het ziekenhuis brengen.'

Ze oogstte afkerige blikken. Iedereen stond op van tafel.

Toen Ronnie later op de middag luid op de piano hoorde timmeren, vroeg ze zich af wat Mary dwarszat, maar toen hoorde ze de deur van de studeerkamer dichtslaan en breidde de vraag uit naar Elizabeth. Zijn ze ontdaan omdat hij beter wordt? Maar waarom zijn ze kwaad op elkaar? Ze vroeg zich af of er iemand op het cocktailuur zou verschijnen.

Maar ze kwamen allemaal binnendrentelen, Mary met een strakke, boze mond. Elizabeth zag er afwezig uit, alsof ze niet in haar lichaam huisde. Ze kondigde aan dat ze een gin-tonic nam; Ronnie en Alex hielden haar gezelschap. Mary bleef bij haar vermouth-cassis.

'Nou, wat vinden jullie ervan?' begon Alex gespannen.

'Waarvan?' riep Mary.

'Thanksgiving!' riep Alex. 'Waar we het tijdens de lunch over hadden!'

'Wat mij betreft – kan me niet schelen wat jullie verder doen – ik ga niet op Thanksgiving in een ziekenhuis eten – of op enige andere dag,' zei Mary stellig. 'Beslist niet!'

'We kunnen ons Thanksgivingdiner niet meenemen naar de intensive care, dat zou het ziekenhuis niet toestaan,' riep Elizabeth smalend. 'Vader kan niet eten. Hij wordt intraveneus gevoed, zien jullie tweeën dat niet? Het is een stom idee! Werkelijk, ik begrijp niet hoe jullie allebei zo stom kunnen zijn.'

Alex verbleekte. 'Nee, nee, dat wist ik wel. Echt. Maar... ik rekende erop dat hij donderdag bij kennis zou zijn. En dat wij dat zouden vieren. Nou, dan zal ik wel naar huis moeten gaan,' voegde zij er zwakjes aan toe.

'Wat, gaat de keuze tussen dineren in het ziekenhuis of dineren in Newark,' lachte Ronnie, 'en is Newark het ergste? Heb je hier zo'n geweldige tijd?'

'Ach, mijn kinderen blijven maar bellen, ze dringen erop aan dat ik thuiskom – en David raakt ook geprikkeld, ik ben al zo lang weg. Daarom heb ik gezegd dat we Vaders wederkomst gingen vieren. Weet je, ik ben ervan overtuigd dat hij dan bij kennis is. Ik weet het.'

Mary zoog haar longen vol.

Openhartig vervolgde Alex: 'Ik heb hun steeds verteld dat ik hier moet blijven, dat het voor Vaders welzijn van levensbelang is dat we hem dagelijks bezoeken. Dat geloof ik ook,' ze keek hen beurtelings even aan. 'Maar ik kan niet uitleggen waarom ik niet voor Thanksgiving thuiskom als we dan niet bij Vader zijn. Het is zo'n vrolijke feestdag bij ons thuis. De kinderen zouden het niet begrijpen. David evenmin.'

'En je wilt niet naar huis,' constateerde Ronnie. Waren er dus in dat burgerlijke hemeltje ook problemen? Zo klonk het niet, ze liet de dingen altijd volkomen normaal, volkomen gelukkig klinken. Bouw in weerwil van de hel een hemel en het wordt een hel. Schitterende ironie.

Alex' gezicht vertrok. 'Het is niet zo... ik kan het niet uitleggen... ik voel... Er gaat de laatste tijd zoveel in me om. Ik moet het laten gebeuren en het gebeurt niet als ik thuis ben, dan houdt het op. En ik heb iets nodig... ik heb het gevoel dat er iets verschrikkelijks gebeurt als ik wegga.'

'Met jou? Met je vader? Met je kinderen?' vroeg Ronnie hevig nieuwsgierig.

'Met mij.'

'Thanksgiving was nooit mijn favoriete feestdag. Eigenlijk verfoei ik alle feestdagen behalve vastenavond,' zei Mary, 'en dan nog alleen vroeger.' Ze grimaste. 'Te zeer... déclassé nu.'

'Ik verfoei ze allemaal,' zei Elizabeth obstinaat. Zij en Mary keken elkaar aan.

'Ik hou van Thanksgiving,' zei Alex met heel zachte stem, 'de familie komt bijeen...'

'Precies,' mompelde Elizabeth.

God, wat haat ik Thanksgiving: Mary liet de gedachte toe die zij de hele dag had verdrongen. Helemaal naar Martins huis in Pound Ridge, daar droge kalkoen zitten eten met Marguerite, die hooghartig en verveeld kijkt, met die witte wimpers van haar, afschuwelijk, je zou toch denken dat haar moeder haar mascara heeft leren gebruiken? en die wurmen, en Bertie die zich idioot aanstelt, Marie-Laure die pruilt. Niemand anders nodigt me meer uit. Moet naar Martin gaan of alleen thuis blijven zitten in mijn flat zonder meid die voor me kookt. Kan toch niet alleen naar een restaurant gaan. Iemand bellen om me te vergezellen: Larry? Al te laat. Iedereen heeft intussen plannen.

'Mijn kinderen willen natuurlijk ook dolgraag dat ik kom,' zei ze, 'maar ik moet bekennen dat ik het een opgave vind met die baby's – mijn kleinkinderen zijn nog klein. En Martin woont helemaal in een voorstad, zo'n vervelende reis.' Moet hem smeken helemaal naar het vliegveld te rijden om me op te halen. Hij haat karweitjes, verwacht dat Marguerite alles voor hem doet. Net als zijn vader. Hij zou het doen, maar met zo'n martelaarshouding, Ja, Moeder. Stap in, Moeder. Afschuwelijk. Of hij stuurt Bertie die rijdt als een gek.

Thanksgiving in Washington, dacht Elizabeth moedeloos. Altijd welkom bij de Bernsteins maar het is geen onverdeeld genoegen om aan te zitten bij iemand die voor je werkt, waar iedereen zo waanzinnig beleefd is dat je je doodglimlacht. 't Jaar dat de minister mij uitnodigde, dat was de moeite waard. Geen uitnodiging dit jaar: vraag me af waarom niet. Ben ik op mijn retour? Kan naar het Ethiopische restaurant in Georgetown gaan. Of thuisblijven met een diepvriesmaaltijd. Dat kan hier ook. Scheelt een reis.

'Eigenlijk wil ik op dit moment mijn werk niet onderbreken,' zei Elizabeth gewichtig. 'Ik zou liever hier blijven en doorwerken. En natuurlijk, als Vader bijkomt, is het van levensbelang om hier te zijn,' voegde zij er met een blik op Alex aan toe.

Ik zou bij Rosa kunnen eten, dacht Ronnie, zij heeft mij vorige maand uitgenodigd. Helemaal vergeten. Ik moet haar bellen, ze durft misschien niet hierheen te bellen. Zou fijn zijn hen allemaal weer te zien. Maar Rosa heeft geen slaapplaats voor me nu de kinderen groot zijn. Lidia slaapt tegenwoordig op een luchtbed. Ik kan nergens logeren. Maar ik wed dat ik wel bij Linda op de bank mag slapen. Zij zou me verwelkomen. Als ze er is. Misschien gaat ze ook naar huis. Hoe dan ook, ik kan erheen, haar plek gebruiken. Blijf hier niet graag alleen achter. Of met hen als Alex weggaat.

Alex' ogen waren vochtig. 'Ik wil bij jullie blijven,' zei ze.

Drie paar ogen zochten de hare, keken haar aan.

Na een lange stilte zei Mary vaag: 'We zouden, denk ik, wel iets kunnen doen. Een kalkoen of zo...' Ze hapte naar adem. 'Maar ik heb Teresa ook vrijaf gegeven!' herinnerde ze zich.

Elizabeth haalde haar schouders op. 'Dan gaan we ergens heen. Wat maakt het uit?'

'Restaurants zijn afschuwelijk op Thanksgiving!' riep Mary geërgerd. 'Bovendien, denk je niet dat het wat laat is om nog te reserveren in een van de weinige behoorlijke restaurants in de buurt?'

'Waarom koken wij zelf niet?' vroeg Alex en haar stem klonk wat vrolijker.

'Dat zou leuk zijn,' stemde Mary in, 'maar ik kan niet koken. Ik kan wel thee zetten.'

'Ik ook niet,' zei Elizabeth. 'Maar ik wil best groente schoonmaken als iemand aanwijzingen geeft.'

'Een diner van thee en schoongemaakte groente!' schalde Ronnie. 'Fantastisch! Nou, verdomme, ik kan rijst met bonen maken als dessert.'

Ze lachten allemaal. Samen. De spanning verdween.

Dus daar ging het alleen om: Thanksgiving.

Alleen Alex zat op haar lip te bijten. 'Ik vermoed dat ik zal moeten liegen en zeggen dat we de dag met Vader doorbrengen.'

Het opstellen van het menu bleek een vruchtbare bodem voor onenigheid.

'Quenelles voor Thanksgiving, Mary! Alleen jij wilt zoiets,' lachte Alex. 'En ik weet niet hoe je ze maakt.'

'Rijst met bonen? Rijst met bonen? wat is dat in godsnaam? Ja, ik weet dat het Mexicaans is, maar eet je dat bij de kalkoen, in plaats van de kalkoen, of na de kalkoen? Ik bedoel, waarom moeten we dat allemaal hebben?'

'Omdat ik het wil,' zei Ronnie, 'we moeten mijn tradities ook respecteren. Net als in onze vingers prikken en ons bloed vermengen,' glimlachte ze.

Mary huiverde. 'Stel je voor dat iemand van ons aids heeft!'

'Nou, als iemand het heeft, is het waarschijnlijk niet Ronnie,' zei Elizabeth spitsvondig.

Na een paar uur besloten ze tot een traditionele gevulde kalkoen met cranberrysaus, guacamole vooraf, rijst met Mexicaanse bonen, Mary's witte puree, een salade en een pompoentaart van Alex. Ze spraken af dat ze gezamenlijk boodschappen zouden doen, dat Alex en Ronnie zouden koken en dat Elizabeth en Mary op zouden ruimen, niet alleen na de maaltijd, maar na iedere fase van de bereiding – de cranberrysaus, de pompoentaart, de kalkoenvulling. Mary was niet enthousiast over dit idee, maar ze had weinig keus, want zij had het eten in een restaurant afgewezen.

Toen ze op de dag zelf terugreden van het ziekenhuis waren ze opgetogen, zelfs een beetje giechelig (geen oogknipperingen die dag), begerig om in de keuken aan de slag te gaan. Mary zette de oude stereo-installatie in de speelkamer zo hard dat ze die in de keuken konden horen en zorgde voor het opzetten van de platen. De zusters voorzagen elke keuze van commentaar – alles van *Das wohltemperierte Klavier* gespeeld door Artur Schnabel ('Vervelend,' gilde Ronnie; Mary dacht dat de reeks uit haar moeders tijd moest stammen); Mozarts pianoconcert KV 467 ('Vader heeft vast Elvira Madigan gezien,' zei Mary sarcastisch); twee pianosonates van Beethoven ('Waarom zou hij die hebben gekocht?'); Frank Sinatra ('Toe maar!' riep Ronnie, die ook besloot dat Stephen van Ella Fitzgerald moest houden omdat zij showmuziek zong). Wayne Newton werd eenstemmig van de draaitafel gejouwd. 'Dat heeft hij nu eenmaal,' schokschouderde Mary.

Maar toen ze een plaat opzette van een big band uit de jaren vijftig, legde Alex de garde neer, stopte Ronnie met het pureren van de avocado en begonnen ze samen te dansen op de moderne manier, zonder hun partner aan te raken. Elizabeth legde de spons op het fornuis en Mary liet de vorken vallen en zij probeerden de foxtrot. Maar ze maakten vrijwel meteen ruzie over wie er moest leiden. Het probleem was dat ze geen van beiden wilden leiden.

'Het gaat er niet om dat ik niet wil,' wierp Elizabeth tegen, 'ik kan het niet!'

'Nou, ik ook niet!'

'Ik had altijd problemen met dansen,' herinnerde Elizabeth zich. 'Jongens leidden altijd en ik vond het nooit prettig zoals ze dat deden. Maar ik kan niet leiden.'

Ten slotte stelde Mary voor: 'Laten we zoals zij dansen,' en dat deden ze, alle vier dansten ze in een kring, los, maar samen.

Ze stopten pas toen de plaat afgelopen was en toen Mary een andere dansplaat opzette, begonnen ze opnieuw. Toen die was afgelopen, waren ze buiten adem en gingen ze verder met hun karweitjes. Toen slaakte Mary in de speelkamer een kreet van plezier en zette Peggy Lee op, met 'Is that all there is'. Ze legden allemaal hun werk neer en luisterden alleen.

Is that all there is,
Is that all there is,
If that's all there is, my friend,
Then let's keep dancing,
Let's break out the booze
And have a ball
If that's all
There is.

Toen het uit was, smeekten ze Mary: 'Draai het nog eens.' Ze zette het weer op, kwam terug in de keuken en de vier zusters hielden elkaar bij het middel en deinden op de muziek.

Toen de kalkoen in de oven stond, de groenten schoon waren, de tafel gedekt was en de rommel zoveel mogelijk opgeruimd, besloten ze een wandeling te maken. Ze trokken zware, dikke jassen aan en kaplaarzen – het had die ochtend geregend en de grond was modderig – en koersten naar de bossen. Ze zeiden weinig, liepen soms achter elkaar, soms twee aan twee en soms naast elkaar. Alex leek de leiding te hebben en ze liep rechtstreeks naar haar kathedraal, waar ze bleven staan kijken hoe het licht door de takken sijpelde; de zon stond laag in het westen, zwak en bleek op dit uur, en zette de kathedraal in een zachte, nevelige gloed. Toen Alex stilstond, stopten ze allemaal. Ze stond daar zwijgend, haar armen gekruist, hoofd geheven, recht voor zich uit te kijken, als een priesteres die een ceremonie gaat leiden.

'Vandaag is het een dag om te danken,' zei ze, 'wie dan ook voor wat dan ook. Ik denk dat het belangrijk is om te danken, weet je, stil te staan bij de goede dingen in ons leven, die we vergeten omdat ze vertrouwd zijn, je weet wel, zoals je lichaamsgeur of de kleur van je ogen of het geluid van je eigen stem of hoe je woonkamer eruitziet in het middaglicht. Ik bedoel niet dat we een of andere hoge ome in de hemel moeten bedanken of zo, een godheid proberen om te kopen door hem te bedanken zodat hij ons morgen geen kwaad zal doen, ik bedoel niet dat we ingewanden moeten offeren of zo. Maar voor onszelf. Voor wat we gekregen hebben. Voor de schoonheid in ons leven. Weet je?' vroeg ze dringend. 'Niet in nederigheid voor iets, maar in dankbaarheid.' Ze keek hen onzeker aan. 'Nou,' riep ze luid, 'ik doe het graag.' Ze keek omhoog en voor zich uit het bos in.

Elizabeth nam haar op, met een sarcastisch gezicht. Dank voor de herinneringen? Ik hing hier 's zomers ook rond, ik herinner me die stronk. Kwam hier als ik iets niet kon verdragen. Huilde zelfs dan niet. Kon ik niet meer. Was van steen. Wilde geheel en al van steen zijn, nooit meer iets voelen. Een soort dood.

Toch, dacht ze, leef ik. Niet helemaal, ten dele. Is dat iets om dankbaar voor te zijn? Zou ik liever dood zijn? Geloof ik niet – ik heb geen auto tegen een boom gereden, heb geen pillen gehaald, en op het ogenblik kies ik hoe dan ook niet voor de dood. Maar ook niet echt voor het leven: dat zou betekenen dat ik alles weer moest voelen, erin teruggaan. Mijn leven lang ervoor gevlucht. Te moeilijk.

En als je erover nadenkt, heb ik het nog niet zo slecht gedaan. Relatief. Ben vermoedelijk een misvormd wezen, niet door geboorte maar door behandeling als kind. Wat kan zo'n wezen verwachten? Ik leid een leven waarin ik mijn hersenen kan gebruiken op de manier die ik nodig heb. Dat is het belangrijkste. 'n Geluk dat ik geboren ben in een tijdperk waarin ik niet op mijn veertiende ben uitgehuwelijkt om een nest snotterende kinderen te fokken. En ik leef vrij aangenaam. Ik heb mijn eigen flat, mijn auto, boeken, kleren en voedsel waar ik van hou. Dat is meer dan ongeveer negentig procent van de huidige wereldbevolking heeft. Dat is ook puur geluk: onder een gelukkig gesternte geboren, eeuw, continent, land, staat, geslacht, huidskleur, sociaal-economische sector.

Ze pauzeerde even. Ik ben blij dat ik Clare heb gehad, voor zover ik hem heb gehad, zolang het duurde. Maar is dat alles wat er is, alles wat ik heb nu hij er niet meer is, nu ik volkomen alleen ben? Ik heb zelfs geen vriendinnen. Zelfs Mary heeft vriendinnen, min of meer. Ze hief haar hoofd op en keek om zich heen. De zusters stonden in zichzelf verzonken. Een golf van gevoelens overspoelde haar: misschien heb ik hen, dacht ze verwonderd.

Waarom laten we ons door Alex voorschrijven wat we moeten doen? vroeg Mary zich af en tuurde nietsziend naar de bomen. Wat denkt ze wel dat ze is, een druïdepriesteres of zo? Waar moet ík dankbaar voor zijn? Don is dood, ik ben blut. Mijn kinderen? Ik zal wel blij zijn dat ze gezond zijn, welgesteld, goed opgeleid, al die dingen waar je blij om moet zijn. Vond ik hen maar aardiger. Horen ze niet de vreugde van de oude dag te zijn? Al ben ik natuurlijk niet oud.

Natuurlijk ben ik ook geen vreugde voor Vader. Maar dat is iets anders. Dat is zijn schuld. Ik heb altijd van hem gehouden.

Haar ogen werden vochtig.

Ze keek omhoog naar de grootste boomtakken, naar de geurige, groene naaldbomen achter de eiken en esdoorns. Maar o, ik ben blij dat ik Don heb gehad, die ervaring, tenminste eens in mijn leven, als dat alles is wat mij is toebedeeld, dat soort liefde voelen, die het hart doet zwellen tot een grote gloeiende kern die de hele wereld verwarmt en doet stralen. Ik hield van de stad omdat hij er was, zelfs al was hij aan de andere kant en zou ik hem die dag niet zien. Ik hield van bepaalde liedjes omdat hij ze floot, van alle mannen omdat hij een man was, en haatte alle vrouwen die hem van mij af konden pakken. Ik hield ervan hem te zien eten, dacht graag aan het eten dat zijn mond in ging, hem voedde, verrijkte, sterk maakte, en als hij opkeek en me zag kijken en glimlachte, wilde ik mezelf op de vloer voor hem neerwerpen, hem aanbidden, met mijn lichaam aanbid ik u, o Don, dat deed ik. Ik hield zelfs van mezelf, van mijn lichtgroene zijden pakje, mijn zachte zware lichaam, mijn donkere haar als een glanzende nimbus zoals hij zei, omdat hij ervan hield. Ik hield van het leven omdat het dat liet gebeuren – me liet weten hoe mijn liefde voelde en – wonder boven wonder – zijn liefde voor mij. Hoevelen hebben dat?

De bomen werden wazig.

Maar is dat alles wat er is?

Christus, Alex moet een soort godsdienstmaniak zijn. En kijk hen eens – Elizabeth heeft haar hoofd gebogen en Mary tuurt met tranen in haar ogen naar de boomtoppen alsof ze een orgastische ervaring met een god heeft! Heeft ze waarschijnlijk, haar kennende. Hoewel ze het soort kleine verleidster is dat nooit in haar leven een orgasme heeft. Misschien werden ze als kind meegenomen naar de kerk, zijn het diep in hun hart vrome kwezeltjes. Rosa probeerde me altijd met hen mee te tronen, met haar en de kinderen. Enriqué ging zelden. Mamma ging een paar keer naar de St.-Joseph, en toen niet meer. Al die Ierse gezichten die haar aanstaarden. Godver. Ik zal verdomme nooit mijn hoofd buigen voor een Grote Baas, of voor een Grote Bazin, maakt niet uit. Iedereen van wie ik ooit heb gehouden, heeft me verraden, te beginnen met Mamma. Nooit een behoorlijke geliefde gehad. Zelfs Julietta niet, en zij was een snoes, echt een snoes. Zij bedoelde het niet zo. Maar Sarah, dat was de zwaarste slag. Leugens, bedrog, huichelarij. Zeg dat je altijd van me zult houden, Ronnie, en twee weken later hokte ze met een ander. Vrouwen. Even erg als mannen.

De enige die ik dankbaar ben, ben ikzelf. Wat ik ook ben, ik heb mezelf gemaakt, heb alles zelf gedaan, heb een kleine bange weggelopen Chicana, vol angst voor de blanke wereld, voor Hem, veranderd in een kordate doctor. Bijna tenminste. Geen Grote Baas of Grote Bazin die me hielp. Rosa wel natuurlijk. En Carrie Jenkins. Maar die zei dat ze beloond werd door wat ze deed, dat ze zelf emotioneel in leven bleef als ze mij hielp geestelijk tot leven te komen, dat mijn bloei haar bloei was, waardoor ze niet helemaal opbrandde als onderwijzeres. Als ik Rosa bedank, zegt die ook altijd dat ik haar evenveel heb geholpen als zij mij. Maar ik kon Raoul niet redden, of Tina. Maar misschien komt Tina een keer terecht, 't leven houdt niet op bij de prostitutie. Tenzij ze aids krijgt of vermoord wordt. Of niet van de crack afkomt. Of zwanger wordt.

Christus, het is allemaal onverdraaglijk.

Maar toch, met mij gaat het goed. Is het egoïstisch om dat te denken?

Ik geloof dat ik dankbaar ben voor alles in onze genen wat ons deze gevoelens geeft. Zo doet handelen. Dankbaar dat er Rosa's en Carries zijn op de wereld. Ik zal zelf zoals zij proberen te zijn. Als ik dat kan. Egoïstisch. Schijnt in mijn familie te zitten. Halleluja. Ik heb iets gemeenschappelijks met mijn zusters gevonden! grinnikte ze.

Alex sloot haar ogen, probeerde door haar poriën de omgeving te voelen, te ruiken, te horen, ermee te versmelten. Haar lichaam beefde van beelden – Stevie op zijn zesde, de huid op zijn wangen zacht als satijn, wat streelde zij hem graag. Zijn bruine ogen toen groter, vol vertrouwen, liefde, Mammie noemde hij me toen. Melly op haar achtste, mager, lange benen, ervandoor met haar hockeystick, vol vertrouwen op de overwinning. Op haar tiende, in nachtpon na het bad, met rode, gloeiende wangen, met vochtig, krullend haar, handen tegen de oren. Nee Mammie, ik wil er niet over horen, we hebben er op de padvinderij over gehoord, ik heb er een boek over, ik lees dat wel als ik wil! Nog een klein kind, wilde nog niet over de menstruatie horen, maar het volgende jaar menstrueerde ze. Geschokt was ze, vol afschuw. Kon haar niet helpen.

Ze miste hen zo dat haar handen pijn deden, haar handen herinnerden zich dat zij hen eeuwig wilden vasthouden, beschermen. Zo kwetsbaar. Maar niet meer van haar. Stevie – nog steeds doorschijnend van huid, maar er kwamen donkere harde haartjes doorheen prikken – stond haar in de deuropening uit te lachen terwijl ze hem streng voorschreef hoe hij zich moest gedragen op het feestje; Melly, opgerold op het chintz kussen in de erker van haar slaapkamer, met betrokken en nadenkend gezicht, van streek over de situatie van een schoolkameraadje. Wilde niet vertellen wat er met het meisje was gebeurd. Kon van alles zijn – zwangerschap, verkrachting, geslagen door haar vader, moeder aan de drank, wie weet? Wilde niets zeggen, probeerde de dingen zelf tot klaarheid te brengen. Natuurlijk vertel ik haar ook nooit iets belangrijks. Net als mijn moeder. Generaties van zwijgen.

Ik kan het niet opbrengen hen los te laten.

Liefde voor hen, gemengd met angst – zij kende de kwetsbaarheid van het vlees en de geest – verscheurde haar hart.

Maar zij hebben mij verlaten. Zijn voor mij verloren.

Toen kwam David naar voren, glimlachte tegen haar, breidde zijn armen uit en zij stapte erin, liet haar hoofd op zijn borst rusten. Sam en Lilian stonden achter hem, reusachtig, klaar om hem te beschermen tegen gevaar. Dit alles had zij, deze rijkdom, deze verbondenheid, maar het kon morgen worden weggevaagd. Ze kon alles verliezen...

Toen glimlachte Moeder van de overzijde van de kamer, zag eruit als een vrouw die nooit was aangeraakt door mysterie of wonder, een lief klein vrouwtje van middelbare leeftijd dat haar leven lang secretaresse was geweest, dat een gelukkig huwelijk had, een brave dochter, kleinkinderen, een vrouw die alles had bereikt wat zij had willen bereiken. Toch is zij vol mysterie en staat zij daar zwijgend. Ik haat dat. Ik haat haar daarom.

Angst. Daar gaat Thanksgiving in werkelijkheid over, besloot zij, bijgeloof. Zodat je het lot kunt bedanken: ik ben dankbaar, ik ben dankbaar! Kijk maar, ik zeg toch dat ik dankbaar ben, dus neem het niet af, neem hen niet af. Laat me hen houden. Toch stierf er iedere minuut iemand en liet iemand achter en als ze blijven leven, veranderen ze steeds. Melly die haar met die afstandelijke blik opneemt (wie ben jij?!); Stevie die haar als onbeduidend behandelt. Terwijl ze ooit de zon was geweest die hun dagen verlichtte, zij strekten hun armpjes uit hun wiegje naar haar uit als boomtakken naar het zonlicht, hun lichaampjes reikten naar haar als getijden naar de maan. Haar liefde en zorg hadden alles voor hen betekend, hen in leven gehouden. Wanneer was dat veranderd?

En ook zij veranderde. Haar hoofd op Davids borst, zijn armen om haar heen gaven haar niet langer een veilig gevoel, hoe kwam dat? Ze voelde zich niet meer in gevaar, maar sterk. En David leek ook veranderd, hoe kwam dat? Altijd zo standvastig, een robuuste steun, met Sam en Lilian achter zich. Maar ze waren nu oud, Sam een beetje zwak sinds zijn beroerte, Lilian uitgeput na al die jaren van zorg voor hem. Kunnen David niet meer zo beschermen. Hebben hem nu nodig. En hij had niet zoveel steun nodig, hij was ook sterker, net als zij. Maar ook zwakker. Gewoon een man, een menselijk wezen, geen pilaar. Lieve David.

En terwijl de zonsopgang schitterend bleef, de zonsondergang een ogenblik was waarop de wereld stilstond, bomen in blad kwamen of kaalden, tuinen opbloeiden of verwelkten, mensen geboren werden of stierven, ging het lijden almaar door. Duurt eeuwig voort, alleen dat duurt voort. Twee soorten pijn: die welke de natuur veroorzaakt en die welke de mens veroorzaakt. De eerste eeuwig. De tweede niet. Er was dus iets dat waard was om gedaan te worden. Het enige dat de moeite waard was: de pijn stillen die gestild kon worden. Maar hoe? Een domme vrouw als ik.

Alex opende haar ogen. De anderen stonden naar haar te kijken. Een ogenblik lang stond iedereen zwijgend en roerloos, toen keerden ze allemaal om en liepen terug naar het huis. Zonder een woord en zonder enig onverhoeds gebaar liepen ze plotseling naast elkaar en iemand – kon het echt Ronnie zijn geweest? – sloeg haar arm om Alex heen, die haar omhelsde en haar arm om Elizabeth heen sloeg, die haar omhelsde en haar arm om Mary heen sloeg, die spontaan begon te zingen:

> Four little maids from school are we,
> Pert as a schoolgirl well can be,
> Filled to the brim with a girlish glee
> Four little maids from school...

De anderen kenden de woorden niet maar zongen mee met het refrein, 'Four little maids from school are we' – terwijl Mary verder zong. Lachend keerden ze terug naar het huis, waar zij werden verwelkomd door de heerlijke geur van gebraden kalkoen ('Veel lekkerder dan de smaak!' verklaarde Elizabeth). Het werd nu menens met de bereiding van het diner, zelfs degenen die niet kookten, moesten meedoen ('Mary, iedereen kan aardappels schillen,' drong Alex aan, en Ronnie beval Elizabeth te roeren, roeren, dat is alles, als je roert wordt het minder). Ze hadden honger en begonnen tijdens het werk in de keuken al van de guacamole te eten. Maar toen Mary hoorde dat de kalkoen nog een uur moest braden, stond ze erop dat zij de keuken zouden verlaten en een beschaafd cocktailuur houden in de zitkamer.

Alex zette het eten op een laag vuur of in een warmhoudoven, Ronnie maakte de haard aan, Mary droeg de guacamole en maïschips naar de zitkamer, Elizabeth schonk wijn in. Deze avond namen zij allemaal wijn. Ze zaten rond de open haard en gloeiden allemaal van plezier.

Elizabeth leunde achterover, haar glas in de ene hand en een sigaret in de andere. 'Weet je wat mijn eerste herinnering aan dit huis is? Ik was vier, droeg een wit jurkje met een lange rok en een slappe witte hoed die over mijn ogen viel, en er waren een heleboel mensen – ik weet niet wie, wat er te doen was. Ik weet nog wat ik droeg omdat er een foto van mij op die dag is, met Vader en tante Pru en oom Samuel achter mij. En wie er ook waren, ze maakten allemaal drukte over mij, zeiden dat ik zo snoezig was, glimlachten tegen me, lachten. Ik weet niet waarom. Misschien zag ik er komisch uit met die hoed. Maar jarenlang dacht ik met blijdschap terug aan die dag. Ik bleef wachten tot het opnieuw zou gebeuren. Gebeurde nooit meer.'

'Ik weet nog dat Mamma mij meenam naar het zwembad,' zei Mary met zachte, gesmoorde stem. 'Ik was ook een jaar of vier. En zij hield me vast en bewoog haar armen om me te leren zwemmen.' Ze nam een slok van haar wijn.

'En?' spoorde Elizabeth haar aan.

Zij schokschouderde. 'Ach, 't is alleen maar dat Mama mij nooit eerder zo had vastgehouden. Die dag straalde voor mij van vreugde.' Ze ving Elizabeths blik en trok een gezicht. 'Ja, ik wachtte tot het weer zou gebeuren. Jarenlang. Gebeurde niet.'

Alex herinnerde zich dat Vader een jong hondje meebracht en zei dat het Charlie heette omdat het een bruin vlekje boven zijn bek had, net de snor van Charlie Chaplin. Het hondje was zo klein dat het in de holte tussen Alex' hoofd en schouder paste, en het zat daar te trillen terwijl Alex het aaide, ze voelde zijn paniek, probeerde hem te kalmeren. En Vader keek glimlachend toe, liefdevol.

Nee, gaf ze toe op hun vragen, ze herinnerde zich geen andere gelegenheid waarbij Vader liefdevol naar haar had geglimlacht. Maar als er een gelegenheid was geweest, waren er vast toch ook andere? Waarop Elizabeth enigszins gewichtig verklaarde dat aan hen die hebben, zal worden gegeven. Altijd.

Ze moesten Ronnie aansporen voor ze toegaf dat ze in dit huis ooit een gelukkige ervaring had gehad, haar aansporen met NOOIT, NOOIT, NOOIT, RONNIE? tot iedereen lachte, voor ze iets opdolf. Ze hielp Mamma altijd met het planten van de pepers, de komkommers, de groenten en tomaten – ze was natuurlijk nog maar klein en hielp waarschijnlijk niet echt. Toen smeekte ze Mamma eens in het voorjaar – ze was een jaar of zeven – om een eigen tuin waar ze bloemen kon kweken. En Mamma zei geen ja en geen nee, maar liet Simpson – toen hoofd van de tuinlui – een stuk van twee bij drie omspitten en kocht wat zaad – zinnia, goudsbloem, cosmea en korenbloem, herinnerde Ronnie zich. En zij gaf Ronnie het lapje grond en het zaad. Ronnie las de gebruiksaanwijzing en zaaide zelf, goot elke dag en wachtte in spanning tot de zaadjes ontkiemden, bang om te wieden, omdat ze het onkruid niet goed van de bloemen kon onderscheiden. Slechts een deel van het zaad kwam op, maar toen er enkele tientallen bloemen stonden, plukte ze die en bracht ze naar binnen.

'Die zijn voor jou, Mamma,' zei ze, trots en gewichtig omdat ze Moeder iets kon geven. En Mamma riep uit dat ze zo mooi waren, zo fris, en kuste Ronnie en zette de bloemen in een glas met water op de keukentafel.

Ja, het gebeurde weer. Ieder volgend jaar. Maar het was nooit zo geweldig als de eerste keer, toen het een wonder was.

De wijn maakte de gesprekken tijdens het diner nog levendiger. Zelfs Mary moest toegeven dat er belachelijk veel wit voedsel op het menu stond – kalkoen, rijst en aardappelpuree, prei, knolselderie en koolraap. Mary besloot dat de bonen prima waren, al waren ze rood. 'Ze zijn anders dan rood vlees. Het is het bloed dat weerzinwekkend is,' constateerde ze. Aan het eind van de maaltijd waren ze allemaal rozig van de warmte, het eten en de wijn, en praatten met elkaar zonder ruzie te maken.

Toen ging de telefoon.

Het was Edna Thompson. 'Juffrouw Upton, u vroeg of ik wilde bellen als uw vader weer reageerde. Nou, ik denk dat hij bij kennis komt. Hij slaapt op dit moment, maar hij was zoëven nog wakker en hij bewoog zijn linkerhand. U en uw zusters hebben nu echt reden tot dankbaarheid!'

Elizabeth keerde terug naar de eetkamer. Ze ging aan het hoofd van de tafel tegenover hen staan: 'Vader komt bij.'

Ze keken haar alleen maar aan. Mary gooide haar servet neer.

'Moeten we deze troep echt opruimen? Kunnen we dat niet morgen aan Browning overlaten?'

'Goed,' stemde Elizabeth vermoeid in.

Alex en Ronnie protesteerden niet. Het vuur was bijna gedoofd.

'Zin om dat vuur weer aan de praat te krijgen, Ron?' vroeg Elizabeth.

'Niet echt.'

Ze bleven zwijgend zitten.

'Wat heb je tegen haar gezegd?' vroeg Mary na een poosje.

'Dat we er morgen op de gebruikelijke tijd zouden zijn.'

'Wel, wat betekent dat voor ons?' peinsde Ronnie. 'Voor ieder van ons, want het betekent voor ieder van ons waarschijnlijk iets anders.'

'Hangt ervan af. Of hij volledig herstelt...' Elizabeth hield op. 'Nou ja, dan gaan we terug naar waar we vandaan komen en gaan verder met ons leven.'

'Maar we zijn veranderd,' zei Alex. 'We hebben elkaar nu.'

Elizabeth keek naar Alex' tengere, heldere profiel, edel in het warme lamplicht. 'Ja, dat is waar,' zei ze zacht.

Elizabeth houdt van me!

'Hoor ik daar ook bij?' vroeg Mary met bevende stem.

Elizabeth keek haar innig aan. 'Natuurlijk, arme Mary.'

Mary's mond trilde, haar ogen leken vochtig. 'Ik heb het gevoel... het is haast alsof... we niet elkaar kunnen hebben én hem. Ik weet niet waarom ik dat zo voel.'

'Als hij herstelt – verschrompelen wij,' zei Ronnie, verwonderd.

'Maar misschien herstelt hij niet volledig,' zei Alex zakelijk, op een toon die zij geen van allen van haar kenden. 'Hij was aan een kant verlamd, weet je, dat kan zo blijven. En het deel van de hersenen dat zijn rechterhelft en de spraakfuncties bestuurt, is blijvend beschadigd. Hij zal waarschijnlijk niet meer kunnen spreken.'

Ze staarden haar allemaal geschokt aan.

'Ik heb de afgelopen jaren cursussen gevolgd – niets gespecialiseerds, gewoon elementaire medische kennis. Ik wilde Lilian helpen – mijn schoonmoeder – na Sams beroerte. En ik dacht dat het mijn vrijwilligerswerk ten goede zou komen,' legde zij uit.

'Nou, je klinkt heel... gezaghebbend,' zei Elizabeth.

'Werkelijk?' Ze kleurde en probeerde niet te glimlachen van verrukking.

'Wat zijn de kansen dus?' vroeg Elizabeth haar.

Elizabeth vroeg me iets!

Ze telde ze af op haar vingers. 'Hij zou volledig kunnen herstellen, maar het feit dat hij bijna drie weken in coma heeft gelegen, maakt dat onwaarschijnlijk. Hij zou weer de beschikking kunnen krijgen over zijn linkerhand en -been, en de functies van de rechterhelft van zijn lichaam kunnen wat verbeteren. Dan zou hij waarschijnlijk naar een revalidatie-oord gaan voor behandeling. Maar het is onwaarschijnlijk dat ze hem accepteren als hij rechts totaal verlamd is en niet kan spreken. Dan zou hij naar een verpleeghuis moeten en volledig verzorgd worden.'

'Vader in een verpleeghuis!' riep Mary. 'Nee!'

'Dat zou hij verafschuwen,' mompelde Elizabeth.

'Ja. Hij zou waarschijnlijk spoedig sterven,' zei Alex kalm. Zei er niet bij: als dat is wat je wilt.

'Wij zouden voor hem kunnen zorgen,' zei Ronnie, 'zoals ik voor Mamma heb gezorgd. Eens per dag kwam er een verpleegster en verder deed ik alles.'

'Dan moeten we misschien jarenlang voor hem zorgen,' zei Elizabeth.

Stilte.

'Ik zou mijn flat in New York op kunnen geven,' bood Mary ten slotte aan. 'Ik zou hier voorgoed kunnen komen wonen.'

'Ik ben niet van plan de rest van mijn leven voor hem op te offeren,' zei Ronnie.

'Ik evenmin,' zei Elizabeth.

'Nee,' zei Alex vaag.

'Wil je echt jaren van je leven besteden aan de zorg voor een zieke, verbitterde, oude man? – want reken maar dat hij verbitterd is, daar kun je van op aan, Mare,' zei Elizabeth.

Mary dacht na.

Elizabeth stond op. 'We kunnen vanavond niets beslissen, we weten niet in welke conditie hij verkeert. Ik ga naar bed.'

Toen stond Mary op, liep naar Elizabeth toe en breidde haar armen uit. Elizabeth verstarde, maar liet zich door Mary omhelzen, stak zelfs een hand uit en klopte haar zuster op de rug. Mary kuste haar hartelijk op de wang, Elizabeth kuste Mary lichtjes.

Fletse kus.

Alex schoof naar hen toe. Elizabeth zag haar en breidde haar armen uit en Alex liep naar haar toe en omarmde hen beiden. Gedrieën bleven ze even zo staan, toen Alex riep: 'O, verdomme, kom op, Ronnie!'

Maar Ronnie bleef stijfjes opzij staan tot Elizabeth haar hand uitstak en haar beetpakte. Toen liet zij zich opnemen en gevieren stonden ze in een omhelzing bij elkaar. Ronnies ogen gesloten als in gebed.

DEEL II

DE VADER

HOOFDSTUK 10

Vrijdagochtend werden zij opgewacht door een ernstige dokter Stamp. 'Ik hoor dat zuster Thompson u heeft gebeld,' zei hij. 'Ik moet toegeven dat ik hoopte dat hij gewoon zou wegzakken.' Hij ging hen voor naar Stephens kamer op de intensive care, maar bleef opeens staan. 'Natuurlijk, leven is leven, tenslotte. Maar meneer Upton heeft duidelijk ernstige en blijvende schade opgelopen. Daar moet u op voorbereid zijn. Hij is niet meer de oude. Maar hij is wel bij kennis, in leven.'

Zij keken hem zwijgend aan. Hij werd iets onbenoembaars in hen gewaar, iets wonderlijks en krachtigs, zoals de hevige spanning die je bespeurde bij ouders van doodzieke kleine kinderen, bij jonge geliefden, pasgehuwden, mensen met intense relaties, relaties die zij van levensbelang achten. Waren zij zo aan hem gehecht? Op hún leeftijd, zijn leeftijd? Verbazingwekkend. Wat het ook was, hij wilde er beslist niet bij betrokken zijn. Hij bedreef wetenschap, emoties waren zijn vak niet. Hij bleef weer staan en wuifde naar de kamer. 'Ik laat u alleen om hem weer welkom te heten in het leven,' zei hij en liep terug door de gang.

Stephen zat rechtop in bed. Zijn ogen, enorm en ijskoud, staarden naar hen, namen hen alle vier op, tegelijk. Ze verstarden in de deuropening. Mary wist dat hij *zag*.

Elizabeth stapte naar voren. 'Hallo, Vader.' Ze liep naar hem toe en kuste hem op het voorhoofd.

Mary stapte naar voren, met een nerveus lachje om de lippen. 'O, welkom weer in het leven, Vader,' babbelde ze, 'wij zijn zo blij dat u bij kennis bent! Sinds het gebeurd is, zijn we elke dag hier gekomen, u trouw komen opzoeken, hopend op dit ogenblik!' Ze haastte zich naar hem toe, ging naast hem op bed zitten, kuste zijn voorhoofd, woelde door zijn haar en pakte zijn hand. 'Hoe voelt u zich?'

Hij fronste zijn wenkbrauwen, gebaarde met zijn linkerhand, en Mary liet zijn rechter vallen en stond op. 'O, dat spijt me, Vader, natuurlijk, dat moet onprettig zijn.'

Hij keek strak naar Alex en Ronnie die bleven staan waar ze stonden. Ten slotte ging Alex verlegen naar hem toe.

'Hallo, Vader, ik ben het, Alex. Hoe gaat het?' Ze boog zich en kuste zijn voorhoofd.

Hij staarde naar Ronnie. Zij knikte tegen hem. 'Hoe maak' u het?'

Keek hij dreigend of was die uitdrukking normaal voor iemand in zijn conditie?

Mary was met zijn beddegoed in de weer, vouwde het bovenlaken netter, streek het glad. Ze riep uit: 'O, u hebt niet genoeg water, arme schat!' en vulde zijn glas. Ze zocht verwoed naar iets anders om te doen. 'U hebt de bloemen nog niet gezien, Vader, ze mogen hier niet binnen, maar duizenden mensen hebben bloemen gestuurd, prachtige bloemen! De president heeft een geweldig boeket gestuurd en de minister van Buitenlandse Zaken en,' ze wendde zich tot Elizabeth, 'wie nog meer, Lizzie?'

Elizabeth dreunde de namenlijst keurig in protocollaire volgorde op, alsof ze hem uit het hoofd had geleerd.

'We hebben ze naar andere mensen gestuurd, lieverd, mensen die geen bloemen krijgen, ze mogen niet op de intensive care, weet u. Maar zodra u hier weggaat, brengen we bloemen mee om u op te vrolijken, zodat u bij het ontwaken allereerst verse bloemen ziet!'

Hij bleef dreigend kijken.

'Kunt u praten, Vader?' vroeg Elizabeth op zakelijke toon.

Hij keek dreigend.

'Als u dat niet kunt, kunnen we voorlopig misschien een gebarentaal afspreken. U kunt uw linkerhand een keer bewegen voor ja, twee keer voor nee. Of met uw hoofd knikken. Kunt u knikken? Wilt u dat we iets doen?'

Hij bewoog niet.

'Hebt u ergens pijn?' vroeg Alex verlegen.

Hij schudde zijn hoofd van links naar rechts.

'Bent u blij ons te zien?' fluisterde Mary, haast jammerend.

Geen reactie.

'Wilt u dat ik vertrek?' vroeg Ronnie koud.

Hij keek haar recht en kwaad aan.

''k Ben pleite,' zei ze tegen de anderen, draaide zich om en ging de kamer uit.

'Is dat beter, Vader?' smeekte Mary.

De arts klopte op de deurpost en kwam glimlachend binnen. 'Wel, hoe voelt u zich, meneer? Uw lieftallige dochters zijn hier de afgelopen drie weken elke dag geweest, tot onze vreugde, sommige comapatiënten worden in de steek gelaten, schande... patiënten herstellen zo beter, denk ik,' zei hij tegen Mary. 'Uit onderzoek blijkt dat herstel wordt bevorderd als patiënten bezoek krijgen, worden toegesproken, zelfs als ze het ogenschijnlijk niet merken.' Hij wendde zich tot Stephen. 'U hebt dus minstens een deel van uw herstel aan uw dochters te danken.'

Stephen keek hem woedend aan.

Hij liep naar Stephen toe en belde de verpleegster voor gegevens over polsslag en bloeddruk. De verpleegster kwam haastig binnen, het kleine kamertje raakte vol en Elizabeth zei: 'Wij wachten wel buiten, dokter Stamp.' Ze boog zich om Stephens voorhoofd weer te kussen. 'Dag Vader, we zijn er morgen weer en als u iets bedenkt dat u wilt hebben, verzin dan maar een manier om het ons te zeggen, goed?' glimlachte ze.

Braaf bukten Mary en vervolgens Alex zich om zijn voorhoofd te kussen en gedag te zeggen.

In een halve verdoving lunchten zij, nauwelijk in staat een woord of een blik te wisselen en na de lunch ontliepen ze zelfs elkaars aanblik, gingen allemaal hun eigen gang alsof de anderen niet bestonden. Elizabeth en Ronnie gingen weer aan het werk in hun studeerkamers; Alex vertrok op de fiets; Mary liet zich door Aldo naar Concord rijden en kocht een oefenband. Ze kwam thuis en draaide hem op de videorecorder in de speelkamer en oefende tot ze doorweekt was. Toen ging ze in bad, kleedde zich voor het diner, sloeg de vleugel open en speelde een paar uur lang. Het begon tamelijk goed te klinken, merkte Ronnie. Elizabeth sloeg niet eens met de deur van haar studeerkamer.

Zíjn studeerkamer.

Ronnie lag op bed en probeerde een brochure over thallophyten te lezen, maar ze zag steeds de witte ziekenkamer, Stephens gezicht, de ruggen van haar van schrik verstarde zusters. Heel wat voor hem, me zo te zien – hij zag me nooit als een dochter, heeft mij nooit met een blik, woord of daad erkend als de vrucht van zijn smerige sperma. Mamma weidde nooit uit over het verleden tot haar einde nabij was. Heb natuurlijk ook nooit eerder iets gevraagd. Hoe ze eind oktober besefte dat ze zwanger was, toen

Stephen terug was gegaan naar New York. Hoe ze overwoog wat ze moest doen, een vrouw alleen, een dienstbode zonder geld, met maar een paar honderd dollar die zij had kunnen sparen dankzij kost en inwoning in Lincoln. Abortus illegaal in die tijd, maar ze had haar Latino-vriendinnen in Boston nog, uit de tijd dat ze kantoren schoonmaakte, ontmoette hen nog steeds op haar vrije dagen, sommigen getrouwd, met grote gezinnen, druk in huis, anderen waren net als zij hogerop gekomen, maakten nu huizen schoon in plaats van kantoren, hadden hun vrije dagen dus ook doordeweek en niet in het weekend. Zij wisten mensen die het voor een paar honderd dollar wilden doen. Ze kon gemakkelijk genoeg naar Boston gaan – ze nam de bus en dan de ondergrondse – wonderlijk hoe ze de weg wist te vinden, ongeletterd als ze was – en ging naar hun huis, kreeg thee en gebak. Ze kon dus ook naar een aborteur. Maar kon ze dezelfde dag nog terugkomen? Stel dat ze ziek werd, ging bloeden? In haar eentje hier, afgezien van Simpson. Maar het dagmeisje kon haar helpen als dat nodig was.

Het kwam nooit in haar op het hem te vertellen. Hij was de seigneur, het waren niet zijn problemen.

Ze was achtentwintig, oud voor een Mexicaanse om vrijgezel en kinderloos te zijn. Wilde me niet vertellen of ze maagd was toen ze hier kwam, weigerde, klemde haar lippen opeen. Ze hield van Stephen, bewonderde hem hevig, de rijke machtige blanke Amerikaan, een van de goden die de wereld bestierden. En die om haar leek te geven. Zo'n relatie als zij hadden, zou ze nooit meer meemaken. Ze wist het zeker. Aan de andere kant, als ze de baby kreeg, zou hij haar misschien op straat zetten.

'Maar ik wilde de kleine, hè, Ronnie? Ik wilde jou. En ik kon toch altijd ergens werken. En mijn amiga's, een had een kamer over, daar kon ik wonen, werken. Dat was dus goed.'

Ze besloot door te zetten en de baby te krijgen. Zelfs al werden de boodschappen voor Upton hoofdzakelijk telefonisch besteld, het moet toch bekend zijn geworden. Wat de plaatselijke winkeliers ervan vonden dat de huishoudster van Upton een dikke buik kreeg, wist Noradia niet. Dachten misschien dat Simpson de vader was, of een vent met wie zij op haar vrije dagen in Boston hokte. Schokkend, maar wat kun je anders verwachten van dat soort mensen. Misschien dachten sommigen dat ze ergens een echtgenoot had. Haar accent was zo zwaar dat ze geen lange gesprekken met haar probeerden te voeren. Ze ging naar Ronald Wanger, een vriendelijke bejaarde plattelandsarts, nu al lang overleden, die niet zeurde over de naam van de vader en haar niet als uitschot behandelde. Noemde me naar hem. Beter dan naar Hem.

Stephen wist van niets. Zelfs toen hij een paar dagen voor het feest van 4 juli terugkwam, wist hij van niets. Noradia was weer dun, hield de baby in de keuken of in haar slaapkamer op de tweede verdieping, waar hij nooit kwam. Tot de dag dat hij huilen hoorde, de dag voor het grote feest. Elizabeth en Mary waren er al, Pru en Samuel ook, een zwerm tijdelijk personeel in huis. Mepte op de intercom, ontbood Noradia, donderde: er is hier een baby in huis! Van wie! Wie het ook is, ze moet eruit! Het is hier geen babysitcentrale!

'Si, Cabot,' zei ze met neergeslagen ogen. 'Van mij, Cabot.'

Met stomheid geslagen. Staarde haar aan.

Zij hield haar ogen neergeslagen.

Ten slotte: 'Wanneer is het geboren?'

Zij keek op: 'Maart, Cabot.'

Hij telde terug. 'Juist.' Hij dacht na. 'Jongen?' Klonk er hoop in zijn stem? Zou het anders zijn geweest als ik een jongen was?

'Het is een niña, señor. Meisje. Probeer haar stil te houden, señor.' Klonk er een smeekbede door in haar stem?

Hij knikte. 'Goed, Noradia. Zorg daarvoor.'

Onderwerp afgesloten. Werd nooit meer over gepraat. Hij vroeg nooit naar me, hield me nooit vast, en zelfs toen ik rondliep, keek hij nooit naar me. Zij vond 't niet erg. Zij was zo dankbaar dat hij ons liet blijven, ons niet op straat zette – hij kon haar niet beledigen. Hij moet een of twee keer naar me hebben gekeken toen zij er niet bij was. De aanblik beviel hem waarschijnlijk niet. Bruin baby'tje met blauwe ogen en zwart haar.

Nauwelijks verbazingwekkend dus dat hij mij kwaadaardig aankeek. Maar de haat die hij op zijn wettige dochters richtte! Waarom? vroeg zij zich af, waarom? Wat hadden ze hem ooit aangedaan, hoe konden ze hem hebben verraden of in de steek gelaten om een dergelijke haat te verdienen? En waarom waren ze allemaal zo vreselijk bang voor hem? Want dat waren ze. Zelfs Elizabeth!

Omstreeks het cocktailuur waren de zusters gekalmeerd, maar wel prikkelbaar.

Mary viel Ronnie aan om haar cola – 'Jij bent ecologe! Wat is er met je aan de hand? Hoe kun je dat vreselijke spul drinken? Weet je hoe het metaal wegvreet? Kijk maar uit!'

Als reactie bespotte Elizabeth Mary's drinkgewoonte: 'Hoor wie het zegt! Degene die altijd iets zoets moet hebben, net als een baby!'

Mary kaatste terug: 'In ieder geval waag ik me nog aan alcohol. Ik ben geen gedroogde pruim die alleen water drinkt uit angst haar zelfbeheersing te verliezen. En nog duur water ook! Als je water wilt drinken, waarom haal je het dan niet uit de kraan? Over zuinigheid gesproken!'

Later, toen Ronnie een sigaret bietste van Elizabeth, protesteerde Mary: 'Mooie milieukundige moet jij zijn! Hoe kun je zo'n walgelijke, smerige gewoonte aannemen!'

Zelfs Alex leek geïrriteerd, ze stond telkens op, liep door de kamer, schonk zichzelf weer wijn in, keek uit het raam, ging weer zitten. Ten slotte barstte ze uit: 'O, Ronnie, maak alsjeblieft een vuur, zeg!' alsof ze allemaal zouden omkomen zonder vuur.

Mary klaagde dat het te warm was voor een vuur, het was hier vanavond heet, maar Ronnie stond op en knielde voor de haard. Ze leunde achterover op haar hakken. 'Nou, wat wordt het? Vuur of geen vuur?'

'VUUR!' brulde Alex. 'Draai die verdomde verwarming laag als je 't te heet hebt!'

Mary deinsde achteruit en verstomde.

Ronnie stapelde kranten en aanmaakhout op, stak het aan, legde er een paar kleine blokken op. Toen de vlammen hoog oplaaiden, stond ze op, veegde haar handen af aan de zijkant van haar spijkerbroek en keerde zich om. 'Wat is er in godsnaam met jullie allemaal aan de hand?'

Mary barstte in tranen uit. Elizabeth keek in de lucht. Alex keek naar de vloer en beet op haar lip. 'De oude heer heeft jullie echt te pakken, is het niet?'

'Het was schokkend,' zei Alex.

'Wat? Zijn herstel?'

'Zoals hij eruitzag.'

'Schiet op, 't gaat niet om bezorgdheid. Jullie waren daar doodsbang. Zijn jullie nog steeds. Allemaal. Al voor we naar binnen gingen, trilden jullie.'

'We waren gespannen. Wisten niet wat ons te wachten stond,' zei Mary op stijve, formele toon waarin ergernis doorklonk over Ronnies domheid.

'Jij was ook doodsbang!' zei Alex beschuldigend tegen Ronnie.

'Nietwaar!' gilde Ronnie, maar bedaarde toen, probeerde het zich te herinneren. 'Ik denk het niet,' voegde ze eraan toe.

'Waarom! Waarom, waarom, waarom!' barstte Alex los. 'Ik heb hem zeventien jaar niet gezien, maar hij is mijn vader, waarom zou ik bang zijn!'

'Misschien omdat we hem verraden hebben,' zei Mary.

Ze keken haar allemaal aan. 'Hoe?' riep Alex.

'Door vriendschap te sluiten met elkaar. Hij wist het, hij wist het zodra hij ons zag.'

'Mogen we geen vriendschap sluiten...?' vroeg Ronnie verwonderd.

'Nee, natuurlijk niet! Zien jullie het dan niet! Hij heeft het nooit toegestaan.' Ze legde haar hoofd in haar handen en kreunde zachtjes, een lang, diep kreunen van angst.

Elizabeth keerde zich met een ruk naar Mary. 'Je hebt gelijk,' zei ze langzaam. 'Hij zette ons tegen elkaar op. Vergeleek ons. Verweet mij dat ik niet zo charmant en lieftallig was als jij...'

Mary hield haar hoofd in haar handen, leek niet te horen wat Elizabeth zei.

'En hij zei tegen jou dat je dom was – en ik niet,' vervolgde Elizabeth. 'Mijn moeder deed hetzelfde. Zette me altijd tegen jou op, toen later tegen Alex. Ik was altijd beter of minder.'

'Ik! Ik was nog een baby!'

Elizabeth schokschouderde. 'Maakte niet uit.'

'Waarom?' vroeg Ronnie verbaasd.

Ze keken elkaar aan. Elizabeth haalde haar schouders op.

Mary hief haar bleke gezicht op; het leek gerimpeld, bijna grijs. 'Ik weet niets van jouw moeder. Maar hij deed het omdat hij de enige moest zijn,' zei ze. 'Niet alleen ons centrum, maar de enige die we hadden. Als we elkaar aardig hadden gevonden, hadden we ons kunnen verenigen, tegen hem rebelleren, samenspannen. Hij moest ons met elkaar in oorlog houden.'

Ze dachten daar over na.

'Dat is heel slim, Mary,' zei Elizabeth zacht. 'Heel slim.'

Hoezeer Mary in verwarring was, bleek toen zij afwezig zei: 'O, op sommige gebieden.'

Ronnies stem vroeg angstig: 'Denk je dat het door mij kwam? Dat hij kwaad werd omdat ik er was? Dat hij dacht dat we samen – bevriend – waren?'

'Dat maakte niets uit,' zei Mary droog.

'En ik zei nog wel dat we voor de oude rotzak moesten zorgen, zodat hij niet naar een verpleeghuis hoefde,' zei ze peinzend.

Alex huiverde.

Ronnie pakte zonder vragen een sigaret van Elizabeth. Ze wierp een blik op Mary. 'Kan het niet laten. Ik stop zodra ik hier wegga. Beloofd.'

Ze tuurden naar de vlammen.

'Toch is het goed dat te beseffen,' zei Elizabeth nadenkend. 'Het verandert de dingen op de een of andere manier.' Ze keek hen aan. 'Heeft invloed op wat ik voor jullie voel.'

'Ja. Als we elkaar naar de keel vliegen, doen we precies wat hij wil,' zei Alex. 'We moeten elkaar steunen,' voegde ze er een beetje theatraal aan toe.

'Hoe dan, als we elkaar haten,' zei Ronnie mistroostig.

'Niet meer,' zei Alex stellig. 'Ik heb jullie trouwens geen van allen ooit gehaat. En ik geloof niet dat jullie mij haten.' Ze keek naar Mary en Elizabeth.

Mary nam haar aandachtig op. 'Ik heb je nooit gehaat, ik keek alleen op je neer.'

Alex lachte. 'Ik weet dat je op me neerkijkt. Maar dat is geen haat.'

'Het is maar – een gewoonte. Een geestesgesteldheid. Ik probeer het te veranderen. Je was zo aardig tijdens die theevisite. Mijn vriendinnen mochten je zo graag. Ik denk dat ze jou aardiger vonden dan mij,' besloot ze een beetje verdrietig, een beetje verontwaardigd.

'Maar jij denkt toch graag dat er zoiets als superioriteit bestaat,' zei Ronnie hatelijk.

'Ja.'

'En dat jij die hebt vanwege je klasse.'

'Ja.'

'En huidskleur.'

'En geld.'

Mary staarde stilletjes in het vuur. 'Ik heb dat altijd geloofd. Dat had ik geleerd. Moeilijk af te leren. Niet in je denken maar... in je geestesgesteldheid, weet je? Het is op een of andere manier comfortabel.'

'Maar voel je je er niet door...' Alex pauzeerde... 'geïsoleerd? Alleen?'

'Natuurlijk niet!' zei Mary op hoge toon. 'Ik behoor tot een klasse, een groep, er zijn meer mensen zoals ik!'

De anderen zetten grote ogen op. Zij staarde in het vuur. Ze nam een slokje. 'Maar ik moet toegeven – de dag dat ik met jou naar Boston ging,' ze keerde zich naar Ronnie, 'en je vriendin ontmoette. Linda?'

Ronnie knikte.

'Ze houdt echt van je, hè? Dat kon je zien, ze knuffelde je en bood je hulp aan en als je wanhopig was, Ronnie, zou ze je opnemen, een bed geven, nietwaar? Ze zou je zelfs te eten geven.'

Ronnie knikte.

'Ik heb op de hele wereld niet zo'n vriendin,' constateerde Mary bitter.

'Ik zou je opnemen, Mary,' zei Alex hartelijk.

'Ik ook,' zei Elizabeth.

Mary keek hen verbijsterd aan. Toen glimlachte ze en wendde zich tot Ronnie. 'Ik zie dat jij niets aanbiedt.'

Ronnie lachte. 'Mary, ik heb je geen bed te bieden en als ik het wel had, zou je er niet in willen slapen!'

Mary trok een gezicht, glimlachte. 'Je hebt gelijk.' Ze stond op en liep naar de bar. 'Willen jullie nog iets?'

'Een unieke gelegenheid!' riep Ronnie. 'Mary bedient! Ik wil cola – nee! Ik wil een glas wijn!' Iedereen wilde nog iets.

'Maar ik ben niet de enige snob in deze kamer,' zei Mary verdedigend en ging zitten. 'Wat denken jullie van Elizabeth!'

Gedrieën namen ze Elizabeth onderzoekend op.

'Wat krijgen we nou, het biechtuurtje?' snauwde ze. 'Een stelletje nonnen dat zich wil gaan kastijden?'

'Elizabeth gelooft dat de geest superieur is aan het lichaam,' begon Mary.

'Het mannelijke aan het vrouwelijke,' gooide Ronnie ertussen.

'Daarmee zou ik mezelf benadelen, nietwaar?' vroeg ze ijzig en stak een sigaret op.

'Misschien gaat snobisme altijd ten koste van jezelf,' zei Alex verlegen en verzoenend.

Elizabeth sloeg haar ogen ten hemel. 'De wijsheid van een onnozele.'

'Dat is niet eerlijk, Lizzie!' protesteerde Mary. 'Alex is geen onnozele.'

'O, nee?' Elizabeth keerde zich fel om. 'Wanneer ben je daarachter gekomen?'

Mary bloosde.

Alex schudde haar hoofd. 'O, geneer je niet, Mary. Ik weet dat jullie allemaal op mij neerzien. Denken dat ik dom ben. Doe ik zelf ook. In sommige opzichten. Maar er zijn manieren...' haar blik dreef even weg, toen keek ze hen weer aan, 'manieren waarop ik mezelf vertrouw. Vertrouw wat ik voel. Zoals ik wist dat ik hierheen moest, ook al zag ik er nog zo tegenop. Ik bedoel, ik vond het geweldig dat ik jullie tweeën weer zou zien,' ze wierp een blik op Elizabeth en Mary. 'Maar... Vader. Ik had zeventien jaar geleden een afschuwelijke ervaring met hem. Die heb ik nooit kunnen vergeten. Of vergeven.'

Mary hief haar hoofd op. 'Wat is er gebeurd?'

'Ik heb het nooit aan iemand verteld. Niet aan Mam, zelfs niet aan David. Ik kwam hierheen om mijn eerste baby, Stevie, aan hem voor te stellen. Mam wilde niet dat ik ging, ze was er fel op tegen. Maar ik daagde haar uit me daarvoor één goede reden te geven en ze legde zich erbij neer. Ik dacht dat hij het leuk zou vinden dat ik mijn zoon naar hem had genoemd. Weet je, misschien dat het datgene goedmaakte waarom hij al die jaren had gedaan alsof ik niet bestond.

David, mijn man, is joods, hij heet David Stein. Toen wij trouwden ben ik overgegaan tot het joodse geloof, niet omdat hij het vroeg, maar om Sam en Lilian, het was zo belangrijk voor hen dat zij joodse kleinkinderen kregen, en dat kon alleen als ik joods werd. Ik hou van hen en ik wil dat ze gelukkig zijn. Het kon me niet schelen. Ik bedoel, ik heb gevoelens die jullie waarschijnlijk religieus zouden noemen, maar ze zijn niet verbonden aan een bepaalde kerk, nergens mee verbonden, behalve misschien met buiten, de natuur... Hoe dan ook, Vader wist daar niets van, maar hij wist waarschijnlijk wel dat ik met een jood was getrouwd. Hij klonk aardig toen ik belde, zei dat ik kon komen, hij zou hier zijn. Het was in juli. David had vakantie. En Vader was beleefd bij onze aankomst, hij deed beleefd tegen David, schudde hem de hand, klopte hem op de schouder, zei dat hij blij was zijn schoonzoon te ontmoeten al was het een paar jaar te laat. Stevie lag te slapen in zijn reiswieg, dus we droegen hem het huis in maar lieten hem slapend achter in de vestibule, de foyer, of hoe jullie die grote entree noemen. We wilden hem niet wakker maken, hij was de hele rit zo lastig geweest.

Toen ging David naar boven om zich te verfrissen en Stevie begon te huilen en ik haalde hem uit zijn reiswieg en droeg hem de... hier binnen...' ze keek rond, 'en gaf hem aan Vader. Hij was zeven maanden oud, nog klein en roze en snoezig, maar vlug. Hij kon zitten. Ik had hem een wit gebreid pakje aangetrokken en hem gewikkeld in een deken waar ik een schulprandje omheen had gehaakt.

En Vader pakte hem een beetje onhandig aan, hij wist niet hoe je een baby vasthoudt. En ik zei, ik fluisterde het eigenlijk, ik verwachtte stom genoeg dat hij ontroerd zou zijn, ik was het in ieder geval wel, dus ik zei: "Hij heet Stephen." En hij gaf hem snel terug, gooide hem bijna naar me toe, hij had een brede grijns op zijn gezicht en hij draaide zich om en zei: "Dus nu draagt zo'n kleine smous mijn naam."'

Lange stilte.

'Dat is Vader,' zei Elizabeth ten slotte.

'En ik... ik deed zoiets verschrikkelijks! Ik smeet Stephen op een stoel, ik gooide hem gewoon neer en rende de kamer uit, ik was zo van streek maar ik wilde niet huilen in het bijzijn van die man, ik wilde hem zelfs niet laten merken dat hij me aan het huilen maakte. Ik gooide alleen de baby op de stoel, liet hem schrikken, hij schreeuwde, maar ik rende door tot ik hem niet meer kon horen. *Ik gooide hem weg!* Alsof ik dacht dat als Vader geen waarde aan hem hechtte, ik dat ook niet deed. Ik kan dat mezelf niet vergeven. Ik kan het Vader niet vergeven.'

Ze hield haar handen voor haar gezicht.

Ronnie zei: 'Je vader brulde om mijn moeder. Zij redde de baby, pakte hem op en troostte hem. Misschien troost het je: hij plaste op de stoel,' lachte ze.

Mary en Elizabeth lachten hard, lang, bijna hysterisch. Geleidelijk kalmeerde Alex.

'Ik heb hem waarschijnlijk voor het leven beschadigd,' kreunde ze, met volle neus. Ze snoot maar de zwelling bleef. 'Ieder keer als hij geringschattend tegen me doet – en dat doet hij! – denk ik dat ik daarvoor gestraft word. Ooooo!' ze drukte haar handen tegen haar slapen. 'Ik dacht dat ik hier nooit meer terug zou komen. Maar toen je belde, voelde ik dat ik moest gaan. Ik voelde dat ik Vader moest zeggen hoe hij me gekwetst had, een verontschuldiging moest eisen voor mezelf en David en Stevie en al die miljoenen mensen die hij in één adem kleineerde, afwees, minachtte. Ik wil dat hij er vergeving voor vraagt!' Ze griste een sigaret uit Elizabeths pakje en stak hem op.

Elizabeth keek verbaasd, geamuseerd. Mary trok een gezicht. Ronnie grinnikte tegen Mary en klopte haar op de hand. 'Komt door die ouwe oorlogsfilms,' zei ze. 'Hevige spanning, zinderend moment van verlies en verdriet, woorden schieten te kort, vent geeft andere vent een sigaret. We zijn allemaal gehersenspoeld. Niets aan te doen!' lachte ze.

Alex hoestte rook uit, haar stem klonk gesmoord. 'En ik wil weten waarom hij me nooit is komen opzoeken of heeft uitgenodigd om hem te bezoeken. Al die jaren,' besloot ze en drukte de sigaret wraakzuchtig uit.

Ze bleven een tijd lang zwijgend zitten. Toen Mary sprak, was haar gezicht een tragisch masker. 'Het zou in orde zijn, je zou ermee kunnen leven – zoals zij waren, wat ze deden, ouders die een puinhoop schiepen en ons er als kind mee opscheepten. Die ons wreed behandelden, mishandelden... Het zou in orde zijn als je alleen maar...' haar stem smoorde, 'niet zo verdomd veel van hen hield. Als je ze gewoon kon haten en afschrijven, hen gewoon in de vuilnisbak kiepen, oude kranten vol graten.'

Ze staarde in het vuur, bleek. 'Haat is gemakkelijk. En liefde is gemakkelijk – in het begin in ieder geval. Wat ertussenin zit...'

'Sommige mensen verdienen geen liefde,' zei Ronnie grimmig.

'Ieder kind verdient liefde,' zei Alex.

'Dat is waar.' Rosa's kinderen, die hun armpjes naar haar uitstrekten zodra ze de flat binnenkwam. 'Kleine kinderen zijn niet slecht, alleen behoeftig. Ze hebben liefde nodig. Maar,' haar stem werd harder, 'als ze die niet krijgen, worden ze afschuwelijke volwassenen.'

'Maar dan, zien jullie dat niet? moet iedereéén liefde krijgen!' verkondigde Alex alsof ze zojuist Amerika had ontdekt. 'Want uiteindelijk blijven we altijd kleine kinderen, nietwaar? We blijven allemaal liefde nodig hebben!'

'Zeg dat maar tegen Hitler,' gromde Ronnie.

Het kreunen kwam uit Mary's kern, het plekje vlak boven de venusheuvel, onder de bolling van de buik, waar de waarheid woont. Je eigen waarheid, niet een eeuwenoude waarheid, als die al bestaat. Dat was geen doen-alsof om de aandacht te trekken, geen zelfmedelijden. Het was het geluid dat ik me altijd heb voorgesteld bij een vrouw die een kind baart. Wat zei ze? 'Omdat hij de enige moest zijn, niet alleen het centrum, maar de enige.' Hoe wist ze dat? Natuurlijk is het waar. Ik besefte het zodra ze het zei, al zou ik het zelf nooit hebben ontdekt.

Maar dat kreunen.

Met een afwezige blik in de spiegel droogde Elizabeth haar gezicht af en trok een flanellen pyjama aan. Koud vannacht. Ze liep terug naar haar slaapkamer, stapte in bed, ging met haar rug tegen de kussens zitten en pakte een sigaret. Ze stak hem aan, zette de asbak op haar knieën en knipte het licht uit. In het donker denk je beter.

Ze trok de gordijnen open, maar er stonden geen sterren in de betrokken grijszwarte lucht. Was het angst? Maar wat een diepe angst! Goed, ze heeft weliswaar geld nodig, misschien heeft ze zijn hulp nodig, maar dat was geen kreunen van bezorgdheid. Ik bedoel, hoe arm kan ze zijn? Ik geloof niet dat ze aan de grond zit. Of wel. Mijn aanbod wordt misschien eerder aangenomen dan ik denk, ha!

Maar nee, dat geluid kwam uit het verleden, uit een tijd dat hij werkelijk de god was die hij wilde zijn. Voor zijn kinderen tenminste. Macht over leven en dood, over lichaam en geest. Mijn god, waarom heeft hij haar zo bang gemaakt?

Zou hij met mij ook zo zijn geweest?

Natuurlijk. Natuurlijk wel. O, arm angstig klein ding. Droevig klein gezichtje dat naar me opkeek, Lizabit, toe, speel met me?

En ik haatte haar.

Laura zo gesoigneerd, slank en elegant in een wit linnen pakje, altijd het juiste soort ringen aan haar smalle handen, haar sluike donkere haar altijd in model. Ze was volmaakt: Moeder kon nooit meer zijn dan een vlekkerige afschaduwing. Haar stem was zacht, haar taalgebruik opvallend veelzijdig, grammatica en uitspraak volgens Upton-normen in ieder geval correct, heel anders dan Moeders gekrijs, haar ruwe volkstaal, de whiskystem waarmee ze hem uitvloekte. Laura's slanke handen waarmee ze Mary's wang streelde, de roze gelakte nagels nooit erg lang. Moeders vuurrode klauwen. Mary reageerde nauwelijks op haar moeder – ik dacht dat ze een verwend nest was. Maar misschien wist zij, natuurlijk, want dat wist ik ook, dat al Laura's gebaren show waren, om de moeder te spelen, niet om liefde te betonen.

Ik verafgoodde Laura, maar ik was lucht voor haar. De vijand: eerstgeboren erfgename van de troon maar kind van een volksvrouw, even onwettig als Ronnie. Wat zou Laura van Ronnie hebben gedacht? Probeerde te doen alsof ik niet bestond, negeerde me terwijl ze Mary naar voren schoof, haar in wit kant kleedde, aan Vader overhandigde, is ze niet aanbiddellijk, Stephen? Alles voor Mary, kinderjuffen, pianolessen, danslessen, en o, wat had dat kind een kleren! En het speelhuis.

God, het speelhuis.

Ik weigerde dat deel van de tuin te betreden toen ze het aan het bouwen waren, hield mijn hoofd afgewend, hoog en stijf op mijn hals als ik met mijn boek naar mijn plek in het bos ging. Ik was boven dergelijke kinderachtigheid verheven. Klein wit huisje van overnaadse planken met een groen dak, een eigen toilet en aanrecht van kinderformaat, ze moesten leidingen ingraven in de tuin, langs de tennisbanen, voorzichtig om het zwembad heen. Ik gaf voortdurend af op Mary, noemde haar 'baby', wilde onder geen voorwaarde, hoe ze ook smeekte, met haar ernaar gaan kijken. En toen het klaar was, liet ik haar dagen wachten voor ik ging. Wat heeft ze gesmeekt, gehuild, gepruild voor ik toegaf!

Maar ik wilde het dolgraag zien. O, dat speelhuis. Kleine schuifraampjes met markiezen, verdomme, met vitragegordijnen die de huishoudster had gemaakt van oude stroken uit het huis, hier en daar versleten maar nog genoeg goede stukken voor die kleine raampjes. Hingen aan roedetjes op driekwart hoogte voor het raam. Tafel, stoelen, waar had Laura dat kleine bankje vandaan? Mary's poppen en Mary's poppewagen, Mary's prachtige poppenhuis vol antiek meubilair, zelfs een poppekinderstoel en al Mary's knuffeldieren. Niet dat ik van knuffeldieren hield. Dat was het niet. 't Was alleen dat ik er niet een had en zij zoveel, te veel om van te houden eigenlijk.

O, en dat kleine theeserviesje. Piepklein theepotje, kopjes, schoteltjes, cakebordjes, Frans porselein met roze rozen en een gouden band rond de rand. De huishoudster, wie was het toen, mevrouw Abbot, ja, Eloise, wit haar, kogelrond lichaam, goudgerande brilleglazen, zoals huishoudsters eruit behoorden te zien, eruitzagen in die tijd, droeg iedere middag een thermoskan met slappe thee, een kannetje melk en een schaal koekjes naar Mary's speelhuisje. En Mary schonk de thee in haar theepotje en de melk in het kannetje – de suikerpot was altijd vol – en serveerde haar poppen thee.

Verrukt was ze, of zou ze zijn geweest als ze iemand had gehad om mee te spelen. Maar ik keek erop neer, babyspul, babygedoe, stom, met poppen spelen, ik speelde nooit met poppen, alleen stomme baby's speelden met poppen, daar stond ik boven, ik was tien en las Adam Smith.

Ik liep hautain weg, liet haar huilend achter. Eenzaam hartje.

Ze drukte de sigaret uit, knipte de lamp aan, trok een nieuwe uit het pakje, stak die op en deed de lamp weer uit. Wierp toen de dekens af, deed de lamp weer aan, pakte haar peignoir, trok hem aan en liep de kamer uit. Ze ging de gang door, naar beneden, deed overal waar ze kwam het licht aan, liep de woonkamer binnen, naar de bar tegen de muur. Ze schonk een glas halfvol whisky, deed het licht uit en liep weer terug.

Waar ben ik mee bezig?

Ze stapte weer in bed, knipte het licht uit, nam een lange haal van haar sigaret. Als ik hier blijf, raak ik aan de drank. Waarom doe ik dit?

Ik heb het nodig.

Ze staarde naar het raam en het ondoorzichtige duister buiten. Ik ben drieënvijftig en ik word gekweld door de herinnering aan een speelhuis dat op mijn tiende is gebouwd? Wat is er godverju met me aan de hand?

Ik was dol op dat speelhuis, dol op de gordijnen, de knuffeldieren, het bankje, het kleine toilet, aanrechtje, zelfs haar eigen kleine handdoekjes met haar naam erop geborduurd verdomme...! Ik was vooral dol op het theeserviesje. En ik haatte Mary omdat zij dat allemaal had.

Ze zou het met me hebben gedeeld. Maar dat wilde ik niet. Delen kon nooit genoeg zijn.

Daarom pikte ik het.

Het moet na Laura's zelfmoord zijn geweest, want Mary zat op de kostschool. Eind augustus of misschien begin september, ze moest eerder terug dan ik, een paar dagen eerder, en ik bleef alleen achter met de bedienden, het vaste personeel. Moeder wilde me pas thuis laten komen vlak voor de school weer begon. Ik voelde me rampzalig, verlaten. Wilde niet met Mary spelen als ze er was, maar als ik alleen was, voelde ik dat niemand om me gaf. En ik ging naar het speelhuis, zat daar maar haar speeltjes op te pakken en weer neer te zetten, vol hoon. Niemand bracht mij thee en koekjes. En ik besloot het serviesje te pikken.

De volgende dag bracht ik iets mee, wat? iets zachts om het in te pakken, een tas? Pakte het goed in, stuk voor stuk, alles. Stopte het in de tas, pakte die in mijn koffer. Nam het mee naar Boston, zette het op een plank in mijn kast. Nooit meer naar gekeken, zelfs nooit uitgepakt.

Ik vraag me af wat ermee is gebeurd. Misschien is het er nog.

Heeft Mary het gemist? Heeft ze het ooit gemerkt?

Ze had het mij misschien zelfs gegeven als ik het had gevraagd. Maar dan had ik moeten vragen.

Niet haar schuld.

Ze goot de rest van de drank door haar keel en maakte haar sigaret uit. Wanhopig zocht ze de donkere hemel af, alsof ze verwachtte dat er iets groots van neon zou oplichten, een woord, een teken.

Ik kon nooit met hem praten. Kleine Dodovogel, Mary-meisje-eigenwijsje noemde hij me. Ging mijn mond open, kwamen er alleen domheden uit. 'Ik heb nooit met je kunnen praten./ De tong stokte in mijn mond./ Hij stokte in een strop van prikkeldraad.' Teef noemde hij me, zei Elizabeth. Maar gaf me toch een auto, ten slotte – een Jag met een chauffeur. En gaf me die bruiloft. Houdt van me, houdt niet van me.

Pas toen ze indommelde, herinnerde ze zich: Lizzie zei dat ik slim was.

Ronnie draaide zich ongemakkelijk om op haar bultige matras.

Dat is Vader, zei ze. Gewoon. Geen verwondering, geen rancune, objectief commentaar, een entomoloog die de eigenschappen herkent van een correct beschreven exemplaar. Ja, dat is een kuifduiker.

Zag je een man alle mensen in het gebouw opsluiten en toen van buitenaf de gasbranders aanzetten? Dat is Vader. Zag je een man een baby doodschieten in de armen van de moeder? Dat is Vader.

Ze ging rechtop zitten en rilde. Koud vannacht. Ze stapte uit bed en trok haar oude, flanellen peignoir aan. Ze zocht haar vuile sokken en trok ze aan, liep naar de keuken en deed het licht aan. Ze vulde de ketel, zette hem op het fornuis en draaide het gas aan.

Dat is Ronnie.

Ze pakte een theezakje en een kom en ging aan tafel zitten met haar hoofd in haar handen. Innerlijk zijn we nog baby's, allemaal nog wezenlijk behoeftig, zei Alex. Kan zij hem dan vergeven? Dat had ik haar moeten vragen. Praten is één ding. Doet zij meestal. Menen wat je zegt is twee.

Alsof Elizabeth denkt: Hij is wat hij is. Ik ben die ik ben: zo noemt God zich toch in de bijbel? 'Dat is Vader.' Prachtig. Mannen: zij zijn wat zij zijn en vrouwen moeten dat accepteren en zich intussen maar zien te redden. Vooral mannen met macht. Geld. De overhand. De geheven hand. Mamma's filosofie. Proost, Mamma.

Ze hief de lege kom op.

Wat baat het hen te bestrijden. Wat baat het. Strijd, leven in woede put je uit, holt je uit, mensen gaan je erom haten en wat baat het? Je krijgt nooit wat je wilt, je wordt alleen moe.

Dat is Vader. Schaar je bij de sterken. Misschien krijg je dan tenminste ooit iets dat je wilt. Maar wat wil ik verdomme?

Ze schrok van de fluitende ketel en haar hoofd schoot van haar hand. Ze lachte om zichzelf, stond op en goot kokend water op het theezakje in de kom en bewoog het op en neer. Ze ging weer zitten.

Als je gelukkig wilt zijn in het leven moet je liefhebben, Ronalda.

Stel dat ik het opgeef. Niet meer het feminisme uitdraag, ondergronds ga als pot, een mantelpakje neem, panty's, hoge hakken, een baan bij een bedrijf dat milieuwetten wil ontduiken of iets dergelijks, daarvoor gebruiken ze ecologen, twintig- of dertigduizend dollar per jaar krijg, misschien zelfs meer, mijn eigen auto, een leuke flat, wat meubels...

Goed, vergeet dat maar.

Maar stel dat ik... de strijdbijl begraaf. Dat leer ik al een beetje, nietwaar? Beschouw Alex in wezen als een lief kind, zelfs Mary is in sommige opzichten een brave ziel. Elizabeth – is verblind, zelfs gevaarlijk. Maar haar dapperheid heeft iets tragisch. Hun meeste slechte eigenschappen komen voort uit verdriet. De mijne ook? Stel dan dat ik net als Elizabeth zou zeggen: Dat is Vader. Vergeven of tenminste vergeten. De zonzij zoeken. Dat houdt de reclame ons toch voor?

Ze gooide het theezakje weg en nam een slok thee. Te heet.

Tel de goede dingen.

Ten eerste. Hij heeft haar niet op straat gezet toen hij mij ontdekte. Had hij kunnen doen. Had hij gedaan, al was het zijn eigen kind, in de negentiende, achttiende of zeventiende eeuw. Misschien zelfs in de zestiende. Het was vriendelijk, genereus, haar te laten blijven met een krijsend kind.

Tenzij hij haar nog steeds begeerde.

Ze nam een slok thee.

Goed. Ten tweede. Hij is ook ooit klein geweest. Groeide op onder druk, vreselijke druk: geslacht, klasse, huidskleur, familietradities. Dat maakte hem tot een monster. Maar als die dingen zo goed zijn, als het privileges zijn, waarom maken ze mensen dan tot monsters? En waarom ziet, zag niemand dat hij een monster is? Waarom zag Mamma 't niet? Waarom behandelde iedereen hem als een god?

Een herinnering trof haar als een slag tegen het voorhoofd: een lange, slanke, knappe man in een witte pantalon en een v-hals pullover liep met een croquethamer rond op het gazon. Zijn sonore, zelfverzekerde gebrom was helemaal hoorbaar op het terras waar Mamma de tafel dekte voor de thee: koekjes en kleine sandwiches, koffie en thee, maar ook een bar. Hij lachte en schertste met de oudere senator uit Massachusetts, de jonge uit New York en een assistent van de president. Van de Verenigde Staten. Hij zei telkens tegen hen dat croquet echt een gemeen spel was. Ik snapte niet waarom het beter was als het gemeen was, zoals hij leek te bedoelen. Adembenemend, hij zat ontspannen achterovergeleund in de smeedijzeren stoel met kussens, met een sandwich in de ene hand en een Bloody Mary in de andere. Zo vol zelfvertrouwen, zo op zijn gemak. Luchtige grapjes. Zij, veel minder imposant, corpulent en kalend, lachten om hem, antwoordden hem, stemden met hem in. Zover het oog reikte, was alles van hem. Hij besliste over alles wat telde, al wat van hem was: een god, grandioos, stralend, ongenaakbaar.

Dat was het dus eigenlijk, ik was het zelf, dacht Alex die geheel gekleed roerloos in de leunstoel zat in de haar toegewezen slaapkamer. Een logeerkamer, onpersoonlijk ingericht. Ze had de stoel, een antieke stoel met een rechte rug en houten armleuningen, naar het raam getrokken. Ze zat naar buiten te kijken, ondervroeg de sterren, zo stralend 's nachts hier ver van de stad, midden in de bossen.

Ze keek de kamer rond. Niet de kamer waar ik sliep toen ik hier woonde. Die is vast in de afgesloten vleugel. Ik herinner me die als een suite – kinderkamer, speelkamer, wasruimte, toiletten, badkamer, kamer van de kinderjuf.

Merkwaardig zoals het huis is ingedeeld – de ouderlijke suite, Vaders kamer, de kamer van de echtgenote en hun zitkamer aan de ene kant van het huis, de suite van de kinderen helemaal aan de andere kant, en al die kamers ertussenin. Je zou denken dat ouders bij hun baby's willen zijn, niet helemaal aan de andere kant van het huis. Duurt minuten voor je bij hen bent als ze huilen. Je hoort ze misschien niet eens.

Ik vermoed dat het daarom ging, het niet horen. Huilende baby's, daar zorgt de kinderjuf voor. Zou ik niet willen. Wilde mijn baby oppakken, zelf troosten. Waarvoor heb je anders kinderen? De enige mensen in het leven die je onvoorwaardelijk kunt liefhebben. Zoals ze van jou houden. Als ze klein zijn tenminste. Maar ik denk dat het blijvend is, misschien begraven onder een berg andere dingen. Belangrijk om dat te hebben, denk je niet? Ooit in je leven? Onvoorwaardelijke liefde. Als het fundament van een huis.

Hou ik op die manier van vader?

Misschien hou je alleen van degenen die echt voor je hebben gezorgd. Vader was beslist niet zorgzaam, zoals David.

Ik zou hun de sleutel moeten vragen, in die vleugel gaan kijken, wekt misschien herinneringen.

Dit is niet de kamer die David en ik kregen toen... Hoewel ik het me niet zo goed herinner, alleen vluchtig gezien, mijn ogen vol tranen toen ik naar boven vloog om onze spullen weer te pakken. Iemand had ze uitgepakt, een dienstbode vermoed ik. Heb hem niet getart, heb niet geprotesteerd, gewoon ervandoor gegaan zonder zelfs afscheid te nemen. Hij dacht waarschijnlijk dat ik een idioot was. Weglopen lost niets op, verandert niets, verzacht niets. Het kon hem niet schelen. Wat kan hem wel schelen? Ik niet, dat is zeker. Houdt hij van Mary? Wat zou er gebeurd zijn als ik hem getrotseerd had, hem had aangevallen op zijn manier van praten, van repliek gediend zoals Elizabeth zou doen, omdat hij mij in de steek had gelaten...

Ik ging ervandoor omdat ik hem spijt wilde laten krijgen over wat hij had gezegd zonder echt de confrontatie aan te gaan. Laffe truc.

David had medelijden met mij, zag de tranen, maar het waren geen tranen van verdriet, het waren tranen van woede. Maar de waarheid is, zie ik nu, dat ik eigenlijk woedend was om wat ik zelf had gedaan, gaf hem de schuld, het kwam door hem, maar ik was het toch, nietwaar, die Stevie wegsmeet als oud vuil. Hoorde hem brullen, geschrokken van die onverwachte smak, bang geworden, maar het kon mij niet schelen. Hij was oud vuil, Vader zei dat hij oud vuil was.

Hoe heb ik dat kunnen doen?

Hoe kon ik?

HOOFDSTUK II

Ze stonden op het bordes te wachten tot Aldo met de auto kwam. Mary hield haar blikken gericht op de naaldbomen die het huis afschermden van de weg, toen ze op luchtige, haast zangerige toon opperde: 'Denken jullie dat we afzonderlijk bij hem binnen moeten gaan?'

Alex en Elizabeth wisselden een blik; Alex keek snel naar Ronnie die met een stoer en effen gezicht strak voor zich uit tuurde.

'Nee,' besloot Elizabeth weifelend. Alex stak haar arm door die van Ronnie en drukte hem tegen haar zij. Ronnie liet haar arm glippen.

Op de intensive care prees Edna Thompson Stephen omdat hij zijn linkerbeen bewoog. Er zaten nog steeds slangetjes aan zijn neus en borst bevestigd; hij reageerde niet op haar maar staarde met een woedend gezicht recht vooruit. Toen zijn dochters in zijn gezichtsveld verschenen, wendde hij zijn hoofd af.

Ziet hij dat we hier anders staan, met onze schouders vlak bij elkaar? Verenigd.

De verpleegster begroette de zusters hartelijk, vooral Elizabeth, en verliet toen de kamer.

Verbazingwekkend. Ze had eerst een hekel aan Elizabeth, dat zag je aan haar gezicht. 'n Hekel aan haar arrogantie. Wat was er veranderd, vroeg Mary zich af.

Elizabeth liep naar voren, zei hallo, kuste Stephens voorhoofd, vroeg hoe hij zich vandaag voelde. Mary kuste hem ook en vroeg of ze iets voor hem konden doen. Hij keek dreigend strak voor zich uit. De twee anderen bleven staan waar ze stonden.

'Goedemorgen, Vader,' zei Alex.

'Meneer,' knikte Ronnie.

Mary keuvelde tegen hem, vroeg of het eten in orde was, of hij lekker zat, of hij iets wilde hebben om te lezen. Toen hij zijn hoofd omdraaide en naar hen keek, stierven hun stemmen weg. Hij tilde zijn linkerhand op en maakte een kort gebaar naar de deur.

'U wilt dat wij vertrekken?' vroeg Elizabeth ijzig. 'Dat doen we.'

Dokter Stamp ontmoette hen bij hun vertrek en nam hen mee naar de rookruimte. Elizabeth stak onmiddellijk een sigaret op.

Hij probeerde hen beurtelings allemaal toe te spreken, maar zijn blikken keerden steeds terug naar Mary. 'Wij hebben uw vader sinds zijn beroerte regelmatig onderzocht. Hij blijkt afasie van Broca te hebben en hemiparese, dat wil zeggen dat hij niet kan praten en dat hij rechts verlamd is. We kunnen niet voorspellen of dat zal verbeteren. U moet zich voorbereiden op de mogelijkheid dat dat niet zal gebeuren. Maar wij moeten hem overplaatsen van de intensive care.'

'Wanneer?'

'Zodra – waarschijnlijk morgen.'

'Zodra wat?'

'We moeten tevreden zijn als hij zelfstandig kan ademen, zonder apparatuur, en geen afzuiging nodig heeft. Als zijn bloeddruk en hartslag stabiel zijn, als hij geen intensieve bewaking meer nodig heeft. In ieder geval moet u na gaan denken over toekomstige zorg.'

'Bij voorbeeld?'

'De beste keuze zou een revalidatiecentrum zijn, als ze hem daar accepteren. Wij zullen de afdeling maatschappelijk werk contact laten opnemen met een revalidatiecentrum – wij achten revalidatiecentrum Middlesex zeer kundig. Zij zullen een verpleegster sturen om hem te keuren. Maar als zij oordeelt dat hij volledig invalide is, zal ze hem afkeuren. En hij heeft permanente verzorging en bewaking nodig.' Hij richtte een meer meelevende blik op Mary. 'Het spijt mij dat de vooruitzichten niet beter zijn.'

'Is het hopeloos?' Mary tuurde als naar een godheid naar hem op.

'Nee... Hij zou weer enige macht over zijn rechterlichaamshelft kunnen krijgen, misschien zelfs weer kunnen spreken. Maar een essentieel deel van zijn linkerhersenhelft is beschadigd. Ten dele waarschijnlijk onherstelbaar.'

Hij stond op. Hij wilde hen graag ontvluchten, dacht Elizabeth. Bracht niet graag slecht nieuws. Ook zij stond op, stak haar hand uit om de zijne te schudden. Ze stonden allemaal op, schudden handen en uitten beleefdheden. Met hem praten heeft geen zin. Is niet echt op de hoogte.

Na zijn vertrek zei Elizabeth: 'Ik zou graag... willen jullie even wachten? Ik wil graag met de verpleegster spreken.'

'We gaan allemaal,' zei Mary gedecideerd.

Ze vonden Edna Thompson in de controlekamer van de intensive care. Elizabeth sprak de verpleegster met zachte stem aan, beleefd.

Mijn God: wat is er met haar gebeurd? waar is haar gebruikelijke arrogantie? vroeg Mary zich af.

'Zuster Thompson, wij – mijn zusters en ik – vragen ons iets af. Onze vader lijkt – een beetje boos. Hij lijkt wel te merken dat wij er zijn maar reageert niet op ons. We zijn hier wat ontsteld over.'

De verpleegster legde haar hand op Elizabeths arm en keek haar aan (voor het eerst, dacht Mary). 'O, juffrouw Upton, ik begrijp uw ontsteldheid. Maar probeer u eens voor te stellen hoe u zich zou voelen als u bij kennis kwam en merkte dat u verlamd was, niet kon praten, niet zelfstandig bewegen. Vooral zo'n grote, belangrijke man. De arme ziel is gewoon verbijsterd en gefrustreerd. Het zal een paar dagen duren voor hij het begrijpt en dan kan accepteren wat er met hem is gebeurd. En dat kan moeilijk zijn voor de familie – ze zien die frustratie soms aan voor boosheid – maar geloof me, uw vader is niet boos, hij is alleen verward en gefrustreerd. Over een paar dagen knapt hij op, dat zult u zien.'

Maar dat gebeurde niet. Hij was op maandag overgebracht naar een particuliere kamer op een van de hoogste verdiepingen en bleef woedend voor zich uit kijken, omringd door bloemen en tijdschriften die zijn dochters hadden meegebracht (de anderen hadden hem intussen vergeten).

'Razend om zijn lot, zo'n machtige welsprekende man, niet tot spreken in staat, begrijpelijk,' dokter Biddle schudde treurig zijn hoofd. 'Buig niet gedwee voor die goede nacht,' declameerde hij ronkend. 'Bestrijdt het vallend duister met alle kracht!'

De verpleegster van het revalidatiecentrum had hem inderdaad afgekeurd, zei dokter Stamp verontschuldigend. Er was een uitstekend verpleeghuis nabij Boston, aan de noordkust. Duur, maar hij nam aan dat dat geen probleem was. Goed, omdat het niet te ver van Logan was – als ze hem bezochten konden ze op de dag van aankomst nog een vliegtuig terug nemen. Wilden ze erheen rijden en het bekijken?

'Zouden we hem mee naar huis kunnen nemen?' vroeg Alex verlegen, met een schichtige blik naar Elizabeth.

Zijn mond viel open. 'En dan?'

'Zelf voor hem zorgen.'

'Weet u zeker dat u dat wilt doen?'

'Nee. Wat denkt ú ervan?' vroeg Elizabeth.

Verbluffend. Ze klinkt menselijk, dacht Mary.

Hij schudde zijn hoofd. 'Wel.' Hij grimaste. Geen idee wat ze zich op de hals haalden, die meisjes. Liefde, genegenheid, plichtsbesef, bewonderenswaardig natuurlijk, maar... 'Wel. Het zal zwaar zijn, ik moet u waarschuwen. Er moet dagelijks een wijkverpleegster komen om zijn bloeddruk te controleren, zijn hart en longen te beluisteren, te zorgen dat zijn borst niet verstopt raakt, zijn kuiten te controleren om te zien of hij geen flebitis ontwikkelt, naar doorligplekken te kijken. Hij zal gevoerd moeten worden – met zijn linkerhand kan hij zelf natuurlijk ook wat eten. Hij zal zich moeten ontlasten op een ondersteek die geleegd moet worden; hij zal iedere dag gewassen moeten worden, met een washandje natuurlijk. Hij krijgt misschien, zeer waarschijnlijk, doorligwonden die met zalf behandeld moeten worden. U zult uw best moeten doen om zijn achterste droog te houden. Hij heeft een ziekenhuisbed nodig met elektrische bediening,' en andere dingen – dat wisten de verpleegsters wel. Een schuimrubberen matras, een of ander zacht soort laken.

'Zeemleer. En een bedtafeltje,' zei Alex behulpzaam.

'Precies.' Hij keek hen veelbetekenend aan. 'Het gaat om de meest elementaire verzorging, zoals van een baby. Het klokje rond. Wellicht jaren lang.'

'Dank u, dokter, we zullen over uw woorden nadenken,' zei Elizabeth kordaat.

'Hij kan een tweede beroerte krijgen. Daar kunt u van schrikken,' waarschuwde hij.

'Is daar veel kans op?' vroeg Mary kleintjes. 'Een tweede beroerte?'

Hij haalde zijn schouders op, schudde zijn hoofd. 'Ik kan het niet voorspellen. Maar mensen in zijn conditie leven meestal niet lang.'

De zusters knikten en gingen naar huis.

Zodra de lunch voorbij was en de tafel afgeruimd, sprak Elizabeth.

'Wat doen we dus?'

'Hij zou het verschrikkelijk vinden in een verpleeghuis,' zei Alex.

'Zou hij willen dat wíj zijn billen afveegden?' vroeg Elizabeth.

'Hij zou ervan gruwen,' kreunde Mary.

'Denk niet dat ik het doe,' waarschuwde Ronnie.

'Waarom niet? Heeft hij jou als baby niet verzorgd?' vroeg Mary klagerig. 'Je luiertjes verschoond, je je papje gevoerd? Wat een ondankbaar kind!' Ronnie keerde zich met een ruk naar haar toe maar ze lachte, legde haar hand op die van Ronnie. Zonder handschoen. 'We zouden daarvoor een vrouw in dienst kunnen nemen,' zei ze. 'Een vreemde. Een particuliere ziekenverzorgster, als die nog bestaan.'

'Dat zou hij verkiezen. Van alle mogelijkheden. In zijn eigen huis zijn, maar verzorgd worden door een bediende. Hij zou het verafschuwen als wij het deden, maar een verpleeghuis zou hij ook verafschuwen.'

'Kan het ons schelen wat hij verafschuwt?'

'Wel wat wij zelf verafschuwen.'

'Als hij naar een verpleeghuis gaat, kwijnt hij weg en sterft. We kunnen hem afschrijven, krijgen geen woord meer uit hem.'

Ze tuurden op tafel, de lippen opeen, zwijgend.

'En we willen iets uit hem krijgen. Ik tenminste.'

'Misschien lukt dat je toch niet.'

'Maar zijn we bereid hier maanden, misschien jaren voor hem te blijven zorgen?' vroeg Elizabeth. 'Ik niet.'

'Ik evenmin. We moeten met ons eigen leven verder gaan,' stemde Mary in.

Hoe kan ik geld lenen van een man die niet kan praten?

'Ik heb nog een appeltje met hem te schillen,' hield Alex vol. 'We kunnen hem naar een verpleeghuis sturen als we met hem klaar zijn. Zeggen dat het te veel werd. Dokter Stamp begrijpt dat zeker.'

'Jij bent echt meedogenloos,' zei Mary verrast.

Ze keken naar Alex, naar elkaar.

'Willen jullie ook niet een paar antwoorden van hem?' vroeg ze scherp.

Mary en Elizabeth wisselden een intense blik. Ze keken naar Ronnie die de ogen neersloeg.

'Is het dan besloten?' hield Alex aan.

'Ik ben voor. Voorlopig.' Elizabeth legde haar hand midden op de tafel. Mary legde de hare erbovenop. Alex voegde de hare toe. Ronnie aarzelde, deed toen ook mee. 'Is dit een verbond?' vroeg ze.

Ze knikten.

Zij grinnikte. 'Mengen we ons bloed?'

Elizabeth en Mary wisten niet waar hij kon zijn, maar Ronnie keek in het sleutelkastje en inderdaad, daar hing een sleutel met het etiket 'kindervleugel'. Alex ging naar boven en probeerde hem. De sleutel draaide maar de deur klemde. Ze bonsde en duwde maar hij ging niet open tot zij de deurknop met haar hele gewicht naar beneden duwde. Toen zwaaide hij open; zij gluurde naar binnen. Geen wonder dat hij klemde, was jarenlang niet open geweest, zo te zien misschien tientallen jaren niet. Stofwebben bedekten de ramen, de tafelpoten, de hoeken van de muren en plafonds. Spinnewebben dempten het licht van de ramen maar de kamer was nog licht genoeg, een grote kinderspeelkamer, vol stevige, ouderwetse houten meubels, fauteuils met felgekleurde chintz, stoeltjes op kinderformaat met tafeltjes voor tekenen en spelletjes, langs de muren planken met poppen, boeken, stapels spelletjes. Alex schoof verder de kamer in en bekeek de planken nader. Hoofdzakelijk meisjesspeelgoed, maar een paar vrachtwagentjes en speelgoedauto's, een scheikundesetje. Moet van Elizabeth zijn geweest. Of van mij? IJskoud hier, radiatoren dichtgedraaid, kille vochtige lucht die niet was beroerd sinds ik negen was misschien, het laatste kind dat hier speelde. Want Ronnie mocht hier vast nooit komen. Waarom niet eigenlijk. Zonde.

'Het zou scheidslijnen uitwissen, dat leidt altijd tot rampen.'

Was dat zijn stem? Herinner ik mij dat?

Ze liep naar de gang rechts, naar wat zij zich herinnerde als de kamer van de kinderjuf, ja daar waren het toilet en de badkamer. Ze stond stil, een herinnering viel op zijn plaats: Mammie. Haar moeder, hier. Ze sliep hier als ik ziek was. En toen ik al die nachtmerries had. Verschrikkelijke nachtmerries, ze herinnerde ze zich nog steeds, afgrijselijke monsters zaten haar achterna, drongen haar in een hoek...

Ze duwde de deur naar de kamer van de juffen open – kaal en armoedig, maar ook licht. Boven waren de kamers lichter dan de voorkamers beneden. De kamers waar je 's nachts was. Leek 'n omgekeerde wereld.

Over het smalle ijzeren bed lag een goedkope katoenen sprei; in de spiegel boven de ladenkast zaten wat oude, verbleekte foto's gestoken – Mary, zo leek het, drie of vier jaar oud. Achtergelaten door de laatste juf?

Ze liep naar het raam en keek naar beneden – een groentetuin, beschermd door een schutting, onzichtbaar vanaf openbaar terrein.

Herinner ik me niet. Zou ik heerlijk gevonden hebben, groenten zien groeien, ik had helpen planten, of minstens oogsten... Tomaten plukken, sperziebonen. Leuk. Was dit er toen? Ik wed dat Noradia het heeft aangelegd. Ronnie en haar planten. Ja.

Ze draaide zich om, keerde op haar schreden terug door de speelkamer en liep de gang links in. Ze bleef staan in de deuropening van een grote, witte, functionele kamer. De kinderkamer. Een werkkamer: hier geen met kant omzoomde mandewiegjes met roze hengsels. Twee smalle bedden, een groot ledikant en een klein, een commode, planken vol onderleggers, piepkleine flanellen pyjamaatjes, babyhemdjes en honderden luiers, vergeeld en stoffig nu. Ze tuurde in een oud badmeubel: de rubberen bak was gebarsten en vuil. Haar lichaam begon te sidderen. Ze wierp een blik op de ledikantjes, vroeg zich af welk het hare was, keek naar de bedden, keek weg. Haar lichaam schokte. Ze kon niet ademen, niet in- en niet uitademen, de kamer trilde. Ze stak een hand uit om steun te vinden, raakte een spinneweb dat naar een plank klom, slaakte een kreet, viel schokkend neer met een kleverige sliert in de hand...

Ze ontwaakte ineengezakt op de vloer. Ze stak haar hand uit om zich op te trekken, raakte hetzelfde kleverige goedje, jammerde. Ze wankelde de kamer uit en de speelkamer door naar de badkamer, draaide de kraan wijdopen en hield haar handen eronder. Ze stond daar terwijl het water zo hard op haar handen stroomde dat het op haar broek spatte, op de vloer. Haar broek was doorweekt, de vloer vol plassen voor ze haar handen terugtrok en een handdoek zocht. De handdoeken op het rek waren grauw van het stof. Ze wreef haar handen langs haar broek, hield ze toen weer onder de straal, ving het water op en gooide het tegen haar gezicht. Ze draaide de kraan dicht en pakte een van de stoffige handdoeken tussen twee vingertoppen en liet hem in de plas op de vloer vallen. Zonder het water op te vegen liep ze zo vast als ze kon naar de deur van de kindervleugel. Bij haar vertrek sloot ze die weer af.

Elizabeth draaide rond in de bureaustoel. Waar ben ik verdomme mee bezig, wat haal ik me op de hals, ik kan mijn baan kwijtraken, dit is waanzin. Ik word in hun ogen een non-valeur, verspeel al mijn krediet: mannen nemen geen vrij om voor hun zieke vader te zorgen. Zelfs niet voor hun zieke vrouw of kind. Je bent werkelijk gek als je dit doet. Je moet je aan hen spiegelen als je vooruit wilt komen. Zelfs de arts vindt het waanzin. Stop hem in een verpleeghuis en zet het van je af. De anderen schikken zich wel in je beslissing. Jouw stilte heeft een machtsvacuüm geschapen waarin Alex hun haar wil kan opleggen. Wat heb je tenslotte aan hem te danken? Een opleiding, meer heeft hij je nooit gegeven. En met zijn geld heeft hij dat niet eens gevoeld.

Doe het niet voor hem.

Wat dan. Houd je eigen prioriteiten voor ogen, wat jij zélf wilt, wat jíj nodig hebt. Laat je niet verstrikken in een emotionele strijd waar je niets mee opschiet, het struikgewas dat mensen verstrikt, hen vasthoudt in het verleden terwijl zij het oog op de toekomst menen te houden.

Alles wat ik ooit heb gedaan, was voor hem.

Onzin. Je werk heeft je duidelijk plezier verschaft en je status zeker.

Hielp niet. Kon de rest niet goedmaken.

Dan kan niets... Doe dus wat nu voor jou het beste is.

Ze smeet haar bril op het bureau, stond op en staarde door het raam naar de donker wordende hemel. Nog geen vier uur en het werd al donker. Wat voor dag was het, 26 november, nog een maand voor het solstitium, 22 december, kortste dag van het jaar, als alle hoop gestorven lijkt.

Clare stierf in mei, een prachtige lentedag, wederkeer van het leven. Het weer betekent niets.

Niets betekent iets.

Ze hield haar lippen strak op elkaar. Haar hart zwoegde als een maag vlak voor het overgeven.

Clare en zij achter hun glazen in zijn favoriete pub in Oxford, de Spread Eagle, buiten aan een rustieke tafel op een avond in mei, praten, praten. Eindeloze gesprekken, ze hadden eeuwig door kunnen gaan. Zij wilde ze nooit beëindigen, maar hij moest natuurlijk altijd naar huis. Ze drentelden dan naar zijn auto, reden terug naar Londen en hij zette haar af in Hampstead, op weg naar Ellen thuis. Soms nam hij haar mee naar huis – lomp, oud huis in Ladbroke Grove, te midden van enorme, armoedige oude Victoriaanse huizen. Het leek altijd onbewoond vanaf de straat, omdat het altijd donker was, maar hij liep rechtstreeks naar achteren, waar Ellen in een oude kas een atelier had ingericht, 'n elektrische kachel brandde op volle kracht in de tochtige, vochtige ruimte. Ze keek dan naar hem op van haar ezel of schetsblok – o, hallo, kom je thuis voor de thee? Hallo, Elizabeth, jij ook thee? Ging de kamer uit, bleef een minuut of twintig weg, kwam de zitkamer binnen met karig belegde sandwiches, thee, cake in cellofaan op een blad. Voor Clare de lekkerbek. At zelf weinig, broodmager, zwijgend, lette niet op Clare, die druk doorpraatte alsof Ellen er niet toe deed, alsof hij haar woede of afstandelijkheid of wat het was niet opmerkte, niet merkte hoe slecht het voedsel was, hoe afwijzend vooral. Ongemakkelijk. Ging er niet graag heen. Ging liever samen ergens anders heen, naar zijn studeerkamer aan de LSE, naar Oxford om iemand te bezoeken. Hij kwam nooit in mijn kamer. Heb ik hem uitgenodigd? Waarschijnlijk niet – schaamde mij voor de armoedige meubels, de gaspit, waterkoker, nieuwsgierige hospita. Bang hoe hij in mijn slaapkamer zou reageren...

De keer dat hij in Parijs was uitgenodigd en mij meenam: zijn assistente! God, wat danste mijn hart, kwam het nu, zou hij nu met me vrijen, zou ik nu de liefde leren kennen? Tweeëntwintig was ik, mager, bijna geen borsten of heupen, een jongenslichaam. Ze zeiden dat ik op Katherine Hepburn leek. Mijn haar was lang en steil, stralend rood toen, het trok de aandacht. Voor we vertrokken, ging ik naar een boetiekje in de buurt van Claridge en besteedde een maandinkomen aan een satijnen pyjama en een bijpassende satijnen peignoir, donkergrijs, vergat muiltjes te kopen, zou er werkelijk dom hebben uitgezien, helemaal in satijn gehuld maar op blote voeten.

Maakte niet uit.

Mijn gezicht moet de kleur van mijn haar hebben gehad, ik was zo opgewonden toen we ons inschreven in het hotel, een alleraardigst gebouw op de linkeroever, net een oud boerenhuis. In de kamer stonden echte meubels, antieke stukken, prachtig, grote oude ramen met vitrages. Nu verdwenen. Toen ik de laatste keer op de linkeroever wandelde, kon ik het in ieder geval niet meer vinden. Reusachtige badkuip in de hoek van mijn kamer, achter een kanten kamerscherm. Twee kamers natuurlijk. Natuurlijk. Mijn handen trilden toen ik mijn spullen uitpakte, in de kast hing, ik had problemen met de hangertjes, jurken gleden er steeds vanaf. Vertrokken naar de conferentie om ons in te schrijven, iedereen kende hem, hij stelde me aan iedereen voor, allemaal mannen, aan hun blikken zag ik dat ze het wisten, me niet serieus namen. Ik voelde me opgelaten, ik was nog onschuldig, wist niet dat scharrelen gewoon was op conferenties, maar o, ik was ook trots – dat ik van hem was, van hem hield, hij van mij. Hij hield van mij. Dat wist ik. Maar hij heeft het nooit gezegd, is het wel, Elizabeth. Zelfs nooit gesuggereerd. Toen niet. Pas toen het te laat was. Niets persoonlijks in onze gesprekken. O, hij vroeg wel summier naar Vader, naar mijn leven in Amerika. Ik deed alsof ik het hele jaar in een landhuis in Lincoln woonde. Concord Academy, Smith College: klonk allemaal goed.

Met een paar lui uit eten in een of andere brasserie, vreemd voedsel voor mij toen, choucroute garni, varkenskluif, hoofdkaas, slakken, veel wijn en gepraat, laat. Vluchtige kus op de wang, welterusten Elizabeth-lief, tot morgenochtend acht uur, zorg dat je op tijd klaar bent. Ik liep door de gang naar mijn kamer, even verdwaasd als ik die ochtend was geweest, zonder iets te zien of te horen, 'n hart dat bonsde maar niet meer danste: hij hield niet van mij. Hij deed het niet. Waarom? Ben ik lelijk? Niet charmant genoeg? Kietel ik de opgeblazen mannelijke eigendunk niet, zoals Mary?

Ik trok de satijnen pyjama en peignoir aan, ging aan het kleine tafeltje zitten voor de openslaande ramen die op straat uitkeken en schonk mezelf in uit de fles maltwhisky die ik op Clares aandringen had gekocht in de belastingvrije winkel. Ik dronk mezelf toe: Op Elizabeth, zo lelijk, onaantrekkelijk, boers, lomp, egoïstisch, hooghartig, arrogant en onappetijtelijk dat zelfs een man die van haar houdt niet met haar naar bed wil!

Dronk me suf, had heel de volgende dag een zwaar hoofd, zat plichtmatig de conferentie uit. Natuurlijk had hij me dáár niet echt nodig, ik vroeg me af waarom hij me had meegenomen, en tijdens het diner, toen ik opgeknapt was, vroeg ik het hem. Een beetje bitter, misschien.

'Liz, ik wil dat je wordt gezien, dat je een professionele wereld leert kennen, vertrouwd raakt met gezichten en namen, en ook met de taal, de manieren – dat is van groot belang, geloof me. Ik wil dat je dat leert. Met mensen praten, contacten leggen. In de academische wereld kan dat alles uitmaken.'

Mijn hart leek een woestijn waar plotseling regen viel, ik werd overweldigd door dankbaarheid. Hoe kon ik aan hem twijfelen? Hij was zo goed, gespitst op mijn ontwikkeling, introduceerde me in de wereld waar hij mij graag zag binnengaan. Natuurlijk ging hij niet met me naar bed, hij was een getrouwd man, fatsoenlijk, hij respecteerde vrouwen, zelfs zijn verbitterde, onverschillige vrouw, respecteerde mij.

We gingen dus door en in die verstandhouding bloeide mijn geest op, ik kon hem vertrouwen, zijn geest vertrouwen, zijn eerlijkheid. Hij hield van me als een beschermelinge, zoals mannen van jongens houden, hen vooruit helpen, hun carrière bevorderen, en als zijn liefde ook een ander element bevatte, wel, dan moest dat worden geofferd aan de integriteit. Gingen samen jarenlang door, zelfs toen ik terugkwam in Washington; we schreven elkaar iedere week, belden elkaar. Ik ging iedere zomer naar Engeland, was daar met hem samen. Eens zijn wij 's zomers naar Frankrijk geweest, naar het Loiredal, naar Normandië en Bretagne – naar Mont St.-Michel, de vesting van St.-Lo, de wandtapijten van Bayeux, de *chemins crus*, gerechten bereid met appels, room en calvados. Daar werd ik op een avond misselijk van.

In '58 verliet hij Ellen. Of zij verliet hem. Hoorde dat zij met een vrouw samenleeft. Wie weet? Toen hij belde om het te vertellen, welden al die gevoelens op die ik jarenlang begraven had gehouden, ik dacht: nu komt het! Nu gebeurt het! Want ik had niet veel vrienden gemaakt – wie kon zich meten met Clare? Een paar lui die ik op het instituut had leren kennen, intellectuelen, dat waren de enigen die zich tot mij aangetrokken voelden. Maar ondanks hun intellect onderscheidden ze zich niet van de jongens met wie ik vroeger was uitgeweest, net als die knullen moesten ze voortdurend hun ego opblazen, geen ruimte voor een ander ego in hun universum. Alle andere mannen een bedreiging, alle vrouwen verzorgsters die troost en pleisters boden.

Ik niet.

Hoe denk jij dan Vader te kunnen verzorgen?

Ze schokschouderde. Barst!

Ik ging naar Vader en onderhandelde. Chanteerde hem in feite. En hij bezorgde Clare een baan bij de Economische Adviesraad en een leerstoel op het Brookings Instituut. En deed mij in de ban. Schrapte mij. Omdat ik ernaar verwees: verboden. Niet alleen dat, ik zette hem ermee onder druk. Heb ik nooit echt betreurd.

Haar mond vertrok.

En Clare kwam. Ik haalde hem af op het vliegveld, hij zag er vreselijk uit, donkere kringen onder zijn ogen, gespannen gezicht.

Wat had zij hem aangedaan? Arme schat, ik wilde hem mee naar huis nemen, voor hem zorgen, maar iemand had hem een flat geleend, hij wilde alleen zijn en de gebeurtenissen overdenken en verwerken. En natuurlijk begreep ik dat, hoe zou ik het niet hebben begrepen.

We vielen terug in het oude patroon – woensdag een film, toneelstuk of concert, vrijdag een borreltje en uit eten. Hij kreeg een flat in Georgetown, hij nodigde me daar nooit uit, zei dat het een rotflat was maar dat hij 't er prettig vond, we onmoetten elkaar in een café of restaurant daar, zaten de hele avond te praten-praten-praten, reden om twee uur 's nachts halfdronken naar huis. Soms ging hij mee naar mijn flat en bleven we tot vijf uur praten-praten-praten. Maar hij ging altijd naar huis. Toen hij op zondagochtenden begon te joggen, kwam hij na zijn eerste rondje langs en maakte een laat ontbijt voor ons. Heerlijk – anders dan Ellen. Omelet, roerei, pannekoekjes met cranberries. Of hij bracht bagels, gerookte zalm en roomkaas mee, of verrukkelijke bosbessengebakjes die hij vlakbij in een klein winkeltje haalde.

Verbazingwekkend hoe hij mijn privé-leven kende. Ik vertelde hem nooit iets. Hij leek een radar te hebben, een antenne die mijn lichaam volgde, al mijn acties zag. Hij wist het altijd wanneer ik met iemand omging. Andy Bocatelli – scherpzinnig, knap, aardig gevoel voor humor, 'n tikkeltje macho maar voorzichtig met mij, forceerde niets. Ik had aanzien. Heette Upton. Snapte niet wat hij in mij zag. Waarom hij me aardig vond. Hij leek oprecht. Clare kwam een keer naar Financiën, zag me met Andy in de hal lopen, lachend. Vroeg naar hem. Trok een wenkbrauw op. 'Kruideniertje,' zei hij, overlopend van minachting. 't Had Vader kunnen zijn. 'Niet jouw stijl, Liz. Niet van jouw klasse. Beneden je stand.'

Ik kapte met Andy.

Lange tijd zag ik niemand anders dan hem. Toen begon ik met een paar andere mannen uit te gaan, maar enkele, notabene, maar ik was nog jong, achter in de twintig, wilde nog steeds ontdekken hoe de liefde was. Maar ik hield alleen maar van Clare. En hij kwam er altijd achter en altijd vond hij hen beneden mijn stand.

En ik aanvaardde zijn oordeel altijd.

Toen ik met Jack Johnson omging, ontdekte ik het. Netjes, afkomstig uit het midwesten, ambitieus, toen al sterk in opkomst op Binnenlandse Zaken, nu onderminister. Zocht een vrouw die hem hogerop kon helpen, die iets te bieden had. Omdat hij op Binnenlandse Zaken werkte, zag Clare ons nooit samen. Jack en ik gingen heel regelmatig met elkaar om, de zomer kwam eraan, ik wist dat Jack hoopte dat ik hem zou uitnodigen voor Vaders feest van 4 juli, dat natuurlijk beroemd was in regeringskringen, iedereen wist wie uitgenodigd was en wie niet. Het zou voor hem een geweldig succes zijn, zijn carrière bevorderen. Ik overwoog het.

Hoe ging het precies, wat was de volgorde?

Clare had me gevraagd om een rapport van Financiën dat hij niet via de gebruikelijke kanalen kon bemachtigen. Hij had toegang tot geheime stukken, maar dit werd om een of andere reden vastgehouden. Maar hij zei dat hij het absoluut nodig had en ik zei dat ik hem een exemplaar zou bezorgen. Zou het hem vrijdagavond geven, maar er kwam een spoedvergadering en ik moest nog laat werken, kwam pas na middernacht thuis. De volgende ochtend reed ik dus vroeg naar zijn flat om het af te geven. Ik wist dat hij vroeg opstond. Lange tijd had ik me afgevraagd waarom hij me nooit thuis uitnodigde – hij zei dat het er smerig was, mijn flat was zoveel leuker – maar ik vond het er goed uitzien, een leuk oud gebouw, aardige straat in Georgetown, zelfs een lift, hoezo smerig? 't Daagde me zelfs nog niet toen de jongen de deur opendeed, beeldschone jongen van begin twintig met alleen een handdoek om zijn middel. Hij wist kennelijk niets van mij want hij glimlachte, nodigde me binnen, zag de grote bruine envelop in mijn handen, dacht waarschijnlijk dat ik een secretaresse was. Hij riep heel onschuldig: 'Clare, iemand komt iets afgeven,' liep terug naar de slaapkamer, duwde de deur open. 'Clare, ben je toonbaar?'

Clare stond in de slaapkamerdeur in pyjamabroek, zonder jasje, blootvoets naar me te staren. Ik staarde naar hem.

'Sorry,' prevelde ik. Stak hem de bruine envelop toe. 'Kwam alleen het rapport brengen dat je had gevraagd.'

Opeens een en al vriendelijkheid, nam de envelop aan, trok aan mijn arm, kom binnen, kom binnen, drink een kop koffie. Anthony, zet eens koffie voor ons, ja, als een brave jongen? Maar ik kon niet, wilde niet, moet nog duizend dingen doen, kwam dit alleen even aanreiken, een andere keer. Rende weg.

Reed naar huis, pakte mijn koffer, laadde de auto in, reed rechtstreeks hierheen. Belde maandagochtend naar kantoor, zei dat ik was weggeroepen wegens dringende familieomstandigheden. Nog niemand hier, alleen de bedienden, Vader kwam pas een paar dagen later, Mary overmorgen met Alberto, maar dat vond ik prima, ik hoefde niet gezien te worden. Ik kwam hier alsof het thuis was.

Had geen ander thuis. Kon moeilijk naar Moeder gaan, met haar borende blikken: Elizabeth, wat is er met jou aan de hand?

Trilde vanbinnen, alsof iedere molecuul in iedere bloedcel, iedere spier, ieder bot trilde, rondsprong, uit mijn huid wilde springen. Staarde naar de kast met wapens in Vaders studeerkamer, haalde er zelfs een paar uit, bekeek ze, zocht kogels. Wist niet welke bij welk wapen hoorden. Allemaal oud, van lang voor Vaders tijd, waarschijnlijk uit de tijd van zijn overgrootmoeder. Ouderwets. Verwarrend. Doorkruiste deze bossen, staarde naar het meer, overwoog me te verdrinken. Toen Mary kwam, stond ze erop dat we gingen roeien, maar ze liet mij de riemen nemen. Leunde wulps achterover, zelfvoldaan, innig tevreden. 'Ik weet alles van de liefde,' zei ze.

Was mijn domheid grenzeloos? Ieder ander, iedere andere vrouw had het allang geweten, gezien. Misschien ik zelfs ook – al die uitvluchten in al die jaren, zoveel onverklaarde afwezigheid, Ellens gedrag... Tweeëndertig jaar oud en nog zo dom. Blind. Blind, doof, stom. Ik verdiende alles wat me overkwam.

Kwam op een of andere manier het feest van 4 juli door – met grauw gezicht, strompelend, halfdood, een zwaar ziek mens. Benieuwd wat de mensen dachten. O, ze dachten niets, niemand let op jou, Elizabeth, dat moest je inmiddels weten.

Toen ik terugging, besloot ik dat ik met Jack zou trouwen. Belde hem zodra ik in de stad was, hij was opgetogen, ik had nog nooit zoveel enthousiasme getoond. We gingen die avond eten en ik liet mij eindelijk door hem verleiden. Hij was in de wolken, dacht dat hij beet had. Maar wat was de seks teleurstellend. Veel gehijg, een paar vegen over mijn borsten, een paar stoten, hoppa. Dat beschouwen ze als een triomf?

Maar ik dacht dat ik ermee kon leven als het niet te vaak gebeurde. Het was niet geheel en al onplezierig.

De volgende dag op mijn werk vijf briefjes van Clare. Ik verscheurde ze. Maar hij bleef bellen en ten slotte stemde ik toe in een ontmoeting. We troffen elkaar in La Scala, zijn favoriete café in Georgetown, het enige waar toen cappuccino werd geserveerd. Besefte niet hoe kwaad ik op hem was, waande me alleen kwaad op mezelf. Maar mijn stem was zo bitter.

'Wat ben ík dan al die jaren geweest, je baard?'

Hij probeerde over de tafel mijn handen te pakken, maar ik trok ze snel terug. 'Elizabeth, Liz, alsjeblieft... je moet weten dat ik van je hou, lieverd, ik heb altijd van je gehouden.'

Toen huilde ik verdomme.

'Je bent de vrouw van mijn dromen, mijn ideale vrouw – briljant, mooi, sterk. Ik kan met jou beter praten dan met ieder ander. Dat weet je. Alleen, ik kan niet – ik kán 't niet, schat – meer zijn dan je beste vriend. Maar ik ben echt je beste vriend, ik hou je belangen in het oog zoals een man die een seksuele verhouding met je had nooit zou doen. Geloof me, dat weet ik, 't geldt ook voor mij, ik ben geen goede vriend voor mijn minnaars, evenmin als zij voor mij. Jij bent ook mijn beste vriend en ik zou doodgaan – letterlijk doodgaan, denk ik – als ik je zou verliezen.'

Het klonk zo plausibel zoals hij het zei. Ik ging er bijna in mee. Opnieuw. Hij kon me altijd overreden. Maar ik kwam weer tot mezelf. Ik veegde mijn gezicht af, nam een slok cappuccino, veegde het schuim van mijn bovenlip.

'Mooi. Mooi. We blijven beste vrienden. En jij houdt Anthony – hoe lang heb je die trouwens al?'

Hij wilde het niet vertellen maar ik bleef aandringen. Toch kreeg ik alleen maar allersummierste beelden, frasen, beschrijvingen die ik zelf moest invullen.

Anthony was de grote passie van zijn leven. Na jarenlang scharrelen met een lange reeks studenten en andere jonge mannen ontmoette hij Anthony in Londen op een feestje, kunstenaars, schrijvers, vrienden van hem. Anthony een jonge componist, straatarm natuurlijk, was naar Londen gekomen met een oudere man, de schilder Harmon Ascelot, ken je zijn werk? Hing in verschillende musea, werkelijk heel goed. Anthony leefde samen met Harmon die hem onderhield. Was van hem afhankelijk. Clare was buiten zinnen van verliefdheid, moest Anthony hebben. En Anthony hield van Clare. Konden echter niet samenzijn: Ellen was er nog en hij had geen geld om een tweede huishouding te financieren. Ze gingen naar goedkope hotels, maar Clare werd verteerd, het leven had geen zin, alleen de liefde had zin. Had zoveel zin dat hij er zelfs voor uit wilde komen, na al die jaren van heimelijkheid. Hij vroeg Ellen om een scheiding, hoewel hij wist dat zij hem kon verraden.

Maar dat deed ze niet. Zat op de bank tegenover zijn stoel, keek hem aan met haar fletse, doffe blik, zei: 'Waarom niet. Waarom deze schijnvertoning volhouden?'

Clare zag een kans op geheimhouding en greep die. In Londen was het niet mogelijk, iedereen kende hem, kende Anthony, kende Ellen, of wist minstens van haar bestaan. Hij moest terug naar de Verenigde Staten. Naar een grote stad als Washington, waar hij misschien anoniem, onopgemerkt kon blijven.

'Vooral met mij als dekmantel,' zei ik bitter.

'Zo is onze verhouding niet,' zei hij verdrietig.

Ditmaal liet ik hem mijn handen nemen.

'Jij hebt hem,' snaterde ik en begon weer te huilen als een klein kind, 'maar wat heb ik?'

'Jij hebt je werk en mijn beste kanten.'

Ik trok mijn handen weg en veegde mijn gezicht af met de servet. God, als Vader dat had gezien! 'Ik ga met Jack Johnson trouwen. Ik wil hebben wat jij hebt!'

Jack had me nog niet eens ten huwelijk gevraagd, maar ik wilde Clare laten merken hoe het voelt.

Zijn bleke wangen werden asgrauw, hij draaide zich om, keek de straat uit, hete zaterdag in Washington, golven van hitte die opstegen van het asfalt. Hij stak een sigaret op. Trommelde met zijn rechterhand op tafel. Ik kende de tekenen. Hij was kwaad.

Prima, dacht ik, een steek van voldoening schoot door mijn maag.

Hij trok weer zijn afstandelijke, hooghartige gezicht, het gezicht dat hij trok als hij op een vergadering op het punt stond korte metten te maken met iemands redenering – of met iemand zelf. Hij kon briljant wreed zijn. Zijn wreedheden gaven mij altijd een boosaardige kick. Hij leefde ze nooit op mij uit, hoogstens bedekt. Hij liet de rekening komen. Hij zei: 'Ik kan het niet, het spijt me, Elizabeth, ik kan het eenvoudig niet verdragen jou te zien met die kleine opportunistische streber. Ik hou te veel van je om toe te kijken hoe jij jezelf verlaagt, hoe je verpietert tot huisvrouwtje.' Hij liet geld achter voor de rekening en stond op.

Ik zat nog. 'Wat betekent dat?'

'Ik zou doodgaan als ik zag hoe jouw scherpzinnigheid, jouw moed, jouw sublieme geest ten onder gingen in het huishouden onder de hiel van die klier. Want dat gebeurt natuurlijk. Ten onder gaan in de mallemolen van alledaagsheid, zoals Isabel Archer in die prachtige roman van James. Je weet wel. Ik hou te veel van je om daarbij toe te kijken.' Hij boog zich over tafel, kuste mijn voorhoofd. 'Lieverd. Probeer iets van jezelf te redden uit dat huwelijk. Ik sta klaar als je ervan afziet. Ik zal altijd van je houden, altijd om jouw welzijn denken.' Hij nam afscheid. Voorgoed.

Leven zonder Clare.

Dat heb ik nu toch. En verder niets.

Mary vervloekte haar handen en deed de klep van de vleugel dicht.

Wat is er vandaag met me aan de hand, lomp, onhandig. Ik speelde die ballade gisteren veel beter. Maar ja, gebeurt vaak, nietwaar, de ene dag beter, de andere slechter. Betekent niets.

Ze stond op, dwaalde door de kamers, liep Vaders studeerkamer binnen. Op het bureau lagen papieren verspreid, maar Elizabeth was spoorloos. Ze liep naar buiten, de enorme hal in, haar hakken klakten op de parketvloer en weerkaatsten in de stilte tegen het hoge plafond. Zij keek in de salon, de eetkamer, de keuken. Nergens iemand. Ze wachtte even, duwde toen de deur open naar de kleine meidenkamertjes op de begane grond en klopte op Ronnies deur. Toen Ronnie riep, duwde zij hem open. Ronnie lag geheel gekleed op het opgemaakte bed, een opengeslagen brochure naast haar. Haar ogen stonden slaperig.

'O, sorry. Heb ik je wakker gemaakt?'

Ronnie schudde haar hoofd. ''s Goed. Ingedommeld. 't Spul wordt soms echt saai.'

'Ik vroeg me af. Wil je thee?'

Ronnie dacht na. Ze ging overeind zitten. 'Eigenlijk wel.'

Mary lachte breed. 'Ik kan het zetten!'

'O, jij zet thee?' grinnikte Ronnie een beetje sarcastisch. Ze stond op, liep naar de badkamer en poetste haar tanden; Mary begon aan de theeceremonie.

Toen ze de keuken binnenkwam, vroeg Ronnie: 'Waar is mevrouw Browning?'

'Geen idee. Hoe laat is het?'

Ronnie keek op haar horloge. 'Even na vieren. Ze zou hier moeten zijn. Het is toch maandag, niet? Niet haar vrije dag.'

'Misschien is ze naar de stad. 't Is leuk dàt ze er niet is,' zei Mary die een paar nauwkeurig afgemeten lepels thee in de pot deed. Haar hand beefde. 'Het is leuk om onze keuken voor onszelf te hebben.'

Ronnie wierp haar een blik toe, zei niets. Léuk zonder bediende? Onze keuken?

'Je hebt vandaag niet lang gespeeld.'

'Hoorde je dat?'

'Het klinkt goed. Ik vind het mooi. Mooi om te horen. Was dat Chopin die je speelde?'

'Vandaag, ja.'

'Heb je ooit overwogen er je beroep van te maken?'

Mary's hand schoot uit, kokend water stroomde over het aanrecht. 'O, nee!' riep ze lachend uit en zocht wanhopig naar iets om het op te nemen.

Ronnie zag een spons, veegde het op.

'Daar ben ik nooit goed genoeg voor geweest, in geen enkel opzicht! Vader zei dat ik een aardige vrouwelijke aanslag had, plezierig om na het diner naar te luisteren. Hij hield van mijn spel,' voegde ze er toonloos aan toe.

'Ik denk dat je meer hebt dan dat.'

Mary keek in de kast en tuurde in het rond. 'Werkelijk?' Schudde haar hoofd. 'Nee, nee, beslist niet. Weet je, er zijn zoveel echt begaafde mensen op de wereld. Echt begaafde mensen geven op hun zevende of negende concerten. In de wereld van de muziek worden de bokken al heel vroeg gescheiden van de schapen.'

'En jij bent een schaap?'

Mary lachte. 'Dat vrees ik.' Ze zette kleine cakejes op een schaal. 'Laten we naar binnen gaan.' Ze knikte in de richting van de tuinkamer.

Nog niet zover dat ze in de keuken blijft zitten.

Ronnie volgde haar met de theepot. Ze gingen aan de glazen tafel zitten.

'Thee is zo troostend,' zei Mary terwijl zij inschonk. Er liep wat thee op het schoteltje. 'Oooo!' riep ze geërgerd uit. 'Ik weet niet wat er vandaag met me loos is!'

'Nou, het is een traumatische dag geweest.'

'Traumatisch?'

'Jazeker. We hebben besloten de oude heer terug te laten komen, ons gewijd aan zijn verzorging. Dat is een belangrijke beslissing.'

Mary greep haar kopje. 'Ja.'

'Misschien ben je gaan twijfelen.'

'Jij?'

Ronnie schokschouderde. 'Wil je de waarheid weten? Ik heb geen cent en ik kan nergens heen. Ik kan waarschijnlijk wel een baantje krijgen in Boston maar dat zou niet veel opleveren, net genoeg om de huur en mijn eten te betalen en het zou werken aan mijn proefschrift onmogelijk maken – in het gunstigste geval vertragen. Jarenlang misschien. Ik moet het schrijven om te kunnen promoveren en ik moet promoveren om op mijn terrein het werk te kunnen doen waarvan ik hou. Als ik het nu niet doe, doe ik het waarschijnlijk nooit. Ik wil het doen. Dus een paar maanden hier blijven strookt wel met mijn plannen.' Ze pauzeerde om een sigaret op te steken

Mary schudde haar hoofd. 'Ik kan niet geloven dat Elizabeth je aan het roken heeft gebracht.'

Ronnie glimlachte. 'Niet haar schuld,' blies rook uit. 'Ik denk dat ik mijn aandeel kan leveren in zijn verzorging en tegelijk mijn proefschrift schrijven. Bovendien kan ik hier ondertussen gratis wonen. Zou ik je waarschijnlijk niet moeten vertellen. Je denkt toch al dat ik een parasiet ben.'

Mary tuurde over haar kopje naar haar, wreef haar lippen over elkaar. 'Als jij een parasiet bent, wat ben ik dan? Ik ben in ieder geval met wat geld begonnen,' zei ze bitter.

'Hè?'

'Ik ben blut. Volkomen blut. Ik kan nog net de hypotheek van mijn flat betalen, ik loop achter met het onderhoud. In feite heb ik schulden. Als Vader niet ziek was geworden, was ik hier gekomen om hem een lening te vragen – op grond van mijn erfdeel natuurlijk,' voegde ze er haastig aan toe.

'Ik dacht dat jij met al die miljonairs was getrouwd!' riep Ronnie uit.

'O, zo ziet Elizabeth het. Nou, ik ben natuurlijk wel met een paar getrouwd geweest. Maar Harry's nalatenschap werd door de rechtbank jarenlang geblokkeerd en toen zette de rechter het grootste deel vast voor Marty, ik kreeg maar drie miljoen dollar, o, ik weet wel dat dat voor jou heel veel geld lijkt, Ronnie, maar dat is het niet echt, geloof me. Niet als je drie huizen onderhoudt en een auto met chauffeur en je een kind moet opvoeden en naar school sturen – en bovendien een echtgenoot onderhoudt – want Alberto had geen cent, iedereen dacht dat hij rijk was maar dat was niet zo, hij was echt een parasiet, uiteindelijk moest ik alles betalen, zelfs zijn barrekeningen...' Ze snikte nu en Ronnie keek de andere kant op.

'Toen hij me verliet, kreeg ik van de rechtbank die fantastische regeling, iedereen denkt dat ik bergen geld heb, maar ik heb er nooit een cent van gezien. Geen cent! Ik begrijp wat die vrouwen doormaken, die bijstandsvrouwen in de kranten wier mannen de kinderen niet onderhouden na een scheiding, ik weet er alles van!' Ze schudde haar hoofd, haar lippen grimmig opeengeklemd. 'En Alberto zit in Europa, dus ik kan er verdomme ook niets aan doen!'

Ronnie staarde haar aan.

'Daarom ben ik met Paul getrouwd, en alles zou in orde zijn geweest als ik gewoon bij hem was gebleven. Maar ik ontmoette Don...' Haar stem dwaalde weg. Haar blik ook.

'Don,' drong Ronnie aan.

Mary keek naar de tuin. 'Hij was journalist, maar een non-conformist, greep altijd overal naast. Verdiende nauwelijks genoeg voor zichzelf. Maar ik was stapelgek op hem, wat ik voor hem voelde, had ik nog nooit gevoeld. Het was overweldigend. Ik zou daarvoor alles hebben opgegeven, alles. Deed ik ook,' besloot ze grimmig. 'Nogal treurig verhaal, nietwaar. Meisje opgevoed voor één ding, alleen dat, een goed huwelijk sluiten, krijgt zelfs dat niet voor elkaar.' Ze tuurde naar het tafelblad.

Ronnie wilde zeggen: je kunt goedkoper leven, een kleinere flat nemen, leren autorijden, je sabel- en minkjassen verkopen en die hermelijnen stola, je juwelen. Je zou een baan kunnen nemen. Ze staarde haar aan, probeerde zich Mary voor te stellen in een driekamerflat met een jurk uit de uitverkoop, in de ondergrondse springend op weg naar een typistenbaantje. Het lukte niet.

'Misschien kun je iets verkopen,' kreeg ze eruit.

'O, heb ik gedaan! Alle sieraden die Harry me heeft gegeven. Alles van Paul. Al het goede spul. Voor gedragen bont krijg je niets en het mijne is heel ouderwets. Ik heb geen auto met chauffeur meer, na Dons dood heb ik het huis in Vail verkocht. Het huis in Vermont was toen allang weg. Er is niets meer over. En Marie-Laure studeert nog,' zuchtte zij.

'En je zoon...?'

Mary's mond vertrok. 'Marty vindt dat ik gek was om Paul te verlaten en daarom mijn lot verdien. Hij heeft natuurlijk gelijk.'

'Aardig jong.'

'Niet bijzonder. Ik heb het met mijn kinderen niet best gedaan. Niet voor het moederschap in de wieg gelegd. Ik was opgeleid tot courtisane,' zei ze met intense bitterheid, 'en zelfs daarin ben ik mislukt.'

Ronnie stak haar hand uit over tafel en legde die op Mary's hand. 'Het komt wel goed,' fluisterde zij.

'Vast wel,' zei ze gedecideerd. 'Moet wel.' Ze keek Ronnie schalks aan. 'Hoeveel denk je dat artsen verdienen? Geloof je dat dokter Stamp getrouwd is?'

HOOFDSTUK 12

Dinsdagochtend, terwijl de anderen toekeken, trok Elizabeth een stoel naast Stephens bed en ging zitten. Hem recht aankijkend en langzaam sprekend, stelde ze hem op de hoogte van zijn lot.

'Vader, het ziekenhuis kan u niet langer houden. Ze kunnen niets meer voor u doen. Uw verdere herstel hangt af van uw lichaam, het kan niet worden verhaast. Ze ontslaan u, waarschijnlijk vrijdag. De meeste patiënten in uw toestand gaan naar een verpleeghuis.'

Stephen, die tot dan kwaad naar de deken had zitten kijken, draaide zich onverhoeds om en richtte zijn woeste blik op haar.

'Ze zeggen dat er aan de noordkust een heel aardig verpleeghuis is,' vervolgde zij.

Stephen bonsde met zijn linkervuist op het beddegoed, geluidloos, bons, bons, bons, bons, bons.

'Er is een ander alternatief,' zei ze, met weifelende blik. Ze keek weer dapper op. 'We zouden u mee naar huis kunnen nemen om voor u te zorgen.'

Hij keek haar achterdochtig aan.

'Dan komt er iedere dag een verpleegster om u te onderzoeken en we kunnen een vrouw in dienst nemen om overdag voor uw elementaire behoeften te zorgen. Wij denken dat u liever niet heeft dat wij dat doen. Het huishoudelijk personeel, in ieder geval mevrouw Browning en Teresa, zullen ook voor u helpen zorgen.'

Hij bleef argwanend kijken.

'Maar we laten u liever niet helemaal over aan... mensen die geen familie zijn, die soms misbruik maken van hulpeloze mensen – ze zouden cheques moeten verzilveren om uw eten te kopen, het geld onder hun hoede krijgen. En wij wonen allemaal te ver weg om toe te zien hoe zij u behandelen.'

Hij fronste zijn voorhoofd.

'Om er zeker van te zijn dat u goed wordt verzorgd, zullen we bij u blijven. Allemaal.'

De mond vormde een grote E.

Nee?

'Tenzij u het verpleeghuis verkiest.'

O, die ijzige stem.

Hij keek haar zo boosaardig achterdochtig aan dat Alex haar adem inhield, Mary ineenkromp. Elizabeth bleef onaangedaan.

'Wilt u ons zeggen wat u prefereert?'

Ze genoot ervan, dacht Ronnie. De rollen omgedraaid. Hun relatie draaide om macht en nu was zij de sterkste. De macht van de jeugd. Zo lang het duurt. Vergankelijk. Als Elizabeth in dat bed lag – en ooit kon ze daar komen – wie zou er dan naast haar zitten? Mary? Dan werd het zeker het verpleeghuis.

'U zult moeten beslissen,' zei ze kalm. 'Aangezien u liever niet uw hand opsteekt, dacht ik dat u het misschien op wilde schrijven. Ik heb dit gevonden in de speelkamer.' Ze overhandigde hem een kartonnen leitje met cellofaan erover en een puntige stift. Je kon met de stift op het cellofaan schrijven en het was te lezen, maar als je het cellofaan omhoogschoof, verdween het schrift. 'U kunt hier met uw linkerhand op schrijven – als u wilt – of u kunt uw antwoord kloppen. Een keer voor ja, twee keer voor nee.'

Ze zou dit niet moeten doen, dacht Alex. Ze doet het liefdeloos, weet niet hoe ze het met liefde moet doen, het is verschrikkelijk. Vernederend. Ik zou het moeten doen.

Maar kan ik het liefdevol doen? Hou ik van hem?

Ze stapte naar voren. 'Elizabeth? Zal ik het proberen?'

Elizabeth stond op. Haar gezicht was gespannen en heel bleek, ze zag er oud uit. 'Graag,' zei ze en liep van het bed weg. Ze ging naar de deuropening, leunde tegen de post. Misschien genoot ze er niet van, wist ze gewoon niet hoe ze anders tegen hem moest praten.

Alex ging zitten, legde haar hand op Stephens slappe hand. Ze glimlachte tegen hem en sprak op zachte, vriendelijke toon. 'Hallo, Vader. We weten hoe onaangenaam dit voor u moet zijn, u moet het gevoel hebben dat u geen greep hebt op uw leven. Maar weet u, op een dag zitten wij in hetzelfde schuitje, als we lang genoeg leven. Daarom voelen we mee, leven we mee. Wij willen dat u zoveel mogelijk greep op de dingen heeft. Wij willen dat u beslist over de dingen waarover u kúnt beslissen. Momenteel is het noodzakelijk dat er iemand voor u zorgt, maar u kunt beter worden, u kunt misschien weer spreken. We zullen proberen u te helpen. Wat u kúnt beslissen, is wie er voor u zorgt en waar.'

Zijn gezicht was zachter geworden toen zij sprak en Ronnie zwoer later dat zij tranen in zijn ogen zag. Mary lachte haar uit; Alex wist het niet. Zij zag een glans – van tranen of boosaardigheid, dat kon ze niet zeggen.

'Zou u liever thuis in uw eigen huis zijn dan in een verpleeghuis?'

De oude man knikte.

'En heeft u liever dat een ervaren verpleegster – een vreemde – zorgt voor... u... persoonlijk?'

Hij knikte weer.

Alex glimlachte, klopte op zijn hand. 'En zou u het prettig vinden als wij er waren om erop toe te zien dat ze goed voor u zorgen?'

Zijn ogen lichtten op, hij keek haar zelfs aan. Hij leek te knikken. Alex besloot de beweging als jawoord te beschouwen.

'Dat doen we dan.' Ze glimlachte, klopte op zijn schouder en stond op. Zijn ogen draaiden wild, zijn mond ging open, trilde, de tong zwoegde. Hij probeerde op het leitje te schrijven maar kon het niet stil houden. Alex, die zich omdraaide, merkte het, schoot toe om het leitje voor hem te houden. Hij krabbelde enorme, vormeloze letters; ze waren onleesbaar. Hij maaide met zijn arm naar Mary en Ronnie die tegen de achterwand stonden, alsof hij hen weg wilde vegen.

'U wilt niet dat Mary of Ronnie voor u zorgen?' vertaalde Alex. Hij knikte. 'Wie dan, Elizabeth?'

Hij schudde heftig zijn hoofd.

'Geen van ons?' vroeg Alex met een frons.

Met zijn goede hand wees hij naar haar.

'Ik? Alleen ik?'

Hij knikte.

Ze liep naar haar zusters toe, keerde zich om, keek hem recht aan. Haar stem klonk verwonderd, maar ook kil. 'Na al die jaren dat u me niet belde, niet schreef, volstrekt geen contact met mij had, wilt u nu dat ik voor u zorg?'

Hij spande zich hevig in, zwaaide met het leitje naar haar, gooide zijn hoofd wild heen en weer. Alex stond stokstijf. Mary's gezicht was lijkwit. Ronnie liep naar hem toe en hield het leitje vast. 'Kunt u 't opschrijven,' commandeerde zij.

KONET, krabbelde hij en hield het schuin omhoog.

Ronnie bekeek het. 'Ik denk dat hij "kon niet" bedoelt.'

Alex stapte naar voren met een gespannen, oplettend gezicht. 'Waarom niet?' Hij probeerde te schrijven, liet het leitje vallen. Ronnie raapte het op en hield het voor hem. Hij krabbelde wild. Alex stapte naderbij om te lezen wat hij schreef. Het leek nergens op. Hij keek naar haar gezicht, trok wild aan het cellofaan. Hij schreef weer: AFSPRAAK... het woord liep van het leitje af.

'Afspraak? Met wie?'

Hij legde zijn hoofd in zijn linkerhand.

'U maakte een afspraak? Met mijn moeder? Waarom?'

Zijn hoofd viel terug op het kussen. Hij sloot zijn ogen, knikte ja.

'Waarom?'

Hij deed geen poging zijn ogen te openen of antwoord te geven.

Ronnie legde het leitje en de stift op het nachtkastje en liep terug naar haar zusters. Ze stonden gevieren naar hem te kijken.

Alex sprak. 'Het spijt me, maar ik blijf niet zonder hen – hen allemaal. Wij zijn tezamen gekomen. Als een eenheid. Niet afzonderlijk.'

Hij opende zijn ogen toen en staarde naar haar. De woestheid was verdwenen, hij was uitgeput. Hij sloeg de ogen neer, keek naar zijn slappe hand, sloot de ogen.

Stilletjes vertrokken de zusters.

Ronnie pakte een paar werkhandschoenen en ging naar de oude schuur. Ze duwde de kruiwagen naar de bossen, liep naar de plek waar ze de vorige keer was gebleven met aanmaakhout sprokkelen en begon de wagen vol te gooien. Ze had hem snel vol, reed de vracht terug, stortte hem in de houtbak in de schuur en ging meer halen. Ze werkte snel, hard, probeerde gedachten te verdringen, werkte zich in het zweet. Na drie vrachten was ze nat onder haar kleren, vermoeid en moest kalmer aan doen. Geest op de rand van waanzin, invasie van beelden, onverdraaglijk, onverdraaglijk, maar het was allemaal onverdraaglijk, alles, Elizabeth die daar zat als een schooljuffrouw die een kind jaartallen leerde, maar het was de toekomst waar ze over praatte, zijn toekomst, met evenveel gevoel alsof ze de namen van de veldslagen in de tweede wereldoorlog opdreunde, Mary die daar bleek en bevend stond, alsof ze een pak slaag verwachtte.

Zo lelijk allemaal.

Wat was er met deze familie? Al die schoonheid rondom hen, de tuinen, het huis, de meubels. Alle schoonheid in het huwelijk verworven, streling van huid en zinnen, lichtend aureool voor iedere volgende generatie. Toch was alles wat zich tussen hen afspeelde zo lelijk. Waren families nu eenmaal zo?

Stel dat Enriqué na een beroerte in bed lag: wat zou Rosa doen? Ronnie stelde zich voor hoe zij naast zijn bed zat, zijn slappe hand streelde. Ze zou zijn gezicht onder kussen bedelven, zou huilen. Hij waarschijnlijk ook, maar hij zou zijn goede hand op de hare leggen, proberen te doen alsof hij overal greep op had. De kinderen zouden onhandig binnendrommen, dingen omgooien, lawaai maken, met tranen in hun ogen. Als ze hem vertelden dat ze hem mee naar huis namen om voor hem te zorgen, hoe zou dat gaan? Hij zou huilen, Rosa's hand grijpen, proberen te protesteren dat hij niemand tot last wilde zijn, maar hij zou dankbaar zijn, blij...

Kwam dat doordat zij arm waren, doordat geld en macht in hun huishouden geen rol speelden?

Maar geld en macht speelden in hun familie wel degelijk een rol. In iedere familie. Rosa en Enriqué maakten ruzie over de aanpak van de kinderen, vooral Tina, over Raouls contacten met een bende, over Enriqués drinkgelagen op vrijdagavond met de lui van zijn werk: het waren niet eens echte vrienden van hem, klaagde Rosa en hij gaf zoveel geld uit. Hij kon het haar niet uitleggen, niet doen begrijpen. Hij bedoelde: alleen door die kerels voel ik me een man, alleen door hen en door jou en de kinderen, en dit huis, ons huis, onze kinderen, maar dat alles is van jou. Hier ben ik geen man maar alleen een deel van jou. Nadat Raoul was gedood, nadat Tina de straat was opgegaan, verhardde Rosa. Ze gaf hem niet langer haar hele loon om rekeningen te betalen, ze was vastbesloten wat te sparen om Téo daar weg te krijgen, hem naar een opleiding te sturen. Ze hadden een hevige ruzie. Hij had haar geld nodig om de eindjes aan elkaar te knopen, zei hij. Ze was woedend, zei dat hij genoeg geld had verdronken om Raoul te redden. Dat maakte hem dol, hij hield van Raoul, voelde zich waarschijnlijk schuldig over wat er met hem was gebeurd. Hij sloeg haar. Ze riep dat hij moest verdwijnen. Hij huilde.

Maar dat is de enige keer dat hij haar ooit heeft geslagen. Enriqué was heel behoorlijk voor een man. Wat zei Linsey die avond toen Emily Tedesco vertelde dat zij getrouwd was maar het moeilijk vond om met een man samen te leven? 'Het is smerig werk, maar iemand moet het doen.' Ha! Enriqué hield van zijn gezin, behandelde het meestal liefdevol.

En stel dat Enriqué maandenlang hulpeloos bleef, jarenlang, een verschrikkelijke last werd. Zou Rosa hem nog steeds liefdevol verzorgen, zouden de kinderen helpen? Stel dat Rosa de beroerte had gekregen. Zou Enriqué voor haar zorgen?

Dat zou hij, dat zou hij.

Ik moet geloven dat hij dat zou.

Alles op zijn kop, kinderen groeien op, ouders worden oud, nu moet het kind de luiers van de ouders verschonen, hen voeden, hun billen poederen, hun ondersteek legen... Afschuwelijk. De meeste mensen sturen hen naar bejaardenhuizen. Om te sterven.

Natuurlijke economie van het leven. Oude mensen werden niet beter, niet produktief, kregen geen kinderen meer om op te voeden. Elizabeth zegt dat het leven van nature wreed is. Nee. Wat zei ze? 'De natuurlijke economie van het leven is wreed.'

Ronnie ging op een koude, vochtige steen zitten, haalde een sigaret uit het pakje in haar zak, stak hem op en inhaleerde diep.

Het was gisteren, maandag, de dag dat zij hun verbond hadden gesloten. Toen we gisteravond met drankjes in de zitkamer zaten. Alex was ontdaan, ze zag bleek en haar hele lichaam schudde, maar ze wilde niet zeggen waardoor. Nu ik erover denk, het was nadat ze boven in de kindervleugel was geweest, nadat ik de sleutel voor haar had gevonden... Ze wilde een vuur, ik maakte het. Mary, bleek en rusteloos, draaide haar koordceintuur om haar vingers – wat een jurk had ze aan, zijde, dat was nou echte zijde, heel licht blauwig groen, laag uitgesneden, min of meer afhangend, hoe ze die kledingstijl ook noemen. Zag er vorstelijk uit. Hele lange parelketting. Echt? Kan ze misschien verkopen. Elizabeth rookte de ene sigaret na de andere, gespannen, haar smalle gezicht bleek en vol rimpels.

Ze had over een ramp uit de kranten verteld, zat wat te peinzen en zei: 'De natuurlijke economie van het leven is wreed.' Ratelde door, 't klonk als een lange verdediging van haar economische theorieën: vraag me af tegen wie ze die zat te verdedigen. Overleven van de sterksten, die zij stom genoeg gelijkstelt met fysiek sterksten – haar economie telt alleen spieren en geld. De sterksten duwen de minder sterken opzij, nemen al het voedsel, alle vrouwen – die over dit alles kennelijk niets te zeggen hebben. Ging maar door over individuele vrijheid. Ik zei dat ze volgens mij de vrijheid verdedigde van een paar mannen om alle anderen te doden en te beroven.

Ze hoorde me niet eens.

Waanzin, neodarwinisme opgevoerd als ondersteuning van de kapitalistische uitbuiting van de hele wereld door een kleine elite. Schiep een manier van leven die onaanvaardbaar is. Kan niet zo blijven, we sterven allemaal, de wereld wordt vergiftigd. Groepen moeten samenwerken, zich aanpassen om te overleven. Individuen overleven uiteindelijk niet. Agressie vernietigt de agressoren en de slachtoffers. Dat beseffen de mensen niet. Op de slavenschepen stierven naar verhouding meer slavenhandelaren dan slaven. Iedere militaristische samenleving groeit uit zijn krachten, stort ineen, heel plotseling. Assyrië, Athene, Sparta, Rome, wel, dat duurde even, geloof ik, afgeknabbeld door muizetandjes. Staat dat in een gedicht? Eerste jaar Engels? Engeland, Duitsland, de Verenigde Staten. Op weg naar het einde. Dat weet zij ook. Einde van een tijdperk, zei ze, einde van de westerse beschaving zoals wij die kennen. God weet dat die verdient te sterven, met al z'n helden-moordenaars en hun monumenten overal op de aardbol, getuigend van hun overwinning over, vernietiging van bruinegelerodezwarte mensen, blanken ook als die arm waren. Maar ze treurde erom, als om iets prachtigs en edels. Treurde om haar vader? Verdedigde hem, zijn politiek. Advocaat van de duivel. Die vent van wie ze hield, dinges, Clarence?

Haar politieke opvattingen: haar eigenlijke erfenis van Pappa.

Kon niet met haar blijven twisten, ze zag er zo vreselijk uit. Alsof haar einde naderde en niet het zijne, geelgrauwe huid, slap haar, gezicht een beetje vertrokken. In pijn. Alex ging naar haar toe, ging op de stoelleuning zitten, sloeg haar armen om haar heen, hield haar vast. Ik verfoei haar opvattingen maar had de neiging hetzelfde te doen.

Raar, voor mij.

Elizabeth liet Alex' armen toe maar haar lichaam verstijfde een beetje. Ze probeerde zich in de omhelzing te ontspannen. Ze sloot haar ogen. Een traan kroop over haar wang en Alex veegde die weg met de rug van haar hand. Ze klopte Alex op de hand, als dank voor haar vriendelijkheid.

Ze hees zich overeind. 'Het is een zware dag geweest,' zei ze.

Zwaar leven. De duivel verdedigen, zijn zaak steunen. Net als Mamma. Maar zij kon de duivel niet herkennen. Hij presenteerde zich als lang, slank en charmant, met een witte pantalon en een tennistrui aan, hoffelijk met een drankje. Hij stond op een tuinfeestje op zijn eigen landgoed bij het zwembad een glas te drinken met de president van de Verenigde Staten, schertsend, lachend, ontspannen. Mannelijk, versmaadde de beschutting van de groenwit gestreepte tent hoewel het begon te regenen, werd toen zorgzaam, in ieder geval attent jegens bepaalde mensen, loodste de president naar de tent, hield hem bij de elleboog, vroeg of hij niet liever naar binnen wilde gaan. Ziet niet dat ik hard naar de tent loop met die prachtige schotel gepocheerde zalm, peterselie, komkommer, citroen en radijs er zo mooi omheen geschikt – Mamma had hevig haar best gedaan – die natregent. Liep bijna pal tegen me aan. Zou mijn schuld zijn geweest. Ik wervelde rond, redde het, de zalm verschoof op de schaal, mijn hart in mijn borst, maar ik redde het. Angst.

Gewettigd zijn is ontspannen zijn. Overal, waar dan ook.

Niemand is overal ontspannen.

Ergo, niemand is gewettigd.

Is dat goed socratische logica?

Begin overnieuw.

Gewettigd zijn is de gewoonte hebben om overal en waar dan ook ontspannen te verschijnen. En iedere situatie te vermijden waarin je dat niet kunt. Daarom is gewettigd zijn beperkend – je moet zo'n groot deel van de wereld vermijden. Zoveel mensen, situaties, plekken!

Zoals Mary. Doodsbang voor mijn oude buurt, bestudeert mijn flat zoals ik een Mongoolse yoert bestudeer. Hield de hele tijd haar handschoenen aan. Wedden dat ze zelfs het toilet ermee heeft doorgetrokken.

Ze voelt zich niet gewettigd, ze voelt zich dom, klein, timide, angstig. Ze wordt gemeen doordat ze zich aan een strootje wettigheid vastklampt. Maar zij kan doorgaan voor gewettigd, lid van de elite. Zij hoort erbij zoals jij nooit zou kunnen, wat je ook deed of doet, Ronalda Velez.

Ze knipte met haar vingers. Daar ga je, met je doctorstitel, stomme ezel.

Ze trapte de sigaret uit, wierp een takje in de kruiwagen en kwam overeind. Dat deed pijn en ze strekte en masseerde haar rug.

Wanneer zul je leren dat louter denken je geen stap verder brengt. Je denkt dat je zo sterk bent. Je weet niet eens wat sterk is. Nou, Elizabeth...!

Alleen Ronnie zag er normaal uit toen ze die avond bijeenkwamen voor een drankje. Zij maakte ongevraagd vuur en zij was degene die de drankjes inschonk.

'Jezus, ik heb het gevoel dat ik voor drie zombies zorg. We hoeven het niet te doen, weet je. We hebben het nog niet eens aan de arts verteld.'

Er viel een lange stilte voor iemand iets zei. Toen zei Elizabeth op doffe toon: 'Nee, ik wil het doen.'

Over Mary's gezicht, gewoonlijk helder en blank als porselein, liepen nu kriskras schaduwen. 'Ja,' zei ze zwakjes.

'We móeten het doen,' zei Alex fel. Zij zag er het slechtst uit, haar anders zo opgewekte, lieve, knappe, blonde kopje uitgeput en vol groeven.

'Wat, ben ik de enige die niet weet wat er aan de hand is?' vroeg Ronnie argwanend.

'Wat is er aan de hand?' vroeg Alex boos.

Elizabeth bewoog even. 'Doe niet zo paranoïde.'

'Nou, verdomme, wat is er?'

De zusters keken elkaar aan.

'Ik kan niet voor een ander spreken,' zei Elizabeth. 'Ik heb mijn eigen problemen.'

'En wat zijn dat?'

'Gewoon herinneringen. Het verleden.'

'Of gebrek aan herinneringen,' zei Alex kwaad. 'Ik heb vanmiddag mijn moeder gebeld. Vertelde haar wat hij zei. In het ziekenhuis. Ik vroeg haar wat hij bedoelde met een afspraak. En weet je wat ze zei? Ze zei dat ze geen idee had waar hij het over had, dat de beroerte zijn hersens aangetast moet hebben! Stel je voor! Mijn moeder! Ik kan mijn eigen moeder niet vertrouwen!'

'Welkom in de club,' gromde Elizabeth.

'Ik heb de mijne nauwelijks gekend,' zei Mary treurig.

Mamma.

'Ze liegt tegen me! Ik weet het! Ik weet het!' riep Alex.

'Misschien heb je geluk,' zei Elizabeth met een vals lachje. 'De ergste dingen die ik ooit heb gehoord waren de waarheden die mijn moeder mij vertelde.'

'Mijn moeder heeft helemaal nooit met me gepraat.'

Mijn moeder hield van de duivel.

'En aan jou had ik ook niets,' jammerde Mary tegen Elizabeth.

'Ik ben je moeder niet,' siste Elizabeth tussen haar tanden.

Ronnie greep naar haar hoofd. 'Jezus, beginnen we opnieuw? Ik dacht dat we dat achter ons hadden.'

'Het kan haar niet schelen hoe ik lijd!' riep Alex. 'Het kan haar niet schelen dat ik geloof dat ik gek word. Ik heb het tegen haar gezegd, ik heb het gezegd, ik zei, ik moet het weten! Maar zij blijft liegen!'

'Kutmoeders,' zei Ronnie met een grimmig lachje.

'Zeg dat wel,' mompelde Elizabeth en iedereen lachte.

Een lach. Goed, dacht Ronnie.

'Luister,' zei Ronnie, ''t is niet te harden, 't wordt onverdraaglijk als jullie allemaal zo doorgaan. Als jullie zo blijven, kunnen we het niet doen. Wát het ook is dat jullie zo tegen elkaar opzet, jullie zullen het moeten overwinnen, anders houden we het niet vol. Weet je, ik zou hier echt graag een maand of twee met jullie willen blijven, maar hier kan ik niet tegen.'

'Ik heb jullie verteld wat mij van streek maakt,' klaagde Alex.

'We zijn allemaal van streek, nietwaar. Dat is begrijpelijk: we hebben een beslissing genomen die het leven verandert. Waarom pleit je jezelf vrij van dit conflict?' vroeg Elizabeth aan Ronnie.

'Grrr!' riep Ronnie. 'Ik maak toch met niemand ruzie, wel? En ik ben niet zo van streek als jullie allemaal. Niet dat ik er zelf geen problemen mee heb. Maar – ik bedoel, hij komt hier in zo'n andere positie terug, ik zit in een andere positie, ik ben hier niet als zijn dienstbodedochter, ik ben hier... met jullie... als een van de... dochters. Maar ik ben van streek door... het lijkt allemaal zo lelijk, zijn... onvermogen en zijn woede – en onze... angst of wat het ook is... en...' ze tuurde gespannen in het vuur, zocht naar woorden. 'Het is zo vreemd om het verleden op zijn kop te zien staan. Wij hebben nu de macht. Ouders behandelen kinderen naar eigen goeddunken... maar nu zijn wij de ouders. In zeker opzicht. Ik voel me alsof we door een tunnel naar de hel glijden...'

'Macht corrumpeert,' zei Alex belerend.

'Een tunnel naar de hel. Ja,' zei Elizabeth zacht. 'Dat voel ik ook. Maar ik voel ook – weet je – dat op deze manier hier zijn – zonder Vader, zonder een huis vol bedienden en gasten – maar met jou,' ze keek naar Mary, 'en jou,' ze keek naar Alex, 'dat het me terugwerpt in voorbije zomers, toen ik kind was. Dat was niet de gelukkigste tijd van mijn leven. Het gooit me terug alsof ik in mijn lichaam, mijn emoties en mijn hele kijk op mezelf nog steeds tien, elf, twaalf jaar ben... Ik vóel me als dat kind. Maar dat ben ik niet, ik verwacht meer van mezelf. Die gevoelens zijn angstwekkend en afschuwelijk. Hier zit ik, tweeënvijftig – nou, bijna drieënvijftig jaar oud...'

'O! Dat is waar!' riep Mary uit, 'je bent binnenkort jarig. De dertigste, is het niet? Wanneer is dat?'

'Hmm, vrijdag, denk ik,' zei Elizabeth onverschillig. 'Weten jullie nog hoe je je als kind voelde? Het is afschuwelijk! De kinderjaren zijn de vreselijkste tijd van je leven!' Ze hield op, plukte aan haar haar en keek naar hen op. 'Nietwaar?'

'Ja,' prevelde Mary.

'Ik was gelukkig als kind,' zei Alex vaag. 'Geloof ik. Ik heb een boel gelukkige herinneringen, meest aan Opa en Charlie toen die in ons leven was gekomen... Gek, ik heb niet echt gelukkige herinneringen aan mijn moeder – ook geen ongelukkige. Charlie en Opa waren degenen met wie ik plezier had, zij speelden met me.'

Ronnie glimlachte. 'Het is ironisch – neem mij nou – een Chicana, onecht kind van een dienstbode die geen cent had. Natuurlijk, wij hadden een dak boven ons hoofd en genoeg te eten, maar verder – niets. Maar ik had een heerlijke kindertijd. Ik was echt gelukkig – hier tenminste. Niet op school. Maar ik vond het heerlijk hier na schooltijd terug te komen. Weet je, een tijd lang waren er paarden...'

'Uit mijn moeders tijd,' zei Mary zacht. 'Ik weet niet wanneer hij het laatste weggedaan heeft. Jij wel?' vroeg ze aan Ronnie.

'Ik herinner me paarden!' riep Alex opgewonden uit. 'Ik gaf ze suiker! Er was een man...'

'McWeetikveel,' zei Mary. 'Hij zorgde ervoor. McDonough?'

Elizabeth fronste haar wenkbrauwen. 'McCormick?'

'Ja,' zei Alex dromerig en dwaalde af.

'Nee,' zei Mary stellig. 'MacTavish?'

'Beslist niet! Hij was een Ier. MacTavish is Schots!'

Mary schokschouderde. 'Hoe dan ook. Hij wist alles van paarden. Wanneer heeft Vader ze verkocht, Ronnie?'

Ronnie haalde haar schouders op. 'Ik was klein. Weet ik niet meer. Op een dag waren ze er gewoon niet meer. Ik huilde tranen met tuiten. Mamma kocht naderhand een paardje van klei voor me om me te troosten en ik gooide het in een vlaag van woede kapot op de vloer. Ik vergeet nooit haar gezicht. Alsof ik haar had geslagen. Vergeet ik nooit. Wreed was ik.'

'Kinderen zijn wreed,' zei Alex.

'Ouders ook,' zei Mary ijzig.

'Hoe dan ook. Ik vond mijn kinderjaren fijn. Er waren honden en katten en gewone dieren – vogels en vlinders en gestreepte en bruine eekhoorntjes en wasberen, maar er waren hier ook herten, wilde kalkoenen, vossen, fazanten, kwartels. En de planten! bloemen en de groentetuin en bomen om in te klimmen of aan te schommelen. Als er niemand was, speelde ik in het zwembad... En Mamma – zij had altijd een schoot waar ik op kon zitten, koekjes en melk, een hand om me te strelen. Ik was gelukkig tot ik besefte dat Hij...'

'Het was prachtig. Maar ik kon het niet zien,' klaagde Elizabeth, 'er geen plezier in scheppen.'

'Nee,' prevelde Mary.

'Wat ben jij, een echo?'

'Ik ben het alleen met je eens, Lizzie,' zei Mary gekwetst.

'Vertel je eigen verhaal dan.'

Mary's vingers draaiden aan haar ringen. 'Ik herinner me vooral de hulpeloosheid. Je klein voelen, nietswaardig voelen. Weten dat ik treurig was maar ook weten dat ik niets kon doen om me prettiger te voelen. Omdat ik een kind was. Ik wilde volwassen zijn zodat ik hier weg kon...'

'Ik ook. Ik wilde zeggenschap krijgen over dingen, over mijn leven. En ik wist dat ik weg moest gaan om dat te bereiken. Weg van hem, van mijn moeder. Mijn moeder was slecht, niet met opzet, ze was alleen volkomen geobsedeerd door het onrecht dat hij haar had aangedaan. Ik probeerde in haar buurt min of meer van steen te zijn, zodat ze mij met rust zou laten. Maar als ik hier was, de dingen die gebeurden – o, Vader, of de bedienden, of de tantes en ooms, jouw moeder,' ze keek naar Mary – 'iemand zei of deed altijd wel iets. Misschien niet eens tegen mij of over mij – tegen of over jou, misschien, jij was zo'n zonnestraaltje... En het verschil in de manier waarop wij werden behandeld was zo opvallend, ik kon het niet negeren. Ik probeerde het. Ik huilde niet en zei niets, ik schaamde me voor mijn zwakheid, vernederd omdat zij me konden kwetsen. Ik ging dan de bossen in. Ik kon nooit huilen. Soms probeerde ik het zelfs, maar ik kon het niet. Ik stelde me voor dat ik groot zou zijn en weggaan en dingen doen waardoor mensen van me zouden houden, me zouden prijzen, geweldig vinden. En als ik nu in de bossen wandel, voel ik me plotseling overweldigd, net als ik me toen voelde...'

Mary leunde voorover, staarde naar de vloer, haar handen losjes voor zich ineen, leek bijna in gebed. 'Voor mij was het anders. Iedereen besteedde aandacht aan mij, ik werd altijd opgetild, gekust en geknuffeld. Maar ik werd ook altijd weggebonjourd met een of andere kinderjuf. Sommigen waren aardig. Maar... En toen, nadat Moeder stierf... Vader was er niet vaak, weet je... En zelfs als hij er was, besteedde hij niet echt aandacht aan me, behalve... Hij besteedde aandacht aan mij als er andere mensen in de buurt waren. De enige andere keer... de enige manier waarop ik zijn aandacht kon trekken was als ik me op een bepaalde manier gedroeg, als ik koket was en hem plaagde, met hem flirtte, echt... Dus...'

'Ja,' zei Elizabeth droevig. 'Ik probeerde briljant te zijn tijdens het diner. Hij lachte me meestal uit.'

'Nee, dat deed hij niet, Lizzie! Toen je jong was, praatte hij tegen je! Hij lachte om je, maar op een aardige manier. Hij vond dat je echt slim was. Hij bespotte mij als ik probeerde mee te doen, zei: "Je denkt toch niet dat je even slim bent als je zuster!" En zette me lachend voor gek.'

'Ik herinner me niet dat hij met me praatte.'

'Maar hij deed het wel. Voor je naar Londen ging, voor je de baan in Washington kreeg. Later niet. Ik vroeg me af waarom. Het leek alsof hij bang voor je was, zoals hij je hoonde, hij liet je geen zin afmaken. Maar toen we klein waren, probeerde ik als een slim mens te praten, als jij. Dan zat ik in mijn speelhuis en deed alsof ik een volwassen dame was, maar ik wist nooit wat ik moest zeggen. Ik zei dingen die jij zei, maar ik wist dat ik ze verkeerd zei. En het was niet erg leuk, want ik wist niet wat volwassen dames deden, afgezien van theedrinken en kletsen met andere dames over kleren en de dames die er niet waren. En ik was helemaal alleen...'

'Ik heb je serviesje gestolen,' zei Elizabeth.

'Wat?'

'Je kleine theeserviesje. In het speelhuis. Toen je op een keer weer terug naar school was, heb ik het gestolen.'

Mary leunde achterover. 'Mijn serviesje!'

'Weet je niet meer, dat kleine theeserviesje dat je had, wit met roze rozen en een gouden randje?'

'Ik herinner me een theeserviesje...' Ze stopte, keek Elizabeth aan. 'Maar waarom?' vroeg ze zacht en verbijsterd.

Elizabeth barstte in tranen uit. 'Ik denk dat ik de liefde probeerde te stelen die jij kreeg.'

De drie anderen waren ontzet. Elizabeth die huilde? Ze snikte met harde, droge schokken, kort, trok een zakdoek uit haar zak en snoot haar neus. Ze hief haar hoofd op.

'Sorry,' zei ze stijfjes.

'O, Lizzie, ik zou het je hebben gegeven, als ik wist dat je het wilde hebben. Ik zou je alles hebben gegeven...'

Elizabeths ogen glansden vochtig. 'Ik weet het.' Ze barstte weer in tranen uit, verborg haar gezicht in haar handen. Niemand bewoog.

Het duurde een hele tijd voor iemand iets zei, en toen was het Alex, peinzend: 'God, wat zijn moeders belangrijk! Ik geloof niet dat ik dat ooit heb beseft. Denk je niet dat het moeilijk is? Ik bedoel, ik ben moeder en ik weet hoe hard ik mijn best heb gedaan, hoe hard ik gewerkt heb, maar ik wed dat mijn kinderen ook zulke klachten hebben. Kunnen moeders ooit aan onze verwachtingen voldoen? Is het moederschap mogelijk?'

'O, mijn moeder was niet expres beroerd,' zei Elizabeth. 'Ze was zelf zo beklagenswaardig. Ze heeft zich nooit kunnen verzoenen met wat Vader haar heeft aangedaan. Wat Vader deed kwam boven op wat haar vader deed en wat haar moeder deed of niet deed, en dat werd bij elkaar een giftige brij. Ze wilde mij een beter leven geven. Maar ze had geen idee hoe het is om kind te zijn. Sinds haar vijfde moest ze voor de ene baby na de andere zorgen. Zij heeft geen kinderjaren gehad.'

'Jij bent zo vergevensgezind,' zei Mary zielig. 'Ik kan mijn moeder niet vergeven, en zij is alleen maar doodgegaan. Aan doodgaan kun je niets doen.'

Elizabeth keek haar doordringend aan.

'Nou, zij misschien wel,' zei Mary verdedigend, 'maar alleen omdat ze zo ongelukkig was dat niets er meer toe deed. Maar ik denk dat ik haar juist daarom niet kan vergeven, omdat ze helemaal nooit om mij heeft gegeven!'

'Neem me niet kwalijk, maar wou jij zeggen dat Elizabeth een vergevensgezind mens is,' vroeg Ronnie ongelovig.

Iedereen lachte, zelfs Elizabeth.

'Nou, misschien in dit ene geval,' glimlachte Mary.

'Ben ik niet. Ik haat haar,' zei Elizabeth. 'O, ik vermoed dat ik ook van haar hou. Dat is het verraderlijke met ouders en kinderen. Maar ik moest wel proberen te begrijpen waarom ze deed wat ze deed. Anders zou ik moeten denken dat het kwam door mij, mijn... afschuwelijkheid. Ik bedoel, níemand hield van mij. Niemand. Mijn moeder niet, mijn vader niet, mijn grootouders niet, mijn ooms en tantes niet... niemand.'

'Arm, arm kind!' zuchtte Alex.

Elizabeth keek haar dreigend aan, maar haar ogen glinsterden.

Ronnie veranderde van onderwerp. 'We voelen ons dus allemaal teruggeworpen in onze jeugd, onze babytijd, neem ik aan. Als je nergens greep op hebt, ook niet op je emoties.'

Elizabeth veegde haar ogen af. 'Het is werkelijk vreemd, dit bezoek. Geen idee waarom – jullie allemaal, Vader, wat er in mijn eigen leven is gebeurd. Beslissingen die ik in mijn leven heb genomen en die me toen absoluut juist leken maar me nu waanzinnig voorkomen. Ik heb het gevoel dat de hele basis, de ondergrond van mijn leven is gescheurd, dat ik erdoorheen val, in een donkere kelder val...'

Mary leunde voorover, haar gezicht plotseling levendig. 'O, Lizzie, zo voel ik me ook, alleen heb ik het gevoel alsof ik in een verticale tunnel ben en steeds maar val, het is donker, niets is vertrouwd, geen uithangbord, geen enkel ding dat ik kan aanraken, pakken, herkennen. Alleen Vader, en Vader torent zo hoog op, zijn gezicht bovenin, ik weet dat ik heb beloofd hem te helpen verzorgen, maar ik weet niet of ik het kan, ik ben zo bang...'

'Bang waarvoor?' vroeg Ronnie.

Mary wrong haar vingers hardhandig. Ze schudde haar hoofd heen en weer, keer op keer.

'Vannacht,' fluisterde ze, 'droomde ik dat hij in bed lag, in zo'n bed als hij in het ziekenhuis heeft, maar hierboven, in zijn kamer. En ik ging naar binnen met een blad thee en ik zei: "Kijk, Vader, die heb ik zelf gezet," en hij ging rechtop zitten en zei: "Dat kun je niet," en hij kwam uit bed, liep naar me toe en sloeg het blad tegen de grond en trok een mes en hij stak me dood. Stak me dood!' Ze legde haar hoofd in haar handen. 'Ze zeggen dat je in je dromen nooit echt doodgaat, maar ik wel. Ik voelde me vallen, ik wist dat ik stierf, ik sloeg tegen de vloer. Toen werd ik wakker.'

'Je denkt toch niet dat je droom profetisch is,' vroeg Elizabeth, niet onvriendelijk.

'Ik denk van wel,' snotterde zij.

'Mary!' Elizabeth sprak scherp. 'De beschadigingen die hij heeft opgelopen zijn grotendeels onherstelbaar! Hij kán niet opstaan, hij kán niet lopen of zijn rechterhand gebruiken. Nooit meer!'

Mary begon luid te snikken. Met een hand hield ze een zakdoek tegen haar gezicht, de andere stak ze uit naar Ronnie. 'Ronnie! Ronnie!' huilde ze.

Ronnie ging naar haar toe, knielde naast haar. Ze raakte Mary's hand aan. 'Hier ben ik, Mary.'

Mary sloeg haar arm om Ronnies hals. 'Jij moet me beschermen, zeg dat je 't doet!'

'Maar Mary!' protesteerde Ronnie.

'Jij kunt het! Jij kunt het! Jij bent net een jongen. En hij heeft zich tegen jou nooit als vader gedragen, hij was alleen maar je vader door een rilling in de lenden. Jij kunt het. Jij bent vrij van de smet. Jij bent net als de maagd in de legende, de enige die de eenhoorn kan temmen, die harmonie in de samenleving kan brengen, je weet wel, zoals in Shakespeare!'

Ronnie streelde Mary's hand. 'Vrij van welke smet,' vroeg ze koel.

'Vrouwelijkheid! Je bent niet echt een vrouw, je bent lesbisch, je bent als een man. Je kunt doen wat wij niet kunnen.'

Ronnie schudde haar hoofd en stond op.

'Dat is waanzin, Mary,' zei Elizabeth.

'Kan wel zijn! Kan wel zijn! Maar zo voel ik het!' Ze keek op naar Ronnie, haar gezicht als van een kind, nat en gezwollen en rood, smekend. 'Beloof me dat je me tegen hem zult beschermen.'

Ronnie fronste de wenkbrauwen en wreef over haar voorhoofd. 'Ik beloof het. Wat dat ook waard mag zijn.'

Mary kalmeerde. Ze snoot haar neus. Ze liet haar hoofd achterover rusten op de stoel.

Elizabeth zat fronsend, diep in gedachten, naar de vloer te staren.

'Niemand praat met mij,' zei Alex bijna jammerend. 'Niemand vraagt mij iets, helpt mij!'

'Wat wil je dat we doen?' vroeg Elizabeth geïrriteerd. 'Je moeder bellen en haar op haar kop geven? Wat kunnen wij voor je doen?'

'We torsen allemaal onze eigen pijn met ons mee, Alex,' zei Mary zelfgenoegzaam.

'Niemand van jullie lijkt het te begrijpen,' brieste Alex. 'Ik begrijp mezelf niet!' Ze stond op. 'Ik heb het gevoel dat ik gek word. Echt! Ik heb black-outs! Soms val ik flauw! Ik ben gisteren flauwgevallen, op de vloer gevallen!' Ze plofte weer neer in de stoel. 'Ik heb hulp nodig!' Ze legde haar hoofd in haar handen.

'Wat een ploeg,' mompelde Ronnie. 'En wij moeten voor een zieke man gaan zorgen?'

HOOFDSTUK 13

Met hulp van de verpleegsters stelden de zusters een lijst op van wat ze nodig zouden hebben, ze gingen naar huis en maakten een werkschema. Twee dagen lang zaten ze beurtelings aan de telefoon om te zorgen dat ze een ziekenhuisbed kregen, benodigdheden, een gediplomeerde verpleegster, een particuliere ziekenverzorgster en een inwonende dienstbode om mevrouw Browning en Teresa te helpen met het extra werk. Ze belden een plaatselijke winkel en bestelden een televisietoestel, een tafel met draaiplateau en een videorecorder. Ze belden naar Boston om een kleine computer te bestellen zodat Stephen boodschappen op het televisiescherm kon typen – maar die zou pas over een week komen. Ze bespraken zijn dieet met mevrouw Browning, belegden een vergadering met het personeel om de nieuwe roosters en taken te bespreken. Afgezien van hun veelvuldig overleg over deze zaken spraken ze vrijwel niet met elkaar. Allemaal keerden ze na het verrichten van hun taken terug naar hun eigen vertrekken – Elizabeth naar de bibliotheek, Ronnie naar haar kamer, Mary deed oefeningen in de speelkamer (die zij zich had toegeëigend, ze las niet meer in de zitkamer of de salon) en Alex ging buiten wandelen.

's Avonds kwamen zij zoals gewoonlijk voor een drankje bij elkaar, maar die woensdag gebruikten ze voor het eerst de speelkamer, een grote kamer aan de achterkant van het huis, met uitzicht op de achtertuin. Hij lag afgezonderd, zodat de geluiden niet doordrongen tot de deftige kamers aan de voorkant, de eetkamer, zitkamer en salon. Hij was niet, zoals de kindervleugel boven, ingericht voor kleine kinderen, en er stonden comfortabele, royale met chintz beklede banken en stoelen, een grote tv, een stereo-installatie en tegen de muur geschoven een pingpongtafel. De overladenheid maakte de sfeer nog informeler en gezelliger. De zusters zaten voor de tv naar het avondnieuws te kijken en dronken Perrier, cola, wijn en vermouth-cassis, keken naar verslagen van de zoveelste schijnpoging de oorlog in El Salvador te beëindigen, de zoveelste scherpe daling op de effectenbeurs, de Chileense politie die in verschillende steden in het land burgers bijeendreef.

Vreemd hoe lange stiltes altijd boosheid suggereren, ongeacht hun oorzaak, dacht Ronnie. Daar zitten we nu, stuk voor stuk in onszelf te wroeten. Behalve Alex, die gewoonlijk de aardige is. Nu is ze prikkelbaar, barst van frustraties. Ze schreeuwde: 'Godver!' toen ze haar tas liet vallen terwijl we op de auto wachtten. Bukte zich met tranen in haar ogen om haar verspreide bezittingen bijeen te rapen. Ik hielp haar, maar ze bedankte me nauwelijks.

Ook het diner verliep vrijwel in stilte. Mary's voorstel Vaders bed tegen de noordelijke muur te zetten, zodat hij tegenover de ramen lag, werd uitvoerig maar zonder animo besproken, evenals Elizabeths vrees dat het nieuwe intercomsysteem niet goed zou werken. Ze gingen na het diner terug naar de speelkamer, zetten meteen de tv aan, lieten een programma aan zich voorbijtrekken, keken naar het nieuws van elf uur, mompelden elkaar plichtmatig welterusten en gingen naar bed.

Met het uiterlijk van een man die voor zijn executie staat, handhaafde Stephen de hele woensdagochtend een koppige, grimmige stilte. Zuster Thompson, die zijn polsslag en bloeddruk opnam, berispte hem vriendelijk: 'Ik geloof niet dat u beseft hoe gelukkig u bent, meneer Upton. Ik weet dat uw toestand u van streek maakt, maar geloof me, weinig mensen zijn zo gelukkig als u. Echt, ik zie het iedere dag: mensen bergen hun ouders op in die rusthuizen zonder er verder over na te denken. En nu willen uw fantastische dochters zelf voor u zorgen. U bent een heel gelukkig mens!'

Hij had de kleur van perkament toen zij hem overbrachten. Mary keek hoe de ziekenbroeders hem in de ambulance schoven, hem terugbrachten naar het leven, het echte leven, niet zoals in het ziekenhuis, dat maar een doorgangsstation was, maar naar zijn huis, zijn thuis, zijn eigen slaapkamer, in deze toestand. Voorgoed in deze toestand. Voorgoed hulpeloos. Onverdraaglijk moest het zijn, dacht ze.

Alex zag de tranen in haar ogen. Ze legde haar hand op Mary's arm.

Er was een leger van helpers en toeschouwers nodig om Stephen over te brengen naar zijn huis, naar de tedere zorg van zijn liefhebbende dochters. Arme meisjes, dacht dokter Stamp, ze weten niet wat hun te wachten staat. Hij moet een bijzonder man zijn, dat zijn dochters zo van hem houden. Het gaat natuurlijk ook om een hoop geld. Dat zal het zijn. Hij heeft hen waarschijnlijk in het ongewisse gelaten over hun erfenis. Dat was het, moest het zijn. Dokter Stamp schudde hun de hand en ging weer aan het werk. Hij wist dat hij weer van hen zou horen. Dit kon niet lang duren.

Ieder onderdeel van het team had eigen ideeën over de juiste procedure, dus maakten de ziekenbroeders ruzie met de verpleegsters en vervolgens met de verpleegster die thuis wachtte, die ruzie maakte met mevrouw Browning en de ziekenverzorgster, allemaal aanwezig om de belangrijke gebeurtenis in de gaten te houden. De dochters stonden op wacht in de gang van het ziekenhuis, op de binnenplaats en weer voor het landhuis, zonder een woord, hoewel Mary naar voren schoot toen zij dacht dat de brancard te veel naar een kant helde. Maar hij werd veilig weer in zijn huis afgeleverd, in zijn oude slaapkamer voor in het huis, op de eerste verdieping, een kamer die gedurende bijna zestig van zijn tweeëntachtig jaren de zijne was genoemd, die uitkwam op een kleine zitkamer waarachter een andere slaapkamer lag die drie verschillende echtgenotes had gehuisvest. Nu en voor altijd leeg.

Het kon hem niet schelen.

Het kan hem niet schelen, dacht Mary. Seks betekent nu niets meer voor hem. ‘Een rilling in de lenden brengt daar voort/ Barst in de muur, brand in dak en toren/ En Agamemnon dood.’ Ben ik alleen dat voor hem: een rilling in de lenden? Is dat heel het vaderschap? Was het alleen dat voor de vaders van mijn kinderen? Harry wilde geen kinderen meer, geen gezin meer. Alberto wilde ze helemaal niet: hij heeft nooit een blik op Marie-Laure geworpen. Ze zag hem vorig jaar voor het eerst, op een feestje: zo verlopen dat ze geschokt was. Was dát haar vader? Dansend met een tweederangs filmster. Wilde zich aan hem gaan voorstellen, maar durfde ’t niet. Arm kind, hoe moet dat voelen als je eigen vader zelfs geen blik op je werpt. Net als Alex. Misschien moeten we vaders gewoon afschrijven. Toch kan ik Alberto niet aanrekenen dat zij zo geworden is, dat heb ik zelf gedaan, door zeuren en vitten: houding, spraak, manieren, make-up, je móet correct zijn, je bent een meisje! Haat me erom. Altijd kritisch, zegt ze. Probeert me te ontlopen.

Mary stond toe te kijken, zwijgend, naast de deur, en probeerde uit de buurt te blijven van de vele functionarissen die Stephen Upton weer installeerden in zijn eigen huis. Vader, dacht ze en probeerde dat woord in verband te brengen met de hulpeloze, grijze, gebroken man in het bed.

Net een buitenaards wezen dat niet weet of het kan ademen in deze lucht. Oud, hij is oud en bang, heeft zijn leven niet meer in de hand, probeer daaraan te denken, Elizabeth, probeer vriendelijk tegen hem te spreken.

Heeft hij ooit vriendelijk tegen mij gesproken?

Wat ben je dan van plan, hem een pak rammel te geven? Hij heeft jou nooit geslagen.

Hij deed erger dingen.

Elizabeth, probeer een fatsoenlijk mens te zijn. Probeer als Alex te zijn.

Maar ze kon haar hang naar efficiency niet bedwingen en bleef zich bemoeien met de beroepskrachten die de man neerlegden, de zuurstoftank die in zijn buurt bleef staan voor noodgevallen, de verpleegster die het bed opmaakte, de meubels schikte. Het geduldige, lankmoedige uiterlijk van de verpleegster schrikte Elizabeth af en ze ging naast Mary staan. Ze stonden allebei met hun handen op hun rug gevouwen. Elizabeth schrok plotseling op toen iets vreemds, iets zachts en klams zich in haar hand wrong. Het was Mary's vinger. Ze omklemde hem. Ze grepen elkaars hand achter hun rug, als kinderen.

Alex voelde een felle steek van woede. Zij kon zijn aanblik nauwelijks verdragen. Een haat waar zij geen naam voor had, een onherkenbare want nog nooit eerder ervaren emotie, zette haar maag, slokdarm en keel in brand. Afzichtelijke, afschuwelijke oude man, een vader die dat nooit was geweest, die mij in de steek liet, me zelfs nooit een verjaardagskaart stuurde. Wat heb ik hem ooit aangedaan, hoe zou ik ooit iets vreselijks hebben kunnen doen, ik was pas negen jaar oud.

Ik heb het recht dit te voelen. Mijn vader heeft me in de steek gelaten en de waarheid is dat mijn moeder me ook in de steek heeft gelaten, altijd, je kunt iemand in de steek laten zonder weg te gaan. Wat doet ze anders als ze weigert te zeggen waarom ze wegging, waarom ze me weghaalde, waarom ze me mijn zusters en mijn pappa afnam? En nu kan hij niet spreken. Dit is onverdraaglijk. HIJ KAN NIET SPREKEN!

Ronnie probeerde te helpen. Omdat ze niet opviel in de ploeg werknemers van verschillende huidskleuren, beschouwden ze haar als een van hen, en waardeerden haar inspanningen. Haar Indiaanse gezicht bleef ondoorgrondelijk. Ze sprak geen woord.

Zieke, oude man, hulpeloos nu. Overgeleverd aan onze milde barmhartigheid. We zullen hem waarschijnlijk moot voor moot verscheuren.

Wil ik dat echt? Kan hij mij eigenlijk iets schelen?

Als antwoord klauwde een kreeft zijn scharen in haar ingewanden, zij sloeg even dubbel.

Tijdens de hele procedure keek Stephen woest. Hij keek woest naar de werknemers en toen die waren vertrokken, keek hij woest tijdens Alex' hele relaas over de diverse gemakken die zij voor hem hadden georganiseerd (want de zusters waren het erover eens dat Alex het beste contact met hem had). Kijk, een belleknop op de tafel bij zijn hand, om op te drukken als hij iemand nodig had; een tv recht tegenover hem, met afstandsbediening, een bedtafeltje en nachtkastje met daarop alles wat hij maar kon wensen. En zo niet, druk maar op de knop. Later in de week kwam een kleine computer, die zou hij moeten leren gebruiken, maar dat lukte wel en dan kon hij er boodschappen op typen. Hij liet zijn tanden zien. Goed, oké, als dat idee u niet bevalt, hier is het cellofaanleitje met de stift, om erop te schrijven. 'Wel,' zei ze, gezeten in de fauteuil die permanent naast het bed stond, 'vertel eens wat u graag eet.'

Hij keek, voor het eerst, recht naar Ronnie. Knikte met zijn hoofd naar haar.

'"Zij weet het," probeert hij te zeggen,' vertaalde Elizabeth.

Iedereen keek naar Ronnie. Zij haalde haar schouders op. 'Ik heb er niet op gelet,' zei ze. Ze keek hem aan. 'Ik weet het niet. Ik ben mijn moeder niet,' zei ze ijzig.

'Je weet best wat je de afgelopen maanden hebt gegeten, Ronnie,' zei Mary geërgerd.

'Weet ik niet meer. Al dat blanke eten smaakt voor mij hetzelfde.'

Alex trok een andere stoel naast de fauteuil en klopte erop. 'Nou, Ronnie, kom jij hier zitten, dan zit ik hier en dan vragen we Vader wat hij wil eten.'

Ronnie kwam niet van haar plaats. 'Hij houd van blank eten. Rosbief, gebakken aardappels, biefstuk, gestoofd rundvlees, gare lamsbout, kreeftsalade, omelet. Mevrouw Browning weet het, ik niet. Heeft hij geen dieet? Heeft de arts je geen menu gegeven?'

'Ja. Ik geloof het wel,' Elizabeth schoot door de kamer naar haar tas en doorzocht die wild.

Alex zat in de fauteuil. 'Goed. Wel, Vader, als ik nu eens dingen voor u ga opnoemen en u schrijft op het leitje – hier, ik zal het op het bedtafeltje voor u leggen – u schrijft – laat eens zien – u schrijft een cijfer op als ik iets opnoem, weet u wel, van een tot vijf, afhankelijk van hoe lekker u het vindt. Snapt u? Als u iets heel lekker vindt, schrijft u een één en als u het echt niet lust, schrijft u een vijf. We zetten u geen vijfjes voor. Goed? Dat is toch niet zo moeilijk.'

Stephen keek haar dreigend aan. Hij pakte de stift met zijn linkerhand en krabbelde op het leitje: ADVOCAAT. Hij trok het cellofaan op en krabbelde weer: TESTAMENT.

'Ik wist het, ik wist het,' mompelde Elizabeth tegen Mary.

'Als je het wist, waarom heb je het dan laten gebeuren!' Mary's kapsel, altijd zo onberispelijk in model, zat nu in de war; overal zaten losse pieken. Haar gezicht was nat van het zweet en ze hijgde alsof ze hard had gelopen.

'Het is mijn schuld,' zei Alex bijna in tranen. 'Ik behandelde hem als een kind. Maar ik wist niet wat ik anders moest doen, hoe het anders moet!'

'Het is jouw schuld niet. Het is niemands schuld,' zei Elizabeth bezorgd. 'Zelfs de mijne niet,' zei ze fel tegen Mary. 'Je kunt bij hem niets goed doen, niet vriendelijk zijn...'

'Wat doen we nou,' jammerde Mary.

'Die verdomde advocaat bellen, waarom niet?' schokschouderde Ronnie. 'Jezus, jullie zijn een stel verdomde heiligen, waarom voelen jullie je zo schuldig?'

'Stel je voor dat hij ons onterft!' riep Mary. 'Stel je voor dat hij zo kwaad is omdat wij voor hem zorgen dat hij ons allemaal onterft!'

'Denk je niet dat die advocaat – heet hij Hollis? – denk je niet dat hij het als ontoerekeningsvatbaarheid zal beschouwen? Want dat is het.'

Mary tastte achter zich naar de leuningen van de fauteuil en liet zich er langzaam in zakken. 'Werkelijk?' vroeg ze beverig.

'Nou, natuurlijk is het dat, Mary,' zei Alex vurig, geruststellend. 'Ik bedoel, we doen iets goeds, iets hartelijks!'

'Echt?'

Elizabeth glimlachte grimmig en ging naast Mary zitten. Ze klopte Mary op de hand. 'Mary wordt altijd gedreven door emoties. En ze weet dat wij subversieve bedoelingen hebben. Dat we niet hartelijk zijn.'

Ronnie zat aan de glazen tafel in de tuinkamer te kijken naar het doffe zonlicht op de droge velden achter het huis. 'Wat is hij toch een handige bliksem,' zei ze. 'Hij weet precies hoe hij de machtsverhoudingen om moet keren. Jullie allemaal op de knieën dwingen.' Ze lachte schaterend.

Elizabeth staarde haar aan. Ze stak een sigaret op. 'Natuurlijk, Ronnie heeft volkomen gelijk, dat doet hij. Probeert ons te intimideren. En met succes. Ik ga Hollis bellen. En dan gaan we allemaal naar boven en zeggen dat we dat hebben gedaan.' Ze stond op en liep de kamer uit.

Mary zat nog steeds te beven, bleek en zwetend. Ronnie keek verbaasd naar haar en ging naast haar zitten. Ze legde haar hand op Mary's arm.

'Luister, Mare – hoor je me? Je kunt leven zonder veel geld. Dat kun je leren. Zoveel mogelijk verkopen en wat je krijgt investeren en van de rente leven. Dat kun je, ik kan het je leren.'

'Je begrijpt het niet!' riep Mary. 'Als ik niet leef zoals ik altijd heb gedaan, verlies ik al mijn vrienden. Wie ben ik dan?!'

Ronnie schoof tegen de rugleuning.

Elizabeth kwam terug. 'In orde,' zei ze kortaf. 'Laten we gaan.'

Alex stond op commando op. Ronnie keek op, haalde haar benen uit de knoop en stond op. Ze keek naar Mary. 'Kom op, Mare.'

Mary keek smekend naar Elizabeth met de blik van een kind dat levertraan moet slikken. 'Moet ik echt?'

'Ja. We gaan allemaal. Hup!' beval Elizabeth.

Ronnie stak haar hand uit, Mary pakte die en stond op. 'Jullie hebben niets aan mij. Ik ben te... kapot.'

Elizabeth greep haar arm, pakte die hard beet.

'Oei!' kreunde Mary.

'Luister!' fluisterde Elizabeth. 'Jij gaat je goed gedragen! Hij probeert ons te intimideren en wij gaan hem vertellen dat dat niet lukt. Laat zien dat het hem niet lukt! Begrepen?'

'Maar het lukt hem!' riep Mary. 'Hij kan me kwetsen! Dat kon hij altijd en hij kan het nog! Snap je dat niet?'

Elizabeth stond stokstijf. Ze wendde zich naar Mary die een stuk kleiner was, deed een paar passen achteruit zodat ze niet naar beneden hoefde te kijken. 'Mary, de enige macht die hij nog heeft is geld. En ik beloof je: als hij ons onterft, koop ik een huis in Virginia. In een goede buurt. Dat kan ik betalen. Dan kom jij bij me wonen. Er wonen chique mensen in die steden, ik heb een hoge, bekende regeringsfunctie, een baan met veel aanzien. Jij hebt daar oude vrienden. Je wordt wel geaccepteerd.'

Mary's wimpers werden vochtig. Ze beet op haar lip. Ze keek naar Elizabeth op als een ondeugend kind. 'Maar als je je baan eens verliest. Stel dat de Democraten in '88 winnen. Wat doe je dan?'

Elizabeth glimlachte. Ze is echt niet gek. 'Ik red het wel. Ik heb al die jaren gespaard. Ik heb nooit mijn hele salaris opgemaakt. Ik krijg wel een baan aan een universiteit of ga voor een adviescommissie werken. Ik red het best en jij ook. Als je jouw bezit bij het mijne voegt, kunnen we vorstelijk leven. We hebben hem niet nodig, Mary. Probeer me te geloven!'

Mary sloeg haar armen om Elizabeth heen en verborg haar gezicht in Elizabeths boezem. Elizabeth verstarde, zag er ongemakkelijk uit. Ze legde haar hand op Mary's rug en klopte er mechanisch op. 'Goed? Klaar?'

Mary stond op en veegde haar ogen af. 'Klaar.'

En zij marcheerden naar boven.

De tv op Stephens kamer stond afgestemd op een nieuwsprogramma van CNN. Stephens ogen waren half geloken. De ziekenverzorgster, Florence, een amandelkleurige vrouw met oosterse ogen en een noordelijk, Engels accent, keek op van haar breiwerk en glimlachte toen zij binnenkwamen. 'Hij maakt het prima,' zei ze geruststellend en liet haar naalden zakken. 'Kijkt tv.'

'Dank je, Florence. Wil je misschien wat thee? Mevrouw Browning is in de keuken. Ik weet zeker dat ze het graag voor je zet. Wil je ons excuseren? We moeten met onze vader praten.'

'Natuurlijk!' zei de vrouw hartelijk, legde haar werk neer en stond op. 'Ik ga graag even de benen strekken,' zei ze en boog achterover en strekte haar armen uit achter haar omvangrijke lichaam. Ze glimlachte verontschuldigend, schoot langs hen heen en liet hen alleen.

Elizabeth zette de tv uit. Pas toen reageerde Stephen, keek vinnig en boos op.

'Hallo Vader, hoe voelt u zich?' begon Elizabeth, en liep naar het bed. De anderen volgden haar, bleven als schildwachten staan.

Hij keek hen dreigend aan.

'Ik heb Hollis gebeld. Hij kon vanmiddag niet komen en dit weekend gaat hij zeilen, maar maandag neemt hij de auto en komt hij u rond elven bezoeken. Hij weet dat u over uw testament wilt praten. Hij vroeg zich af of u wilt dat hij een secretaresse meebrengt?'

Stephen schudde zijn hoofd log. Nee.

'Ik zal het hem mededelen. Nu over uw maaltijden. Mevrouw Browning zegt dat ze weet wat u lust en zij heeft het dieet dat het ziekenhuis heeft meegegeven. Zij zal uw menu's opstellen en wij bemoeien ons er niet mee. Als u iets wilt veranderen, laat het ons dan weten.

We laten u nu alleen maar we komen u na het diner weer bezoeken. Is er iets dat u wilt? Iets dat wij kunnen doen?'

Hij schudde zijn hoofd, drukte op de afstandsbediening en zette de tv weer aan.

Toen ze weer beneden in de hal waren, fluisterde Mary: 'Waarom moesten we däárvoor allemaal meegaan?'

Elizabeth schudde haar hoofd en legde haar vinger op haar lippen. Ze ging hen voor door de zitkamer naar de bibliotheek en sloot de deur. Zelfs daar sprak ze zacht, nauwelijks harder dan fluisteren.

'Ik wil hem laten weten dat we in alles één zijn. Dat hij niet kan verdelen en heersen. Dat we sterk zijn. Oké?'

Ze knikten allemaal.

'Ik wil ook dat de verpleegster een plaatje ziet van vier bezorgde dochters die hun vader met liefdevolle aandacht omringen. Als hij boos of kwaadaardig wil reageren – wel, dat is zijn zaak. Ik wil niet dat zij ons op enige wijze onderling verdeeld zien en ik wil vooral niet dat zij de indruk hebben dat wij tegen hem samenspannen.'

'Doen we dat?' vroeg Alex.

Ronnie grijnsde, schudde haar hoofd, aaide Alex over het hoofd en drentelde weg naar de openslaande deuren. Zij bleef door de ramen naar buiten staan kijken, naar het lege terras, de grijsbruine tuin en de kale bomen verderop.

'Maar waarom?'

'Alex! Je wilt iets van hem, nietwaar?' riep Mary. 'Met Vader moet je samenspannen om iets te krijgen. Wat dan ook!'

'Ik wil alleen maar een paar antwoorden,' protesteerde zij. 'Het geld kan me niet schelen. Wat is daar verkeerd aan?'

'We willen allemaal een paar antwoorden. Dat is het laatste wat hij ons zal geven. Hij geeft ons liever geld.'

'Ik begrijp het niet,' zei ze klaaglijk. 'Ik voel me niet graag een samenzweerder.' Ze liet zich geïrriteerd in een stoel ploffen.

Ronnie draaide zich om en keek haar aan. 'Je wilt je onschuldig voelen, als een braaf meisje. Maar je wilt ook dat hij je geeft wat je wilt. Je bent in dat opzicht niet consequent. Je kunt niet allebei hebben. Snap je dat niet?'

'Nee!' brulde Alex. 'Nee! Wat is er zo slecht aan wat ik wil?'

'Het is niet wat Pappa wil, sufferd!' Ronnie keerde zich fel van haar af. 'Soms vraag ik me af hoe je zo stom kunt zijn.'

Elizabeth ging achter het bureau zitten. Mary zat op de leren bank, voorovergebogen als een oude vrouw.

'Ik vraag toch niet iets verschrikkelijks!' zei Alex.

'Je vraagt iets dat hij niet wil geven. Dat betekent dat we hem moeten dwingen het te geven, op een of andere manier. Door pressie, door overmacht,' legde Elizabeth uit en stak een sigaret op.

Alex dacht na. 'Misschien... misschien...' ze tuurde naar de vloer, 'is het beter als we allemaal weggaan. Zodat hij ons gaat missen. Dan kunnen we een voor een terugkomen,' zei ze sluw.

'Ha!' riep Elizabeth.

'Je denkt dat hij je aardig vindt,' grinnikte Ronnie. 'Je denkt dat hij het zou vertellen als je alleen was.'

'Nou, misschien wel,' jammerde ze.

'Hij zal ons nooit meer vertrouwen,' zei Mary in haar hoekje van de bank. 'Geen van ons.'

'Waarom?' Verontwaardigd.

'Omdat we samen zijn. Snap je? Hij zou heel anders zijn geweest als we waren binnengekomen – nou, allereerst zonder Ronnie. Dat zij er was, gaf de doorslag, ik besefte dat niet helemaal, hoewel ik het aanvoelde... En verder, als we alleen waren gekomen, of ruzie makend, als we niet zo... verenigd waren.'

'Dat waren we niet, in het begin.'

'Dat is waar, dat waren we niet.'

'Maar wel toen hij bij kennis kwam,' zei Elizabeth.

'Betreur je 't, Mary?' vroeg Alex.

Mary dacht na. 'Nee. Nee. Ik ben altijd... doodsbang geweest voor Vader. Nerveus. Bij hem voelde ik me altijd een bedelaar... Was ik ook altijd bij hem... Nu ook... Ik heb dringend geld nodig, ik geloof dat jullie dat intussen allemaal wel doorhebben. Ik zit echt in moeilijkheden, financieel. Maar,' ze keek naar hen op, keek hen beurtelings aan, 'ik voel dat ik iets met jullie deel. Iets duurzaams, iets dat me sterker maakt, niet zwakker. Iets dat hem... bijna onbelangrijk maakt.' Ze glimlachte zwakjes. 'Al ben ik nog steeds verschrikkelijk bang. Ik weet niet precies wat het is, waarom hij me zo'n angst aanjaagt. Ik voel me er zo door... vernederd. Julie zijn geen van allen zo bang.' Ze keerde zich naar Ronnie.

'Ronnie, ik denk al een hele tijd – maar met die drukte rond Vaders thuiskomst vergeet ik het steeds te zeggen. Ik vind dat je bij ons boven moet komen. Neem een van de voorkamers – een van de grote logeerkamers voor bijzondere gasten, presidenten en commissarissen. Die hebben allemaal een groot bureau, een sofa, een fauteuil. Ze hebben ook grote kasten en een grote badkamer. Je zit zoveel in je kamer. Boven is het comfortabeler.'

Ronnie keek haar lang aan. Toen ze sprak, klonk haar stem hees. 'Bedankt, Mare, maar ik blijf waar ik ben. Ik waardeer je aanbod – echt – maar ik kan me in dit huis nergens anders op mijn gemak voelen dan in mijn eigen kamer of die van Mamma – of in de keuken. Ik kan hier of in de zitkamer of in de speelkamer zitten – met jullie – maar niet alleen.' Ze schokschouderde. 'Jong geleerd...' glimlachte ze.

Mary lachte terug. 'Goed. Als je van gedachten verandert – doe het dan. Oké?'

Ronnie knikte.

'In orde,' zei Elizabeth en stond op alsof ze een vergadering beëindigde. 'Vader eet vroeg, om vijf uur, zodat Florence om zes uur weg kan. Na haar vertrek, tijdens het cocktailuurtje, gaan we naar boven en beginnen we.'

Alex schoot rechtop, met stralende ogen. 'O, dank je, Elizabeth. Dank jullie allemaal!'

'Maar reken nergens op.' waarschuwde Elizabeth.

Ronnie lag op bed, een geopend boek naast zich, ze zou werken. Ze draaide zich om, keek naar het wegkwijnende licht van de middaglucht en legde haar hoofd achterover tegen het kussen dat ze tegen het oude houten hoofdeinde had gezet. Mary's woorden, Mary's gezicht waren haar bijgebleven, als een kleur, als een smaak, als iets zoets, zoet en dik en geneeskrachtig als bloed dat een barst in haar hart dichtte. Kalmeerde haar maag, bevrijdde haar vingers, haar schouders uit een soort vergrendeling. Ze beet op haar lip: wat had ze behoefte gehad aan die aanvaarding, wat betekende het veel toen ze die kreeg. Vernederend. Zo'n behoefte te hebben. Aan hen. Aan wie dan ook.

Ik ben even erg als Mary: '*Wie ben ik dan?*' Net als zij moet ik van de mensen om mij heen horen wie ik ben. Alsof ik zonder hen niets kan zijn. Misschien kan je dat ook niet. Misschien is alles wat ik ooit heb geleerd een leugen. We leren dat wij onszelf maken, identiteit is individueel, gesmeed in de geest, wat anderen denken doet er niet toe, dat heeft geen invloed op de rationele mens, de vrije mens. Misschien geldt dat alleen voor mannen.

Want vrouwen weten dat zij vrouw zijn zonder dat iemand het hun vertelt. Maar ze weten niet wíe zij zijn, dat weten we niet, is het wel? Dat we hierin allen verenigd zijn, tegen en met elkaar duwen en botsen, daaruit komt onze identiteit voort. Ik pochte dat ik mezelf had gemaakt, stoere meid, op straat en op school door de wol geverfd, had het afgesloten. Liet niemand dichtbij komen. Snoerde Tania de mond als ze over dat soort dingen begon, snoerde haar voorgoed de mond toen ze niet wilde stoppen, pakte eenvoudig mijn spullen. Ze keek of ik haar had neergestoken. Ik haatte haar daarom. Haatte haar jarenlang. Maar ze was een lief kind. Alleen te behoeftig. Aanhankelijk. Was ze. Sarah ook, voor ze ervandoor ging. Het ene moment aanhankelijk, het andere vertrokken. Zo zie je. En Susan, zo jaloers, zo oplettend. Lilah was net als ik: geloofde er niet in. Afstand houden. Dat deden we dus en dat pakte ook niet echt goed uit. Merkwaardig hoe kapot ik was van onze breuk. Met Sarah ook. Doet nog steeds pijn.

Liefde stinkt. Wat Mary ook zegt. Pronkt met die liefde van haar, die Don, alsof ze een transcendente ervaring heeft gehad. Misschien de enige vent bij wie ze ooit klaarkwam. Een vergissing, Mary, om orgasmen met het paradijs te verwarren. Misschien moet ik haar een vrouw aanraden: orgasme gegarandeerd, op bestelling.

Als iemand me had gezegd dat ik ook maar één reet zou geven om wat mijn zogenaamde zusters van me dachten, was ik van minachting gaan gillen. Natuurlijk, niemand kon dat zeggen, want niemand wist zelfs dat ik zusters had.

Wedden dat het een heel ander verhaal wordt als we hier weggaan. Doei, Ronnie, leuk je ontmoet te hebben. Dat wordt het uur van de waarheid. Nogal gemakkelijk, als we hier allemaal samen zijn, bezig met waar we voor de donder ook mee bezig mogen zijn. Maar als ze weer teruggaan naar hun eigen leven, willen ze me vast niet meer kennen. Christus, hoe zouden ze me voorstellen? Dit is mijn lesbische onwettige Chicana-zuster?

Nodigt me uit een van de slaapkamers boven te gebruiken, wat een mop. Mevrouw Goedgunstigheid. Zit 's avonds laat in de keuken over haar geldproblemen te praten. 'k Zal haar de mijne eens voorleggen. Hoe denk je dat ze kijkt als ik haar in New York op straat zou ontmoeten terwijl ze net uit een limousine stapt met een vriendin om in Le Cirque te gaan lunchen? Je bent geëxcuseerd voor de thee, Ronnie. Of Elizabeth, als ik bij voorbeeld haar kantoor binnenval en zeg: hé, als je me eens aan een baan bij de overheid hielp. Ze zou verstenen, over kwalificaties en voorwaarden beginnen. Alex zou aardig zijn, afwezig als altijd, ze zou me ontvluchten in haar binnenwereld.

Niet dat ik ooit in hun levens zou opduiken. Waarom zou ik? Waar heb ik hen voor nodig?

Mary kwam aarzelend de bibliotheek in, draalde op de drempel als een verveeld kind. 'Elizabeth.'

Elizabeth keek over haar leesbril heen.

'Kan ik met je praten?'

'Kom binnen, ga zitten,' zei Elizabeth, die opstond van het bureau en naar een stoel naast de leren bank liep. Mary ging op het puntje van de bank zitten.

'Over Vader. Ik dacht zo...' ze aarzelde, haar gezicht smeekte Elizabeth om hulp. Maar Elizabeth zei niets, keek haar alleen strak aan.

'We hebben niet... wel, de meesten van ons hebben er niet zo bij stilgestaan hoe hij zich moet voelen. Alex wel, maar haar manier... die is zo... ze gedraagt zich als een kleuterjuf en dat moet hem dol maken.'

Elizabeth knikte.

'Ze is aardig, ik bekritiseer haar niet. Maar ze heeft die manier overgenomen van de verpleegsters in het ziekenhuis waar zij helpt – denk ik. En die werkt niet bij Vader.'

'Nee.'

'Maar ik heb over hem gedacht. Toen ik vandaag oefende. Het

lukte niet zo goed, omdat mijn gedachten steeds naar hem afdwaalden...'

'Ik vond dat je heel goed speelde. Wat was het, Debussy?'

'Ja. *Suite pour le piano*. Ik speelde die vroeger veel, toen we jong waren.'

'Ik weet het nog. Het is betoverend en het klonk schitterend. Je klinkt professioneel.'

Mary kleurde. 'Dank je. Ik dacht dat ik....' ze pauzeerde. 'Dank je.'

'Weet je, het zou voor iedereen verschrikkelijk zijn,' vervolgde ze. 'Voor mij, voor jou. In zo'n toestand. Maar voor hem! Wel, weet je, jij begrijpt hem, kent hem net als ik. Toen mijn moeder nog leefde, belde hij zelfs nooit voor het personeel – ze hadden toen bellen. Zij deed het. Hij was zo machtig dat alles vóór hem stond zodra hij het wilde, daar zorgde iedereen in zijn omgeving voor. En later, toen wij weg waren, toen Alex weg was – zorgde Noradia ongetwijfeld ook zo voor hem. Ze heeft ongetwijfeld al zijn wensen vervuld. Hij leefde niet in dezelfde wereld als wij allemaal. Ik wed dat hij nooit van zijn leven in een supermarkt is geweest.'

'Jij wel?' grinnikte Elizabeth.

'De laatste jaren,' glimlachte Mary spijtig, 'dikwijls.' Ze keek weer ernstig. 'Hij heeft nooit geweten wat gemis is, in geen enkel opzicht, geen moment. Ik weet niet of hij ooit pijn heeft gekend.'

'Iedereen heeft weleens pijn.'

'Dat zal wel. Maar zie hem nu eens, volkomen van alles beroofd – niet in staat tot spreken of lopen, kan niet eens naar het toilet... Ik kan me voorstellen dat hij razend is, jij niet?'

Elizabeth knikte.

'En daar hebben we niet echt over nagedacht. We waren zo van streek door zijn... door zijn gedrag... toen hij bijkwam. Alsof we zijn vijanden waren...'

'Zo kíjkt hij naar ons.'

'Maar misschien was hij geschokt. Hij heeft zich ons vieren waarschijnlijk nooit tezamen voorgesteld. In staat tot samenzijn.'

'Het komt vooral door zijn gedrag dat we dat nooit waren,' zei Elizabeth bits. 'Jij was degene die dat zag.'

Mary ging nog verder op het puntje van de bank zitten en boog zich naar Elizabeth. 'Maar dat is niet belangrijk, Lizzie. We hebben nu iets van hem nodig. Ik weet niet precies wat. Alex heeft antwoorden nodig, ik geld, tenminste, ik dacht dat ik geld nodig had, maar jullie drieën hebben me duidelijk gemaakt – o, ik weet het niet – dat ik het zonder geld ook red, denk ik. Op een of andere manier. Zelfs zonder zijn geld. Ronnie wil waarschijnlijk een teken, een sprankje erkenning, arm kind. Ik weet niet wat jij wilt... maar ik weet wel dat je hier niet zou zijn, dat geen van ons hier zou zijn, als we niet iets van hem wilden – tamelijk dringend.'

Elizabeth maakte haar sigaret uit en stak meteen een nieuwe op. Rook kronkelde voor haar gezicht.

'Ik dacht dus, dat – als we iets willen, moeten we de dingen aanpakken op een manier die hem gunstig stemt jegens ons. Laat mij deze zaak overnemen. De arts zei dat hij een klein borreltje per dag mag, dat het misschien zelfs goed voor hem was. Ik wil mevrouw Browning een bar laten installeren in zijn kamer. Een kleine maar – met bourbon, cognac, scotch, gin, wat wijn en port, hij dronk toch altijd port na het diner? En Perrier, cola en frisdrank voor cocktails voor ons, en ijsblokjes en glazen. Ik denk dat dat hem meer het gevoel geeft dat hij de leiding heeft. En wij kunnen boven bij hem een glas drinken. En ik wil vanavond het gesprek leiden.'

'Prima,' zuchtte Elizabeth.

'Jij bent gewend de leiding te hebben. Vind je het niet vervelend?'

'Ik doe het alleen omdat het moet gebeuren en niemand anders van jullie in staat lijkt... wel, Ronnie zou het wel kunnen, maar zij voelt zich...'

'Onwettig,' glimlachte Mary vals.

Elizabeth grinnikte. 'Jawel.' Ze doofde haar sigaret. 'Ik vind 't afschuwelijk om tegen hem te praten, ik kan het niet. Heb het nooit gekund. Ik weet dat ik klink als... ik weet niet... ik klink waarschijnlijk als een sergeant die orders geeft... verdomme, ik klink als hij!

Jij kunt het vast beter. Als je niet te bang bent. Je moet het niet doen als je bang bent. Dan verknal je het.'

'Ik ben bang, maar niet al te erg. Ik voel dat ik weet wat ik moet doen.' Ze stond op.

Elizabeth stond ook op. Ze liep onzeker op Mary af, sloeg aarzelend haar armen om haar heen. 'Daar ben ik van overtuigd,' loog ze.

HOOFDSTUK 14

Florence deed Stephens deur alleen dicht als ze bezig was met zijn lichamelijke verzorging, dus Mary klopte om zes uur zacht op de openstaande deur. De zusters rezen achter haar op in de deuropening. Florence, die voor haar vertrek zijn bed nog een laatste keer gladtrok, keek op bij het kloppen.

'Kijk, daar zijn uw dochters, meneer Upton! U krijgt bezoek, zie ik. Is dat niet aardig? Uw lieftallige dochters komen u bezoeken!'

Mary stapte opgewekt naar voren. 'We drinken om deze tijd gewoonlijk een cocktail, Vader, en we dachten dat het leuk zou zijn dat hier bij u te doen.'

'Jawel, dat heb ik gezien!' mopperde Florence. 'Een bar in zijn kamer? Daar weet ik niets van. Wat zegt de dokter daar wel van.'

'Hij zegt dat een glaasje hem waarschijnlijk goed zal doen, Florence. Eentje maar. En hij zal het fijn vinden. Vader dronk altijd graag een glaasje na het eten.'

'Nou, dan zal het wel goed zijn.' Zij pakte haar trui en breitas op, haalde haar jas uit Stephens kast. 'Ik ga nu. Hij maakt het goed. Heeft als een brave knul zijn bordje leeg gegeten, helemaal leeg. Groentesoep, rosbief en gebakken aardappels, snijbonen en ijs toe. Hij heeft een geweldige eetlust, dat kan ik wel zeggen. Alles opgegeten!' Ze was al bij de deur, maar draaide zich om.

'Juffrouw Upton? Kan ik u even spreken?' fluisterde ze tegen Elizabeth, die met haar mee naar buiten liep.

'Juffrouw Upton!' fluisterde Florence dringend, 'als hij drinkt, moet hij misschien... zijn gevoeg doen, weet u. Iemand moet hem op de ondersteek zetten en die legen. Hebt u daaraan gedacht?'

Elizabeth glimlachte. 'Dat geloof ik niet, Florence, maar het zal gebeuren.'

Florence zuchtte. 'Nou, dat is dan in orde,' glimlachte ze en liep naar de trap.

Stephen keek woedend naar haar rug toen ze vertrok. Mary glimlachte tegen hem en toen zij Florences voetstappen beneden op de tegelvloer van de vestibule hoorden, fluisterde ze: 'Ze moet u dol maken!'

Stephen keek verbaasd naar haar op. Zijn frons werd milder. Ze glimlachte. 'Ik vrees dat ze allemaal zo zijn, Vader. Ze bedoelt het goed, en ze zorgt goed voor u, nietwaar?'

Hij knikte met tegenzin.

'Wij willen u niet ophouden als u wilt slapen. Ik neem aan dat het ziekenhuis mensen direct na de avondmaaltijd nachtklaar maakt, maar het is ontzettend vroeg. Maar misschien wilt u liever gaan slapen?'

Hij staarde haar even argwanend aan, ontspande toen. Hij schudde van nee.

'Denkt u dat u een glaasje wilt?'

Hij knikte.

Ronnie stond klaar bij de bar. 'Wat zal het zijn, meneer?' vroeg ze, dienstbaar.

Hij keek verrast op en ontspande nog meer.

De juiste orde is hersteld, dacht Ronnie.

Hij schreef iets op het leitje. Mary boog voorover om zijn bijna onleesbare, slecht gespelde hanepoot te ontcijferen. 'Cognac,' interpreteerde zij voor Ronnie. 'Remy Martin,' instrueerde zij. 'Doe het in een van die grote bellen.' Ze keek Stephen even koket aan. 'Ronnie is niet gewend aan het goede leven.'

Hij nam haar bliksemsnel, onderzoekend op. Met zijn linkerhand nam hij het glas aan van Ronnie.

'Vrouwen?' wendde Ronnie zich tot hen. 'Zoals gewoonlijk?'

'Nee. Ik ook cognac,' zei Mary.

'Voor het diner, Mary?' protesteerde Elizabeth.

Ze schokschouderde. 'Ik wil Vader gezelschap houden.'

'Ik neem gin-tonic,' zei Elizabeth. 'Heb je hulp nodig?' Ze liep naar de bar.

'Ronnie?'

'Ik neem hetzelfde als gisteravond. Net als jullie toen. Wat was het? 't Was bruin. Scotch?'

'IJs?'

Ronnie knikte. Ze sleepte een fauteuil aan van de achterste muur en zette die rechts van het bed, trok toen een kleine sofa van de buitenmuur weg. Mary stond op en hielp haar hem voor de tv te zetten. De schommelstoel die ze voor de verpleegster uit de kinderspeelkamer hadden laten komen, stond links, schuin tegenover het voeteneinde van Stephens bed, dat nu omringd was door stoelen. Mary ging in de schommelstoel zitten, Elizabeth in de fauteuil, Ronnie, die wachtte om als laatste te gaan zitten, zakte naast Alex neer op de sofa. Ze verstrakte, wachtte tot Alex zou uitroepen: 'Is het niet leuk zo?' Maar Alex zei niets.

'Hoe voelt u zich, Vader?' zei Mary meelevend.

Zijn gezicht vertrok, verslapte.

'Heeft u pijn?'

Hij schudde vermoeid zijn hoofd.

'Alleen de situatie.'

Hij sloeg zijn blik naar haar op. Zijn rechtermondhoek hing slap en er droop constant speeksel uit, hij kon het niet beheersen. De rechterkant van zijn gezicht hing ook slap. Zijn rechteroog was half gesloten. Hij opende zijn mond, probeerde te spreken, maar bracht alleen een grom voort.

Wat is hij eenzaam. Was hij altijd al, nietwaar, dacht Ronnie, fronsend. Heeft hij alleen ons? Niet best voor zijn toekomst gezorgd, is 't wel? Heeft hij geen vrienden? Waar zijn die? Jezus, hij is tweeëntachtig, ze zijn dood of in dezelfde conditie als hij. Zelfs al was hij de duivel, dan is hij nu een arme duivel. Zijn leven lang zo machtig... Maar had hij medelijden met haar toen hij machtig was en zij machteloos? Zij pantserde haar hart. Vergeet nooit dat hij je kwaad zou doen als hij kon.

'Ik vind het zo erg,' zei Mary meelevend.

Hij knipperde en een traan blonk op. Hij hief zijn linkerhand een beetje, liet hem toen vallen. Een gebaar van wanhoop.

Meelijwekkend, dacht Mary. Arme schat. Zij wilde hem omhelzen, maar iets weerhield haar.

'Weet u, dat we hier zijn, hier de afgelopen weken hebben gewoond, heeft ons allemaal teruggeworpen in het verleden, Vader. In onze kinderjaren.'

Hij sloeg zijn ogen op. Argwaan gloeide op.

'We hebben over de oude tijd gepraat – mijn speelhuis, de paarden, Mamma, de feesten die u vroeger gaf – en mijn bruiloft! Wat heeft u me een prachtige bruiloft gegeven, Vader! Alex was toen een dreumes, zij was het bloemenmeisje, weet u nog?'

Zijn ogen glinsterden. Hij keek naar Alex, glimlachte.

'Maar weet u, Alex herinnert zich niets meer van daarna. Is dat niet vreemd? Ze heeft een reusachtig gat in haar geheugen en dat maakt haar erg van streek. Ze kan zich hele jaren van haar leven niet meer herinneren. Ze kan zich pas weer iets herinneren sinds ze een tijdje in Baltimore woonde. Maar toen was u er niet meer, en ze... miste u. Ze moet weten wat er is gebeurd. Waarom u en Amelia uit elkaar gingen, waarom ze nooit meer iets van u heeft gehoord.'

Stephens vervormde gezicht veranderde volkomen: hij staarde naar hen als naar een leger dat hem omsingelde, tegen hem optrok. Zijn gezicht verstrakte, hij zette zijn cognac neer op zijn bedtafeltje. Een verbitterde glimlach verwrong zijn al zo verwrongen gezicht, je zag hem denken: verraden. Had mijn afweer niet moeten laten varen. Hij hief zijn linkerhand op, maaide er eerst mee naar hen, toen naar de deur.

Alex sprong op, kwam half overeind van de sofa. 'Alstublieft, Vader, vertel het me alstublieft!' riep ze wanhopig. 'Ik word er ziek van. Ik heb black-outs, ik val flauw...!'

Stephen grijnsde, keerde zijn gezicht van haar af. Hij pakte de afstandsbediening en zette de tv aan. Hij zette het geluid hard. Het toestel, dat pal achter de sofa stond, brulde oorverdovend. Alex kromp ineen, met de handen tegen de oren. Ronnie stond op, stak haar hand uit en zette het geluid zacht, met een boze blik op hem. Zijn gezicht werd grimmig en gemelijk, als van een kwaad kind, en hij zette het geluid weer harder.

'We kunnen de stekker eruit trekken,' zei Elizabeth tegen hem, maar haar stem ging verloren in het reclamegeweld.

Mary stond op en keek naar Elizabeth. Alex keek naar hen beiden. Ronnie bleef kalm naar Stephen staan kijken. Zijn mond stond open, hij zwoegde. Ten slotte greep hij het leitje en krabbelde iets. Hij hield het omhoog, zwaaide het voor hen heen en weer.

WEG.

Hij liet het zakken, krabbelde weer iets en hield het weer omhoog.

KRENGN.

Fout gespeld, dacht Mary.

De anderen slopen de trap af naar de speelkamer, maar Elizabeth ging naar de studeerkamer en sloot de deur. Ze ging aan het bureau zitten en draaide de stoel naar de ramen. Donker buiten, ze kon niets zien. Wat een fiasco. Hopeloos. Mary probeerde het, deed haar best. Waarom blijven we hier, verdomme? Het leven gaat voorbij. Mijn verjaardag vandaag. Drieënvijftig. Hij denkt er natuurlijk niet aan, deed hij zelfs niet voor hij ziek werd. Anderen evenmin. Waarom zouden ze? Ik denk ook nooit aan andermans verjaardag. Behalve die van Clare, daar maakte ik altijd veel werk van.

Ik ga met Jack trouwen.

In dat geval, adieu.

Nee, wat hij zei was: ik zal er zijn als je ervan af mocht zien. Ik zal altijd van je houden, altijd je welzijn in het oog houden. Maar ik kan het niet aanzien.

Leven zonder Clare.

Ik liet me door de chauffeur terugrijden naar Washington, stuurde hem toen weg, liep naar huis. Lange wandeling. Washington is geen wandelstad, lege trottoirs langs de boulevards. Ik moet waanzinnig hebben geleken, alleen op stap, met hangend hoofd, goed geklede zwerfster, een geslagene. Verwoest. Einde van het leven.

Liep naar huis, pakte de telefoon, maakte een afspraak om Jack die avond te ontmoeten, hem een aanzoek te laten doen. Te aanmatigend, Clare, te eenzijdig. Niet genoeg. En niet eerlijk. Waarom zou jij wel een liefdeleven hebben en ik niet. Natuurlijk is het voor een man iets heel anders om een minnaar te hebben dan voor een vrouw om te trouwen. Huwelijk. Betekent toch nog altijd min of meer dat een vrouw eigendom van een man wordt. Maar ik zou een leven hebben met Jack, misschien kinderen.

Ik zou vrijen.

Vrijen met Jack. Sukkelig en snel. Voor mij niet veel aan te beleven. Maar misschien kon ik hem iets leren, vertellen wat ik op mijn eentje had geleerd. God weet dat ik in al die jaren genoeg gevingerd heb.

Ik vond vrijen met Jack afschuwelijk.

Wat was er mis met mij?

Ik wist wat er met mij mis was. De boeken stonden er in die tijd vol van. Ik was frigide. Vreemd hoe die frigiditeit is verdwenen. Het was gewoon een eufemisme voor mannelijk onbegrip voor het vrouwenlichaam, maar zo noemden en beschouwden wij het toen.

Jack verscheen blozend en opgetogen, hij dacht dat hij me al had. Nam me mee uit eten in een Frans restaurant, destijds iets bijzonders in Washington. Rood en opgewonden. Bestelde champagne, zei: 'Ik heb je gemist.' Hield hij van mij of alleen van mijn naam? Mijn te verwachten welstand? Ik heb het nooit geweten. Hoe komt dat? Ik wist wel dat Clare van me hield – voor zover hij dat kon. Ik zat daar naar Jack te kijken, probeerde me zijn mond op de mijne voor te stellen, zijn lichaam rond het mijne, in mij, stelde mij dat iedere nacht of bijna iedere nacht voor. Niet meer alléén tussen koele, schone lakens schuiven, mijn bril opzetten, een sigaret opsteken, een boek pakken. Rustige, vredige avonden. Zou hij verwachten dat ik eten voor hem kook? Wat ik nooit voor mezelf heb gedaan? Zijn vuile sokken opraap, zijn was doe, zijn dienstbode word? Dat verwachten mannen toch van het huwelijk?

We gingen terug naar mijn flat en bedreven de liefde. Zo heet dat, de liefde bedrijven. Mijn binnenste kolkte. Ik probeerde hem te gidsen, te tonen wat ik nodig had. Hij hoorde niets, hij ging op in zijn eigen behoeften, hartstocht. *Voor mij of voor de verovering van mijn naam?* Hij wiste mij uit met seks, ik was er niet, alleen hij was er, ik telde niet, zou nooit tellen. Het huwelijk zou mij uitwissen.

Was waarschijnlijk niet eerlijk tegenover hem: ik viel niet op hem, zoals de jongelui tegenwoordig zeggen. Ik viel op Clare. Clare wond me op – maar hij was onbereikbaar, onschendbaar, ongenaakbaar, zoals de dame in een troubadourslied.

Was ik ook. Onbereikbaar, onschendbaar, ongenaakbaar.

Ik besefte het toen hij met mij vrijde: Clare en ik horen bij elkaar. Dus toen Jack me later op de avond, toen we met sigaretten en champagne in bed lagen, vroeg met hem te trouwen, zei ik vanzelf nee. 'Ik kan het niet,' zei ik. Hij leek zo terneergeslagen. Zou hij werkelijk om mij gegeven hebben? Een paar maanden later trouwde hij. Ik dacht: zie je wel, hij gaf niet om me. Maar dat hoeft niet: als je overstroomt van liefde, moet je die soms ergens anders kwijt.

Waarom heb ik het dan nooit meer gevoeld?

Ik kon Clare niet bellen, ik was te trots. Op mijn knieën naar hem terug terwijl hij mij had afgewezen, me misgunde wat hij zelf had? Ik zou alleen leven, besloot ik, zonder iemand, het was me allemaal te veel, te zwaar, veel te zwaar. Hart, verstand en geest gebroken. Deed mijn werk als een robot. Maar hij hoorde het. Jack was waarschijnlijk met een andere vrouw gesignaleerd, misschien degene met wie hij trouwde. Clare belde. Hij deed of er niets was gebeurd, alsof we gisteren nog koffie hadden gedronken en nu aan ons wekelijkse etentje toe waren. We gingen gewoon verder waar we waren gebleven. Jack kwam nooit meer ter sprake. Ik was hem dankbaar, dat hij mijn trots spaarde. Maar hij kon het zich permitteren, hij had de voorwaarden vastgesteld.

't Zou niets zijn geworden, een huwelijk met Jack. Of hij van me hield of niet, ik hield niet van hem. Maar ik dacht altijd dat als een man echt van me hield, zijn hartstocht zo machtig zou zijn dat die mij zou meesleuren en ik vanzelf ook van hem zou houden. Waarom dacht ik dat? Zo'n passieve opvatting...

Niemands hartstocht heeft mij ooit meegesleurd. Zelfs die van mijzelf niet. Mary heeft zichzelf die hartstocht tenminste een keer toegestaan. 'n Geluk voor haar. Nee, geen geluk.

Moed.

Maar je hebt geen slecht leven gehad! Je hebt heerlijke tijden gehad met Clare. Ware ontmoeting der geesten, zonder complicaties van seks of huishouden. Massa's stellen houden op een bepaald moment in hun huwelijk op met neuken. Wij hebben gewoon nooit geneukt, nou en? Betekent dat dat we niet van elkaar hielden?

Het zou fijn zijn te weten hoe dat is: liefdevol vrijen.

Gewoon een alledaagse twintigste-eeuwse non, dat ben ik. Mary noemt me een frigide koe. Belastert Clares mannelijke seksualiteit. Zij weet het. Pienter kreng. Misschien heeft ze Vader ook door.

Vader.

Daardoor komt het.

Dagenlang had Mary in de keuken met mevrouw Browning gefluisterd over menu, taart en kaarsen voor een verjaardagsdiner voor Elizabeth op vrijdagavond. Donderdagmiddag, terwijl Elizabeth werkte, was zij met Ronnie en Alex het huis uit geglipt om boodschappen te doen in Concord. Ze waren allemaal een beetje uitgelaten: dit voorgenomen verrassingsfeestje vormde een klein hoogtepunt in hun monotone dagen. Mary zou Stephen eraan herinneren dat hij haar moest feliciteren voor zij naar beneden gingen om te eten, maar zij vergat het. Zij verlieten Stephens kamer in timide stilte.

Ze moesten op de deur van de studeerkamer kloppen voor Elizabeth aan tafel kwam en toen ze de eetkamer binnenkwam, zetten ze allemaal hun beste beentje voor, probeerden te schertsen, praatten opgewekt, kusten Elizabeth, feliciteerden haar. Mary verzekerde haar dat zij vijfenveertig leek; Alex zei dat ze zo blij was na al die jaren haar zuster gevonden te hebben; Ronnie kneep in haar hand en zei: 'Ik ook.'

Elizabeths lievelingsgerechten stonden op het menu – gepocheerde zalm, groentepuree, risotto – en mevrouw Browning droeg vol trots de door haar gebakken verjaardagstaart binnen, met in het midden een enkel brandend kaarsje.

'Dat is om onze eerste gezamenlijke verjaardag te vieren,' legde Mary uit. 'Er zit citroen in, daar was je vroeger dol op,' zei ze en eiste dat het ritueel van uitblazen en aansnijden werd voltrokken. Toen boden zij hun cadeautjes aan en eisten voor alles oooh's en aaah's – een gedichtenbundel van Louise Gluck, van Mary, een plaat – Debussy's *Suite pour le piano*, duidelijk Mary's idee – van Alex, en een paar gebreide wollen handschoenen van Ronnie. 'Voor je wandelingen,' zei ze verlegen. 'Ik denk dat wol warmer is dan leer.'

Elizabeths bleke, uitgeputte gezicht was verkrampt, haar ogen blonken vochtig.

'Dit is de beste verjaardag die ik ooit heb gehad,' zei ze tegen hen. Niet helemaal gelogen. Clare was eens voor haar verjaardag met haar naar Parijs gevlogen om een kunstexpositie te bekijken; ze waren ook eens naar San Francisco gevlogen. Ze was in de wolken geweest, maar al hun uitstapjes hadden een droeve toets voor haar, zo vol liefde, verlangen, en toch zeker dat ze nooit... Maar verdriet is er altijd, wat ons ook overkomt. Niets is volmaakt. Leer te kijken naar het fijne, het blije, in plaats van het andere: op verdriet kun je rekenen, daarvan kun je op aan. Ze probeerde het: dit was de beste verjaardag, zei ze.

Het lukte haar: ze geloofden haar allemaal, geloofden de vochtige ogen, de krampachtige glimlach, de gebroken stem. En nu ze haar iets hadden gegeven, stroomden ze over van liefde voor haar. Ze dromden om haar samen toen ze opstonden van tafel, omhelsden haar, en Mary en Alex liepen met de armen om haar heen naar de speelkamer.

Toen versomberden ze weer. Elizabeth stak een sigaret op. Mary zat aan haar ceintuur te friemelen. Alex zat met een starre uitdrukking weggedoken in een stoel.

'Ik begrijp het niet,' zei Alex ten slotte kleintjes, 'waarom het hem zo kwaad maakte. Goed, misschien heeft hij dan iets gedaan dat hij niet had moeten doen – ik bedoel, waarom zou Mam anders zijn weggegaan? Of waarom had hij haar weggestuurd? Maar na al die jaren – ik bedoel, hoe erg kan het zijn geweest wat hij deed? Een minnares hebben, onaardig tegen haar zijn, nooit thuis zijn, wat kan hij hebben gedaan dat zó erg was?' Ze hief haar hand op en beet op de huid rond de nagel van haar rechterwijsvinger.

Elizabeth boog voorover en sloeg tussen haar knieën haar handen ineen, vlak boven de vloer.

Mary tilde haar hoofd op alsof zij het van haar lichaam wilde scheiden. Ze tuurde omhoog, ademde zwaar.

Bij deze aanblik verstarde Ronnie plotseling. Ze bleef volkomen roerloos zitten, nauwelijks ademend.

'Kunnen jullie het begrijpen?' ging Alex verder. Ze beet op haar onderlip, stopte, hief haar hand op en knabbelde weer aan haar vinger.

Elizabeth ging rechtop zitten, stak een sigaret op. 'Ik moet iets drinken.'

'We moeten allemaal iets drinken,' zei Mary.

Ronnie stond zuchtend op. 'Wat zal het zijn?'

Elizabeth kwam overeind. 'Ik help je. Bestellingen?'

Iedereen wilde whisky, zelfs Alex.

'O, goed,' zuchtte Alex. 'Past bij zware gesprekken.'

'Ik blijf hier, ik word alcoholist,' mompelde Ronnie. Zij liep met Elizabeth naar de zitkamer, waar de bar was. Ze brachten de flessen mee terug, Alex ging ijs halen in de keuken. Toen de glazen waren ingeschonken, ging Elizabeth zitten, stak haar gedoofde sigaret weer aan en inhaleerde diep.

Ze wendde zich tot Ronnie. 'Waarom ben jij zo jong het huis uit gegaan, Ronnie? Je was pas veertien en je moeder was heel lief voor je, nietwaar? Niet zoals die van mij of van Mary. Waarom dan?'

Ronnie keek naar de vloer. 'Ik hield het hier niet meer uit toen ik eenmaal wist... Ik mocht jullie vader niet erg en toen ik besefte dat hij mijn vader was, was ik razend op mijn moeder, maar ik kon haar dat niet zeggen, ik wilde haar niet kwetsen. Het maakte me dol, hier te wonen en toe te zien, iedere dag, iedere nacht, me afvragen of zij bij hem was...'

'Jawel. Dat kan ik begrijpen. Maar was dat genoeg om een kind uit een beschermd leven naar gevaarlijke, vreemde straten te jagen? Een grote stad?'

'Ik leefde niet zo beschermd... Ik kon de situatie gewoon niet uithouden.'

'Het moet iets verschrikkelijks zijn geweest dat je de straat op dreef.'

'Ik heb je gezegd dat ik bij mijn tante ging wonen. Rosa.'

'Waarom val je het kind lastig, Lizzie?' protesteerde Mary. 'Het is volkomen begrijpelijk dat zij hier onder die omstandigheden niet wilde blijven wonen.'

'Kinderen verdragen veel ergere dingen. Ze verdragen verschrikkingen. Er moet iets ónverdraaglijks gebeuren voor ze van huis weglopen.'

'Weet jij soms zoveel van kinderen?'

'Ik was er een.'

Elizabeth leunde voorover als een aanklager en staarde Ronnie aan. 'Waarom ben jij weggelopen uit dit huis!'

Ronnie keek in hevige angst naar haar op, met vlammende blik. 'Lazer op, Elizabeth!'

Elizabeth leunde achterover in de zachte, diepe crapaud en slaakte een zucht die bijna een grom leek. 'Zo,' fluisterde zij. Ze stak een nieuwe sigaret aan met een half opgerookte. Ze nam een grote slok whisky.

Mary's blikken waren vol angst op Elizabeth gevestigd, ze zat roerloos. Ronnie tuurde met miserabel vertrokken gezicht naar de vloer.

'WAT!' gilde Alex. 'Wat is er aan de hand! Wat bedoelen jullie?' Ze sprong op, porde Elizabeth in de schouder, keerde zich snel naar Mary. 'Wat, wat, wat?!'

Elizabeth legde haar hand over haar ogen. Haar stem klonk toonloos. 'Ik heb hier nog nooit over gepraat. Tegen niemand. Niemand. Nooit. Ik was te...' haar stem klonk gesmoord, 'beschaamd.' Ze legde haar hoofd achterover alsof ze het plafond bestudeerde. 'Toen ik elf jaar oud was, en in de zomer hier was, heeft Vader me verkracht.'

De kamer versteende. Niemand haalde zelfs adem.

Haar doffe blik gleed langs Mary. 'Jij was klein, pas vijf of zes. Je sliep nog met je juffie in de kindervleugel. Laura was hier, maar zwaar aan de drank. De oorlog was begonnen en Vader was altijd aan het werk in Washington of met het vliegtuig naar Engeland. Hij kwam alleen voor lange weekends thuis, en die zomer maar een paar keer. Laura en ik aten 's avonds dus meestal alleen. Tegen etenstijd was ze lam en meestal ging ze meteen na afloop onder zeil. Het personeel bracht haar naar bed. Als Vader naar Lincoln kwam, sprak ze nauwelijks tegen hem en ze veranderde haar drinkgewoontes niet. Haar vorm van protest, vermoed ik.

Laat op een avond kwam hij mijn kamer binnen. Ik sliep vast. Ik werd wakker toen ik voelde...' haar stem beefde, 'dat iets, iemand, drukte, tastte...' Ze kreeg haar stem weer onder controle, 'onder mijn nachtpon.' Ze stopte, stak een sigaret op, inhaleerde diep. Nam een slok. Keek hen onbewogen aan. Ze staarden allemaal verlamd terug.

'Ik was nog een kind. Ik ging pas menstrueren toen ik veertien was, had geen borsten, had nooit gemasturbeerd, had geen seksueel verlangen gevoeld.' Ze inhaleerde weer, richtte haar blik op het plafond. 'Ik verzette me heftig, duwde hem weg, gilde. Hij drukte zijn hand op mijn mond, ik was doodsbang. Dacht dat hij me probeerde te vermoorden. Hij zei dat hij me geen pijn zou doen, alleen maar een vrouw van me zou maken. Zei dat het tijd werd dat iemand het deed en dat het een vaderlijke plicht was. Ik kronkelde nog steeds, worstelde, en hij streelde mijn hoofd. Hij streelde mijn hoofd!' kermde Elizabeth. 'Hij zei dat hij van me hield! Van me hield!' Ze barstte in tranen uit. 'En dat mannen zo een vrouw liefde betoonden. En ik... ik.... o, ik hunkerde zo naar liefde!' Ze boog haar hoofd, legde het in haar handen en snikte zachtjes.

De zusters zaten doodstil, tot Alex opstond, naar het toilet liep, terugkwam met een doos tissues en die aan Elizabeth gaf. Elizabeth veegde haar gezicht af met een tissue.

'Het gebeurde niet vaak. Hij was er niet vaak. Maar als hij er was, lag ik altijd zo gespannen in bed, wist nooit... Ik kon niet slapen. En zelfs als hij er niet was, zat de herinnering... de herinnering op een of andere manier in dat bed, in dit huis, deze stad.'

'Daarom veranderde je van kamer!' riep Mary uit. 'Toen je een keer voor 4 juli terugkwam, maakte je er een hoop drukte over, wilde per se een andere kamer. Ik dacht dat Engeland je in de bol was geslagen, dat je neerkeek op je oude kamer of zo...'

'Waarom heb je 't je moeder niet verteld?' vroeg Alex eenvoudig. 'Waarom zei je niet dat je hier niet heen wilde?'

'Dat heb ik gezegd! Ik zei dat ik hier niet heen wilde,' besloot ze ellendig.

'Waarom heb je haar niet verteld wat hij deed,' ging Alex verder, nogal verontwaardigd.

Ronnie staarde naar de vloer.

Elizabeth stak een nieuwe sigaret op, inhaleerde diep, nam een slok whisky en vermande zich. 'Ik was bang,' zei ze bitter.

'Dat begrijp ik niet. Je was nog een klein meisje...'

'Nee, jij begrijpt het niet!' zei Elizabeth fel tegen haar. 'Jij had een moeder die van je hield! Die je getroost zou hebben. Je niet de schuld had gegeven! Ik wist niet wat mijn moeder zou zeggen en ik had het niet kunnen verdragen als ze...' Haar stem begaf het, ze boog haar hoofd.

'Hoe lang deed hij het,' vroeg Mary op harde toon.

'Tot ik zeventien was.'

Mary rekende even. 'Toen ik twaalf was.'

'Toen heb ik hem laten ophouden.'

'Je hebt hem laten ophouden!' hijgde Mary. 'Hoe?'

Elizabeth draaide zich langzaam naar haar toe. 'Jij niet?'

'Ik was bang!' riep Mary. 'Hij begon toen ik nog maar acht was! Hij zei dat ik zijn meisje was, dat wij gelieven waren, wij tweetjes, Mammie was dood en hij en ik waren alleen op de wereld. Hij zei dat hij eenzaam was, dat ik hem gelukkig kon maken en dat hij mij gelukkig zou maken en dat alles in orde was. Dat pappa's dit nou eenmaal deden met hun kleine meisjes. Maar dat ik het aan niemand mocht vertellen. Dat hij dan dood zou gaan: als ik iets tegen iemand zou vertellen, zou hij verschrompelen en doodgaan, en dan wist ik dat ik hem had gedood. En dat ik, als hij stierf, naar een tehuis zou worden gestuurd, een weeshuis, dat ik dan helemaal alleen zou zijn. En later, jaren later liet hij me een pistool zien, dat haalde hij uit zijn la, hij zei dat hij zich dood zou schieten als ik iets zei.'

'Tegen mij zei hij dat hij Moeder geen geld meer zou sturen als ik het vertelde,' zei Elizabeth.

'Hij deed het meestal in het huis in Georgetown, als ik thuis was in de schoolvakanties. Maar toen ik ouder werd, deed hij het hier, als hij 's zomers hier kwam,' voegde Mary eraan toe. 'Dat begon waarschijnlijk rond mijn twaalfde. Toen jij hem op liet houden.' Ze staarde Elizabeth aan. 'Hoe wist je het van mij?'

'Wist ik niet. Maar – sinds we hier weer zijn – sommige dingen die je zei – de manier waarop hij je angst aanjaagt. Het was de enige logische verklaring.'

'Het is zelfs nooit bij me opgekomen dat hij het met jou ook deed! Hij leek nooit om jou te geven, en hij was lief tegen mij. Ik dacht dat hij van mij hield, niet van jou. Ik dacht dat dat het bewijs was. Dat ik zo moest betalen voor zijn liefde. Maar het was zo afschuwelijk! Het deed pijn en ik wilde het niet! Daarom was ik zo radeloos toen jij naar Engeland ging: ik wist dat ik dan hier met hem alleen zou zijn, zonder iemand die hem kon tegenhouden en hij was hier toen meestal in de zomer. Ik kon er niet tegen, ik probeerde weg te komen, smeekte hem om rijles of om de zomer bij tante Pru te mogen doorbrengen. Maar hij weigerde beslist. Hij wilde me niet loslaten. Daarom ben ik getrouwd! Om aan hem te ontsnappen. En dat wist hij! Hij probeerde me tegen te houden! Hij was razend! Maar ik kon er niet meer tegen! Ik dacht dat het met een echtgenoot niet erger kon zijn!'

Niemand stond op om haar te troosten, voorovergebogen, snikkend.

'Daarom had ik je zo nodig!' riep ze met verstikte stem door haar handen heen.

Elizabeth kwam overeind, liep naar Mary toe, bukte zich, deed stijfjes haar armen om Mary heen en hield haar vast. 'Het spijt me zo,' fluisterde ze in het haar over Mary's oor. 'Spijt me zo,' bleef ze herhalen.

Mary sloeg haar armen om Elizabeths hals. 'Je wist het niet, je kon het niet weten,' snikte ze.

'Ik had het moeten weten. Ik had het kunnen raden. Ik was zo jaloers op zijn liefde voor jou...'

'Liefde! Dat is liefde!' riep Ronnie uit.

'Natuurlijk is het liefde,' huilde Mary. 'Daarom is het juist zo... vreselijk!'

'Dat is geen liefde, dat is uitbuiting! Onderdrukking! Misbruik! Wat scheelt jullie?' schreeuwde Ronnie.

'Het doet zich voor als liefde,' zei Elizabeth. 'En dat maakt het zo vreselijk. Omdat het liefde op een bepaalde manier definieert. Net als pornografie, weet je wel. Liefde als kwelling definieert. Dat kruipt in je hersens. En vergiftigt de rest van je leven, je gewaarwording van dingen... van seks... van liefde. In mijn ogen betekent voor een vrouw seksuele liefde uitwissing. Ik geloofde dat voor een vrouw alle genot is gelegen in het genot van de man. Ik dacht dat er iets aan me ontbrak, dat ik geen echte vrouw was – omdat ik het niet kon verdragen zo te leven, mezelf er niet toe kon dwingen. Ik dacht dat ik frigide was,' zei ze en keek Mary recht aan. 'Zoals jij altijd zei.'

Mary's mond trilde. 'Sorry,' prevelde ze.

'Maar hoe dan ook,' zei Mary kleintjes, 'je houdt van hem. Van je Pappa.' Ze staarde naar de muur. 'De god daalt neer,' zei ze, 'voert je mee in zijn armen, biedt je waar je al die jaren naar hebt gehunkerd, wat je nodig had om niet te verdorren, als een plant zonder zon of regen. Maar geeft het op een manier die je pijn doet, beschaamd maakt, vernietigt.' Ze huiverde.

Ronnie gaf een gil alsof zij zich plotseling had bezeerd en Elizabeth keerde zich snel naar haar toe.

'Voelde jij je zo?' drong Elizabeth aan.

Ronnie zat dubbelgevouwen met haar handen voor haar gezicht, haar ellebogen op haar gespierde benen in spijkerbroek geplant.

'Dáárom ben je weggegaan, nietwaar?' vervolgde Elizabeth onbarmhartig.

Ze knikte.

'Vertel.'

Ronnie liet haar handen zakken. 'Waarom! waarom! Is het niet genoeg dat je het weet? Moet ik jullie alle schunnige details vertellen, zodat je erin kunt zwelgen, vol zelfmedelijden, als jammerend slachtoffer? Nee! Nee! Ik heb jullie problemen niet. Ik hield niet van hem en ik wist dat hij niet van mij hield! Punt uit. Het was pure uitbuiting!'

Ze stond onverhoeds op, liep naar de bar en schonk een groot glas Perrier voor zichzelf in. Ze bleef daar staan foeteren. 'Jullie hielden echt van hem. Da's natuurlijk, hij was jullie vader, natuurlijk hield je van hem. En jullie wilden dat hij van jullie hield, dus in zeker opzicht wilden jullie dat er gebeurde wat gebeurde...'

Ze protesteerden luid. Zij stak haar hand op. 'Ho, ho! Ik zeg niet dat jullie wilden dat hij jullie verkrachtte. Alleen dat jullie je medeplichtig voelen omdat jullie het voor liefde aanzagen en jullie liefde wilden. Dat gevoel van medeplichtigheid doet jullie de das om. Daardoor voelen jullie je zo... drekkig.'

Ze liep terug naar haar stoel en stak een sigaret op. 'Hoe dan ook, ik wil alleen maar zeggen dat ik niet dat gevoel van medeplichtigheid heb. Ik was 't kind van een dienstbode, hij heeft nooit een moer om mij gegeven. Ik was een kleine Chicana-meid, niemand, niets. Ik wist zelfs niet dat hij mijn vader was, tot ik die keer echt zijn ogen zag. Ik hield niet van hem. Dus toen hij met me deed wat hij deed, me botweg nam, ruw, alsof ik een stuk vlees was... heb ik dat nooit verward met vaderlijke liefde.'

Ze leunde met een verbeten gezicht achterover, blies rook uit.

'Wil je zeggen dat hij het... met jullie allemaal heeft gedaan!?' riep Alex. Ze voelde zich alsof haar hoofd in een luchtbel zat opgesloten, ver weg. Het duurde even voor hun stemmen haar bereikten en ze bereikten haar maar zwakjes. Bed. Ze moest naar bed. Ze stond op, maar wankelde. Ronnie sprong overeind en greep haar zodat ze niet omviel.

'Bed. Ik moet naar bed,' mompelde ze. Ze klonk dronken.

Elizabeth keek Mary waarschuwend aan. 'Misschien moet je wat Perrier drinken,' zei Mary, die opstond en Alex' glas pakte. 'Ik haal het voor je.' Maar Alex had haar glas nauwelijks aangeraakt: het was bijna vol; ze hield het omhoog zodat Elizabeth het kon zien.

'Cognac,' zei Elizabeth.

Mary ging het halen.

Ronnie zette Alex weer in haar stoel. Ze zag er oud uit, lijkbleek. Haar ogen stonden diep in donkere kassen. Ze staarde in het niets.

'Ik lag in mijn ledikantje. In de kinderkamer,' zei ze schor. 'Ik voelde iets en ik werd wakker en vader was er. Zijn hand zat in mijn broek. Hij wreef me steeds maar. Het voelde... het voelde... fijn. Het deed pijn. Het maakte me bang. Kindje bang,' jammerde ze zacht. 'Mammie, Mammie!'

Mary rende de kamer weer binnen met de cognac, hield die onder haar neus. 'Hier, snuif. Neem een slok.'

Alex snoof en nam een slok. Ze leunde achterover. Ronnie zat gehurkt naast haar, Mary knielde aan de andere kant. Elizabeth stond op. Alex keek naar haar op en stak haar handen naar haar uit zoals een baby de handen uitsteekt naar een moeder die haar uit de wieg tilt. Elizabeth gaf een snik, ging naar Alex, bukte en omhelsde haar.

'Ik was de oudste. Ik had moeten helpen! Maar ik heb jullie geen van allen gered!' huilde Elizabeth. 'Het enige waar ik aan dacht was mezelf redden!'

'Dat deden we allemaal,' zei Mary met gebogen hoofd en verstikte stem. 'Op alle mogelijke manieren.'

'Wat kon je anders doen?' vroeg Ronnie in verbijstering. 'Wat konden we een van allen doen? We waren kinderen!'

Alex klampte zich vast aan Elizabeth. Mary kwam op de leuning van haar stoel zitten en omhelsde Alex met een arm. Ronnie legde haar hoofd op Alex' knieën en sloeg haar armen eromheen. Toen begonnen ze allemaal te bewegen, zachtjes heen en weer te deinen, kreunend, prevelend, weeklagend als vrouwen op een begrafenis, eenstemmig neuriënd en wiegend, één enkel rouwend vrouwenlichaam.

HOOFDSTUK 15

Toen meneer Upton om een uur of tien indutte, belde Florence mevrouw Browning via de intercom en vroeg fluisterend iemand naar boven te sturen, ze had een pauze nodig. Teresa kwam glimlachend op haar tenen de kamer binnen. Florence maakte een gebaar van thee drinken en Teresa knikte, glimlachte, draaide de schommelstoel zo dat zij de tv kon zien waarop een sportwedstrijd werd vertoond, CNN.

Florence ging naar beneden, naar de keuken en zei tegen mevrouw Browning dat zij juffrouw Upton wilde spreken. Mevrouw Browning fronste de wenkbrauwen en zei dat zij moest kijken. Ze ging weg, kwam terug en leidde Florence door een lange gang langs een soort enorme ontvangstruimte en een kamer met een biljart naar de bibliotheek. Die had een laag plafond met houten balken, en een enorme natuurstenen haard. Juffrouw Upton zat achter een enorm bureau.

Florence Douley beende enigszins strijdlustig naar het bureau, maar toen keek juffrouw Upton op en glimlachte.

'Juffrouw Upton: wat die kleine kwestie betreft waarover we het gisteravond hadden toen ik vertrok?'

'Sorry, Florence. Welke kleine kwestie?'

Florence trok met haar mond. 'Over de mogelijke noodzaak van een ondersteek, juffrouw Upton.'

Elizabeth leunde achterover, zette haar bril af. 'Juist.'

'Wel, ik vroeg me af of u meneer Upton gisteravond hebt horen bellen. Want het bed was vanochtend nat.'

Elizabeth stond op. 'Wat!'

'Het spijt me. Ik wilde niet... het was alleen... Ik vroeg me af of hij had gebeld of... sommige patiënten worden kwaad, net als kleuters, de arme zielen, en... plassen gewoon, weet u.'

'Vader heeft in bed geplast?' Ze keek ongelovig.

'Misschien heeft hij gebeld en hebt u het niet gehoord?'

'Zijn intercom staat in verbinding met de keuken, met de kamer van mevrouw Browning, met die van het meisje en ook met mijn slaapkamer, voor noodgevallen. Ik kan me niet voorstellen dat niemand hem heeft horen bellen. Heb je het hem gevraagd?'

'Ja, mevrouw,' bekende Florence. 'En ik dacht dat hij tegen me grinnikte of zo. Natuurlijk, zo staat zijn gezicht, misschien heb ik me vergist.'

Elizabeth staarde haar aan. 'Het spijt me zo, Florence. Het moet een vreselijke troep zijn geweest om op te ruimen.'

Woorden braken los uit Florence. 'Het lijkt niet alsof hij incontinent is. Incontinente mensen kunnen het niet helpen, die hou ik in luiers. Gelukkig had ik eraan gedacht om een bedzeil onder het zeemleer te leggen, anders was ik nog niet jarig geweest. Nu moest ik hem vanochtend meteen in de rolstoel zetten, de matras luchten, het bedzeil schoonmaken en laten drogen. Maar hij leek in orde – verslond zijn ontbijt.'

Na haar uitbarsting voelde Florence zich opgelucht. 'Nou ja, het hoort nu eenmaal bij het werk, mevrouw. Vond alleen dat ik het moest vragen. Want als hij 't is, weet u, incontinent, moeten we hem luiers omdoen.'

'Ja.' Elizabeth stond op en Florence draaide zich om en liep weg. 'Florence?' riep ze.

'Als hij het weer doet... vertel het me dan, goed?'

'In bed plassen! Vader!' riep Mary uit. 'Niet te geloven! Vader?'

'Misschien kon hij er niets aan doen,' zei Alex.

Mevrouw Browning en Teresa kwamen binnen met kommen dampende erwtensoep.

'Alweer zo'n grijze dag,' merkte Elizabeth op.

'Ja,' zuchtte Mary. 'Ik dacht erover morgen naar Boston te gaan. Het is zondag, maar de musea zijn open. Iemand zin om mee te gaan?'

'Ik,' zei Ronnie en stak haar hand op.

De bedienden vertrokken.

'Hoe komen we erachter?' vroeg Mary aan Elizabeth.

'Vraag het hem,' zei Ronnie.

Elizabeth snoof. 'Vertelt hij 't ons?'

'We zouden het aan de arts kunnen vragen,' opperde Alex.

Na veel discussie besloten ze allebei te doen: Elizabeth zou dokter Stamp bellen, Mary werd afgevaardigd om met Stephen te spreken.

Mary klopte op de open deur. Florence keek op van haar breiwerk. 'O, goddank. Ik ben uitgedroogd,' zei ze en legde haar breiwerk neer. Ze knikte met haar hoofd naar Stephen, zonder glimlach. 'Hij maakt het goed,' zei ze kwiek. 'Braaf en rustig, kijkt televisie,' legde ze uit alsof dat niet duidelijk was. Hij negeerde haar en zij deed geen moeite zijn kussen op te schudden of zijn lakens glad te strijken voor zij vertrok.

'Mag ik met u praten, Vader?' vroeg Mary van de overkant van de kamer.

Stephen drukte de pauzetoets van de afstandsbediening in.

Ze aarzelde, liep toen om het bed heen en ging in de schommelstoel zitten. 'Florence was vanochtend erg van streek.'

Hij keek argwanend.

Ik ken die blik. Wat kan het mij goddomme schelen dat zij van streek is?

'Natuurlijk heeft zij in haar werk vaak incontinente patiënten. Zij was van streek omdat zij denkt dat u zich kunt beheersen. Als u dat niet kunt, moeten wij dat weten. Zodat we... maatregelen kunnen treffen... voor u.'

Hij sperde zijn ogen open van verontwaardiging. Zelfs het halfdichte oog leek groter te worden.

Iemand anders had dit moeten doen, dacht Mary met kramp in de maag. Ik niet. Wees alsjeblieft niet boos op me, Pappa.

Niet doen. Niet bezwijken. Wat zou Elizabeth zeggen? Ronnie zou je uitlachen!

Ze verhief haar stem. 'U hoeft me niet zo verontwaardigd aan te kijken, Vader! U hebt in bed geplast! Als een baby! Uit pure boosaardigheid! Dat weet ik best! En als u daarmee doorgaat, zal Florence u luiers omdoen. Wilt u dat?!'

Stephen verbleekte, sperde zijn ogen open, greep naar zijn hart. Mary stond doodsbang op, snelde toen de kamer uit en de trap af.

'Elizabeth! Lizzie!'

Ronnie kwam haar in de hal tegemoet. 'Wat is er loos?'

'Ik geloof dat hij een hartaanval heeft!'

Alex en Elizabeth kwamen tegelijk de hal binnen en gevieren renden ze naar boven. Stephen zat in bed tv te kijken.

Mary trok een gezicht. De rotzak. Wist me altijd schrik aan te jagen.

'Ik heb zojuist met de arts gesproken, Vader. Hij zegt dat er geen reden is waarom u incontinent zou zijn. Als het zo blijft, zult u luiers om moeten,' zei Elizabeth ijzig.

Een uitdrukking van intense haat trok als een doodsmasker over Stephens gezicht.

Elizabeth keek op hem neer.

Hij liet zijn blik zakken, schoof het leitje in schrijfpositie. VERVEELD, schreef hij, met een zielige blik naar Elizabeth.

'Ja, dat kunnen we ons voorstellen,' zei Mary meelevend.

Hij schreef weer: BLAD.

'U wilt een blad? Om op te schrijven?' vroeg Elizabeth.

Hij schudde zijn hoofd.

'De bladen?'

Hij knikte.

'*The Globe*? *The New York Times*?'

Hij knikte.

'Allebei?'

Hij knikte.

'*The Washington Post*?' vroeg Elizabeth.

Hij knikte.

'*The Christian Science Monitor*? Een Chicagose krant? *The LA Times*? We zullen ze laten bezorgen. Wilt u ook wat tijdschriften?'

Hij knikte.

'Goed. Alle nieuwsbladen. Nog iets?'

Hij grinnikte kwaadaardig, krabbelde: PLAYBOY.

Stephen belde een paar seconden na Florences vertrek die dag. Ronnie, die in de buurt van de keuken was, hoorde het en rende naar boven. DRNK, had hij op zijn leitje geschreven. Hij hield het omhoog. Ze aarzelde, vroeg toen wat hij wilde. COG, schreef hij. Ze schonk het in, gaf hem het glas en bleef even staan. Hij knikte bevelend en zij vertrok.

'Hij wilde cognac,' vertelde zij de zusters die bijeenzaten in de speelkamer waarheen ze de bar hadden laten verplaatsen. Mary wilde graag door de grote achterramen kunnen uitkijken over de tuin, ook al was het tegen zessen vrijwel helemaal donker.

'O wee, als hij weer in bed plast,' brieste Elizabeth.

'Wie gaat er naar boven als hij de ondersteek nodig heeft,' wilde Ronnie weten.

'Doris. Daarvoor hebben we haar aangenomen.'

'Goed!' zuchtte Ronnie. 'Zolang ik het maar niet hoef.'

'Of ik,' zei Mary.

'Ik zou het doen,' zei Alex.

'Wat ben jij, een godvergeten heilige?'

'Nee. Gewoon aan gewend. Soms help ik in het ziekenhuis, als er te weinig verpleegsters zijn. Ik ben maar vrijwilligster, maar ik werk er al zoveel jaar dat ze me kleinigheden toevertrouwen. Het is een klein ziekenhuis. Ik help hen vaak.' Alex' stem klonk dun en dof, alsof haar adem alleen uit haar keel kwam en niet uit haar longen. Ze keek niemand recht aan.

Ze kwamen na het diner weer bij elkaar, keuvelden over ditjes en datjes, maar Alex bleef even stil als zij tijdens het diner was geweest. Ronnie vroeg haar rechtstreeks: 'Herinner je je dingen?'

Ze schrok op, met verontruste blik, tuurde de kring rond. 'Sorry!'

'Is er iets bovengekomen?'

Ze knikte met gefronst voorhoofd, staarde naar een plek tussen de muur en de vloer. 'Alles kwam weer terug. Vandaag, in de bossen, toen ik wandelde. Ik zag het. Allemaal tegelijk.'

'Wil je het vertellen?' vroeg Mary aarzelend, met een blik op Ronnie. 'Ik bedoel, wil je erover praten?'

Alex dacht na. 'Ik geloof het wel. Ik heb het nodig, denk ik. Zoveel jaren die ik heb uitgewist.

Ik was in Mamma's kamer. Ik zat aan haar toilettafel, smeerde mijn hele gezicht onder de poeder. Ik was negen. Ze zei dat het mocht. Ze zei dat ik haar lippenstift ook mocht gebruiken, en haar wenkbrauwpotlood. Ze lag te rusten, ze had hoofdpijn. Pappa kwam binnen en vroeg hoe het met haar ging en ze zei dat ze zich niet erg lekker voelde. Hij zei dat ik haar met rust moest laten en in zijn kamer moest komen spelen. Ik wilde niet, ik duwde hem weg, maar hij greep mijn arm en sleepte me mee. Zij riep hem, een beetje zwakjes: "Stephen!" toen hij haar deur dichtdeed en hij deed hem weer open en zei: "Ik zal haar een poosje van je overnemen, lieverd. Rust maar." Het was in Georgetown. In dat huis was er geen verbinding tussen hun slaapkamers, ze lagen naast elkaar. Hij nam me mee naar zijn kamer en sloot de deur. Hij zei dat ik een grote dame leek met mijn poeder en lippenstift. Hij tilde me op en legde me op bed en begon toen... te doen wat hij deed. Ik jammerde. Ik wilde niet dat hij het deed, maar ik was ook bang, ik wist dat Mammie in de andere kamer lag, ik wilde niet dat zij het hoorde. Dus ik jammerde zachtjes.

Maar ze moet verdenking hebben gehad. Ik weet niet waarom. God weet dat hij het al jaren deed, maar iets moet haar achterdocht hebben gewekt. Misschien had ze daarom zo vaak hoofdpijn. Hoe dan ook, plotseling ging de deur heel zacht open, alsof ze binnensloop, en ik keek op en zag haar gezicht. Hij niet, hij lag op zijn buik naast me met zijn gezicht naar me toe en zijn handen op mij. Ik zal haar gezicht nooit vergeten. Mijn hart stond stil, ik voelde me zo slecht, zo smerig, zo verkeerd. Ik gaf een gil en Vader draaide zich snel om en zij stond daar naar hem te kijken. Toen kwam ze met grote stappen naar het bed, greep me bij de arm, greep me zo hard dat het pijn deed, trok me van het bed af, en duwde me voor zich uit mijn kamer in. Ze zei: "Ik kom terug!" en sloot me op. Ze sloot me op! Ik huilde, ik had het koud, ik had geen onderbroek aan. Ik wilde doodgaan en begraven zijn en voorgoed vergeten. Ik hoorde hen buiten op de overloop schreeuwen. Ik verstond niet wat ze zeiden, maar ik weet nog dat zij zei: "Nooit! Nooit! Nooit!" Ze huilde. Na een poos die heel lang leek kwam ze met een koffer mijn kamer binnen, ze smeet mijn kleren erin, greep mijn jas, drukte mijn hoed op mijn hoofd en duwde me de deur uit. Ik vroeg me af waarom ze me meenam, of ze me dood ging maken. Ze zei geen woord tegen me. Ze merkte niet eens dat ik geen onderbroek aanhad.

Er kwam een taxi en we stapten in. We gingen naar Oma's huis. Mamma zei dat ik allereerst een bad nodig had. Ze nam me mee naar boven en zette me in de badkuip. Toen ging ze naar beneden en ik hoorde haar met Opa en Oma, fluisteren, gillen en huilen. Aan hun manier van spreken kon ik horen dat ze haar probeerden te kalmeren. Oma kwam naar boven en haalde me uit bad – natuurlijk, ik was negen, ik kon er zelf uit komen, maar ze hielp me toch. Ze sloeg een grote handdoek om me heen en hield me dicht tegen zich aan, ze wreef me droog met de handdoek en knuffelde me. Toen huilde ik. Ze bleef me knuffelen. Toen voelde ik me veilig.

Maar ik heb me bij mijn moeder daarna nooit meer veilig gevoeld. Heel lang niet. Misschien nooit weer. Ik voelde dat ze mij de schuld gaf. Ze sprak er nooit meer over, ze was lief voor me, aardig, altijd. Maar ik heb haar nooit meer echt vertrouwd.

Ik besef nu dat zij of Opa een soort regeling met Vader getroffen moet hebben. Misschien heeft ze gedreigd het openbaar te maken als hij pogingen deed mij weer te zien, te schrijven of te bellen. Misschien bedoelde hij dat toen hij "afspraak" opschreef.'

'Onderhield hij je?' vroeg Elizabeth.

'Ik weet het niet. Waarschijnlijk. Moeder verdiende zo'n schijntje – twee- of drieduizend per jaar. Jullie weten wel hoe ze vrouwen toen betaalden. Opa verdiende meer, maar niet veel en toen ging hij met pensioen. Maar we hadden het altijd ruim. Natuurlijk, we leefden bescheiden. Zelfs toen mijn moeder met Charlie was getrouwd. Ik kan het haar vragen,' voegde ze er bitter aan toe. 'Nu ik het weet, praat ze misschien met me.' Ze keerde zich naar Elizabeth. 'Heb jij het ooit aan je moeder verteld? Later, bedoel ik. Ik bedoel, weet ze het nu?'

'Nee,' zei Elizabeth kortaf.

Ze keken haar allemaal zwijgend aan, zonder oordeel.

'Ik kan er nog steeds niet over uit dat jij hem hebt laten ophouden!' zei Mary.

'Ja. Ironisch – na al die jaren, het was zo simpel. Ik zei gewoon: "Hou op." Ik was zeventien, ik was in juni van de middelbare school gekomen, ik ging in september naar de universiteit, ik kon er gewoon niet meer tegen. Hij was met Amelia getrouwd, jij' – ze keek naar Alex – 'was een baby. Hij was voor 4 juli gekomen en had niets gedaan – me niet aangeraakt – en hij vertrok een paar dagen later. Telkens als hij vertrok, ontspande mijn hele lichaam zich, ik voelde de kramp wegtrekken uit mijn maag. Maar ik wist altijd dat hij terug zou komen. Het – vrat aan me, ik liep rond en voelde me... slecht, alsof mijn lichaam besmeurd was, besmet, alsof het stonk – want als het niet iets goors had, zou het hem niet ertoe brengen die dingen met me te doen. Hij zei altijd dat het mijn schuld was, dat het door mijn lichaam kwam dat hij het deed. Ik weet nog dat ik urenlang in het bos zat en probeerde te achterhalen wat er met mijn lichaam was dat dat deed...'

'Ik ook!' riep Mary. 'Dat zei hij ook tegen mij. Mijn lichaam deed iets dat hem ertoe bracht! Ik stond 's nachts vaak naakt voor de spiegel naar mezelf te kijken en vroeg me af wat er met mij wás, want ik was zo klein, weet je, net als jullie tweeën, ik was net uit de luiers toen hij begon – ik was nog helemaal niet ontwikkeld. Maar hij zei altijd dat ik een kleine flirt was, dat ik het wilde.' Ze dacht een poosje na, schudde toen bruusk haar hoofd en keek op naar Elizabeth. 'Wat heb je toen gedaan?'

'Hij kwam in augustus terug. Het was een paar dagen na zijn aankomst. Hij zou de hele maand blijven. Mijn hart stond stil toen ik dat hoorde, het plonsde zó in mijn maag. Ik was niet van plán hem tegen te houden, daar dacht ik niet aan. Ik was nooit op het idee gekomen dat ik dat kon, dat ik bij machte was iets te doen. Helemaal niet. Op een middag waren jullie allemaal bij het zwembad – Amelia en jullie tweeën, Alex en Mary. Ik was somber als altijd, verschool me met een boek in mijn kamer. Hij kwam binnen en sloot de deur. Ik wist wat dat betekende. Ik lag op mijn buik op bed. Ik weet nog dat ik net was begonnen aan *De gebroeders Karamazow*, over die gemene vader die vermoord wordt. Misschien zat dat in mijn hoofd, ik weet het niet. Ik duwde me overeind tot ik zat, nog steeds op bed, en ik keek hem dreigend aan. Ik hield het boek voor me uit als een schild, als een crucifix voor een duivel in een vampierfilm. En ik gilde: "Nee! Nee! Nee! Niet meer! Ik wil dat u ophoudt!"

Hij zei: "Denk goed na, Elizabeth. Je moeder en jij hebben mijn ondersteuning nodig. Vraag haar maar of dat niet zo is. En zolang ik jou onderhoud, doe je wat ik zeg." Ik stond op, sprong op, ik was lang – mager maar sterk, ik speelde hockey op school. En ik nam deze houding aan – ik weet niet hoe ik daaraan kwam – ik boog mijn bovenlichaam zo'n beetje en mijn knieën een beetje – een soort karatehouding, weet je wel? Maar ik kende geen karate, daar had ik zelfs nooit van gehoord. Ik zei: "U ondersteunt mijn moeder krachtens de wet, krachtens een contract." God weet dat ik er intussen genoeg vanaf wist, wist dat hij detectives had gehuurd om mijn moeder te grazen te nemen, wist dat hij haar slinks een scheiding had opgedrongen. Ik wist wat een luis hij was. Maar toch – hij was mijn vader. Dus... nou ja, ik trok een dapper gezicht, veel dapperder dan ik me voelde. Ik was ijskoud, ik praatte als een volwassen vrouw. Ik zei: "Wat mij betreft: ik heb uw ondersteuning niet nodig, ik geef er niet om, ik red me wel zonder u. U zult me nooit meer aanraken!" Achteraf moet ik om mezelf lachen, maar ik denk dat ik er wel wat woest zal hebben uitgezien.

Hij was furieus en kil – jullie weten wel dat hij geen enkele tegenstand verdroeg, vooral niet van zijn kinderen. Maar ik denk dat hij tegelijkertijd een beetje geamuseerd was.' Ze stak een sigaret op, schraapte haar keel. 'Ik kwam op hem af, met geheven vuisten, klaar om hem een dreun te geven. God weet wat er zou zijn gebeurd als ik dat had gedaan. Ik schreeuwde: "Eruit! Mijn kamer uit!" En dat deed hij.

Hij deed het! Hij grauwde: "Je zult dit betreuren, Elizabeth," maar hij draaide zich plotseling om en vertrok met slaande deur. *Ik had hem weggestuurd!* Dat was het mooiste moment van mijn leven. Voor de eerste keer in mijn leven voelde ik dat ik een zekere macht had. Ik was niet zomaar een pingpongbal, een pion in het spel van anderen, iets waar iedereen mee kon sollen. Vader, Moeder, grootouders, familie... docenten. Ik had iets te zeggen over mijn leven! Het was een heerlijk gevoel. Ik voelde me zo fantastisch dat ik een zwempak aantrok en naar beneden rende, naar jullie luitjes. Maar jullie waren al weg bij het zwembad. Ik dook er toch in en zwom in mijn eentje. Ik moet een half uur hebben gezwommen. Ik had zoveel energie...'

Ze staarde lange tijd naar buiten, veegde toen haar wang af, klam van het zweet. Ze legde kalm haar handen in haar schoot. 'Ik wist dat hij me nooit meer lastig zou vallen. En hij heeft het nooit meer gedaan. Maar hij heeft me nooit vergeven, en ik deed iets – bijna even erg als wat hij had gedaan. 't Kon me niet schelen, weet je. Ik had geen... geen scrupules. Niet wat hem betreft. Ik ging naar hem toe toen ik een baan nodig had en deelde hem mee, deelde hem domweg mee, dat ik verwachtte dat hij me zou helpen. Hij deed het toen, half glimlachend om mijn brutaliteit. Maar toen deed ik het weer, toen Clare terugkwam naar de Verenigde Staten. Hij had een onnozel baantje aan een kleine universiteit, maar hij behoefde en verdiende iets veel beters, iets aanzienlijks. Zonder politieke druk kon hij dat onmogelijk bereiken. Daarom zocht ik Vader weer op; ik zei dat het zijn reputatie ten goede zou komen, dat Clare een briljant econoom was, met Republikeinse sympathieën, o, ik deed mijn best. Het had genoeg moeten zijn, zo werkt het systeem, het – ach, ze noemen het nu netwerken, maar het is vriendjespolitiek. Hij had me zonder meer moeten helpen. Clare moeten helpen. Maar hij wilde niet. Hij deed honend, vroeg waarom hij goddomme iets ter wereld zou doen om míj te helpen. Net of ik niet zijn dochter was. Hij dacht waarschijnlijk dat Clare mijn vriendje was. Ik zag rood – letterlijk – mijn ogen liepen vanbinnen vol met rood. Er was die dag inderdaad een bloedvaatje gesprongen, ik moest naar de dokter. Ik beet hem toe: "Omdat u 't me schuldig bent."

O, dat gezicht van hem. Jullie kunnen 't je wel voorstellen! Hij pakte zijn pen, vroeg me wat voor soort baan ik voor Clare wilde, schreef zijn naam en telefoonnummer op. Hij zei dat we van zijn secretaresse zouden horen. Toen legde hij zijn pen neer en keek me aan met die kwaadaardige woede, je weet wel, jullie hebben 't allemaal gezien. En hij zei: "Ik wil je nooit meer in dit kantoor zien. Je zult nooit meer contact met me opnemen." Ik bleef een minuut staan. Weet je wel,' ze keerde zich met een gekwelde uitdrukking naar hen toe, 'dat ik zin had om te huilen? Is dat niet absurd? Ik had hem daar net gechanteerd, maar ik voelde alleen dat ik er door mijn vader uit was gegooid, alsof al het andere nooit was gebeurd, alsof hij gewoon een normale vader was en ik gewoon een normaal klein meisje en hij me uit zijn leven had gegooid. Ik dacht dat ik hem nooit meer zou zien. Weet je dat?' Ze keerde zich weer naar het raam, met natte wangen: 'Ik wilde me aan zijn voeten werpen, hem om de knieën vatten, bidden, smeken, alsjeblieft Pappa, gooi me niet weg!

Ik deed het niet. Ik bewaarde mijn kalmte en beende de deur uit – op een of andere manier. En ik werd nog steeds uitgenodigd op de familiefeestjes. Door zijn secretaresse. Maar hij sprak nooit meer persoonlijk met mij. Alleen in het bijzijn van anderen.' Ze zuchtte met een diepe huivering, als iemand die na mijlen sjouwen een geweldige last van haar schouders legt. Ze leunde met haar hoofd achterover, keek naar het donkere raam. 'En dat maakte me furieus. Intens. Ik kan hem nog steeds niet vergeven. Daarom is het nu zo moeilijk voor me om met hem te praten. Ik geloof niet dat hij me ooit van zijn leven een vriendelijk woord heeft gegund, behalve als hij in mijn bed was. En als hij in mijn bed was, deed hij iets met me dat ik niet wilde laten doen, dat me het gevoel gaf dat ik geen wil had, geen zélf – dat ik alleen een ding in zijn bezit was. Daarom betekenen vriendelijkheid, liefde en seks voor mij, tot op de dag van vandaag – vernietiging.' Tranen vulden haar ogen en vielen een voor een over het randje. 'Hij heeft mijn leven verwoest,' zei ze met zwakke stem.

Ze zaten zwijgend bijeen.

'Zeg dat alsjeblieft niet,' smeekte Alex. 'Alsjeblieft. Ik kan er niet tegen.' Ze zat kaarsrecht op haar stoel naar de muur te staren.

Niemand zei iets.

'Hij heeft het leven van ons allemaal verwoest,' hield Elizabeth vol. 'Zie ons eens – een ellendig troepje.'

'Ik had steeds van die black-outs,' zei Alex. 'Ze worden door iets opgewekt, een of andere herinnering of associatie, vermoed ik, en ik zak zomaar in een... wolk. Ik weet niet wat er gebeurt als ik daar ben, ik val niet flauw... behalve een keer wel. Ik kom gewoon opeens weer bij en weet dat ik weg ben geweest.' Ze pauzeerde. 'Ik begon te denken – dat ik bezeten was. Weet je wel? Dat ik visioenen had – religieuze visioenen – al herinnerde ik me er nooit een na afloop. Toen dacht ik – dat ik misschien ziek was. Dat ik een hersentumor had, of epilepsie of zo. Dat beangstigde me hevig. Na mijn aankomst hier overkwam het me bijna iedere dag. Blackouts. Als ik wandelde, of fietste... het is een wonder dat ik niet gevallen ben. Zie je, het was niet alleen in Georgetown. Hij is er hier mee begonnen, in dit huis, toen ik nog in de kinderkamer sliep... ik weet niet hoe jong ik was toen hij begon, maar ik weet dat het daar begonnen is, daar boven, in die kamer...' Ze pauzeerde. 'Hoe oud,' snufte ze, 'hoe oud ben je als ze je uit de kinderkamer verhuizen?'

Mary fronste haar voorhoofd. 'Ik heb mijn kinderen eigen kamers gegeven toen ze negen waren, maar ik ben op mijn zevende van de kinderkamer gegaan. Maar dat was omdat ik naar een kostschool werd gestuurd en geen kinderjuf meer had.'

'Nee, nee,' kreunde Alex. 'Ik was nog een peuter! Twee of drie. Ik lag in een ledikantje. Dat weet ik zeker!'

De vrouwen zwegen, stelden het zich voor.

'Mijn moeder zei altijd – áltijd,' herinnerde Elizabeth zich, 'vooral als ze een paar cocktails op had – dan gilde ze dat geen wet hem belette haar te bedriegen en dat alle wetten van de wereld op de hand waren van de Stephen Uptons van deze wereld. Destijds schokte dat me echt, want ik dacht dat ze misschien wist wat hij met me deed en bedoelde dat ze hem niet kon weerhouden, dat hij de wet aan zijn kant had. Ik denk dat ik dat wilde geloven. Ik wilde geloven dat zij het wist want ik wilde denken dat zij aan mijn kant stond, om me gaf, meevoelde – maar er alleen niets aan kon doen. Ik wilde niet het gevoel hebben dat ik het haar niet kon vertellen omdat ze me niet zou geloven – of omdat ze me de schuld zou geven...'

Ze hield op, stak een sigaret op. 'Ach, ze heeft natuurlijk nooit iets vermoed – zover ik weet. Maar ze had gelijk: alle wetten waren op zijn hand.'

'Dat is niet waar,' wierp Ronnie tegen. 'Incest is in strijd met de wet.'

'Werkelijk?' spotte Elizabeth. 'Denk je dat hij vervolgd zou zijn als we hem hadden beschuldigd toen we klein waren? Denk je dat ook maar íemand ons zou hebben geloofd? De grote Stephen Upton een aanrander van kleine meisjes, zijn eigen dochters?'

Ze dachten na.

'Zelfs nu. Als we hem nu beschuldigden, zou iemand íets doen?'

'Misschien,' zei Alex.

'Een zieke, oude man. We hebben geen bewijzen. We hebben al die jaren gewacht. We zijn bang dat hij ons zal onterven. O, vergeet het!' riep Mary. 'Ze zullen ons als monsters beschouwen, monsterlijke dochters, ondankbare, kwaadaardige Gonerils en Regans, belust op de vernietiging van een arme, oude, seniele man.'

'Wie zijn Goneril en Regan?'

'O, personages in een toneelstuk. Monsterlijke dochters die *onnatuurlijk* worden genoemd. Alsof liefde voor ouders een natuurlijk gegeven is.'

'Dat is toch zo, nietwaar?'

Ze keken haar allemaal aan.

'We houden van hem, nietwaar. Allemaal.'

'Ik niet,' zei Ronnie heftig.

'Ik zie de kinderen in het ziekenhuis. Mishandelde kinderen,' ging Alex verder. 'Bont en blauw zijn ze, met striemen of brandwonden of gebroken botten, gekraakte schedels. Maar als de ouder hen komt bezoeken, degene die het heeft gedaan – strekken ze hun armen naar hen uit, ze zijn zó blij hen te zien! De kleintjes. Zelfs als ze bang voor hen zijn. Het is hartverscheurend.'

'En de ouderen?'

'Die duiken wat ineen, zijn angstiger. Maar ze huilen als hun ouders vertrekken. Het is zo... er is geen oplossing.'

'En meestal zijn de daders mannen,' mompelde Ronnie.

'Niet waar,' zei Elizabeth geërgerd. 'Vrouwen doen het even vaak.'

'Vrouwen zijn negentig procent van de tijd bij hen,' schreeuwde Ronnie.

'Luister, Ronnie, overheersen of onderwerpen zit in de wetten van de natuur...'

'Dat zijn geen wetten van de natuur maar van het patriarchaat!'

Mary steunde, legde haar hoofd in haar handen.

'O! Dus leeuwen zijn patriarchaal als ze kleinere dieren doden?'

'Die doden om te eten, niet om te overheersen. Alleen de mens doodt om te overheersen.'

'Zowel de man als de vrouw.'

'Vrouwen zelden.'

'Maar je geeft toe dat het voorkomt?'

'Vrouwen zijn ook weleens gezwicht voor macht,' verkondigde Ronnie.

'O, ze zijn geen reine, heilige sekse, door hun hormonen gevrijwaard van smetten?'

'Ze zijn beter dan mannen,' zei Ronnie koppig. 'Zij nemen de verantwoordelijkheid voor de kinderen op zich, zij offeren alles op voor hun kinderen, stellen de kinderen boven alles.'

'Zoals jouw moeder?' gooide Elizabeth eruit.

'Mijn moeder offerde inderdaad alles voor me op! Ze droeg vijftien jaar lang dezelfde winterjas, kocht zelden een nieuwe jurk voor zichzelf en dan nog een goedkoop vod, en ze kocht nooit iets anders voor zichzelf! Ze gebruikte iedere rotcent die jullie klootzak van een vader haar betaalde om voor mij te zorgen! God weet dat híj dat nooit heeft gedaan. Hij heeft geen luier betaald, nog geen veiligheidsspeld! Nooit een doktersrekening betaald, nooit een schoolschrift voor me gekocht! Ze moest hier blijven – dat was voor haar de beste manier om mij te beschermen!' Ronnie schudde haar hoofd, tranen sprongen in haar ogen. 'Wat een kreng ben jij,' mompelde ze. 'Alleen omdat jóuw moeder wreed was...'

'Waarom! Waarom, waarom, waarom moeten jullie elkaar persoonlijk aanvallen als jullie willen bekvechten over politiek of waar jullie ook over bekvechten!' gilde Alex.

'Zij begon,' protesteerde Ronnie.

'Kun je niet gewoon toegeven dat je niet toegaf?' zei Mary gemelijk.

'Jezus!' Ronnie sprong weer op. Ze danste woedend rond, alsof haar tenen in brand stonden. 'Jullie tweeën doen alsof we over een academische kwestie twisten, engelen op een speldeknop of wie aan de beurt is voor de afwas! Maar we hebben het over iets fundamenteels! Het raakt de kern van alles wat we vinden van het leven, mensen, hoe je moet leven! Zij gelooft,' ze stond stil en wierp een boosaardige blik op Elizabeth, 'dat de drang tot overheersen aangeboren is en ik wed dat ze denkt dat mannen die meer hebben dan vrouwen. Testosteronvergiftiging, ongetwijfeld,' voegde ze er venijnig aan toe.

'Gelieve geen pogingen te doen mijn opvattingen te beschrijven, Ronnie,' zei Elizabeth stijfjes.

Ronnie negeerde haar. 'Zodat het leven onvermijdelijk een permanent gevecht om de macht is, waarbij mannen een betere uitgangspositie hebben dan vrouwen – waarschijnlijk omdat vrouwen kinderen krijgen – nietwaar, Elizabeth?' hoonde ze. 'En als dat waar is, kunnen vrouwen nooit méér zijn dan slachtoffers, gedoemd om van generatie op generatie te vechten voor veiligheid, bescherming te zoeken onder de vleugels van de minst beroerde man die zij kunnen vinden...!' Ze zweeg, buiten adem.

'Terwijl,' ging Elizabeth verder, 'jij en jouw soort doen alsof overheersing niet cruciaal is voor de menselijke psyche, doen alsof we 't allemaal alleen maar op een goeie dag hoeven opgeven en dan een lieve, kleine, knusse wereld kunnen scheppen waarin iedereen samen deelt, samenwerkt, alle anderen voedt – alsof je geweld, woede, hebzucht kunt uitwissen, uitbannen...'

'Het is een betere visie dan de jouwe! De jouwe is een advies uit de hel!'

'En de jouwe komt rechtstreeks uit de hemel?'

Ronnie zuchtte, bedaarde en ging weer zitten. 'Kijk. We weten allebei dat de aard van de menselijke natuur niet vast te stellen is, niet echt kenbaar. Dat alle definities van de mens maakwerk zijn, dat we de waarheid omtrent onszelf niet kunnen kennen, als er al een waarheid ís. Waarom zouden we onszelf dan niet definiëren op een manier die een goed leven mogelijk maakt, die ons niet een eindeloze weg van wanhopig machtsstreven op stuurt? Wanhopig omdat er geen eind aan komt, je hebt nooit genoeg macht, dat kan niet. Waarom geen filosofie kiezen die alternatieve manieren van leven toestaat? De mijne maakt in ieder geval positieve actie mogelijk.'

'En de mijne maakt vrouwen waakzaam, spoort hen aan zichzelf te beschermen – wijselijk. In deze wereld moeten ze dat.'

In de stilte bewoog Mary zich. 'Ik verfoei politiek,' zei ze luchtig. 'Politiek is triviaal, vluchtig, wordt onherroepelijk achterhaald. Ik bedoel, als je Shakespeare leest, kan het je dan schelen wie er koningin was? Kunst gaat over het universele – het enige dat er echt toe doet.'

Ronnie keek haar dreigend aan. 'Als jij denkt dat kunst niet politiek is, ben jij ook een idioot!'

Alex keek verbijsterd. 'Zoals jullie allemaal praten... jullie klinken alsof jullie geen besef van het goddelijke hebben, alsof – godheid, geest, hoe je het wilt noemen, niet boven jullie zweefde... alsof jullie jezelf hebben uitgevonden! Hoe kun je dat geloven?!'

Alle drie gromden ze.

HOOFDSTUK 16

Iedereen weet dat kunst boven politiek gaat, dacht Mary, die stijfjes Ronnies verbeten blik tegenover haar in de auto meed. Hoe kan zij zeggen dat het politiek is? Zeker niet de grote klassieken die zij tijdens haar korte schoolopleiding had gelezen – de *Ilias*, de *Aeneïs*, de stukken van Shakespeare, *Paradise lost*, *De Elfenkoningin* – die was zeker niet politiek. Maar wat Ronnie met politiek bedoelde, leek los te staan van politieke partijen, zelfs van het communisme...

Aldo reed Mary en Alex naar Back Bay om te lunchen met Eloise en zou Ronnie onderweg afzetten bij de universiteitsbibliotheek. Elizabeth had verkozen thuis te blijven.

Ze spraken weinig tijdens de rit.

Alex' geest was gekwetst en wazig, vol verwondering over hoe anderen de wereld zagen. Ze begreep niet hoe zij konden lachen om zo'n geweldige dimensie van de ervaring, hoe ze daarvan onwetend konden zijn. Voelden zij het nooit? dat machtige gevoel van contact met iets van verre, eeuwig, zwevend, altijd aanwezig, voor haar een essentiële dimensie waarin ze veel tijd doorbracht. Hoe zou het zijn om zonder dat gevoel te leven? Hoe konden ze het niet om zich heen voelen, iets dat hen omhelsde, verenigde, dat de hele mensheid verbond en omhelsde, alle schepselen, de hele schepping? Ze deed moeite zich zichzelf voor te stellen zonder dat gevoel, maar slaagde er alleen in haar omgeving weg te vagen, het landschap van Massachusetts langs hun route van het land naar de stad, de weg, de auto's, de anderen in de auto vervluchtigden en zij betrad de haar vertrouwde opake ruimte, waarin ze de lucht langs zich voelde strijken, dingen gewaarwerd als dansende stofjes in de ruimte, hun drie harten eenstemmig hoorde kloppen, het ritme van de dans voelde...

Ronnie zette, tegenover twee gesloten, afstandelijke gezichten, koppig de kiezen op elkaar. Ze had hen terecht gewantrouwd, zij waren precies zoals zij aanvankelijk had gedacht. Hoe had ze zich kunnen laten verleiden tot genegenheid voor hen? Ze waren nutteloos, erger dan nutteloos. Alex volslagen excentriek, Mary een van die verwaande lichtgewichten die als schuim op het oppervlak drijven, nooit bezig zijn met iets wezenlijks, alleen oog hebben voor het modieuze. En Elizabeth! Van hen allemaal voelde ze zich met haar het meest verwant, het meest soortgelijk. Maar God! Je kon niet, onmogelijk, bevriend zijn met iemand met haar politieke ideeën. Als Elizabeth Ronnie werkelijk had geaccepteerd, haar had leren waarderen en begrijpen, dan had ze aan haar fascistische ideeën moeten gaan twijfelen. Haar vriendelijke gedrag sloeg dus nergens op. Maar ze was ook tot alles in staat, chanteerde zelfs haar vader om van hem te krijgen wat ze wilde. Het enige dat zij alle vier gemeen hadden, was zijn... misbruik.

Misschien was dat alles wat vrouwen als sekse gemeen hadden.

Ze had hen niet nodig. Ze had zich laten misleiden, maar nu was ze argwanend, gewaarschuwd, alert, in oorlog. Ze had al die jaren zonder hen geleefd en kon dat verder ook, dank je wel.

Ze probeerde het malen van haar geest te doen bedaren, zich te concentreren op wat ze vandaag moest doen. Een goed handboek voor statistiek moest ze kopen. Sommige boekhandels waren op zondag open, maar welke? Ze wist het niet meer, haar studentenleven leek jaren geleden, een ander leven. Voor Mamma ziek werd. Voor Mamma stierf.

Aldo zette Ronnie af bij de bibliotheek. Mary had geregeld dat hij om twee uur weer in Back Bay was om Mary, Alex en Eloise naar het Isabella Gardner Museum te rijden en daar op hen te wachten. Daarna, om een uur of half vier, zou hij Ronnie ophalen bij de bibliotheek. Zij gingen vrijwel zwijgend uiteen.

Maar een paar uur later, toen ze haar oppikten, begroetten de twee anderen haar hartelijk en praatten en lachten druk.

'Natuurlijk, ik weet niets van kunst, maar de manier waarop zij de dingen heeft gerangschikt vond ik echt komisch. Wat vind jij, Mary?' lachte Alex. 'Reusachtige kandelaars naast een prachtig schilderij naast...'

'Een paar kitschdingen!' Mary barstte in lachen uit.

Ronnie, teruggetrokkener dan daarvoor, werd nog norser.

Maar Alex liet het niet toe. 'Heb je gevonden wat je nodig had, Ronnie?'

'O, je hebt een open boekhandel gevonden!' riep Mary uit en wees naar de bruine papieren zak die Ronnie droeg. 'Wat heb je gekocht?'

Beiden slaakten kreten van ontzag voor de boeken met hun afschrikwekkende titels en plaagden Ronnie met de inhoud. Mary opende er willekeurig een en las voor: *Antheridiën en gameten in mossen? Structuren en adaptaties van bryophyten?* waarom zelfs Ronnie moest lachen. Toen ze Lincoln bereikten, hadden ze gedrieën weer een zekere harmonie bereikt.

'Het is bijna cocktailtijd,' verkondigde Mary bij hun aankomst. 'Zullen we ons verkleden voor het diner en elkaar treffen in de speelkamer?'

Mary stak haar hoofd om de deur van de bibliotheek. 'Hoi, Elizabeth! We zijn terug!' zong ze. 'Fantastische middag gehad! Drankje?'

'Ik ben druk,' gromde Elizabeth. Ze wierp een blik op haar horloge. 'Hoe laat is het trouwens. Pas half zes!'

'O, toe, kom erbij, Lizzie!' smeekte Alex die achter Mary in de gang stond. 'Ik wil jullie allemaal vertellen over dat grappige museum waar we zijn geweest. We gaan ons even verkleden, zijn over een paar minuten terug.'

Ze zaten al gedrieën in de speelkamer toen Elizabeth binnenschoof in een rafelige oude broek en een blauw katoenen werkhemd.

'Kleed jij je niet voor het diner?' riep Mary uit.

Elizabeth bekeek zichzelf. 'Vergeten.' Ze keek naar Mary. 'Moet het?'

'Natuurlijk! Alleen Ronnie mag aan het diner komen in het tenue van een loodgietershulpje!' zei ze met een snaaks lachje.

'Precies. Ronnie is niet gekleed, waarom zou ik me kleden?' zuchtte Elizabeth en zakte in een stoel. 'Ik ben uitgeput.'

'Laat me iets voor je inschenken,' bood Alex aan en sprong op. 'Perrier?'

'Nee. Gin.'

'Je hebt de Perrier kennelijk opgegeven,' merkte Ronnie op.

'Komt door 't gezelschap. Dat drijft je naar de fles.'

'Lizzie, je moet je echt verkleden. Je choqueert het personeel,' protesteerde Mary.

'Is dat het nut van etiquette? De gevoeligheden van het personeel ontzien?'

Ronnie grijnsde breed. 'Reken maar! Als je wilt dat we jullie als goden behandelen, zul je er verdomd goed op moeten lijken!'

'Kun je niet een rok aantrekken en je haar kammen?'

'O, laat haar met rust, Mary.'

'We desintegreren, vervallen tot de laagste gemene deler!'

'En dat ben ik?'

'Duidelijk.'

Alex, die bij de bar stond, keek hen verwonderd aan. Ze hoorde vijandige woorden maar geen boosheid in de stemmen. 'Plagen jullie maar?'

'Half,' zei Mary.

'Waarom ben je zo moe?' daagde Ronnie Elizabeth uit. 'Een logische fout gevonden die je niet kon wegredeneren?'

Elizabeth trok een gezicht tegen haar. 'Economie is geen exacte wetenschap.'

'Ondanks het feit dat economen denken als mannen?'

'Nou, hou op, hou onmiddellijk op!' foeterde Alex. 'Je weet dat het geen enkele zin heeft om te krakelen!'

'Sommigen van ons,' ging Elizabeth opgewekt verder, 'proberen tenminste de feiten onder ogen te zien. In tegenstelling tot jullie feministen, in jullie sprookjesland.'

'Moeten we dit nu weer helemaal opnieuw aanhoren! Het is zo vervelend!' klaagde Mary.

'Kijk, Mary,' zei Elizabeth geërgerd, 'Ronnie en ik hebben een serieus verschil van mening en we moeten het uitvechten. Het spijt me als dat je niet bevalt.'

'Mooi,' zei Mary fel. 'Doe dat maar samen. Val ons er niet mee lastig. Wij zijn er niet in geïnteresseerd.'

'Zou je wel moeten zijn,' hield Ronnie vol. 'Het is wezenlijk.'

'Ja, vooral omdat het onze gemeenschappelijke situatie raakt,' stemde Elizabeth in.

'Wat bedoel je?'

'Wat ik bedoel, Ronnie, is,' ze draaide zich naar haar toe, 'en ik zeg dit niet in woede, dat ik het achter me heb. Maar jij bent jong genoeg om mijn dochter te zijn, je zou mijn dochter kunnen zijn...'

'Niet echt,' lijsde Ronnie sarcastisch. 'Verkeerde kleur. En mag ik erbij zeggen: goddank niet.'

'Daar ben ik ook blij om. Vooral omdat ik blij ben dat ik nooit moeder ben geweest. Maar dat doet niet ter zake. Wat ik duidelijk wil maken is dat jij alles hebt geïnvesteerd in een stel leugens.'

Ronnie trok wit weg, maar haar stem bleef krachtig. 'O, jij kent de waarheid,' zei ze beschuldigend.

Elizabeth hief haar handen op. 'Ik beweer niet dat ik de waarheid in pacht heb. Ik wil alleen iets verduidelijken.' Ze stak een sigaret op. 'Liegen tegen jezelf kan repercussies hebben. Bij voorbeeld, toen we gisteravond – toen we allemaal ontdekten – onthulden – dat we dezelfde ervaring hadden met Vader, heb jij – en jij alleen – gelogen, Ronnie.'

Alex hijgde. Mary hield haar adem in. Ronnie leunde achterover in haar stoel met een hard en duister gezicht.

'Je zei dat het met Vader voor jou anders was dan voor ons omdat jij nooit van hem had gehouden. En dat is een leugen, Ronnie.'

Ronnie schoot naar voren, met blikkerende tanden. 'Hoe durf je! Hoe durf jij te beweren wat ik voel, voelde? Hoe kun jij dat in godsnaam weten!'

'Moet ík zeggen hoe het is geweest, moest zijn, moest zijn geweest? Groot huis, grote man, man van wie Mamma houdt... hij was een knappe man in die tijd. Lang, knap, elegant, fraai gekleed, altijd beheerst. Ik heb de foto's gezien – Christus! Ik weet het nog! Hij was de baas, had alle macht. Hij móet een god hebben geleken voor je moeder en voor jou ook, Ronnie!'

'God! Hij leek op de duivel!' riep Ronnie.

Elizabeth keek haar strak aan.

Ronnie stond op. 'Hij is een duivel,' siste ze tegen Elizabeth. 'Jullie vader! Een verkrachter, een kinderaanrander, een fascist, een moordenaar! Je weet wat zijn politiek was tijdens de oorlog, erna...! En jij ook, voor zover je hem steunt...! Ik wil je niet kennen en ik wil niet meer in dit huis zijn!' Ze draaide zich snel om en verliet de kamer.

'Werkelijk, Elizabeth,' prevelde Mary. 'Moest dat nou?'

Elizabeth liet het hoofd zakken. 'Ik dacht het,' zei ze.

Alles, ze is tot alles in staat, zei ze bij zichzelf, ze heeft geen scrupules, lijkt op haar oude heer. Ronnie woelde in haar bed, probeerde nu haar linkerzij, kronkelde heen en weer alsof ze maagpijn had.

Het is niet waar, ik heb nooit om hem gegeven. Hoe durft ze haar gevoelens op mij te wat is het woord oreren profiteren projecteren. Negeren, negeren moet ik het. Hoe kan zij weten wat ik voelde? Hoe zou ze?

Dat kreng, die vrouwenverraadster, die overloopster naar het kamp van de duivel, miserabel vrouwmens, niemand is miserabeler dan zij, de ongelukkigste vrouw die ik ooit heb ontmoet, dat heeft ze aan haar ideeën te danken. Als je helse ideeën hebt, leef je in de hel.

Ze draaide zich weer om.

Verontschuldigt haar vader, die haar verkrachtte. Geen wonder dat ze vol wil houden dat iedereen van hem houdt. Ze heeft gelijk, ze is een verwoest mens. Haar leven is een puinhoop. Een monument voor het patriarchale gedachtengoed, dat is ze: net als hij. Alleen, alleen, ze is volkomen alleen. Nou goed, ik heb de ware ook niet gevonden, een vrouw die ik eeuwig kan liefhebben, maar ik heb van een heleboel mensen gehouden en op een dag vind ik de ware, dat weet ik zeker. Ik ben nog jong. Ik ben jong, ik leef. 't Is niet dat ik geen goeie relaties kan hebben. Ik ben niet zoals zij.

Ze draaide zich weer om, maar haar kussen was doorweekt en ze ging zitten, knipte het bedlampje aan. Zuchtend hees ze zich overeind, ging op de rand van het bed zitten, tastte naar een pakje sigaretten dat ze vanavond had opengemaakt – notabene na drie rookvrije dagen! klote! – en stak er een op. Ze stapte uit bed. De vloer was koud onder haar blote voeten.

Ze vond haar sokken, trok haar spijkerbroek aan, knoopte die dicht over het T-shirt dat ze als nachthemd droeg en liep de kamer uit. Het huis was donker en stil, maar ze deed geen enkel licht aan, ging stilletjes op de tast naar de keuken, de gang, de hal, de zitkamer, de gang langs de biljartkamer en duwde de halfdichte deur van de bibliotheek open. Maanlicht stroomde door de openslaande ramen aan de tuinkant naar binnen over het versleten Perzische tapijt en sneed een scherpe strook uit de vloer.

Ze bleef daar staan tot haar ogen volledig waren gewend aan zowel het donkere als het door de maan verlichte stuk. Kamer die ik vermijd. Ze bekeek de openslaande deuren, de ramen, het bureau, het lage balkenplafond, de enorme natuurstenen haard, de boekenwanden. Ze liep naar het bureau, tikte haar as in de grote, ronde asbak die Elizabeth gebruikte, leeg nu, schoongemaakt, goede bedienden in dit huis.

Ik dacht dat hij weg was.

Hij was ook weg, hij ging die dag naar Boston, maar hij moet wegens de hitte vroeg teruggekomen zijn. Het was verschrikkelijk heet. Mamma zweette in de keuken, het moet daar boven de veertig graden zijn geweest, ze was een saus aan het inkoken, maakte een blanquette de veau, hij zei dat hij misschien iemand meebracht voor het diner, een belangrijk man in de regering. Ik wist dat ze het niet goed vond, dus ik sloop stiekem naar het zwembad met mijn badpak onder mijn hemd, ik durfde er niet naakt in te gaan, de tuinlieden waren in de buurt. Die zouden me niet hebben verraden, 't kon hun niet schelen of ik het zwembad gebruikte, maar ze zouden hebben geloerd en geplaagd als ik naakt ging zwemmen. Ik trok tussen de struiken mijn badpak aan en dook erin. O, god, het was heerlijk, wat hadden ze een geluk, hier lag het en ze kwamen er niet eens, gebruikten het zelden, maar o, het was heerlijk, dat koele water dat om me heen kabbelde, en ik dook onder en zwom en werd helemaal nat, ik had mezelf leren zwemmen, stiekem, als er niemand was, Mamma wist het zelfs niet eens of misschien wel maar liet ze me...

O, ik genoot zo. Ik moet een uur in dat zwembad zijn gebleven, mijn vingers waren helemaal rimpelig en werden blauw toen ik moe werd. Ik ging eruit en sloop de bosjes in.

Ronnie liep naar de openslaande deuren, maakte ze open, stapte naar buiten op het terras, keek naar de donkere heuvels van bladerloze struiken – forsythia, oranjebloesem, sering. De toppen van de kale takken blonken in het maanlicht.

Precies hier. En deed mijn natte badpak uit en wilde mijn shortje pakken... en...

'Kind! Kom hier!'

Versteende. Betrapt. Hij was hier, hij was thuis, hij stond daar in de deuropening, precies waar ik nu sta. Kon hij mij zien door de bladeren? Hij moet me zien, hij roept me, naakt ben ik en wat zal hij nu tegen Mamma zeggen, zal hij ons op straat zetten, zal ze huilen, zullen we omkomen van de honger?

Ik begon mijn shortje aan te trekken.

'Kom onmiddellijk hier! Nú!'

'Ja, meneer,' jammerde ik, liet het shortje vallen maar greep mijn blouse. 'Ik trek alleen mijn...'

'Nú!'

God, ik had borsten, ik had daar beneden haar, ik was volgroeid, ik was niet klein meer, me van mezelf bewust, ik kon niet...

'Nú!'

Ik kwam naakt achter de struiken vandaan, rillend, doodsbang, begon te huilen, alstublieft meneer, het spijt me maar het was zo heet ik wilde het alleen maar proberen het was zo heet ik zal het nooit meer doen ik heb het nog nooit gedaan het was de eerste keer het was vandaag alleen zo heet...

Maar ik zei niets, want hij stapte naar voren en greep me bij de arm, ik liet mijn kleren vallen, hij sleurde me de bibliotheek binnen, mijn voeten raakten de grond niet eens, sleurde me naar binnen en smeet me neer op de bank.

Langzaam draaide Ronnie zich om en ging naar binnen, sloot de deuren, keerde zich naar de lange leren bank. Langzaam liep ze de kamer door en sloot de deur naar de gang af. Toen stond ze neer te kijken op de bank.

Gespte zijn riem los, ik dacht dat hij me ging slaan, ik had op school kinderen horen praten – Heeft je vader je gezweept? Nou, ik kreeg er goed van langs, met de riem. Ik huilde, rilde, het was heet maar ik had het koud en toen wierp hij zich bovenop me, iets afschuwelijks en hards schoot in me, ik opende mijn mond om te schreeuwen hij drukte zijn hand op mijn mond hij verscheurde mijn ingewanden daar hij reet me open...

Ronnie stond voor de bank, tranen stroomden over haar wangen.

Toen sidderde hij en ik stroomde vol met een hete vloeistof, hij stond op, hees zijn broek op, ik lag daar, dat slijmerige nat droop uit me, hij gespte zijn riem vast.

Hij zou me niet slaan...

'Sta op.'

Ik stond op. Het spul liep uit me op de leren bank. Alsof ik had gepiest. Vernederd, zo gegeneerd...

Staarde me aan, die ijzige ogen, mijn kleine ronde bruine lichaam rilde naakt. 'Als je hierover met iemand spreekt, ontsla ik je moeder. Dan staan jullie op straat. Begrepen?'

Ik knikte.

Hij wees met zijn hoofd naar de deur.

Ik rende erheen, hij zat dicht, ik morrelde eraan, ik snikte, hij ging moeilijk open, eindelijk schoot ik de kamer uit, terug naar de bosjes, pakte mijn kleren en trok ze aan, huilend, jammerend als een baby, wat was dat, wat had hij met me gedaan, waarom? Ik rende naar binnen, Mamma zag me niet, ik rende de zoldertrap op naar de afgesloten meidenkamertjes, ik ging op het bed liggen, er lag een laken vol stof overheen, ik niesde steeds, kon me niet schelen, ik lag daar maar te rillen, te huilen, zachtjes zodat niemand het zou horen...

Sloop sedertdien rond. Ging nooit meer naar het zwembad. Nooit, hoe heet het ook was, zelfs als hij er niet was. Maar toch, als Mamma boodschappen deed of in de keuken een bijzonder diner bereidde, wist hij me te vinden, commandeerde me, riep me alsof ik een hond was, riep me: 'Kind!' greep me bij de arm, sleurde me hierbinnen, gooide me op die bank. Altijd hetzelfde, zei nooit meer iets tegen me. Wat haat ik deze kamer.

Langzaam, met gebogen lichaam, verliet Ronnie de bibliotheek en liep terug naar de keuken.

Zij zegt dat ik van hem hield. Hoe durft ze. Misschien deden, doen zij dat. Hij heeft hen anders behandeld. Hij beweerde tenminste dat hij het uit liefde deed, hij werkte op hun gemoed. Hij gebruikte het woord, ongeacht wat hij voelde. Hij rekende op hun liefde voor hem. Maar hij behandelde mij precies zoals een blanke plantage-eigenaar zijn Afrikaanse slavin had kunnen behandelen. Maar ik wed dat zelfs die soms ook beweerden dat ze van die slavinnen hielden; misschien toonden zij tenminste begeerte. Zelfs dat heeft hij nooit gedaan, hij was koud, uitgezonderd zijn ogen, daarin schitterde iets, was het begeerte, toonde hij die zo, die intensiteit van de blik die mijn lichaam in beslag nam, het bezag en bezat zoals een vrouw kijkt naar een mooi stuk vlees dat ze voor het eten wil kopen. Ik was het thee-uurtje, hij had Mamma voor het diner.

Mamma wist alles van het *droit de seigneur*, zij praatte vaak over de manier waarop de blanke voorlieden en boeren de Mexicaanse vrouwen domweg namen. Vrouwen waren bezit, behoorden aan de meester. Dat wisten ze allemaal – de mannen, de vrouwen, de kinderen. Zo was het nu eenmaal. Als het kon verborgen ze dochters van tien, elf jaar met kapotte kleren die zicht gaven op hun zwellende borsten, dijen, buiken strak van jeugd, meisjes die nog dachten en voelden als kinderen, maar de mannen zagen iets anders, zagen wat zij wilden zien, namen wat zij wilden. Het was haar eigen moeder overkomen, zei ze, zelf was ze het resultaat van zo'n vereniging, vandaar waarschijnlijk mijn blauwe ogen. En oma Maria hield van opa Rogelio omdat hij haar er geen slaag voor gaf, niet dreigde haar te doden, hij wist dat zij er niets over te zeggen had, er niets aan kon doen. Hij hield zelfs van de baby, Mamma, en o, wat hield zij van hem.

Dus, wat zou zij hebben gedaan als ik het haar had verteld? Natuurlijk, het was anders, hij was niet zomaar de *seigneur*, hij was mijn vader. En hij wist het. Wond hem op, zijn eigen dochters neuken, kreeg ze allemaal, nietwaar, was dat een kleine persoonlijke triomf voor hem?

Maar toch, stel dat ik het haar had verteld en dat zij haar schouders ophaalde? Dan had ik haar voorgoed gehaat, had ik nooit meer van haar kunnen houden. Nu kon ik haar niet vergeven dat ze 't niet wist, hem niet liet ophouden.

Tien keer deed hij het die zomer, tien keer, ik telde het, iedere keer voelde ik me achteraf als een stuk murw gebeukt vlees, zoals die stukken rundvlees die Mamma soms voor hem klaarmaakte, platgeslagen met een houten hamer tot ze dun, slap en uitgezakt waren, iedere vezel gebroken. Wachtte maar op zijn vertrek, maar dat kwam niet. Gepensioneerd, zei Mamma. Gepensioneerd! Hij zou nooit meer vertrekken. Ik leefde in voortdurende angst, kon niet meer leren, kreeg slechte cijfers, de docenten keken alsof ik eindelijk aan de verwachtingen voldeed: de luie niksnut van een Chicana werd eindelijk groot. Ik had toen grote borsten, al had ik nog de geest van een kind, ik was groter dan alle blanke meisjes, volwassener. Voelde me elke dag op school verkracht, moest weg, mijn eigen soort zoeken.

Zoals Mary het vreselijk vond om van school weer hier te komen. Ik vraag me af of ik ooit het lef zou hebben gehad om hem te laten ophouden, zoals Elizabeth.

Nee. Ik zou doodsbang zijn geweest dat hij Mamma op straat zette. Weglopen was de enige oplossing. Zij wist ook niet waar ik was, dus hij wist dat ze niet medeplichtig was. Ze was buiten zichzelf. Hij kon het haar niet nadragen. Ze dacht dat ik het had gedaan om haar te straffen, maar ik had alles goed overwogen. Het was voor mij ook moeilijk haar niet te bellen, aan haar vreselijke bezorgdheid te denken...

Ik was een nogal dapper kind, denk ik.

En zij kende alleen maar liefde. O, Christus. Nou, verdomme, daar heeft ze wel wat van verdiend, is het niet?

Deed ik dat alleen uit boosaardigheid? Waar was ik mee bezig? Wraak nemen voor een rotdag, helemaal haar schuld, geen problemen kunnen oplossen, niet werken, mijn haren uittrekken alleen om haar stomme politieke ideeën? Zoals Mary en Alex naar me keken, alsof ik een jong hondje had vermoord.

Wat kan het mij verdomme schelen.

't Kan me schelen. Ik wil niet dat ze mij haten, slecht over me denken. Waarom? Stom, allebei stom, wat maakt het verdomme uit wat ze van je denken? Dictatuur van de vrouwelijke vriendelijkheid. Ik onderwerp me daar niet aan, nooit gedaan, doe ik nooit.

Maar als we met elkaar kunnen opschieten... dan krullen de randjes van mijn hart, voel ik me lichter, niet zo geïrriteerd en verscheurd... Ronnie ook. In sommige opzichten mag ik haar het meest, zij lijkt het meest op mij. Waarom moest ik dan...

Haar politieke ideeën kunnen me niet schelen, sentimentele feministische flauwekul, verbleekt in de zon. Het hele gewicht van de westerse filosofie staat achter mij, de knapste geesten van vele eeuwen, samen met alle economische geleerden behalve een paar mafkezen, geschifte randfiguren. Maar ik probeer háár niet te bekeren, waarom staat zij er dan op dat ik hetzelfde geloof als zij? Dictatuur van het nieuwe feministische proletariaat. Iedereen moet zich hetzelfde kleden en gedragen, geen make-up, geen hoge hakken en vooral geen afwijkende meningen – erger dan de rooien.

Ik verdedig de vrijheid. Persoonlijke vrijheid. Dat is de basis van mijn politiek, mijn economie, mijn leven.

Tevreden draaide Elizabeth zich om en ging prettiger liggen in de wirwar van lakens, dekens en de platgestompte kussens. Ze sloot haar ogen. Probeerde in te slapen. Maar in de geest was het nog geen sluitingstijd.

Wilde alleen haar leugens aan de kaak stellen, als ze tegen zichzelf moet liegen om feministe te zijn, goed, maar ze hoeft niet tegen ons te liegen om beter, zuiverder te lijken dan wij. Dat sta ik niet toe. Hoe durft ze te suggereren dat zij zuiverder is dan wij! Dat wij samenspanden in onze eigen... en zij niet. Hij had haar alleen gegrepen en verkracht, wil ze dat wij dat geloven? Waarom gilde ze dan niet, vertelde ze het niet aan haar moeder? Een liefhebbende moeder, beweert ze. Dat was Vaders stijl niet, dat is zijn gedrag niet, zo was hij met geen van ons, dat kon je horen toen we erover praatten, hij gebruikte onze liefde voor hem, zijn... liefde... wat dan ook... voor ons. En dat is het ergste, het meest vernietigend, dat kun je niet verwerken, kan ik niet verwerken. Ik hield van hem, ik wilde dat hij van mij hield, zelfs al betekende dat... o, god.

Elizabeth draaide zich weer om, gaf toen het slapen op en ging zitten. Ze pakte het klokje: tien over vier. Ze voelde zich verfomfaaid, ze kon voelen hoe haar wangen uitzakten, wallen onder haar ogen kwamen. Ze zuchtte, stak een sigaret op, gleed uit bed en trok haar peignoir aan. Ze liep blootvoets over het zachte tapijt naar het raam en trok de gordijnen open. De maan was verdwenen, geen ster te zien, de hemel was volkomen zwart. Je kon nauwelijks zien waar de bomen ophielden en de lucht begon. Ze ging op de chaise-longue zitten en tuurde in het niets.

Vader.

Ik aanbad hem. Al die jaren. Keek toe hoe hij lachend, schertsend, pratend rondstapte met al die belangrijke mannen, ze luisterden allemaal naar hem alsof hij iemand was, echt iemand en o, wat verlangde, snakte, hunkerde ik naar één enkele liefdevolle blik van hem, een complimentje, waar dan ook voor, zijn goedkeuring. En toen ik de hoop daarop liet varen, toen ik opgroeide, snakte ik ernaar zoals hij te zijn. Wat wil je worden als je groot bent, kleine meid? Mijn Pappa.

Toen kwam hij naar me toe, zei dingen, zei *liefde*.

Hoe kon ik van moeder houden, miserabel slachtoffer, hopeloos verbitterde kwaaie nutteloze vrouw, zat werkeloos op haar reet te wachten tot de telefoon ging; vol dagdromen – wraak? genoegdoening? Het enige dat ze in haar hele leven ooit heeft gedaan, was mij baren. O, ze heeft voor me gezorgd, dat telt ook, denk ik, dat vergt iets.

Maar ze zou Ronnies ideeën evenzeer hekelen als ik.

Allemaal haten jullie vrouwen, zei Ronnie.

Misschien kunnen we geen hoop aanhoren als we geen hoop hebben.

Met haar handpalm onder de askegel stond ze op om een asbak te zoeken. Ze drukte de sigaret uit, gleed toen weer in het omgewoelde bed, probeerde het dek wat glad te strijken en ging op haar rug liggen, de armen achter haar hoofd gevouwen.

Zij hoopt op hetzelfde als ik, hetzelfde waarop ik zou hopen als ik kon. Gerechtigheid, fatsoen, menselijkheid. Het verschil tussen ons is dat ik wel beter weet.

Dus je probeert haar illusies de grond in te boren, stuk voor stuk. Vijfentwintig is ze, jong genoeg om mijn dochter te zijn. De jeugd heeft recht op illusies.

Zij zou waarschijnlijk zeggen dat het geen illusies zijn. Dat zou ze zeggen. Nietwaar?

En wat zou Clare zeggen?

Haar hart stond even stil.

Er kwam niets.

Ze wist altijd wat Clares antwoord op iedere uitspraak zou zijn, maar dit keer kon ze het niet raden. Ze wist dat hij tegen het feminisme was, maar niet echt waarom. Ze had het gewoon samen met hem bespot. En nu was hij verstomd. Het plafond was leeg. Ze staarde er in paniek naar; een intense eenzaamheid vervulde de kamer.

Alex zat in de deftige stoel tegenover het raam uit te kijken naar de nu maanloze hemel, nuances van duisternis, lucht, bomen, gazon eronder. Zou een kunstenaar deze kleuren benoemen? Er namen voor hebben – nachtgrasgrijs, nachtboomzwart, nachthemel... wat?

Net nu zij overeind krabbelde, haar verleden herwon, de leemtes invulde, viel alles om haar heen uiteen. Verschrikkelijk verleden, maar beter het te kennen, iets te hebben om in die vreselijke gapende ruimtes te zetten. Moeder die me veroordeelde tot een geestelijke handicap: dacht ze dat ze me een gunst bewees?

Waarom, Elizabeth, Ronnie, wat gebeurt er? Het ging zo goed met ons, we leerden van elkaar houden, elkaar omhelzen, helpen, god weet dat we hulp nodig hebben, elkaar nodig hebben, wij zijn helemaal alleen met onze vreselijke waarheid, ons onvertelbare verhaal, onze geschiedenissen waarover alle geschiedenisboeken zullen zwijgen. Vrouwenlevens, verzwegen, onbekend, alsof er op aarde een soort leefde, een exotische soort mieren of kevers die druk nesten bouwden, voedsel verzamelden, jongen wierpen en grootbrachten zonder dat iemand het wist, zonder dat iemand er iets van afwist, iedereen keek de andere kant op en zei: dat bestaat niet. Zij bestaan niet. Dit gebeurt niet. Dit is onvoorstelbaar.

Onvoorstelbaar.

Vader.

Hoe moet ik naar hem kijken, hem zien, voor hem voelen, onvoorstelbaar. Weet ik niet, alles verward, te absurd, en nu is hij maar een hulpeloze oude man, stervende, gewoon een menselijk slachtoffer. Ik kan 't niet.

Ze leunde achterover, sloot haar ogen half, zag haar eigen wimpers, donker tegen het duister. Liet haar handen slap op de houten armleuningen vallen, hals achterover, liet alles wegvallen.

Eeuw in, eeuw uit mensen op deze aarde, de pijn van geboorte van leven van dood van onrecht, schepsels die opduiken in schitterende lichamen, dan gebroken worden, neervallen, onderdrukten en onderdrukkers, dansers en dans, eeuw in, eeuw uit, gekoesterd in de handpalm van de vroege voorouders, klein en bruin en gerimpeld zie ik hen, hou me in je handpalm, behoed me, sla je deken om me heen, ik ben een van de kinderen die hier kort wandelen, heb je zachte handpalm nodig tegen mijn wang. Geboorte groei begeerte de dans ik dans ook naar mijn dood in begeerte en verlangen en woede en pijn, eeuwige dans, hou me vast, laat deze pijn overgaan. Ik bid je.

HOOFDSTUK 17

De verpleegster die meneer Upton dagelijks onderzocht, Elsie Noonan, kwam maandagochtend vroeg, zodat Florence tijd genoeg had om meneer Upton weer aan te kleden, elegant in zijn zijden pyjama en kamerjas – een zwaar paars zijden geval, moet een vermogen hebben gekost – rechtop in zijn rolstoel voor het bezoek van de advocaat om elf uur. Ze was bezorgd geweest, want soms kwam Elsie pas om tien uur of half elf en dan zou hij nog niet gekleed zijn als zijn belangrijke gast arriveerde, dan had ze voor schut gestaan. Maar vandaag verscheen ze om half tien, dus alles was in orde, Florence had hem voor Elsies komst een lekker ontbijt gegeven en ze hoefde hem alleen nog maar te wassen, te scheren, zijn kamerjas aan te trekken – wat ingewikkelder was dan je zou denken – en zijn haar te kammen.

Ze hoorde de deurbel niet, je hoorde niets in dit huis, het was zo groot, maar plotseling stond juffrouw Upton in de deuropening met die twee mannen in kostuum met stropdas, belangrijke mannen, dat zag je zo. Ze wist zich natuurlijk te gedragen, dus ze excuseerde zich en sloop naar beneden voor haar elfuurtje, mevrouw Browning had vandaag een appelkruimeltaart voor haar, gewoon zalig, en ze nam even pauze.

Zat ze daar bijna een uur, komt juffrouw Upton binnen en vraagt mevrouw Browning of ze misschien twee extra lunchgasten kan hebben en er niet over in te zitten als het niet kon, dan gingen ze met hun allen in de Lincoln Inn eten. En mevrouw Browning zei dat ze een heerlijke paddestoelensoep had, meer dan genoeg, en een lekkere verse appelkruimeltaart, en waren omeletten goed? Ze had wat Zwitserse kaas en nog wat ham die ze erbij kon doen, en lekker stokbrood dat vanochtend net vers was bezorgd, of hadden ze misschien liever een soufflé? En juffrouw Upton zei dat een soufflé fantastisch zou zijn en konden ze er groene salade bij krijgen?

Die mannen bleven dus lunchen.

Hollis kwam het eerst naar beneden, alleen. Hij bleef even onzeker in de hal staan, gluurde toen in de zitkamer. Niemand. Hij liep de hal door en gluurde in de eetkamer – wat een koninklijke kamer! Die tafel bood wel vijftig gasten plaats! – liep toen de hele grote hal door en tuurde in de booggang onder de trap.

'Hallo?'

Niemand.

Hij ging de booggang door, kwam in een andere brede gang en liep naar een open deur aan het einde. Het was de bibliotheek, en Elizabeth zat aan het bureau.

'Elizabeth!'

Zij zette haar bril af. 'Ja, Hollis. Zijn jullie klaar? Kom binnen.'

Ze is anders, dacht hij toen hij plaats nam op de leren bank. Op een of andere manier aardiger.

'Je blijft lunchen, hoop ik, met de andere advocaat – meneer Kaplan?'

'Kan alleen voor mezelf spreken, maar ik doe het graag. Ik denk dat Kaplan van plan is vanmiddag Cabs artsen te bezoeken, in het ziekenhuis, dus ik denk dat hij wel blij zal zijn met een beschaafd intermezzo. En het is een hele rit terug naar Boston, ik zal graag eerst eten. Vooral met zulk verrukkelijk gezelschap!' voegde hij eraan toe – zijn manieren stamden uit het verleden.

Elizabeth stak een sigaret op.

'Doe je nog steeds, hè? Ben ik jaren geleden mee gestopt. Evelyn bleef maar zeuren, maakte me gek. Maar ik moet zeggen dat ik nog graag een wolkje sigaretterook opsnuif.' Hij glimlachte stijfjes. 'Elizabeth...'

Ze keek alert op bij zijn verandering van toon.

'Hoe voelt Cab zich? Hoe gedraagt hij zich?'

Scheuten adrenaline spoten door Elizabeths lichaam. Gevaar. Kijk nu uit. Voorzichtig.

Ze keek hem recht aan. Hij fronste, met zijn hoofd in zijn hand, zijn elleboog op de leuning van de bank. 'Ik vrees... hij is... ongelukkig, Hollis,' glimlachte zij verontschuldigend. 'Wij hebben er natuurlijk begrip voor. Het moet onverdraaglijk zijn voor zo'n actieve... máchtige man om zo... hulpeloos te zijn. Zo uitgeschakeld te zijn als hij is.' Zij liet haar stem dalen, wegsterven, haalde toen diep adem en begon weer. 'Daarom hebben wij besloten onze eigen levens even op te schorten, om toe te zien op zijn verzorging thuis. De enige alternatieven waren een verpleeghuis of hem hier thuis laten komen zonder familieleden die opletten dat hij goed wordt verzorgd, zoals hij nodig heeft...'

'Natuurlijk,' mompelde Hollis, zijn gezicht een en al sympathie. 'Wat jullie meisjes doen is – wel, is niets minder dan verdomd geweldig, Elizabeth. Wij zouden ons allemaal gelukkig prijzen als ons zoveel toewijding ten deel valt als we oud zijn... hulpeloos. God weet dat 't een verschrikking is.'

'Ja,' mompelde zij zachtjes, meelevend.

Wist niet dat ik 't in me had.

'Weet je, ik moet bekennen, Lizzie, dat Cab me nooit zo'n beste vader heeft geleken. Zoveel vrouwen – neem me niet kwalijk, maar je weet wel – nou – en hij was er nooit, weet je wel, dat soort dingen. Maar hij moet toch iets goed hebben gedaan.'

Ze probeerde de Heilige Teresa van Bernini voor ogen te houden toen ze glimlachte. 'Vader heeft voor ons allen een bijzondere betekenis.'

'Leeft zijn frustraties op jullie uit, nietwaar?' De oude man keek haar begrijpend aan.

Ze schudde mild haar hoofd, grootmoedig. 'Het is begrijpelijk. Wij zijn familie. Beter op ons dan op het personeel,' voegde ze er lachend aan toe. 'Dat kan ontslag nemen!'

Hij lachte. 'Tjaha, 't is allemaal niet meer wat het geweest is, hè, Lizzie?'

In de gang riep een wanhopige stem: 'Hallo? Hallo?' Hollis kwam grinnikend overeind. 'Dat is Tom, verdwaald in deze doolhof. Was vergeten hoe groot dit huis is. Leek vroeger anders, toen het vol mensen was.'

'Hollis, waarom neem je – Tom – niet mee naar de zitkamer. Ik kom over een minuutje bij jullie. Ik zal de anderen roepen. We kunnen wat drinken.'

Elizabeth ging haar zusters zoeken. Terwijl de juristen in de zitkamer de hoofden bij elkaar staken om fluisterend te praten, verzamelde zij de zusters in Ronnies kamer, die meer afzondering bood dan de tuinkamer of de speelkamer, en fluisterde daar.

'Ik denk – ik weet het niet helemaal zeker maar wel bijna – dat Vader wil dat Hollis ons uit zijn testament schrapt. Ik vermoed dat Hollis denkt dat Vader zijn verstand heeft verloren. De vraag is of de andere jurist, de aangewezen deskundige, hetzelfde denkt.'

'Wat doet die andere jurist hier?' klaagde Mary.

'Hij is de aangewezen deskundige,' herhaalde Elizabeth. 'De

rechtbank heeft hem benoemd. Het is zijn taak te bepalen of Vader toerekeningsvatbaar is of niet. We moeten hem overtuigen dat Vader geestelijk niet in orde is.'

'Nou, dat is hij niet,' zei Mary.

'Nou, hij denkt van wel. En wie weet, misschien is dat zo.'

'Je bedoelt dat hij even normaal is als hij altijd is geweest,' zei Ronnie nors. 'Dat lijkt me juist.'

'Maar ditmaal wordt hij aan een oordeel onderworpen,' zei Alex kalm.

Ze staarden haar allemaal aan.

'Ja,' zei Elizabeth op verraste toon. 'We moeten dit dus goed spelen. We moeten die lui de indruk geven dat wij toegewijde, duldzame, liefhebbende dochters zijn die hem zijn onredelijke woede tegen ons vergeven.' Ze controleerde hun gezichtsuitdrukking. 'Als je 't niet kunt,' waarschuwde ze, 'kom dan niet naar de lunch. Ik zeg wel dat je weg bent, dat ik niet wist dat je naar de dokter moest...'

Mary en Alex knikten bereidwillig. Ronnie keerde zich stijfjes van hen af, ging bij het raam staan.

'Ronnie?' vroeg Elizabeth. 'Ben je wel in orde? Kun je het aan?'

Ze keerde zich om. 'Ben ik uitgenodigd voor de lunch?'

'Natuurlijk!' snauwde Elizabeth, alsof het een domme vraag was. Ze ging voorop en stopte bij de keuken. 'Mevrouw Browning, meneer Whitehead en meneer Kaplan drinken een glas met ons in de zitkamer. Wilt u iemand sturen om ons te bedienen?'

De zusters liepen door de hal naar de zitkamer. Beide juristen stonden op.

'Hollis,' zei Elizabeth, 'je hebt onze halfzuster nog niet ontmoet. Ronalda Velez. We hebben haar zelf nog maar pas ontdekt.' Elizabeth knikte dat Ronnie naar voren moest stappen en legde lichtjes een hand op haar rug. 'Hollis Whitehead en... meneer Kaplan...?'

'Tom, alstublieft!' zei de jongere man glimlachend.

'Ik wist niet...' stamelde Hollis met geschokt gezicht. 'Nog een dochter?'

'Ja, Vader was kennelijk gespecialiseerd in dochters,' glimlachte Elizabeth. 'Voor zover wij weten! Ga toch zitten!'

Hollis staarde naar Ronnie terwijl hij met zijn grote lichaam in zijn stoel zakte, met onaangename zenuwtrekken op zijn gezicht. Gezessen zaten ze in een kring rond de lege haard. Teresa en Doris kwamen haastig binnen met bladen en zetten flessen en ijs op het kleine dressoir.

Alex stond op. 'Laat mij iets voor u inschenken,' glimlachte zij.

'O!' Hollis kwam half overeind uit zijn stoel. 'Zal ik dat echt niet voor je doen, dametje?'

Alex glimlachte verlegen. 'Wel, ik doe het misschien niet zo goed als u, maar ik wil het graag proberen.'

Jeeezus, dacht Ronnie. Klein nest. Je bent even erg als Mary.

Zodra iedereen een drankje had, zei Hollis: 'Jullie weten dat de rechter Tom hier als deskundige heeft aangewezen om de kwestie van het curatorschap te onderzoeken. Hij moet bepalen in welke toestand Cab verkeert, of hij in staat is zijn eigen zaken te behartigen. Hij gaat vanmiddag met de artsen praten. Wie ook alweer, Tom?' vroeg hij hem.

Tom trok een blocnootje uit zijn borstzak. 'Dokter Stamp – de neuroloog die meneer Upton in het ziekenhuis heeft behandeld? En dokter Biddle. Ik begrijp dat hij sinds jaar en dag de huisarts van de familie is.'

De zusters knikten. Hollis ook.

'Goede mannen, goede mannen,' verklaarde hij plechtig.

'Als ik een voorstel mag doen...' begon Elizabeth aarzelend.

Elizabeth aarzelend? Jeeezus!

'Misschien wilt u ook met zuster Edna Thompson spreken. Zij heeft Vader waarschijnlijk veel meer gezien dan de artsen – meer praktisch werk, u weet wel,' glimlachte ze.

'Uitstekend idee! Uitstekend!' galmde Hollis.

Tom krabbelde het op zijn blocnote.

Hollis zette zijn sherry op het bijzettafeltje. 'Luister, meisjes, ik ken jullie goed, wel, Lizzie en Mary tenminste, en ik herinner me jou als kleine dreumes, Alex...' Hij keek even ongemakkelijk naar Ronnie en toen de andere kant op. 'Ik ben Cabs juridisch adviseur, verplicht zijn wensen te realiseren, dat weten jullie, maar... wel, ik vertel jullie waarschijnlijk niets nieuws, je zei toen je me belde dat hij over zijn testament wilde praten. Het punt is dat Cab het idee heeft... hij wil zijn testament veranderen. Wij staan nu voor de vraag of hij... tja, wel helemaal zichzelf is. Ik heb even prettig met Elizabeth gekeuveld,' hij glimlachte welwillend tegen haar, 'maar ik zou graag weten wat de anderen denken.' Hij keek van het ene gezicht naar het andere en bleef bij Mary hangen. 'Mary? Wat denk jij, lieve?'

Mary sloeg haar ogen neer, beet op haar onderlip, keek toen verlegen op naar Hollis en hield haar hoofd weer zo smekend scheef. 'O, Hollis, je weet dat het zo moeilijk voor hem moet zijn!' zei ze gloedvol. 'Het zou voor ieder van ons moeilijk zijn, maar voor een man als hij! Het is... het is...' ze sloeg haar ogen weer neer, 'soms is het zwaar. Weet je, hij was altijd zo'n, wel, zo'n líefhebbende vader.' Ze sloeg haar ogen neer, kromde haar schouders, keek weer op naar zijn gefascineerde blik. 'Ik had altijd het gevoel dat ik zijn lieveling was, maar dat bleken we allemaal te hebben,' zei ze met een blik op haar zusters, 'bij tijden.' Ze trok een smetteloos zakdoekje uit de zak van haar zijden jurk en bette haar neus even.

Denkt ze echt dat dat in deze tijd, op haar leeftijd, geloofwaardig is?

'Het is een beetje moeilijk...' ze keek smekend op, 'het is héél moeilijk... voor ons als hij zich gedraagt alsof wij zijn vijanden zijn, terwijl wij hem uit liefde hier teruggebracht hebben om hem te verzorgen. Ik kan het eenvoudig niet begrijpen, niemand van ons kan dat...' Ze hield op, hief haar hoofd op en tuurde dapper naar de haard, 'maar het geeft niet. We zullen voor hem zorgen zolang we kunnen. We weten dat we, als we dat niet doen, als we hem naar een verpleeghuis sturen – wel, dan kunnen we... alle hoop op herstel opgeven. Je weet,' zei ze smekend tegen Hollis, 'hoe mensen in verpleeghuizen zomaar sterven.' Ze sloeg haar blik weer neer, staarde naar haar handen, in een soort schaamte, alsof ze iets had verraden.

Hollis' gezicht was verkrampt van emotie.

Ronnie dacht, vol ontzag: ze is meesterlijk. Wist niet dat ze zo goed was. Ze heeft gelijk, het is een vak, een hoge kunst om vrouw te zijn in hun wereld.

'Ik wil jullie zeggen dat ik jullie, meisjes, geweldig vind!' zei hij gesmoord. Hij trok zijn zakdoek uit zijn zak en snoot luid zijn neus. Hij keerde zich naar de andere jurist. 'Hoor je dat, Tom?'

'Ik heb het gehoord,' zei Tom en wierp een intelligente blik op Mary.

Doorziet hij haar?

'En jij, mijn lieve?' zei Hollis vriendelijk tegen Alex.

'Wel, meneer Whitehead...'

'Hollis! Hollis!'

'Hollis. Weet je, Hollis, ik heb Vader jarenlang niet gezien. Hij en mijn moeder,' ze schokschouderde, 'hadden, wel, een ongelukkige scheiding. Ik was nog klein.'

'Dat kan gebeuren,' knikte Hollis plechtig. 'Treurig – maar het gebeurt.'

'Maar ik herinner me een man die met mij speelde, die een jong hondje voor me kocht...' Alex' stem begaf het.

Dit moet echt zijn, dacht Ronnie. *Zij* kon niet veinzen.

'Ik was zo blij hem na al die jaren weer te zien!' zei ze met luidere stem. 'Ik dacht dat hij ook blij zou zijn mij te zien! Ik *wilde* voor hem zorgen, ik vond het fijn hem te verplegen! Maar... hij doet alsof hij me haat en ik weet niet waarom! Hij doet alsof hij ons allemaal haat, terwijl wij zo ons best doen...' Haar stem begaf het, zij sprong op en rende met haar handen voor haar gezicht de kamer uit.

Stilte.

'Alex,' zei Elizabeth ten slotte, 'is een zeer... spiritueel... mens. Zeer emotioneel. Ze is een schat – voor hem en voor ons. De kwestie is vooral voor haar erg moeilijk.'

Hollis knikte plechtig, boog voorover in zijn stoel, de handen gevouwen tussen de knieën. Hij keek Tom veelbetekenend aan. Tom keek veelbetekenend naar hem.

'Ja. Wel, ik denk dat ik wel heb wat ik nodig heb...' zei hij met een blik op Tom.

'Je hebt Ronnie nog niet gevraagd wat zij denkt,' zei Mary liefjes. 'Zij heeft hier de afgelopen zes, zeven maanden gewoond om haar moeder te verzorgen, dus ze heeft hem recenter meegemaakt dan een van ons...'

'Ronnies moeder was vaders huishoudster en leefde sinds een jaar of dertig met hem samen...' verklaarde Elizabeth.

Hollis keek alsof hij net had gehoord dat de president een astroloog raadpleegde om de nationale politiek te bepalen.

'Natuurlijk, wij wisten dat niet eerder. We ontdekten het toen we terugkwamen, en ik zie dat je geschokt bent, Hollis, wel, het was voor ons ook een schok. Maar je moet weten dat Ronnie Vader geweldig heeft geholpen toen haar moeder op sterven lag. Zij heeft hem op de been gehouden; Noradia's dood was een verschrikkelijke slag voor hem. In feite lijkt het erop dat zijn verdriet om haar dood zijn beroerte heeft veroorzaakt. Hij kreeg die op de dag dat zij werd begraven, direct na de begrafenis...'

De jurist probeerde zijn mond dicht te houden. Op zijn voorhoofd verscheen een laagje zweet en hij trok zijn zakdoek weer te voorschijn om het weg te vegen. 'O, juist,' zei hij zwakjes. 'Dat wist ik niet.' Hij probeerde zich tot Ronnie te wenden, maar leek zijn blik niet op haar te kunnen richten.

Alex kwam weer rustig binnen. 'Sorry,' prevelde ze in het algemeen tegen de kamer. 'Het spijt me,' zei ze tegen Hollis. 'Gewoonlijk gedraag ik me niet zo. Het was alleen zo...'

'Het is in orde, helemaal in orde,' zei de jurist die opstond toen zij binnenkwam, opeens een en al jovialiteit. 'Volkomen begrijpelijk, mijn lieve, volkomen begrijpelijk. Hè, Tom?'

'Natuurlijk,' zei Tom.

Of hij Mary nu slikt of niet, Alex slikt hij in ieder geval, dacht Elizabeth. Geheel terecht.

'Wat mijzelf betreft, denk ik echt dat ik genoeg weet. Ik zou willen voorstellen – als het geen inbreuk is, ik wil jullie, meisjes, geen overlast bezorgen – maar ik zou over een week of tien dagen graag terugkomen, nog eens even met Cab keuvelen, kijken hoe hij zich dan voelt. Ik heb hem gezegd dat het wat tijd kost om... om de zaken voor te bereiden, en dat ik terugkom voor zijn handtekening... dus hij begrijpt het wel.'

'Natuurlijk,' prevelde Elizabeth.

'Absoluut geen overlast,' zei Mary.

'Wij zullen blij zijn je weer te zien,' vulde Alex aan. 'En Vader ook.'

De jurist zuchtte. 'De dingen zijn niet altijd wat ze lijken,' verklaarde hij, 'hè, Tom?'

Tom knikte, stopte zijn blokje in zijn zak.

'Wel, wat vond je van de verkiezingen, Hollis?' vroeg Elizabeth. 'Een ware triomf, niet?'

'Het was een waanzinnig idee, Elizabeth,' snauwde Ronnie tegen haar toen de juristen waren vertrokken en ze naar de speelkamer waren verhuisd. 'Werkelijk waanzinnig. Een onaanvaardbaar risico.'

'Waar heb je het over?'

'Ten eerste had ik niet in die kamer moeten verschijnen! En me dan zo voorstellen! Je had moeten weten dat hij van streek zou raken. En dat hij zich daardoor tegen júllie allemaal kon keren, niet tegen je vader! Je hebt hem gebruuskeerd!'

'Ja,' mompelde Mary. 'Hem met zijn neus erdoor gewreven.'

'Waardoor?' vroeg Alex.

'Door... Elizabeth maakte inbreuk op wat fatsoenlijke kringen als goede manieren beschouwen, Alex,' legde Mary uit.

Ronnie lachte. 'Hem met zijn neus gewreven door wat daaronder ligt!' Ze keerde zich weer naar Elizabeth. 'Dacht je echt dat het zijn vertrouwen in je vaders gezonde verstand zou ondermijnen? 't Zal eerder zijn vertrouwen in het jouwe ondermijnen! Ik bedoel, je hebt je hele toekomst, de toekomst van jullie allemaal, je geboorterecht, je erfenis op het spel gezet!'

'Het was noodzakelijk,' zei Elizabeth kil.

'Waarom?'

Mary bestudeerde Elizabeths gezicht. 'Ja,' stemde ze in, 'dat was het.'

'Waarom!!' schreeuwde Ronnie.

'Sst!' fluisterde Mary. 'Moet het personeel ons horen?'

'Ik weet het niet,' weifelde Elizabeth.

'Kom op, Elizabeth, je doet nooit iets zonder het eerst van alle kanten te bekijken. Vooral het organiseren van zo'n zwendeltje. Wat zijn jullie een stelletje oplichters!'

'Ik ben geen oplichter!' protesteerde Alex.

'Waarschijnlijk niet,' zei Ronnie sardonisch, alsof ze dacht dat Alex beter af zou zijn als ze 't wel was.

'En alsof het niet moeilijk genoeg voor hem was dat jij mij voorstelde, moest jíj,' richtte ze zich tot Mary, 'het nog erger maken.'

'Was dat niet leuk?' giechelde Mary.

'Bedoel je dat je hem wilde provoceren? Besef je niet wat er voor jullie op het spel staat?'

Mary haalde haar schouders op. 'Ik weet niet wat ik wilde. Hoezo, maak jij je zorgen om ónze toekomst? Jij was erbij en hij had je niets gevraagd...'

'Ja,' stemde Elizabeth in. 'Zie je, je bent er. Je bestaat.'

'Toen hij de eerste keer kwam, heb je me niet voorgesteld.'

'Dat is lang geleden,' zei Mary.

'Jawel. Drie weken,' zei Ronnie droog.

'We zijn dus veranderd.'

'Je bent onze... panda,' zei Elizabeth. 'Ons symbool.'

'Lazer op!' schreeuwde Ronnie. 'Ik ben ik, een mens, niet jullie mascotte, jullie lammetje, jullie hond...'

'Nee, nee, nee,' riep Elizabeth ongeduldig. 'Zie je het niet? Jij bent ons, wij zijn jou. Wij zijn onwettig. Allemaal. Als vrouwen hebben we geen rechten, zelfs niet op ons eigen lichaam. We hebben zelfs niet het recht om te klagen. Ondanks alle schone schijn zitten we in hetzelfde schuitje. Daarom was het noodzakelijk. We moeten bijeenblijven. Met ons allen.'

Ze bleven zwijgend bijeenzitten.

'Laten we gaan wandelen,' zei Alex plotseling. 'Dit huis uit gaan.'

Dit keer namen ze de oprijlaan die naar de weg leidde en zetten koers naar de stad. Het kostte hun moeite met hun vieren naast elkaar te lopen in de grasberm, maar ze bleven het proberen.

'Goed, ik begrijp wat je bedoelt,' gaf Ronnie toe. 'En ik geloof dat ik het er zelfs mee eens ben. En natuurlijk voel ik me er... meer geaccepteerd door. Maar ik wou dat ik kon geloven dat die snuiter Hollis jullie vader de schuld geeft van zijn verwarring en niet jullie omdat jullie openhartig waren.'

'Waarom zeg je nog steeds júllie vader? Hij is ook jouw vader, Ronnie,' wierp Alex tegen.

Ronnie schokschouderde. 'Erkent hij niet, is 't wel? Ik weet niet hoe ik hem moet noemen. Ik kan hem geen vader noemen en ik mag doodvallen als ik hem meneer Upton noem – zoals hij waarschijnlijk vindt dat ik moet doen. Heb je liever dat ik hem de vieze ouwe lul noem?'

Stilte.

Ze ging weer verder. 'Ik ben niet opgevoed als een Upton en ik kan niet beweren dat ik alles weet van de mores van jullie klasse. Maar ik wil wedden dat volgens zijn mores jullie zonde erger was dan die van je vader. Hij is geaccepteerd, weet je – mannen mogen echt alles doen. Degene die wangedrag aan de kaak stelt, treft de blaam.'

'Hij denkt dat we onthutsende informatie moeten verwerken en er als dappere meisjes het beste van maken,' verklaarde Mary.

'Weet je 't zeker? Weet je zeker dat hij jullie geen schandalige meiden vindt?' snauwde Ronnie, 'om hem met zijn neus door de stront te wrijven?'

'Nee, "schandalig" hoort bij "vrouwen", niet bij "meisjes",' zei Elizabeth nadenkend. 'En hij bleef ons steeds meisjes noemen. Dus ik denk dat we goed zitten.'

Mary's stem werd weer angstig. 'Maar wat gebeurt er als Vader volhoudt dat hij ons wil onterven, vroeg of laat zal Hollis ons moeten schrappen...'

'Dat weten we gauw genoeg. Als Kaplan mij het curatorschap toewijst, betekent het dat hij Vader niet in staat acht zijn eigen zaken te behartigen.'

'Arme Vader,' zei Mary treurig.

'Wat!'

'Nou, denk je eens in hoe hij zich moet voelen. Hij is níet gek of kinds of buiten zinnen. Hij is net zoals hij altijd was. Maar plotseling is hij volkomen machteloos! Hij kan zelfs zijn advocaat zijn wil niet opleggen!'

'Ik geloof niet dat hij net zoals vroeger is,' betoogde Alex, 'niet zoals ik mij hem herinner. En hij moet een beetje gek zijn om ons met zoveel haat te bejegenen terwijl wij aardig voor hem proberen te zijn...' Haar ogen stroomden vol.

'Hij denkt niet dat we aardig voor hem proberen te zijn,' pruttelde Elizabeth. 'En hij heeft gelijk.'

'Nou, ik wil aardig voor hem zijn,' zei Alex en er liep een traan over haar wang. Ze veegde hem haastig weg met haar hand.

'Nou, ik niet,' zei Ronnie op een stoer toontje. 'Hij is voor mij nooit iets anders geweest dan een schoft. Hij gedraagt zich nu precies zoals toen ik veertien was. Alleen verkracht hij me nu niet.'

'Ik kwam hier met zoveel goede wil. Zoveel... verlangen,' zei Alex met gesmoorde stem.

'Maar zo voel je je nu toch niet meer, wel? Nu je beseft wat hij heeft gedaan?' vroeg Mary uitdagend.

'Ik kan gewoon niet óphouden dat te voelen. Ik verlangde zo naar mijn vader. Dat gaat niet over. Of hij er is of niet, in leven of niet. Want de vader die ik vroeger kende... of de vader die ik mij voorstelde... of die hij soms, op andere momenten was...' Ze keerde zich naar Ronnie. 'Heb jij dat niet? Jij bent helemaal zonder vader opgegroeid. Verlangde jij niet...'

'Nee!' ontplofte Ronnie.

Ze bleven allemaal stokstijf staan en keken haar aan.

'Hou op! Kijk niet zo naar me!' Ze bewoog zich geagiteerd, schudde haar gebalde vuisten, haar ogen schoten snel rond. 'Ik snap niet waarom jullie maar blijven volhouden...!' riep ze. 'Je kunt beter geen vader hebben. Op een of andere manier zijn het allemaal schoften! Ik was beter af dan jullie!' Ze rende voor hen uit, stond toen stil, in aanvalshouding tegenover hen. 'Jullie zijn zelf allemaal gek!' gilde ze en rende weg.

De zusters liepen zwijgend verder.

'Ik denk,' zei Alex ten slotte, langzaam, met zachte stem, 'dat Vader gedwongen moet worden Ronnie te erkennen. Hoezeer hij ons ook heeft gekwetst, hij heeft haar het ergst gekwetst.'

'Ja,' zei Mary. 'Je hebt gelijk. Maar hij zou gedwongen moeten worden alles te erkennen – ook wat hij ons heeft aangedaan. Ik zou op mijn negentiende nooit zijn getrouwd als... Misschien had ik dan niet gedacht dat ik voor niets anders deugde dan het huwelijk... seks...'

'O, heus wel,' zei Elizabeth somber. 'Dat was wat ze ons toen leerden.'

'Misschien,' gaf Mary toe. 'Maar misschien was ik dichteres geworden.'

'Dichteres!'

Mary stak uitdagend haar kin vooruit. 'Ik schrijf gedichten.'

'Dat wist ik niet,' zei Elizabeth kleintjes.

'Ik heb iedere dag een gedicht geschreven sinds we hier zijn,' zei ze trots. 'Natuurlijk, ze deugen absoluut niet. Ze zijn waarschijnlijk vreselijk.'

Elizabeth sloeg een arm om Mary heen. Alex omhelsde haar van de andere kant. Op het kruispunt waar hun weg een hoofdweg kruiste, stond Ronnie te wachten, in de modder schoppend. Ze liepen gezamenlijk terug naar huis maar spraken niet.

Mary kwam wat laat aan het diner. Ze was opgebeld. 'Dat was Chris, Christina, een van mijn vriendinnen die op de thee zijn geweest. Ze willen Vader komen bezoeken. Ik heb hun verteld dat hij thuis is en zij willen een bezoekje brengen. Morgen. Is dat in orde?' Ze keek rond.

Ze keken haar alleen maar aan.

'Zal wel,' zei Elizabeth.

'Ze willen om elf uur komen. Ik denk dat we hun een lunch moeten aanbieden,' zei ze voorzichtig.

'Niet als het zo'n toestand wordt als met die thee,' zei Elizabeth. 'Dat wil ik niet weer meemaken.'

'Ik help je graag, Mary,' bood Alex aan.

'Zoiets als we vandaag voor de mannen hadden zou voldoende zijn,' zei Mary. 'Misschien met een wat verfijnder dessert. Ze weten dat we hen niet verwachtten. Goed? Ik zal met mevrouw Browning praten.'

Teresa kwam binnen om de borden af te ruimen.

'Heb je gezien dat ze weer een Sikh hebben gearresteerd voor de moord op mevrouw Ghandi?' zei Elizabeth tegen de tafel in het algemeen.

Ze kwamen bijeen in de speelkamer en Alex zette de tv aan. Elizabeth pakte een boek op dat op tafel lag – gedichten van Barbara Greenberg. Moet van Mary zijn, dacht ze. Ze begon te lezen. Ronnie zat mat door de glazen deuren naar het terras te staren.

Mary kwam ruisend binnen. 'Nou, dat is geregeld! Waterkerssoep en kipsalade – er is genoeg over van het vlees van vanavond – en ze maakt een heerlijke slasaus en combineert die met dille, zwarte bonen en tomaten. En morgenochtend bakt ze vruchtentaartjes. Is dat niet fantastisch?'

'Het klinkt heerlijk, Mary,' zei Alex hartelijk.

'Deze gedichten zijn werkelijk prachtig,' mompelde Elizabeth.

'Ja, vind je niet? Ze komt uit de omgeving. Ik vond haar bundel in de boekhandel in Concord.'

'Ook gedichten over incest?' vroeg Elizabeth.

'Nee, niet van haar. Maar wel van Anne Sexton. En ik denk vaak dat Sylvia Plath...'

Ronnie zat gespannen, keek gewichtig naar Mary, toen naar Elizabeth en naar Alex. Ze keken haar op hun beurt aan. Elizabeth legde het boek langzaam neer. Alex zette de tv uit.

'Het spijt me,' zei Ronnie.

'Hoeft niet,' sputterde Elizabeth.

''t Is niets,' zei Mary.

'O, lieverd,' zei Alex en stak haar hand uit.

'Jullie hebben natuurlijk gelijk,' zei ze op doffe toon. 'Ik weet niet waarom ik het zo moeilijk vind dat te zeggen. Te denken. Toe te geven.'

Ze keerde zich naar hen toe en keek hen aan. 'Toen ik klein was, lag ik me in bed vaak voor te stellen dat ik een pappie had en dat hij op een dag zou komen in een oude zwarte auto en me juichend van blijdschap zou optillen. Me wenste. En Mamma en mij hier vandaan meenam naar ons eigen huis waar ik vrij rond kon rennen. Mamma had fantastische ouders, haar pappie droeg haar altijd op zijn schouders als zij 's ochtends met hun allen naar de velden liepen. Er lag nog dauw op het gras, het was vochtig, zij had geen schoenen. Ze herinnerde zich hoe het licht werd, herinnerde zich hem met zoveel liefde. Ik wilde zo'n pappie, een man die mij wilde, die wilde dat ik bestond, ik bedoel, niet wat hij... jullie vader... wat Hij wilde. En met mijn pappie kreeg ik al die mensen, oma's en opa's en neven en nichten en tantes en ooms en die zouden allemaal blij zijn dat ik bestond. Dat ik leefde. Ik hunkerde ernaar dat te voelen, hen te voelen, door hen omringd te worden. Ik wilde... verwelkomd worden in de wereld.' Ze stopte, stond op, liep de kamer uit. Ze hoorden de deur van het toilet slaan, daarna stilte.

Alleen Alex was zich niet van haar bewust, was elders. 'Ja,' zuchtte zij, min of meer tegen zichzelf. 'Opgetild! Verwarmd door lichaamswarmte, hun lichaamsgeur ruiken, de poriën in hun huid zien, het grijs in hun haar, je een van hen voelen, als zij, niet volmaakt maar gewenst. Dan weet je wat thuis is!'

Elizabeth bestudeerde de pingpongtafel. Ze waakte ervoor met haar ogen te rollen.

Ronnie kwam terug met dikke ogen en een gewassen gezicht. Zelfs haar haar was vochtig. Ze ging op de rand van een poef zitten, staarde naar de vloer.

'Praat met ons, Ronnie,' smeekte Alex. 'Dan voel jij je beter en voelen wij ons gewenst.'

'Gewenst?'

'Alsof je ons nodig hebt. We willen dat je ons nodig hebt. We hebben dat nodig.'

Ronnie grimaste. Ze vroeg Elizabeth om een sigaret. Ze tuurde rokend naar de vloer.

'Jullie vader,' zei ze op doffe toon, 'leek me een god toen ik klein was. Hij was zo lang en knap en rijk en machtig en mijn moeder aanbad hem en hij kon zo goed opschieten met al die belangrijke mensen...'

Ze stopte. Iedereen zweeg.

Ze keek naar hen op. 'Maar hij behandelde mij als een nikkerslavin, en ik wil er niet over praten,' zei ze gedecideerd.

'We zullen 't er niet meer over hebben,' zei Elizabeth na een poosje.

'Dank je.' Doods gezicht, doffe stem.

Zij zaten in stilte bijeen, met peinzende gezichten.

'Hij zou berecht moeten worden voor zijn misdaden,' zei Elizabeth ten slotte.

'Berecht worden?' zei Alex met een frons. 'Je bedoelt terechtstaan?' vroeg ze ongelovig.

'Ja. Aangeklaagd en berecht – incest ís een misdaad en we weten allemaal dat hij die heeft gepleegd.'

'Dat zal nooit gebeuren,' zei Mary.

Ronnie zei: 'Zelfs al hadden we het kunnen vertellen, zelfs al had iemand naar ons geluisterd, zelfs al had iemand ons geloofd, denk je dan dat ze een man vervolgen die presidenten op bezoek kreeg?'

'Daarom zegt mijn moeder: hij staat boven de wet,' mompelde Elizabeth. 'Maar dat is onaanvaardbaar.'

'Já,' zei Alex zacht. 'We moeten Vader dwingen zijn daden te erkennen.'

Ze zwegen.

'Dat doet hij nooit en wij kunnen hem niet dwingen,' zei Elizabeth uiteindelijk.

'Nee. Geen enkele officier van justitie zal een zieke oude man als hij aanklagen, zelfs niet als wij hem beschuldigden. En kun je je voorstellen hoe ze zouden kijken als we het deden, vooral nu? Ze zouden zeggen dat we gek zijn, of rancuneus of erger. Ze zouden hem zijn testament laten wijzigen!' betoogde Mary.

'Hoe dan ook, hij kan niet terechtstaan. Hij kan niet spreken.'

'Zelfs zonder spraakvermogen heeft hij nu meer zeggenschap over zijn leven dan ik op mijn tweede of derde over het mijne had,' zei Alex.

Ze dachten hierover na.

'Dat is waar,' stemde Mary in.

'We zouden hem zelf kunnen berechten,' zei Alex.

Ze staarden haar aan.

'Hier een rechtszaak houden. Op een avond, als het personeel naar bed is. Hij doet zijn licht nooit uit voor elf uur, half twaalf. Na het nieuws. We zouden na het diner naar boven kunnen gaan.'

'Misschien woensdagavond, als mevrouw Browning weg is en alleen Doris hier is. Zij is nieuw, zij kent het huishouden nog niet goed. Dan is er minder risico dat we worden gestoord,' stelde Mary voor.

'Hoe houden we een rechtszaak?' vroeg Ronnie zich af.

'Weet ik niet. Gewoon ons bewijs voorleggen... onze herinneringen... en zien wat hij zegt. Doet. Schrijft. Hoe hij zich gedraagt.'

'Als we het doen, moeten we het goed doen,' zei Elizabeth. 'Met iemand die aanklaagt, iemand die verdedigt en iemand die vonnist.'

'We zijn allemaal slachtoffers van hem.'

'Het idee bevalt me. Elizabeth zou aanklager moeten zijn – zij is het beste thuis in wetten en zo,' zei Alex.

'Mary heeft de meeste sympathie voor hem. Zij zou hem kunnen verdedigen.'

'En Alex zou rechter kunnen zijn. Zij is de mildste van ons en waarschijnlijk de eerlijkste.'

'En ik dan!' protesteerde Ronnie.

'Jij bent het zwaarst gekwetst. Jij bent de eerste eiser,' zei Elizabeth.

'Ik ben het zwaarst gekwetst? Waarom! Omdat ik lesbisch ben geworden? Denken jullie dát? Dat heeft niets te maken met wat hij deed...'

'Nee, Ronnie!' onderbrak Mary haar. 'Jij bent het zwaarst gekwetst omdat hij jou niet alleen seksueel heeft gebruikt hoewel je een kind was, maar hij heeft geweigerd je te erkennen als zijn kind, hij heeft niets voor je gedaan, je zomaar zonder iets de wereld in geschopt – niet alleen zonder geld maar ook zonder liefde, zonder hulp, zonder – zonder omhelzing. En uit Hollis' reactie bleek duidelijk dat hij niets van je wist. Dat wil zeggen dat hij je zelfs niet per testament heeft erkend.'

Ronnie was gerustgesteld.

'In orde.'

'Wel. Zullen we het doen?'

Iedereen ging akkoord.

'Woensdagavond dus. Bereid je zaak voor, vrouwen.'

HOOFDSTUK 18

Ronnie voelde niets, absoluut niets voor een ontmoeting met de lunchdames, zoals zij hen noemde, wilde niet met hen eten, converseren, zich zelfs niet vertonen. Maar Elizabeth en Mary drongen aan.

'Je bent een van ons, we hebben zoveel meegemaakt, je bent wezenlijk voor ons – ons – zusterschap!' bezwoer Elizabeth haar.

'Je bent nu een deel van ons leven. Wat wil je doen, verdwijnen zodra er iemand anders uit ons leven verschijnt? Je moet het aandurven, Ronnie. Ik dacht dat je zo moedig was!'

De uitdaging aan haar machismo had effect, ze beloofde te verschijnen, maar haar maag speelde op en ze moest een pil nemen om hem te kalmeren voor de vrouwen arriveerden.

Mary's vriendinnen arriveerden even na elven in een verlengde limousine die van Francine was. Teresa deed de deur voor hen open, maar Mary volgde haar en wachtte in de hal om hen te verwelkomen. Toen Teresa hun jassen had aangenomen en zij elkaar hadden omhelsd op de stijve, afstandelijke manier van dergelijke vrouwen, ging zij hen voor naar boven.

'Mijn zusters zitten nu bij hem boven,' legde zij uit. Proberen hem ertoe te bewegen zich behoorlijk te gedragen tegen zijn gasten. Maar hun inspanningen bleken overbodig. Stephen was goed getraind in hoffelijkheid en zodra zij binnenkwamen, plooide zijn vreemd scheefgetrokken gezicht zich tot een glimlach, de eerste die de zusters op zijn gezicht zagen.

'O, meneer Upton, kent u me nog, ik ben Chrissie, Christina Bidwell was ik, mijn moeder bracht me vroeger soms naar Lincoln om met Mary te spelen, mijn moeder was een goede vriendin van Laura, ze hadden samen op school gezeten. U hebt mijn ouders een paar keer bezocht, Anne en Walter Bidwell, weet u nog, we woonden vroeger in Back Bay en aan het water in Manchester...' Ze boog zich om zijn wang te kussen en hij klopte op haar arm met zijn goede hand, strekte die toen uit naar de volgende. 'Frankie, meneer Upton. We hebben eens croquet met u gespeeld, u leerde me de fijne kneepjes van het spel, weet u nog?' Hij opende zijn mond tot een soort lach, strekte zijn arm uit, de oude Stephen, goedgeluimd. Francine kuste hem ook op de wang, daarna hernieuwde Lulu de kennismaking: 'Eloise, meneer Upton,' en iedereen praatte nu tegelijk, haalde herinneringen op. 'Weet u nog die keer in Manchester toen Mary in een boom zat en niet naar beneden durfde te komen?' 'Weet u nog het feest toen Willie Lowell zo dronken werd en in het zwembad viel?' 'Ik weet nog dat ik door uw bossen reed op een prachtige vos die Baby heette!' Weet u nog... weet u nog... Hun herinneringen waren buitengewoon selectief, tactvol: ze wisten totaal niet meer dat Laura dronken neerviel, of dat Francines vader op een feestje – ook stomdronken – plotseling haar moeder in het gezicht sloeg, of dat Elizabeth altijd ergens in een hoekje rondhing, ver van de gezelligheid. Zij herinnerden zich geen scheidingen, de zijne, die van hun ouders, van hunzelf. Als je hen hoorde, dacht Ronnie, zou je denken dat het leven één lang tuinfeest was geweest.

'Zo blij dat u thuis bent en wat beter, Mary zegt dat u vooruitgaat. Binnenkort kunt u weer praten en rondlopen, wed ik.' Geen blijk van besef dat Stephen in ieder geval nooit meer rond zou lopen. Zij drongen hem hun gelukkige herinneringen op, even fictief als hun gelukkige toekomstvoorspellingen, overtuigd dat dit de weg naar beterschap was. Ze keuvelden een kwartier, merkten toen dat hij er vermoeid uitzag, zij vermoeiden hem, ze moesten vertrekken, maar ze hadden hem zo graag weer willen zien, zien dat hij thuis was en bijna beter...

Stephen was inderdaad moe. Zoveel glimlachen, zijn mond vertrekken om een lach te demonstreren, zoveel energie als het kostte om minzaam te zijn. Hij was het niet meer gewend. Tegenwoordig gedroeg hij zich zoals hij zich voelde. Eerlijkheid wordt een moeilijk te doorbreken gewoonte.

De groep vrouwen liep de trap af. Ronnie kwam achteraan, nog steeds niet voorgesteld, maar ze begreep dat Stephens kamer daarvoor niet de juiste plaats was. Mary wachtte tot ze allemaal met een glas in de zitkamer zaten, waar vandaag vuur brandde. 'Ik geloof dat jullie mijn halfzuster Ronalda nog niet hebben ontmoet,' begon ze en de vrouwen keken voor het eerst naar haar. Bij die blikken wilde Ronnie het liefst de kamer uit vluchten. Alleen een vurig verlangen haar zusters niet te beschamen, deed haar standhouden.

'Je halfzuster! Hoe maak je het.' Uitgestoken handen in handschoenen. 'Ik wist niet dat je nog een zuster had, Mary.'

'Wel, die heb ik. Hebben we. Ronnie is milieukundige, bezig haar proefschrift af te ronden. Ze specialiseert zich in mossen en korstmossen.'

'Wat fascinerend. Wat leuk je te ontmoeten.'

'Een genoegen,' prevelde Frankie.

Boordevol vragen die zij niet durfden te stellen, voerden ze een leeg gesprek over Frankies laatste aanwinst, een schilderij van David Salle, over de verloving van Chrissies dochter met een goddank zeer geschikte jongen van Princeton, over Lulu's laatste reisje naar Marokko. Frankie probeerde het, een keer.

'Kennen we soms familie van jou, Ronnie? We logeren weleens op de ranch van vrienden van ons op het land in de buurt van Acapulco – de D'Honorio's, ken je hen?'

'Die zijn van Spaanse afkomst, neem ik aan. Ik ben Indiaans – Maya in feite.' Wist meteen dat ik Mexicaanse ben. Waardoor? Ik zou zoveel kunnen zijn, Ecuadoriaans, Puertoricaans...

'Een veel oudere aristocratie,' vulde Mary aan.

Ronnie schokschouderde, rolde met haar ogen tegen Mary. 'Wie zegt dat het aristocraten waren?'

Alex grinnikte. 'Ronnie houdt ons eerlijk,' zei ze. 'Ze prikt al onze pretenties door.'

Daar leken de gasten zo van te schrikken dat zij als verlamd zwegen. Maar Alex ging opgewekt door. 'Maakt niet uit waar we over praten, zij doorziet alle valse superioriteit – in het leven, in de politiek, in de godsdienst. Weet je,' ze keerde zich naar Ronnie, 'je bent echt verbazingwekkend.'

Ronnie, gegeneerd, keek de andere kant op, maar Elizabeth pakte het onderwerp geamuseerd op. 'Ja, ze houdt ons allemaal alert. Ze is feministe, een actieve. Ze daagt me beslist uit.'

'Maar Elizabeth,' riep Chrissie. 'Ik beschouw jou altijd als de intellectueel!'

'O, dat is ze,' zei Mary gloedvol. 'Maar bij Ronnie komt ze er niet gemakkelijk vanaf.'

'Werkelijk.'

'Dus dat doen jullie vieren de hele dag? Debatteren over... intellectuele kwesties?'

'Nee, we werken,' antwoordde Elizabeth. 'Ronnie aan haar proefschrift, ik aan mijn boek, Mary aan haar gedichten, Alex...

aan haar ziel, vermoed ik,' besloot ze met een glimlach.

'O, dat is aardig. Dat bevalt me, Elizabeth,' glimlachte Alex.

'Jullie werken.'

'Ik wist niet dat je gedichten schreef, Mary.'

'Ik ben niet erg goed. Niet goed genoeg. Maar ik werk eraan.'

'Je maakt ons beschaamd,' zei Lulu zonder een greintje schaamte te tonen. 'Ik doe zelf niets. Ik geniet gewoon van het leven. Al werken we natuurlijk allemaal ten behoeve van allerlei liefdadigheidsinstellingen, geven we lunches en bals en zo, wat een soort bijdrage is, vermoed ik. Maar meestal,' ze haalde haar schouders op over haar eigen onverantwoordelijkheid, als een onbezorgd kind, 'hebben we pret.'

'Nou, ik doe wat vrijwilligerswerk,' corrigeerde Chrissie haar boos.

'Ik ook,' vulde Frankie aan.

'Nou, dan ben ik vermoedelijk de enige onverantwoordelijke,' zei Lulu zangerig.

'Vertel eens,' zei Frankie tegen Ronnie, 'bekeer je hen tot het feminisme?'

Ronnie haalde stug haar schouders op. 'Dat probeer ik niet.'

'Wel, door haar ga ik op een andere manier over dingen denken. Haar kijk op de geschiedenis...' Mary maakte haar zin niet af.

'Ik weet niet of het feminisme is,' begon Alex voorzichtig. 'Ik geloof in een hoop dingen waar Ronnie ook in gelooft, maar ik heb nooit geweten dat het feministische ideeën waren.'

'Bij voorbeeld?'

'O, ik weet niet. Wat echt belangrijk is in het leven, wat belangrijker is dan andere dingen. Je weet wel, zoals liefde en saamhorigheid en welzijn. In tegenstelling tot, nou, macht, denk ik. Wereldlijke macht. Dat is zo'n illusie, maar mensen vatten die op als realiteit, zie je. Alsof het iets is waar je je eeuwig aan kunt vastklampen, dat je kan beschermen.'

Drie paar ogen werden glazig toen Alex in deze stijl doorging totdat, tot opluchting van de gasten, de lunch werd aangekondigd. Mary leidde het gesprek charmant terug naar roddels en aanwinsten, reisjes en feestjes, en Ronnie hulde zich weer in stilzwijgen, dankbaar dat zij verder werd genegeerd.

Maar toen ze na afloop, na het vertrek van de gasten terugliep naar haar kamer, bespeurde ze een gevoel van harmonie in zichzelf, met haar zusters. Ze wilden dat zij erbij hoorde, geaccepteerd werd, hadden haar naar voren geschoven. Zelf had ze niet veel bijgedragen aan deze poging en dat betreurde ze niet. Die vrouwen waren niet haar soort, zouden nooit haar soort zijn. Ze zouden haar niet herkennen, dacht ze, als ze hen in Boston op straat tegenkwam, en anders zouden ze haar ontlopen. Zij zou niet anders doen. Was het voor zusterschap noodzakelijk dat alle vrouwen alle anderen vrouwen liefhebben en volledig accepteren? Zo ja, dan was zusterschap onmogelijk. Maar ergens, onder de oppervlakte van het gesprek, hadden ze gedacht over de ernstige zaken die werden aangeroerd en hoewel ze allemaal afhankelijk waren van rijke mannen – tenminste tot op zekere hoogte – en de waarden van die wereld aanvaardden, hadden ze ook sympathie voor iets anders en een soort schuldgevoel dat ze niet iets anders waren, steunden. En dat was toch belangrijk, nietwaar? Ze waren geen vijanden. Ze waren alleen geen vriendinnen.

Ze voelde zich bruisen van energie toen ze achter haar computer ging zitten en werkte de rest van de middag lekker.

Dinsdagavond kwamen de zusters bijeen in de speelkamer om de strategie te bespreken. Elizabeth en Mary krabbelden lijstjes of schema's op gele gelinieerde blocnotes; Alex stond bij de deur, verzonken in de sterren. Ronnie luisterde naar hun ideeën, stemde in, protesteerde. Na een discussie met enige stemverheffing lieten ze ten slotte hun oorspronkelijke strategie varen en besloten dat iedere zuster zowel aanklager als verdediger zou zijn, dat Alex het definitieve vonnis zou vellen, maar dat zij een stem zouden hebben in het vonnis.

Woensdag waren ze gespannen en stil, allemaal – je kon het haast zien, dacht Ronnie – en twistten in gedachten met zichzelf, bereidden zich voor op hun confrontatie met hem, de zwijgende man. Ze prikten in het koude diner dat mevrouw Browning voor hen had achtergelaten, maar dwongen zich even lang als anders aan tafel te blijven. Terwijl Doris afruimde, gingen ze naar de speelkamer en zetten de tv aan, waarvan het geschetter en geschitter hun ontging: ze zagen of hoorden het nauwelijks.

'We moeten de intercom uitschakelen,' zei Elizabeth.

'Waarom? Dan lijkt het of we een misdaad beramen!' huiverde Alex. 'Zoals inbreken.'

'Wil je dat hij Doris oproept, voortdurend belt als wij praten?

Dat doet hij. Het zal door het hele huis klinken. Dan komt ze aanrennen en ziet dat er iets mis is.'

'Ik doe het wel,' zei Ronnie.

Het was half tien toen ze naar boven gingen. Stephens tv stond aan maar zijn ogen waren gesloten. Ronnie bukte zich en trok de stekker van de intercom eruit. Mary trok zijn telefoonstekker eruit. Elizabeth schoof de afstandsbediening onder zijn slappe linkerhand vandaan, zette de tv uit en legde de afstandsbediening op een ladenkast aan de andere kant van de kamer. Alex duwde het draaiplateau met de tv erop achteruit en zette drie rechte stoelen bij het voeteneinde en een vierde bij het raam, tegenover het bed maar op een zekere afstand.

Stephens ogen vlogen open zodra het geluid wegviel. Hij sperde in paniek zijn linkeroog open en tastte naar zijn afstandsbediening. Toen hij zag dat die weg was, greep hij naar de intercom. Hij drukte er wild op, maar niemand kwam de trap op rennen. Onaangedaan door de stuiptrekkingen op Stephens gezicht, zijn wilde meppen op de intercom, zijn geheven vuist, zijn blikkerende tanden, zijn razernij, stonden de zusters naar hem te kijken. Hij zag eruit als de boef in een stomme film, dacht Mary.

Ze stonden met hun vieren bij elkaar aan een kant van het bed. De paniek op Stephens gezicht was onmiskenbaar, het leek...

Ik heb hem nog nooit bang gezien, dacht Ronnie.

Ik had me Vader nooit bang voorgesteld, dacht Mary.

God, dacht Elizabeth, hij is doodsbang.

O, arme man, zo angstig, dacht Alex. Hij denkt vast dat wij hem komen vermoorden of zo.

Elizabeth begon. 'Vader, we hebben allemaal nog iets met u af te handelen. Dat weet u, nietwaar?'

Hij keek dreigend.

'We hebben overwogen u aan te geven,' zei Mary treurig. 'U weet wel, aanklachten indienen, de officier van justitie inlichten, of wie je hierover moet inlichten. We hebben begrepen dat deze zaken niet verjaren, of pas lang nadat het slachtoffer zich het gebeurde weer is gaan herinneren.'

'Niet dat wíj het ooit zijn vergeten,' zei Elizabeth. 'Maar Alex wel. Ze heeft het zich pas weer herinnerd.'

De linkerkant van zijn gezicht vertrok, de linkerhelft van zijn lichaam kronkelde van woede, zijn arm schoot op, zijn vuist dreigde hen, zijn mond vertrok, zijn oog schoot vuur. Ze stonden dicht bijeen, bijna met hun schouders tegen elkaar.

'Maar waarschijnlijk – tja, ze zouden u nu nauwelijks vervolgen, wel? U kunt zich niet eens mondeling verdedigen. En jaren geleden, toen het gebeurde, zouden ze u ook niet hebben vervolgd, wel? Ze zouden ons niet geloofd hebben. U was zo'n belangrijk man...' Ze schoof achteruit, liep naar een van de rechte stoelen en ging zitten. Ze stak een sigaret op. 'Mijn moeder – u herinnert zich mijn moeder? – zij zei altijd dat u boven de wet stond. U hebt haar ongestraft bedrogen. God weet wat u nog meer ongestraft heeft gedaan. Wij zijn vast niet uw enige slachtoffers.' Ze blies rook naar de deur, sloeg haar benen over elkaar en wiebelde met haar voet, het enige teken van haar nervositeit.

Glimlachte hij? Was het mogelijk dat hij glimlachte?

'Ik heb uw papieren gelezen, weet u,' vervolgde zij. 'In uw kantoor gezeten en dertig jaar oude memo's gelezen, weggestopt in kartonnen dozen. U was een gemene schoft, nietwaar. Op een dag zal iemand een heel nare biografie over u schrijven, Vader. Natuurlijk zal iemand anders waarschijnlijk een idolate schrijven. Maar op één ding kunt u rekenen,' zei ze en keek hem strak aan, 'dat zal niet een van ons zijn.'

Voor zover zijn uitdrukking te interpreteren was, keek hij honend.

Elizabeth zuchtte. 'Ik weet het, ik weet wat u gelooft: vrouwen snappen niets van Realpolitik. Weten niet hoe je het spel moet winnen.'

'Laten we daar niet over beginnen, Lizzie,' drong Mary aan. Ze keerde zich naar de oude man. 'Het gaat, Vader, om wat u ons heeft aangedaan. We konden nergens verhaal halen voor uw vreselijke misdaden jegens ons. We waren kinderen. Zelfs als u niet was geweest wie u bent... zou het vrijwel onmogelijk zijn geweest. Maar we hebben macht. Over u. En die geeft ons moreel verhaal. We gaan u zelf berechten.'

Een kant van zijn mond spleet wijd open, geluid ontsnapte uit zijn keel.

De oude rotzak zit te lachen, dacht Ronnie. Maar zijn linkerhand zocht de telefoon. Tastte over het nachtkastje, zocht tussen de lakens.

'We gaan u berechten voor incest, een vonnis vellen en dat voltrekken, Vader,' zei Mary.

Alex' zachte, lieve stem kwam tussenbeide. 'Eerst dachten we dat een van ons als aanklager moest optreden, een als verdediger, een als eiser en een als rechter. Maar we konden niet beslissen wie u moest verdedigen of wie moest aanklagen... aangezien we allemaal uw aanklagers zijn. En aangezien geen van ons onpartijdig genoeg is om rechter te zijn.'

Ze sprak rustig, redelijk, bewoog haar lieve gezicht alsof ze een principiële kwestie besprak met iemand die daarvoor openstond.

Zijn mond was nog steeds opengespleten in die vreemde glimlach.

'Daarom zal ieder van ons tegen u pleiten en voor u. Dat lijkt toch eerlijk? Het is de beste oplossing die we konden bedenken, Vader. En we zullen allemaal over het vonnis stemmen.'

'Maar alleen Alex zal de straf bepalen,' vulde Elizabeth ijzig aan. 'Want zij is de mildste van ons en zij schijnt enig besef te hebben van het hogere,' verklaarde Elizabeth, er droog aan toevoegend: 'Dat denkt zij tenminste. En aangezien wij verder geen van allen dat besef menen te hebben, zijn wij bereid dat aan haar over te laten.'

De spleet werd wijder. Hij vond dit kostelijk.

'Goed,' zei Ronnie bruusk. 'Laten we beginnen. Elizabeth, jij bent de oudste. Begin jij.'

Elizabeth rechtte haar rug. Ronnie en Mary gingen aan weerszijden naast haar zitten. Alex nam de stoel bij het raam. Ze hield een pen en blocnote losjes in de hand.

'Als u op enig moment wenst te spreken, dan...' Elizabeth tuurde naar zijn hand, 'steekt u gewoon uw hand op en stop ik. Dan kunt u op uw cellofaanleitje schrijven. Wij zullen luisteren naar alles wat u wilt zeggen. Of schrijven.'

Ook Elizabeth had een geel blocnote op haar schoot liggen, maar ze keek er niet naar. Ze keek evenmin naar Stephen. Ze tuurde naar haar handen, losjes gevouwen op het blocnote op haar schoot. Ze zei: 'In augustus 1942, toen ik elf jaar oud was, kwam u in de loop van de nacht mijn slaapkamer in dit huis binnen en verkrachtte mij. U zei tegen mij dat vaders op deze manier hun dochters hun liefde toonden en dat u van mij hield. Ik zal niet ingaan op de handelingen die u verrichtte, mij liet verrichten.' Ze wendde haar hoofd af, hield haar adem in, schraapte haar keel.

Ronnie nam hem ongelovig op. Glimlachte hij?

'Naderhand dreigde u dat u, als ik iemand zou vertellen wat u had gedaan, mijn moeder en mij geen cent meer zou geven. U zei ook dat niemand mij zou geloven. U heeft mij nadien weer verkracht, vele malen, iedere zomer tot ik zeventien was en u dwong op te houden.'

Eindelijk keek ze naar Stephen. 'Heeft u iets te zeggen? Ontkent u iets dat ik heb gezegd?'

Ronnie hapte zwijgend naar adem. Hij zát haar aan te staren, glimlachend.

Elizabeth staarde terug. Ronnie had nooit zo'n uitdrukking op haar gezicht gezien: bang, hulpeloos, smekend, als een jong meisje. Hij sloeg zijn blik niet neer. Zij sloeg de hare neer. Ditmaal keek zij op haar blocnote.

'Het was niet moeilijk uw verdediging te bedenken. Want ik weet zeker – en nu ik uw uitdrukking zie, zekerder dan ooit – dat u en generaties mannen voor u vonden dat incest hun prerogatief was, hun recht – dat vaders de lichamen van hun dochters bezitten, net als die van hun vrouwen en slaven. En dat zij geloven dat zij het recht hebben andere menselijke wezens te bezitten, beheersen, dat zij mannelijkheid zelfs definiëren als het vermogen anderen te beheersen. Ik geloof dat ik uw gedachten goed ken en dat dit is wat u denkt. Daarom heb ik gisteren en vandaag de hele dag geschiedenis, mythologie en filosofie gelezen, om deze aanklacht te formuleren op een manier die u zou begrijpen en aanvaarden.'

De mond en het oog werden toegeknepen.

'En om dat te doen moet ik, denk ik, de eigen aard van het vaderschap bespreken. Maar ik vind dat we het vaderschap pas kunnen definiëren als we het moederschap hebben gedefinieerd. Wel, het moederschap betekent vanouds in het lichaam een kind voldragen en het baren. Sommige moeders voeden het kind met hun eigen lichaam, sommigen nemen de verantwoordelijkheid voor de dagelijkse verzorging op zich tot het volwassen is. Maar die verantwoordelijkheid wordt onmogelijk gemaakt door samenlevingen met dusdanige economische vormen dat moeders hun kinderen niet bij zich kunnen dragen terwijl zij het voedsel zoeken of kweken om hen te voeden, zoals in verzamelaars-, jacht- en landbouwsamenlevingen. Het moederschap is dus geen natuurlijk gegeven rol maar een rol die ten dele is gegeven in de natuur en ten dele wordt gedefinieerd door de economie van een samenleving.'

Elizabeth fluisterde tegen Ronnie, die een glas water voor haar inschonk uit de kan die Alex op een tafeltje had gezet. Alex wierp een blik op Stephen, bood hem wat aan: hij keek haar slechts dreigend aan. Er hing een zware stilte terwijl Elizabeth water dronk. Alex keek plechtig toe. Ronnie en Mary staarden recht vooruit. Stephen probeerde naar de muur aan zijn rechterkant te staren. Elizabeth schraapte haar keel en ging verder.

'En mannen bepalen de economie van een samenleving. Vaders hebben vanouds praktische verantwoordelijkheid voor baby's geweigerd. Moeders hebben die vanouds op zich genomen, maar vooral nadat het kind is gespeend, zijn zij daartoe niet in het bijzonder verplicht: aangezien beide ouders genetisch in gelijke mate in het kind zijn vertegenwoordigd, komt beiden een gelijk aandeel toe in de zorg voor de overleving van het kind.

Bovendien is het duidelijk dat verschillende economieën verschillende daden eisen om te zorgen dat een kind overleeft. In een verzamelaars- en jachtcultuur kan een ouder alleen een kind onderhouden – vooral als zij of hij in een dorpsgemeenschap leeft. In landbouwculturen is het moeilijker, tenzij de verzorgende ouder, dat is meestal de moeder, het recht heeft land te gebruiken. In een industriële economie zoals de onze zijn twee of meer ouders nodig om voor een kind te zorgen. Is dat duidelijk?' vroeg zij bits aan Stephen.

Hij negeerde haar. Ze stond op. Ze liep om naar zijn rechterkant. Ze tuurde naar hem, bracht haar gezicht dicht bij het zijne.

'IS DAT DUIDELIJK?' brulde ze tegen hem. 'JA?'

Hij knikte, geschrokken.

De zusters, geschrokken van dit intermezzo, schoven even op hun stoel heen en weer. Elizabeth ging terug naar haar stoel.

'Wat nog besproken moet worden,' zei ze en sloeg een vel van haar blocnote om, zette haar bril op, bestudeerde het blad, zette toen de bril af en keek weer op naar Stephen, 'is de kwestie van het bezit. U,' ze stak haar vinger uit naar Stephen, die naar de muur keek, 'u, Stephen Upton,' hij keerde zich een beetje naar haar toe, 'hebt uzelf altijd een vrijheidsgezinde genoemd, een voorstander van constitutionele vrijheid, van individualisme, van mensenrechten. Is dat juist?' Hij keek haar zonder enige uitdrukking aan.

Ze boog zich voorover en pakte een dikke ordner op. Ze sloeg hem open, er zaten plastic mapjes met knipsels in. 'Ik heb hier een van uw knipselboeken, in de loop der jaren liefdevol bijgehouden door uw diverse secretaresses, vol met knipsels van toespraken die u hebt gehouden, aan de pers verstrekte citaten en berichten over uw invloed op de nationale politiek. Wilt u dat ik hieruit hardop voorlees, of kunnen we ervan uitgaan dat uw filosofie er altijd een van libertair individualisme is geweest?'

Hij keek dreigend.

'Wilt u dat ik ze hardop voorlees?'

O, die nare, ijzige stem.

Zijn linkerhand wuifde haar weg.

'Goed, prima.' Ze legde het boek weer op de vloer. 'Een dergelijke filosofie is onverenigbaar met het idee dat enig mens een ander mens kan bezitten. Libertaire filosofen formuleren die opvatting in de stelling dat ieder mens het recht heeft zichzelf te bezitten. Op veel plaatsen in de juridische literatuur wordt erop gewezen dat het begrip mens zowel mannen als vrouwen omvat. Deze geschriften spreken echter niet over kinderen en het is onduidelijk of kinderen geacht worden zichzelf te bezitten. Kennelijk vindt u, in tegenstelling tot het libertaire gedachtengoed, dat kinderen eigenlijk niet zichzelf bezitten, dat hun vaders hen bezitten. Een dergelijke eigendom stoelt op het Romeinse concept van de patria potestas dat de vader van de familie het eigendomsrecht gaf over vrouwen en kinderen, met inbegrip van het recht hen te straffen, te verkopen, hun lichamen anderszins te gebruiken, zelfs te doden.'

Ze nam een slok water. Stephen keek nu de kring rond, zijn ene levende oog schoot dreigend vuur.

Verbazingwekkend hoeveel uitdrukkingen hij kan tonen, dacht Ronnie. Verachting, verontwaardiging, hoon, geringschatting, haat, laatdunkendheid, ongeloof – en dat allemaal met een enkel oog en een vertrokken mondhelft.

'In het Romeinse recht werden mannelijke kinderen op een zekere leeftijd bevrijd van de vaderlijke heerschappij, maar dochters nooit tenzij zij trouwden, waarbij zij – op enkele uitzonderingen na – onder de heerschappij van hun echtgenoot kwamen. Daarom betoog ik dat Stephen Upton volkomen gerechtigd was zijn dochter Elizabeth te verkrachten op grond van het Romeinse recht dat haar tot zijn bezit maakt en haar geen juridische zelfstandigheid toekent. Het recht van de patria potestas is echter in strijd met de vrijheidsgezinde filosofie en het Romeinse recht is niet geldig in de Verenigde Staten, het land waar Stephen Upton woonachtig is en waar hij zijn carrière als groot verdediger van de vrijheid heeft opgebouwd. Daarom eis ik dat hij overeenkomstig de Amerikaanse wet schuldig wordt bevonden aan incest, dan wel aan een zo extreme hypocrisie dat deze zijn hele carrière tenietdoet. En de straf die ik eis is een getekende bekentenis van een van deze twee misdaden. Ik heb dan ook twee bekentenissen gereedgemaakt,' ze trok een paar getypte vellen onder het blocnote vandaan, 'voor uw handtekening. Als u alleen een kruisje kunt zetten, is dat voldoende.'

Stephens hoofd schokte, zijn linkeroog leek uit zijn hoofd te springen.

Ze legde de vellen voor hem en stak hem een pen toe. 'Wilt u ze tekenen?'

Met zijn goede hand veegde Stephen de vellen van het bedtafeltje, hij keek op naar Elizabeth met de uitdagende frons van een tienjarig kind.

Ze bukte en raapte de vellen op. Ze keek even naar Alex, die knikte. 'Ik ben klaar,' zei Elizabeth tegen niemand in het bijzonder.

'Zal ik verder gaan?' vroeg Mary. Ronnie knikte. Elizabeth ging terug naar haar stoel en zat doodstil neer te kijken op haar schoot.

Ook Mary had een blocnote, maar toen ze haar rug rechtte voor ze ging spreken, gleed het van haar schoot op de vloer. Ze leek het niet te merken. Ze droeg iets zwaars en wits, het leek haast een monnikspij, met een lange gouden hanger die tussen de plooien van het gewaad viel. Zij keek langs Stephen heen naar een crucifix dat al heel lang aan de zijmuur van de kamer hing, een simpel gouden kruis dat van zijn overgrootmoeder was geweest.

'Ja,' mompelde ze. 'Goed.' Ze keek naar Stephen. 'In 1944, toen ik acht jaar oud was, kort na mijn moeders dood, kwam u mijn slaapkamer in Georgetown binnen en kwam in mijn bed, sloeg uw armen om mij heen en zei dat u van mij hield en dat vaders en dochters die van elkaar hielden dat op deze manier lieten zien en u verkrachtte mij. Die keer gebruikte u niet uw penis. U zei dat het uw dood zou zijn als ik het aan iemand vertelde, dat ik dan geen ouders meer zou hebben en wees werd. U bleef mij in Georgetown en hier in Lincoln verkrachten tot u twee jaar later met Amelia trouwde. Ik moest die datum opzoeken, want de afschuw van wat u met mij in bed deed, heeft me sindsdien altijd met hevige angst vervuld als ik met u onder één dak was. Nog steeds. Toen Amelia zwanger werd, begon u opnieuw. Toen ik twaalf was, had u volledige gemeenschap met mij en zei dat u mij tot vrouw maakte. Later toonde u mij een pistool en zei dat u zich daarmee zou doden als ik het ooit aan iemand vertelde. U bleef mij voortdurend verkrachten tot ik achttien was en mij verloofde. In 1954.'

Ze wendde hem haar hoofd toe, keek hem aan en haar ogen werden wazig.

'Het probleem was dat ik echt van u hield, Vader.'

Hij nam haar achterdochtig op.

'Derhalve luidt mijn beschuldiging niet alleen dat u mij heeft verkracht, wat naar ik meen volgens menselijke wetten een misdaad is, maar dat u ook mijn vermogen om liefde van macht te onderscheiden, seks van onderwerping, volledig heeft verwoest. U heeft mijn gevoelsleven vernietigd. Voorgoed.' Zij richtte zich weer tot het crucifix.

'Elizabeth heeft u zowel aangeklaagd als verdedigd op min of meer juridische gronden. Dat neem ik tenminste aan, maar ik weet niet veel van wetten – zoals u goed weet. Weet nergens veel van, zou u waarschijnlijk zeggen.'

Ze trok een smetteloos zakdoekje uit de zak van haar jurk en depte de huid onder haar ogen, voorzichtig, om haar make-up niet te bederven.

'Maar ik werd zorgzaam grootgebracht in de boezem van de episcopale kerk door mijn kinderjuffen die meenden dat religieuze indoctrinatie tot hun taak behoorde. En hoewel ik later de kerk – eigenlijk de godsdienst zelf – heb verlaten, heb ik van de diverse priesters die over God de Vader spraken wel degelijk de boodschap meegekregen dat de vader god is. En inderdaad, als alle vaders voor hun gezin god zijn, was mijn vader bij uitstek een godheid – Stephen Upton, vertrouweling van presidenten, zeer gezien bij de machten die dit land regeren, een van de weinige personages die worden beschreven in boeken over "Het Bestel". Stephen Upton is niet alleen een god voor zijn familie, maar ook een god onder de mensen en acht zich, geloof ik, in het bezit van goddelijke machten. En we weten allemaal dat degenen die de wetten maken boven de wet menen te staan. Hij is bijna verwisselbaar met God de Vader, aan wiens wil wij ons volgens de priesters moeten onderwerpen. Ik hoorde deze boodschap en gehoorzaamde hem altijd. Ik heb mij altijd gevoegd naar mannen, met name naar mijn vader – mijn God, dus.'

Haar ogen lieten het crucifix los en richtten zich op haar schoot, zij betastte de enorme gouden hanger die zij droeg. 'Toen ik ouder werd en na ging denken – ik weet dat u dit belachelijk vindt, Vader, maar in feite ben ik een betrekkelijk intelligent mens, ik heb in mijn tijd zelfs een paar boeken over filosofie gelezen – verwierp ik het idee van een goedgunstige god die de aarde regeerde. Maar niet het idee van God de Vader. En wat de vader-god zo machtig maakte, was niet goedheid maar geld. Geld waarvoor dingen te koop zijn als geweren en tanks en vliegtuigen en soldaten en bezit en huizen en land en oliebronnen en bedrijven die andere mensen op een of andere manier tot gehoorzaamheid dwingen. In die godheid heb ik mijn geloof nooit verloren – maar voor mij is geloof het besef van zijn macht, het besef dat hij gunstig gestemd moet worden en je anders straft – tot... wel, het zal u niet interesseren, maar een keer in mijn leven heb ik die god verlaten en een andere aangehangen, een waarom u zeker zou lachen, de god van de liefde, die mij meer extase deed ervaren dan enige Sint Teresa of wie de episcopalen ook aanbidden ooit heeft meegemaakt... wel...'

Ze veegde weer onder haar ogen. Ze keek op, keek hem nu recht aan.

'En ik bén gestraft. Toch zou ik het voor geen goud willen opgeven... niet voor de hemelse eeuwigheid, als ik of u of een van ons in zoiets geloofde. Wel, dat interesseert u toch niet. Mijn verdediging van u luidt dat u werkelijk een god bent en dat goddelijke macht bestaat, zelfs als die alleen op geld is gebaseerd. Hoe de vaders al het geld hebben gekregen, is een andere vraag en daar kan ik geen antwoord op geven, dat moet ik aan Ronnie overlaten, ik ben ervan overtuigd dat zij het weet. Het enige wat voor mij telt is dat zij het hebben en niet van plan zijn het op te geven.'

'Dus!' Ze keek hem moedig aan. 'Mijn verdediging van u luidt, gebaseerd op religieuze gronden, dat dit verhoor ongeldig is omdat nietige mensen God nooit kunnen berechten. En aangezien de vader een surrogaat is voor God, zijn afgezant op aarde, kunnen kinderen nooit de vader berechten, met name vrouwelijke kinderen niet, die onwettig en minder dan menselijk zijn. In het oog van de Vader hebben vrouwen geen enkel recht, dochters evenmin als echtgenotes, vrije vrouwen evenmin als slavinnen.'

Haar stem werd zachter, minder formeel. 'Maar volgens de opzet van dit proces moet ieder van ons u aanklagen, verdedigen en vonnissen, Vader. Terwijl ik u aanklaag wegens incest, verdedig ik u dus op grond van uw goddelijkheid. Maar toen ik mijn notities hiervoor opschreef, merkte ik dat ik goddelijkheid had gedefinieerd als macht. En dat, ziet u, beïnvloedt mijn oordeel. Deze vader voor mij, die nog over de macht van het geld beschikt en pas nog heeft gedreigd die tegen ons te keren, beschikt nu in feite over weinig andere macht. Zijn geld kan hem op dit moment zelfs niet helpen: hoewel hij nog steeds zijn geld heeft, is hij vrijwel machteloos. Dat betekent dat vader niet meer gelijk staat met macht; vader is geen god meer. Op dit ogenblik hebben wij, vrouwen zonder rechten, de fysieke macht u te onderwerpen en zelfs te doden als wij dat verkiezen. Op dit ogenblik zijn wij, die de macht hebben, goden en kunnen straffeloos handelen, net als u toen u een god was. Op dit ogenblik staan wíj boven de wet. De straf die ik voorstel is dat wij u verkrachten zoals u ons heeft verkracht – met een instrument natuurlijk, niet met ons lichaam – overeenkomstig de oeroude wet van oog om oog, tand om tand.'

Stephens goede oog puilde uit, hij kwijlde, speeksel droop uit zijn rechtermondhoek, zijn linkerhand klauwde in de lucht. Hij stak hem uit alsof hij haar gezicht ermee wilde vernielen. Maar ze keek rustig naar hem, Mary, voor het eerst in haar leven niet angstig, dacht Elizabeth, die zag hoe ze haast sereen de kamer rondblikte, het gele blocnote op de vloer opmerkte, bukte en het opraapte, weer rechtop ging zitten, even naar Stephen keek en zich toen bedaard naar Alex keerde.

'Ga jij spreken, Alex?'

Alex likte langs haar lippen. 'Mag ik het laatst?'

De zuster keken naar Ronnie. 'Ga je akkoord, Ron?'

Ze schokschouderde, knikte. Ze bestudeerde het beddegoed aan Stephens voeteneinde. Ze wendde zich tot Elizabeth. 'Ik heb niet veel te zeggen. Ik weet niet of ik hem kan verdedigen.'

Elizabeth knikte.

Stephen richtte maar een of twee keer zijn oog op haar, met uitzonderlijke argwaan, keek dan onmiddellijk weg alsof hij zelfs niet bereid was haar aanwezigheid in de kamer te erkennen.

Ronnie keek hem kalm en treurig aan, zoals een schoolhoofd zou kijken naar een arme student die zij misschien van school ging sturen.

'Ik vermoed dat wat zij – Mary – zei, juist is, weergeeft wat u denkt. Dacht. Waarschijnlijk nog steeds zou denken als u jonger was, de macht had. U had alle rechten. Dus ik neem aan dat u het recht meende te hebben mijn moeder te naaien – zij was uw dienstbode, ik vermoed dat dat voor u bezit betekende. Hoe dan ook, zij hield van u, dat weet ik. Ik denk dat u ook van haar hield, maar ik wil wedden dat u haar dat nooit hebt gezegd. Maar dat ze het wist. Mijn moeder is een andere kwestie. Haar vergeven is moeilijk.

U vergeven is onmogelijk. U nam mij als een stuk vlees, als een slavin, een dier. Herinnert u het zich? De dag dat ik in úw zwembad zwom?' Ze leunde naar hem voorover, met een fel gezicht.

Hij week terug, ademde diep – hapte hij naar adem? Hij keek woest naar haar.

'U hebt mij verkracht. U hebt mij behandeld als een ding waarover u absolute macht had, een ding zonder eigen gevoelens, zonder trots, zonder waardigheid, zonder rechten. Daar hield ik een gevoel van machteloosheid en minderwaardigheid aan over – een gevoel dat ik geen bestaan heb, niet tel – waartegen ik mijn leven lang zal moeten vechten.

U bent mijn biologische vader' – zij stopte, met gesmoorde stem, ging toen verder – 'maar u hebt dat vaderschap ontkend en mijn dochterschap ontkend. Daardoor zal ik mijn leven lang een identiteit moeten zoeken.

Hoewel ik u nooit kwaad heb gedaan – tenslotte ben ik niet verantwoordelijk voor mijn eigen bestaan, mijn eigen geboorte – en u nooit iets kwaads heb toegewenst, hebt u mij veroordeeld tot een eeuwig schaduwbestaan en lijden.' Ze sloeg haar ogen op. Stephens linkeroog keek naar haar. 'Ik wil genoegdoening,' zei ze.

Ze keerde zich naar Mary. 'Ik kan hem niet verdedigen. Jij zult het moeten doen.'

Mary knikte, keek naar Stephen.

'Het is duidelijk dat van alle dochters Ronalda Velez de meest machteloze is. Ze is niet alleen een vrouw maar een bastaard, niet alleen een bastaard maar een gekleurde, niet van het heersende ras, zonder revenuen of hooggeplaatste vrienden, dus zonder enige sociale status bij deze rechtbank. De vermetelheid waarmee zij deze aanklachten indient is ongelooflijk en haar arrogantie vraagt om bestraffing als voorbeeld voor alle anderen van de ondergeschikte klassen die het zouden wagen de hoogste klassen te tarten. Het tarten van de hoogste klasse is in iedere staat verraad. De rechter zou – zoals zoveel rechters in soortgelijke situaties hebben gedaan – niet alleen haar aanklacht moeten afwijzen, maar Ronalda Velez vervolgen wegens hoogverraad.' Ze keerde zich naar Ronnie met vragend opgetrokken wenkbrauwen.

Ronnie grijnsde verrukt tegen haar.

Stephen bezag het tweetal uitgeput en verwonderd.

Elizabeth kwam tussenbeide. 'Maar er valt meer te zeggen. Hoewel Ronalda Velez uw kind is, hebt u haar niet alleen niet erkend, maar haar ook nooit financieel of emotioneel geholpen, hebt u zelfs haar opleiding niet betaald.' Ze keek Stephen veelbetekenend aan. 'Het feit dat ze een hele universitaire studie milieukunde heeft voltooid en nu aan haar proefschrift voor haar doctorstitel werkt, is louter te danken aan haar eigen inspanningen. Ze heeft dat proefschrift alleen nog niet afgemaakt omdat zij teruggekeerd is naar Lincoln om conform de eis van Stephen Upton haar moeder te verplegen tijdens haar ziekte.'

Stephen staarde naar Ronnie.

Ronnie sloeg haar blik neer naar haar schoot. Bedankt, Elizabeth. Ze keek bewust niet op naar Stephen, maar de andere drie zusters staarden hem strak aan. Hij sloeg zijn ogen neer.

'Daarom heb ik een rechtsgeldig document opgesteld dat u moet tekenen. In vijfvoud, zodat ieder van ons een exemplaar heeft.' Ze hield hem verscheidene getypte vellen voor. 'Het behelst de erkenning dat Ronalda Velez uw dochter is en geeft haar recht op een volwaardig deel van uw erfenis.' Ze stond op en legde de vellen op zijn bedtafeltje.

Hij keek haar woedend en vol haat aan. Hij spuugde op de vellen.

Elizabeth liet ze liggen. Ze ging zitten. Ze keek naar Alex. 'Klaar?'

'O, ik denk het,' zei Alex zwakjes. Ze trok een kleine gouden Davidsster onder haar bloes vandaan en betastte die. Zij leek intens op te gaan in iets onzichtbaars, iets innerlijks. Ze wachtten in stilte. Eindelijk keek zij op naar Stephen.

'Ik was alles vergeten, ziet u. Het was een gat in mijn geheugen. Ik was het verleden kwijt. Ik voelde het verlies, het leek op het gemis van een inwendig orgaan zonder welk je wel kunt leven maar niet volledig – je weet dat je iets mist. Maar het verblijf hier maakte iets los – ik ging naar de oude kinderkamer boven...'

Stephen sperde zijn oog open.

Alex' ogen stroomden vol tranen. 'Ik was nog een baby, Vader. Wat was ik, twee, drie jaar oud? Sliep nog in een ledikantje! Hoe kon u?'

Zijn mond ging open. Hij glimlachte! Hij trok zijn leitje naar zich toe en krabbelde: JJ GNOOT.

'Ze vroeg er zeker om,' zei Ronnie grimmig.

Alex bestudeerde hem. 'Vader,' begon ze voorzichtig, 'dacht u – denkt u – werkelijk dat het in orde was wat u met ons deed?'

Met een ruk keerde hij zich van haar af.

Alex verzonk weer in zichzelf, betastte haar ster. 'Het punt is,' mompelde zij, 'dat we allemaal van u hielden. Zelfs Ronnie, ook al probeert zij het te ontkennen. Hielden van u. Houden van u.' Haar stem stierf zwakjes weg.

Hij wendde zich met een grimas, haast glimlachend tot haar. Pakte zijn leitje weer. NIEUW TESTMNT. KUN JJ NKS N DOEN.

Alex griste het leitje weg, trok het cellofaan omhoog en schreeuwde: 'BARST! KAN NIET SCHELEN! Erkent u Ronalda Velez als uw dochter? SCHRIJF!' gilde ze en duwde de bespuwde vellen in zijn linkerhand.

Hij smeet ze van zich af en krabbelde op het cellofaan. Ronnie stond op en pakte het: BASTD, had hij geschreven.

'Stephen Upton,' zei Alex met onvaste stem, 'geeft u toe dat u uw dochters hebt verkracht, hun voor de rest van hun leven op aarde onmetelijke schade en pijn hebt toegebracht?'

Het leek of hij haar zat uit te lachen.

'SCHRIJF!' schreeuwde zij weer.

'KUTHOEREN,' schreef hij, goed leesbaar.

'O, Vader,' zuchtte Mary bleek.

Ten slotte zei Alex: 'Betekent dat dat u schuld bekent? Toegeeft dat u ons allemaal als hoer hebt gebruikt?'

Hij keek haar woest aan, wendde zich van hen af, staarde voor zich uit met een bijzonder waardige, zelfs nobele uitdrukking. Hij deed niet mee. Hij weigerde deze gang van zaken op enigerlei wijze te wettigen. Hij zou niets toegeven. Zij hadden niets over hem te zeggen. Niets. Helemaal niets.

Zij bestudeerden zijn gezicht, zijn lichaam, zijn linkerhand. Zij begrepen het.

Alex stond op hem neer te kijken, haar gezicht even verstild en tragisch als een religieus portret van een martelaar. Dacht: hij hoeft alleen maar een arm uit te steken, naar ons uit te strekken, en wij allemaal – nou, Mary en ik zeker, misschien Elizabeth ook – zouden hem grijpen, vasthouden, vergeven, snikken, zijn gezicht strelen. Nou, zij misschien niet, maar ik wel... Hij is mijn Pappa. Maar hoewel hij met een enkel gebaar onze vergiffenis zou winnen, ons met hem zou verzoenen ongeacht zijn misdaden, zijn wandaden, zijn verdorde, vereelte ziel, geest, psyche, Vader, onze Vader, hoe hij ook was, wij zijn door de natuur gedoemd hem voor altijd lief te hebben, hoewel hij alleen maar dat hoeft te doen, zegt hij dat we moeten opdonderen.

Elizabeth tuurde naar het schilderij dat boven zijn bed hing, een naakte vrouw in romantische stijl. Het hing daar al zolang deze kamer van Stephen was.

Alex wendde zich af, liep naar het raam, trok het gordijn en de vitrage open, staarde naar de maan, stralend nu, hoog boven de bossen aan de hemel. Ze leunde met haar voorhoofd tegen het glas, koud en vochtig. Ze betastte nog steeds haar ster. Besefte hij dat hij een verschrikkelijke fout had gemaakt? Wist hij wat hij op had gegeven? Kon het hem schelen? De zusters keken naar haar, zelfs Stephen blikte even naar haar maar staarde snel weer stoïcijns voor zich uit naar de zwijgende tv.

Eindelijk sprak zij. 'Ik zal mijn vonnis vellen.' Ze hief haar hoofd op maar keerde zich niet om. 'Ik heb eens een film gezien over een proces en ik geloof dat de rechter in dergelijke gevallen wordt geacht een kap over zijn hoofd te trekken. Ik heb geen kap, daarom blijf ik maar afgewend staan.

Ik heb opgemerkt en geloof dat het een wet van de natuur is dat de onderdrukker degenen die hij onderdrukt veel erger haat dan zij hem haten. Wij haten degenen die ons kwaad doen, maar met minder felheid, omdat iemand die kwaad ondervindt, van buitenaf wordt beschadigd maar niet vanuit zijn eigen innerlijk. Hij doet zichzelf geen kwaad. Zij doet zichzelf geen kwaad. Terwijl iemand die een ander kwaad doet, ook zichzelf kwaad doet, verschrikkelijk, zijn diepste wezen verwondt. Daardoor zijn de ergste haters degenen die kwaad doen en degenen die zij het ergst haten zijn dezelfde mensen die zij kwaad doen.

Daardoor haat u, Vader, ons met een hartstocht die veel groter is dan enige haat die wij voor u voelen. Zoals u zojuist hebt getoond. Maar u denkt dat wij u evenzeer haten. Dat is uw zwaarste zonde.'

Ze pauzeerde.

'Uw misdaden zijn van de zwaarste soort – misdaden tegen uw eigen vlees en bloed, degenen die u op een of andere manier had moeten liefhebben, met een partje van uw gekwelde geest, degenen die u waren toevertrouwd om hen te beschermen en te voeden. Een dergelijke misdaad verdient de zwaarste straf – de dood.'

Zelfs Ronnie hapte naar adem. De drie zusters staarden met intense aandacht naar Alex. Stephens linkeroog spuwde vuur, flakkerde, leek rond te drijven in zijn hoofd. Zijn linkerhand beefde. Hij draaide wild zijn hoofd om, keek hen plotseling in doodsangst aan. Natuurlijk konden ze het. Ze konden het doen!

'En deze rechtbank veroordeelt u ter dood,' vervolgde Alex.

Stephen drukte zich omhoog, opende zijn mond, een zwak geluid ontsnapte... Oooooo...

Mary's hand schoot naar haar mond... 'Vader..!' riep ze flauwtjes.

Alex keek kort naar hem. 'Bent u bang dat wij een kussen op uw gezicht zullen leggen, u zullen smoren, doden voor u uw testament kunt veranderen?' Ze lachte grimmig en keerde zich weer af. 'Wat u ook denkt, en ik weet dat u dit niet gelooft, in feite is geen van ons teruggekomen voor uw geld. Wij kwamen voor iets dat u minacht, iets dat u onder geen beding wilt geven – uw liefde, die ons in staat zou stellen u te vergeven.

Deze rechtbank veroordeelt u tot sterven door gebrek aan liefde. Uw onvermogen die te schenken of te voelen. Wij zullen u verlaten. En u zult sterven aan uw eigen haat, iedere dag een beetje, alleen in dit huis, uw huis, uw bezit, het bezit dat u uw eigen vlees en bloed misgunt. Houdt het en leef met uw alleenzijn, want u hebt ons allemaal ontkend en nu ontkennen wij u. Morgen pakken wij onze spullen en verlaten dit huis – en u – voorgoed. Wij zullen niet terugkomen. Wij aanvaarden geen verantwoordelijkheid voor uw verzorging, voor de eerlijkheid, het fatsoen of de vriendelijkheid van degenen die u verzorgen. Het kan ons niet schelen of zij u pijn doen, beroven of wreed behandelen. Wij zullen u niet behandelen zoals u ons hebt behandeld: wij zullen uw lichaam niet verkrachten of uw geest of – wat het belangrijkste voor u is – uw portemonnee. Maar wij zullen weigeren uw menselijkheid te erkennen zoals u hebt geweigerd de onze te erkennen. Wij zullen uw gevoelens ontkennen zoals u de onze hebt ontkend.'

Alex sprak nog steeds, maar Stephens hoofd was achterover geworpen, zijn mond stond wijd open, hij hapte naar adem, zijn hand greep naar zijn borst, zijn ogen rolden in zijn hoofd, hij viel achterover, zijn gezicht was blauw geworden, zijn arm viel neer. Groot, verkrampt en blauwig lag zijn hand stil op het laken. Zijn ogen staarden hen aan.

Alex zweeg en keerde zich om. De zusters staarden haar zwijgend aan en zij liep naar hem toe, legde haar hand op zijn pols, voelde zijn pols, keek naar hen op met opengevallen mond. Zij zagen haar aan, toen stonden ze alle vier rond het bed neer te kijken op zijn blauwe, verwrongen gezicht, zijn uitpuilende ogen op hen gericht.

Hij zal een dichte kist moeten krijgen, dacht Mary.

DEEL III

DE ERFENIS

HOOFDSTUK 19

Als misdadigers haastten ze zich om de telefoon terug te zetten op zijn nachtkastje, de stoelen weg te halen, de tv terug te schuiven, de afstandsbediening op zijn bedtafeltje te leggen, de intercom weer aan te sluiten.

'Het lijkt wel of we sporen uitwissen na een misdaad,' zei Alex zorgelijk. 'Nou, dat doen we ook, nietwaar,' zei Ronnie terwijl Elizabeth met Stephens telefoon de boodschappendienst van dokter Stamp belde.

Ze legde de hoorn neer en nam de kamer in ogenschouw. 'Alles op z'n plaats? Mooi. Goed, het is,' ze raadpleegde haar horloge, 'kwart over elf. Vader ging gewoonlijk omstreeks half twaalf slapen, na het avondnieuws, dus kort daarvoor zijn we boven gekomen, staken ons hoofd om de deur om welterusten te zeggen en vonden hem zo. Of moet het een van ons zijn? Is een beter?' Ze nam hen even op. Alex en Mary knikten. Ze dacht na. 'Ja, een is beter,' stemde ze in. 'Ze probeerde hem te wekken, riep zijn naam, streelde hem, pakte zijn arm, raakte van streek. Het duurde een paar minuten voor zij de anderen riep, voor er iets werd ondernomen. Goed, wie?'

Ze monsterde hen een voor een. 'Gaat er iemand instorten? Dat kan als het moet, maar dan moeten we een verhaal hebben om het te maskeren.' Alex zag uitzonderlijk bleek, Mary's gezicht was gevlekt van tranen, Ronnie was verstard en grauw. 'Hoe zie ik eruit?' vroeg ze zich af en rende naar de spiegel op Stephens ladenkastje om zich te bekijken. Oud en grijs, dacht ze. In orde. 'Wie kwam er boven?' Ze keek van de een naar de ander.

'Ik niet,' mompelde Ronnie.

'Nee.'

'Ik,' zei Mary. 'Ik word toch beschouwd als een onbenul. Ik wist niet wat ik moest doen. Ik fladderde om hem heen, riep hem, gaf klapjes op zijn hand, probeerde hem bij te brengen. Pas na een poosje dacht ik eraan jullie te roepen. Toen werd ik hysterisch. Dat ben ik ook.' Ze barstte in tranen uit.

'Ja, goed. Wij zaten naar het nieuws van elf uur te kijken. Hebben we het toestel aan laten staan?'

'Ik ga kijken,' zei Alex en rende naar beneden.

'Hij zou geprobeerd hebben op de intercom te drukken,' zei Ronnie.

'Ja. Hij sloeg ernaar, gooide hem misschien op de grond.' Elizabeth liep naar het bed, gebruikte het laken om vingerafdrukken te voorkomen, pakte de intercom op bij de snoeren en liet hem zachtjes zakken. Hij viel ondersteboven op het kleed naast het bed. Toen de telefoon ging, sprongen ze allemaal op. Elizabeth greep hem.

'Ja, dokter Stamp!' ze klonk panisch. 'Ik weet het niet. We zijn niet... we denken dat hij dood is. Alex kon zijn pols niet voelen. We hebben hem net gevonden....'

Alex kwam buiten adem terug. 'Het toestel stond aan. Ik was vergeten dat we het aan hadden laten staan,' fluisterde ze tegen Mary terwijl Elizabeth met de arts sprak.

Ze hing op. 'Hij stuurt een ambulance.' Ze keek weer naar Stephen. 'Bestaat de kans dat hij niet dood is?' vroeg ze Alex.

Alex pakte zijn pols weer en probeerde het kloppen te voelen; ze legde haar hoofd op zijn borst en luisterde. Ze haalde haar schouders op. 'Ik geloof het niet.' Ze zakte in de leunstoel neer en legde haar hoofd in haar handen. 'Ik heb hem vermoord. Ik heb hem echt vermoord. Ik veroordeelde hem ter dood en hij stierf.'

De anderen gingen ook zitten op stoelen die her en der in de kamer stonden en staarden naar de roerloze gestalte van hun vader.

'Als jij hem hebt vermoord, hebben wij hem allemaal vermoord.'

'O, wat maakt het verdomme uit,' zei Ronnie vermoeid. 'Hij leeft nog in ons. Knaagt nog steeds vanbinnen aan ons.'

'Heb jij geen gevoel van genoegdoening?' vroeg Mary verrast. 'Ik zou denken dat je je... ik weet niet... gewroken voelde.'

'Ronnie wilde geen genoegdoening, Mary,' zei Alex.

'Nou, dat zei ze wel.'

Wilde omhelsd worden, dacht Alex. Wij allemaal. Meer hoefde hij niet te doen.

'We moeten Aldo roepen. We willen met hem mee naar het ziekenhuis. En er moet iemand beneden zijn om de deur open te doen voor de ambulance,' zei Elizabeth en stond op.

Ze stonden allemaal op. Toen ze naar beneden liepen, zagen ze achter de bomen de lichten van de ambulance weerkaatsen in de lucht.

Rond half een had dokter Stamp hen de hand geschud en het ziekenhuis verlaten, mompelend dat het werkelijk een zegen was, geen leven zo, zo'n groot man. Stephens lijk was weggebracht voor de vereiste autopsie. De zusters zaten doodstil in de limousine tijdens de terugrit. Het was bijna twee uur toen ze weer thuiskwamen en ze prevelden welterusten en gingen onmiddellijk naar bed, zonder te spreken. Elizabeth bedacht dat Doris vreselijk zou schrikken als zij morgenochtend Stephens kamer binnenging om hem te verzorgen, daarom krabbelde ze een briefje, nam de achtertrap naar de tweede verdieping en schoof het onder Doris' deur door. Toen gooide ze haar kleren uit en plofte in bed, zonder zelfs haar gezicht te wassen.

Was toch nat, jazeker, waarom, waarom zou ik om hem huilen, huil ik om mezelf? Ik heb vanavond gemoord. We hebben hem de dood in gejaagd, we hebben hem evengoed gedood als wanneer we dat kussen hadden gebruikt. Ik heb mijn vader vermoord. Daar hoort een mens iets bij te voelen. Waarom voel ik niets? Of toch? Grimmige man met paardegezicht die woest naar me kijkt. Verdwenen nu. Voorgoed verdwenen. Zie ik nooit meer. Stierf terecht. 't Was gerechtigheid. Geen barmhartigheid, daar doe ik niet in, deed hij evenmin. Spoorlijnen naar de kampen bombarderen had geen zin, zei hij. Verspilling van munitie, energie, gevaar voor onze dappere vliegers. Wie geeft er om een paar joden? Wie geeft er om een paar dochters? Hij niet.

We hebben hem een rechtvaardig proces gegeven, niet overeenkomstig de wet natuurlijk, maar het was rechtvaardig. We hebben hem allemaal verdedigd. Volgens zijn eigen inzichten, zijn normen. Als hij zichzelf had verdedigd, had hij dan niet hetzelfde gezegd? Zijn rechten, zijn prerogatieven, zijn macht. En wij hebben hem dat allemaal gegund; we hebben hem alleen veroordeeld om te sterven aan zijn eigen waarden. En dat deed hij. Is dat geen gerechtigheid?

Haatte hem vroeger, en daarna toen ik wist dat ik voorgoed veilig voor hem was, bewonderde ik hem, zo beroemd, zoveel macht als hij genoot, zoveel respect – de mensen die zich aan hem onderwierpen, hooggeplaatste personen uit de regering, terwijl hij daar zelfs niet meer in zat! Invloed. Achting. Wilde dat voor mezelf. Bespottelijk.

Het hoogste, Elizabeth, wat een vrouw ooit kan zijn in de regering is Eleanor Roosevelt! Hij barstte in lachen uit, hij vond haar bespottelijk, maakte haar manier van praten belachelijk, haar voorkeuren. 'Een-nul voor mij,' zei hij dan op die zelfvoldane toon. En hij maar lachen; mijn ogen brandden, ik vroeg toestemming om van tafel op te staan, hij liet me niet gaan, zat daar tegen me te schetteren. Ik wilde geen Eleanor Roosevelt zijn, ik wilde niet bespottelijk zijn...

Ik wilde hem zijn.

Misschien heb ik geluk dat ik als vrouw ben geboren. Als ik een man was geweest, zou ik hem misschien zijn geworden.

Ze huiverde, draaide zich op haar zij, draaide zich op haar andere zij, ging zitten, stak een sigaret op.

Je haat degenen die je kwaad doen, zei Alex, meer dan zij jou haten. Maar vannacht haat ik hem niet, voor de eerste keer in jaren haat ik hem niet.

Geen haat. Alleen...

Een grote leegte had zich in haar genesteld, een gapende ruimte als een zwarte zucht, een baarmoeder wijd geopend om leven te bevatten, die nooit leven zou bevatten, nooit gevuld zou zijn, nooit iets anders dan ruimte zou omsluiten, die altijd wijd open zou zijn, wachtend...

Ze had haar gordijnen niet dichtgetrokken en staarde naar de nachthemel, donker, de maan al achter de bomen gezakt, geen sterren.

Hij zal nooit...

Nooit wat? Wat had ik gehoopt?

Een kinderdroom, nee, die van een baby, zelfs toen ik vier of vijf was, wist ik beter, wist dat hij het nooit zou doen. Een babydroom, een babyvraag, til me op, hou me vast, hou me warm, bescherm me...

Niet alleen dat. Hij zal nooit erkennen dat ik van hem hield, nooit mijn liefde voor hem enige betekenis gunnen.

Haar gezicht was nu kletsnat, ze veegde het droog met haar laken, dat vochtig terugviel op haar naakte borst.

Verbazingwekkend. Ik ben erin geslaagd de volmaakte minnaar voor mezelf te vinden: hij raakte me nooit aan buiten een kuise kus op het voorhoofd, altijd koel, vraag me af wat voor minnaar hij met mannen was, zijn lichaam altijd zo koud, zijn handen, zijn lippen, werden ze warmer als hij met hen was, hoe zag hij eruit als hij hartstocht voelde, zulke kille ogen, gloeiden alleen op als wij discussieerden, ideeën wekten zijn hartstocht, gesprekken, jarenlange gesprekken, onze enige vorm van gemeenschap...

Hij was waarschijnlijk het maximum dat ik aankon. Daarom gaf ik toe aan zijn chantage, zijn dwang. Vraag me af of hij op een of andere manier wist hoe ik was, wist wat ik niet...

Wat voor soort huwelijk had ik kunnen hebben, hoe snel zou de man met wie ik was getrouwd veranderen in Vader, klamme handen op mijn lichaam, ik huilend of, later, gewoon stom, stil, Vaders lichaam altijd zo heet, zo nat, wreef tegen het mijne, de gekwelde kreet waarmee hij klaarkwam, wat verafschuwde ik het, het hete kloppende nat dat ik kon voelen al gebruikte hij tenminste een condoom, zijn dochter bevruchten zou wél tegen zijn regels ingaan.

Het tegendeel van Clare, gloeiende handen, gloeiende ogen, hoewel ze ook koud konden zijn, even koud als die van Clare. De mijne ook, sommige mensen zeggen dat ik kille ogen heb. Grote mond, grote tanden, net als Vader: Clare's gezicht was fijntjes, delicaat, mooi blond haar...

Maar stel dat ik was getrouwd... met wie dan ook. Kan me mezelf niet als moeder voorstellen, kon geen moeder zijn, weet niet hoe, wil het niet zijn, ik zou ieder kind van me haten... Gelukkig dat het niet gebeurde, gelukkig voor hen, de gezegende ongeborenen... Kan me mezelf ook niet als echtgenote voorstellen, waarom zou ik er een zijn, wat is een echtgenote anders dan een onbetaalde dienstmeid en hoer, een broedstoof voor zonen om het bezit van de man te erven? Ik was wijs, heb de juiste keuzes gemaakt. Ik maakte de beste keuzes die ik kon maken.

Kon maken.

Niet dat ik een slecht leven had. Krantefoto's van die naar Israël ontsnapte Ethiopische joden, vrouwen beneden de twintig, gerimpeld en ziek, met baby's die slechts een handvol beenderen zijn, die ze vasthouden, stevig vasthouden, mensen in Bhopal op het journaal vandaag, stel je hun leven voor, overal op aarde sterven miljoenen en miljoenen mensen van de honger, vergiftigd, gemarteld, opgesloten, en zelfs zij zouden zeggen: ik heb geleefd.

Het leven is klote en dan ga je dood. Dat had iemand op een T-shirt staan.

Als je ziet hoe miljoenen mensen leven, heb ik waarschijnlijk geluk gehad, ondanks Vader. Stel dat ik zo'n vader had gehad als die van mijn moeder, Opa Callahan? Had ik het dan beter gehad? Maar het zou fijn zijn geweest als ik een moeder had gehad die van me kon houden, dat had verschil gemaakt. Moet haar morgen bellen, ze zal jubelen, het oude loeder, eindelijk wraak, ik heb de schoft overleefd, krijg dat legaat.

Haar gezicht was weer nat, en ze keerde zich op haar zij en wreef haar wang over het kussen. Ze sloot haar ogen.

Probeer één aardig iets te bedenken dat ze hebben gedaan, een van beiden, ieder. Een keer.

Ze doorzocht haar geheugen.

Hij zette me eens op een paard. Hielp me erop, zei hoe ik moest zitten, de teugels vasthouden. Archangel heette het paard. Zei dat McCutcheon – zo heette hij! – de teugels moest nemen en me een rondje laten stappen. Keek toe. Zei: 'Goed, Elizabeth.' Glimlachte. Ik dacht dat hij glimlachte omdat de verzorger erbij was, maar misschien niet. Mischien niet.

Kocht eens een boek voor me. Kwam terug van een reis, gaf me dat boek in een papieren zak, zei dat hij dacht dat ik het misschien leuk zou vinden. Ik was negen. *Duizend-en-een-nacht*. Merkwaardig. Had hij al plannen...

Tel dat niet mee.

Zij gaf haar bridgeclub op om geld te sparen om me naar de katholieke school te sturen, ze wist dat ze hem zo kon dwingen een particuliere school te betalen. En ze was dol op haar bridgeclub. Maar ging nooit meer terug. Gokken met die rijke vrouwen was echt te duur voor haar, al is ze een uitmuntende speelster. Ze wilde me laten studeren. Bracht offers daarvoor. Stuurde me al die tijd dat ik in Engeland was een kleine toelage. Moest daarvoor waarschijnlijk blikvoer eten.

Ik herinner me dat ze me vasthield, eens, toen ik klein was. Eens? Moet me hebben vastgehouden toen ik klein was, nietwaar? Met liefde?

Er waren goede dingen. Ik hou die alleen zelden vast, ik hecht me aan de andere, herberg haat.

Ik veroordeel u tot sterven aan uw eigen haat...

Ik had Clare. Al met al was Clare iets goeds.

Ik had mijn carrière. Heb mijn carrière.

Hen. Ik heb hen, toch.

Mijn zusters.

Ze sliep in.

Ondanks het late uur wikkelde Mary haar hele avondlijk ritueel af, ze huilde onder de douche, huilde terwijl ze haar gezicht insmeerde, zodat de tranen door de crème liepen en ze moest lachen, en er ten slotte mee ophield. Ze liep rechtstreeks naar haar chaise-longue en opende haar geëmailleerde doosje met marihuana (had kunnen weten dat Chrissie een dealer zou hebben, zij had op Kippekop altijd het beste spul) en rolde een joint. Ze leunde achterover, inhaleerde diep, staarde naar het duister buiten.

Een snik brak uit haar los. Ze liet zichzelf even kokhalzend snikken, hield toen op, snoot haar neus, veegde haar gezicht af. Ze stond op, liet de natte zakdoek op de ladenkast vallen en vond in een la een schone. Ze stopte hem in haar zak en liep terug naar de chaise-longue. Ze nam nog een trek maar moest weer snikken, ze legde de joint in de asbak en liet haar hoofd voorover in haar handen zakken.

O, Pappa.

Hij was in haar bed gekomen toen zij klein en alleen en bang was omdat Mamma weg was en hij had haar geknuffeld en vastgehouden en dan deed hij die andere dingen die zij niet fijn vond, maar toch lag hij bij haar, hield haar vast, was zo warm, zijn lichaam was altijd heet, heet en nat, en als zij rilde, hield hij haar warm, mijn kleine Mary warmhouden, zei hij en zij hield hem beet en voelde zich veilig, nou, bijna veilig want ze wist nooit wanneer hij met dat andere zou beginnen en soms deed hij het maar bleef toch tot ze in slaap viel...

Later was het anders, natuurlijk. Toen ze groot was. Je tot vrouw maken, zei hij. Had het maar over haar borsten, die waren toen al groot, haar kont, hij was gek op haar kont, zei hij, zo rond en welgevormd. Ik was verdoofd. Lag daar maar als een lappenpop, met Harry en Paul net zo. Alberto wond me eerst een beetje op maar het enige dat hij eigenlijk wilde was me omdraaien en vanachteren rammen. Net een lappenpop, mijn hele leven, porseleinen hoofd, lappen lijf. Behalve met Don.

Wat Pappa me had geleerd.

Toch hield ik zo van hem, hield van hem, hield van hem... Kan daar niet mee stoppen.

We hebben hem vanavond vermoord, vermoed ik. Niet dat hij anders veel langer had geleefd. In zeker opzicht was het een dienst aan hem, hij zou waarschijnlijk liever sterven dan zo leven, maar hij heeft nooit iets gezegd, zelfs nooit gesuggereerd: geef me pillen... Ik vraag me af of hij nog altijd dat pistool heeft dat hij me liet zien, vraag me af waar het is. Ik had hem niet helpen sterven. Zou hebben gezegd: barst maar, ik ga voor u niet de gevangenis in, rotzak, u hebt me onherstelbaar verwoest. Die gunst bewijs ik u niet...

Toch heb ik het uiteindelijk gedaan. Merkwaardig.

De snikken braken weer los, diepe, kokhalzende krampen die uit haar maag leken te komen, haar dubbel deden slaan van de pijn, haar gezicht kletsnat maakten. Ze probeerde ze te bedwingen en langzamerhand bedaarden ze. Ze pakte haar zakdoek, snoot die vol, stond op, liet hem op de kast vallen en pakte een schone. Toen tuurde ze naar de natte, verkreukelde zakdoeken.

Echt akelig voor Teresa om een zakdoek vol met mijn snot te moeten oppakken, is het niet.

Ze raapte her en der natte zakdoeken op die ze had laten vallen, liep ermee naar de badkamer, liet de wasbak vollopen en gooide ze erin. Zo waren ze in ieder geval niet snotterig meer.

Ze ging terug naar de chaise-longue, wilde haar joint pakken, maar die was opgebrand, zelfs geen peuk meer over. Ze rolde een nieuwe, leunde achterover, probeerde zich behaaglijk, verwend, verzorgd te voelen maar dat lukte niet, ze voelde zich ongemakkelijk, de rug van de chaise-longue zat niet echt lekker al zag hij er nog zo mooi en elegant uit, en de kussens verschoven steeds. Ze ging rechtop zitten, tuurde naar buiten.

Die pappie is al tientallen jaren dood. Nu is Vader dood. Hij was oud, had een lang, gevuld leven, had alles wat zijn hart begeerde, het is in orde. Waarom hunker ik, wat... de snikken welden weer op, maar ze bedwong ze.

Als hij me niet genoeg geld nalaat, verkoop ik de flat gewoon en trek in bij Lizzie, van wat ik overhoud als de schulden zijn betaald, kan ik lang leven als ik mijn kosten laag houd, ik kan piano spelen, Lizzie houdt ervan en bovendien werkt ze toch de hele dag, en ik kan gedichten schrijven, er zijn mensen met wie ik iets kan doen, lunchen, musea, twee samenwonende zusters zijn op onze leeftijd volkomen aanvaardbaar, heel gewoon, Alex kan ons zelfs komen bezoeken, zij woont niet ver weg, we kunnen bijeenkomsten houden, we kunnen een prachtig juweel van een huis kopen in Falls Church zoals dat waarin Alice Willie jaren geleden woonde, geweldige tuin, geweldige bomen, een Japans bruggetje over een beekje...

Ik hoef niet meer te trouwen.

Geschokt door deze gedachte bleef ze doodstil zitten. Ze hield de joint zo lang stijf vast dat hij uitging.

Ik hoef dat nooit meer te doen. Nooit meer. Ik hoef nooit meer te doen alsof ik een man fantastisch vind als ik dat niet echt vind, hoef niet meer te doen alsof ik dom ben, hoef nooit meer zo in bed te liggen... Tenzij ik iemand als Don ontmoet, iemand voor wie ik zoiets voel, iemand voor wie ík zoiets voel, o, als ik maar...

Ze staarde naar het zwarte raam.

Het beeld van haar dochters gezicht verscheen in het duister.

Mijn god, wat heb ik haar in de steek gelaten. Net als mijn eigen moeder, met minder excuses, ik leef nog als je 't zo kunt noemen...

Lizzie zou nooit een kind bij ons in huis willen hebben. En Marie-Laure is zo'n sloddervos, verwacht zelfs dat het meisje haar ondergoed opraapt. Heeft nooit in haar leven een bord afgewassen, helpt zelfs Marguerite niet als we met de feestdagen bij Martin zijn, gaat gewoon naar binnen, zet de tv aan of pakt een tijdschrift, leest zelfs geen boeken, natuurlijk is het waar dat Marguerite in de keuken hulp genoeg heeft, maar toch.

Nou, dat deed jij ook niet tot een maand geleden.

Marie-Laures bleke, gemelijke gezicht leek nu in de verbeelding van haar moeder een gezicht vol pijn, vol verlangen, een stille kreet...

Mary stond op, liep naar het nachtkastje waar de telefoon stond en draaide het nummer van haar dochter. Na lange tijd antwoordde een slaperige stem.

'Marie-Laure. Lieverd? Ja, Mamma hier. Mam. Je moeder. Ik weet het, het spijt me, ik weet dat je vast lekker sliep, maar ik had behoefte je te bellen, ik had behoefte je te spreken. Nee, natuurlijk ben ik niet weer getrouwd, hoe kom je op dat idee? Je weet toch dat ik bij Grootvader ben. Ik wilde je vertellen,' Mary's stem begaf het, 'dat hij vanavond is gestorven.' Ze snikte, bedekte het mondstuk van de telefoon.

De jonge, slaperige stem aan de andere kant zweeg. Na een tijdje zei ze: 'Wat erg, Mam.'

'Dank je, lieverd,' zei Mary hartelijk. 'Ik heb de jongens nog niet gebeld, dat doe ik morgen. Ik wilde alleen even je lieve stem horen.'

Aan de andere kant heerste geschokte stilte. 'Gaat het wel met je?' vroeg de jonge stem ten slotte weifelend.

'O, ja, natuurlijk, mijn zusters zijn hier. Je moet ze allemaal ontmoeten, je had hier met Thanksgiving moeten komen, het was gewoon... wel, weet je, hij lag nog in het ziekenhuis... je hebt Alex en Ronnie nog nooit ontmoet. Ronnie is ongeveer even oud als jij.'

'Ronnie? Wie is Ronnie?'

'O, nou, dat is een andere zuster.'

'Ik wist niet dat je nog een zuster had.'

'Wist ik ook niet,' loog Mary.

'ECHT!' De stem raakte nu opgewonden.

'Ik zal je er een andere keer alles over vertellen. Ga maar weer slapen. Ik wilde het je alleen vertellen.'

'Heeft Grootvader je een smak geld nagelaten?'

'Ik weet het niet. Het doet er niet toe.'

'HET DOET ER NIET TOE??? Was je niet...'

'Ja. Ja. Maar alles is veranderd. Ik ben veranderd.'

'Hmm,' klonk het instemmend.

'Ik kom je opzoeken. Binnenkort.'

De stem jubelde niet van vreugde. 'O, ja?'

'Jazeker,' zei Mary gedecideerd.

'Nou. Goed. Ik vind het erg van Grootvader.'

'Dank je, lieverd,' zei Mary hartelijk.

Stilte.

'Goed. Nu kan ik slapen, schat. Denk je dat jij weer kunt slapen?'

'Ja hoor.'

'Welterusten, liefje.'

Mary legde de hoorn neer, gleed in bed en sliep in. Als een baby.

Alex droeg nog steeds de jurk die ze eerder die avond had gedragen, een jurk van zware jersey die ze had gekocht omdat hij passend leek voor de rol van rechter. Nu zag ze hem als de jurk waarin zij haar vader had vermoord. Ze ijsbeerde door haar slaapkamer, armen gekruist, hoofd gebogen, op zoek naar een plek waar haar hart kon rusten. Sprak ertegen, tegen de geest, de sjechina die in haar woonde, boos, in tranen.

Wraakengel, wilde je dat van me, heb je me daarvoor hier neergezet, was het dat? Wat is dat voor baan om aan een mens te geven, zonder haar te laten kiezen, dat heb ik nooit willen zijn, was ik niet geweest als ik had geweten...

Ze sprak niet hardop maar af en toe ontsnapten er geluiden aan haar mond, boos gemompel, gehijg, gesis, een snik. Na een half uur bleef ze opeens staan, scheurde zich de jurk haast van het lijf, smeet hem op de vloer, smeet al haar kleren op de vloer terwijl ze zich uitkleedde, en rende naar de douche. Ze mengde het water zo heet als ze kon verdragen, stond zich daar keer op keer in te zepen, zolang als ze uithield. Toen wreef ze haar lichaam met een ruwe handdoek stevig droog. Ze was van top tot teen vuurrood toen ze uitgeput ophield en op haar horloge keek.

Godver, ik heb gedoucht met mijn horloge om. Het wees kwart over vier.

Het is niet waterdicht, maar het werkt nog. Is dat een teken?

Vermoeid liep ze terug naar haar kamer, raapte in het voorbijgaan de kleren op en wierp ze op een stoel. Ze trok de sprei weg en stapte naakt in bed, iets dat ze nooit eerder had gedaan.

Ik moest het zijn, want ik was maar een baby toen hij... Dus hij heeft mijn hele leven vergiftigd, alles besmet door die vergeten gebeurtenis. Ze hebben me dus gereserveerd, ze hebben me altijd als instrument bedoeld, half levend, zonder geheugen, een instrument om in te schakelen en te gebruiken als het juiste moment kwam. Daarom voelde ik altijd dat ik niet had geleefd. Dat voel ik nu niet.

Betekent echt leven deze verschrikkelijke schuld dragen? Ik heb mijn vader gedood. Ik zal of kan nooit vrij zijn van deze misdaad.

Zijn jullie zó, jullie dingen, goden, sjechina of hoe jullie je ook noemen? Hoe durven jullie, hoe durven jullie! Mensen gebruiken om andere mensen te straffen?

Dat bestaat niet.

De natuur functioneert harmonieus binnen de chaos, functioneert om natuurlijke processen te laten overleven, functioneert interactief. Straft niet, nooit persoonlijk. Dat is een menselijke projectie. Rampen en dood zijn toeval, zij hebben niets te maken met gerechtigheid, een menselijk concept, gisteren had ik een vrouw in Bhopal kunnen zijn, een goede vrouw, een deugdzame vrouw, een goede man, een kind, en toch dood zijn of stervende...

Ik was slechts de toevallige oorzaak van Vaders dood.

Waarom zag hij niet dat hij alleen maar zijn arm hoefde uit te strekken naar ons, SORRY op zijn leitje krabbelen, en allemaal, allemaal, nou, misschien Ronnie niet, maar Elizabeth en Mary en ik... o, we hadden ons op hem gestort, hem geknuffeld, liefgehad, we hielden allemaal van hem, wist hij dat niet, kon hij dat niet voelen, we hielden van hem, dat had ook niets te maken met gerechtigheid, de natuur functioneert zo dat het kind van de ouder houdt...

Hij heeft zichzelf dus gedood, hij heeft mijn vonnis voltrokken, het vonnis, de woorden die de sjechina mij in de mond legde. De sjechina functioneerde door mij, ik ben niet verantwoordelijk, ik was haar instrument, ik was louter werktuig van de natuur, een orkaan, een spontane bosbrand, een springvloed, een zonsondergang, een zonsopgang, een grassprietje dat door het beton prikt en het beton was Vader en hij barstte. Ze heeft me ten slotte begiftigd met mijn ware aard, me levend gemaakt, ik leef nu, nu kan ik zijn wie ik ben, nu ben ik Alexandra. Ik ben een grasspriet. Ik groei in de wereld en splijt beton.

Dood, dood, dood, voorgoed, nooit, altijd, altijd, voor de rest van mijn leven onwettig, onecht, ongelukje, buitenbeentje, buitenechtelijk, bastaard, linker schuinbalk in de heraldiek maar die hadden alleen mannen natuurlijk, alleen mannen kregen er een schild bij of door, leuke boodschap, maar je hebt een schild nodig voor een schuinbalk, vrouwen hebben dat nooit, geen verdediging, zelfs geen onderbroek. En in zijn ogen een koffieboon, nikker, bruinjoekel, kwatta, dropsliert, roetmop, illegaal, mulat, halfbloed, er zijn vast andere termen die ik zelfs weet maar ik kom er nu niet op. Hoe kan ik mezelf respecteren, een manier vinden om fier te zijn zonder de helft van mezelf te verwerpen, hoe moet dat, moet ik mijn arm afhakken, mijn voet, welke?

Sodemieter op, Ronnie. Je hebt je leven lang zijn helft verworpen.

Ze lag geheel gekleed op haar opgemaakte bed, stijf als een lijk, de handen vroom gevouwen op haar buik, naar het plafond te staren.

Plotseling besefte ze haar houding, glimlachte.

Hopelijk is mijn kist comfortabeler dan deze matras.

Wat een idioot was hij. Zag hij niet dat ze hem zielsgraag wilden vergeven? Zeker Alex, en Mary waarschijnlijk ook. Ging liever dood dan hun liefde te aanvaarden, hun liefde te bieden, wat een mens, hoe komt een mens zo?

Verschrikkelijke, ongelooflijke, overweldigende angst.

Jezus Christus Maria, een van de rijkste families van Amerika, een van de machtigste mannen van het land, wou je zeggen dat hij in angst leefde?

Angst dat hij 't niet verdiende. Angst het te verliezen.

Bedoel je dat het klopt, dat de armen gelukkiger zijn dan de rijken? Ronnie lachte hardop, een luide, holle lach, hield toen plotseling op.

Stomme ezel.

Het is dus voorbij. Ik ben van hem af.

Je bent al jaren van hem af.

Ik kom nooit van hem af. Wat had ik gedaan als hij zijn arm had uitgestrekt en ook mij had verwelkomd? Hè?

Nee. Kon niet.

Nee.

Stel dat hij zei: het spijt me?

Ik had naar hem toe kunnen lopen. Had hem kunnen aanzien zonder haat.

Zijn hand genomen?

Nee.

Als hij die naar je had uitgestoken? Speciaal naar jou?

Ze barstte in tranen uit. Ze hield zich niet in, niemand kon het horen, ze huilde lang in het kussen, schokte, snikte, bedaarde toen, ademde in diepe teugen. Ze ging zitten, tastte in haar borstzakje, vond een verfrommeld pakje sigaretten, een paar over, stak er een op. Moet ermee ophouden. Doe ik. Zodra ik hier wegga. Ze inhaleerde diep, stond op van het bed, liep naar de keuken, de gang, de speelkamer, keek door het achterraam naar de donkere tuin.

Herinner je de mooie dingen. Zodra de begrafenis voorbij is kom je waarschijnlijk nooit meer in dit huis. Of in enig ander huis als dit. In ieder geval niet door de voordeur. Moet nu iets doen. Een baan zoeken. Ben ook niet erg opgeschoten met het proefschrift. Een beetje. Nog vijf, zes maanden werk. Minstens.

Ach, nou en. Je krijgt het dus niet af. Nou en? Wat maakt het uit of je een titel voor je naam hebt? Verandert dat iets?

Een beetje, misschien.

Heb je dat nodig om iemand te zijn? Een titel voor je naam?

Wettig, onwettig, blank, zwart, bruin, rood, geel, al dat gedoe, vrouwelijk, mannelijk, al dat gedoe: waarom hecht je er zoveel belang aan.

Omdat het van belang is.

Voor hen. Voor hen.

En voor mij.

Voor jou?

Ze rookte de sigaret op en drukte hem uit in een asbak. Ze slenterde teug naar haar slaapkamer en begon haar kleren uit te trekken. Ze zette haar raam open. Ze stapte naakt in bed. Het was warm vannacht, warm voor december, misschien waren ze vergeten de vijandschap laag te zetten, de verwarming bedoel ik, ik zou op moeten staan en op de thermostaat kijken, naar de hel ermee, ik ben zo moe, moe. Ze kroop in het bultige bed en bleef liggen.

Ik ben verdomme geen heilige. Ik kan niet doen of het me niet kan schelen wat ze denken. Het maakt iets uit. Iedere keer dat ze naar me kijken, tegen me spreken, niet naar me kijken, niet tegen me spreken, me een baan geven, me geen baan geven, me een flat verhuren me geen flat verhuren...

Je zou naar Mexico kunnen gaan. Maar daar is 't niet beter: Indiaans bloed, Spaans bloed, mulat. Misschien zelfs erger. Hoe dan ook, je zult je innerlijk moeten genezen.

Als zij... als Elizabeth en Mary en Alex...

Vergeet dat.

Vergeet dat. Het is voorbij.

Voorbij.

Ze draaide zich op haar zij, sloot haar ogen en viel in een onrustige slaap.

HOOFDSTUK 20

Allemaal sliepen ze tot na tienen, en Elizabeth, Alex en Ronnie zaten de volgende ochtend om half elf nog achter hun koffiekopjes toen Mary binnen kwam zetten in een wit satijnen nachtpon en peignoir en op witte satijnen muiltjes. Alex keek verbluft op.

'Geen ontbijt op bed vanochtend?'

'Gewoon besloten mijn tweede kop koffie bij jullie beneden te komen drinken,' zei Mary luchtig. Ze zag Elizabeth naar haar peignoir kijken. 'Vader is dood. Ik kan nu in mijn peignoir beneden komen als ik wil.'

Ronnie stond op, liep naar de keuken, kwam terug met een schone kop en schotel en zette die voor Mary neer.

'Bedankt Ronnie. Dat is aardig van je.'

Alex schonk koffie uit de kan, bood haar room aan, maar Mary bedankte. Alex en Ronnie keken haar verbaasd aan.

'Ik ga op dieet.'

Elizabeth vouwde de krant op die zij had zitten lezen, zette haar bril af, leunde achterover en stak een sigaret op.

'Iets over Vader?' vroeg Mary.

'Nee. Te vroeg. Morgen. Maar het was op het plaatselijke tv-journaal, zei mevrouw Browning. We krijgen misschien journalisten.'

'Ik veronderstel dat er duizend dingen te doen zijn,' zei Alex enthousiast. 'Ik moet David bellen. En mijn moeder. Maar wat kan ik verder doen? Maken jullie plannen voor de organisatie?' vroeg ze Elizabeth. 'Is er iets waarmee ik kan helpen?'

Elizabeth leek nog niet toe aan enige organisatie. 'Dat zal wel. Maar het lijkt me – wel, ik vermoed dat de begrafenis ons uit handen zal worden genomen. Maar we moeten het uitzendbureau van Florence bellen, de wijkverpleging...'

'Precies,' stemde Mary in. 'En we moeten Hollis bellen.'

Toch bleven ze allemaal aan tafel treuzelen. Teresa keek naar binnen om te zien of ze kon afruimen, trok een gezicht, draaide zich om en keerde, op haar horloge wijzend, terug naar mevrouw Browning. 'Het is straks lunchtijd voor ik de ontbijtboel kan opruimen,' klaagde ze.

'Ze zijn de hele nacht opgeweest, Tess,' zei mevrouw Browning berispend. 'Waarom begin jij niet boven? Ik ruim de ontbijtboel wel af.'

De zusters bleven nog steeds zitten. Ze maakten opmerkingen over het weer, over een late spreeuw in een struik, hun vermoeidheid, Mary's hoofdpijn, maar ze leken allemaal op iets te wachten, namen elkaar op met een soort verlangen...

Mary maakte er een eind aan. 'Nou, ik ga me aankleden. Ik zal Hollis bellen. Wanneer denk je dat ze klaar zijn met de autopsie?' vroeg ze aan Elizabeth, die onwetend de schouders ophaalde.

'Waarschijnlijk vanavond of morgenochtend vroeg,' zei Alex, die ook opstond.

'Neem me niet kwalijk,' kwam Ronnie tussenbeide en iedereen keerde zich naar haar. 'Willen jullie dat ik nu vertrek?'

'Vertrek?'

'Nu?'

'Waarom?'

'Ik bedoel, er zullen hier een massa mensen komen. Officiële figuren. Er komt een begrafenis. Ik wil weten wat jullie van mij verwachten.'

'O, daar had ik niet aan gedacht,' zei Mary.

Elizabeth staarde Ronnie aan, nadenkend.

'Waarom zou je iets doen?' gooide Alex eruit.

Mary keek Ronnie intens aan. 'Nee, nou, natuurlijk, je zou niet willen...' Ze keerde zich naar Elizabeth. 'Lizzie?'

'Ronnie is onze zuster,' zei Elizabeth. 'Wat ze ook zeggen.'

'Ja. Ze kunnen óns niet beschaamd maken, alleen hem,' zei Mary weifelend.

Ronnie werd rood; bijna in tranen vertrok ze haar gezicht tot een masker van woede.

Alex hapte naar adem. Mary keerde zich naar haar. 'Je weet wel wat ik bedoel. Ik heb het over de buitenwereld. Mensen hebben gewoonlijk geen onwettige kinderen op hun begrafenis. De pers...'

Ronnie vluchtte, zorgde dat ze in haar eigen kamer was voor de tranen losbarstten. Geven met de ene hand, afnemen met de andere, dacht ze toen ze zich op bed wierp.

'Werkelijk, Mary,' zei Elizabeth.

Mary beantwoordde haar blik standvastig. 'Lizzie, ik bedoel het niet gemeen! Heb je enig idee wat de pers met haar zal doen? Haar zal aandoen?'

Elizabeth verstomde.

'Ik denk niet alleen aan ons. Ik weet niet zeker of zij het zou willen.'

'Ik geloof niet dat zij dat begrepen heeft.'

'Dan ga ik het uitleggen,' zei Mary en stond op.

Ze klopte zachtjes op Ronnies deur. Ronnie mompelde iets.

'Ik ben het, Mary. Mag ik binnenkomen?'

''t Is jouw huis. Doe wat je wilt.'

Mary stapte de kleine, armoedige kamer binnen, hield haar adem in bij de aanblik – niet dat ze er nooit was geweest. Maar op een of andere manier leek het of ze er nu voor het eerst kwam. Ze liep op Ronnie toe, die terugdeinsde.

'O, Ronnie, wees niet boos! Toen ik zei dat ze ons niet konden beschamen, bedoelde ik dat wij ons geen van allen voor ons gedrag behoeven te schamen, alleen Vader. Wij niet, jij niet.'

Ronnie monsterde haar achterdochtig. Toen Mary haar hand op Ronnies arm legde, schudde Ronnie die af.

'Maar Ronnie, zo werkt de pers niet. Ron... als ze weten wie je bent, maakt de pers er een show van. Met jou, met je moeder. Je weet dat het niet uitmaakt dat het de mannen zijn die dit soort dingen doen. Wat mannen ook doen, de vrouwen staan altijd in het brandpunt van de... aanval eigenlijk. De vervolging. Ten prooi aan nieuwsgierigheid. Vrouwen staan het meest op de foto's. Je krijgt misschien fotografen achter je aan, ze ondervragen mensen die bij je op school hebben gezeten, vrienden die ze in Boston ontdekken, mensen die hier hebben gewerkt en Noradia kennen. Ik weet niet zeker of je dat wilt. Of je wilt dat zijn naam, die geschiedenis, je je verdere leven achtervolgen. Als je 't wilt... dan steun ik je. De keus is aan jou.'

Mary kwam op haar toe, sloeg haar armen om haar heen. 'Maar wat je ook doet, hoe we dit ook oplossen, we willen niet dat je vertrekt. Ik wil niet dat je vertrekt.'

Ronnie drukte haar hoofd tegen Mary's schouder, Mary's armen om haar heen, Mary liet haar hoofd op dat van Ronnie rusten. 'We zijn zusters,' fluisterde Mary.

Ronnie trok zich voorzichtig terug, veegde haar ogen af met de mouw van haar T-shirt, liep naar het bed en stak een sigaret op. Ze ging zitten en wees Mary op de enige stoel, een rechte houten stoel bij de tafel. 'We zijn zusters,' zei Ronnie met nasale stem. 'Nu. Maar als we hier weg zijn... jouw leven... mijn leven... misschien wil je me dan niet kennen.'

Mary sloeg haar ogen neer. Ze kon Ronnie onmogelijk, absoluut onmogelijk opnemen in haar leven, haar vriendenkring, haar wereld. Ronnie zou die toch verfoeien. Ze keek op.

'Onze levens. Tja, onze levens kunnen nooit... weet je... we leven niet in dezelfde wereld. En jij zou niet in de mijne willen leven. Soms wil ik zelf niet eens in de mijne leven maar het is de enige die ik ken, ik ben eraan gewend, ik voel me erin thuis. Maar ik wil je niet kwijt. Ik wil dat mijn dochter je ontmoet, Marie-Laure, ik denk dat je haar kunt helpen, wel, ik vraag je niet haar te helpen, maar ze heeft hulp nodig en ik kan haar die niet geven, ik heb mijn kans verknoeid. Het zou goed voor haar zijn iemand als jij te ontmoeten.'

'Ben je niet bang dat ik haar zal verleiden?'

'Dat zou misschien goed voor haar zijn,' lachte Mary, 'als het geen incest was. Er is al genoeg incest in deze familie.'

Ronnie lachte, bleef lachen, met een bijklank van hysterische opluchting, bijna in tranen.

'Weet je wat ik vannacht besefte?' vroeg Mary trots.

Ronnie schudde haar hoofd.

'Ik hoef niet meer te trouwen! Ik heb geen nieuwe echtgenoot nodig! Ik hoef nooit meer met een man te slapen, tenzij ík het wil!'

Ronnie lachte droogjes. 'Jawel, het huwelijk is een smerige klus, maar iemand moet het opknappen.'

Het drong niet tot Mary door. '...en dat komt door jou. Door jullie drieën. Het heeft niets te maken met... dit... met Vader... Maar nu Vader... nou, ik kan in mijn peignoir beneden komen als ik wil! Ik kan mijn gedichten naar een literair tijdschrift sturen...!' Ze vertoonde een ontspannen, ongedwongen grijns die Ronnie nooit eerder bij haar had gezien.

'Ik vraag me af,' zei Ronnie, die slechts een vaag idee had van de details van Mary's nieuwe vrijheid maar de betekenis ervan scherp besefte, 'of ik ooit in staat zal zijn in dit huis rond te lopen alsof ik er hoor.'

Mary keek haar aan. 'Ik hoop van wel.'

'Wat denk je dus dat ik moet doen? Ik wil níet de pers op mijn nek krijgen, op Mamma's nek. Ik wil níet mijn foto in de krant. Ik wil niet bekend worden als de bastaard van Stephen Upton. In míjn wereld zou dat mijn reputatie verwoesten,' grinnikte ze boosaardig. Toen sloeg ze haar ogen neer. 'Maar ik wil ook niet buitengesloten worden, ergens verstopt worden terwijl jullie drieën...' Haar ogen glinsterden. 'Geeft me een slijmerig gevoel.'

Mary dacht na. 'Laat me met Lizzie praten.'

Ronnie knikte.

Mary wierp een blik op Ronnie's computer, de stapels boeken. 'Weet je, wat er ook in Vaders testament staat, dit huis zal verkocht moeten worden. En dat kan maanden duren, misschien wel jaren. En intussen moet hier iemand wonen, we kunnen het niet helemaal leeg laten staan. De erven zullen iemand moeten betalen om hier te blijven en als huisbewaarder op te treden. Niet veel, maar genoeg om van te leven. En we hebben iemand nodig die betrouwbaar is. Dus – misschien is het iets voor jou – je zou hier kunnen blijven en je proefschrift afmaken... je kunt Vaders studeerkamer betrekken...'

'Néé!'

Mary dook ineen, staroogde, knipperde, begreep. 'Of wat je maar wilt. Het is rustig. Je kunt de Alfa gebruiken. Als je je niet eenzaam zou voelen.'

'Weer bediende van de Uptons zijn?' zei Ronnie gespannen.

Mary dacht na. 'Stel ik dat voor? Eigenlijk dacht ik dat ik hier ook zou kunnen komen wonen. Mijn flat verkopen en hier een tijdje wonen. Gewoon tot het huis is verkocht. Het is dichter bij Marie-Laure dan Lizzies huis. Ik wil wat tijd met haar doorbrengen. Ze zou hier af en toe in de weekends kunnen komen, vriendinnen mee kunnen brengen. Als het mooi weer is. Misschien bespaar ik wat als ik hier kom wonen. Dan kun je verder gaan met mijn rijlessen,' glimlachte ze verlegen.

'Vraag je me bij je te wonen?' Ongelovig.

'Ik weet niet wat ik vraag. Ik heb alleen ideeën. Het is alsof de wereld net opnieuw is begonnen! Ik voel me alsof mijn hele verleden is uitgewist en alles nieuw begint.'

Ronnie hield haar stem in bedwang. 'Misschien kunnen we het doen.'

Die middag gonsde het huis van de drukte, toen vrachtwagens af en aan reden om de voor Stephen gehuurde medische uitrusting op te halen en bloemen af te leveren. De telefoon rinkelde – alle drie de telefoons, vrijwel voortdurend – en aan de voordeur verschenen een paar journalisten. Maar Elizabeth gaf geen leiding. Niemand deed dat. Op een of andere manier wisten ze allemaal precies hoe ze journalisten moesten afschepen, werklui instrueren, telefoontjes afhandelen, afzenders van bloemen noteren voor bedankbriefjes achteraf en hoe het personeel kalm te houden – vooral Teresa was van streek, wreef steeds in haar ogen, mompelde: 'Zo'n vriendelijke man.' Misschien dacht ze terug aan haar eigen vader, dacht Elizabeth. Maar ze had heel wat tijd aan Vaders bed doorgebracht. Vond hem waarschijnlijk vriendelijk omdat hij haar nooit sloeg. Het zou een daad van vriendelijkheid zijn de vrouwen vroeg te laten vertrekken, dacht Elizabeth en besefte toen dat het al tegen vieren liep. Kon hen morgen geen vrij geven, alle hulp was nodig. En daarna moest Teresa misschien vertrekken – de zusters gingen weg en zouden haar niet meer nodig hebben. Misschien veroorzaakte dat in werkelijkheid de tranen.

Elizabeth zuchtte, leunde achterover in Vaders stoel, blies innig tevreden rook uit. Die middag had ze zijn papieren weer ingepakt, de dozen van etiketten voorzien. Het zou nog twee, drie dagen duren voor ze klaar was. De dozen zouden ergens naar een archief gaan, een of andere universiteit, misschien zou iemand zelfs betalen om ze te krijgen. Er was nog meer, een kastvol hier, misschien nog meer in New York, Boston, Washington. Laat iemand anders zijn leven beschrijven. Zijn weerzinwekkende leven. Een held van hem maken.

Hollis was behoedzaam geweest, zei Mary. Natuurlijk drukte hij zijn oprecht medeleven uit, wat vreselijk mijn lieve, mijn arme lieverds, jullie lieve meisjes, maar behoedzaam. Mary lachte: 'Hij komt het testament hier niet voorlezen voor hij verdomd zeker weet dat de autopsie vuil spel uitsluit!'

Maakte niet uit. Niets maakte meer iets uit, niets dat vroeger iets uitmaakte. Zelfs niet of hij mij tot executeur heeft benoemd. Het zal steken, maar meer niet. Alles is nu op een of ander manier veranderd. Moet een nieuw leven beginnen. Moet een leven beginnen. Als ze haar eruit gooiden bij Financiën, kreeg ze wel een baan. Onderwijs misschien. Misschien hier in de buurt. In dit huis wonen. Nee. Te duur om aan te houden. Zusters. Ze had nu zusters, mensen die haar kenden, die haar niet maar een onverschillig, gemeen kreng vonden. Mensen die bereid waren een arm om haar heen te slaan. Mensen wier aanraking zij kon verdragen. Zelfs graag voelde.

Ze keek op haar horloge, pakte voor de twintigste keer die dag de telefoon, steunde haar hoofd met haar hand, toetste toen langzaam het nummer.

'Hallo Moeder. Met Elizabeth.'

'Je had wel eerder kunnen bellen. Moest ik op de televisie horen dat mijn eigen echtgenoot is overleden?'

'Had ik je om half drie in de ochtend moeten bellen? Want toen ben ik vannacht thuisgekomen.'

'Je had me vanochtend kunnen bellen.'

'Ik heb uitgeslapen.'

'Het is vier uur. Je bent net op?'

'Nee. Ik heb net energie verzameld om je te bellen. Het is geen genoegen je te bellen en ik moet mezelf dwingen.'

'Daar zeg je iets aardigs.'

'Wil je informatie van me? Zo niet, dan leg ik neer.'

'Heb je het testament gezien?'

'Nee.'

'Waarom niet?'

'De jurist leest het pas voor na de autopsie.'

'Waarom is er een autopsie?'

'Om de exacte doodsoorzaak vast te stellen.'

'En wat was dat?'

'Hoe zou ik dat weten?'

'Wat heb je gedaan – hem vermoord of zo?'

'Ik denk dat hij weer een beroerte heeft gehad.'

Elizabeth hoorde het afstrijken van een lucifer, uitblazen van rook.

'Nou, in ieder geval heb ik hem overleefd.'

'Ja. Dat was je vast van plan.'

'Hij moest me vijfentwintigduizend dollar nalaten. Dat leek in 1933 natuurlijk veel meer dan nu.'

'Nee moeder, hij moest vijfentwintigduizend dollar voor je vastzetten. Het loopt nu waarschijnlijk in de miljoenen.'

'WERKELIJK!'

'Werkelijk!'

'Dan heb ik eigen geld! Dan ben ik de enige van mijn zusters met eigen geld!'

'Zeker.'

Catherine zweeg. Ten slotte zei ze opgewekt: 'Laat wat horen als je iets over het testament weet. En over de begrafenis. Ik wil erheen.'

'Ik zal ervoor zorgen dat je wordt uitgenodigd.'

'Prima. Zie ik jou nog?'

Na een stilte zei Elizabeth: 'Ik denk dat ik wel langs kan rijden.'

'Ik zou je graag willen zien, Elizabeth. Ik zie je nooit.'

'Dan kom ik.'

Het bij de thee terloops vermelden: en trouwens, Moeder, wist je dat vader me neukte, regelmatig, jarenlang? En dat ik altijd huilde en je smeekte me daar niet heen te sturen, omdat hij me neukte, me neukte, me neukte, wist je dat Moeder? Moeder?

Wat zou ze zeggen? Ik heb geen enkel idee, absoluut niet, zelfs geen flauw vermoeden. Ik ken haar volstrekt niet, denk ik.

Stel dat ze zei: Ja, dat dacht ik al. Zou ik het kunnen verdragen? Stel dat ze zei: Liever jij dan ik. Of: Waarom heb je 't me niet verteld? Of: Ik geloof je niet. Zou ik niet kunnen verdragen. Echt niet. Vertel 't haar dus niet. Wat kan ze anders zeggen? Ze kon een kreet slaken, me tegen zich aan drukken, zeggen dat 't haar speet dat ze niet naar me had geluisterd.

Elizabeth dacht na.

Beter 't niet te vertellen.

Alex was de hele dag druk, schikte bloemen in vazen, beantwoordde de telefoon, liep naar de deur, poeierde journalisten af, klopte Teresa op de rug, prees mevrouw Browning om haar zelfbeheersing. Maar tussen de klusjes door leek ze te verdwijnen en Mary, Elizabeth en Ronnie, die ook in het praktische huishoudelijke werk meehielpen, merkten telkens haar afwezigheid op. Maar als de deurbel dan weer ging, was ze er, dus niemand stelde haar vragen.

Maar toen ze om zes uur bijeenzaten voor hun cocktails, was zij opvallend stil en Ronnie raakte haar hand aan.

'Ben je in orde? Je lijkt – afwezig. Teruggetrokken.'

Ze glimlachte stralend. 'Ik voel me prima.'

'Wat heb je vandaag gedaan? Afgezien van al dat flutwerk?'

'Getelefoneerd.' Ze nam een slok wijn.

Alex bondig?

'Een ding,' zei ze plotseling. 'Ik wil graag Alexandra worden genoemd. Niet Alex. Als jullie eraan kunnen denken,' voegde ze er verontschuldigend aan toe.

Ze staarden haar aan.

'Wie heb je gebeld?' gooide Ronnie eruit.

'O, David en de kinderen natuurlijk. En mijn moeder. Ik heb lang met mijn moeder gepraat.' Ze glimlachte en nam weer een slok. Ze bogen zich allemaal naar haar toe.

'Heb je het haar verteld?'

'Niet precies. Ik heb gewoon gezegd dat ik mijn geheugen weer terug had. Laat haar dat maar even verwerken. Ik wil het haar niet door de telefoon vertellen. Ik wil haar gezicht zien.'

'Wat zei ze?'

Alex lachte. 'Ze humde almaar. Ze zei: "Werkelijk? Je herinnering waaraan?"' Ze lachte weer, een duistere, wrange lach, en alle drie keken ze haar verbaasd aan. 'Mijn moeder,' besloot ze bitter.

'We hebben niet veel aan onze moeders gehad, is het wel,' zei Elizabeth.

Ze zaten allemaal een tijdje na te denken.

'Ik vraag me af. Als mijn moeder was blijven leven. Als ze zichzelf niet had gedood...' begon Mary, 'had ze me kunnen helpen? Zou hij dan toch...?'

'Hij deed het met mij terwijl mijn moeder leefde,' barstte Alex los. 'Een vrouw van wie hij volgens jou hield.'

'Ik vraag me af wat het was. Waarom hij het moest doen.'

'Zoals een reu tegen een boom pist,' zei Ronnie. 'Zijn territorium afbakenen.'

'Denk je?'

'Hij zag er waarschijnlijk echt niets kwaads in. Hij zag ons waarschijnlijk echt als zijn bezit.'

'En onze moeders? Dachten die ook zo?'

Stilte.

'Mijn moeder,' zei Elizabeth ten slotte, 'is heel blij dat zij hem heeft overleefd. Haar kapitaal krijgt. Ik zweer je dat ze zelfs zo lang was blijven leven als ze een dodelijke ziekte had gehad.'

'Wat zou ermee zijn gebeurd als zij eerder was gestorven?' vroeg Ronnie.

'Dan was het ook gestorven. Weer bij de nalatenschap gekomen.'

'Dan had jij het niet gekregen.'

Ze schudde haar hoofd.

'Ik ben telkens weer door hem geschokt. Door zijn...' Ronnie schudde heftig haar hoofd, alsof ze water uit haar oren probeerde te schudden.

'Ja. Zo anders dan de manier waarop wij denken. Zijn. Voelen. Ik vraag me af of alle mannen op die manier anders zijn dan alle vrouwen,' peinsde Mary.

'Ga je het haar vertellen?' vervolgde Ronnie en keek Elizabeth aan. 'Je moeder?'

'Denk ik niet. Nee.'

'Bang, hè,' zei Ronnie met kennis van zaken. Elizabeth keek haar scherp aan, maar Ronnie spotte niet. Ze leek in gedachten.

'Ja,' zei Elizabeth.

'Maar stel dat je een dochter had,' zei Mary tegen Elizabeth. 'Zou jij het dan ook zo voelen – dat zij zijn bezit was, dat hij kon doen wat hij wilde – haar vader?'

'Beslist niet!'

'Ik ook niet!' verklaarde Alex.

'Ik evenmin,' stemde Mary in.

'Ik zou hem vermoorden!' riep Elizabeth.

Ronnie keerde zich naar Elizabeth. 'Wat zou je het meest kwetsen van alle dingen die je moeder kon zeggen als je 't haar vertelde?'

Elizabeth dacht na. 'Als ze me niet zou geloven.'

Ronnie dacht na. 'Zou dat erger zijn dan als ze zei – hoe ze het ook zou zeggen, hoe bedekt ook, want ze zou het waarschijnlijk nooit rechtstreeks zeggen – dat hij het recht had?'

Elizabeth knikte.

'Zou je moeder dat gezegd hebben?'

'Ik weet het niet. Ik vrees dat ze dat vond, maar ik weet het niet zeker. Ik denk dat ze gehuild zou hebben, 'n beetje machteloos, me tegen zich aandrukken, maar verder niets. Ze zou niets hebben ondernomen. Dat denk ik.'

'Waarom waren onze moeders dan zo en zijn wij dat niet,' vroeg Alex. 'Hoe komt het dat zij ons niet hielpen?'

''t Feminisme,' zeiden de anderen in koor en barstten in lachen uit.

Alex glimlachte, sloeg de ogen neer en keek weer op als een ondeugend kind. 'Ik heb vandaag nog een telefoongesprek gevoerd. Ik heb de zusters Dominicanessen van St.-Cecilia gebeld. Een kloosterschool in Newark,' voegde ze eraan toe.

'Ben je katholiek?' vroeg Mary verschrikt.

'Nee. Ik ben joods. Ik ben bekeerd toen ik met David trouwde, weet je nog.'

'De nonnen,' spoorde Elizabeth haar aan.

'Ja. Nou, ik heb hen leren kennen in het ziekenhuis waar ik help, en ze zijn zo fantastisch, zo levensblij en vrolijk en gelukkig. Ik voel me tot hen aangetrokken, dus ik ga er af en toe heen en help een handje. Ze zijn geweldig met kinderen, maar ze zijn ook heel politiek. Ze helpen vluchtelingen uit El Salvador, vangen hen op, sturen hen door en verbergen hen als de vreemdelingenlui hen proberen in te rekenen. En ze sturen nonnen en medisch geschoolde leken naar ginds om de mensen te helpen. Ze haten de paus, negeren hem. Zij houden van hun leven, ze zijn altijd zo... opgewekt, echt. Ik dacht dat ik misschien ook zo kon worden, als ik leefde zoals zij.'

'Gevaarlijk, religieus werk doen in El Salvador,' zei Elizabeth.

'Ja. Een van de nonnen die daar zijn gedood, weet je nog? kwam uit hun klooster. Maar zelfs puur medisch werk is gevaarlijk. Gewoon de boeren helpen is gevaarlijk. De regering is zo verschrikkelijk, echt een wreed regime.'

Ronnie leunde voorover. 'Wel, Alex – Alexandra – waarom heb je hen gebeld? Wil je je bij hen aansluiten?'

'O, dat kan niet! Ik ben joods!'

Ronnie bleef haar aanstaren, maar Alex ontweek Ronnies blik hardnekkig. 'Nee. Ik wilde alleen vragen hoe het met hen ging. Ik heb hen gemist. Vragen wat ze nu doen.'

'En wat doen ze nu?' vroeg Elizabeth lichtelijk geamuseerd en stak een sigaret op.

'Ze zijn het vertrek van een nieuwe ploeg aan het voorbereiden. Na Kerstmis waarschijnlijk, misschien vroeg in het voorjaar. Zodra ze genoeg geld bijeen hebben. Een paar nonnen – een arts, een verpleegster en een paar assistentes. En een administrateur, waarschijnlijk.' Niet in staat iemand in de ogen te zien, stond ze op en schonk zich nog een glas wijn in zonder zelfs te vragen of zij iets wilden.

'Alex! Alexandra! Wat is er aan de hand?' sommeerde Elizabeth.

Ze bloosde ongemakkelijk, haar hals vertoonde een rode streep die haar vlammende gezicht scheidde van de rest van haar lichaam. Ze beet op haar lip. Ze tuurde naar de muur. 'Nou. Natuurlijk weet ik niet eens of ik erin sta, of hij aan me heeft gedacht, ik bedoel dat deed hij eerder ook nooit. Maar ik dacht... als Vader me inderdaad geld heeft nagelaten... zie je, ze hebben natuurlijk altijd geld nodig voor dat soort dingen,' ze draaide zich verontschuldigend naar hen om, met begeesterd gezicht, vergeving smekend. 'Daarom wilde ik weten of er, als hij dat had gedaan, íets was of ik iets kan doen of er iets gedaan kon worden. Snap je?'

Ze glimlachten, omhelsden haar met hun blikken.

'Vinden jullie me hebzuchtig?'

Ze schudden hun hoofd.

Zij zuchtte. Ze liep weer naar haar stoel en nam een grote slok wijn. 'Nou, dat heb ik gedaan!'

Het diner verliep die avond in stilte, maar er zweefde een grote vrede rond hen, zelfs mevrouw Browning merkte het op, hoewel ze het interpreteerde als verdriet. Hoewel de oude man nu dood was, lieten ze het hoofd van de tafel leeg en zaten op hun gebruikelijke plaatsen, twee aan twee tegenover elkaar aan het eind van de lange tafel.

Elizabeth zuchtte. 'Jezus, er zal zoveel te doen zijn als het stoffelijk overschot wordt vrijgegeven. Duizend telefoontjes. We moeten een kist uitzoeken. Dat soort dingen. Zo kom je er doorheen als je werkelijk rouwt, vermoed ik.'

'Doen wij dat niet?' wilde Mary weten.

'Wel dan?' vroeg Elizabeth uitdagend.

'Mensen hebben altijd gemengde gevoelens, nietwaar?' zei Mary.

'Dat denk ik,' peinsde Alex.

'Nou, we missen hem in ieder geval niet,' zei Elizabeth heel zacht.

Niemand reageerde.

'Wel dan?' vroeg ze verrast.

Drie hoofden schudden 'nee'.

'Maar als iemand sterft – sterven er veel dingen met hem. Of haar. Wat hij is geweest. Wat je van hem had gehoopt. Wat je wilde dat hij was,' zei Alex. 'En je weet dat dat dromen waren, illusies zijn die nooit zullen gebeuren en je moet ze opzij zetten. Voorgoed. En je rouwt. Daarom. Om jezelf.'

Ze bleven zwijgend zitten.

Mevrouw Browning ving het op toen zij de soepkommen afruimde en de karbonades en groenten opdiende. Arme meisjes, dacht ze. Ze gaven zoveel om hem.

'Ik zei straks tegen Ronnie,' begon Mary bij hun eerste happen, 'dat degene die het huis erft, het zal willen verkopen. Ik bedoel, of wij het nu zijn of een instelling, ik kan me niet voorstellen dat iemand het wil houden. En de erven zullen een huisbewaarder moeten aanstellen tot het verkocht is. Een betáálde huisbewaarder. En ik dacht dat Ronnie misschien een tijdje hier zou willen blijven en oppassen. Tot ze haar proefschrift af heeft.'

Elizabeth knikte met een mond vol eten. 'Goed idee.'

'Ik dacht dat ik hier bij haar zou kunnen blijven. Teruggaan, mijn flat in de verkoop doen, dan hier komen en haar gezelschap houden.'

Elizabeth legde haar vork neer.

'Ik dacht dat je bij mij kwam wonen.'

'Doe ik ook. Zeker. Als het huis en mijn flat zijn verkocht en ik wat geld heb en Marie-Laure is... als ik haar wat beter heb leren kennen. Dan konden we, dacht ik, samen een huis kopen in Virginia. Er staan schattige huisjes in Falls Church, zelfs in Arlington. Wat vind jij?'

'Fantastisch!' riep Elizabeth uit en pakte haar vork weer op. 'Na al die jaren in een flat lijkt een huis me heerlijk. Misschien vinden we er een met een kleine tuin. Of zelfs een zwembad. Ik zwom vroeger dolgraag.' Ze keerde zich plotseling naar Ronnie. 'Misschien krijg jij een baan bij de regering en kom je bij ons wonen! Alex zit vlakbij in Wilmington! Dan kunnen we iedere week met ons vieren dineren!'

Ronnie gaapte haar aan. Met een keel vol tranen kon ze alleen maar grauwen: 'Ik werk in geen duizend jaar voor die federale kloteregering, en dat weet je donders goed, Elizabeth!'

Maar toen ze haar emotie had bedwongen, zei ze erbij: 'Maar met een baan op mijn terrein heb ik vast en zeker redenen genoeg om naar Washington te reizen en iemand in de regering uit te kafferen.'

'Nee, Ronnie, zo werkt dat niet. Als je in Washington iets gedaan wilt krijgen, kaffer je niet iemand uit, je maakt vrienden!' zei Elizabeth belerend.

'Hoe ben jij dan opgeklommen?' gromde Ronnie. 'Jij bent even vriendelijk als een waakhond.'

Mary en Alex barstten in lachen uit; Alex verschool zich achter een servet. Zelfs Elizabeth grimaste glimlachend.

'Als jij kunt opklimmen in de regering, kan ik het ook, Elizabeth,' betoogde Ronnie.

'Ik ben ten dele door Vaders naam opgeklommen,' zei Elizabeth.

'Aha!' grijnsde Ronnie. 'Nou, ik kom daar hoe dan ook en ik sta erop dat je in dat huis van jullie een logeerkamer vrijhoudt met mijn naam op de deur.'

'Prima. Hoe wil je die ingericht hebben?' vroeg Mary.

'Ingericht?'

'Ja. Welke meubelstijl vind je mooi? Welke kleuren?'

Ronnie leek ineen te krimpen op haar stoel en Mary besefte plotseling dat het haar nooit vergund was geweest te bepalen hoe haar omgeving eruitzag.

'Nou,' zei Ronnie ten slotte. 'Jullie kennen die oude grenen tafel die ik als bureau gebruik? In mijn kamer? Die zou ik er graag in willen hebben.'

'O, die!' riep Mary uit. 'Die is oud en waarschijnlijk waardevol, maar niet – nou, ik zou hem niet in mijn huis willen hebben! Neem hem bij je vertrek maar mee, als je wilt. Maar het is een goede aanwijzing – je houdt van vroeg-Amerikaans. Dat zie ik. Misschien met Indiaanse kleden op de vloer – Navajo-kleden – vind je die mooi, Elizabeth? Ik vind ze prachtig. Een kamer in aardkleuren, dat past wel bij Ronnie.'

Ronnies emoties zwenkten van ergernis over patronisering naar ergernis over liefdadigheid naar ergernis over de manier waarop Mary haar leven in handen nam, tot ze stilletjes begon te lachen en even later begon te schateren.

Alex glimlachte liefdevol tegen hen, als van verre. 'Wat heerlijk! Wat heerlijk dat ik mijn zusters heb gevonden!' riep ze zacht uit. Toen stak ze haar handen uit naar Ronnie naast haar en Elizabeth tegenover haar aan en zij reikten naar Mary en gevieren zaten ze even in stilte te glimlachen.

HOOFDSTUK 21

Vrijdagochtend was de autopsie voltooid. Daar de doodsoorzaak een natuurlijke was gebleken, zou Stephens stoffelijk overschot worden vrijgegeven voor de begrafenis. De paar journalisten die nog bij het ziekenhuis rondhingen, vertrokken en dokter Stamp belde op om te vragen of hij op weg van het ziekenhuis naar zijn kantoor om een uur of elf voor een bezoekje kon langskomen.

Gevieren zaten ze op hem te wachten in de grote zitkamer, waar de theetafel al klaarstond met koffie en koekjes. Bij binnenkomst staarde hij vol ontzag naar de enorme hal, de wandtapijten en schilderijen daar, en wandelde plechtig de zitkamer binnen als een man die een museum bezoekt of het geboortehuis van een gevierd geleerde. Mary droeg een donkere wollen jurk met parels, die alleen door de plooitjes onder in de rok iets wufts kreeg, maar de anderen droegen truien, lange broeken – een spijkerbroek in Ronnies geval – en platte schoenen. Ze boden hem koffie aan. De arts richtte zich tot Mary, maar dit keer leek zij niet op zijn blik te wachten. Ze gedroeg zich alsof híj vandaag tegen haar opzag. Hij voelde het verschil maar zou het niet onder woorden kunnen brengen. Onthutst vroeg hij zich af of zij hem haar vaders dood aanrekende.

Hij veegde zijn mond af, zette zijn kopje neer.

'Weest u er allen van overtuigd dat al het mogelijke is gedaan...' zei hij.

Zij verzekerden hem dat zij dat geloofden.

'Ik weet dat u intussen hebt gehoord dat uw vader is overleden aan een longembolie. Dat overkomt veel bedlegerige mensen en ik wil niet dat u zich op enigerlei wijze verantwoordelijk voelt, jongedames. U hebt al het mogelijke voor hem gedaan. Zijn tijd op aarde was beperkt – hij was tenslotte tweeëntachtig. Niets had hem kunnen redden. U hebt zich niets te verwijten.'

'Ja, dat geloven we,' zei Elizabeth. Maar haar gezicht had zo'n vreemde uitdrukking dat hij het gevoel had in een toneelstuk te spelen zonder zijn rol te kennen. Hij keek naar de anderen: die keken ook zo. Hij zocht een manier om zijn onbehagen op te heffen. 'Jongedames, jullie waren werkelijk fantastisch,' verklaarde hij.

'We zijn bepaald geen jongedames, dokter Stamp,' zei Ronnie.

Zijn mond viel open.

'Ik ben de jongste en ik ben vijfentwintig, Elizabeth is vijftig. Zou u een man van vijftig jongeheer noemen?'

Hij kronkelde op zijn stoel. 'Het spijt me, natuurlijk, ik dacht er niet bij na. Wat ik bedoel is dat u werkelijk geweldige dames bent.'

Ronnie opende haar mond weer, deed hem toen dicht.

Hij stortte zich op een uiteenzetting over longembolie, verklaarde dat hun vader snel was gestorven, met minimale pijn, en dat het uiteindelijk een zegen was, gegeven de toestand waarin hij leefde en zijn onvrede daarmee. De arts wilde vertrekken maar wist niet hoe hij dat zo snel kon doen, dus hij ratelde maar door. De zusters luisterden beleefd, knikten af en toe, maar stelden geen vragen.

Ten slotte meende hij dat hij zijn servet kon neerleggen en vertrekken. 'Ik wil alleen zeggen dat het een voorrecht was uw vader te mogen behandelen. Het spijt me dat het resultaat niet gelukkiger was.'

Elizabeth glimlachte beleefd, maar dokter Stamp keek verlangend naar Mary, zocht die lieve opkijkende blik die zij hem gewoonlijk schonk. Maar ze keek nauwelijks naar hem. Verdriet, waarschijnlijk.

Hij vertrok gehaast, hevig teleurgesteld en onbehaaglijk.

Vreemde vrouwen, dacht hij.

Nee, besloot Mary toen hij weg was, hij is volkomen ongeschikt: nauwelijks kin en weet zich absoluut niet te kleden. En hij moest voortdurend schouderklopjes hebben. Niet de moeite waard, tenzij hij multimiljonair was. Zelfs dan niet.

Ze keerde zich naar Elizabeth. 'Denk je dat we Hollis moeten bellen en hem vertellen dat vaders dood een natuurlijke oorzaak blijkt te hebben?' vroeg ze met een samenzweerderslachje.

'Ik vermoed dat hij het al weet. Connecties,' zei Elizabeth droog.

En inderdaad, Hollis belde weldra om te zeggen dat hij aan het eind van de middag naar hen toe reed om hun het testament voor te lezen.

Ook anderen belden: de president en de minister van Binnenlandse Zaken, de gouverneur van Massachusetts en nog honderden andere hooggeplaatste mannen uit de regering, bankiers, diplomaten, grootindustriëlen, rectores magnifici, voorzitters van stichtingen. Elizabeth en Mary handelden de telefoontjes af. De gouverneur wilde dat de begrafenis in Boston zou plaatsvinden, in de St.-Pauls, die generaties lang door de Uptons was bezocht. Hij betoogde dat de bisschop een lofrede wilde houden voor deze grote man en dat de kerk weliswaar armoedig en oud was maar een gerespecteerd monument. En het zou voor de president gemakkelijker zijn naar Boston te komen dan naar Lincoln.

Elizabeth en Mary waren blij dat zij de organisatie van de plechtigheid uit handen konden geven. Bovendien ging Stephen nooit naar de kerk in Lincoln, ging nooit naar de kerk behalve voor bruiloften en begrafenissen. Een formele plechtigheid in de Bostonse kerk uit 1830, ondanks zijn vervallen staat nog luisterrijk dankzij het bisschoppelijk prestige, bijgewoond door de president en de gouverneur, met na afloop een kleine receptie voor honderdvijftig uitgelezen gasten in het huis van Worth Jr. op Louisburg Square ontsloeg hen van de plicht een persoonlijker afscheid te bedenken. Toch moesten er nog duizend kleinigheden worden geregeld. Hun tijd werd volledig in beslag genomen door de praktische kant van de dood. Mary dacht: als je werkelijk radeloos was van verdriet, als het als ziedend bloed razend door je aderen, armen, benen, vingers kolkte, zoals toen Don stierf, dan hielp al deze drukte. Hoe zei Emily Dickinson het ook alweer?

De drukte in een huis
De Ochtend na de Dood
Is plechtigste bedrijvigheid
Op Aarde uitgevoerd –

Het Hart wordt opgeveegd
De Liefde weggestopt
Wij hebben er geen taak meer voor
Tot in de Eeuwigheid.

En misschien was ze het. Misschien was dat zieke gevoel dat door haar aderen stroomde alsof haar bloed waterig was geworden, dat haar kracht tenietdeed zodat zelfs lopen een inspanning was en haar stem schor klonk, misschien was dat verdriet? Hoe kon ze verdriet hebben om hem, om zo'n man? Toch zag ook Elizabeth er bleek en strak uit, sprak kortaf en kribbig, zoals ze deed toen ze hier net waren, gespannen en nijdig. Zelfs Ronnie leek stil en teruggetrokken, ze hield zich bijna de hele dag schuil in haar kamer. Ze hielp nergens mee, hield zich verre van alle regelingen, weigerde de telefoon aan te nemen, zelfs als ze ernaast stond terwijl hij rinkelde. Alleen Alex leek sereen, bevrijd, wel, zij had haar herinneringen natuurlijk terug. Maar wát voor herinneringen! Hoe kon een dergelijk herstel de geest kalmeren?

Hoewel Hollis tijdens hun gebruikelijke cocktailuur arriveerde, voegde Ronnie zich niet bij hen in de zitkamer, waar zij hem opwachtten. Hij monsterde hen vlug, joviaal als altijd, vlot, een man die goed nieuws bracht, dacht Elizabeth enigszins opgelucht. Hij maakte met veel omslag zijn koffertje open, haalde er papieren uit, zette zijn leesbril op zijn neus. Hij vroeg of het misschien beter was het in Stephens studeerkamer te doen, maar Elizabeth maakte bezwaar. Ze wilde niet dat hij aan Vaders bureau zat. Het was een puinhoop, loog zij, bezaaid met papieren, en hij drong niet aan, hij was met zichzelf ingenomen, met hen, met alles, al vond hij het erg van Cab, maar die had een lang leven gehad, een goed leven, veel tot stand gebracht, een van de prominenten van zijn generatie...

Hij nam dankbaar de Manhattan aan die Mary voor hem maakte. De zusters namen keurig een glaasje wijn.

Het testament was lang en ingewikkeld, met legaten voor massa's instellingen – scholen, kerken en conservatieve stichtingen. Er was een trust voor Catherine Callahan Upton, en tot Alex' verrassing, een voor Amelia Upton Massey; er waren aanzienlijke trusts voor Albert en Marie-Laure de Cenci en een kleine voor Martin Burnside, die veel van zijn eigen vader had geërfd. Het restant – en dat was aanzienlijk – ging naar zijn dochters Elizabeth, Mary en Alexandra.

'Dat betekent voor jullie elk, schat ik, zo'n tien tot vijftien in aandelen, gemeten naar de huidige koersen. Hij was een heel scherpzinnig belegger. En misschien ieder nog vier of vijf uit het onroerend goed. Zijn bezit is enorm in waarde gestegen. Natuurlijk is de onroerend-goedmarkt nu ongekend gunstig.'

'Tien tot vijftien... duizend dollar?' vroeg Alex onschuldig.

Hij keek haar aan over zijn bril.

'Tien tot vijftien miljoen, lieve,' zei hij hooghartig, op beledigde toon.

En hij had Elizabeth tot executeur benoemd.

Iets in haar hart gaf een felle steek, bedaarde toen.

'Ik ben werkelijk blij dat we niets hebben veranderd. Hij was aan het eind duidelijk niet meer zichzelf,' besloot hij. 'Die embolie was toen waarschijnlijk al op komst. Tom Kaplan had besloten je het curatorschap toe te kennen,' vertelde hij Elizabeth. 'Ik moet je zeggen dat hij zelfs met ons niet zichzelf was. Ik heb Cab nooit zo zien doen – wel, dat is nu verleden tijd, maar door zijn toestand leek hij gewoon iedereen te haten...'

Nu hij goed nieuws had gebracht, leunde hij graag achterover om joviaal te praten met deze lieftallige dames, geliefde dochters van een multimiljonair, een groot man die hun het leeuwedeel van zijn nalatenschap had toevertrouwd. Doodjammer dat hij geen zoon had, maar zij waren waardige erfgenamen. Geweldige dames. Een schaduw trok over zijn gezicht. Hij zette zijn glas neer, leunde voorover en liet zijn stem dalen.

'Ik weet... jullie, meisjes zijn... jullie zijn bijzonder, dat zie ik heus wel. De manier waarop jullie je eigen leven hebben opgegeven om voor Cab te zorgen, de manier waarop jullie zijn... verwarring... alles wat jullie hebben gedaan. En zijn bas... onwettige dochter geaccepteerd, dat was een daad van ware christenen, van vriendelijke, genereuze dames. Jullie hebben je gedragen als heiligen, als je het mij vraagt.

En zij is wellicht ook een heel voortreffelijk iemand, voor zover ik weet, een goede vrouw. Maar,' hij keek argwanend naar de gang, 'ze kan jullie ook voor problemen stellen. Hij heeft haar niet erkend, niet genoemd, maar,' hij leunde achterover en hield zijn hand losjes voor zijn mond, 'als ze enig bewijs kan overleggen... van haar verwantschap... zou ze... wel, zou ze jullie last kunnen bezorgen. Zelfs zonder enig bewijs kan ze last veroorzaken. Waarschijnlijk niet het testament aantasten, maar wel de zaak een tijd ophouden bij de rechtbank, jaren misschien...'

Elizabeth stond op. 'Ik kan je niet toestaan over Ronnie te spreken als ze er niet bij is. Ik zal haar halen.'

Hollis schoot naar voren in zijn stoel, onthutst. 'Nee! Het hele punt is... Luister, Elizabeth, ga zitten!'

Ze stond stil.

'Wat ik wilde voorstellen is dat jullie, meisjes, alle drie een sommetje bijdragen, zeg honderd, honderdvijftig, tweehonderd per persoon, dan laten we haar een papier tekenen met de belofte dat ze het testament niet zal aanvechten. Zij gelukkig, jullie veilig.'

'Honderdvijftig dollar?' fluisterde Alex in ontzetting tegen Mary.

Mary glimlachte beschermend tegen haar: 'Duizend, lieverd.'

'Zeg wat je te zeggen hebt in haar aanwezigheid en zie wat ze zegt,' zei Elizabeth bruusk en liep de kamer uit.

Hollis leunde achterover, keek onzeker naar Mary en Alex, wat was er loos met Elizabeth? En de anderen: zaten daar maar, probeerden haar zelfs niet tegen te houden. Nog nooit zoiets gehoord. Belachelijk. Onbehoorlijk. Gek. Oude man aan het eind gek, misschien zat het in de familie, zijn ze allemaal geschift, misschien was hij altijd al gek, al die echtgenotes, al die vrouwen, god, ik herinner me er nog een paar, een echte versierder was hij, waarom was hij niet gewoon getrouwd gebleven met wie was het ook alweer, o, ja, die Ierse secretaresse, ach, hij was toen natuurlijk nog een kind, en toen ging de volgende dood, zelfmoord zeiden ze, toch moest een heer gewoon getrouwd blijven en zijn seksuele leven verborgen houden, dat is ons ook allemaal gelukt, je hoeft niet steeds te trouwen en je hoeft om de donder geen bastaarden voort te brengen...

Elizabeth bleef lang weg en zolang ze weg was, zei niemand iets. Het duurde minstens een kwartier voor ze terugkwam, nogal rood aangelopen, een weerspannige Ronnie in haar kielzog. 'Moest het bos in om haar te zoeken,' verklaarde ze, een beetje buiten adem. Ze plofte in een stoel, beduidde Ronnie hetzelfde te doen. Ronnie trok haar zware jack uit, gooide het op een stoel en ging naast Elizabeth zitten.

'Wil je nu alsjeblieft herhalen wat je tegen ons zei, Hollis?' vroeg Elizabeth beleefd, formeel.

Zijn gezicht was rood gevlekt en hij leek even zijn stem kwijt. Alex kreeg medelijden met hem. Ze stond op en pakte zijn glas uit zijn hand. 'Nog een Manhattan, Hollis?'

Hij knikte.

'Je weet dat je geen Manhattan kunt maken, Alex...andra,' zei Mary en stond op om het te doen. Hollis liet hen begaan en zei niets tot hij een slok van zijn nieuwe cocktail had genomen en Mary weer was gaan zitten.

'Juffrouw... Velez. Ik weet dat deze dames denken dat u hun halfzuster bent, de onwettige dochter van hun vader...'

'Reken maar! Kijk naar haar ogen, Hollis! Kijk naar haar kin!' viel Elizabeth hem in de rede.

'Hmmm,' mompelde hij en rommelde met wat papieren. 'Niettemin, hij heeft u niet erkend in zijn testament, zodat u geen wettig recht hebt iets van zijn nalatenschap op te eisen. Wat ik zeg is dat uw vader u, ongelukkigerwijs, niets heeft nagelaten. Deze dames zijn echter bereid...'

'Néé!' zei Elizabeth scherp. 'Wij hebben een dergelijke bereidheid niet gesuggereerd. Wat vind je dat we moeten doen, Hollis.'

Hij werd rood en zijn stem veranderde in die van een jurist die een tegenstander toespreekt, een taaie onderhandelaar, een vijand.

Onze vijand, dacht Mary.

'Wat ik voorstel is dat deze dames u compensatie bieden voor de nalatigheid van uw vader en een deel van hun erfenis met u delen. Ik heb een bepaald bedrag genoemd maar daarover kan natuurlijk worden gepraat. Maar het lijkt me dat een bedrag van enkele honderdduizenden dollars u verregaand een gevoel van genoegdoening zou kunnen verschaffen en het zou zeker helpen uw leven gemakkelijker te maken.'

Ronnies gezicht stond onbewogen. 'En de tegenprestatie?' vroeg ze.

'Als tegenprestatie tekent u een verklaring dat u afziet van verdere aanspraken op de nalatenschap.'

'Doe het niet, Ronnie,' adviseerde Mary. 'Je weet nooit. Misschien duikt er een oude brief op waaruit iets blijkt. Je hebt de spullen van je moeder nooit doorzocht. Misschien had zij iets...'

'Maar lieve!' ontplofte Hollis.

'We delen toch met jou, zonder dat je iets tekent, Ronnie,' zei Alex. 'Hij heeft zovéél nagelaten!' Ze keek naar Mary. 'Nou, ík deel tenminste met je. Je kunt de helft van mijn deel krijgen.'

Ronnie keek naar Elizabeth. Elizabeth schokschouderde. 'Wij vragen je niets, dat doet híj.'

Hollis' hart bonsde, hij legde zijn hand erop. 'Dames, dames,' protesteerde hij zwakjes, 'als jullie advocaat, als advocaat van jullie vader, kan ik dergelijke beloften niet ondersteunen, dergelijke...'

'Ik teken geen donder,' zei Ronnie woest. 'Hij heeft me nooit erkend, ik erken hem niet. Maar ik zeg je dit, ouwe heer: ik wil zijn geld niet. Ik wil niet de helft van Alex...andra's erfenis of van niemand. Het enige dat ik ooit van hem gewild zou hebben, hoefde hij niet te geven.' Ze stond op, pakte haar jack. 'Als dat alles is, ga ik weer naar buiten. Daar is de lucht frisser.'

Ze vertrok. De zusters bekeken Hollis' gezicht. Hij staarde Ronnie na, staarde hen aan.

Ten slotte sprak hij, stijf, formeel. 'Misschien willen jullie liever iemand anders zoeken om dit testament voor jullie te verifiëren. Ik heb alle dossiers, ik kan die eenvoudig overdragen aan een andere advocaat.'

'Nee, Hollis, wij zijn heel tevreden met jouw afhandeling. Je begrijpt Ronnie alleen niet. Maar we willen dat jij de zaken ter hand neemt. Hoe lang zal het duren, denk je?'

'Zes, acht maanden. Minstens.'

'Dit huis is aan ons nagelaten?'

Hij knikte en begon zijn papieren weer in zijn koffertje te stoppen. Hij keek hen geen van allen meer rechtstreeks aan tot Mary bij zijn vertrek naast hem kwam staan en vroeg of er een voorschot mogelijk was – misschien een kwart miljoen – binnen een maand. Dát begreep hij tenminste. Hij glimlachte welwillend: 'Met zo'n grote nalatenschap, mijn lieve Mary, denk ik niet dat dat een probleem zal zijn. Ik maak er volgende week meteen werk van.'

Hij vertrok met het gevoel dat er iets van hem was gered.

Tien tot vijftien miljoen dollar. Tien tot vijftien miljoen dollar. Minstens. Alle schulden betalen, weer volledig personeel aanstellen, een auto met chauffeur nemen, mijn oude leven oppakken. Lunch in Le Cirque, naar de modeshows gaan, de liefdadigheidsbals en etentjes, reizen, misschien ergens op een mooie plek een huisje kopen. Capri.

Mary kleedde zich langzaam uit, in haar verwondering zag ze haar lichaam anders, het leek in de douche te glanzen als het witte satijnen ondergoed dat ze had uitgetrokken, de witte satijnen nachtpon die ze daarna aantrok. Ze liep naar de chaise-longue als een vorstin, statig, met trage waardigheid, haar hoofd geheven. Tien tot vijftien miljoen dollar. Ik hoef geen vinger te verroeren om een nieuwe man te krijgen, ze zullen om me heen zwermen, het wordt weer als vanouds, toen ik jong was, alleen is het aas dit keer mijn geld, niet ikzelf, ik kan uitkiezen. Ik kan wachten op de ware, op een tweede Don. Als er ooit een andere Don kan zijn...

Zal ik ooit weer zoiets voor iemand voelen?

Ze stak haar joint op en tuurde gelukzalig naar het duister buiten alsof ze er de kronkelende stenen weggetjes van Capri in zag, de bougainvillea, de maagdenpalmblauwe hemel, de baai beneden... Ze herinnerde zich dat ze met Don in San Francisco was, teleurgesteld, ze waren iets van plan, wat was het, een picknick? een wandeling? Maar bij het ontwaken zagen ze een verschrikkelijke ochtend, donker en dreigend, mist dreef als een wolkensluier over de toppen van de bergen, stroomde eroverheen als lava, in eindeloze golven, en de regen zou alles bederven. Maar het was alleen mist die over een bergtop hing en tegen tienen was die opgetrokken en de hemel glinsterde als pas gewassen...

Het was een van hun volmaakte dagen geweest.

Dat kwam misschien niet weer, maar nu was alles weer net als vroeger, als het altijd was geweest. Mijn geboorterecht teruggegeven, dat heeft hij tenminste gedaan. Maar als hij toen niet was gestorven...

Ze schudde de gedachte van zich af.

Hoe zouden Elizabeth en ik in vredesnaam samen kunnen leven, wat heb ik wel gedacht, het enige wat we doen is ruzie maken, we hebben niets gemeen, helemaal niets, en een kamer voor Ronnie in huis, wat een onzin! Hoe zouden we haar voor moeten stellen? Ze brengt misschien haar vriendinnen mee, een stel donkere potten, moeten we die onthalen? Zelfs Alex is een probleem, zij past niet in mijn wereld, zelfs Elizabeth kan er alleen mee door omdat ze manieren heeft en Vaders naam draagt en minister van Financiën is of onderminister of wat dan ook...

Wat dacht ik wel, hier blijven met Ronnie, Marie-Laure hier laten komen in haar schoolvakantie, ik moet buiten zinnen zijn geweest.

Tien tot vijftien miljoen dollar.

Marie-Laure krijgt onmiddellijk geld uit haar trust, gelukkig krijg ik daar het beheer over, ik laat haar haar eigen onkosten betalen, schoolgeld, haar kleren, ze krijgt die auto waar ze zo om zeurt... Moet ervoor zorgen dat zij ook een testament maakt, wil niet dat Alberto ooit haar geld in handen krijgt. Bertie ook, wel, hij is jurist en heeft een vrouw, hij heeft vast een testament en daar staat Alberto gegarandeerd niet in. Ik hoef niet meer over haar in te zitten, ze kan een goed huwelijk sluiten, het is geen geweldig bedrag, maar het is genoeg, genoeg om iemand van goede familie aan te trekken... Als die er nog zijn, zoveel schandalen, tegenwoordig lijkt iedereen corrupt.

Misschien waren ze het altijd al maar wisten we het niet. Waren de mensen vroeger eerlijker? Wie was het die tijdens de Revolutie geïmporteerde goederen kocht en verkocht al had hij gezworen dat niet te doen, een boycot ondertekend, John Hancock, geloof ik en nu heet er een gebouw naar hem. En Paul Revere die een incident met geweld aan weerskanten weergaf, maar het veranderde in soldaten die een menigte arme, vreedzame burgers afslachtten zodat het de Slachting van Boston werd genoemd, nietwaar? En wie was het die arme immigranten van de boten loodste en hen in treinwagons laadde die rechtstreeks naar zijn fabrieken reden om stakingen te breken, en de arme mannen wisten niet wat hun overkwam, wanneer was dat, wie was dat? Andrew Carnegie? Misschien weet Elizabeth dat.

Zo zijn ze aan al dat geld gekomen.

Ik vraag me af hoe de Uptons aan het hunne zijn gekomen. Ik vraag me af hoe Vader...

Niet aan denken.

Hij is in ieder geval ongetwijfeld altijd eerlijk geweest in zaken, hij was jurist, hoe zou hij anders kunnen, hij wist toch dat hij dan in moeilijkheden kwam. Maar juristen die dicht bij het vuur zitten, hebben altijd voorkennis...

Harry fraudeerde, dat wist ik. Na zijn dood kwam er iets uit, ik merkte destijds dat hij onder druk stond, hij was zo prikkelbaar, dronk zoveel, dat deed hem de das om, niet al die meiden, hij wist dat hij een regeringsinstantie op zijn nek had, verkocht de luchtmacht onderdelen voor te hoge prijzen, zoiets, ik heb de verhalen niet echt gelezen...

Zo moet je niet denken.

Bovendien, ík heb nooit iets slechts gedaan.

Ze trok hard aan haar peuk en maakte hem uit. Achter het raam was de duisternis nu bijna volkomen, slechts een vage lijn scheidde de lucht van de boomtoppen. Er waren geen sterren.

Tien tot vijftien miljoen dollar, maal drie is dertig tot vijfenveertig miljoen, los van het onroerend goed en al die andere legaten, iedereen zei dat hij honderd miljoen of meer moest hebben, god, hij was rijk, hoe kwam hij zo rijk, hoe kan iemand zo rijk worden? Jij bent econome, Elizabeth, jij behoort het te weten.

Het wordt wel bekend zonder dat ik een vinger verroer. Het zal me groot maken. Alle cachet dat ik had wordt er mateloos door vermeerderd, alleen al de geur van geld, in Washington even werkzaam als in L.A. of New York, overal, waar dan ook, alleen al de suggestie ervan maakt een magneet van je, trekt iedereen aan, de nederigen en de machtigen, de baantesjagers en de rijken. Als Mary bij me komt wonen, zouden we een huis in Georgetown kunnen kopen, dan kon zij het inrichten, we konden kleine dinertjes geven, alleen de zeer machtigen uitnodigen, ze zouden komen, al dat geld, ze is een fantastische gastvrouw, ze is charmant en ik kon met de mannen over politiek praten, we konden leven als Gertrude Stein en Alice Toklas, alleen niet als gelieven. Misschien kom ik zelfs in de Raad, als eerste vrouw.

Elizabeth zat nog geheel gekleed op de chaise-longue in haar slaapkamer te roken. Ze drukte haar sigaret uit en stond op, voelde zich geweldig lang, imponerend, even imponerend als... Vader. Ze liep naar de badkamer en begon zich langzaam uit te kleden, stelde zich voor hoe de mensen haar nu zouden behandelen, de kleine blijken van gehoorzaamheid die zij zou ontvangen, niet dat ze nu niet werd gehoorzaamd, maar het zou zo exponentieel worden vermenigvuldigd...

Ze konden voor Mary een auto met chauffeur aanhouden, zij had natuurlijk haar dienstauto, ze konden zich alles veroorloven, wat dan ook, hoe kon je in vredesnaam zoveel geld uitgeven, ze zouden elk tien tot vijftien miljoen hebben, zelfs bij voorzichtig beleggen hadden ze een of twee miljoen per jaar te besteden, terwijl ze nu van haar salaris, dat een fractie daarvan was, nog spaarde. Nee, het was te veel geld, kan me zoveel uitgaven niet voorstellen, misschien moet ik uitkijken naar een goed doel om te steunen, ik heb geen kinderen.

Wat kun je met tien tot vijftien miljoen dollar doen dat de moeite waard is, dat even schitterend is als de gedachte eraan, als de klank ervan, dat je even gelukkig kan maken als de klank, de belofte ervan. Moeder krijgt een paar miljoen, zei Hollis. Heeft echt haar gram gehaald. Wat wil ik in vredesnaam, kan ik willen, dat even goed is als dat?

Misschien iets waar Ronnie om geeft, iets met het milieu, want dat kun je wel stellen, wij Republikeinen zijn niet al te goed voor het milieu. Maar het is belangrijk. Misschien een stichting oprichten met Ronnie aan het hoofd, nee, dat zou ze niet willen. Moet ervoor zorgen dat zij een inkomen heeft, ze zal niets van ons aannemen, dat weet ik. Moet op een of andere manier voor haar zorgen. Alles spant samen tegen haar slag, mensen niet helemaal als wij. Dat is haar grootste handicap... ze kan een bastaard zijn, wie weet dat of maalt erom? Of lesbisch, wel, dat moet ze natuurlijk verbergen. Maar haar goudkleurige huid kan ze niet verbergen...

Hij heeft mij tot executeur benoemd, dacht ze en er trok een glimlach over haar gezicht toen ze onder de douche stapte, zich groot en imponerend voelde, alsof ze vandaag een paar centimeter was gegroeid. Hij heeft me die verantwoordelijkheid gegeven, me niet als een vrouw behandeld maar als een zoon, natuurlijk, hij zou een zoon het grootste deel van zijn bezit hebben nagelaten en de dochters met kleinere erfenissen hebben bedacht, maar hij had geen zoon, ha ha. Toch heeft hij mij tot executeur benoemd.

Ze glimlachte toen ze onder de douche vandaan kwam, zich afdroogde, en toen ze tijdens het tandenpoetsen een blik op haar beeld in de spiegel wierp, zag ze dat ze nog steeds glimlachte.

Tien tot vijftien miljoen dollar, dacht ze. Ik zal nooit meer eenzaam zijn.

Goeie hemel, ik kan me niet eens tien tot vijftien miljoen dollar voorstellen. Hoe zou zoveel geld eruitzien? Wat kan een mens daar in vredesnaam mee doen?

Alex kleedde zich ongemakkelijk uit, alsof ze niet helemaal zichzelf was en stapte onder de douche. Gedachteloos draaide ze alleen de koude kraan open en een ijskoude regen overrompelde haar. Ze stapte achteruit, gleed uit, viel bijna. God. Ze draaide de warme kraan open, hield haar hand onder de straal tot die warm genoeg was, stapte toen weer voorzichtig onder de waterval.

David zal het willen beleggen, opzij willen zetten voor de toekomst van de kinderen, maar het is te veel, zoveel hebben ze niet nodig, zoveel geld is niet goed voor mensen. Vooral niet voor kinderen. Nee, dat kan ik hem niet laten doen. Een deel ervan, ja, maar niet alles. Maar ik heb me nog nooit tegen David verzet. Hoe kan ik dat nu doen? Dat verdomde geld zal mijn huwelijk verwoesten, die erfenis, waarom moest hij me dat aandoen?

Wat ik graag zou doen, en dat zal hij waarschijnlijk niet willen, is het aan de nonnen geven – zij zouden het kunnen gebruiken voor iets dat de moeite waard is. Misschien als ik hem de helft geef om Ethiopische joden te helpen die zich in Israël vestigen. Hij had een brok in zijn keel toen we gisteravond praatten, ik hoorde het aan zijn stem, zo trots op Israël omdat het deze arme mensen opnam, dakloos, zonder iets. Terwijl Israël toch zo klein is en zoveel problemen van zichzelf heeft, heeft het altijd plaats voor joden in het joodse vaderland, de staat zoals die zou moeten zijn maar vrijwel nooit is, zei hij, een staat die niet alleen bestaat voor de mannen die hem regeren, maar die bezorgd is om de eigen mensen. Vreemd hem zo emotioneel te horen. Meestal is hij kwaad op Israël, vindt het militaristisch. Maar misschien betekenen de tranen alleen dat hij me meer mist dan hij zegt.

Ze droogde haar haar, liep naakt naar haar slaapkamer en gooide het raam open. Koude lucht woei binnen, maar ze bleef staan alsof ze zich weer bij bewustzijn wilde brengen.

Dronken, ik lijk wel dronken. Dat doen ze toch met dronkaards? Onder een koude douche gooien? Ze sloeg de handdoek om haar rillende lichaam, trok het raam dicht en pakte haar pyjama.

Ik moet ontnuchteren. Ben ik dronken van geld? Van de belofte van geld. Van woorden die geld betekenen. Er is niets echt veranderd, wel? Ik ben dezelfde die ik vanochtend was, nietwaar? Waarom kon ik David niet bellen en het vertellen? Zat daar bijna een uur, maar kon mezelf er niet toe bewegen de telefoon te pakken.

Die keer in Jeruzalem, toen David dat congres van chemici bijwoonde. We logeerden in dat fantastische gastenverblijf, Misjkenot Sja'ananiem. Ik kon de eerste nacht niet slapen en ik kon vandaar de zon zien opkomen boven de muren van de oude stad. De eerste keer dat ik ooit hoorde over de sjechina, de zij-die-onder-ons-woont, betekent eigenlijk de buurvrouw, maar ook de inwonende geest, zei Esther, de geest in ons die anderen zoekt, saamhorigheid brengt. Esther, een rabbijn in de geest die het niet mag zijn, ze is een vrouw, sprak als een profeet, een genezer, ze verkocht drankjes, geheime theesoorten en kruiden. Woonde boven een pottenbakkerswinkel in de oude stad, stenen muren, stenen straten, weerkaatsende stemmen, rust in de joodse wijk, de wijken van de moslims en de christenen luidruchtig als bazaars, met schitterend gekleurde zijden lappen boven de passages om de zon tegen te houden, iedereen trok aan je, kom binnen, koop, koop. Maar de straat waaraan de pottenbakkerswinkel lag, Joel Mosjee Salomon, was maar een nauwe doorgang, net een steeg, met zulke smalle trottoirs dat je achter elkaar moest lopen.

De kleine winkeltjes aan de straatkant open, hun deuren wijdopen. De winkel van de pottenbakker had een deur die leidde naar de binnenplaats waar zijn schijf stond. Esther paste op de winkel als hij klei ging halen of bestellingen afleverde of op de binnenplaats achter zijn schijf zat. Ik bezocht haar toen David de conferentie bijwoonde, zat thee met haar te drinken in de prachtige, koele winkel vol dingen gemaakt van aarde, door mensenhand. Ik zou graag terug willen, kijken of ze er nog is. Ze zei dat ik een wandeling rondom de ommuurde stad moest maken, gewoon wandelen.

Buiten de Damascuspoort breidden bruine heuvels zich uit in de zichtbare wereld, als een compleet halfrond blakend onder de meedogenloze zon, een paar bomen als stipjes op de terrassen van de heuvels, hoge, dunne, sierlijke cipressen, de olijfboomgaarden, een paar eucalyptusbomen. Ooit, lang geleden, groeiden er pruimebomen in Jeruzalem, zei ze. Nu niet meer. De lelijke nieuwe gebouwen wiste ik uit, de Brigham Young University, het Hyatt, het Hilton. Ik probeerde het te zien zoals ik het me herinnerde, ik wist hoe het vroeger was, ik wist dat ik er eerder, in een vorig leven was geweest.

Ik stond op zo'n berg, de geiten renden langs mijn benen. Ik stond urenlang met gekruiste armen uit te kijken over de roodbruine heuvels, er waren toen meer bomen, ik herinner me olijfbomen en een paar koepelvormige lemen huizen. Toen maar een paar. De hemel was eender, een enorme blauwe verte, ik kon mijlen ver zien, de droge rode heuvels, het onbarmhartige land waar iedereen om vocht, ik vroeg me af waarom? Wist ik het toen? Op de uitkijk naar iets, een leger misschien, een horde mannen, ik had een plan, leidde iets, ik had een hart van staal, ik was een krijgsheldin, aan het hoofd van krijgers. Een hard land, voedsel met je vingernagels van de aarde schrapen, een hard leven, maar ik vond het gewoon, vond toen alles gewoon, probeerde gewoon te overleven, in die tijd wist je waar overleven vanaf hing. Dat wisten we allemaal.

Lang was ik voor een vrouw, en heel mager, met een haviksgezicht en lang, dik, verward zwart haar, de wind blies het langs mijn gezicht. Ik stond met gekruiste armen op de uitkijk. Misschien vijfduizend jaar geleden. En als ik sprak luisterden de mensen; ik uitte woorden en de mensen letten op, handelden ernaar. Misschien was ik een profeet.

Schemering daalde over stadsmuren, oeroud als schildpadden, verguld, gebutst en verzacht door de tijd, maar ik wist nog hoe ze nieuw waren. Ik kende deze plek beter dan mijn eigen naam, maar toen ik daar stond, kende ik mijn eigen naam niet, mijn geschiedenis niet, mijn verleden.

Maar ik wist wat ik was, wat ik was geweest, wat ik moest doen, iets dat ik nooit eerder had geweten. Maar ik vergat het toen ik thuiskwam. Hoe kon ik dat doen? Uitgewist geheugen. Tot nu. Wat heeft tien miljoen dollar daarmee te maken? Dat zal alleen maar een breuk veroorzaken tussen David en mij, dat verdraag ik niet, dat verafschuw ik. Ik wou dat hij me uit zijn testament had gelaten. Ik wou dat hij me volstrekt vergeten was. Ik wou dat Ronnie het nam. Dit heb ik niet van hem gewild, dit kan ik niet gebruiken, heb ik niet nodig.

Ze trok het dek weg en stapte in het koude bed, nog rillend.

En het ergste is dat ik er werkelijk met niemand over kan praten. Elizabeth en Mary zullen het niet begrijpen, dat weet ik. David zal het niet begrijpen. De nonnen zullen niet begrijpen waarom ik het niet gewoon aan hen geef. Maar hoe kan ik weten of het niet wordt gebruikt om een anti-abortusactie of iets dergelijks te financieren? En als ik het aan Israël geef, hoe kan ik dan weten of het niet wordt gebruikt om wapens te kopen? En dat wil ik niet, absoluut niet. Met Ronnie praten zou beledigend zijn: zij ís eruit gelaten. God: ik vraag me af hoe dat moet voelen. Nog erger dan ik me nu voel.

Ronnie lag naakt op haar bed naar het plafond te staren, haar armen zijwaarts uitgespreid. Een wrange smaak bleef in haar mond hangen, moet van de aardbeien zijn die ze bij het eten hadden, aardbeien in december, waarschijnlijk onrijp geplukt, overgevlogen uit Californië of Costa Rica. Zure, hardnekkige smaak.

Alles was gegaan zoals zij had verwacht. Ze had niets anders verwacht. Wat, zou hij na al die jaren zich iets van haar herinneren dat hem ooit had geroerd, een vonkend oog, een sprintje of een sprong die zijn hart had geraakt? Een lieve kleine frase inlassen over mijn niet-erkende dochter...? Hij heeft zelfs nooit naar me gekeken tot hij me verkrachtte, moet natuurlijk wel, tersluiks, als ik het niet zag, hoe zou hij anders... hoe had hij het anders geweten? Nee, als hij het ooit had willen doen, had hij het tegenover mij gedaan, bij leven. Hij zou het bewijs van zijn pekelzonde nooit op papier zetten, in zijn testament dat iedereen zag, nietwaar, dat werd gelezen, gestempeld, gezegeld in een rechtbank, dat de geschiedenisboeken in ging, de grote staatsman Stephen Upton...

Ik had geen seconde op erkenning gerekend.

Nooit, nimmer, geen moment.

Waarom lijkt het dan zo bitter?

Geld is stront, zei Freud dat niet? De meeste mensen denken dat geld liefde is. Ik misschien ook? Niet exact liefde, maar het wel of niet geven lijkt wel een maatstaf voor gevoelens. Voedsel ook, Mamma, die met een rood gezicht van het koken ons avondeten klaarzette op de keukentafel, zo blij, zo blij dat er genoeg voedsel was voor ons, voor mij, goed voedsel bovendien, zo gelukkig dat mijn ogen oplichtten bij de geuren, de hete damp, Mamma's goede voedsel, ik at het zo gelukkig, dat maakte haar ook gelukkig. Een hand vasthouden, een omhelzing, daar lijkt het op. Alleen is geld anders, ik weet niet hoe, misschien omdat het zo'n wapen is. Maar dat is voedsel ook, kijk maar naar de Ethiopiërs, de Somali's, die voedsel achterhouden tijdens een oorlog... de nazi's lieten in hun vernietigingskampen mensen werken en verhongeren.

Niets is zuiver.

Van liefde wist hij niets, maar wel van geven en onthouden. Ooit moet hij liefde hebben gekend, in de armen van zijn kinderjuf, waarschijnlijk zelfs van zijn moeder en vader, rijk kind in een huis vol luxe en comfort, waarom niet? Niet zoals arme Rosa die een kind om het middel greep terwijl ze met de andere hand in een pan roerde en een krijsende kleuter aan haar benen hing...

Maar hij hield van Mamma. Dat weet ik. Zij wist het ook. Alleen hij wist het niet.

Misschien heeft Mary gelijk, misschien moet ik haar spullen doorzoeken, misschien is er iets, een krabbeltje, een brief, een kaart. Het zou zoveel voor haar hebben betekend, zelfs al kon ze niet lezen, ze zou geweten hebben wat het was... misschien heeft hij zich een keer vergeten, iets opgeschreven, het haar gegeven.

Wat een onzin. Waarom zou hij een briefje schrijven aan een vrouw die niet kan lezen?

Alles is precies zoals ik had verwacht. Zelfs zij, zij waren anders na Hollis' vertrek, dat zag je, plotseling rijke vrouwen, teruggetrokken, in gedachten al bezig het te besteden. Hun hele wereld is veranderd, Mary gered. Ik heb toch voorspeld dat het zusterschap niet zou standhouden? Is zusterschap alleen mogelijk in moeilijke tijden? Valt het onvermijdelijk uiteen als alles gemakkelijker, prettiger gaat?

Lilah en ik zo innig toen we een zware tijd hadden, probeerden rond te komen van ons salaris als assistent, in die vreselijke kamer woonden in Roxburry met crack-verslaafden op elke straathoek. We leefden van rijst, bonen en sla, en hadden zo'n lol, maakten een prachtige grap van onze armoede. Maar toen de verdomde professor Geeston, wij noemden hem Geestloos, haar zo wreed had gekleineerd, stortte ze in, gaf haar studie op, nam een baan als secretaresse en verhuisde, ze wilde niet dat ik meeging, was waarschijnlijk bang me te moeten onderhouden...

Niet dat broers een haar beter zijn. Broederschap lijkt ook moeilijk in stand te houden als één wordt uitverkoren, dat is het geheim, bevoorrecht één en de verbondenheid vervliegt, stratificatie heet dat. Vernietigt eenheid, saamhorigheid.

Ze zullen nu ieder hun eigen weg gaan, terug naar hoe ze in het begin waren. Toch was het leuk zolang het duurde. Ik vond het fijn.

Haar ogen werden vochtig.

Als alles is zoals ik verwachtte, waarom voel ik me dan plotseling zo alleen? Alleen in dit huis, in de wereld, in het heelal, als een brokje van een ster die lang geleden eonen ver weg rondtolde, een klein brokje dat in een baan cirkelt, alleen in de koude, duistere stilte, voor altijd, altijd, altijd. Of voelde ik me vroeger ook zo maar herkende ik het niet?

Je bent alleen. Je hebt geen vader of moeder en je halfzusters leven in een andere wereld. Je hebt geen bloedverwanten die je accepteren.

Ze keek uit haar raam naar de nachthemel, nauwelijks te onderscheiden boven de bomen, kwam overeind en stond omhoog te turen.

Duistere nacht vannacht, geen sterren. Soms zijn de hemelen bevolkt met sterren, zo dichtbezaaid dat het lijkt of sterren in stapels leven, zoals mensen op straat die uit ramen hangen, op de stoep zitten, in winkels staan, aan hun aanrecht werken...

Ga terug naar waar je vandaan komt. Liever daar dan hier. Waarom zou je hier blijven als hun huisbewaarder? Noradia's dochter, beroep dat overgaat van moeder op dochter, terwijl zij naar hun chique flats vertrekken en vergeten dat ze je ooit hebben gekend.

En het proefschrift dan?

Donder op.

Zoek ergens een baan, doet er niet toe wat, iets dat je erdoor helpt, leef fatsoenlijk, waarom streven naar iets in hun soort wereld. Je zult nooit, nooit iets kunnen doen waardoor ze je als volwaardig mens zullen erkennen, waardoor ze gedwongen worden je te erkennen. Je zult nooit meer kunnen zijn dan onderdeel van een machtsblok van randfiguren, verafschuwd, gevreesd, bespot, de zoveelste illegaal die de poort probeert te rammen. Richt je op wat je gelukkig kan maken: zoek een lieve, hartelijke vrouw, een vriendelijk mens die je wil vasthouden, begrijpen, met wie je kunt huilen...

Húilen?

Jezus, Ronnie. Iemand met wie je kunt lachen klinkt beter, meid!

Je bent vanavond gewoon gedeprimeerd. Buitengesloten. Je bent ondanks alles van hen gaan houden. En dacht dat ze van jou hielden.

Wat ben je een godvergeten idioot.

HOOFDSTUK 22

'Je moet komen,' zei Elizabeth rustig maar met een bijna dreigende ondertoon. 'Je moet.'

Ronnie schudde haar hoofd.

'We hebben je nodig,' kermde Alex. 'Ik zal me zo alleen voelen zonder jou!' Ze keerde zich toen met een ruk naar Elizabeth en Mary, stak haar hand uit naar Mary's arm en zei er vlug achteraan: 'Niet alléén alleen. Dat weet je. Maar jullie kennen al die beroemdheden en jullie kunnen met hen omgaan en ik niet en,' ze wendde zich weer naar Ronnie, 'ik heb Ronnie nodig om mijn hand vast te houden.'

'Ervan uitgaande dat ik ook niet met hen om kan gaan,' zei Ronnie droog.

Weer afstandelijk en strak, dacht Elizabeth. Ze is veranderd. Ze is anders sinds het testament is voorgelezen, Vader heeft ons weer uiteengedreven. Ze raapte al haar energie bijeen.

'We moeten bij elkaar blijven,' pleitte Elizabeth, 'met ons vieren! We zijn zusters! We hebben elkaar nodig! We hebben jou nodig! En jij hebt ons nodig! Wees eerlijk, hoe zou jij je hier in je eentje voelen als wij vertrekken naar Vaders begrafenis? Dan zit je in je kamer achter je computer en voel je je eenzaam en ellendig, buitengesloten. En wij ook!' Ze stond op, zette haar handen tegen haar slapen. 'Laat Vader niet weer winnen!' riep ze.

Jezus Christus Maria. Is ze echt zo ontdaan? Ronnies gezicht werd zachter en ze sprak rustig. 'Kijk Lizzie, Mary heeft gelijk. Als ik bij jullie ben, maakt de pers er misschien een schandaal van, stelt vragen, gaat speuren, schrijft artikelen, publiceert foto's van mijn moeder, van mij... Ik wil niet de rest van mijn leven bekend staan als zijn bastaard.'

Elizabeth nam haar handen van haar hoofd en schudde het heftig. Ze keek wanhopig naar Mary. 'Zeg iets,' smeekte ze.

'We wéten niet wat ze doen,' zei ze peinzend. 'Het is mogelijk dat ze je negeren. Volkomen. Of ons, evengoed. Vooral omdat de president op de begrafenis komt.'

'Spaar me je smoesjes!' riep Ronnie. 'Je weet best dat jullie worden gefotografeerd als jullie in de auto zitten, uitstappen, samen in de kerkbank zitten, de president de hand schudden, enzovoort. Jullie met jullie sjieke zwarte jurken en hoeden en ik zeker in mijn ouwe spijkerbroek achter jullie aan lopen.'

'Nou, we kunnen je wel een beetje opknappen, hoor,' zei Mary uit de hoogte. 'Je zou heel aantrekkelijk kunnen zijn als je wilde. Tenzij je het een erezaak vindt alleen maar spijkerbroeken te dragen.'

'Dank je zeer. Ik heb niets anders,' siste Ronnie tussen haar tanden. Drie spijkerbroeken, een paar truitjes, twee coltruien, een regenjas, een spijkerjack en een parka: dat is mijn garderobe. Handig op reis.

'Nou, misschien kunnen we iets voor je vermaken. Teresa is een handige naaister. Ik heb een zwarte zijden jurk die ik niet meer draag,' zei Mary, die bijna hardop dacht en haar blik langs Ronnie's benen liet glijden, ze voor zich zag in zwart satijnen muiltjes en kousen...

Toen Ronnies gezicht zag.

Mary leunde achterover. 'Misschien,' zei ze, 'kun je apart komen. Je kunt zelf rijden in de Alfa, achter in de kerk zitten. We kunnen iets speciaal voor je regelen...'

'Wat heeft dat voor zin!' brulde Elizabeth. 'Dat haalt ons hele plan onderuit! Het gaat om ons – ons vieren – tegenover hem, snap je dat niet?'

Alex staarde haar aan. Ronnie keek naar het plafond. Mary plooide haar gezicht weer meelevend en keerde zich naar Ronnie. 'Ik begrijp hoe je je voelt. En ik wil je er ook bij hebben, werkelijk, ik voel dat het zonder jou verkeerd zou zijn.' Haar stem veranderde, alsof ze plotseling voelde wat ze zei. 'Zonder jou voelen we ons onvolledig, missen een schakel, een... stuk van ons hart.'

Ronnie keek haar voor het eerst recht aan. Ze stond op, liep naar de bar, zette haar colaglas neer en schonk whisky in. 'Nog iemand?'

Ze stonden allemaal op, liepen naar de bar, schonken zich iets in. Elizabeth legde haar hand op Ronnies arm terwijl ze daar stond; Mary legde een hand op haar hoofd. Alex omhelsde haar en wilde haar een tijdje niet los laten. Toen gingen ze allemaal weer zitten.

'Oef, wat een dag!' zuchtte Mary en schopte haar schoenen uit.

'Ik snap niet dat jij altijd hoge hakken draagt,' zei Elizabeth geërgerd. 'Natuurlijk ben je uitgeput. En ze zijn heel slecht voor je voeten.'

'Gewoonlijk heb ik geen problemen met mijn voeten, dank je zeer, Elizabeth!'

'We moeten er op een of andere manier uit kunnen komen,' zei Alex en beet op haar lip. 'Een manier om Ronnie erbij te betrekken zonder de aandacht op haar te vestigen...'

'Ik kan komen als de dochter van de ouwe trouwe dienstbode van de familie. Worden bedienden soms niet uitgenodigd voor de begrafenis van hun heren en meesters? Is Aldo niet uitgenodigd? En mevrouw Browning? Hebben zij geen plaatsje op de tweehonderdste rij of zo?'

Niemand reageerde.

'Of je kunt een jurk met een sleep dragen, Mary, dan loop ik achter je om hem op te houden.'

Ze nam een slok whisky, keek even naar hun gebogen hoofden en boog zich met beschaamd gezicht naar hen toe. 'Het spijt me. Ik weet dat jullie deze situatie niet hebben geschapen en ik geloof dat jullie hem ook niet leuk vinden.'

Drie paar ogen keken op, gloeiden dankbaar.

'Kijk, hij heeft me nooit erkend. Ik zal hem ook niet erkennen. Als ik zijn begrafenis bijwoonde, hoe dan ook, zou ik hem erkennen.'

'Maar als je hem niet erkent, erken je óns niet,' betoogde Alex. 'We zijn door hem met elkaar verbonden.'

Ronnie leunde achterover, dacht na. 'Jawel,' besloot ze ten slotte. 'Stephen Upton gaf ons onze biologische band maar deed alles wat hij kon om te verhinderen dat we een andere zouden vormen. Bovendien, hoeveel zusters kunnen met elkaar opschieten, geven om elkaar? Hoeveel broers kennen jullie die rivaliseren, jaloers zijn op elkaar? We zijn met elkaar verbonden door onszelf, door onze eigen inspanningen, onze eigen... liefde.' Haar gezicht vlamde.

Ik kan niet geloven dat ik dat woord heb gebruikt.

'En als onze band bezwijkt,' vervolgde ze langzaam, opzettelijk, 'is dat omdat liefde onvoldoende is.'

Ze keken haar allemaal aan.

'Hij is op de begrafenis van jóuw moeder geweest,' zei Alex met een sluwe blik.

'En zei meteen na afloop dat ik haar rotzooi uit zijn huis moest halen,' foeterde Ronnie.

Iedereen tuurde naar het tapijt.

Toen Ronnie ten slotte opkeek, was haar stem vast, kalm. 'Als ik niet ga, voelen jullie je onvolledig – zeggen jullie – en voel ik me buitengesloten. Ik geef toe: dat is waarschijnlijk zo. Maar als ik ga, krijgt de pers misschien lucht van mij en mijn relatie met jullie, verpest misschien mijn leven – en misschien dat van jullie. Ik heb dus de keuze tussen twee potentiële kwaden. Maar ze zijn niet gelijkwaardig. Stel dat de pers me niet opmerkt, wat doen jullie dan later met mij? Me meenemen naar de receptie op Louisburg Square en me voorstellen aan de gouverneur? Aan de neef van je vader, waarschijnlijk de volgende gouverneur van Massachusetts? Of vragen jullie dan of ik bij Aldo in de auto op jullie blijf zitten wachten? Of de trein neem naar Lincoln en van het station naar huis loop? Of naar mijn vriendin Rosa in Roxbury ga en daar wacht tot jullie me komen ophalen? Een limousine in Roxbury? Dat overleeft ze niet. Of met de ondergrondse naar Linda ga?

Zie je dan niet: wat ik ook doe, ik voel me toch buitengesloten. Ik heb wat dat betreft geen keuze.'

Ze keken haar allemaal treurig aan. Toen stond Mary op, liep naar Ronnie toe, boog zich over haar heen en kuste haar licht op het voorhoofd.

Hollis had zich tot ceremoniemeester benoemd en was er vroeg om de grote mannen te begroeten als zij uit hun auto stapten, gepast te converseren – een groot verlies maar een welbesteed leven, een lang leven, moeten niet nodeloos treuren, en hoe maak jij het, Chip, hoor dat je vorige week in Bonn een ware meesterzet hebt gedaan...

Maar hij kon niet rustig ademhalen voor hij zag dat de auto van de Uptons stopte en er dríe zusters uitstapten, god, die Mary, subliem in zwarte chiffon, zelfs al werd hij een dagje ouder en kreeg hij hem niet altijd meer overeind, zelfs al was zij de dochter van zijn beste vriend, hij zou toch best eens...

Hoe dan ook, het belangrijkste was dat die onwettige koffieboon er niet bij was, want daar was zijn maag de hele ochtend bevreesd voor geweest, zodat hij verscheidene tabletten had moeten slikken en Evelyn hem ten slotte een paar eetlepels van dat smerige witte spul had laten innemen...

Wat zou ik hebben gezegd tegen de president? de gouverneur? Bill Benton van de BCLI-Bank? Hoe had het aan de pers verklaard kunnen worden? Natuurlijk niet doen of ik iets weet, iets mompelen over een ouwe trouwe hulp, maar toch...

Het zou in mijn omstandigheden onmogelijk zijn, het meisje is zo opvallend met haar kleur, die korte, gedrongen Mexicaanse bouw en die felle Upton-ogen in haar hoofd, Jezus, en zelfs Cabs kin, zo manifest, zo opmerkelijk, zag er opmerkelijk uit of zou er zo uitzien als ze eens iets anders aantrok dan vuile spijkerbroeken en T-shirts... Als haar moeder maar een béétje op haar leek, kon je begrijpen waarom Cab...

Maar goed, alles was in orde, zuchtte hij, met een keurig bedwongen glimlach terwijl hij boog, hun handen kuste, alle drie kaarsrecht en waardig in het zwart, alle drie een hoed op, Mary met een voile, zo snoezig, de trappen op, de kerk in, schandalig dat die er zo bij stond, had een grote geschiedenis, was van groot belang voor de geschiedenis van New-England. En met de bisschop als voorganger had hij sleetse chique, in zeker opzicht het kenmerk van Boston, geen glamour zoals New York of L.A.

Iedereen was al gearriveerd, behalve de gouverneur en die zou de president begeleiden, zij zouden het laatst aankomen, daar kwam hun limousine, Hollis stapte naar voren, bereidde zich voor, de deur ging open, hij stond kaarsrecht, stak zijn hand uit, meneer de President, mevrouw Reagan, Gouverneur, ging hen voor in de al volle kerk, leidde hen naar de voorste rij langs ex-president Nixon en Helmut Schmidt en Richard von Weizsaecker, de president van de Duitse Bondsrepubliek, en de Britse ambassadeur. Jim Baker op de tweede rij met de vice-president en de weduwen... dat wil zeggen de dochters... en het grootste deel van de Raad voor Buitenlandse Betrekkingen. Op de rij daarachter, in de bank van de Uptons (gemerkt met een onopvallende plaquette), de neven en nichten, onder aanvoering van Worth Upton IV die waarschijnlijk de volgende gouverneur van Massachusetts werd en misschien zelfs ooit president.

Vol instemming ontwaarde Hollis Peter Highland, de oliemiljonair uit Texas, Arnold M. Richards, directeur van Calloosa en tientallen andere leiders van de rijkste ondernemingen en stichtingen in het land. Hij telde drie voormalige ministers van Binnenlandse Zaken, Elizabeths baas van Financiën, juristen van de belangrijkste bedrijven van het land, uit New York, Boston en

Washington. Hij keek rond en zag de directeuren van alle belangrijke verzekeringsbedrijven in Amerika. Op de eerste rij links zat Henry Kissinger naast een Rockefeller en de directeuren van de Wereldbank, het Internationaal Monetair Fonds, de vroegere voorzitter van de Centrale Bank, de huidige adviseur voor nationale veiligheid. Iedere hooggeplaatste Republikein uit het land was er.

Het was de belangrijkste begrafenis in tien jaar en hij, Hollis Whitehead, had alles geregeld – met hulp van de secretaresses van het kantoor van de gouverneur en een paar adviseurs van de president natuurlijk. Hij, Hollis Whitehead, kon zichzelf advocaat en gewaardeerde vertrouweling noemen van een van de grootste mannen van het land. Zich plechtig bewust van de gewichtige plaats die deze grote mannen innamen in de geschiedenis, ging hij zitten als een van hen – zij het slechts een der geringeren – aan het eind van de rij waar Evelyn op hem wachtte naast de neven Upton. En toen hij met gebogen hoofd en een nederig hart de hand van zijn vrouw pakte, had hij tranen in zijn ogen. Beste ouwe Cab.

Ronnie zat twee uur achter haar computer maar zag het beeldscherm nauwelijks. Ze zat maar wat met woorden te schuiven. Ze besloot een helder hoofd te halen op een wandeling en zette koers naar de stad, een langere wandeling dan die door het achterbos. Alles leek grijs – aarde, bomen, lucht. De capuchon van haar parka overschaduwde haar gezicht, maar ze was dankbaar voor haar Indiaanse uiterlijk, dat, zoals ze wist, onbewogen leek, het tumult in haar verborg. Mijn gezicht heeft ingebouwde persoonsbescherming, dacht ze.

Ze hadden zich gisteravond niet gedragen zoals zij had verwacht, ze was weer als vanouds negatief geweest. Ze hadden haar niet helemaal in de steek gelaten, ze gaven om haar, tenminste tot op zekere hoogte, nee, ze gaven veel om haar, ze hadden hetzelfde gevoel van verbondenheid als zij, zij leken ook te voelen dat hun contact wezenlijk was, dat ze zich zonder dat verbrokkeld voelden, zo verschrikkelijk eenzaam als een weggeworpen hand of mond, eeuwig in de ruimte zwevend, op zoek naar de arm of kaak waarbij ze hoorden. Verwantschap was anders dan vriendschap, vriendschap kon veranderen, verwantschap niet, nooit – aan familie was je onherroepelijk gebonden. Die overleefde onenigheid, conflicten, haat zelfs. Zelfs als het contact was verbroken, bleef het leven, had het een eigen leven. Mensen die hun ouders, broers of zuster haatten, konden hen tientallen jaren lang ontlopen, maar als ze weer met hen in contact kwamen, symbolisch of echt, konden ze opstuiven in een woeste wervelstorm, exploderen, zelfs moorden. Verwantschap was veel, veel sterker dan het huwelijk – echtgenoten konden scheiden en het bestaan van de ander volledig vergeten. Zie maar hoe geen enkel huwelijk van Mary veel indruk op haar heeft gemaakt, geen enkel behalve het laatste, Don...

Maar verwantschap...! Zie hoe Mary smachtte naar Elizabeths liefde, goedkeuring, al die jaren; hoe Alex al die jaren verscheurd werd door verlangen naar haar zusters. En Elizabeth ontkent het, doet alsof ze niemand nodig heeft, maar zij was de eenzaamste van allemaal, hunkerde het sterkst naar... iets. Niemand heeft natuurlijk ooit naar mij gehunkerd. O, Mamma wel, wat denk ik dan? Maar zie mij eens, me volstrekt niet bewust dat ik naar hen verlangde, maar al die tijd verlangde ik naar erkenning als hun zuster, als zijn kind, verlangde daar haast meer naar dan naar ademhalen, eten of lopen, en ik wist het niet eens.

Om te leven moet je liefhebben, Ronnie.

Is dat wat ze bedoelde?

Goed, ze voelen het dus, maar sterk genoeg om het effect te weerstaan van al die miljoenen dollars die ze erven? Sterk genoeg om na hun vertrek hier in mij iets anders te zien dan een lastpost, als zuster niet vergeten maar opgegeven, zoals een halfgekke halfzuster die lang geleden is getrouwd en nu als dronken slons ergens in een caravanpark in het verre westen woont?

Te veel verschillen tussen ons. Zelfs de oppervlakkige zijn werkelijk verbazingwekkend. Lizzie en Mary waren in ieder geval episcopaals opgevoed en ik vermoed dat zij mij als katholiek beschouwen, en Alex lijkt zich als joods te beschouwen.

Maar zelfs als we allemaal helemaal hetzelfde waren, zouden we elkaar moeilijk kunnen begrijpen. Onze kijk op de dingen is niet dezelfde. We bewonen niet dezelfde geestesruimte en we hebben zeker geen gemeenschappelijke... hartsruimte. Niet genoeg gemeenschappelijke gevoelens om elkaar te bereiken over de grenzen van wat we niet gemeenschappelijk hebben.

Alle vrouwenbewegingen zijn met dat soort problemen geconfronteerd – vrouwen komen uit verschillende klassen, godsdiensten, etnische groepen... Geen enkele beweging heeft dan ook langdurig of in groten getale vrouwen kunnen verenigen, de verschillen zijn te groot. Rijke vrouwen hebben dienstboden nodig, hebben de armoede van andere vrouwen nodig. Haat tussen blank, zwart, bruin, geel, rood, alle variaties, alle godsdiensten en sekten, wat zijn ze slim, degenen die dit systeem hebben ontworpen, opgezet. Houden ons in oorlog en zitten zelf intussen veilig in weelde de poen binnen te harken. Beginnen oorlogen, sturen ons erop uit om elkaar te doden terwijl zij thuisblijven, wetten en wapens maken.

We doen allemaal van harte mee, mannen haten vrouwen, blanken zwarten, hetero's homo's, godsdiensten haten godsdiensten...

En jij bent zo zuiver? Jezus, ik doe hetzelfde, doe eraan mee. Mijn hele leven heb ik meegedaan. Wie haat ik niet? Rijke blanke krengen die neerzien op een kleine Chicana, hetero's die homovrees vertonen, blanken die donkere mensen als bedienden behandelen, vrouwen die meer uitgeven aan een jurk dan een werkende vrouw in een maand verdient, mannen die pakken van twee-, drieduizend dollar kopen, exorbitant dure auto's, stereo-installaties, vliegtuigen, al dat mannenspeelgoed, mannen die vrouwen als dienstmeid behandelen, mannen die naar vrouwen kijken alsof zij koopwaar zijn, die naar hen fluiten op straat, mannen die vrouwen verkrachten, vermoorden, slaan, mannen die vrouwen als ik te weinig betalen om van te leven, mannen die wetten aannemen die slecht voor vrouwen zijn, mannen die denken dat zij de lichamen van vrouwen bezitten, mannen die zichzelf steeds meer macht toekennen, mannen die wapentuig bouwen en ons er dan belasting voor laten betalen, mannen die de hele aarde vergiftigen, mannen die regeren, mannen als Hij...

Hij.

Maar hoe kan ik hem niet haten? Hoe kan ik zijn soort niet haten? Hoe kan ik niet het systeem haten dat hun die macht geeft?

En als ik mijn haat opgeef, hoe houd ik mezelf dan bij elkaar?

Ze bleef staan op het gras onder een oude eik, dacht na. Toen liep ze verder, de handen in haar zakken, het hoofd gebogen, moe, als een afgematte oude vrouw.

Alex, Mary en Ronnie zaten wijn te drinken in de speelkamer. 'Hoewel ik eigenlijk genoeg heb,' zuchtte Alex. 'Goeie genade, er was zoveel eten en drinken in het huis van die man – hoe heet hij?'

'Worth, idioot!'

'Ja.' Alex' stem schoot verontwaardigd uit. 'Worth met de volle beurs!' giechelde ze een beetje aangeschoten. 'De mensen dronken zoveel! Ik heb mensen nog nooit zoveel zien drinken. Hemel, die president Nixon! En die grote, lange man die iedereen kennelijk zo aardig vond, die grapte dat hij op vijandelijk terrein was, waarom zei hij dat?'

'Hij is Democraat,' zei Mary droog.

'O. Nou. Zijn gezicht was zo rood als een watermeloen. Maar werkelijk allemaal... en dat zijn de mensen die dit land besturen? 't Is schokkend!'

Elizabeth was niet met de anderen meegekomen. Ze had zich door Aldo laten afzetten bij haar moeders flat in het Prudential Center ('vreselijk oord,' Mary met een frons) waar ze de nacht zou doorbrengen, 'en misschien morgen zelfs een deel van de dag!' kondigde Mary geschokt aan. 'Ik kan niet geloven dat ze bij dat kreng gaat logeren.'

Alex nam haar even op. 'Ken je Elizabeths moeder?'

Mary trok haar wenkbrauwen op. 'Ik heb haar een of twee keer ontmoet. Jaren geleden in Boston, toen Lizzie bij haar woonde.'

'Hoe weet je dan dat ze een kreng is?'

'Nou, hoor maar hoe Lizzie over haar praat!'

Alex keek haar doordringend aan, zonder glimlach.

Mary rechtte hooghartig haar rug en keek de andere kant op.

Alex nam een slok wijn, tuurde over de rand van haar glas naar Mary.

'Werkelijk, Alexandra, je gedraagt je alsof je onze... priester... bent of zo. Wat maakt je zo superieur?'

Alex keek verrast. 'Gedraag ik me zo? Het spijt me. Het is moeilijk te weten hoe je je moet gedragen als je dingen wilt zeggen en voelt dat je ze niet kunt zeggen. Ik voelde me altijd – te – gegeneerd – beschaamd – om te zeggen wat ik dacht en ik besloot dat ik dat niet meer wilde. Het is moeilijk jezelf helemaal te veranderen.'

'Waarom moet je dat?' vroeg Ronnie zich af.

'Omdat ik nu een ander mens ben. Ik ben... wel, Alexandra.'

'Wel, *Alexandra*, wat wil je dan zo zielsgraag zeggen?' vroeg Mary sarcastisch.

Alex keek naar haar vingers. 'Alleen dat het zo gemakkelijk voor ons is elkaar kreng en rund te noemen, al die dingen die vrouwen tegen vrouwen zeggen – weet je wel. Vooral tegen onze moeders.

Misschien is Elizabeths moeder een aardige vrouw. Dat weten we niet. Ik bedenk hoe kwaad ik ben op mijn moeder, hoe ik – ik haat haar bij tijden echt, omdat ze tegen me loog, me niets vertelde, me rond liet lopen met een gevoel van leegte waar... iets belangrijks – mijn hart of mijn maag of mijn moed – hoorde te zijn. Maar ik wéét dat mijn moeder een goede vrouw is, een vriendelijk mens. Ik weet dat ze het beste met mij voorhad. Ik ben zo... bitter, ik denk dat dat komt doordat ik behoefte had aan iets dat ze niet deed. Doordat ik haar dochter ben.'

Mary bestudeerde haar ringen. 'Goed, je zegt dus dat ik gewoon jaloers ben dat Elizabeth wel een moeder heeft om te bezoeken en ik niet.'

'Dat zeg ik níet!'

'Nou, maar misschien is het waar.'

Alex zuchtte.

Ronnie zat te kijken naar de twee die nog steeds hun zwarte jurken, panty's en pumps aanhadden, Mary een chiffon jurk met een wijde, gelaagde etagerok, Alex een nauwsluitende jurk van wol en zijde waarin haar slanke, elegante figuur goed uitkwam. Ronnie droeg een smerige spijkerbroek en een gescheurd sweatshirt. Speciaal voor deze gelegenheid, zei ze deftig – maar niet hardop.

'Wel, hoe was de begrafenis,' vroeg ze ten slotte.

'O, schitterend,' zei Mary onverschillig. 'Absoluut schitterend. Lofredes van de bisschop, de president, de gouverneur, de ex-president, de vroegere minister van Buitenlandse Zaken, de oudste confrater van zijn vroegere advocatenpraktijk, o, en nog veel meer...! Ze vonden hem allemaal de belangrijkste man van zijn generatie, dat konden ze natuurlijk gemakkelijk zeggen, hij was niet van hún generatie. Ze noemden hem briljant, een briljant strateeg, god, we hadden de tweede wereldoorlog zonder hem waarschijnlijk niet gewonnen, een groot gevoel voor humor – dat heeft hij vast voor mannen gereserveerd, ik heb het tenminste nooit gezien – een man die geheimen kon bewaren – nou, dat is waar – vertrouweling van de staatshoofden van de halve westerse wereld en van de hoofden van hun geheime diensten, hun banken, hun strijdkrachten...'

'Dat heb ik niet gehoord, Mary!' protesteerde Alex.

Mary grimaste en boog zich naar Alex. 'Dat weet ik, liefje,' zei ze. Ze stak haar hand uit en gaf Alex een klapje op de hand.

'O, was ik weer naïef?' jammerde die zwakjes.

'En wie waren er?' vroeg Ronnie gretig.

'Dat heb ik gezegd!' Mary herhaalde enkele tientallen namen, de president voorop, maar de laatste tien of zo kende Ronnie niet.

'De ware heersers over onze wereld, lieverd,' legde Mary uit.

'En waar zaten ze allemaal?'

'Hollis heeft met de protocol-ambtenaar van de gouverneur een lijst opgesteld.' Mary schetste voor Ronnie de zitplaatsenverdeling. 'Het grootste deel van de familie zat in de Uptonbank,' besloot ze.

'En Elizabeths moeder?'

'O, die zat ergens achterin. Ver achterin. Ik heb niet gezien waar.'

'En was er een bediendenbank?' vroeg Ronnie met een valse grijns op haar gezicht.

Mary fronste. 'Ik weet het niet. Ik geloof dat Aldo ergens achterin zat, maar mevrouw Browning zei dat ze gewoon hier bleef om haar werk te doen, dat ze liever op haar eigen manier rouwde.'

'Hmmm.'

Hoe kreeg dat meisje het voor elkaar om alles wat ze zei zo bits te laten klinken?

'En hoe was de receptie?'

'Prachtig. Een overvloed aan eten, drinken en beroemde namen.'

'Is de president geweest?'

'Nee, hij moest naar Californië om een redevoering te houden. Maar Nixon en vice-president Bush waren er een kwartiertje. Worth was heimelijk in de wolken, je zag hem stemmen tellen bij het handen schudden. Ik wed dat hij bij de volgende verkiezingen gouverneur probeert te worden. Hollis was zo onder de indruk, als hij het niet beschamend had gevonden, had hij voor hem geknield...' lachte Mary.

'En werden jullie officieel aan iedereen voorgesteld?'

'Jaaa!' zei Alex en viel languit achterover in haar stoel. 'God, ik was lijkbleek van angst. Mijn handen waren ijskoud. Maar ze zien je niet eens echt, weet je? Behalve Mary, ze bekeken haar ongeveer zo, nietwaar, Mare?' Ze keek smachtend naar Mary, die een grijns trok. 'Het gaf niet. Behalve als ik niet wist of ik een révérence moest maken of niet, dan wilde ik het doen en dan trok Lizzie steeds aan mijn arm.' Ze giechelde weer.

'Hoe ziet Worth' huis eruit?'

'Kleiner en donkerder maar voornamer dan dit huis. Geen comfortabele tuinkamer en speelkamer achter. Maar het heeft net zo'n sfeer. Het ruikt precies zoals hier, je weet wel – bijenwas en lavendel – en alles glimt. Vol antieke meubels en schilderijen, sommige ramen hebben negentiende-eeuws gebrandschilderd glas. Aardig. 't Is niet zo verwaarloosd als hier.'

'En waar praatten de mensen over?'

'Waar mensen altijd over praten – roddels over elkaar: seks, politiek, geld – alleen verhuld natuurlijk, je weet wel, transacties.'

'Ik had het verafschuwd, nietwaar?'

'Je had jezelf waarschijnlijk niet kunnen beheersen. Je zou op een tafel zijn gesprongen en een speech hebben afgestoken om al die mannen tot het eeuwige hellevuur te verdoemen. Je had wat leven in de brouwerij kunnen brengen.' Mary trok een wenkbrauw op. 'Je wenste dus toch dat je bij ons was! Je had daar graag willen zijn!' jubelde Mary.

'Vroeg me alleen af wat voor soort schunnigheid het precies was,' zei Ronnie luchtig, grijnsde toen gemeen. 'En Mary, heb je in die enorme menigte geen huwelijkskandidaat gezien?'

Ze trok een gezicht. 'Verscheidene. Zet je werkelijk aan het denken over jezelf. Je óude zelf,' zei ze tegen Alex.

Alex lachte stralend van dankbaarheid tegen haar. 'Je hebt het dus begrepen!'

Ronnie nam hen nieuwsgierig op. Alex staarde naar de donkere bossen achter de terrasdeuren. Haar gezicht droeg een uitdrukking van bijna gelukzalige rust. Mary bekeek haar handen, gevouwen op haar schoot, alsof ze over iets diepzinnigs nadacht. Christus. Als dit de nieuwe vrouwen zijn, geef mij dan maar weer de oude.

'Elizabeths moeder was dus op de begrafenis?'

'Ja. In een namaak Chanel-pakje, kun je je dat voorstellen?' zei Mary zuur.

Nou, de nieuwe Mary is niet zó anders dan de oude.

Alex zei geërgerd: 'We hebben haar niet eens kunnen ontmoeten! Ik was zo teleurgesteld, ik zei tegen Elizabeth dat ik haar wilde ontmoeten. Ze verdween na afloop gewoon, natuurlijk, ze was niet uitgenodigd in Worth' huis. Maar we hadden mee kunnen gaan toen we Elizabeth wegbrachten en een glas met haar kunnen drinken! Dat heb ik tegen Elizabeth gezegd! Maar ze scheepte me gewoon af, ze zei gewoon: "Een andere keer, Alex." Ze zei dat er niet genoeg tijd was, maar ik snap die haast niet. Ze dacht er zelfs niet aan me Alexandra te noemen. Reken maar dat ze tijd had voor al die belangrijke mannen. Ze had tijd genoeg om met hen te praten!' zei ze op gekwetste toon.

Ik geloof dat ik de oude Alex aardiger vond.

Alex leek een tijdje te pruilen, keerde zich toen opgewekt naar Ronnie. 'O, het was een verschrikkelijke dag, Ronnie. Verschrikkelijk! Zo stijf en saai en...'

'Pretentieus,' vulde Mary aan.

'Já!' riep Alex. 'Ik wou dat jij er was geweest, Ronnie. Dan hadden we samen kunnen giechelen.'

Nou misschien is ze niet zo kwaad.

'En wat heb jij vandaag gedaan?'

Ronnie haalde haar schouders op. 'Een wandeling gemaakt. Wat zelfonderzoek gedaan.'

'Jij ook? Ik dacht dat jij alles al had uitgezocht, genoeg zelfonderzoek had gedaan voor je hele leven,' zei Mary, niet boosaardig, zelfs, zou je kunnen zeggen, met toegenegen instemming.

'Dacht je?'

'Zeker. Jij lijkt de enige van ons die het in haar hoofd op een rijtje heeft. Jouw generatie, vermoed ik.'

'Maar misschien heb ik alleen maar een hoofd vol rotzooi...'

Mary keek haar goedkeurend aan. 'Nou, dan is het in ieder geval niet erger dan de rotzooi die wij meedragen. Jij hebt tenminste een doel in je leven.'

'Ik heb een doel in mijn leven,' zei Alex dromerig.

'En wat is dat, poesjelief?' vroeg Mary beschermend.

'Een grasspriet zijn en beton splijten,' bekende Alex.

Een grasspriet om beton te splijten. Stel je voor. Wat kan ze daarmee bedoelen? Maar is dat niet het ideaal, op een of andere manier? Soepel en groen, tere grasscheuten, de aarde voeden, dieren, 's ochtends die heerlijke zachte geur van dauw afgeven en als het is gemaaid lijkt de dauw er gewoon uit te stromen en toch is het zo krachtig, het kan beton splijten, de weg opbreken, een marmeren mausoleum doen barsten, een stad verzwelgen als er genoeg tijd is, alle levensvernietigende bouwwerken openscheuren waarmee wij bewijzen dat we heersen over het gras, superieur zijn...

Wie had kunnen denken dat Alex met zoiets zou aankomen? Dat is toch wat ik wil zijn, wat ecologisch werk voor mij betekent, ik bestudeer toch een mos dat de opmars van machines tot staan brengt, een mos dat opstaat en uitroept dat het een essentiële plaats in de natuur heeft, dat we niet zonder kunnen, dat ieder klein ding even wezenlijk is voor het geheel als de grote dingen, dat niets onbelangrijk is...

Ronnie zat in kleermakerszit in haar slipje en T-shirt op haar bed, staarde naar de nachtelijke hemel en rookte.

Waar heeft ze die ambitie ooit opgedaan? En hoe denkt ze die te realiseren? Met haar miljoenen misschien. Wat zal haar man in vredesnaam zeggen? Al dat geld aan stervende Armeniërs geven? Hé, Alex, als je eens wat dichter bij huis keek...

Nou, dat is haar probleem.

't Mijne is die haat.

Hoe je daaraan te onttrekken, aan een structuur van haat? Hoe te ontsnappen en toch jezelf trouw te blijven? Kun je de haat opgeven en toch vechten, toch pal staan zoals je moet?

Kun je je verzetten zonder haat?

Haten – dat is een streep in het zand trekken en zeggen: goed, aan de andere kant van de lijn is het kwaad, aan deze kant alleen duisternis. Kun je begrijpen en tegenstand bieden zonder te haten?

Hoe.

Liefhebben is noodzakelijk om te leven, Ronnie.

Hoe kan ik liefhebben...?

Probeer te denken aan één vriendelijke blik die hij je schonk, één aanraking, één enkele vriendelijke daad...

Vergeet het.

Probeer te denken aan een vriendelijke blik die hij Mamma schonk, aanraking, daad...

Dat deed hij vast, maar niet in mijn bijzijn.

Probeer te denken aan enige emotie die hij ooit vertoonde...

Wanhopig, boos was hij steeds, hield vol dat Mamma beter werd terwijl zij duidelijk op sterven lag.

Toen ze stierf. Ze legde alleen haar hand op de mijne, ik zat bij haar bed, en ze hield op met zien, hield gewoon op, dat zag je, en ik schreeuwde, hield mijn handen tegen mijn gezicht, ik huilde hard, luidruchtig. Hij stond achter me, stond daar omdat ik had gezegd dat ik dacht dat hij misschien moest komen... en hij legde zijn hand op mijn arm, voelde aan als een stalen klauw, ik schudde hem ruw af, deed me denken aan... maar hij probeerde me niet te pakken, hij schreeuwde in mijn oor, brulde tegen mij, nee, tegen haar: 'Nee! Nee! Nee!'

HOOFDSTUK 23

Het was Ronnie en niet Aldo die zondagmiddag met de Alfa bij het station van Lincoln wachtte op Elizabeths trein uit Boston. Het was warm voor december, net een vroege herfstdag, en zij had de kap omlaag gedaan. Lizzie verraste haar door haar bij hun begroeting te omhelzen – wat stijfjes – maar verviel daarna in vrijwel volkomen zwijgen. Ze was nog in begrafeniskleding, een goed gesneden zwart kostuum met een hoge, opstaande boord, maar ze droeg een onhandig grote doos in een boodschappentas. Terwijl Elizabeth zelfs nooit een handtas bij zich had, alleen een platte portefeuille in een jaszak, als een man. Ze droeg hoogstens een diplomatenkoffertje.

'Heb die handtassenstijl van Thatcher nooit uit kunnen staan,' mopperde Elizabeth eens.

'Ze probeert altijd die goede oude koningin te imiteren,' had Mary geteemd, eraan toevoegend: 'Hoewel zo'n talent voor smakeloosheid wel erfelijk moet zijn.'

Dus Ronnie flapte eruit: 'Wat heb je bij je?'

'Iets voor Mary,' zei Elizabeth en deed haar mond dicht.

'Hoe was het bezoek aan je moeder?' vroeg Ronnie voorzichtiger.

Elizabeth zette haar zwarte hoedje af en maakte de wrong los die zij in haar nek had vastgezet. Ze schudde haar hoofd achterover en haar haar woei uit in de wind, los en steil, dofbruin doorschoten met grijs. Ze stak een sigaret op.

'Goed,' zei ze. 'Beter dan ik had kunnen hopen. Of me zelfs maar voorstellen.'

'Wat wil dat zeggen?'

Ze zweeg even. 'Er is iets gebeurd. Ze is veranderd. Natuurlijk, ik heb haar lang niet gezien. Meer dan een jaar. En we hebben elkaar jarenlang maar kort gezien – een borrel en een etentje voor ik op het vliegtuig stapte ergens heen. We hebben sinds ik weet niet hoeveel jaren geen hele avond meer samen doorgebracht. Misschien is ze allang aan het veranderen zonder dat ik het merkte.

Ze woont heel hoog, in een saaie blokkendoos, maar de ramen geven uitzicht over de hele stad, bijna glazen muren. We zagen de skyline en de zonsondergang en de lichten die aangingen in de stad – heel mooi, maar een beetje ontmoedigend, misschien niet iets waar ik graag iedere avond naar zou kijken, geen uitzicht dat je een rustig, huiselijk gevoel geeft. Ze had haar imitatie-Chanel nog aan, volgens Mary – ik zou het verschil niet zien – die Nancy Reagan-pakjes met gouddraad en al die goedkoop ogende kettingen komen me allemaal even echt en even lelijk voor.

We dronken iets... Jezus, ze drinkt zelfs geen Manhattans meer! Ze dronk witte wijn, terwijl ik zo nerveus was dat ik whisky nam, verdomme... en ze begon me te onderhouden over abortus. Ze had het steeds over Katholieken voor Keuzevrijheid. Ze was een en al vurigheid, dus ik zei: "Betekent dat dat u het nu anders zou doen als u het weer moest doen?"

Ze leunde achterover en stak zo'n lange witte sigaret met een gouden mondstuk op, blies de rook uit en dacht na. Toen keek ze de andere kant op. Ze zat naar het raam te kijken, ze is mager, haar profiel was een beetje – hard en edel als van een vogel – je weet wel, wat oudere mensen soms krijgen?

Ze zei: "Weet je, je bent wat je geworden bent, wat het leven van je heeft gemaakt. Ik kan evengoed wensen dat ik het anders had gedaan als ik kan wensen dat ik niet zou bestaan of dat jij niet zou bestaan. En ik ben er heel trots op dat jij bestaat."'

Elizabeths stem haperde maar Ronnie keek opzettelijk niet opzij. Bomen flitsten voorbij langs de bochtige landweg. Elizabeth leunde achterover, ademde diep de koele dennelucht in.

'Toen,' diep in Elizabeths keel gorgelde een lach, 'werd ze weer de moeder die ik me herinner! Ze zei: "Maar wat ik ook ben, wat ik ook ben geworden, ik zal je een ding zeggen – ik ben verdomd blij dat ik leef en hij dood is, dat ik lang genoeg leef om zíjn geld te krijgen en het voor míjn doeleinden te gebruiken. Wij Callahans hebben nooit een pot gehad om in te piesen – in het oude land niet en hier niet. Misschien hadden we dat wel gehad als een stel Britse moordenaars niet had besloten dat alles wat we hadden van hen was – misschien niet. Misschien waren het dan Ierse moordenaars geweest, of hadden een stel roomse Italianen hetzelfde besloten. Maar een ding heb ik de afgelopen jaren wel geleerd – moordenaars krijgen het geld, wij de tsoeries."

"Tsoeries!" ik barstte in lachen uit. "Waar heb je dat woord geleerd?"

"O, heb ik je niet verteld dat ik een nieuwe vriendin heb, wel, we zijn nu een paar jaar bevriend. Zij woont twee verdiepingen hoger. Florence Abzug, ze is weduwe maar ze speelt geen kaart. Ze werkt mee aan een heleboel sociale dingen, ze heeft me werkelijk geweldig geholpen, veel geleerd, ze zorgt dat ik eruit kom en iets doe! Als ik bedenk hoe ik al die jaren heb zitten wachten tot er een vrouw van stand – welke vrouw van stand dan ook – belde om te bridgen, thee of een cocktail te komen drinken! Florence dóet iets! We helpen een handje in het crisiscentrum voor verkrachte vrouwen, in het opvanghuis voor mishandelde vrouwen, en iedere zondag helpen we in de kerk bij voedselverstrekkingen aan daklozen. Je moet haar ontmoeten, je mag haar vast heel graag, ze bruist zo van energie."

Toen hield ze op, keek bijna weemoedig, keek me recht aan. "Zij heeft hóóp," zei ze alsof dat iets verbijsterends was. "Hoop voor de wereld. Het is een uitdrukking van haar, tsoeries, het betekent problemen, pijn, het is Jiddisch, een prachtig woord, vind je niet?"

Ik zei dat ik het woord kende, maar dat de Catherine Callahan Upton die ik kende liever het puntje van haar tong zou afbijten dan een Jiddisch woord gebruiken. Ze zei: des te erger voor de kleine kwezel!' Elizabeth riep opgetogen: 'Wat vind je daarvan?' Ze lachte jubelend en Ronnie glimlachte even tegen haar.

Toen ze was uitgelachen, legde Elizabeth haar hand op die van Ronnie, die op de versnellingspook lag. 'Ronnie, ik wil niet dat we je kwijtraken als dit voorbij is. IK wil je niet kwijtraken. Dat meen ik.'

Ronnie raakte bijna een heg toen ze hard door een bocht ging en even opzij keek naar Elizabeths gezicht. Ze keek voor zich, stuurde vlug bij en toen ze weer opzij keek, had Elizabeth zich afgewend.

Toen ze bij het huis aankwamen, stonden Mary en Alex hen onder de zuilengalerij op te wachten, ze omhelsden Lizzie alsof ze maanden weg was geweest.

'Hoe was het, hoe was het!' riep Alex.

'O, Lizzie, arme schat, was het vreselijk?' Mary omarmde haar.

Elizabeth had de lunch gemist en ze moesten praten, daarom besloten ze uitgebreid, zij het vroeg, thee te drinken in de tuinkamer, met sandwiches en koekjes.

'Was ze vreselijk?' vroeg Mary vol medeleven.

'Nee, ze is veranderd. Ze denkt na over andere mensen. Ze heeft weer contact met haar familie. Ze wil haar erfenis gebruiken om hen te helpen. De Callahans hebben het zwaar gekregen. Een van haar zusters moest als schoonmaakster gaan werken nadat haar man ontslagen was. Hun dochter moest gaan werken, hoewel ze een beurs had om in Boston te studeren. Moeder wil nu een garage kopen voor haar zwager, ze denkt dat ze de familie kan redden. Het is verbazingwekkend hoe filantropie bedrijven de geest verruimt. Ik vermoed dat het niet lang kan duren. Er ontstaat onvermijdelijk wrok. Maar ze doet tenminste iets nuttigs.'

'Geld doet dus goed. Is dat de boodschap?' zei Ronnie op ruwe toon.

Elizabeth schokschouderde.

'Heb je 't haar verteld?' vroeg Mary.

Elizabeth schudde haar hoofd. 'Dat was mijn enige daad van barmhartigheid.'

Ronnie keek naar Elizabeth: 'Heb je hun verteld dat ze nu abortus steunt!'

Elizabeth stak een sigaret op en leunde naar voren. 'Ze zei: "Meisjes van nu moeten zorgen dat ze abortus krijgen." Elizabeth tuitte haar lippen, sprak op een ruwe, zware dreun, als haar moeder: "Want, Elizabeth Catherine, je weet evengoed als ik dat wat met mij is gebeurd tegenwoordig niet meer zou gebeuren. Als een familie zoals de Uptons tegenwoordig een meisje niet kan afkopen, laten ze haar vermoorden. Kijk maar naar Teddy Kennedy en Chappaquiddick. Kijk naar de Kennedy's en Marilyn Monroe. En Stephen was niet getrouwd – tegenwoordig is het geen schandaal meer als een vrijgezel een vrouw zwanger maakt en weigert met haar te trouwen. Dat gebeurt toch telkens?"

"Het punt was dat zij hem klaarstoomden voor een politieke carrière, Moeder."

"O, ik weet het, ik weet het, ik zie het nu, zag het jaren geleden eigenlijk al, alleen destijds niet. Toen voelde ik alleen mijn gebroken hart, wat me was aangedaan, ik zag alleen het onrecht. Je weet dat ik niet meer naar de mis ga, ik voel me geen katholiek meer – iedere kerk die een protestant de nietigverklaring zou verkopen die hij wenste, ook al schaadde het een van hun eigen... Maar ik denk dat de katholieken gelijk hebben wat zonde betreft. Zonde is iets waarmee je jezelf schaadt. Of het anderen schaadt of niet – dat is bijkomstig – het is vooral een aantasting van jezelf. Mijn zonde was – wel, ik weet niet wat het was. Ik bedoel, ik weet niet hoe de kerk het zou noemen. Maar ik weet dat ik mezelf heb gekwetst, gezondigd, door jaren achtereen te zwelgen in rancune. En ik weet dat ik jou heb gekwetst.” Dan buigt mijn moeder, ’s werelds opperkreng, zich naar mij toe, legt haar hand op mijn knie en zegt: “En ik heb daar innig spijt van,” en barst in huilen uit.’

Lizzie stond plotseling op. ‘Gauw deze kleren uittrekken!’ verklaarde ze en ging de kamer uit.

In haar eigen kamer bleef Elizabeth versteend staan, herinnerde zich hoe zij, roerloos, naar haar moeder had gestaard, haar snikken had gehoord. Medelijden krabde met nagels over haar hart, maar ze kon zich niet verroeren. Haar gezicht was grijs, van steen, met doffe ogen. De oudere vrouw snikte, haar hoofd rustte op haar hand. Ten slotte keek ze op. Haar mascara liep in strepen over haar gezicht, dat vol paarse vlekken zat. Op haar bovenlip zat slijm, ze veegde het weg met haar hand. Ze keek niet naar Elizabeth. Ze bleven zwijgend zitten, allebei onbeweeglijk, lange tijd. Pas nu liet Elizabeth een paar tranen over haar wangen lopen.

Het inpakken was begonnen. Alex liep bijna mokkend door het huis, raapte de paar blijken van haar aanwezigheid op die ze had rondgestrooid – een boek over El Salvador (het enige boek dat de zusters haar hadden zien lezen), wat missiekrantjes, een zakdoekje in een stoel gepropt, een portemonnee. Ze stapelde ze op de trap, een inbreuk op de huisregels die Mary met een rilling opmerkte. Alex’ schouders hingen af, haar haar was slap, ze zag er eerder uit of ze naar de gevangenis ging dan naar huis. Af en toe pakte ze een stapel en droeg die naar boven, waar ze haar met koffers hoorden smijten, een vracht schoenen laten vallen.

‘Ik snap niet waarom je Teresa niet om hulp vraagt,’ foeterde Mary, die langs haar kamer kwam. ‘Ze is vandaag – het is haar vrije zondag – speciaal gekomen om ons te helpen pakken.’

Zelf had Mary haar bezittingen door het huis verspreid – het was onbegonnen werk al haar spullen bijeen te rapen en ze deed zelfs geen poging. Videobanden, schriften, langspeelplaten die ze in een tweedehandszaak in Concord had gekocht voor de oude stereo-installatie, cassettebandjes en een massa boeken. Ze had een paar handtassen laten liggen, sjaals, losse oorbellen, tijdschriften die ze wilde bewaren, tijdschriften die ze weg wilde doen. Ze raapte wat bijeen, zuchtte, deponeerde alles in Teresa's armen, plofte toen in een fauteuil neer met de verzuchting: 'O, ik kan nu niet meer!' Teresa droeg alles plichtsgetrouw naar Mary's kamer, waar ze de nog grotere wanorde van Mary's bezittingen probeerde te ordenen en in te pakken. Telkens sloop ze de speelkamer binnen waar Mary op de bank lusteloos naar een documentaire over walvissen lag te kijken, en vroeg: 'Het witte satijnen ondergoed past niet allemaal in de satijnen hoezen, mevrouw. Is het goed als ik wat zonder hoes in de koffer doe?' of: 'Ik heb de schoenenzak volgedaan, maar er zijn drie paren over, mevrouw. Wat moet ik daarmee doen?'

Ten slotte verklaarde Teresa: 'Ik geloof dat de jurken niet allemaal in de kledingkoffer passen, mevrouw.'

'Werkelijk? O, ja,' herinnerde Mary zich, 'ik heb een paar dingen in Boston gekocht. Zie maar wat je kunt doen, Teresa – ik kom zo dadelijk boven. Misschien laat ik een paar dingen hier. Weet je wat,' ze verzamelde energie en stond op, 'ik kom meteen boven om wat uit te zoeken. Kan evengoed iets hier laten. Ik kom hier waarschijnlijk wel weer terug,' zei ze er op gedempte toon achteraan.

Elizabeth die dagen bezig was geweest de papieren van haar vader in te pakken voor de archieven waar ze heen zouden gaan, pakte haar eigen boeken en papieren snel en efficiënt in en sloot om vijf uur die middag een smetteloze studeerkamer af, haar computer ingepakt, haar boeken in dozen, haar diskettes veilig in een loden kist – hoewel ze niet meer van plan was terug te vliegen naar Washington. Ze had besloten dat het met al hun bagage handiger was voor de zusters als Aldo hen allemaal naar huis reed.

Ze kondigde dat om zes uur bij de drankjes aan.

'Nee, nee!' hield Alex vol. 'Ik neem het vliegtuig. Wilmington is een enorme omweg!'

Elizabeth keek stomverbaasd.

'Weet je het zeker?'

'Absoluut.' Zo klonk ze ook.

'Nou, dan zetten we jou op Logan af.'

Maar Mary vond het heerlijk naar huis gebracht te worden en beschreef heel opgewekt de vrij uitgebreide garderobe die ze achterliet. Alex ijsbeerde door de kamer met de armen om zich heen geslagen. Haar gepakte koffers stonden al bij de deur.

De speelkamer leek plotseling spartaans, hoewel er nog steeds stapels spelletjes en platen waren, de pingpongtafel, het kaarttafeltje, de zachte crapauds. Toen ze eenmaal allemaal in de kamer zaten, werden ze overvallen door het gevoel dat het huis hun aanslibsels, hun bezinksel, hun sporen al had uitgeworpen, hun de rug toe had gekeerd, hun geur, smaak en gevoel vergeten, hoewel ze nog lichamelijk aanwezig waren. Mary zuchtte zwakjes. Ronnie legde haar krant neer. Alex viel neer in een stoel.

Elizabeth sprak het eerst. 'Zullen we vanavond champagne drinken?'

'Geweldig, lieverd,' zei Mary gewillig.

'Wel ja, waarom niet,' zei Alex onverschillig.

Ronnie schokschouderde. Ze wilde niet toegeven dat ze nooit champagne had gedronken en toen ze zag hoe zij hun fluit aannamen, imiteerde ze opzettelijk niet de manier waarop Elizabeth en Mary hun glas vasthielden maar greep het beet als een waterglas.

Elizabeth leunde voorover en hield haar glas omhoog: 'Op ons,' zei ze en stak het naar voren om te klinken.

Zij volgden haar, namen een slokje, en Mary plofte achterover in haar stoel, schopte haar schoenen uit, zuchtte en zei: 'Ik wil jullie allemaal zeggen dat ik nooit zoiets had verwacht! Het is het op een na beste dat me ooit is overkomen,' ze boog voorover, 'dat ik mijn zusters heb gevonden.'

Alex snoot haar neus.

'Wat is er vandaag met jou loos, Alexandra,' mopperde Mary. 'Het lijkt wel of je naar Coventry wordt gestuurd.'

'Coventry?'

'Naar – 't gevang, in plaats van naar je liefhebbende familie thuis...'

Alex barstte huilerig los: 'Het is voor mij anders, weet je. Dan voor jou. Jij bent blij dat je dat geld hebt, jij hebt het nodig, jij wilde het, ik niet. Het maakt mijn leven alleen maar ingewikkeld, maakt dingen moeilijk. Ik moet waarschijnlijk ruzie maken met David en ik wil geen ruzie met David, ik wil niet kwaad op hem zijn, ik wil geen...' ze boog haar hoofd. Haar stem klonk angstig. 'Ik wil geen hekel aan hem krijgen.'

Ze keek weer op. Haar blik was gekweld. 'En hoe moet het met mijn moeder? Vertel ik haar wat ik weet? Ik weet dat het aardiger is het niet te doen, maar ik denk niet dat ik de verleiding kan weerstaan om het te zeggen, tegen haar uit te schreeuwen, waarom wiste ze mijn geheugen uit? Waarom heeft ze gelogen? Jarenlang leugens!'

Ze veegde haar gezicht af met een zakdoek die ze in haar hand gefrommeld hield en snoot haar neus. Ze nam een slok champagne. Ze haalde diep adem. 'En dan moet ik mijn gezin vertellen – de kracht vinden om mijn gezin te vertellen...' Ze hield op.

'Wat!'

'Wat ik van plan ben. Wil. Doen.'

'Wat ben je van plan te doen?' Mary zat op het puntje van haar stoel.

'Ik wil... een kliniek bouwen. In El Salvador. Voor de boeren. Met de nonnen.'

Drie gezichten gaapten haar aan. 'En dan?' hijgde Ronnie.

'Daar wonen. In ieder geval een deel van het jaar. De kliniek leiden. Ik kan het, dat weet ik, ik heb jarenlang als vrijwilligster in ziekenhuizen gewerkt en ik leer snel. Ik krijg de beste hulp – de nonnen zijn fantastische artsen, verpleegsters, administrateurs – en ik heb het geld. Ik wil een grasspriet zijn,' jammerde ze bijna. 'Maar ik weet niet of ze het een van allen – David, mijn kinderen – ze zullen het niet begrijpen, dat weet ik!'

Ronnie keek haar vol ontzag aan. 'God,' fluisterde ze. 'Meen je dat?'

Alex bonkte tegen de rugleuning, gooide haar trui van haar schouders, met vastberaden gezicht. 'Natuurlijk meen ik het! Ik heb hier al die weken over lopen piekeren! Ik weet wat ik nodig heb, wat mijn leven nu zin geeft. David – o, hij is lief, we hebben een goed huwelijk, de kinderen zijn schattig, maar ze hebben me niet nodig, niet echt, niet meer. En misschien is de waarheid dat ik hen niet nodig heb – ik heb nu iets anders nodig, ik heb dit nodig.'

'Maar je offert je hele leven op!' riep Mary.

'Bárst, Mary!' riep Alex. 'Dit is géén opoffering! Daar gaat het om. Als het dat wel was, zou ik me misschien geruster voelen, dat wordt toch van vrouwen verwacht, opoffering? Dit is wat ik nodig heb, waar mijn hele wezen naar hunkert. Wat voor leven denk je dat ik heb? Ik sta op, maak ontbijt voor mijn gezin, maak het huis schoon, ga onder de douche en vertrek naar een of ander vrijwilligersbaantje, ik kom thuis, kook eten, praat met mijn kinderen en David, ruim op, we kijken tv... dat is geen leven! Dat is – tijd indelen! Ik wil meer! Ik wil mezelf benutten!'

Ze dronk haar champagneglas in één teug leeg, leunde naar voren en stak het vragend omhoog. Elizabeth schonk het weer vol.

'Ik voel me pas echt leven als ik in het ziekenhuis werk, mensen help – maar wat kan ik doen, ik ben geen arts, of verpleegster of therapeute, mijn mogelijkheden zijn beperkt. Maar met geld en medicijnen en een kliniek – kan ik zoveel doen!'

'Je wilt dus een soort macht,' constateerde Elizabeth neutraal.

Alex leunde achterover. 'Já! Já! Dat is het, precies.'

'Nou,' Mary leek nog steeds perplex, 'het is beslist bewonderenswaardig.'

'Het is niet bewonderenswaardig! Het is niets! Het is gewoon wat ik nodig heb. Een soort macht, zoals Lizzie zegt. Dat zit in me en moet eruit komen. Het is niet bewonderenswaardiger dan dat Lizzie minister wil worden, of Ronnie ecologe of dat jij gedichten wilt schrijven. Het is gewoon wat ik nodig heb.'

'De doelen verschillen enigszins,' merkte Elizabeth droogjes op.

'Weet ik niet,' hield Alex koppig vol. 'Geloof je niet dat jij het bestaan van mensen kon verbeteren als je minister was? Denkt Ronnie niet ook dat...'

'Dat durf ik niet te beweren,' zei Elizabeth met een lachje, 'ongeacht wat Ronnie beweert.'

'Het is een onoplosbare vraag of poëzie ooit iemands leven beter heeft gemaakt,' zei Mary glimlachend. 'Maar de mijne doet dat zeker niet, want die is niet eens gepubliceerd.'

'O, Mary! Wil je ons niet iets voorlezen? Eén gedicht maar?'

'O, alles is ingepakt.'

'Je herinnert je er toch wel één?'

Mary schudde haar hoofd. 'Vanavond niet.'

'ALSJEBLIEFT! Voor mij! Vóór mijn vuurproef!'

Mary zette haar glas neer. 'Goed. Ik heb vandaag iets geschreven, dat zit nog in mijn hoofd. Het is nog ongepolijst. Vertel me niet wat er niet aan deugt, goed? Het heet "Vader".

Vaders grote warme lichaam tegen het mijne gedrukt
Toen ik vier was en in tranen.
Zijn armen om mij heen
leerden mij wat veilig is.
Wat is een vader?
Veiligheid, warmte, heel het lichaam aanwezig, zijn en mijn, altijd.

Vaders grote lach gaat uit naar anderen
Zijn woord, zijn blik, alleen voor hen.
Vader is weg.
Wat is een vader?
Afwezigheid.
Een meisje werd onzichtbaar.

Vaders grote warme lichaam tegen het mijne gedrukt
toen ik acht was en slaperig.
Zijn armen om mij heen
leerden mij wat angst is.
Wat is een vader?
Dief in mijn eigen boezem, die van
een onzichtbaar kind
alles afpakt wat ze nog had: haar wil.

In de stilte stak Elizabeth een sigaret op. Ronnie tuurde naar haar duim. Alex keek vol bewondering. 'O, dat is prachtig, Mary! Gewoon prachtig! Zo krachtig!'

Mary schokschouderde: 'Het is ongepolijst.'

Elizabeth stond opeens op. 'O! Ik heb iets voor je. Je krijgt iets terug,' voegde ze eraan toe en liep naar de planken waarop een grote gedeukte kartonnen doos in een plastic tas lag. 'Het is niet ingepakt, maar het is ook geen cadeautje,' zei Elizabeth en overhandigde het aan Mary.

Mary maakt het op haar gemak open. Ze trok het deksel eraf en zag een kindertheeserviesje, kleine porseleinen kopjes, schoteltjes en bordjes, een suikerpot met een gebroken deksel, een afgeschilferd kannetje.

Ze keek hevig verrast op naar Elizabeth.

'Je theeserviesje. Dat ik gestolen had. Je krijgt het terug. Het stond al die tijd op een plank in mijn moeders flat.'

'Dat hoefde toch niet, Lizzie!' protesteerde Mary.

'Jawel.'

Voor ze die avond uit elkaar gingen, bespraken ze hun regeling. Ronnie zou in ieder geval voorlopig in Lincoln blijven om op het huis te passen, met mevrouw Browning, Teresa en Aldo als vast personeel. In het voorjaar zou ze erop toezien dat de tuinlui het terrein gereedmaakten voor de verkoop van het huis. Voor dit werk zou ze tweehonderd dollar per week krijgen – meer wilde ze niet aannemen. Elizabeth en Mary beloofden voortdurend contact te houden – Alex ook, zodra zij haar leven had geregeld. Hun gesprek had haar gekalmeerd – niemand had haar hard uitgelachen, niemand was tekeergegaan over haar plichten jegens haar kinderen, haar man, haar schoonfamilie, haar moeder... Haar ideeën waren voor haarzelf helderder geworden, in een semi-definitieve vorm gegoten die haar de kracht gaf om voort te gaan. Maar de andere zusters hadden geen beslissingen genomen, of ze bespraken die alleen niet. Ronnie zag hoe ze om hun toekomst heen draaiden en wedde met zichzelf op de kans dat Mary terugkeerde naar haar oude leven, dat Elizabeth haar wrede isolement wist te doorbreken. Ze draaiden ook om elkaar heen, vermeden onderwerpen aan te snijden die onenigheid konden veroorzaken, gingen op in wat Elizabeth altijd – minachtend – aanduidde als 'vrouwelijke vriendelijkheid'. Ze omhelsden elkaar die avond innig voor ze naar hun afzonderlijke slaapkamers gingen en leunden met hun hoofden tegen elkaar, in een kring staande.

De auto reed maandagochtend om negen uur weg. Ronnie zwaaide hen uit vanaf het bordes. Ze ging terug naar de serre voor een tweede kop koffie en, dat zwoer ze, haar laatste sigaret. Het huis verzonk in naargeestige stilte. Niets om naar uit te zien, geen pret of ruzie tijdens de lunch, geen cocktails om zes uur, geen grappige en in verband met het personeel omzichtige gesprekken tijdens het diner. Voorbij. Voorgoed.

Ze voelde zich te leeg om te werken en maakte een lange wandeling door de bossen achter het huis, vol plannen voor de planning. Het duurde een paar uur, maar ten slotte kwam ze aan het werk, gedreven door de kwellende stilte in het huis, de afwezigheid van zusters. Kan hier niet te lang blijven, te eenzaam. Moet opschieten. Ze begon serieus te werken: maakte een werkrooster, een lijst van op te sporen naslagwerken en een rooster van reisjes naar Boston, om de bibliotheek en vrienden te bezoeken – zodat ze niet gek werd. Daarna begon ze haar gegevens te ordenen.

De dag verstreek in een zware stilte vol herinneringen die in het huis hingen. Ze werkte volhardend door, maar kon geen echte concentratie opbrengen. En toen ze zag dat mevrouw Browning voor het diner voor haar had gedekt aan de enorme eettafel, verbleekte ze.

'Kan ik niet een klein tafeltje gedekt krijgen in de speelkamer?' vroeg ze bijna huilend en mevrouw Browning knikte begrijpend. Ze denkt: afkomst verraadt zich niet, dacht Ronnie, maar het gaf niet. Ze zette onder het eten de tv aan en proefde nauwelijks iets.

De volgende dag ontwaakte ze in dezelfde staat van verdoving, maar het was regenachtig, koud en heel winderig, te slecht weer voor een boswandeling.

Ik zal Mamma's kamer opruimen.

De potige Teresa hielp graag. 'Werd tijd,' mopperde ze, 'een waar rattenest daarbinnen.' Ronnie gooide de inhoud van haar moeders ladenkast en hangkast op het bed, toen duwde Teresa de twee kasten naar de gang, duwde het bed opzij, stofzuigde rond en onder het bed, langs de muren, in de muurkast. Ze trok de armoedige gordijnen naar beneden die in flarden in haar handen vielen, niesde van het stof en gaf welbespraakt commentaar op de vuile kamer. Ze zeemde de ramen, het lijstwerk eromheen en de deuren. Met Aldo's hulp sleepten ze een ladenkast naar de zolder. Terwijl Teresa stofzuigde, stof afnam en roet opveegde (kijk hoe gemakkelijk het wordt andere mensen het zware werk te laten doen, Ronnie, zei ze bij zichzelf), sorteerde Ronnie haar moeders bezittingen en vouwde ze op. Ze telde:

zes katoenen onderbroeken, een gerafeld
zes panty's, twee met ladders
twee beha's, 85D, allebei vuil en versleten, roze
een beha, 85D, zwart satijn, weinig gebruikt
een zwart satijnen onderbroek, enigszins versleten
zes katoenen werkjurken die allemaal versteld moeten worden
twee zwarte uniformen met wit kapje en schort
een paar verpleegstersschoenen
twee paar stinkende klompen
een paar afgetrapte zwarte pumps
een zwarte jurk van twijfelachtige zijde en nog twijfelachtiger ouderdom
diverse nachtponnen, armoedige handtassen, een hoed met een veer
een oude zwarte jas, een werkjasje.

De kleren waren te afgedragen om nog gebruikt te worden; iedere zichzelf respecterende dakloze zou haar neus ervoor optrekken.

Ze moesten gewoon weggegooid worden. Ze pakte de kleding in dozen, maar bleef toen verwonderd staan. Noradia was een gewaardeerde dienstbode geweest in een keurig huis. Waarom had ze dan niets? Het klopte niet. Ze had minstens wat fatsoenlijke kleren moeten hebben, natuurlijk, ze had die paarse jurk waarin we haar hebben begraven, maar dit was allemaal rotzooi. Hoe kwam dat? Hij betaalde haar toch behoorlijk, niet?

Ze plukte aan haar haar en monsterde wat er nog op bed lag, op de andere kast. Meer rotzooi. Wat foto's van Ronnie, in een oude vergulde lijst een sepia portret van Noradia's familie in de jaren dertig, een rozenkrans, wat snuisterijen – sieraden die hij haar waarschijnlijk had gegeven, niet veel waard, een opalen ringetje, een paar gitten oorbellen. Voor bij de zwarte beha en onderbroek vermoedelijk. Een sleets koffertje met wat make-up – wat zeg je daarvan? – lippenstift en mascara van Woolworth. En een envelop, dichtgeplakt, geadresseerd 'Aan mijn dochter Ronalda.' Door Mamma geschreven? Het zag er moeizaam uit, alsof ze er een tijd op had geoefend.

Met trillende vingers scheurde zij hem open. Er zat een brief in:

Ik, Algonzada Olguin, vriendin van Noradia Velez, schrijf deze brief voor haar in Boston, 15 maart 1984, aan haar dochter Ronalda, te openen na haar dood.

Mijn Ronalda,

Ik weet dat ik gauw sterf. Toen jij klein bent besluit ik zelf altijd voor jou te zorgen. Niet hij, niet een ander, ik alleen. Jij van mij. Daarom ga ik met Murray, je kent haar, meid van boven, naar bank en ik open rekening en alles dat ik verdien gaat erop. En toen jij achttien, ga ik naar bank en zeg dat zij rekening van jou en van mijn samen moeten maken. Gemeenschappelijke rekening, zeggen ze. Ja. Dus hier is bankboekje. Je hebt ze nu niet nodig. Niemand. Je mamma zorgt altijd voor je Ronacita. Zeg niets, maak geen probleem. In hun wereld is dat niet goed, helpt niet. Neem, vooruit, maak geluk voor jezelf. Liefs.

Ik hou altijd van je,

Je moeder,
Noradia Velez

In de envelop zaten verder tientallen spaarboekjes, allemaal vol regelmatige, kleine bedragen – twintig en vijfentwintig dollar – jarenlang wekelijks gestort. In de loop der jaren veranderden de spaarboekjes van vorm en grootte, tot ze nog slechts computervellen waren. Ze toonden rente op rente. De laatste computeruitdraai liet zien dat Noradia meer dan tweehonderdduizend dollar had gespaard. Mijn god.

Opeens had Ronnie energie, motivatie, concentratie. Een toekomst, ze had een toekomst, ze kon zich een toekomst voorstellen. Ze besefte plotseling dat ze zich de toekomst altijd had voorgesteld als een tocht door een lange, schemerige gang vol dichte deuren. Nu was er zomaar een opengegaan. Doet geld goed? Is geld liefde? Want het was de ontdekking van de bankboekjes, van haar erfenis, die de mist in haar hoofd verdreef, die een pad opende. Ze werkte de hele week hard, schoot goed op en reed op zondag naar Boston om bij haar vriendin Linda in de flat te eten – pasta en salade, goedkope wijn, veel vriendinnen, veel gelach. Ze bleef lang, dronk meer dan ze gewend was en ging blij in op het voorstel dat ze de nacht zou doorbrengen op Linda's bank – hoewel ze in haar dromen inzat over de auto, en bij zichzelf zei dat ze de volgende keer met de trein kwam. Maar de Alfa stond – wonderbaarlijk genoeg – de volgende ochtend nog op straat en ze reed zingend terug naar Lincoln. Ze wenste dat het warm genoeg was om het dak open te doen en popelde om weer aan het werk te gaan.

Maar er kriebelde iets anders in haar maag, iets onbehaaglijks, bijna ruzieachtigs. Ze drong het ettelijke dagen weg, maar woensdagochtend, lichamelijk vermoeid van het stramme zitten, met een maag die pijnlijk begon te krampen, besloot ze het bos in te gaan om brandhout te sprokkelen – alleen om de bezigheid – ze had geen brandhout nodig, ze maakte nooit vuur voor zich alleen. Ze nam een thermoskan koffie en een boterham mee en sprokkelde een paar uur lang takken die ze terugreed naar de houtschuur, waarna ze meer ging halen. Ze genoot van de inspanning. Rond twaalven nam ze pauze, slenterde naar Alex' plek in het bos en ging op de afgeplatte stronk zitten eten.

Was het het geld? Haar geest stond uiterst vijandig tegenover de gedachte dat geld werkelijk goed kon doen, dat het voor haar van belang was, dat het haar een sterker besef gaf van haar moeders toewijding aan haar, dat geld, géld, haar gelukkig kon maken.

Wel, het is niet het geld zelf, maar wat het meebrengt, zei ze tegen zichzelf, onbezorgdheid, geen angst meer, want ze hád er vreselijk over ingezeten hoe ze de komende twee jaar of zo door moest komen, tot ze een behoorlijke baan kreeg – en wanneer zou dat zijn? Ze had het proefschrift niet eens af, het moest nog aanvaard worden – natuurlijk kon ze waarschijnlijk aan de universiteit een aanstelling als onderwijsassistent krijgen, maar dan verdiende ze maar een paar duizend per jaar, niet echt genoeg om van te leven, en na deze tijd in Lincoln, deze manier van leven, zou het ellendig zijn weer terug te gaan naar armzalige maaltjes, naar een meestal koude kachel, naar de vele ongemakken van het studentenleven. In een flat waar ze had gewoond, viel de kalk van het plafond in de slaapkamer en stond het bad in de keuken, een andere had geen wastafel in de badkamer, alleen een aanrecht in de keuken, nergens stond een gemakkelijke stoel, een tv of een behoorlijk bed. Nou, hier had ze ook geen behoorlijk bed, om de waarheid te zeggen.

Dat was het dus, dat gevoel dat ze een beetje behoorlijk zou kunnen leven zonder over geld te tobben, dat kalmeerde haar geest. Ze kon een paar duizend van de bank halen om van te leven. Ze zou het meeste laten staan, ze wilde zuinig zijn op haar – moeders goed, wilde ze het noemen – haar moeders leven van hard werken, afgemeten, gesymboliseerd, getransformeerd in papier en munt. En omdat ze van wat ze verdiende door hier als huisbewaarder te wonen, het grootste deel spaarde, kon ze het zelfs vergroten. Ze kon zich redden – ze kon leven en hield genoeg over om zich fatsoenlijk in te richten als ze eenmaal een baan had gevonden. Kon misschien zelfs een auto kopen. Een auto!

En Mamma had dat voor haar gedaan, had dit mogelijk gemaakt door alles op te offeren voor de toekomst van haar kind. Maar Ronnie wist dat ze het niet had ervaren als opoffering maar als een triomf, als macht: ze was in staat te waken over de toekomst van degene van wie zij het meest hield. Ze gaf niet om kleren, om bezittingen, en als ze dat wel deed, was dat verlangen begraven onder een enorm besef van armoede, een vastberaden voornemen te zorgen dat Ronnie niet zou lijden als zijzelf. Zij had een duidelijke ethiek, ontstaan in barre ontbering en smart om verlies van vrijwel haar hele familie, op de ene of andere manier. Behalve overleving, van haarzelf en haar kind, telden voor haar alleen liefhebben en liefgehad worden. Ze was trots op zichzelf, misschien vertoonde ze zich met zelfs boosaardig genoegen arm en sjofel aan hem, terwijl ze zijn geld opzij zette voor het kind dat hij weigerde te erkennen.

Ronnies handen waren koud en ze vouwde ze om de koffiebeker. Een heftige trots op haar moeder welde op in haar hart. Die was niet alleen maar zijn slachtoffer, ze had haar eigen doeleinden. Ze was geen slavin van de liefde, een onderworpen, bewonderende dienstbode van de grote man, of ten minste niet alleen dat. Ze had een persoonlijk doel en ze had het bereikt, dat wist ze. De rust op haar gezicht toen ze stierf, bewees het: ze had gekregen en gedaan wat ze in het leven had gewild. En al had Ronnie haar een tijdje verstoten, haar een jaar in een martelende leegte laten zitten, ze was er aan het einde toch geweest, nietwaar, aan haar moeders zijde, had haar verzorgd met dezelfde liefdevolle aandacht die haar moeder haar had gegeven toen ze klein was. En hij was er ook geweest, om zijn liefde op zijn eigen merkwaardige wijze te tonen. Wie weet wat hij zei of deed als ze samen alleen waren. Misschien hield hij haar hand vast, misschien streek hij over haar voorhoofd. Misschien sprak hij zelfs tegen haar, misschien zei hij dat hij van haar hield.

Het lukte haar toch niet zich dat voor te stellen. Maar wie weet?

Het was te koud om te blijven zitten. Ze stond op, liep naar de plek waar ze de kruiwagen had laten staan en reed hem terug naar de houtschuur. Ze liet de thermosfles na het afladen staan en ging nog een vracht halen. Ze had genoeg hout gesprokkeld voor twee weken vuur. Als ze ooit nog vuur zouden maken.

Aan de andere kant, waarom zou ze vanavond niet gewoon voor zichzelf vuur maken? Ze hield van vuur: ze had het heerlijk gevonden daar met haar zusters cola, wijn of whisky te zitten drinken en naar het vuur te kijken. Ze had wel recht op dit eenzame genoegen, waarom niet? Dat deed ze.

HOOFDSTUK 24

Toen Ronnie die avond, anderhalve week na het vertrek van de zusters, voor haar vuur zat met een glas wijn in de hand, rinkelde de telefoon. Het was Elizabeth. Haar stem klonk gespannen, haar toon was afstandelijk; alles was in orde, zei ze, nogal moeilijk weer aan het werk te komen, ze had nooit eerder zo'n lange tijd vrij gehad, nooit geweten dat ze het zo fijn vond. Moeilijk de routine weer op te pakken, de buraucratie, de politiek.

'Ik mis jullie allemaal,' zei ze ten slotte.

Dat wil ik geloven. 'Ik ook,' zei Ronnie.

'Ik vroeg me af...'

'Wat?'

'Wat zijn je plannen voor Kerstmis?'

'Kerstmis?'

'Ja, Kerstmis. Dat is volgende week.'

'Heb ik niet.' Kon naar Rosa gaan. Moest dat eigenlijk.

'Wel, wat zou je zeggen van een beetje gezelschap? Een paar dagen? Zou het uitkomen met je werk? We kunnen een boom nemen. Ik heb nog nooit een eigen kerstboom gehad. Maar wees eerlijk, Ronnie, ik kom niet als je het niet wilt.'

'Ik zou het heerlijk vinden,' zei Ronnie met weke, zachte stem.

Elizabeths stem fleurde op. 'Nou, prima dan. Ik kom dit weekend als dat goed is. In de loop van zaterdag. Ik bel je later in de week om te zeggen met welke vlucht ik kom zodat Aldo me op kan halen. Dan hebben we tijd om de boom op te tuigen en plannen te maken voor ons diner. Vind je dat goed?'

'Prima,' zei Ronnie rustig en probeerde het jubelen van haar hart te bedwingen.

Ze legde in een roes de telefoon neer. Elizabeth miste haar. Elizabeth gaf om haar. Het was niet iets dat duurde zolang de oude man ziek was, het soort verbondenheid dat ontstaat op conferenties, vakanties of in een crisis als mensen elkaar ontmoeten en geloven dat zij dikke vrienden zijn, elkaar eeuwige vriendschap zweren of minstens beloven te schrijven, maar elkaar volkomen vergeten, behalve misschien met Kerstmis, als ze een kaart sturen. Dit was anders: Elizabeth wilde de kerst met haar doorbrengen.

Met een opgewekt hart zat ze naar de tuin te staren, al was het nu om vijf uur donker en zag ze alleen de weerspiegeling van de kamer in de glazen deuren. Ze peinsde, kon het geen denken noemen, haar gedachten dwaalden terug naar de nacht toen de oude man stierf, de middag toen haar moeder stierf, haar kinderjaren, naar wat ze van die van haar moeder wist. Naar haar moeder en Stephen. En haar moeders nalatenschap. Liefs, had ze geschreven.

Maar als ze haar eigen doeleinden had, als ze hem voor haar eigen doelen gebruikte, hield ze dan van hem?

Ronnie wist dat Noradia van Stephen had gehouden. Dat kon ze zien.

En ik? Al mijn liefdesaffaires zijn mislukt.

Ze dacht aan hen, de vrouwen van wie zij had gehouden. Het waren er niet veel geweest – Tania, Susan, Julietta (maar dat was kort geweest), Lilah, Sarah. Ze herinnerde zich haar houding tegenover hen, een houding die ze had aangenomen toen ze besefte – hoe oud was ze? veertien misschien? vijftien? – dat ze zich tot meisjes voelde aangetrokken en niet tot jongens, zoals het volgens alle media hoorde – de film, de reclame, tv. Maar het was de aanblik van meisjeshaar dat opkrulde, in de zon glansde, het snelle loopje van een meisje in een schoolgang, delicate meisjeshanden om een schoolboek geklemd, waardoor Ronnies hart opsprong, waardoor ze omkeek, haar hand wilde uitsteken en zachtjes aanraken – en soms grijpen, niet zo zachtjes.

Ze was raar.

Ze was abnormaal.

Maandenlang verborg ze haar gevoelens, hield gespannen afstand van meisjes, trok op met jongens van haar klas, die haar niet konden kwetsen omdat ze niet om hen gaf. Ze imiteerde hen, liep zoals zij, praatte als zij, vloekte als zij, vertoonde dezelfde bravoure. Zij accepteerden haar, leken haar te mogen, tot op een avond, toen ze met de jongens rondhing op straat, een van hen – Nino – haar had uitgedaagd, gezegd dat ze niet erg op een meisje leek, haar bij de schouder pakte, tegen een paal probeerde te drukken om haar te kussen. Ze vloerde hem – hij was maar een mager joch en had 't niet verwacht – en beende weg. Daarna besloot ze te leven zonder vrienden van enige kunne.

Toch handhaafde ze haar mannelijke houding en vreemd genoeg trok die heel wat meisjes aan. Ze werd populair, tot haar eigen verbazing, gezocht; meisjes liepen haar na! Na verloop van tijd reageerde ze niet meer met louter grauwen, toonde op haar gezicht wat meer dan botte onverschilligheid. Ze kreeg vriendinnen. De meisjes aanbaden haar: ze accepteerden haar als anders dan zijzelf, als de stoere meid, als iemand die hen kon verdedigen, die niet bang was voor jongens. Maar ze kuste nooit een meisje, hield nooit een hand vast, streelde nooit een hoofd. Tot ze negentien was, eerstejaars op de universiteit, en op een studentenfeestje Susan ontmoette. Susan was ouder, gaf als psychiater in deeltijd les aan de universiteit en had een eigen praktijk. Ronnie volgde haar cursus Inleiding in de Psychologie. Susan was volwassen: met zwart haar glad naar achteren in een knot en donkere pakken, ze bekeek Ronnie begerig als die met haar jongensmanieren liep te pronken. Geamuseerd, verrukt en bewonderend nodigde Susan Ronnie uit voor een drankje in haar flat.

Wat een huis! Ronnie had nog nooit zoiets gezien, allemaal chroom, glas en leigrijs, met uitzicht op de Charles, schilderijen aan de muren (allemaal erg modern, Ronnie gaf er niet om), een stereo-installatie en een geweldige platencollectie. Ze zette muziek op, zei dat 't Mahler was, ze liet Ronnie naast haar op de bank zitten, gaf haar cognac in een grote bel zoals Ronnie Stephen had zien ronddelen aan gasten. En ze vroeg wat voor gevoel de muziek haar gaf. Dat was moeilijk uit te drukken, het was tegelijk heel dwaas en heel dramatisch, en deed haar aan de dood denken, en toen pakte ze haar hand en drukte zich tegen Ronnie aan, leunde tegen de bank en kuste haar zo, zo teder. Ronnie, die haar verlangens jarenlang had onderdrukt, was overweldigd, reageerde vurig en lag weldra in Susans enorme bed met satijnen lakens. Satijnen lakens!

Susan was dol op Ronnies jongensachtigheid. Ze drong erop aan dat Ronnie bij haar introk, gaf haar een paar eigen kasten. Ze liet Ronnie haar auto rijden, een antieke MG, als ze uitgingen en gaf Ronnie haar creditcard om te betalen als ze in een restaurant aten. En ze aten in leuke restaurants, Ronnie had nooit gedacht dat ze zulke gelegenheden vanbinnen zou zien. Het was een luxueus bestaan. Maar Susan hield ervan als Ronnie haar bij het vrijen pijn deed, wat Ronnie niet prettig vond. En er was geen afwijking van hun rollen mogelijk. Ronnie was de man, Susan de vrouw.

Ronnie begon zich onbehaaglijk te voelen en toen Susan op een nacht eiste dat Ronnie haar op bed vastbond en sloeg, kwam ze in opstand.

'Dat wil ik niet.'

Susan werd wit van woede. 'Wat denk je wel dat je bent, kleine roetmop! Ik heb je van de straat geplukt, ik onderhoud je, laat je in weelde baden! Je doet wat ik wil of je vliegt eruit! Hup, eruit!'

Ronnie pakte haar schaarse bezittingen, haalde nog net de laatste ondergrondse, liep om een uur 's nachts het hele eind naar Rosa, bonsde op de deur en vroeg om een bed.

Toch lag haar rol toen eigenlijk vast. Ronnie was het meisje dat een band kon verwisselen, de broodrooster repareren, dat zware vrachten kon tillen en sjouwen, autorijden als een beroeps, en dat nooit huilde, nooit enige pijn toonde of behoefte aan tederheid. Ze was stoer. Ze kon liefde geven maar hoefde die niet te krijgen. Ze vond het heerlijk Sarahs rug te strelen als Sarah van streek was, maar toen Sarah haar armen om haar heen sloeg, haar probeerde te troosten nadat ze het bericht over haar moeder had gehoord, bleven haar rug en hals stram, was haar stem gespannen. Ze dook weg, bezwoer: 'Ik ben in orde, het is in orde.'

Stond er altijd op allereerst seksueel genot te geven en weigerde dan soms dat te ontvangen. 'Het is voor mij voldoende te zien hoe jij geniet.' De verpletterde uitdrukking op Lilahs gezicht. Misschien had Lilah Ronnie niet verlaten omdat zij haar nieuwe salaris voor zichzelf wilde houden: ontvangen is geven en zij had geweigerd te geven, geweigerd Lilah het genoegen te gunnen haar genot te geven, te troosten, de tederheid aan te raken die schuilging onder al haar pantserlagen.

Waarom weet ik dat nu?

Mamma had kunnen houden van een man die naar zij wist in zeker opzicht haar vijand was, een man die weigerde haar kind, zijn kind te erkennen, die haar dienstbode liet blijven, wiens geld zij aannam en verborg, niet bereid het te besteden aan iets dat haar aantrekkelijker zou maken voor hem. Hij heeft dat vast geweten, heeft haar opstandigheid gezien. Maar misschien niet. Ze droeg altijd een uniform als de familie in huis was. Die katoenen werkjurken droeg ze alleen als ze weg waren. Ze verkleedde zich 's zondags voor de mis, hij zag haar dan misschien in een van haar viscosegevalletjes, jurken die ze voor een paar dollar kocht in Filene's kelder. En als ze af en toe naar Boston ging om haar oude vriendinnen te bezoeken en – wat Ronnie toen niet wist – Rosa.

Ze stond hier nu voor het eerst bij stil, bij de manier waarop Mamma – toen ze bericht had van Ronnie en wist waar ze was – haar eenzelvigheid respecteerde door haar met rust te laten, maar wel af en toe Rosa bezocht om te vragen hoe het met haar ging, wat ze deed, om zeker te weten dat het goed met haar ging. Waar had Mamma die fijngevoeligheid geleerd, hoe wist ze zo met die dingen in zichzelf te jongleren dat ze ze in evenwicht hield?

Een beetje geïmponeerd door haar moeders aanpak van het leven bleef ze in overpeinzingen zitten. Toen rinkelde de telefoon weer en ze vloekte: nou had ze een vuur aangelegd en werd ze ieder moment weggeroepen. Het was Mary. Haar stem klonk even gespannen en hol als die van Elizabeth, maar veel enthousiaster. Alles was prima, werkelijk uitstekend, ze had een paar rekeningen kunnen betalen en weer een echte dienstbode aangenomen, ze had wat nieuwe kleren gekocht, was wezen lunchen, naar de schouwburg geweest. Het was geweldig. Maar – en toen werd ze voorzichtig – ze miste Ronnie, miste de anderen, en wilde niet, echt niet, de kerst bij Martin doorbrengen. Hoe zou het zijn als ze naar Lincoln kwam? Misschien konden ze samen zelfs een kerstboom opzetten, iets dat ze zelf persoonlijk nooit had gedaan, maar kijk, ze had geleerd thee te zetten, toost te maken en zelfs koffie, nietwaar, ze had bijna leren autorijden, dus Ronnie kon haar wel leren een kerstboom op te zetten.

Iedereen gaat ervan uit dat ik het kan, dacht Ronnie, geamuseerd. Ik kan het ook inderdaad: iedere kerst bij Rosa was het een groot feest, het opzetten van de boom.

'Elizabeth komt ook,' zei Ronnie.

'Lizzie komt?' riep ze, hoorbaar bijna in tranen. 'O, geweldig! Geweldig!' Ze klonk gesmoord. 'Wanneer?'

'Zaterdag. Ik weet niet hoe laat.'

'Prima, ik bel haar wel om het te vragen, dan kan ik een vliegtuig nemen dat ongeveer even laat aankomt. Dan is het niet zo lastig voor Aldo.'

Mary, bang een bediende lastig te vallen?

'Heb je iets van Alex gehoord?'

'Nee. Geen woord.'

'Nee. Nou, ze heeft een gezin. Eigenlijk, Ronnie, dacht ik erover Marie-Laure ook uit te nodigen. Ze vind het even vreselijk als ik om naar Martin te gaan en ze zou naar een vriendin gaan – maar misschien wil ze wel met mij mee.'

Vraagt ze mijn toestemming? Het huis is verdomme van haar.

'Zeker,' zei ze lauw. Waarschijnlijk een vervelende, verwende snob die over alles zou klagen. Nou, als ze maar niet dacht dat ze Ronnie als dienstmeid kon behandelen, dat was alles.

Mary klonk opgewekt en vrolijk. 'Fantastisch! Ik bel je nog wel. Gauw. Fijn met je te praten, Ron!'

Ze was nog wat beduusd van dat gesprek toen de telefoon weer ging. Het was Alex, die een beetje weemoedig klonk.

'Hoe is het met je, Ronnie? Hoe gaat het met je proefschrift?' Ze klonk alsof ze echt bezorgd was. 'Goed. Ik ben blij dat te horen. Ja, alles is hier in orde. Het is vanavond de eerste avond van Chanoeka, dus we hebben een soort feestje. Mijn schoonfamilie is hier, en Davids oom en tante en nichtjes en neefjes. Maar ik denk steeds aan jullie – jullie allemaal.'

'De anderen kennelijk ook. Elizabeth en Mary hebben net gebeld. Ze komen met de kerst hierheen.'

'Echt?' Stilte. Toen een spijtig: 'O, ik wou dat ik erbij kon zijn.'

'Waarom kom je niet?'

'O, ik wou dat het kon. Kerstmis is de laatste dag van Chanoeka. Nou, misschien kan het. Het is tenslotte de laatste dag. We vieren geen Kerstmis, David keurt dat niet goed, hoewel ik denk dat de kinderen graag allebei zouden vieren... maar waarom niet? Waarom zou ik de kerst niet met mijn zusters mogen doorbrengen? Misschien kan ik pas op het laatste moment komen, misschien pas op kerstavond, maar ik kom, zeg maar dat ik kom. Met rinkelende bellen! Ik heb jullie allemaal zo gemist!'

Ronnie kon haar nieuwsgierigheid niet verbergen. 'Hoe is het thuis gegaan?'

Alex zweeg een tijdje. 'Moeilijk,' zei ze ten slotte. 'Maar niet akelig. David is echt... 't is een lieve man en hij begrijpt meer dan ik had verwacht. Mijn moeder... wel, het was moeilijk voor haar. En de kinderen begrijpen het helemaal niet. Ik vertel je alles als ik je zie. Ik ben zo blij dat ik kom!'

Ronnie legde de telefoon neer met een verbaasde glimlach op haar gezicht. Allemaal, allemaal vonden ze het belangrijk. Dat had niets met geld te maken. Dat was liefde.

Liefde!

Er moesten cadeautjes komen en voor het eerst had ze genoeg geld om die te kopen, fatsoenlijke cadeautjes, met zorg uitgekozen, zonder naar de prijs te kijken. Dus vrijdag vroeg ze Aldo een lift naar het station en nam de trein naar Boston – het was gemakkelijker om met de trein te gaan dan een parkeerplaats te zoeken voor een begeerlijke auto die niet van haar was in de autodiefstallenhoofdstad van de wereld. Ze nam de ondergrondse naar Cambridge en slenterde winkel in, winkel uit, ze wist precies wat ze zocht voor haar zusters, wist precies waarmee ze hun een plezier deed. Toen nam ze weer de ondergrondse naar Boston en kocht meer praktische cadeautjes voor Rosa, Enriqué en de kinderen. Ze liet alles in bont papier verpakken. Ze had Rosa de vorige avond gebeld om te vragen of de familie vanavond thuis was en Rosa had haar bevolen te komen eten. Het was na vijven toen ze, beladen met cadeautjes, de ondergrondse nam naar Somerville, waar ze nu woonden. Ze volgde Rosa's aanwijzingen en liep door lange straten met houten driehoogflats. Zij woonden in een stille straat met nog wat bomen en een voortuintje. Iemand had zich de moeite getroost er wat rozen en chrysanten te planten en hoewel alles nu bruin en dor was, zag het eruit als een tuin en niet als braakliggend land zoals elders. Veel beter dan hun vorige flat, dacht ze. De familie Torres woonde beneden en Rosa wierp de deur open toen Ronnie belde, sloeg haar armen om haar hals, praatte, huilde, kermde bijna terwijl ze haar naar binnen trok, en daar waren Enriqué, Téo, Lidia en Joey, die allemaal in de keuken wachtten, opsprongen, straalden, door elkaar praatten, hun armen uitstrekten naar haar, kleine Ronnie, hun kleine schat, hun zuster, het gewonde vogeltje dat in hun nest was genezen.

De wijn stroomde, zelfs Téo kreeg wat, hij was nu zestien, een man, en Lidia mocht wat met spuitwater mengen, en Joey kreeg cola en zij vroegen aan elkaar hoe het ging en iedereen luisterde naar wat de anderen zeiden. Ronnie zorgde dat ze Tina niet noemde en Rosa noemde Raoul maar een keer, waarbij ze meteen tranen in haar ogen kreeg, maar ze veegde ze weg en praatte door. Het ging goed met hen, prima: het huis was hun eigendom! Helemaal! Het was van hen! Het was moeilijk om het te houden, goede huurders waren niet altijd te vinden, maar ze hadden de twee bovenverdiepingen nu verhuurd aan betrouwbare mensen, dat maakte alles gemakkelijker. Enriqué werkte hard om het in goede staat te houden, hij schilderde het huis, repareerde het dak, had zelfs een voortuin aangelegd en volgend voorjaar zou hij er achter een aanleggen.

'Ik ook, Pappa, goed?' onderbrak Téo hem.

'En ik ook,' gilde Lidia. 'Ik wil tomaten planten.'

'Si, we krijgen tomaten, maïs en bonen en wat jullie maar willen, kinderen,' zei Enriqué joviaal.

Ronnie bedacht dat hij thuis was hoewel het vrijdagavond was. Zijn buik was geslonken, hij zag er gezond uit. Kennelijk had Rosa haar veldslag met hem gewonnen. Ronnie tuurde naar de kleine vrouw met de donkere kringen onder haar ogen, een gezicht dat jaren geleden scherpe plooien van bezorgdheid had vertoond. Het was nu voller, minder gespannen: ze leek bijna sereen.

Rosa had nu een echte baan als naaister in een atelier, hard werken maar het betaalde beter dan thuiswerk en Téo werkte na schooltijd in de supermarkt en verdiende zijn eigen zakgeld, en Lidia zorgde na schooltijd voor Joey – en daarvoor betaalde haar moeder haar (onvoorstelbaar in deze familie)! En in de weekends paste ze op bij universiteitsdocenten verderop in de straat. Ze spaarde, net als Téo.

'Ze gaan allebei studeren,' kondigde Rosa strijdlustig aan, zonder tegenspraak te accepteren.

Ronnie dacht aan Téo's slechte cijfers, zijn moeite met leren lezen, en wilde meer vragen maar durfde niet. Hun falen met hun twee oudste kinderen was zowel voor Rosa als voor Enriqué een litteken, een dat zo hard was geworden dat ze geen rekening meer konden houden met nog zo'n mislukking. Er niet aan konden denken. Er zeker niet over spreken.

Iedere familie heeft z'n stiltes, dacht ze. Stiltes overwoekeren littekens. Ook bij mij en ik ben zelfs geen familie. Want ze vertelde hun niets over Stephen, over haar zusters. Ze zei dat ze sinds de dood van Noradia als huisbewaarster in het huis in Lincoln had gewoond om aan haar proefschrift te kunnen werken, dat ze goed opschoot, dacht dat het nog zes maanden zou kosten, dat ze dan vertrok.

'Hij stierf, de baas van je mamma,' zei Rosa. 'Ik zag het op tv. Grote begrafenis, de president daar, Nixon daar, de Bush, alle belangrijke blanke mannen.'

'Ja,' zuchtte Ronnie.

'Direct na je mamma,' voegde ze er sluw aan toe.

Zou Noradia het haar hebben verteld?

'Ja.'

'Ronnie geeft niet om die ouwe man,' zei Enriqué hartelijk en schonk weer wijn in haar glas. 'Hij was niets voor haar!'

Maar Rosa nam haar nieuwsgierig op.

'Precies,' zei Ronnie en zette het glas aan haar lippen om te drinken. Rosa zat nog steeds naar haar te kijken. Ze zorgde dat ze krachtig, licht, vrolijk klonk. 'Maar weten jullie wat mijn mamma deed? – al die jaren dat ze daar werkte, spaarde ze al haar geld, zette het op de bank. Voor mij! Dus als ik gepromoveerd ben en een baan krijg, heb ik genoeg geld voor een auto, een flat, een eigen plek in de wereld!'

Rosa sprong overeind, sloeg haar armen om Ronnie heen. 'Jouw mamma, zij was goede vrouw! Meer! Zij was een heilige! Een heilige!' schreeuwde ze heftig tegen Ronnie. Tranen stroomden over haar wangen.

'Ik weet het,' lachte Ronnie die Rosa ook omhelsde, haar stevig genoeg omhelsde om haar tevreden te stellen, zodat ze weer kon gaan zitten, zuchten, haar ogen afvegen, breed tegen Ronnie glimlachen.

'Jij weet niet hoe goed zij was, jij loopt van huis weg, van haar. Zij zegt zij begrijpt, zij nooit boos op jou al zeg jij tegen haar een jaar niet waar jij bent. Ik zou je daarvoor vermoorden als je van mij was! Zij komt hier en zit bij mij als ik werk, maakt koffie voor mij, zij wil weten dat jij goed bent. Jaren en jaren deed zij dat. Een heilige!'

Enriqué voelde zich onbehaaglijk bij dergelijke praat. 'Hoe staat het met het eten, hè, Rosa? Moet het kind hier verhongeren? Wanneer eten we?'

Rosa stond op. Lidia ook: de bereiding van de maaltijd nam hen in beslag en het ogenblik was voorbij. Moeder en dochter zetten het uitbundig geurende eten neer – een tevoren gebraden varkensfricandeau met rijst, tomaten, groene pepers, uien en zwarte bonen, gebakken bananen erbij en een mierzoete slagroomtaart toe. De familie at met smaak, de kinderen vol verlangen naar wat zou komen: het uitpakken van de door Ronnie meegebrachte cadeautjes. In de vrolijke drukte ('Hoe wist je dat ik van rood hou?' 'O, precies het soort hemd dat ik mooi vind, Ronnie!' 'O, Ronnie,' bloosde Rosa en hield de roze satijnen nachtpon voor zich omhoog, 'dat ik heb altijd...') werd een nieuwe fles wijn geopend, het ogenblik keerde niet weer. Maar hoe heerlijk de avond ook was, hoe hartelijk en liefderijk, toen Ronnie na tienen terugliep naar de ondergrondse, langs de stille gevels van de houten huizen, geluidloos op haar rubberzolen, besefte ze dat ze nooit meer terug kon komen.

Kan daar niet meer heen. Tenminste, niet als zij alleen is. Te nieuwsgierig. Zag Mamma die gezichtsuitdrukking als ze over hem sprak? Ze heeft Mamma waarschijnlijk niets gevraagd maar vroeg zich veel af. Hoe zou ik het haar kunnen vertellen? Mamma en hij, wat hij met mij deed? Ze zou Mamma de schuld geven, zou niet begrijpen dat zij van hem hield, zou denken dat Mamma me aan hem opofferde. Zoals ikzelf lang heb gedacht. Ze laat het niet rusten, ik zie het aan haar gezicht, ze houdt vol, ze is vastbesloten erachter te komen wat er gebeurd is nu Mamma dood is, hij dood is.

Adieu, Rosa. In haar ooghoeken welden tranen op.

O, doe in godsnaam niet zo dramatisch. Je kunt hen op feestdagen bezoeken, op verjaardagen, als de hele familie thuis is. Op den duur accepteert ze wel dat je er domweg niet over wilt praten. Je hoeft niet te breken met mensen. Zij houdt contact met Tina ongeacht wat Enriqué zegt, en hij weet het. Toen we afwasten, fluisterde ik in haar oor: 'Hoe is het met Tina?' Ze schokschouderde: 'Hetzelfde, ze verdient een smak geld maar ziet er slecht uit. Ik denk zij heeft misschien aids.' Ze kreeg tranen in haar ogen, ik omhelsde haar, maar toen vroeg Enriqué vanuit de kamer waar Téo heen was en we lieten elkaar los, maakten ons werk af. Zij kan zwijgen. Kan ik ook.

Ronnie torste nog een vracht pakjes – haar cadeautjes van Rosa en Enriqué, de hare voor haar zusters, een paar speciale dingen, die middag met angst en beven gekocht om hen te verrassen. Ze glimlachte bij het vooruitzicht van hun reacties. Maar ze was moe, de pakjes waren zwaar en ze had nog een lange reis voor de boeg. Stond Aldo maar te wachten voor de deur van Rosa's huis.

Verwend kreng dat je bent geworden, dacht ze en sjokte verder.

Zaterdagochtend was ze in het bos om bomen te bekijken, ze probeerde te beslissen of ze er een van hen zelf moesten kappen of er in de stad een kopen. Ze vond het afschuwelijk afscheid te nemen van een jonge spar en bestudeerde ze allemaal aandachtig. Allemaal leken ze iets speciaals te hebben dat behouden moest blijven en ze gaf het op. Laten zij het maar uitmaken, besliste ze en wandelde terug naar huis.

En dat deden ze. Ze arriveerden laat, rond vieren, veel later dan ze had verwacht, maar de auto was afgeladen. Ze waren in de stad gestopt om een boom te kopen, een kerstboomvoet en kerstverlichting. In de auto zaten ook hun koffers, hun tassen met cadeautjes, Mary's twee bontjassen, Elizabeths draagbare computer. Ze waren even opgewonden en bijna even spraakzaam als de familie Torres, ze omhelsden haar, lachten en praatten door elkaar.

'Wel, natuurlijk had Vader altijd een boom als hij met kerst hier was, maar hij had altijd een enorm gevaarte, kolossaal, minstens zes meter hoog, die stond in de balzaal, dus je kunt je voorstellen... Die is in jaren niet gebruikt, natuurlijk. En we waren er toch van overtuigd dat de oude voet te groot zou zijn voor dit kleine boompje, het is nog geen tweeëneenhalve meter, is het niet snoezig, Elizabeth was heel kieskeurig, kijk hoe schattig hij is, zo mooi van proporties en vol. Er zijn hier ergens een massa versieringen, maar we dachten dat de lichtjes misschien oud en roestig zouden zijn en we hebben nieuwe gekocht, kleine witte lichtjes die knipperen, schattig, hè? en we moesten natuurlijk nieuw engelenhaar hebben. Dus we zijn in de stad gestopt om al dat spul te kopen en het was er zo schilderachtig, hè, Elizabeth? Alle huizen hadden lichtjes of kransen, allemaal zo mooi versierd, zelfs de winkels, en de mensen kenden ons en groetten ons, het was werkelijk alleraardigst, nietwaar?'

Mary was rozig en geurde fris, ze fladderde van de ene stapel pakjes naar de andere, gaf Aldo opdracht de boom op het bordes onder de zuilengalerij te laten staan – 'voorlopig' – en de overige spullen naar binnen te brengen – 'dit moet allemaal naar mijn kamer, Aldo, ja, alles, loop maar twee keer, lieverd, het is te veel om in een keer te dragen,' en Aldo, verblekend bij dat 'lieverd', liet een van haar koffers vallen en zij berispte hem niet eens, hoewel het een koffer van krokodilleleer was.

Elizabeth was kalmer, maar ook zij straalde, drukte Ronnie stevig tegen zich aan, praatte: 'We hebben dit nog nooit gedaan, weet je? Vader liet de tuinlui altijd achter een boom kappen, het was een hele onderneming, ze hadden zagen en touwen nodig en het kostte een paar dagen om hem om te hakken en daarna op te zetten. En het personeel tuigde hem op, ze moesten daarvoor op een ladder klimmen, en als alles dan klaar was, werden wij helemaal opgedoft de balzaal in gebracht en zeiden oh en ah, maar het was onpersoonlijk, het had niets met ons te maken, en ze hadden altijd een of ander bal of een feestje die avond, kerstavond. En een berg cadeautjes eromheen, genoeg om een kleine winkel te vullen, dat zweer ik je...' Haar stem dreef weg. Toen barstte ze uit: 'Nou, deze boom zetten we in de speelkamer en we tuigen hem zelf op, wat een genoegen!'

Toen ze zich hadden verkleed, kwamen ze bij Ronnie in de speelkamer zitten. Zij had al vuur aangelegd in de oude stenen haard, had mevrouw Browning al een blad met drank voor hen laten neerzetten en zat daar in haar spijkerbroek en sweatshirt met een wijn-soda in haar hand en een brede grijns op haar gezicht. Verbazingwekkend, niet alleen Elizabeth maar ook Mary kwam beneden in een lange broek en een trui – toegegeven, die waren waarschijnlijk van een couturier, maar Mary had zich nog nooit zo informeel gekleed. Ze liepen rechtstreeks naar de bar, schonken iets in – whisky voor Elizabeth, vermouth-cassis voor Mary – en ploften in de comfortabele crapauds met een ongedwongenheid waarvan Ronnie zeker wist dat ze die nergens anders vertoonden.

'O! Dit is zo fijn!' zuchtte Elizabeth.

'Misschien moeten we dit huis aanhouden,' zei Mary weemoedig, 'voor dit soort dingen – Kerstmis, Thanksgiving.' Ze keerde zich naar Ronnie. 'Heeft Marie-Laure gebeld?'

Ronnie schudde haar hoofd.

Mary fronste haar wenkbrauwen. 'Vreemd. Dat zou ze doen. Ik geloof dat ze woensdag vrij heeft gekregen.' Haar gezicht betrok een beetje.

'Vertel eens wat jullie hebben gedaan,' drong Ronnie aan.

Elizabeth stak een sigaret op. 'Hoofdzakelijk mijn bureau opgeruimd. Dit is een saaie tijd in D.C., alle afgevaardigden gaan met de feestdagen naar huis, het is geen tijd om beleid te maken. Vooral sinds Reagan met zo'n geweldige meerderheid heeft gewonnen: nu weten de jongens dat de mensen alles bij het oude willen laten.' Ze zuchtte even.

'Verder heb ik niet veel gedaan. Ik heb in het weekend een paar huizen in Virginia bekeken,' zei ze en keerde zich naar Mary. 'Een was werkelijk mooi – met een Japanse tuin erachter en ruim vier hectare land. Het was in Falls Church.'

'Hmmm. Missy Cambrowe woont in Falls Church,' peinsde Mary.

Elizabeths gezicht lichtte op van hoop, maar Mary veranderde van onderwerp en wendde zich tot Ronnie.

'En jij? Hoe gaat het met je proefschrift?'

'O, traag. Maar het gaat. Ik heb het grootste deel van mijn materiaal geordend. Nu moet ik terug naar de boeken. De rest is vooral methodologisch, nauwgezet werk. Het vernuft – als dat er is – zit in de manier waarop ik het materiaal heb verzameld. Dus het gaat langzaam. Maar ik werk.'

'Goed. Dat huis in Falls Church heeft vier slaapkamers, elk met een eigen bad. Ze zijn niet zo groot als de slaapkamers in dit huis maar heel behoorlijk. En genoeg voor ons allemaal!' voegde Elizabeth eraan toe met een blik op Mary.

Mary keek haar vluchtig aan, wendde toen de blik af.

'En jij?' vroeg Ronnie.

'O, ik heb niet echt iets gedaan. Niets nieuws.' Mary tuurde in het vuur. 'Eigenlijk ben ik gewoon verdergegaan waar ik gebleven was – alleen betaal ik nu de rekeningen. Hetzelfde leven als altijd.'

'Dat wilde je toch?'

'Ja. Dat geloof ik wel.'

'Je klinkt niet alsof je er blij mee bent.'

'Nee,' gaf Mary langzaam toe. 'Nee. Er ontbreekt... iets.'

Elizabeth keek Mary strak aan.

'We waren allemaal zo... we konden tegen elkaar zeggen wat we dachten. Zelfs als het gemeen was, vol venijn. We konden onszelf zijn. Het was zo... bevrijdend, zo... ik voelde me echt. Ik geloof niet dat ik me eerder in mijn leven ooit langere tijd echt heb gevoeld.'

'Ik heb jullie ook allemaal gemist,' zei Elizabeth zielig. 'Heel erg. Dan kwam ik thuis na het werk, nou ja, na het eten, ik eet zelden thuis, en dan liep ik door mijn flat, praatte maar, vertelde jullie, nou, dingen die jullie niet zouden interesseren, wat een klootzak Arthur Gilliam is, wat zalig dat Jim Mangdoni geen kans maakt op Financiën en waarom niet, en alle duistere, misselijke kuiperijen. Kort na nieuwjaar sturen ze me op rondreis. Tien dagen, zes landen, eindeloos thee drinken, met tact en diplomatie de dreiging van economische overmacht maskeren. Van die tochten kom ik altijd terug met kramp in mijn gezicht. Vroeger verheugde ik me erop, was het zo'n uitdaging. Maar nu – ik weet het niet – het lijkt nogal zinloos.'

'Denk je erover je baan op te geven?' vroeg Mary verbaasd.

'Mijn baan opgeven? Dan ga ik dood!'

'Je zou economie kunnen geven op een aardige universiteit.

Een leuke instelling in een leuke stad, Princeton bijvoorbeeld. De kuiperijen, de heimelijke machtsstrijd ontvluchten.'

'Nergens heerst zoveel kuiperij als op universiteiten. En nog van het misselijkste soort ook.'

'Er is geen uitweg, wel,' zei Mary weemoedig. 'Toen ik de afgelopen – wat? twee weken? – naar mijn vriendinnen luisterde, hoorde ik voortdurend hoe benepen ze zijn, hoe stereotiep hun zorgen. En weet je, ze praten niet veel over politiek, maar onderhuids zijn ze daar het meest mee bezig. Ze moeten op een of andere manier altijd contact hebben met de machtigen. En ze moeten zorgen dat jij dat weet, weet dat ze een uitnodiging hebben van Helmut of François of Margaret of Nancy. Toen ik na Vaders dood terugkwam – wel, iedereen wist dat ik weer rijk was, ze wisten het gewoon – en de telefoon bleef maar rinkelen, de uitnodigingen stapelden zich op en, o, de namen die vielen, al die namen...

Vroeger deed dat me plezier. Ik beschouwde het als een bevestiging van mijn eigen macht. Nu... ik weet niet wat er hier met me is gebeurd. Ik geloof dat mijn verblijf hier me in zeker opzicht heeft geruïneerd.' Haar gezicht stond ernstig, nadenkend, niet geërgerd.

Iedereen zweeg. Het vuur knisperde, een blok viel om en Ronnie stond op om het goed te leggen. Toen ze klaar was, veegde ze haar vuile handen af aan haar spijkerbroek en ging weer zitten. Ze nam een slokje. Ze keek Mary aan. 'Betreur je het?'

Mary bloosde, schudde haar hoofd zo dat haar haar rondzwierde. 'Nee. Nee. Niet. Ik betreur het dat ik geen plezier meer heb in iets waarin ik vroeger wel plezier had, maar...' ze zette haar glas ruw op het tafeltje naast haar, 'ik wou alleen dat ik wist wat me nu plezier zou doen!'

'Maar dat weet je,' zei Elizabeth verbaasd.

'Wat dan?'

'Bij ons zijn.'

HOOFDSTUK 25

Toen Mary zondagochtend beneden kwam voor de koffie, zaten Ronnie en Elizabeth nog aan de ontbijttafel en ze lachte verrukt toen Ronnie uitriep: 'Niet te geloven! Jij in spijkerbroek?'

'Nou, we gaan toch een boom opzetten, niet? Ik kleed me altijd voor de gelegenheid en een spijkerbroek leek passend voor deze gelegenheid. Ik heb hem speciaal gekocht in een zaak voor sportkleding op Second Avenue, een winkel waar niemand me kent. Het was daar heel goedkoop. Nooit geweten dat kleren zo weinig kosten.' Ze poseerde voor hen, draaide rond. 'Wees eerlijk. Is mijn achterste er te breed voor? Wat vinden jullie?'

'Je hebt een fantastisch figuur,' zei Elizabeth goedkeurend.

'Echt, Lizzie? Hou je me niet voor de gek?'

'Nee. Welgevormd is het woord.'

'Ronnie?'

'Het juiste woord,' glimlachte zij.

'Niet té welgevormd?'

'Daarover kunnen de meningen verschillen,' zei Elizabeth.

'Ja. Ja. Goed.'

Ze gleed in een stoel en schonk koffie in een kopje.

'Heb je op bed ontbeten?'

'Ja. Wil gewoon nog een kop koffie. Ik houd toch dieet, ik ontbijt nu nauwelijks. Ik heb alleen een sneetje van dat heerlijke Italiaanse brood laten roosteren, met wat boter en mevrouw Brownings verrukkelijke frambozenjam.'

'Je lijkt magerder.'

'Werkelijk!' Ze was blij. 'Ik ben drie kilo afgevallen. Ik wil er zeven kwijt. Ik hoef geen magere spriet te worden, als ik maar niet kogelrond blijf,' lachte ze.

'Je bent goed begonnen.'

Opgewekt nam Mary deze ochtend de organisatie op zich. 'Goed, eerst moeten we de kerstversierselen opzoeken. Waar kunnen die zijn?' vroeg ze Ronnie. 'Op zolder?'

'Waarschijnlijk. Ik ga met je mee.'

'Laten we allemaal naar boven gaan. We moeten ze toch met ons allen naar beneden dragen,' zei Elizabeth.

Zo klommen ze gedrieën naar de zolder en Ronnie, die zich vaag herinnerde dat ze Noradia hielp de versierselen op te bergen, vond ze in een hoek, met een enorme kerstboomvoet en stapels dozen vol lichtjes.

'Wat een lichtjes! Zullen we wat buiten ophangen?'

'Waarom,' schokschouderde Elizabeth. 'We krijgen geen gasten.'

'Gewoon voor onszelf! Het zal zo gezellig staan! Ik vraag of Aldo het doet.'

'De tuinlui deden het meestal, maar die komen pas in het voorjaar,' zei Ronnie. 'Maar,' haar stem daalde tot het jongensachtige register, 'ik krijg waarschijnlijk wel voor elkaar.'

'Ik help je!' zei Elizabeth enthousiast.

Het grootste deel van de dag waren ze bezig met vallen en opstaan de kerstboom op te zetten (Ronnie moest de stam bijzagen voor hij in de voet paste), lichtjes op te hangen in de boom en in de twee grote laurierstruiken voor het huis en daarna de versierselen op te hangen, vaak bijzonder oud en teer. Ze kletsten tijdens hun werk over van alles en nog wat, op hun gemak bij elkaar, hun gesprek schommelde tussen genegenheid en sarcasme zonder ooit tot onmin te vervallen. Toen ze het engelenhaar ophingen, dronken ze eierpunch en raakten wat aangeschoten, gooiden engelenhaar naar elkaar toe, in elkaars haar. Ten slotte vielen ze lachend in stoelen neer en bewonderden de boom, de versiering, hun eigen werk.

De boom vulde de toch al volle kamer en Elizabeth besloot dat ze de pingpongtafel, die ze immers nooit gebruikten, moesten opklappen en in een kast zetten. Dat kostte enige hoofdbrekens en inspanning, en ze waren moe toen het klaar was, maar de kamer zag er opeens heel aardig uit – de grote natuurstenen open haard, de drie boekenkasten in de hoek ertegenover, de mollige crapauds in een kring die alles verbond. Door de glazen deuren naar het terras scheen nog schemerlicht.

Ze zuchtten allemaal tegelijk.

Ze hadden mevrouw Browning en Teresa een vrije dag gegeven en besloten uit eten te gaan. Toen het tijd werd om te verkleden, versomberde Mary.

'Ik vraag me af wat er met Marie-Laure is gebeurd.'

Toen, later: 'Stel dat ze komt als wij weg zijn?'

'We kunnen een briefje en een sleutel voor haar achterlaten.'

'Ik had hier willen zijn om haar te verwelkomen. Ze is hier een paar jaar niet geweest...'

'Ze zou bellen als ze kwam, nietwaar?' vroeg Elizabeth ongeduldig.

'Wil je thuisblijven? We kunnen de ijskast plunderen,' stelde Ronnie voor.

'Nee, nee, we gaan.'

Ze gingen zich verkleden voor het diner en troffen elkaar om half acht in de hal. Ronnie verscheen het laatst, met een hoogrode kleur en ademloos van opwinding. Beide zusters moesten twee keer kijken, slaakten toen een kreet. Ze droeg een zwarte kamgaren broek, een lichtblauwe zijden blouse, een koningsblauw geborduurd vest en lage, zwarte schoenen.

'Ronnie! Je ziet er schitterend uit!' riep Mary.

'Besloten uit het uniform te stappen, hè?' reageerde Elizabeth droog.

Ronnie grinnikte alleen.

Aldo moest hen rijden; ze konden niet alle drie in de Alfa. Toen hij hen afzette voor het restaurant, raakte Ronnie gespannen. Maar in het restaurant ontstonden geen problemen. Het was een ietwat pretentieuze oude herberg, huiselijk van aanzien maar formeel in de bediening. Ronnie was nog nooit van haar leven in zo'n gelegenheid geweest. Ze was met Susan naar dure restaurants geweest, maar altijd in Boston, een kosmopolitische stad waar wisselende combinaties van mensen en huidskleuren gewoon waren. Maar dit was een dorpsherberg met een laag plafond van gevlekte houten balken waar alleen eerbiedwaardige blanke echtparen uit de omgeving kwamen. Toch leek de ober niet van haar te schrikken, keek geen van de kelners of gasten haar vreemd aan. Niemand keek naar de donkergekleurde vrouw die met twee blanken zat te eten. Het was in orde. Zou het alleen aan haar kleren liggen? Of was de wereld anders dan ze had gedacht?

Hun verrukking over het gezamenlijke uitje werd alleen overschaduwd door Mary's bezorgdheid om Marie-Laure. Ze kregen zelfs geen ruzie om de rekening: Elizabeth stond erop dat zij hem kreeg en klopte Ronnie alleen even op de hand toen zij probeerde haar deel te betalen. Aangezien Mary niet meer zei dan: 'Prima, bedankt, Lizzie,' en Mary miljoenen had geërfd, besloot Ronnie het zo te laten.

Maar toen ze die avond in bed naar het plafond lag te staren, vroeg ze zich af of ze zich een volkomen onjuist beeld had gevormd van de wereld waarin ze leefde. Ze probeerde verschillende scenario's uit: stel dat ze met een andere donkere vrouw op de proppen was gekomen? Ze vermoedde dat er in dat restaurant geen problemen zouden zijn als ze behoorlijk gekleed waren. Als ze een spijkerbroek had gedragen, zouden ze haar misschien hebben geweigerd. Of stel dat ze iemand als Corrinne D'Almay had meegenomen, met haar wilde haar en wapperende kleding, haar tientallen kettingen en ringen. Ze zouden misschien opkijken maar hen waarschijnlijk wel binnenlaten. Maar een blanke jongen in spijkerbroek zouden ze weigeren. Het probleem was dat de normen sterk varieerden in de wereld: in een duur restaurant telden alleen geld en kleding. Dat zou anders zijn als ze een baan zocht. Ze had geen paranoïde visie ontwikkeld, maar hem alleen een bredere gelding gegeven dan reëel was. Het bestond: maar ze was er niet in gevangen. Die gedachte troostte haar op een of andere manier, ze draaide zich op haar zij en sliep in.

De maandag gonsde van drukte – de zusters hadden mevrouw Browning hun diensten als sous-chefs aangeboden en hoewel ze die aarzelend accepteerde, was ze uiteindelijk blij met hun hulp. Ze konden van alles halen en wegbrengen, ze leerden de vaatwasser vullen en legen – Elizabeth deed het zelfs beter dan Browning zelf, gaf ze toe; ze konden onthouden waar het keukengerei was opgeborgen. Het roeren van een saus was hun toevertrouwd, maar niet het kloppen van een mayonaise.

Ze bereidden twee maaltijden tegelijk – een koud buffet voor vanavond, dat Doris klaar zou zetten en afruimen, zodat mevrouw Browning en Teresa de kerstavond bij hun familie konden doorbrengen, en een officieel diner voor morgen, als Alex zou arriveren, 'en Marie-Laure, hoop ik,' zei Mary verlangend. Er moest dus een rauwe ham worden gebakken ('Zou Alex dat eten?' vroeg Ronnie. 'O, dat denk ik wel,' zei Mary, 'ze at toch ook ham toen wij hier waren?' 'Nou, er is genoeg ander eten,' verklaarde Elizabeth) en rosbief en een lamsbout al volgeprikt met knoflook voor de volgende dag, er was ceviche voor de avond en escargots en croûte voor morgen, een negental groenten (waaronder vier witte) en een salade van gesmolten geitekaas met krulandijvie (Elizabeths enige specialiteit) en een salade van botersla, witte bonen en rode pepers (geroosterd door Ronnie). Mevrouw Browning bakte twee vlaaien en maakte de taart af waaraan ze een paar dagen eerder was begonnen. Ze waren allemaal de hele dag druk, maar zelfs mevrouw Browning en Teresa hadden er plezier in. Deze twee dames waren geschokt toen Mary beslist muziek op wilde zetten, heel hard, op de cassetterecorder die zij had meegebracht: ze waren niet gewend aan muziek bij het werk, en zeker niet aan het dansfeest dat telkens opnieuw uitbrak. Er werd die dag veel gelachen in de keuken.

Even na vieren klonk de deurbel. Ze keken elkaar aan. Er klonk niet vaak een deurbel in dit huis. Zeker niet die van de voordeur. Teresa streek haar kapje en schort glad, ging opendoen en kwam bij de wachtende vrouwen in de keuken terug met het bericht dat juffrouw Di Cenci was gearriveerd.

'Marie-Laure!' kreet Mary en rende naar de hal zonder zelfs haar stevige witte jasschort uit te doen.

De zusters stonden in de keuken en vroegen zich af hoe lang Mary de tijd moest krijgen haar kind te verwelkomen, wanneer hun afwezigheid onhartelijk zou gaan lijken. Ten slotte duwde Elizabeth de zwaaideur open en liep naar de hal. Ronnie volgde haar.

Mary praatte druk ('wat fijn je te zien, zo lang geleden, ik wist niet waar je was, ik heb iedereen gebeld, waar was je? ik wist niet zeker of je kwam') terwijl ze een slanke, starre gestalte met lang steil haar omhelsde die een arm losjes om haar moeders rug hield; de andere hing slap langs haar zij. Ze staarde naar de gestalten die opdoemden achter Mary, en Mary keerde zich om.

'Marie-Laure, je kent je tante Elizabeth, je kent haar nog van de begrafenis en van Grootvaders tachtigste verjaardag. En alle feesten van 4 juli.'

In feite hadden die twee elkaar in al die jaren nauwelijks gesproken.

Het meisje stak haar hand uit, glimlachte bevallig, een aangeleerd lachje. 'Ja, natuurlijk, wat fijn u weer te zien,' zei ze op keurige formele toon.

Christus, dacht Ronnie.

'En dit is je tante Ronnie. Je hebt haar nooit ontmoet, maar ze is onze jongste zuster.'

Het meisje staarde Ronnie aan, glimlachte stijfjes en zei: 'Hoe maakt u het.'

'Ik was zo bezorgd, ik wist niet eens waar je was, of wanneer je kwam...' ging Mary verder. 'Hoe ben je hier gekomen?'

'Ik wist niet wanneer je hier zou aankomen, dus ik ben een paar dagen naar Abbie gegaan. Zij en Duff hebben me afgezet.'

'O, je had ze uit moeten nodigen voor een glaasje!'

'Ze hebben vanavond een feest, ze konden niet blijven. Ze moesten terug.'

'Een feest? Bij hen thuis? O, dan had je zeker graag willen blijven...'

'Nee, bij Chip Waylan. In Charles Street. Ik voelde er niet zoveel voor,' zei ze onverschillig. 'Die lui zijn een beetje ordinair... wel, niet mijn slag.'

Haar gezicht was een bleekwit ovaal van onverschilligheid waarin de volmaakte trekken als tekens op een masker stonden. Ze monsterde haar moeder en trok haar wenkbrauwen op. 'Je draagt een schort!' Ze draaide zich langzaam om en zag de schorten van de anderen maar leek zich niet voor haar opmerking te generen.

'O, we zijn allemaal bezig met het kerstdiner! Het is zo leuk. Kom mee naar de keuken...'

'De keuken?'

'O, natuurlijk, je wilt je waarschijnlijk eerst opfrissen. Al zie je er goed uit.' De slanke benen van het meisje staken in een strakke spijkerbroek en laarzen en ze droeg een stevig, met bont afgezet leren jack. 'Teresa zal je bagage naar boven brengen. Je kamer is al klaar!'

Mary's opwinding cirkelde om de stille kern die haar dochter was, die domweg toekeek hoe haar moeder naar de keuken rende om Teresa te roepen...

Ze vindt dat haar moeder als een viswijf klinkt, dacht Elizabeth. Daar gaat onze kerst.

Het meisje wendde zich beleefd naar haar toe. 'Hoe maakt u het, tante Elizabeth.'

'O, noem me in godsnaam Lizzie,' zei Elizabeth bits, op een toon die ze niet had bedoeld. Maar het meisje vertrok geen spier.

'En ik maak het goed, hard gewerkt,' zei Elizabeth vriendelijker. 'We hebben een boom opgetuigd in de speelkamer en lichtjes buiten gehangen. Heb je ze gezien?'

'O, het is me ontgaan.' Lauw.

'Eigenlijk is dat Ronnies werk,' zei Elizabeth, die Ronnie bij het gesprek wilde betrekken.

Maar Marie-Laure nam Ronnie slechts even op, als een artikel waarvan ze de aanschaf overwoog.

Toen kwam Teresa haastig binnen, met Mary achter zich alsof die haar opdreef. De meid pakte de tas en pakjes van het meisje op en ging Marie-Laure voor op de brede, deftige trap naar haar slaapkamer.

'We zijn in de keuken als je beneden komt,' riep Mary vrolijk.

Toen ze terugkwamen in de keuken, keken Ronnie en Elizabeth elkaar aan, maar Mary was te opgewonden, te afwezig om dat te zien.

'Ze heeft misschien honger, misschien moeten we haar thee geven, o, ik weet dat het veel werk is na al dit koken, het spijt me, mevrouw Browning, maar zou u...'

'We hoeven geen officiële thee,' zei Elizabeth kortaf. 'Ze is familie, geen bezoek. Waarom geef je haar niet gewoon frisdrank met wat koekjes? Het is hier bijna achter de rug. Als we klaar zijn, gaan we allemaal zitten en drinken we wat.'

'Je hebt gelijk, Lizzie, dat is een goed idee,' zei Mary tot opluchting van mevrouw Browning.

'Ik zal koekjes klaarzetten,' zei Ronnie toen de anderen verder gingen met hun karweitjes. Ronnie pakte een ronde koekschaal, legde er een kleedje op en schikte er amandelkrullen, theebeschuitjes en kaaswafeltjes op. Ze bracht hem naar de speelkamer. Maar Marie-Laure verscheen niet.

Toen ze klaar waren in de keuken, overlegden ze of ze zich voor of na het cocktailuur zouden verkleden – 'of helemaal niet!' stelde Elizabeth voor.

'O, Lizzie! Het is kerstavond!'

'Goed,' zuchtte ze. 'Laten we het dan maar eerst doen.'

Mary nam zoals gewoonlijk de tijd om zich te verkleden, haar gezicht en haar te doen, en toen ze klaar was, stond de deur van Elizabeths duistere kamer open. De deur van Marie-Laure zat nog dicht. Mary klopte, opende toen de deur. Het meisje zat bij het raam te roken en naar het donker te kijken, in de kamer hing een zware hasjlucht. Ze drukte vlug haar joint uit.

'Lieveling?' zei Mary, maar stokte toen ze 't rook. 'Kom toch beneden. We gaan zo iets drinken.'

Het meisje wendde traag haar hoofd om. 'Ik kom zo beneden.' Ze had haar spijkerbroek nog aan, met een dikke witte trui.

'Verkleed jij je niet voor het diner?'

'In godsnaam, het is je zuster toch maar, Mam, gewoon een stel vrouwen. Moet het? En wie is die Ronnie, trouwens. Ze ziet er buitenlands uit, ze lijkt wel een illegaal of zo.'

Mary sloot de deur achter zich en liep op haar dochter toe. Ze ging op de stoel tegenover haar zitten. Ze zei niets over de peuk die Marie-Laure nog steeds vasthield.

'Ronnie is de onwettige dochter van je grootvader. Ze is half Mexicaans en half Upton, net zoals jij half Italiaans en half Upton bent. Begrijp je? Ze is heel fantastisch en ik houd van haar en ik verwacht dat jij haar met respect behandelt.'

Marie-Laure keek haar moeder aan alsof ze een vreemde was.

'Ik kan niet geloven dat je in de keuken werkte,' klaagde ze.

'Ja,' lachte Mary luchtig. 'Ik heb de geneugten van het huishouden leren kennen! O, meer dan dat! Kameraadschap! Zusterschap!'

Marie-Laure staarde haar aan.

'Ik dacht dat je al dat geld had geërfd,' zei ze stuurs.

'Ja. Dat heb ik.'

'Dan hoef je toch niet in de keuken te ploeteren, wel? Je hoeft niet rond te hangen met bruine bastaarden?'

Mary keek haar strak aan. Ze weerhield haar hand die op eigen houtje omhoog wilde gaan, uitschieten, die bleke wang slaan, een rode vlek achterlaten.

'Marie-Laure, ik weet dat ik je verwaarloosd heb. Je opvoeding met name. Maar ik heb mij voorgenomen dat te corrigeren. Je bent net zo opgevoed als ik, tot een gevoelloze snob, doordrongen van een superioriteitsgevoel waar je geen recht toe hebt. Sociale superioriteit. Maar je bent niet superieur. Aan niemand. Je bent een klein, onervaren meisje, in opleiding voor de huwelijksmarkt. Ik ben net zo opgeleid. Het heeft mij nooit gelukkig gemaakt en ik geloof niet dat het jou gelukkig maakt. Ik ga proberen daar iets aan te doen. Maar ik verzoek je, zolang je hier bent, te trachten je menselijk te gedragen. Als je dat kunt.'

Ze stond op. 'Ik verzoek je ook niet stoned aan het diner te komen. Gooi die peuk dus weg, verkleed je en kom beneden.'

Ze keerde zich om en liep snel de kamer uit, zodat Marie-Laure haar gezicht niet kon zien.

Ronnie was weer gekleed in de kamgaren lange broek, maar vanavond droeg zij een oranje trui die heel goed stond bij haar gouden teint. Ze zag er – wel, ze zagen er allemaal, dacht Mary (zij ook, wist ze) – heel mooi uit in het schijnsel van het vuur, de kerstverlichting, de paar lampen op de boekenkasten. De leeftijd tastte hen niet aan... of bracht andere schoonheid dan die van de jeugd, andere dan die van Marie-Laure bij voorbeeld, die verscheen in een zijden jurk en pumps, met opgemaakt gezicht maar even stuurs en schaapachtig als tevoren. Ze nam met tegenzin een koekje aan, vroeg om een wijn-soda, nam geen deel aan het gesprek. De zusters rakelden een paar komische verhalen op over hun keukenorgie, maar Marie-Laure glimlachte nauwelijks. Mary vroeg naar haar vriendinnen en wat ze de afgelopen dagen had gedaan, maar ze zuchtte: 'Wat uitgeweest, werkelijk doodsaai, Boston, vergeleken met New York,' en was ontoeschietelijk.

Het gesprek van de zusters zakte weg. Het meisje was een zwart gat dat hen geleidelijk opslokte. Toen ging de deurbel weer. De bedienden waren intussen vertrokken, uitgezonderd Doris, die vloekend naar de deur rende omdat ze de saus op het fornuis moest achterlaten, maar met een brede lach terugrende – 'Het is juffrouw Alex!' Gevolgd door een spraakzame, lachende, grinnikende Alex die zich, nog in haar jas, naar hen toe haastte, hen omhelsde: 'Wat vind je daarvan, ik had het laatste vliegtuig uit Wilmington!'

'Hoe ben je hier gekomen? Waarom heb je niet gebeld? Dan hadden we Aldo gestuurd!'

'O, het is kerstavond, waarom zou hij ook geen vrij hebben, heeft hij geen vrij? Ja, zie je, ik heb dus een taxi genomen, gewoon heel gemakkelijk, die bracht me rechtstreeks hierheen! En wie is dat? Dat moet je dochter zijn, Mary, ze lijkt sprekend op jou, Marie-Laure, is het niet? Ik ben Alex, ik ben zo blij je te ontmoeten, o, 't is zo opwindend weer hier te zijn, is het niet geweldig? David was zo begripvol, ik geloof dat hij al die jaren het gevoel heeft gehad dat hij me beroofde van mijn christelijke erfenis, is dat geen mop, want die had ik niet, echt niet, mijn familie ging zelden naar de kerk, maar ik ben dol op Kerstmis, ik beschouw het niet als de geboorte van een god maar gewoon als de zonnewende, de seizoenswisseling, het lengen van de dagen. De naarste tijd van het jaar, de donkerste, de kortste dagen, maar ook het begin van verandering. Voelen jullie dat ook zo?'

Intussen had Ronnie haar jas gepakt, Mary haar naar een stoel gebracht, Elizabeth haar een glas witte wijn ingeschonken. Ze giechelde steeds harder om al die aandacht. Een gefascineerde Marie-

Laure zat stil een vreemde soort te observeren.

'O, de boom! Geweldig! O, ik kan wel huilen, ik wou dat ik hier was geweest om hem met jullie op te zetten, misschien volgend jaar, ik moet op de kalender kijken of ik volgend jaar wat eerder weg kan, het hangt er helemaal vanaf wanneer Chanoeka is, snap je. Dan moet ik thuis zijn. Hij is zo schitterend, precies groot genoeg, en die schattige versieringen, die moeten antiek zijn, kijk die ene met al die witte sneeuw eens, en die kleine goud met witte,' ze sprong op en begon de kerstballen te betasten met veel uitroepen over bijzonder mooie exemplaren. 'Wat eten we vanavond? Ik ben uitgehongerd!'

'Alex, ik wist het niet meer, eet jij varkensvlees?'

'Ja, we eten niet koosjer. David gelooft er niet in. Ik doe in dit opzicht wat hij wil, weet je. Ik denk dat de eigenlijke reden is dat hij de kookkunst van zijn moeder verafschuwt. Zij eten koosjer, zijn ouders, maar ze eten ook bij mij thuis. Ik let een beetje op wat ik kook als zij komen. De regels zijn heel ingewikkeld, zelfs als je geen twee serviezen gebruikt en zo. Dus wat eten we?'

'Verse gebakken ham, gebraden rosbief, aardappelpuree, zoete aardappels, witte koolraap gepureerd met knolselderie en prei, witte uien in roomsaus, appelmoes, bietjes met mierikswortelsaus, worteltjes in honing, gesmolten geitekaassalade en appeltaart met ijs en cheddarkaas: genoeg voor jou?'

'God! Wat een feestmaal! We zullen zoveel overhouden. Dat zouden we naar de daklozen moeten brengen!'

'Die nemen geen kliekjes,' zei Ronnie.

'O, jee! Wat een verspilling!'

'Hier in huis wordt niets verspild,' zei Ronnie. 'Wat niet opnieuw wordt gebruikt voor onze maaltijden, eten de bedienden op.'

'O! Dat is dan in orde! Ik kan met een gerust geweten eten!' giechelde Alex.

En dat deed ze, deden ze allemaal behalve Marie-Laure, die in haar eten zat te prikken maar wel twee glazen wijn en twee glazen champagne wist weg te werken en toen, tot hun opluchting, meldde dat ze uitgeput was en naar bed ging.

Ze liet een stilte na.

'Je hebt een probleemkind, Mary,' zei Elizabeth ten slotte.

'Ik weet het. Ik weet het allang. Het is helemaal mijn schuld. Ik wilde het niet onder ogen zien. Ze waren allemaal moeilijk. Ze hebben nooit goede ouders gehad. Ze zijn onsympathiek. Allemaal. Zelfs ik mag ze niet.'

Ze fronste haar wenkbrauwen. 'Zoals ze eet,' begon ze voorzichtig, angstig, 'of niet eet. Dat lijkt zo op mij. Zoals ik dat deed. Hebben jullie dat gezien? Denken jullie...' Met trillende mond speurde ze hun gezichten af.

'Vader?' vroeg Elizabeth vol afschuw.

'Ik bewaakte haar als een havik als we hier waren. Ik stond er altijd op dat ze in mijn kamer sliep. Maar die man... jullie weten wel, hij had van die achterbakse manieren. Denken jullie dat het mogelijk is...?'

Ze keken elkaar aan.

'Hij was toen al zo oud... Denken jullie dat hij nog...?'

'Hij naaide mijn moeder tot ze te ziek was,' mompelde Ronnie zachtjes.

'Hoe weet je dat?'

'Heeft ze me verteld.'

Cabot, hij zo liefdevol, zo lief. En toen ik ziek werd, liefde anders. Met die serene glimlach. Zelfvoldaan. Bemind.

'Wat moet ik doen?' Mary drukte haar vingernagels in haar wangen.

'Op het ogenblik niets. Je weet niet eens of het gebeurd is. Ze kan best zijn zoals ze is zonder dat,' zei Elizabeth en blies rook uit.

'Misschien kun je het haar vragen,' stelde Alex voor.

Mary was ontzet: 'Haar suggereren dat haar grootvader haar heeft verkracht – en als het niet zo is?'

'Misschien moet je haar over jezelf vertellen,' ging Alex verder. 'Of moeten wij haar over ons vertellen. Ik ben nu helemaal voor openheid. Ik heb echt tegen mijn moeder geschreeuwd. Het heeft me immens goed gedaan, van haar weet ik het niet. Ze liep een paar dagen gekwetst rond maar daarna werd ze weer net als altijd.'

'En hoe was dat?' vroeg Elizabeth met een zijdelingse glimlach. 'Onverdroten vrolijk?'

'Ja! Hoe weet jij dat?'

'Ik raad maar.'

'Ja. Ze is altijd aardig. Weet je? Heel aardig. Maakt het moeilijk boos op haar te blijven. Maar ik deed het. De hele week. Ze was toch ontdaan dat ze geen kerstboom had, dus ze vertrok halverwege Chanoeka om bij een vriendin te gaan logeren. Ze wist niet eens dat ik hierheen ging. En David en de kinderen zijn vanavond bij zijn Mam en Pap, de laatste avond. Ze zullen het fijn hebben. Dus ze zullen ons geen van beiden missen. Jullie zien, het pakt goed uit.'

'En hoe zit het met David en de erfenis?' vroeg Elizabeth.

'Nou, hij was geschokt. Hij had geen idee dat Vader zo rijk was. Hij had geen idee dat iemand zo rijk was, echt. Niet in werkelijkheid, alleen in kranten en tijdschriften, weet je? Hij was ontdaan. Hij vond het obsceen dat iemand zoveel geld had. Hij wilde onze kinderen daar ook niet mee belasten. Hij dacht dat het leuk zou zijn een boot te kopen, en de baai is vlakbij, maar we hebben geen groter huis nodig nu de kinderen toch binnenkort gaan studeren. En hij was het met me eens dat we niets nódig hebben, niets materieels. Hij was fantastisch. Hij is mijn ware echtgenoot, ik ben met de juiste man getrouwd.' Ze zuchtte, nam een slok wijn.

'Ik dacht dat het erger zou zijn als ik hem over de nonnen vertelde, de kliniek en zo. Maar ik bood aan het geld met hem te delen, zodat hij het naar Israël kon sturen voor de Ethiopische joden. Maar hij zei dat het mijn geld was en dat ik het niet met hem hoefde te delen, dat ik ermee moest doen wat ik wilde. En ik zei dat ik het wilde. Toen zei hij dat hij iets zou nemen, niet de helft. En hij begreep het van de nonnen.' Ze stopte, hield haar glas op voor meer en Elizabeth schonk automatisch in. Haar gezicht werd verguld door de vlammen, beschaduwd door haar goudblonde haar, en ze leunde languit achterover in haar stoel, in gedachten.

'We zaten in onze eigen kamer, het was laat, het nieuws was afgelopen, we gaan dan meestal naar bed, maar we zaten te praten, op de bank, hielden elkaars hand vast. En ik probeerde uit te leggen wat ik wilde doen, probeerde het zo uit te leggen dat hij niet het gevoel had dat ik hem en de kinderen in de steek liet, het uit te leggen als een dwingende hartstocht, maar jullie kennen mij, ik druk me zo slecht uit, ik bazelde en kletste maar en zijn gezicht zag er zo donker uit, zo vol schaduwen. En hij legde zijn hand op mijn mond, heel zacht, en zei gewoon: "Stop."

En hij zei: "Ik heb heel lang het gevoel gehad dat ik je kwijtraakte. Ik wist niet wat ik moest doen. Ik dacht niet dat er een andere man was. Ik dacht zelfs niet dat het door de nonnen kwam, of door je vrijwilligerswerk. Het was bijna – alsof je een persoonlijke wereld binnenging waar niemand anders kon komen – bijna als waanzin. Je was zo afgesloten. Van ons allemaal.

We voelden het allemaal. Je hebt het niet gemerkt."

Ik keek hem nogal verbaasd aan. "Ik heb gemerkt dat de kinderen – nou, meer van jou dan van mij zijn geworden. Meer van jou dan vroeger."

"Ik maakte me zorgen," zei hij. "Was er bijna ziek van. Ik heb zelfs gepraat met Stan Allen, de bedrijfspsychiater. Gewoon een algemeen praatje. Hij had het over de menopauze. Dat leek me niet aannemelijk."

"Daar is het nog wat vroeg voor, David!" zei ik. "Ik ben pas zesendertig!"

"Ja. Dat zal wel. Maar dit klinkt aannemelijk. Een soort hartstochtelijke drang die je in je voelt. Die kwaliteit heb je altijd in je gehad. Iets innerlijks, diep weggestopt."

"Dat heb jij bij mij bespeurd! Waarom ik dan niet? Dat is verbazingwekkend. O, David, ik hou zo van je!"

Wel, we kusten elkaar en gingen naar boven en daarmee was het gesprek afgesloten. Het onderwerp afgesloten. Ik hoef alleen praktische plannen te maken en hij is er evenzeer bij betrokken als ik, wil helpen, dus alles is fantastisch. Ik ben zo gelukkig, al mijn angst was voor niets, is het leven geen wonder?'

Al was het hunne dat niet, ze waren innig blij voor haar, de kleine met de missie, de onbegrijpelijke, de rare, het goudgelokte kind dat een grassprietje was, en ze dronken op haar en op David en op de zegen dat je weet wat je wilt in het leven. Er kwamen dus omhelzingen en een paar tranen van Alex' kant en nog een glas voor iedereen – champagne dit keer – en toen wilde zij over hen horen.

En plotseling wilde Ronnie haar nieuws delen.

'Nou, ik heb een soort verrassing gekregen,' begon ze verlegen. Allemaal keken ze haar aandachtig aan. 'Na jullie vertrek voelde ik me nogal uit mijn doen en ik besloot de kamer van mijn moeder op te ruimen. Ze had niets, natuurlijk, alleen ouwe troep, en ik gooide het er allemaal uit, ze had al die jaren niets voor zichzelf gekocht. En toen vond ik de reden. Ze had vrijwel elke cent die ze hier verdiende op een bankrekening gezet, en zodra ik oud genoeg was, maakte ze er een gemeenschappelijke rekening van zodat hij nu van mij is. Het is niet veel geld volgens jullie maatstaven, maar voor mij is het een vermogen, meer dan tweehonderdduizend dollar, en dat betekent dat ik onafhankelijk kan zijn zodra ik een baan heb, ik zal redelijk comfortabel kunnen leven – iets dat ik nooit heb gekend! Is dat niet fantastisch!'

'Dat heeft zíj gedaan,' barstte Elizabeth triomfantelijk los. 'Zonder hem! Zonder zijn hulp! Zij heeft voor je gezorgd! Op Noradia, een ware heldin!'

'Op Noradia!' toostten de anderen en hieven hun glas op, lachten, wat een weldaad, wat een zegen, wat fantastisch voor Ronnie.

'Het maakt bijna goed wat Vader heeft gedaan,' constateerde Elizabeth.

'O, Lizzie, hoe had ik zijn geld kunnen accepteren?' vroeg Ronnie treurig.

'Je hebt gelijk.' Op grimmige toon.

'Nou, dat gevoel heb ik ook wel,' zei Alex. 'Alsof ik het geld dat hij me heeft nagelaten niet wil, niet voor mezelf. Ik heb mijn eigen leven opgebouwd, ik wil die – overvloed – niet voor mezelf. Die is te moeilijk in stand te houden en te onbevredigend. Maar o, ik wil die arme mensen in El Salvador graag helpen.'

'Nou, laten we hopen dat je dat doet. Er zijn zoveel liefdadigheidspogingen die verkeerd uitpakkken. Ontsporen. Pas op, Alex.'

'Ja. En pas op jezelf. Ze schieten daarginds niet alleen op hun eigen mensen, weet je. Ze schieten zelfs op buitenlanders. Zelfs op Amerikanen! Zelfs op nonnen!' waarschuwde Mary.

Alex keek geschrokken. 'Keren jullie je er nu tegen?'

'Nee, nee! Maar het is niet zo simpel als het misschien lijkt. Niet dat het simpel lijkt.'

'Nee. Ik wil me door de nonnen laten leiden – zij hebben dit eerder gedaan, zij weten er alles van. En we beginnen klein, besteden in het begin maar een paar miljoen, een kleine kliniek. Voorzichtig. Volgen onze weg op een niet-bedreigende manier, helpen in het begin vooral de kinderen. Ik heb een paar gesprekken met hen gevoerd. Laat ik erbij zeggen dat het heel vrolijke gesprekken waren! Geweldige pret! Ze waren natuurlijk in de wolken. En aan het eind tamelijk dronken! Het was de mooiste week! nou, de mooiste maand van mijn leven! Jullie ontmoeten, en dan dit allemaal! Zelfs al stierf Vader, zelfs al was ik... Ik heb hem tenslotte nooit echt gekend. Behalve vleselijk!' Ze begon plotseling hysterisch te giechelen.

Ze deden allemaal mee, in een plotseling opgelaten, verlegen, ironisch gegiechel, toen bedaarde het gelach, er trad een grote rust in, met het knisperen van het vuur, het felle knappen van een dennetak.

'En hoe is het met jullie tweeën. Hebben jullie plannen gemaakt?'

De sfeer werd gespannen. 'Niet echt,' zei Mary.

'Ik heb een paar huizen in Virginia bekeken,' zei Elizabeth onzeker. 'Twee echt mooie. Een met vier slaapkamers met elk een eigen bad. Genoeg voor ons allemaal, en een studeerkamer waar Marie-Laure zou kunnen logeren,' ze keek Mary veelbetekenend aan.

Mary ontweek haar blik. 'Ze wil niet uit New York weg.'

'Als en wanneer ze het wil. Of als Ronnie een vriendin mee wil brengen' (Ronnies hart sprong op), 'of als Alex een van haar kinderen mee wil brengen. Het is een groot huis maar geen landhuis. Voor ons allemaal...' Haar stem stierf weg. Misschien hoorde ze zichzelf smeken.

Mary keek haar met zachte blik aan. 'Het klinkt enig, Lizzie.'

Ze kon zich niet meer inhouden. 'En jij zou gedichten kunnen schrijven en we kunnen feesten geven. Er zijn wat ontwikkelde mensen in Washington, Mary, een paar oude vriendinnen van je...'

'En we kunnen samen zijn zoals ik dat altijd wilde toen ik klein was. We kunnen 's avonds "Ik zie ik zie wat jij niet ziet" spelen!' lachte ze.

'Of ik leer je schaken.'

'In feite kan ik schaken. Paul schaakte graag. Maar hij moest altijd winnen. Als hij niet won, gooide, smeet hij alle stukken door de kamer! Dan verwachtte hij dat ik ze opraapte. Dat deed ik natuurlijk niet en dan moest het personeel de volgende ochtend altijd zoeken. Er raakte eens een stuk kwijt, een paard. Paul was razend, gaf mij de schuld. Ik zei goed, zonder paard konden we niet meer spelen, het was met een baby toch niet zo leuk. Dat was het einde van het schaaktijdperk. Ik geloof dat hij toen een nieuw vliegtuig heeft gekocht, een groter.'

'Je kunt de Bösendorfer daarheen laten overbrengen. Dan kun je spelen.'

'En wat zou Ronnie doen?' vroeg ze speels.

'Nou, de tuin inrichten, natuurlijk. Er ligt nu een schitterende Japanse tuin, maar die beslaat maar een deel van het perceel. Het is een paar hectare. Ronnie kan de rest inrichten, beplanten, wat dan ook...'

Ronnies ogen schitterden. 'Je stelt toch niet voor dat we met ons allen samenleven, Lizzie.'

'Alleen als we dat willen. Het is handig. Stel dat je een baan krijgt in Washington?' Zij zag de uitdrukking op Ronnies gezicht. 'Misschien wil je alleen lange weekends komen, of met kerst of Thanksgiving. Familiefeestjes.'

Daar viel aan te denken. 'Ja.'

'En Alex wil misschien bijkomen tussen reizen naar El Salvador en tochtjes naar huis. Nee?'

'O, ik ben er iedere kerst. Beloofd!'

'Nou, denk erover na,' zei Elizabeth en versomberde toen. Ze bleven zwijgend zitten, alsof ze haar gehoorzaamden. Het vuur doofde, maar het was laat en niemand stond op om het op te poken. Een plotselinge vlaag tegen het raam schrikte hen op.

Ronnie sprong op en keek door de glazen schuifdeur. 'Het sneeuwt,' riep ze.

Ze sprongen allemaal overeind en verdrongen zich voor het raam. 'Sneeuw!' riepen ze alsof ze een wonder aanschouwden, ze sloegen de armen om elkaar heen en bleven staan kijken naar de zachte witte vlokken die neervielen op de dennen, op de kale, grauwe takken van de kornoeljes, op de droge, doodse grond.

HOOFDSTUK 26

Schitterend van sneeuw leek de ochtend een nieuw seizoen aan te kondigen, een wending van duisternis naar licht. Maar de zusters negeerden die metaforische lading en genoten volop toen ze in peignoir en op pantoffels beneden kwamen. Allemaal roemden ze het licht, het prachtige licht, 'als morgenstond in je hart,' dweepte Alex. Elizabeth mompelde, nauwelijks verstaanbaar, 'even helder als de lucht boven Afrika maar anders van kleur,' waarop Ronnie jaloers dacht: godver, ze is zelfs in Afrika geweest.

Mevrouw Browning had een theetafel in de speelkamer geplaatst en zette die nu vol met koffie en vruchtesap, een dampende quiche, brosse croissants, schalen vol cake met rozijnen, appel, noten en kaneel. Ze schoven de gordijnen zo ver mogelijk open, deden de kerstboomverlichting aan, genoten van het voedsel en keken voldaan naar de stapel cadeautjes onder de boom. Geen haast. Vandaag ging het alleen om plezier, leken ze allemaal gelijktijdig en stilzwijgend te hebben besloten.

'Maar waar is Marie-Laure?' riep Mary onthutst en rende de kamer uit, de hal door en naar boven waar ze op de deur van haar dochter klopte. Geen antwoord. Ze opende de deur. Marie-Laure sliep vast en reageerde nauwelijks op haar moeders stem.

'Kom beneden, lieverd, het is kerstochtend! En het heeft gesneeuwd en het is prachtig! Je kunt in je peignoir beneden komen, we zijn allemaal in peignoir.'

Het meisje kreunde en draaide zich om.

Mary schudde aan haar schouder. 'Marie-Laure, ik wil dat je opstaat en beneden komt.'

'Zo dadelijk,' mompelde ze.

'Nee, nu!'

'O, lazer op, moeder,' foeterde ze stuurs. Het bloed steeg Mary naar het hoofd, ze haalde uit en sloeg haar op haar wang. Geschrokken, gegriefd ging het meisje zitten. Haar ogen stonden schichtig.

'Je hebt me geslagen!'

'Ja,' schreeuwde Mary. 'En ik doe 't weer als je ooit weer zo tegen me spreekt! Kom je bed uit, poets je tanden en ga naar beneden!'

Geschokt kwam het meisje uit bed. Mary keek toe toen ze de badkamer inging, wachtte tot ze eruit kwam. Ze droeg alleen een T-shirt.

'Heb je een peignoir?'

Stuurs hoofdschudden.

'Wacht.'

Mary beende de kamer uit, haar eigen kamer in, zocht een peignoir en kwam ermee terug. 'Trek die aan. En een paar sokken, of iets aan je voeten.'

Het meisje gehoorzaamde.

'Naar beneden!'

Marie-Laure ging de trap af, Mary liep grimmig achter haar aan, maar ze kwam de speelkamer binnen met een glimlach en riep: 'Hier zijn we!' Terwijl de zusters Marie-Laure begroetten, kondigde Mary aan: 'Maar we hebben muziek nodig! En ik heb die meegebracht!'

Ze opende een bruine papieren zak en haalde er bandjes uit met renaissance- en barokmuziek, en stopte er een in de cassettespeler. Toen de muziek opklonk, zuchtte ze en riep uit: 'Is dat niet betoverend?' (en dacht: god, ik lijk Alex wel, ik vraag me af of zij zich altijd voelt zoals ik nu, op het randje van hysterie) en nestelde zich met koffie en een stuk quiche in een fauteuil.

Marie-Laure dronk sinaasappelsap en prikte wat in een quichepunt. De zusters aten op hun gemak, met smaak. Ze spraken nauwelijks. Ze genoten, prevelden iets bij een mooie muziekpassage, bij een wolk sneeuw die van een tak op de grond woei, bij een vogel die neerdook op een mogelijk ontbijt. Ronnie verzamelde de kruimels van hun bordjes, opende de schuifdeur en gooide de kruimels buiten op de grond, waar weldra een kleine vogelkolonie rondhipte. De verzadigde zusters keken toe.

'Er is genoeg quiche over voor de keuken,' zei Alex opeens en ging naar achteren om mevrouw Browning en Teresa te vragen af te ruimen. 'De quiche is nog een beetje warm, misschien willen jullie hem opeten,' voegde ze eraan toe, en in de keuken gingen wenkbrauwen omhoog. Dat waren ze natuurlijk precies van plan, na een minuutje magnetron.

'Nee, geen koffie meer,' zei Elizabeth loom, 'maar weten jullie waar ik zin in heb? Bier. Hebben we bier in huis, mevrouw Browning?'

'Bier?' ze staakte het afruimen. 'Nou, dat moet wel, in de provisiekamer hier wordt alles in voorraad gehouden. Maar weet u zeker dat u om half elf 's ochtends bier wilt, juffrouw Upton?'

'Laten we allemaal bier nemen,' besloot Mary. 'Of een Bloody Mary. Ja, die heb ik liever. Ik zal die maken. Dat deed ik vroeger voor Paul, die was er dol op.' Ze stond op en staarde hulpeloos naar de nog lege bar.

'Mooi dat ze zeggen dat we kunnen eten, maar nu willen ze de bar gevuld hebben,' mopperde mevrouw Browning in de keuken tegen Teresa terwijl ze nijdig een ijsemmer vulde en een citroen sneed.

Ronnie wachtte tot ze allemaal achteroverleunden met een glas – Marie-Laure had ook bier – en vroeg toen als een gretig kind: 'Zullen we nu de cadeautjes doen?'

Toen Elizabeth plechtig de pakjes uitdeelde, zei Mary: 'Lizzie, weet je nog dat we klein waren en Kerstmis vierden bij Vader en dat Worth en Harriet en Sam en Pru er eens waren met hun kinderen en dat Worth zei dat toen zij opgroeiden, hun vader de regel had ingesteld dat de jongste eerst een pakje moest openen, en dan de op een na jongste, en zo verder, en dat wij ons vreselijk opgelaten voelden, natuurlijk waren wij de jongsten, wel, ik tenminste, dus moest ik eerst maar ik mocht maar een pakje openmaken en dan moesten we wachten tot alle anderen een pakje hadden opengemaakt voor we er weer een mochten openmaken? En dat Vader zei dat we zo discipline leerden?'

Lizzie knikte, glimlachend.

'Ik verafschuwde dat toen, jij ook?'

'Nee. Daardoor viel het niet zo op dat ik veel minder cadeautjes kreeg dan jullie allemaal. Als ik mijn laatste pakje had opengemaakt – altijd een peignoir of een blouse, iets waar ik echt niet om gaf – kon ik wegsluipen met de presentjes die ik fijn vond, de boeken, en niemand merkte het zelfs.'

'Wel, ik kreeg natuurlijk massa's presentjes. En ik verfoeide het toen. Maar ik geloof dat we het vandaag zo moeten doen. Niet om de discipline maar om het te rekken. Om overal bij stil te staan. Om alles ten volle te waarderen. Wat vinden jullie?' vroeg ze haar zusters.

Het idee beviel hun, dus toen alle cadeautjes waren uitgedeeld, zei Mary dat Marie-Laure moest beginnen. De zusters, die niet wisten dat zij zou komen, hadden niets voor haar meegebracht, maar Mary had zoveel meegebracht dat het meisje net zo'n hoge stapel had als de anderen. Ze trok lusteloos aan een koord om een doos, terwijl de anderen toekeken. Het duurde een tijd voor ze het los had, toen scheurde ze, met delicate gebaren, oppassend voor haar lange nagels, het mooie stevige cadeaupapier botweg stuk. Ze trok een witte zijden pyjama te voorschijn.

'O, gaaf. Bedankt,' zei ze, liet de pyjama weer in de doos vallen en pakte haar bier op.

Hun gezichten betrokken teleurgesteld, maar Mary zei vrolijk: 'Ik ben blij dat je hem mooi vindt. Ronnie is de volgende!'

Ze maakte een enorme doos open, Elizabeths geschenk, een met schapevacht gevoerd kalfsleren jack, zoiets luxueus had ze nooit gehad of zelfs maar van dichtbij gezien. Ze keek Elizabeth aan met glinsterende ogen.

'Toen ik het zag, voelde ik gewoon dat het bij jou hoorde,' zei Elizabeth nonchalant en voelde zich banaal.

Maar ze zeiden allemaal iets dergelijks bij ieder pakje dat openging, want ze hadden hun geschenken allemaal gekozen met dezelfde intense belangstelling, hetzelfde intense besef van wie de ander was. En behalve Marie-Laure, die al haar cadeautjes ongeïnteresseerd incasseerde, pakten ze allemaal even aandachtig de geschenken uit, bewonderden alles, ontdekten telkens wat het bijzonder en mooi maakte, een nieuw stukje van de schat die lag opgestapeld aan hun voeten, van de heerlijkheden die de wereld bood, alle schoonheid en vernuft van menselijke makelij, voorwerpen vervaardigd om de zinnen te strelen. Zo roemden ze in koor de schoonheid en kleurenpracht van de kasjmieren trui die Mary voor Ronnie had uitgekozen, de soepele stof van de lichtgewicht denim overall die Alex van Elizabeth kreeg, zo zacht en bleek van kleur, zo heerlijk licht en soepel, zo geschikt voor zwaar werk in een tropisch klimaat. En zo ging het verder met het lichte nylon windjack dat Mary haar gaf, dat een propje van niets kon worden en toch niet kreukte; en de beeldige omslagdoek die Elizabeth Mary gaf, doorschoten met goud en purper dat haar ogen deed oplichten, en het minuscule fluwelen tasje dat Alex voor Mary had ontdekt, gevoerd met satijn, even prachtig en luxueus als Mary zelf. Voor Elizabeth had Alex een wereldbol gevonden met een pakje stickers erbij waarmee de grenzen en namen van landen naar believen konden worden veranderd, en Mary had een antiek Mexicaans sigarettenetui van zilver gevonden met de Aztekenkalender erop.

Ronnies ogen brandden. Ze hadden ook allemaal kleinigheden voor elkaar gekocht – zakdoekjes, lavendelzakjes, parfum, kruidenmengsels, zeep, bonbons gevuld met likeur en crème. Ze hoorde niet thuis in dit gezelschap, deze manier van cadeautjes geven begreep ze niet. In haar wereld kocht je nooit nutteloze dingen, dingen die je niet absoluut nodig had. Haar kleine gaven zakten onder in de stapel en ze zag op tegen hun ontdekking.

Maar ten slotte werden ze natuurlijk ontdekt.

Ze wisten toen al niet meer wie er aan de beurt was, en Elizabeth opende haar kleine pakje. 'Van Ronnie,' kondigde ze aan en scheurde het papier open alsof ze verbaasd was, alsof ze geen geschenk van Ronnie had verwacht. Ze staarde naar de bandjes: twee bandjes met live-opnamen van Bill Evans en zijn jazzband. Ze keek Ronnie aan. Kreeg tranen in haar ogen.

'Ronnie!' zei ze zacht. 'Hoe wist je dat ik van Bill Evans hou? En hierop staat "I was up with the lark today!" Mijn absolute favoriet!'

Ronnie geneerde zich, tuurde naar een vogeltje dat een laatste kruimel oppikte. 'Och. Je hebt het eens genoemd.'

'En jij hebt het onthouden.' Elizabeth stond op, liep de kamer door, omhelsde haar. 'Heel, heel erg bedankt! Je hebt geen idee wat dit voor me betekent. Vroeger... mijn oude bandje is allang weg, stuk... ik heb het zo vaak gedraaid. En er kleefden zoveel herinneringen aan,' haar stem zweefde weemoedig weg.

Mary keek jaloers toe. 'Het is nu toch mijn beurt, hè? Wat heb ik gekregen?' riep ze en scheurde haar pakje open. Ze bestudeerde de twee boeken – gedichten van Sharon Olds en Barbara Greenberg. 'O, ik ben dol op Sharon Olds! En Barbara Greenberg! Ja, ik heb een boek van haar gekocht, ik las het toen ik hier was, maar dit is een ander, o, Ronnie, dat weet je nog! Dank je, dank je!'

Alex rukte het hare open. Ze riep verbaasd: 'Stein – mijn naam?' en tuurde naar het boek, las hardop de flaptekst voor. 'Een biografie van Elizabeth Stein, de enige katholieke jodin die een heilige werd.' Ze keek op naar Ronnie. En huilde.

Het was dus toch goed uitgepakt, haar cadeautjes waren het succes van de dag, hoger gewaardeerd dan het geparfumeerde, het luxueuze, het weelderige, het overvloedige. Gewaardeerd om de herinnering die erin school, om de liefde die het vergde de herinnering te bewaren. Maar verzadigd van alle soorten voedsel, innig welgedaan, waren ze die dag allemaal hartelijk voor elkaar, zeiden en deden steeds vol vuur dat waardoor de anderen zich bemind, waardevol zouden voelen. Hoewel het diner om drie uur werd opgediend, zodat de bedienden bijtijds naar hun eigen gezinnen en hun eigen kerst konden vertrekken, verkleedden ze zich allemaal voor het diner. En opnieuw voelde Ronnie zich bemind en aanvaard, gekoesterd, toen iedereen haar nieuwe zwartfluwelen smoking bewonderde. Mary was in scharlaken satijn, met decolleté en strakke rok, en Alex droeg iets van prachtig vàllende turkooise zijde, chiquer dan ze ooit van haar hadden gezien. Zelfs Elizabeth had zich aan de gelegenheid aangepast en droeg een jurk van lichtblauwe wol die haar ogen deed oplichten. Marie-Laure droeg een kort, strak zwart rokje over een zwarte maillot en torenhoge zwarte naaldhakken.

Vastbesloten hun dag niet door het meisje te laten vergallen, negeerden de zusters haar nukkige zwijgen en keuvelden, kletsten en prezen het eten, maakten van het diner opnieuw een orgie van verrukking. Ze waren zo vervuld van welbehagen dat zij het personeel (beladen met kerstcadeautjes, koekjes en flessen wijn) vrij gaven zodra het dessert was opgediend – echt een geschenk, want er was nog veel op te ruimen. Maar ze zeiden dat ze het zelf zouden doen – na een verkwikkende boswandeling om wat calorieën kwijt te raken. Marie-Laure, die niet genoeg had gegeten om het eraf te willen lopen, bleef achter. Ze ging op bed liggen roken, met een koptelefoon op om naar rockbandjes te luisteren, de blik op het plafond. Weggedoken in dikke jassen zwegen de zusters over haar, maar haar afwezigheid luchtte hen op. Ze liepen lange tijd in stilte. Toen ze begonnen te spreken, leken het avondlicht hun stemmen te weerkaatsen. Ze keerden sereen terug om de keuken op te ruimen, met muziek op de cassettespeler, liedjes, een dansje en een komisch onhandige tapdans. En het werk ging snel genoeg met hun vieren, dus wie zal zeggen wanneer, waardoor de omslag kwam, wat een volmaakte dag deed uiteenspatten in fragmenten die er zelfs nooit in aanwezig hadden geleken.

Misschien bestaan er geen volmaakte dagen, dacht Ronnie later.

Misschien was het toen ze in het bos wandelden en Mary de schoonheid en verrukkingen van de islamitische kunst, met name het Alhambra, ging vergelijken met de grote christelijke kathedralen.

'Het waren natuurlijk briljante wiskundigen, die oude Moren, en hun ambachtslieden waren fantastisch, maar de manier waarop ze het licht gebrúikten, naar binnen zogen, schaduw voor koelte benutten, de manier waarop ze alles aanlegden – tuinen, fonteinen, paviljoens – om het zingenot van de geschapen wereld te huldigen, dat lijkt me allemaal zoveel menselijker en moréler dan het strenge weerstreven van de geschapen natuur dat je in de kathedralen vindt. Al die bogen die stram rechtop blijven staan, zich inspannen om een dak te dragen dat helemaal niet zo hoog hoefde zijn, dat alleen zo hoog was om te intimideren, zodat mensen zich onbetekenend voelden. Het weinige licht dat wordt toegelaten, zodat alles verandert in klamme, donkere schaduwen, in steen, in blauw glas. Het is wreed en onmenselijk en een ontkenning van het genot – en die arme mensen hadden toch al zo weinig – in naam van een god, een macht. Het Westen is werkelijk gek,' besloot ze.

'Maar het is juist dat streven,' barstte Elizabeth los (klonk er woede in haar stem?) 'waardoor ze zo schitterend zijn! De worsteling om boven het wereldse uit te stijgen, de worsteling om niet te leven als zinnelijke dieren, om het leven betekenis te geven – dat maakt de kathedralen groots!'

'Nou,' zei Mary luchtig, 'als ik moest kiezen tussen genot en betekenis in het leven, koos ik meteen voor het eerste. Iedere betekenis die je kunt bedenken, moet je uitvinden. Genot is tenminste echt en het voedt je, zoals ons vandaag.'

Ronnie zette zich schrap voor een vals 'Jóu ja!' maar Elizabeth perste haar lippen opeen en zei niets, en het ogenblik verstreek.

Of misschien was het toen Alex, turend naar een kale boom, plotseling begon te praten over de verdreven boeren in een stad in Brazilië, beschreef hoe krotten en hutten tegen een heuvel lagen, mannen voor vijftig cent per dag suikerriet kapten, niet genoeg om een gezin te voeden, vrouwen voor nog minder werkten als dienstmeid of wasvrouw. De vrouwen moesten iedere dag bij zonsopgang helemaal de heuvel af om water te halen dat met mondjesmaat werd aangevoerd. Als ze geluk hadden en voor in de rij stonden, kregen ze water en moesten het op hun hoofd tegen de steile helling op naar huis dragen. Als ze geen water kregen, moesten ze rivierwater gebruiken, zwaar vervuild door de suikerriettelers en vol parasieten. Kleren moesten ze altijd wassen in de rivier. Hun baby's stierven meestal, zei Alex, van honger of dorst, maar zodra ze zich probeerden te organiseren om een crèche of kliniek op te zetten, werden ze door de rijke plantage-eigenaren en notabelen van de stad voor communisten uitgemaakt en tegengewerkt. Die beletten de aanleg van een waterleiding of elektriciteit, zodat hutten vaak in brand vlogen door gemorste petroleum. En ze ontkenden dat de mensen verhongerden.

Alex had over deze boeren gehoord tijdens een lezing in het klooster door een dominicanes die bij hen had gewerkt, maar ze sprak argeloos, zonder werkelijk politiek besef van de situatie, haar lieve hoge stem schoot uit van woede over de monsters die deze mensen uitbuiten en in zo'n gruwelijke staat van ellende houden, dat de moeders zelden rouwen als er een baby sterft.

'Ooit,' besloot ze droevig, 'leefden deze mensen op kleine lapjes grond, verbouwden hun eigen voedsel en konden ervan leven. Maar ze werden van hun land gejaagd door de hebzuchtige plantage-eigenaren die grotere suikerrietplantages wilden, door de rijken! Het is zo wreed!' riep ze.

'Je moet de manier waarop ze leefden niet idealiseren. Ze hadden het waarschijnlijk weinig beter dan dieren,' zei Elizabeth op strakke, autoritaire toon. 'Hun baby's stierven toen waarschijnlijk ook, ze hadden toen waarschijnlijk ook honger.'

'Nee, ze teelden bonen, dingen waarvan ze konden leven!' riep Alex. 'Nu moeten ze geld zien te krijgen om voedsel te kopen!'

'Het is waar,' gaf Elizabeth toe op diezelfde gezaghebbende toon, 'sommige mensen worden weggevaagd door de verandering in de mondiale economische orde. Dat is treurig, maar er is niets aan te doen. Die ontwikkelingen zijn sterker dan mensen, zij brengen de veranderingen die wij beschaving noemen.'

'Ik kan het niet echt beschaafd noemen wat ze teweegbrengen, Lizzie,' wierp Alex zachtzinnig tegen.

'Alex, je bent politiek naïef. Ik kan hierover niet met je discussiëren. Maar het is allemaal niet zo somber als jij het voorstelt.'

Dat snoerde Alex de mond en beëindigde het gesprek.

Maar de directe aanleiding was Ronnie zelf, toen ze terug waren en de hele keuken schoon was en ze met een drankje uitrustten in de speelkamer. De band, een gregoriaans gezang, was afgelopen, maar iedereen was te lui om op te staan en een andere op te zetten, en met een innig gevoel van welbehagen zei Ronnie: 'Dit was een van de fijnste dagen in mijn leven.'

'Hmmm,' mompelde Mary. 'Vind ik ook.'

'O, ik ook,' zei Alex vurig.

'Het is zo fantastisch als vrouwen iets samen doen,' vervolgde Ronnie. Toen vertelde ze hun over het etentje dat haar vriendin Linda voor haar had gegeven. 'Weet je, het was het tegendeel van dit, maar precies even geweldig. Ze is doctoraalstudente en heeft geen cent, ze woont in een armoedige flat, nou, al mijn vriendinnen zijn arm, ze wonen allemaal zo, maar zij wilden feestvieren, dat doen ze veel, deed ik ook toen ik daar woonde. En iedereen brengt iets mee, weet je wel, macaroni of bonensoep of rijst met bonen of een stoofschotel, brood, salade, wijn, vruchten, en we praten en lachen en eten en helpen allemaal met opruimen, er vliegen geen ronkende ego's door de kamer, er behoeven geen mannelijke pretenties te worden gesteund, geen leugens te worden verdedigd. We hebben het gewoon heerlijk.'

Elizabeths kin verstrakte. Was het jaloezie op al die vriendinnen? Een impliciete uitdaging in Ronnies mededeling dat dat etentje even fijn was geweest als dit? De verwijzing naar verdedigde leugens? De opeengehoopte genoegens van de dag die zwaar en vettig op een ascetisch gemoed drukten? Of was het de herkenning van een wezenlijk verschil tussen haar en alle anderen? Wat haar ook raakte, het raakte haar onmiskenbaar. Ze keek Ronnie dreigend aan en breidde de dreiging uit naar de anderen, barstte los.

'Jullie maken me allemaal ziek met jullie idealisering van het vrouwelijke, alsof vrouwen moreel hoger staan dan mannen, alsof ze van nature anders zijn! Wat een sentimentele onzin! Wat een onnozel ideaal om te koesteren, zo'n lieve kleine huiselijke wereld, waarin iedereen deelt, liefheeft, samenwerkt, geen ego's, belachelijk! Vrouwen rivaliseren het hardst, zeg ik je! Gewicht, figuur, kleren, haar, nagels, koken, ze werken zich krom om elkaar mannen, mannen, mannen af te troggelen! En vrouwen hebben zulke misselijke maniertjes om elkaar te grazen te nemen, almaar glimlachen, zo huichelachtig, mannen trekken tenminste nog hun wapens en maken elkaar openlijk af!

Denken jullie echt dat we in een soort communeparadijs zouden leven als er alleen vrouwen waren, als we ons op eigen houtje konden voortplanten? We zouden allemaal in strohutten wonen, o zo!'

Toen ze pauzeerde om een lange haal van haar sigaret te nemen, zei Ronnie rustig: 'Als je kijkt naar de overblijfselen van matricentrale culturen, leefden ze eigenlijk in aanzienlijke weelde en welvaart. Zonder oorlog. En zelfs al woonden we in strohutten, als we ons konden redden en genoeg voedsel hadden – en uit onderzoek blijkt dat we dat hadden toen we de baas waren over ons eigen leven en de gewassen, meestal tenminste – was het misschien niet zo slecht. Vergeleken met die krotten in Roxbury en de zuidelijke Bronx is een strohut nog niet zo slecht,' lachte ze luchtig.

'O, wat een onzin,' viel Elizabeth haar in de rede. 'Er kwam uiteindelijk toch oorlog, nietwaar? Toen er genoeg mensen waren, toen het vol werd. Het was onvermijdelijk. Het hoort bij de beesten die we zijn! Al die feministische onzin, even erg als het marxisme, het beweert, bewéért domweg, dat we vriendelijke, liefhebbende, coöperatieve schepsels zijn terwijl iedere regel in elk geschiedenisboek iets anders bewijst! De rooien beweerden dat we anders waren, zij hebben de menselijke natuur per decreet proberen te veranderen, en kijk waartoe het heeft geleid, ze hebben de meest onderdrukkende samenleving geschapen die ooit heeft bestaan – erger dan enige oosterse tiran, dictator, keizer. De enige manier waarop je een ook maar enigszins beschaafde samenleving kunt opbouwen, is door rekening te houden met het feit dat we wilde, wrede, rivaliserende, agressieve, roofzuchtige dieren zijn. We zijn moordenaars, net als andere grote zoogdieren! Hebben jullie nooit gehoord van het overleven van de sterksten? Nou, wie zijn volgens jullie de sterksten? De meest woeste, de meest efficiënte moordenaars – en ik geef toe dat mannen daar kampioen in zijn. En het beste dat je kunt doen is jezelf tegen hen beschermen. Maar de zwakken worden onvermijdelijk vernietigd, uitgeroeid. Je kunt het op dit moment overal op aarde zien. Iedere primitieve samenleving, iedere eenvoudige samenleving wordt weggevaagd, daar kun je niets aan doen, het is de natuur, de menselijke natuur, het is onvermijdelijk omdat het noodzakelijk is! En het heeft een functie: het houdt de menselijke soort sterk!'

'Dat is verschrikkelijk,' hijgde Alex. 'Dat kun je niet menen, Lizzie.'

'Ik ben doodernstig. Jullie zijn een stel kwezels! Jullie weten meestal niet waar jullie over praten. Jezus Christus, in wat voor wereld denken jullie dat jullie leven? Denken jullie dat onze kleine idylle in Lincoln iets anders is dan een droom, mogelijk gemaakt – gekocht en betaald – door de barbarij van onze voorouders, die genoeg hebben geroofd, geplunderd, bedrogen, omgekocht en gemoord om een klein eilandje te scheppen midden in de hel?

Wat denken jullie dat daarbuiten gebeurt! Onafgebroken! De premier van India is vermoord, kapers hebben passagiers vermoord op het vliegveld van Teheran, een chemische fabriek is ontploft in Bhopal, in Burkina Faso sterven honderdduizenden mensen van de honger, en dat zijn dan nog maar de afgelopen weken! En dan hebben we het niet over de burgeroorlogen op honderden plaatsen op aarde – El Salvador, dat Alex' hartstocht zo wekt, is bepaald niet de enige plaats, kijk maar wat er gebeurt in Ethiopië, Nicaragua, Chili, Afghanistan, Sri Lanka, Cambodja, Mozambique, Angola, Jezus en dat is nog maar een summier lijstje. En kijk bovendien wat mensen elkaar aandoen op straat in zogenaamde beschaafde landen, moord en verminking, zelfs mensen die van elkaar houden of dat beweren, hoeveel mannen vermoorden er niet iedere dag hun vrouw of vriendin, niet te tellen zoveel als je ze bij elkaar optelt, afranselingen, verkrachtingen, martelingen, moorden, in alle steden, plaatsen, dorpen, landerijen overal ter wereld?

Er is zelfs geen bende woestelingen voor nodig, je eigen vader knapt het wel op, notabene in dat idyllische huisgezin! Net als onze vader. En als hij het niet doet, krijg je misschien van je moeder slaag of erger.

Er is geen veilige plek, dat is een illusie, er is geen veiligheid, zelfs al streven mensen er hun hele leven naar alsof het bestaat, alsof genoeg geld of macht of aanzien je kan vrijwaren. Maar wij weten wel beter, nietwaar? We worden voortdurend belegerd, bedreigd, het leven is een voortdurende worsteling, het beste dat je kunt doen is een tijdelijke veiligheid zien te bevechten, een eiland zoals dit huis, mijn baan of een universitaire functie,' zei ze met een blik op Ronnie 'en je daar in godsnaam aan vast te klampen.

En bovendien is het om ons heen hetzelfde: lege ruimte met exploderende sterren, zwarte gaten, planeten van methaanijs, kometen, en nu hebben we een gat in de ozonlaag en zure regen en god weet wat ons verder bedreigt.

In grote delen van de wereld moet je worstelen om genoeg voedsel te vinden, drinkwater, en dan moet je zorgen dat je je naaste niet provoceert, die misschien gewoon een Uzi pakt of een AK-47 of wat het modewapen van de tijd is. Je moet gewapend zijn, gewapend met iets, een pistool of geld, aanzien, een soort macht, want het spel heet oorlog, permanente oorlog, dat betekent het om te leven!'

Ze zonk achterover, uitgeput, met een woeste blik, ze plukte aan haar haar, haar sigaret was uit. Ze staarde dof naar de muur. De anderen gaapten haar aan, ontzet, en bleven een tijd lang zwijgen.

'O, arme Lizzie,' fluisterde Alex ten slotte.

'Dat is nogal een opvatting, Elizabeth,' zei Ronnie rustig.

'Het is geen opvatting!' riep ze, 'het is de werkelijkheid!' Ze ging rechtop zitten en stak een nieuwe sigaret aan. 'Zien jullie het niet? Beseffen jullie het niet?'

'Maar het is niet de enige werkelijkheid,' zei Alex zacht. 'Het is niet de hele werkelijkheid.'

'Nee,' prevelde Mary. 'En al die schoonheid dan, de schoonheid van de dagen, het licht, de natuur, de steden, de mensen? En al die prachtige dingen dan die we elkaar vandaag hebben gegeven, al die heerlijke dingen die we hebben gegeten, het plezier dat we hadden?'

'En het is ook niet de enige waarheid over ons, over mensen,' zei Ronnie koppig. 'We zijn niet allemaal met elkaar in oorlog, we helpen elkaar. Ik kom uit een wereld die jullie niet kennen, niemand zou daar overleven als de vrouwen niet op elkaars kinderen pasten, elkaars kinderen opvingen, soms maandenlang, gratis. Ze delen hun voedsel, er kan altijd iemand bij aan tafel, zelfs als het slecht gaat, en ze lenen elkaar spullen – een deken, een warme jas, wat dan ook.

Luister, ik werk met de natuur op het laagste niveau. Mossen en korstmossen heten lagere planten, ze hebben niet de complexiteit van hogere planten – hoewel sommige mossen uniseksueel zijn en sommige biseksueel,' grijnsde ze. 'Maar onze hele ecologie is afhankelijk van hen en van overeenkomstige soorten. En korstmos, waarschijnlijk een van de eerste vormen van leven op aarde en dus fundamenteel voor ander leven, is symbiotisch, bestaat uit twee verschillende soorten die elkaar nodig hebben om te kunnen leven. Het overleeft door samenwerking, niet door conflict. Het kan leven waar niets anders kan leven – in de hoogste bergen waar niets anders groeit, op de kusten van de oceanen, boven in de hoogste tropische bomen waar de zon te fel brandt voor alle andere planten. Het leeft zelfs onder aan die bomen, waar het klimaat te donker of te nat is voor andere planten. En het is een pionierende plant, die aarde produceert, een van de weinige soorten die dat doen. Het schépt.

En in de natuur functioneert veel zo. Als je wilt praten over de natuur in ons, waaruit wij ontstaan, moet je denken aan hoe de natuur rondom ons functioneert. Weet je, sommige plantkundigen – kerels – de kerels zoeken altijd naar blijken van overheersing in de natuur – probeerden vast te stellen dat de schimmels dominant zijn in korstmos, omdat ze opvallender en volumineuzer zijn. Maar ze constateerden dat de schimmels volkomen afhankelijk zijn van de algen, misschien zelfs meer dan de algen van hen. De dingen zijn soms anders dan ze lijken. Denk maar aan jullie vader, mijn moeder. Ze zijn niet te vergelijken in termen van macht, roem, rijkdom, je kunt ze zelfs niet in een adem bespreken. Maar ik betwijfel of mijn moeder – stel dat ze nog leefde – een beroerte zou hebben gekregen als jullie vader stierf. Mijn moeder leek volkomen afhankelijk van jullie vader. Maar in werkelijkheid was het anders...'

Ze pauzeerde, stak een sigaret op, ging verder op kalmer toon. 'Jouw opvatting is een mannelijke opvatting, een kapitalistische opvatting, wel, ik neem aan dat de huidige communisten die ook delen, het is de opvatting die de verandering in de economische structuur van feodalisme naar industrialisme rechtvaardigde. Die wordt ons bijgebracht om ons in het gareel te houden, maar het is niet per se de waarheid over de menselijke natuur. Ze willen dat we erin geloven, zodat we in hun oorlogen blijven vechten, voor hen sterven, sterven om hun macht te versterken, zodat zij hun rijkdom kunnen vergroten en alleen de doden medailles geven.

Jij moet dat allemaal geloven om voor die regering te kunnen blijven werken, blijven geloven in de economische principes die je in je studie hebt geleerd. Je moet erin geloven om je leven te rechtvaardigen. Maar wij niet.'

Elizabeth zat rechtop. 'Dat is onzin! Jullie zijn gewoon allemaal opzettelijk blind. Naïef. Goed, ik weet niet waarom ik van jullie meer zou verwachten dan van anderen. Weinig mensen zijn bereid de onplezierige realiteit onder ogen te zien. Ze troosten zich liever met een broodje, een biertje en de buis. Als dieren!' snoof ze.

'Nou, we zijn dieren,' prevelde Alex. 'Tamelijk lieve, denk ik, in wezen.'

'O, zoals de folteraars in El Salvador?' vroeg Elizabeth sarcastisch. 'Of in Chili, Peru, Argentinië, Algerije, Vietnam? Denk je echt dat jouw kliniek wezenlijk verschil zal maken, het probleem zal aanpakken?'

Alex fronste haar wenkbrauwen, dacht ernstig na over de vraag. 'Ik denk dat het openen van een kliniek het lijden van sommige mensen kan verzachten – misschien een paar honderd mensen. Dat is alles,' besloot ze.

'En stel dat de regering besluit dat jouw kliniek subversief is, wat dan? Stel dat ze een doodseskader sturen om jou en de nonnen neer te schieten, je misschien eerst te verkrachten. Heb je erbij stilgestaan dat dat heel goed kan gebeuren, dat het vaak gebeurt waar jij heen gaat?'

'Dat weet ik,' antwoordde ze zacht.

Elizabeth keek haar aan, en haar ogen stroomden vol tranen. 'Doe het niet, Alex. Ga niet! Het is vragen om moeilijkheden! Ga niet!'

'O, Lizzie,' Alex stond op, liep naar haar zuster toe en omhelsde haar. Elizabeth snikte luid met haar handen voor haar gezicht.

Mary trok hard aan haar joint. Wat schokkend, Lizzie zo te zien huilen, ik kan me niet herinneren dat ze ooit huilde, nooit, zelfs niet toen haar elleboog ontwricht was toen ze uit een boom viel, die keer dat we erin waren geklommen. Vader was zo kwaad, zei dat jongedames niet in een boom klommen, we hebben het nooit meer gedaan, het was zo leuk, ik vond het heerlijk, doodjammer.

Ging het in wezen daarom, angst om Alex? Ik ben ook bang om haar, Lizzie heeft gelijk, ze heeft geen idee waar ze in terechtkomt, ik zou voor geen goud naar zo'n oord gaan. Voor geen goud, voor niets ter wereld. Maar zij... wie kan haar doorgronden?

Wat een uitbarsting, ziet ze het leven echt zo, hoe houdt ze het leven vol? Je hoort mannen wel zo praten, maar ik kan nooit echt geloven dat ze menen wat ze zeggen, ik denk altijd dat ze het maar zeggen om een of andere bijzonder smerige zakelijke transactie te rechtvaardigen, iets dat anderen schaadt... meedogenloze wereld, zeggen ze, maar alleen als ze net meedogenloos zijn geweest. Harde wereld, zeggen ze, je moet hard zijn, nuchter, dat wil zeggen niets voelen. En dat doen ze, dat weet ik, maar ze gaan toch ook naar huis, ontspannen zich, komen in een lossere stemming, genieten van hun kinderen, hun vrouw, hun diner? Zelfs Paul, en hij was de hardste van mijn mannen, kon soms echt teder tegen mij zijn. Dan mocht ik hem, als hij zich ontspande, in de zon zat, zwom, een gin-tonic dronk, glimlachte en er gewoon van genoot dat hij leefde...

Ronnie heeft gelijk, ze moet dat allemaal wel geloven om haar werk te rechtvaardigen, en dat is tenslotte haar leven. Ze heeft geen echt liefdeleven gekend, denk ik, ze heeft geen kinderen, ik geloof niet dat ze vrienden heeft...

Arme Lizzie. Zo eenzaam. Nooit eerder opgemerkt. Smeekt me bij haar in te trekken, daar komt het in feite op neer, ik had nooit gedacht dat ik haar zou horen smeken, als ik terugdenk aan hoe ik haar altijd smeekte, toe, Lizzie, toe, speel vadertje en moedertje met me, ga met me zwemmen, wil je rolschaatsen op het terras?

De waarheid is dat ik ook geen vriendinnen heb, geen echte vriendinnen, geen vriendinnen zoals Ronnie heeft, en Alex met die nonnen, zoals ze over zuster Evangeline praat, non in driedelig grijs die het hele land door vliegt om geld in te zamelen, er is werkelijk wel iets veranderd, en zuster Bernadette met de sproeten en de grapjes die Ierse whisky drinkt, ze houdt echt van hen...

Lizzie en ik hebben er het meest onder geleden. Alex werd vroeg weggehaald, Vader heeft Ronnie nooit als lid van de familie behandeld, wij hebben de volle laag gekregen van zijn minachting, en de manieren bovendien, de regels, zoveel regels...

Mary drukte haar joint uit en stopte de peuk in haar geëmailleerde doosje. Ze wreef met haar handen over haar armen, voelde zich verkild, alleen. De nachthemel was zonder sterren en grijs alsof een duistere, doffe deken de hemel bedekte. Ze stond moeizaam op en liep naar het bed, beleefde het vannacht niet als een genoegen erin te stappen, haar smetteloze lichaam tussen de koele, schone, witte lakens te laten glijden. Vannacht voelde zij zich niet smetteloos.

Al die spelletjes die ik met mezelf speel – wit voedsel, wit nachtgoed, witte lakens, witte kamers. Een illusie die ik dagelijks voor mezelf schep, steeds maar weer die rituelen om de illusie te scheppen van reinheid, zuiverheid, me smetteloos te voelen. Maar dat ben ik niet. Nee. Ik ben even verdorven, verdervend als ieder ander mens op aarde. Kijk wat ik met mijn kinderen heb gedaan. Wat is er mis met mijn dochter, mijn schatje? Wat moet ik doen? Wat kan haar helpen? Is het mogelijk dat Vader...

Lizzie heeft gelijk: wij zijn een wrede, egoïstische, roofzuchtige soort.

Tranen kronkelden zijwaarts over haar wangen terwijl ze daar lag. Ze veegde ze niet weg.

Haar arme hart zo verscheurd, vol geloof in zulke dingen, wel, natuurlijk heeft ze tot op zekere hoogte gelijk, maar juist de hoogte maakt alle verschil. Wat bedoel ik daarmee? Toch weet ik dat ik gelijk heb.

Alex hing zorgvuldig haar jurk op, streek de zijden plooien liefderijk glad, zulke prachtige, zachte zijde, zo heerlijk aanvoelend. Zoveel heerlijke dingen in het leven, die laat ze allemaal buiten beschouwing. Economie noemt ze het, een wetenschap zegt ze, een merkwaardige wetenschap als die de helft van het bestaan negeert, meer dan de helft, maar misschien doet iedere wetenschap dat, vast, geneeskunde doet het zeker, ik zie de artsen in het St.-Mary, ze vergeten de geest, ze vergeten hoe belangrijk het is omhelsd, aangeraakt en getroost te worden. Ze vergeten ook de voeding, in het St.-Mary tenminste. Het vreselijke eten dat ze de patiënten voorzetten, snappen ze niet dat ze sneller beter zouden worden met gezonder voedsel? Ze hebben alleen oog voor medicijnen en chirurgie, nou, mijn kliniek zal het beter aanpakken, wij zullen vers voedsel hebben voor de patiënten die dat harder nodig hebben dan pillen. Vruchten, groenten, rijst, bonen, en in mijn kliniek zal altijd een pan soep op het vuur staan.

Ze poetste haar tanden en waste haar gezicht, maar keek nauwelijks in de spiegel boven de wasbak, ze zag een verschroeide vlakte, de zon die brandde op het zinken dak van een laag witgepleisterd gebouw omringd door bomen en varens. Een lang afdak van zeildoek langs de ene wand gaf extra beschutting, mensen zaten er in de schaduw, met bekers schoon water in hun handen, hun lichamen verkoeld door de planten rondom, geduldig wachtend op een vriendelijke, aandachtige verpleegster die hen goed wist te helpen.

Ze stapte in bed en knipte het lampje uit, maar haar ogen waren wijdopen. Ze zag mensen op veldbedden liggen, hun gezichten straalden van kalm geluk dat de zwaar zieken doorstroomt als hun pijn afneemt. Ze hoorde huilende baby's bedaren als water en voedsel hun lijden lenigden, zag zwerende wonden op magere bruine benen gereinigd en verbonden worden, zag gezichten van ongeneeslijk zieken kalm en vredig worden nu hun pijn tenminste werd verlicht. Haar eigen gezicht straalde.

Maar langzaam nestelde zich een frons op haar voorhoofd toen dit beeld door een ander werd verdreven, een beeld van mannen met gevechtslaarzen en uniformen van camouflagestof, die met automatische geweren het harmonieuze tafereel binnenvielen. Ze hieven hun wapens op, vuurden schoten af. De wachtende patiënten vielen neer, bloed spoot als een bos bloemen over hun lichte kleding. De mannen stormden de kliniek binnen, sleurden de nonnen naar buiten en Alex in haar lichtblauwe overall, smeten hen op de grond...

Nee.

Niet aan denken. Het is niet waarschijnlijk. We zullen doen wat we kunnen om hen gunstig te stemmen, we zullen ons mijlenver houden van alles wat politiek is, we zullen hen niet provoceren...

Natuurlijk heeft Lizzie gelijk, zo zijn de dingen. Het kan gebeuren. Maar het hoeft niet. Er zijn talloze kerkelijke klinieken waar zoiets nooit gebeurt. Maar ze heeft geen gelijk wat de menselijke natuur betreft. Nee. Ze is halfblind, draagt oogkleppen. Kijk naar haarzelf, het toonbeeld van hardheid en discipline, en ze kan hardvochtig zijn, dat hebben we allemaal gezien, maar toch huilde ze om mij, smeekte me niet te gaan.

Alex' ogen stroomden vol.

Wat lief, wat liefdevol was dat, haar smeekbede. Lizzie houdt van me. Ik hou ook van haar. En ik wil niet sterven. Maar ik moet gaan.

Jezus Christus Maria, wie zou van Elizabeth zoveel razernij, zoveel hartzeer hebben verwacht, allemaal verscholen in haar binnenste terwijl zij rondstapt als zo'n klotegeneraal die de troepen inspecteert. Wat een kijk op het leven! Geen wonder dat ze zich gedraagt zoals ze doet. Ik vraag me af hoe ze zich vanbinnen voelt. Je zou denken dat ze die ideeën alleen al ter wille van haar maag zou laten varen.

Ronnie draaide zich op haar zij, sloot haar ogen, maar haar geest was op hol.

Zo overbodig. Ze neemt de politieke filosofen van de afgelopen eeuwen, de mannelijke van vandaag, want het zijn altijd de kerels die dit soort dingen verkondigen alsof ze de waarheid in pacht hebben. Terwijl iedere halve gare kan zien dat het idee dat mensen, of tenminste mannen, van nature buitengewoon agressief zijn alleen maar een rechtvaardiging is voor de machtswisselingen van de laatste paar eeuwen. Iedereen die jongetjes opvoedt, weet hoe lief en liefdevol ze kunnen zijn, kijk naar Téo, hun agressie is volstrekt niet noodzakelijk, ze hebben die geleerd, hebben geleerd dat die mannelijkheid betekent. Net als die arme Raoul, hij was een lief jong tot hij bij die bende kwam. En zelfs daarna, als hij met Rosa of met mij of met zijn zusters was. Ik weet nog dat hij Lidia's haar kamde en thee zette voor Rosa toen zij ziek was, het zo teder naar haar toe bracht, haar voorhoofd streelde, smeekte: 'Word je gauw beter, Mama?'

Ziet ze dat niet? Ik vermoed dat ze niet veel voorbeelden heeft gehad, lijkt mannen niet goed te kennen, vraag me af waarom niet, Jezus, ik ben een pot en ik ken massa's lieve mannen, kijk naar professor Madrick of professor Goldie, natuurlijk, die klootzak van een Reilly is er ook en er zijn genoeg lui zoals hij, maar ze zijn niet allemaal zo.

Natuurlijk is het waar dat mannen de grote, extreme misdaden tegen de mensheid hebben gepleegd, Hitler, Stalin, Mussolini, de tsaren, Napoleon, Alexander, Djengis Khan, al die miljonairs die de Amerikaanse industrie hebben opgebouwd, J. Edgar Hoover, dinges Palmer, de lui aan het hoofd van de bedrijven die alles vervuilen... Het is waar dat massa's mannen hebzuchtig, agressief, wreed, roofzuchtig zijn en alleen maar macht, geld willen...

Ze draaide zich op haar andere zij.

Maar de menselijke soort had nooit kunnen overleven als we allemaal zo waren. Overleven van de sterksten, poeh! Ze zijn de sterksten niet, dat denken ze maar, ze kunnen het beste graaien, het meeste, ze laten mensen verhongeren. Maar ze sterven, ze vernietigen hun kinderen, drijven hen tot zelfmoord zoals Wittgensteins vader, maken hen neurotisch. Hun zaad verovert de wereld niet. Als zij die beheersten, zou de rest van de mensheid de pijp uit gaan. Maar dat doen we niet. Velen van ons sterven jong, momenteel baby's in Ethiopië, de baby's van de rietkappers in het noordoosten van Brazilië waar Alex over sprak, miljoenen en miljoenen sterven door de politiek van de schatrijken. Maar miljoenen blijven leven en zij leven doordat zij elkaar helpen, zij delen en werken samen, zij hebben lief.

Liefde.

Ze ging rechtop zitten, staarde mistroostig naar de muur, stapte uit bed en pakte een sigaret van haar tafel.

Achtervolg je me, Mamma? vroeg ze en blies rook uit toen ze

weer in bed stapte. Ze leunde achterover tegen het harde hoofdeinde van het bed, trok een kussen achter zich, bleef zitten roken.

Zelfs in de concentratiekampen werkten en deelden mensen samen. Vooral de vrouwen. Zo bleven ze in leven.

Kan ik niet tegen Lizzie zeggen, zou ze niet eens horen. Sentimentele onzin, zou ze zeggen. Idealisering. Rosa die de drie kinderen opving van Bianca van twee hoger toen Bianca in de gevangenis zat. Negen maanden woonden ze bij ons en we hadden zelf nauwelijks plaats, negen maanden gaf ze die kinderen te eten terwijl ze nauwelijks genoeg had voor haar eigen kinderen. Ze nam mij trouwens ook in huis.

Jezus, wat zou er zonder haar met me zijn gebeurd?

Daar heb je niet aan gedacht, hè, toen je gisteravond besloot er niet meer heen te gaan. Je kunt er nooit niet meer heen gaan, hoor je me? Wat er ook gebeurt. Rosa heeft je leven gered.

Waan je alleen, nou, je bent alleen, jij en je lichaam en wat je mag overkomen, niemand anders kan dat ooit volkomen kennen, maar toch is er een oog dat ziet, een uitgestoken hand, geschonken voedsel, troost, medeleven. Ik ben daar mijn leven lang mee overstelpt, door Mamma, Rosa, al mijn vriendinnen. Nu door hen. Zelfs door Lizzie, ondanks haar opvattingen.

Kan niet leven zoals zij. Onmogelijk. Je moet vanbinnen verschrompelen en een robot worden, anders sterf je, sterf je echt.

Je moet liefhebben om te leven, Ronnie.

Ze drukte haar sigaret uit, ging weer liggen en sloot haar ogen. Een golf van vermoeidheid overspoelde haar en ze draaide zich zuchtend om, gaf zich eraan over.

Ja, Mamma.

HOOFDSTUK 27

Marie-Laure was de eerste die vertrok. Ze meldde aan het ontbijt dat ze een vriend had gebeld die haar op zou komen halen en terugbrengen naar Boston. Mary – die vanochtend beneden ontbeet – protesteerde dat ze langer kon blijven, met hen kon vertrekken – Aldo kon haar die middag op weg naar het vliegveld in Boston afzetten. Maar Marie-Laure hield vol dat ze niet tot de middag kon wachten, dat haar vrienden die middag naar een film zouden gaan en dat ze mee wilde.

'We hebben niet eens tijd gehad voor een tête à tête!'

Marie-Laure keek haar scherp aan. 'Een wat?'

'Een gesprek. Een lang, rustig gesprek samen.'

Marie-Laure grimaste.

'Hoe laat komen ze?'

'Hmmm. Om een uur of elf?'

'Hmmm. Dat wil zeggen misschien pas om twaalf uur. Hoe dan ook, ze kunnen wachten. Trek je jas en je laarzen aan. We gaan wandelen.' Mary stond op en liep de kamer uit.

'Er ligt sneeuw op de grond!' klaagde Marie-Laure tegen haar rug. Maar Mary was al halverwege de trap en reageerde niet.

Het meisje zuchtte, hees zich uit haar stoel en volgde haar moeder.

Een kwartier later stond Mary, in warme kleren en laarzen met een bontrand, te trappelen bij de voordeur. 'Schiet op, Marie-Laure!' gilde ze naar boven, iets dat ze nooit eerder had gedaan, in dit huis of elders. Het meisje verscheen ten slotte en liep dralend de trap af.

'We lopen naar de stad,' zei Mary en pakte haar arm.

Marie-Laure liet zich leiden, maar ze was stil toen ze de lange oprijlaan naar de weg afliepen, stil toen ze de weg opgingen en naar de stad koersten. Mary was ook stil tot haar dochter ten slotte losbarstte: 'Ik snap niet wat je wilt. Vanwaar die plotselinge belangstelling? Je bent nooit eerder geïnteresseerd geweest in een gesprek met mij.'

'O, nee?' Mary keek verrast. 'Heb ik niet uren met je gewinkeld om kleren te kopen voor school, voor de universiteit, je helpen pakken? Heb ik je nooit mee uit eten genomen, naar een lunch, de bioscoop? Heb ik nooit gevraagd naar je cijfers, je lessen?'

'Zelden!' Marie-Laure ontplofte. 'Ik bedoel, echt, ik kan de keren tellen. Je bent altijd op stap met een of andere mán.' Ze gaf het laatste woord een bittere lading.

Mary reageerde niet en ze liepen een tijdje zwijgend verder, tot Marie-Laure weer losbarstte. 'Ik bedoel, toen ik klein was, was je altijd op stap met een of andere man. In Capri of Vail of Virginia of Parijs of Londen of god weet waar, terwijl wij alleen thuis bleven met een kinderjuf, Bertie en ik. Martin zat op school, jij was op stap met een man, mijn vader nam zelfs niet de moeite naar me om te kijken, dus je begrijpt, Moeder,' (ze gaf dat laatste woord ook een bittere lading) 'dat ik niet gewend ben aan ouderlijke aandacht.'

'Ik heb je meegenomen! Naar Capri, naar Vail! Naar Virginia!'

'Je hebt ons een paar keer meegenomen. Paul hield niet van kinderen, weet je nog? En Don... nou, als hij in de buurt was, hadden we dood kunnen vallen zonder dat jij het merkte.'

Mary piekerde daar een tijdje over, zei toen peinzend: 'Zo ben ik ook opgevoed. Ik werd op mijn zevende naar een kostschool gestuurd. Mijn moeder was dood en ik zag mijn vader zelden, alleen soms in de vakanties, en dan...' Ze hield op. Ze wachtte even, begon toen opnieuw. 'Dat is niet als excuus bedoeld, alleen om te zeggen dat ik niet beter wist. Ik dacht dat je zo kinderen opvoedde. Mijn vriendinnen deden het meestal net zo. Maar ik heb er nu spijt van en ik wil het veranderen.'

'Het is te laat.'

'Het is nooit te laat.' Mary drukte Marie-Laures arm dichter tegen zich aan terwijl ze door het besneeuwde gras in de berm van de weg ploeterden, met rode gezichten van inspanning, diep ademend. 'Ik ben vijfenveertig en...'

'Je bent achtenveertig, Móeder.'

Mary stond stokstijf. Ze keek haar dochter geschrokken aan. 'Onmogelijk!' Ze rekende zwijgend. Haar houding verslapte. 'God, ik ben bijna vijftig!'

Ze gingen weer verder, Mary liep nu wat langzamer, alsof de jaren haar onverhoeds hadden ingehaald.

'Nou, hoe dan ook,' zei ze weer monter, 'ik ben niet jong en toch heeft het verblijf met mijn zusters hier tijdens Vaders ziekte me volkomen veranderd, mijn relatie met hen veranderd, eigenlijk tot stand gebracht – ik had daarvoor geen relatie met Alex en Ronnie. Het is fantastisch geweest, het maakt me gelukkig. En als het kan gebeuren op je... achtenveertigste, kan het ook op je twintigste.'

Marie-Laure zweeg nu.

'Ik wil dicht bij je zijn.'

Geen reactie.

'Zou je niet graag een echte moeder hebben? Iemand die je kunt bellen als je ongelukkig of van streek bent, of als je net een examen hebt gehaald of problemen hebt met je vriendje? Zou dat niet fijn zijn? Zou je dat niet willen?'

Het meisjesgezicht veranderde niet van uitdrukking en ze gaf geen antwoord. Mary bleef weer staan, keerde zich rechtstreeks naar Marie-Laure.

'Wil je dat niet?'

Het meisje ontweek haar ogen. 'Weet ik niet.'

Mary stak haar handen uit en omvatte Marie-Laures gezicht. Ze draaide het naar zich toe.

'Wil je dat niet?'

'Zal wel,' mompelde ze en wendde zich weer af. Maar Mary had een traan zien glinsteren in haar ogen en was tevreden.

Ze pakte Marie-Laures arm weer, hield die stijf vast en liep verder. 'Natuurlijk wil je dat. En ik ook. Het zou me gelukkig maken.'

Het meisje zweeg, maar haar uitdrukking was veranderd, minder gespannen geworden.

'Vertel me nu eens wat er in jouw leven gebeurt.'

Marie-Laure schokschouderde 'Niet veel.'

'Je had dit semester niet zulke beste cijfers, is het wel?'

'Nee.'

'Bevalt de studie je niet?'

Ze schokschouderde weer. 'Gaat best.'

'Je eet niet, Marie-Laure. Je bent te mager.'

Dit keer bleef Marie-Laure staan. Ze trok haar arm terug. 'Bedoel je dit met dichtbij zijn? Op me vitten, me verwijten maken?'

'Ik maak me zorgen over je. Ik denk dat je anorexia hebt.'

'Ik eet wat ik wil.'

'Je eet niets.'

'Ik eet genoeg.'

Mary staarde haar aan, pakte haar arm toen en begon weer te lopen.

'Heb je een vriendje?'

Ze haalde haar schouders op. 'Min of meer. Ik bedoel, ik ga wel met een knul om. Maar hij woont in Washington en hij zit op Yale, dus we zijn alleen in de weekends samen, soms, niet ieder weekend.'

'Hoe heet hij?'

'Ho. We noemen hem Ho. Zijn echte naam is Howard Hodding McKenzie III. Zijn vader is minister van Binnenlandse Zaken. Hij kende Grootvader. Zijn vader, bedoel ik. Ho niet.' Haar stem klonk vlak.

'En wat is het probleem met Ho?'

'Hoe weet je dat dat er is?' Plotseling fel.

'Gewoon moederlijke intuïtie,' glimlachte Mary.

Marie-Laures blik was bijna bewonderend. Verrast. 'O. Hij is... Ik weet nooit wanneer hij zal bellen. Hij belt als hij wil. De weekends verstrijken en ik hoor niets van hem. Het kan hem niet schelen dat ik daar zit te wachten, komt niet in hem op gewoon te bellen om gedag te zeggen. Ik blijf op mijn kamer, ga niet weg met mijn vrienden, wacht steeds, maar hij belt alleen als hij niets anders te doen heeft. Zo voelt het. Ik voel me er ellendig door, net een soort worm.'

'Natuurlijk, arm kind,' zei Mary hartelijk. 'Waar brengt hij de kerst door, in Washington?'

'Nee!' riep ze. 'In Aspen, skiën met zijn ouders! En hij heeft twee vrienden, jongens, gevraagd mee te gaan, maar mij niet!'

'O,' zei Mary treurig. Toen: 'Waarom ga je niet met iemand anders uit?'

'Omdat ik van hem hou!' jammerde Marie-Laure.

'O, o,' kreunde Mary met haar mee en trok haar arm weg en sloeg die om haar dochter heen. Tranen stroomden over Marie-Laures gezicht en ze veegde ze weg met haar wanten.

Ze wandelden in stilte. Toen zei Mary: 'Weet je wat. Ga met mij mee naar New York, of kom morgen. Dan gaan we naar een paar toneelstukken, bezoeken wat musea, ik neem je mee naar feestjes. Wat vind je?'

'Misschien,' zei ze zonder geestdrift. 'Boston is stomvervelend.'

'Het is overal stomvervelend als je bij iemand wilt zijn die er niet is. Vind je niet?'

Marie-Laure keek weer tersluiks naar haar moeder. 'Zal wel.'

'Als dat gebeurt, moeten wij meisjes onszelf gewoon opvrolijken.'

Marie-Laure glimlachte bijna. 'Is dat jou overkomen?'

'O god, ja. Ik was nog met Paul getrouwd toen ik Don ontmoette en kon hem niet vaak zien. En ieder dag dat ik hem niet zag, iedere minuut zonder hem was een kwelling. Dat was echt de enige keer dat ik verliefd was, ook al ben ik vier keer getrouwd geweest. Ik was aanvankelijk wel gek op je vader, maar dat duurde niet lang. Ik dacht dat het liefde was, maar toen ik Don had ontmoet, wist ik dat dat niet zo was. Dat is het probleem, weet je. Zolang je niet echt verliefd wordt, ben je in verwarring. Je verwart andere dingen met liefde. Weet je, een man lijkt geschikt, hij is van dezelfde klasse als jij, hij is rijk, aanbidt je... je maakt jezelf wijs dat je verliefd bent. Maar het is geen liefde...' haar stem zweefde verwonderd weg.

Marie-Laure drukte haar moeders arm tegen zich aan.

Ze liepen nu door in aangename stilte, met pompend hart, diep ademend, hun gezicht verwarmd door de damp van hun adem. Ze liepen ver, ze kwamen vlak bij de stad.

'Marie-Laure? Mag ik je iets vragen?' Mary klonk haast timide.

'Jawel.'

'Wat voelde je voor Grootvader?'

'Hoe bedoel je?'

'Gewoon. Voelde je genegenheid voor hem, mocht je hem, had je een hekel aan hem, maakte hij je bang?'

'Ik voelde niets,' antwoordde ze op vlakke toon.

'Helemaal niets?' vroeg Mary ongelovig.

'Helemaal niets!' schreeuwde Marie-Laure. 'Waarom vraag je me dat! Hij was gewoon een walgelijke oude man, waarom zou ik iets voor hem voelen!'

'Waarom was hij zo walgelijk, waarom zeg je dat?' riep Mary.

'Hou toch op met vitten en laat me met rust! Laat me gewoon met rust!' Ze rukte zich los van haar moeder en liep snel door, bijna op een holletje. Mary's korte benen konden haar niet bijhouden, ze begon te rennen, riep Marie-Laures naam. Maar het meisje liep stug door, raakte steeds verder voor, steeds verder weg. Buiten adem staakte Mary het rennen, vertraagde haar pas, maar liep door. Marie-Laures gestalte werd kleiner en kleiner. Maar toen Mary de hoofdweg bereikte, stond het meisje daar, gebogen als een hoepel, te wachten.

Mary nam haar op. Marie-Laures blik was neergeslagen alsof zij het plaveisel bestudeerde. 'Laten we een kop koffie drinken,' zei Mary en trok haar de straat over en een eindje verderop, naar de enige coffeeshop in Lincoln.

Ze zaten daar zwijgend hun koffie te drinken. Mary keek telkens naar Marie-Laure, die haar blik hield afgewend.

O god, o god, o god.

Ten slotte zei Mary: 'Ik ben doodmoe. Ik bel Aldo om ons te komen halen, goed?'

Marie-Laure keek naar haar op. Ze knikte. Mary tuurde naar het gezicht van haar dochter. 'Kom alsjeblieft naar New York,' smeekte ze.

'Oké,' zei het meisje lusteloos.

Na het ontbijt ging Alex naar boven om te pakken en nestelde zich toen op de bank in de speelkamer om de biografie van Edith Stein te lezen. Ronnie, die voorbij liep, voelde haar hart opzwellen van vreugde. Elizabeth, die tijdens het ontbijt vrijwel niets had gezegd, sloot zich op in haar vaders studeerkamer.

Ronnie ging in haar kamer achter haar computer zitten, van plan te werken. Maar ze zette het apparaat niet eens aan, zat daar alleen maar uit het raam te staren, probeerde te achterhalen wat ze voelde. Niemand deed boos tegen Elizabeth. Mary en Alex leken hoogstens opnieuw bekommerd om haar, Alex alsof Elizabeth plotseling ziekteverschijnselen vertoonde en getroost moest worden, Mary alsof ze haar oudere zuster nu werkelijk zag, in een nieuw perspectief, en voor het eerst medelijden met haar had. Maar Ronnie was kwaad. Na Elizabeths aanval voelde ze zich kil, alleen, weggerukt uit het centrum. Door naar hen uit te halen, dacht ze, had Elizabeth het tere weefsel van intimiteit verscheurd dat ze vanuit hun innerlijk hadden geweven, hen weer teruggeworpen in de kille ruimte, terwijl de losgerukte draden nog aan hen kleefden. Want met alles wat ze zei, verwierp ze de wereld die zij de afgelopen twee maanden hadden geschapen, ontkende ze dat die waardevol was, zelfs werkelijk bestond. Waarom zou ze dat willen, vroeg Ronnie zich af, als hun verbondenheid en genegenheid haar zo duidelijk gelukkig hadden gemaakt, haar verstarde hart hadden verwarmd en versoepeld. Waarom had ze het nodig gevonden te verloochenen wat ze zo duidelijk wenste?

Ronnie peinsde en kon niet werken, liet haar hoofd boven het toetsenbord hangen alsof ze het bestudeerde, verzonken in twijfel. Een tijd later ging ze weer rechtop zitten, met onbewogen en stil gezicht, doffe ogen. Ze zat rechtop, leunde achterover op haar stoel en staarde naar de besneeuwde bossen achter het huis.

Ik kan zonder hen leven, dacht ze.

Maar ze voelde zich geteisterd door een vraag die ze niet aan de oppervlakte durfde te laten komen, die zich echter ten slotte zelf opdrong: was het onherroepelijk? Zou hun zusterschap nu eindigen, uiteenspatten in verbittering alsof het nooit was gesmeed? Was er een manier om het terug te krijgen, het verband te herstellen? Dat ze nu als dierbaar onderkende? Waar was Elizabeth, haar hoofd, haar hart, wat ging er in haar om?

Elizabeth wist het zelf nauwelijks. Ze voelde zich sinds de vorige avond verdoofd, was als een zombie in bed gerold, had niet kunnen slapen, had tot tegen vieren gerookt en gedronken, rechtop in bed. Haar geest was tegelijk leeg en warrig, vol dingen die te snel langsschoten om hun aard te kunnen onderscheiden. Ze wist ook niet waarom ze de stapels correspondentie van haar vader doorzocht, wat ze erin verwachtte te vinden. Ze had maar een deel van zijn officiële paperassen ingepakt toen ze eerder deze maand vertrok. Naast de studeerkamer was een kast, eigenlijk een kamertje, mudvol gepakt met zijn archieven, archiefdozen uit Washington, New York, Boston. Het zou maanden kosten om dat allemaal door te nemen en ze had even overwogen daarvoor vrij te nemen, maar vroeg zich toen af: waarom, waarom, waarom? Maar in een metalen archiefkast in de studeerkamer zat correspondentie van de afgelopen twaalf jaar, vanaf zijn pensioen, en die was toegankelijk. Die keek ze nu door, op de grond gezeten, ze trok de ene na de andere map te voorschijn, las de brieven die hij had ontvangen en kopieën van zijn antwoorden.

Stuk voor stuk ploegde ze ze door, op zoek, op zoek. Op zoek naar wat? Wat zocht ze zo wanhopig? Na een tijdje besefte ze dat ze hunkerde naar een persoonlijke opmerking, iets dat haar in contact zou brengen met wat die man had gevoeld, gewild, nodig gehad. In veel brieven zaten persoonlijke opmerkingen – plagerijen over een partij squash of tennis die hij had gespeeld met de geadresseerde, complimentjes over een gegeven of bezocht feestje of diner, roddels over grote namen in Washington – allemaal lichtelijk sarcastisch, kleinerend, uitdagend, maar met een vleugje humor, geestigheid. Een geweldig gevoel voor humor, had een van de sprekers op de begrafenis gezegd. Dit moet hij hebben bedoeld. Dit moet ook de toon zijn geweest van zijn conversatie met deze mannen, eigenlijk herinnerde ze het zich ook. Ja.

De persoonlijke opmerkingen waren bedoeld om de machtsrelatie te verankeren in een persoonlijke betrekking, maar ze negeerden de werkelijke persoon, richtten zich op het imago – onoverwinnelijke squashspeler, charmeur, vertrouweling van de hoogsten en machtigsten. Ze vond een paar brieven aan vrouwen binnen de machtsstructuur die vleieriger van toon waren, maar geen brieven aan vriendinnen of minnaressen. Schreef hij hun niet, of vernietigde hij hun brieven en maakte hij geen kopieën van de zijne? Zelfs de brieven aan zijn broer en zuster stonden vol zakelijkheden en eigendomskwesties, of gingen over het juiste familiestandpunt in een publieke aangelegenheid. Ze stapelde de mappen op die ze al had doorgekeken, de stapel was te hoog en viel om. Ze wilde huilen.

Ze bleef een tijdlang zitten, met hangend hoofd, vochtige ogen, piekerig en verward haar, en staarde naar de wanordelijk voor haar uitgespreide mappen.

Wat is er met mij loos? Waar ben ik in godsnaam mee bezig?

Ze kwam overeind, raapte de mappen op, stapelde ze op, smeet ze zonder zich om de alfabetische volgorde te bekommeren terug in de archiefla en trok een andere stapel te voorschijn. En begon opnieuw, wanhopig.

Mary en Marie-Laure kwamen bedrukt terug en gingen meteen naar boven om te pakken. Even later stopte er een kleine Japanse sportwagen voor het huis, er sprong een jongeman uit en de deurbel rinkelde. Teresa liet hem binnen, bracht hem naar de zitkamer en ging naar boven om Marie-Laure te zeggen dat hij er was. Mary zat op de chaise-longue in haar dochters kamer, keek toe hoe haar dochter haar kleren in haar tas propte.

'Bied hem koffie aan,' zei Mary tegen haar.

'Nee!' riep Marie-Laure. 'Ik ben al klaar. Ik ben bijna klaar. Zeg maar dat ik direct beneden kom,' zei ze tegen Teresa.

Mary wachtte tot Teresa weg was. 'Wat is er, Marie-Laure, wil je niet dat hij mij ontmoet?'

'Ik wil naar Boston. Ik wil de film niet missen,' zei ze ongeduldig.

'Of gaat het om mijn zusters?'

Het meisje keerde zich naar haar moeder, zette haar handen op haar heupen, grimaste. 'Niet alles heeft met jou te maken, Moeder.'

Weer dat Móeder.

'Waar heeft het dan mee te maken?'

'Ik verafschuw dit huis, oké! Ik wil er geen seconde langer zijn dan nodig is!' Ze schreeuwde bijna, haar gezicht rood van woede.

Mary staarde haar aan. 'Goed,' zei ze zacht. 'Je hoeft hier nooit meer terug te komen, goed?'

Marie-Laures gezicht verzachtte, ze keek haar moeder bijna vriendelijk aan. 'Goed,' fluisterde ze, ze draaide zich om, greep haar tassen en slingerde ze over haar schouder. 'Ik ben weg.'

Mary stond op en liep achter haar naar beneden. 'Je moet de anderen gedag zeggen,' zei ze beneden, toen Marie-Laure Duff begroette. Ze stelde de jongen voor aan haar moeder en draaide zich om. 'Waar zijn ze dan?'

'Kijk in de speelkamer. Ronnie zit waarschijnlijk in haar kamer. Vraag het hun.'

Het meisje verdween. Mary ging zitten en babbelde met Duff, wiens moeder zij kende, en zijn stiefvader, zoals bleek, en zijn grootouders van moederszijde. Ze was jaren geleden bij hen thuis geweest in Marblehead.

Marie-Laure bleef maar een paar minuten weg. Ze liep vlug de zitkamer binnen, beduidde Duff op te staan, en hij kwam overeind. Na enige beleefdheden – Marie-Laure onderging haar moeders kus – waren ze vertrokken.

Mary wendde zich af van de deur, met afzakkende schouders en hangend hoofd, en ging weer naar boven. Pakken, ze moest pakken. Maar ze deed het niet. Ze zonk neer op de chaise-longue in haar kamer en stak een joint op – iets dat ze overdag zelden deed. Ze bleef daar zitten tot de bel voor de lunch ging.

De lunch bestond uit soep van restjes groenten met restjes rosbief in een salade met restjes pepers en witte bonen, en de overgebleven taarten. Tot genoegen van Alex, die over verspilling tobde – en het was heerlijk. Maar de conversatie stokte. Mary was in zichzelf verzonken, Elizabeth was afwezig. Alex praatte honderduit, vertelde hun meer over Edith Stein dan ze ooit wilden weten. Ronnie nam hen allemaal op vanonder neergeslagen oogleden, met verontrust gezicht. Ten slotte bedaarde Alex, haar stem zweefde zomaar weg.

'Ik heb Vaders correspondentie door zitten kijken,' zei Elizabeth plotseling in de stilte.

Alle ogen waren op haar gericht. 'Ik zocht naar...' haar stem haperde, 'iets persoonlijks. Iets waarmee hij zich prijsgeeft, zijn gevoelens...'

Alex was een en al medeleven. 'Je hebt het gevoel dat je hem niet kent,' zei ze hartelijk, vol medelijden. 'Ik weet hoe je je voelt. Ik ken hem ook niet, wie hij was, wat hij wilde.'

'Toch hebben we hem gedood,' zei Elizabeth.

Ze verbleekten, keken naar haar.

'Misschien niet met onze handen. Maar met onze daden,' vervolgde ze.

Ze tuurden op hun lege slabordjes.

Teresa kwam binnen om af te ruimen.

'Hoe laat gaat jouw vliegtuig?' vroeg Mary aan Alex.

'Tien over vijf,' antwoordde Alex. 'En het jouwe?'

'Ik kan om vijf uur of om half zes vertrekken, er gaan twee vliegtuigen. Hoe laat vertrekt het jouwe, Lizzie?'

Teresa verliet de kamer maar ze wisten dat ze terugkwam met het dessert.

'Een voor vijf. Dat komt dus goed uit. We moeten hier rond half vier weg, kwart voor vier, voor het geval het druk is.'

Teresa kwam binnen met de taarten, een kom stijfgeslagen slagroom en een schaal cheddar. Ze zette alles op tafel en ging de vrouwen langs om taart aan te bieden. Ze bedienden zich in stilte.

'Ik zal het Aldo laten weten,' zei Elizabeth toen zij een stuk had genomen.

'Je hebt tijd genoeg om in te pakken,' zei Alex met een blik op haar horloge.

Teresa ging de kamer uit.

Stilte. Alle ogen waren gericht op Elizabeth.

'Ik bedoel, we hebben hem gedood, maar we kennen hem niet eens.'

'We weten wat hij ons heeft aangedaan,' foeterde Ronnie.

'Ja.'

'En misschien ook Marie-Laure!' barstte Mary huilend uit.

Ze keken haar aan. Niemand sprak.

Ze veegde de tranen van haar wangen, keek de kring rond. 'Nee, ik weet het niet zeker! Maar zoals ze zich gedroeg, de dingen die ze zei! Ik weet niet wat ik moet doen!'

'Je moet het haar vertellen. Over jezelf. Ons,' zei Alex zacht. 'Je moet openhartig zijn. Eerlijk.'

'O, God! Hoe kan ik mijn dochter zoiets vertellen! Hoe? Hoe?' huilde Mary.

Hun ogen schoten onrustig heen en weer, allemaal bedachten ze hoe dat zou voelen, hoe je zoiets moest aanpakken, hoe het meisje zich zou voelen, hoe ze naar haar moeder zou kijken... Niemand kon haar raad geven. Schaamte overweldigde hen als een instortend, verstikkend baldakijn.

Mary hield op met snuffen, veegde haar gezicht af en keek hen aan. 'Ik vrees dat het zal moeten,' zei ze. 'Ik bedenk wel een manier. Misschien heb ik – op een gegeven moment – jullie aller hulp nodig. Helpen jullie me?'

'O, natuurlijk! Ik kom als je me nodig hebt, Mary, altijd! Ik pak het vliegtuig. Bel me maar – of misschien,' Alex giechelde, 'moet je schrijven of telegraferen! Ik weet het niet. Maar ik kom.'

Ronnie knikte ernstig en Mary keek naar Elizabeth.

'Ja. Natuurlijk,' zei ze.

'Dank je,' fluisterde Mary en pakte haar vork op om haar taart te eten.

Traag, treurig, vouwde Elizabeth kledingstukken op en legde ze in haar koffer. We hebben hem gedood en we wisten niet eens wie hij was. We wisten alleen wat hij ons heeft aangedaan. Waarom hebben we hem gedood? Er duiken onophoudelijk duizenden kleine Stephen Uptons rond ons op als door Jason gezaaide draketanden, we kunnen ze niet allemaal uitschakelen, waarom dan een gedood? Goed, *wij* hebben nu zijn geld. Wij drieën tenminste. We kunnen niet eens zeggen dat we hem niet hadden willen doden, wat hadden we net gedaan? Hem ter dood veroordeeld. Wat zei Alex? Weet haar woorden niet precies meer, maar ze bedoelde in feite dat hij moest sterven aan liefdeloosheid, onvermogen tot liefhebben.

Het hart sterft eerst.

Zijn hart moet allang dicht bij de dood zijn geweest. Hij had alleen Noradia. Haar dood was zijn einde.

Dus misschien bevestigde Alex alleen iets dat al bestond. Als wij vertrokken, had hij niets meer dat zelfs maar op liefde leek, kon hij alleen op zijn haat leven. Maar hij teerde op haat, die voedde hem. Had hem misschien nog jaren kunnen voeden, tientallen jaren misschien.

Onwaarschijnlijk.

En ik?

Ze legde het laatste kledingstuk in de koffer, liep de kamer door op zoek naar iets dat ze was vergeten, controleerde de badkamer, kwam terug en sloot de koffer. Ze boog zich om in de toiletspiegel te kijken, haalde een kam door haar haar. Zie er bedonderd uit.

Plotseling sloeg ze bijna dubbel en snikte hevig kokhalzend. Wat heb ik gedaan?

Waarom, waarom, waarom heb ik dat gedaan? Moest hen aanvallen, aanvallen wat we hebben gedaan, opgebouwd, waarvan ik hield, merkte dat ik het nodig had. Waarom heb ik dat gedaan?

Ze zakte neer op het bankje voor de kaptafel met haar rug naar de spiegel en stak een sigaret op.

Wat ik met hen beleefde, maakte me gelukkiger, maakt mijn leven beter. Kon ik dat niet verdragen? Ik mag me niet beter voelen, ik moet blijven vechten, constant, zoals hij deed? Maar waar vocht hij tegen? Uiteindelijk tegen ons, en wij probeerden hem tenminste een beetje te helpen. Wat bedoel je, 'uiteindelijk', idioot? Hij heeft je je hele verdomde leven als een vijand behandeld!

Dat kwam door Moeder.

Heeft hij Mary dan beter behandeld? Nou, ogenschijnlijk misschien, maar kijk eens hoe hij haar ondermijnde, kleineerde, haar vertrouwen in haar talenten vernietigde? Is dat liefde?

En Ronnie? Ze heeft ons nooit verteld hoe het met haar is gebeurd. Ik kan het me wel voorstellen. Slavinnetje, kom hier.

Zijn eigen kinderen, zijn eigen genen, waarvan de sociobiologen zeggen dat mannen die zoveel mogelijk willen verbreiden, in leven houden. Onsterfelijkheid. Je kinderen haten, misbruiken, dat is geen overleven van de sterksten, dat is vernietiging van de soort.

Ronnie heeft gelijk.

Maar niet alle mannen doen dat.

Massa's wel.

Het is zelfmoord.

Hij moet zichzelf hebben gehaat. Waarom, vraag ik me af? Ik herinner me zijn moeder niet, maar ze was een strenge vrouw, al haar kinderen waren bang voor haar. Goede naam en reputatie betekenden alles voor haar. En rijkdom. Hoe zou zijn vader zijn geweest? Zoals hij misschien. Genoeg reden om jezelf te haten misschien. Wie weet. Ik zal het nooit weten. Ik zal je nooit kennen, Vader. Maar... ze begon stilletjes te huilen, ik hield van je.

Ronnie zat achter haar computer terwijl de anderen pakten. Ze probeerde een statistische berekening te maken over wat onderzoeksgegevens, maar haar ogen vielen steeds dicht, ze voelde zich slaperig. Ze waren allemaal boven aan het pakken. Dan zouden ze vertrekken zonder dat er iets was gezegd, zonder een poging het verband te herstellen. Het is voorbij. Ik heb geen zusters.

Je hebt vijfentwintig jaar zonder hen geleefd, Ronnie, je hebt een heleboel andere zusters, je redt het wel.

Ach, natuurlijk wel.

Maar ze werd overvallen door vermoeidheid, stond op en ging op bed liggen. Binnen enkele minuten was ze in slaap.

Alex dwaalde beneden door de kamers. 'Waar is Ronnie, we moeten een laatste glas met elkaar drinken, vind je niet, Mary, ik bedoel, ik weet dat het nog vroeg is, maar we zien elkaar misschien maandenlang niet meer, laten we champagne drinken, vind je niet, lijkt dat je geen goed idee, o, daar ben je!' Ze had Ronnies deur opengeduwd. 'Ronnie, sta op, dit is geen tijd om te slapen, kom een afscheidsborrel met ons drinken!'

Ronnie hees zich op uit een zware slaap vol duistere dromen, schudde haar hoofd en tuurde naar Alex. 'Goed,' mompelde ze, 'kom zo.'

Alex verdween, maar haar stem zweefde terug door de kamers, 'En waar is Lizzie, waarom is iedereen verdwenen op een moment als dit!'

Ronnie stond op, waste haar gezicht, poetste haar tanden en kamde haar haar. Ze slenterde naar de speelkamer, waar een fles champagne wachtte in een ijsemmer. Mary stond stijfjes bij de glazen deur, oogverblindend in een keurig ensemble, haar haar perfect in model, haar make-up mooi en subtiel. De oude Mary.

Ze draaide zich om toen ze Ronnie hoorde en strekte haar arm uit. Ronnie liep naar haar toe, in haar arm. Ze sloeg haar arm om Mary's middel. Niet de oude Mary.

'Ik zal je missen,' zei Mary.

'Ik jou ook.'

'Ik heb nog rijlessen van je te goed.'

Ronnie grijnsde. 'Moet je voor terugkomen. Ik geef je geen rijles in Manhattan.'

'Wat vind je van Virginia?'

Ronnie keek haar verbluft aan maar vroeg niets. 'Dat lijkt me wel goed.'

'Ze komt,' zei Alex vrolijk toen ze terugkwam. 'We wachten toch met het openen van de fles tot zij er is, hè? O, lieverds!' Ze liep op hen toe, ging naast Ronnie staan met haar linkerarm om Ronnies middel en haar rechter om Mary's. Ze bleven even zo staan, lieten elkaar toen los. Alex liep naar de glazen schuifdeuren en ze volgden haar allebei.

'De sneeuw is bijna weg.'

'Ja.'

'We hadden wat voedsel moeten strooien voor de vogels.'

'Heb ik gedaan. Vanochtend vroeg. Mevrouw Browning had wat niervet voor hen gekocht en ik heb er oud brood bij gedaan.'

'O, prima.'

'Er ligt nog wat sneeuw op de dennetakken, alsof het in bed ligt. Zo mooi.'

'Prachtig. En de lucht is vandaag zo prachtig blauw.'

'Prachtig.'

Elizabeth kwam binnen en bleef staan toen zij hen zag. Ze keerden zich allemaal om, stonden tegenover haar.

'Champagne, Lizzie?' vroeg Alex vrolijk.

'Ja hoor.' Ze liep de kamer in, bleef ongemakkelijk staan terwijl Alex Ronnie de fles aangaf om open te maken ('Dat lukt mij nooit, ik weet niet waarom ik zo onbeholpen ben!') en Mary naar een leunstoel liep en ging zitten. Alex schonk de champagne in en deelde glazen rond. Ze gingen allemaal zitten.

'Zullen we een toost uitbrengen?' Te opgewekt, te vrolijk.

'Dat wil ik graag doen. Mag ik?' Elizabeths stem klonk ernstig, treurig, niet gebiedend.

Iedereen knikte.

'Gisteravond heb ik jullie aangevallen. Een heleboel dingen aangevallen. Ik weet niet waarom ik die dingen tegen jullie moest zeggen en ik kan mijn woorden niet terugnemen, het zijn dingen die ik geloof, mijn leven lang heb geloofd. Maar ik heb daarna nagedacht – nou ja, niet echt nagedacht – gedacht en gevoeld, vermoed ik. En hoewel ik nog steeds geloof... wel, nog steeds waarheid zie in wat ik zei... maar jullie hebben ook gelijk, het leven is niet alleen maar strijd, en als dat andere er niet is... is de strijd niets waard. Dan heb je alleen een leven vol haat. En ik wil zo niet meer leven, neerkijkend op de rest van de mensheid, beperkt tot het gezelschap van een of twee mensen die ik als mijn gelijken beschouw... wel, eigenlijk was er maar een... en hij is dood. Clare was ook een intellectuele snob, echt een wrede, hij kon luidruchtig halverwege een concert opstaan en weglopen als hij de musici niet goed vond, hij bespotte de ideeën van anderen... ach, wat maakt het uit. De enige andere man van belang in mijn leven was Vader, een verschrikkelijke sociale snob. Hij heeft mij nooit als zijn gelijke beschouwd, ik ben niet in zijn register gekomen, ik was net als Ronnie, onwettig in zijn ogen. Maar hij beschouwde geen van ons als zijn gelijke, wij waren meisjes, vrouwtjes. Die verschillen zijn mij met de paplepel ingegoten – ach, ons allemaal, behalve Ronnie misschien.'

'Mij niet,' voerde Alex vriendelijk aan.

'Ik heb ze beter leren kennen dan jullie allemaal,' wierp Ronnie tegen, 'van de andere kant.'

'Ja, waarschijnlijk wel,' gaf Elizabeth toe, keerde zich toen naar Alex. 'Nee, jou niet, lieverd.' Ze stak een sigaret op, niemand sprak of nam een slokje. 'Hoe dan ook, ik ben zo opgevoed en ik heb geleerd of geloofd of aangenomen dat verschillen van het grootste belang waren omdat ze je schild vormden en het leven oorlog was. Maar jullie hebben me geleerd... ik ben gaan inzien... dat ze het leven tot oorlog máken, dat ze je ellende brengen. Maar ik denk niet dat ik ze zomaar los kan laten. Ze zijn een gewoonte, een levenslange gewoonte. Maar ik heb ze bij jullie los kunnen laten. En daarom zijn jullie me heel dierbaar. En daarom wil ik jullie smeken mij te vergeven voor mijn aanval op jullie, gisteravond, en zeggen dat jullie me hebben overtuigd dat mijn... ethiek of wat het ook is... in ieder geval te kort schiet. En ik vraag jullie me weer toe te laten. En ik wil nu op ons toosten. Zusters.'

Ze zaten allemaal kaarsrecht, klonken met elkaar, herhaalden: 'Op ons, zusters.'

Alex viel achterover in haar stoel met een brede glimlach op haar gezicht, bleef glimlachen, zei zowaar niets. Ronnie zat voorovergeleund met het glas tussen haar benen naar Elizabeth te kijken, warm, bijna glimlachend. Mary tuurde naar de haard. Ze nam een slokje champagne, zette toen haar glas neer.

'Lizzie? Wanneer zal ik je op komen zoeken om op huizenjacht te gaan?'

'Je komt!' Elizabeth was stomverbaasd. 'Echt?'

Mary knikte. 'Ja. Het lijkt me fijn. Ik heb een massa vrienden in Washington. En ik kan tijd met jou doorbrengen in plaats van naar al die liefdadigheidsfeestjes te gaan, nou, die hebben ze natuurlijk ook in Washington, maar het is zo'n provinciestad... Ik hoef dan niet meer zo nodig te lunchen met X of Y, denk ik. Dan kan ik thuisblijven en pianospelen en gedichten schrijven en hoef ik me niet eenzaam te voelen want jij komt 's avonds thuis eten...'

'Nou, ik ben wel heel veel op reis.'

'Ja, nou, ik waarschijnlijk ook...'

'Maar ik ben ook veel thuis.'

'Ja, ik ook.'

'En ik verheug me op je gezelschap.'

'Eindelijk,' grijnsde Mary. 'Het heeft veertig jaar geduurd voor je dat zei!'

Iedereen lachte.

'En het zou een nieuwe plek, een neutrale plek zijn voor Marie-Laure. Misschien komen jullie ons daar allebei opzoeken als we gezamenlijk met haar moeten praten. Ik wil haar uit haar New-yorkse vriendenkring halen, ik geloof niet dat die... gezond voor haar is. Ze rijdt graag paard en er zijn enorm veel paarden in Virginia. Ze kan dan komen logeren en krijgt twee heel verschillende moeders...'

'Dat lijkt me fijn,' zei Elizabeth bevend.

'Laten we daarop toosten,' zei Alex vurig en schonk de glazen vol.

'Op Elizabeth en Mary in Virginia, met Marie-Laure,' zei ze met een verrukte grijns.

Opnieuw klonken ze en herhaalden de woorden.

'Op het eeuwige geluk!' riep Alex.

De anderen draaiden zich om en keken haar aan.

'Nee? Kunnen we daar niet op toosten?'

'Alleen als we blinde gekken zijn.'

'Zelfs niet als wens?'

Ze zwegen, ernstig.

Ronnie schraapte haar keel. 'Misschien kunnen we zeggen "op dagelijkse momenten van geluk". Of misschien kunnen we zeggen "op de liefde en ons blijvende vermogen die te voelen".'

'Op de liefde,' zeiden ze allemaal plechtig; ze klonken en namen een grote slok.

Aldo was een uur bezig geweest de vele koffers en pakjes in de kofferbak en op de voorbank van de auto te laden, en nu dromden de zusters samen bij de voordeur, namen afscheid, omhelsden elkaar, kusten elkaar, hielden elkaar vast. 'Tot gauw,' zeiden ze. 'Ik hou van je,' fluisterden ze. Toen liepen ze onder de beschutting van de zuilengalerij uit en stapten in de auto, en Ronnie bleef staan, met mevrouw Browning en Teresa achter haar, zwaaide hen uit, keek hoe de auto uit de laan de weg opdraaide. Het werd al donker, de meeste sneeuw was gesmolten, het winterse landschap van New-England was weer troosteloos grijsbruin. Ze bleef staan rillen tot de auto een bocht nam en verdween tussen de bomen, ging toen naar binnen en sloot de deur. Ze bleef even tegen de deur geleund staan.

De gedachte hier alleen te wonen, zonder hen, was onverdraaglijk.

Maar ik heb die tweehonderd dollar per week nodig. Niet lang, alleen tot ik de eerste versie afheb. Hoe lang duurt dat, nog twee maanden? Drie? Vier? Wil ik dan in de tuin werken? Nee. Niet hier. Niet in zijn tuin. Laat het huis maar leegstaan, of misschien vinden ze een koper die er een restaurant van maakt of een rusthuis of een hotel. Ik wil in Boston bij mijn vriendinnen zijn. Misschien vind ik een kamer met een bloembak buiten. Ik moet mijn eigen leven leiden. Mamma heeft me al dat geld nagelaten. Misschien hoef ik nu niet zo voorzichtig te zijn. Misschien moet ik nu gewoon gaan.

Ja. Morgen ga ik een kamer zoeken. Verlaat ik dit huis voorgoed. Mijn vaders landhuis, mijn gevangenis. Vooruit, Ronnie.

Marilyn French

In naam van de vriendschap

Roman

De nieuwe roman van Marilyn French, *In naam van de vriendschap* (2002), vertelt het verhaal van vier vriendinnen. Maddy, Emily, Alicia en Jenny hebben elkaar bij toeval leren kennen in Steventon, een Amerikaans provinciestadje, waar Maddy en Emily hun hele leven al wonen en waar de veel jongere Jenny en Alicia na een vlucht uit het hectische New Yorkse bestaan zijn terechtgekomen. Op het oog hebben ze niets gemeen, de makelaarster die een tweede start maakt, de 'oude vrijster' die haar leven aan de muziek gewijd heeft, de schrijfster en de jongste van allemaal, de succesvolle kunstenares.

Het leven slaat toe, en Marilyn French weeft op haar eigen onovertroffen manier de draden uit heden en verleden van haar hoofdpersonen dooreen, waarbij ze de lezer ongemerkt meevoert in hun bewustwordingsprocessen. Overspel, dood, ontgoocheling, maar ook liefde, hoop en trouw spelen zich af tegen de achtergrond van de onverwoestbare vriendschap van vier vriendinnen, die nooit in elkaar teleurgesteld raken.

Meulenhoff Amsterdam

Édité par Hachette Livre, 58 rue Jean Bleuzen, 92178 Vanves CEDEX.
Dépôt légal : août 2019. Édition 06. Achevé d'imprimer en mars 2021 par Pollina en France - 96821.
Adaptation : Aurélie Desfour. Maquette : Studio Blick.
Loi n° 49-956 du 16 juillet 1949 sur les publications destinées à la jeunesse.

Peppa Pig™

Peppa s'habille toute seule

hachette
JEUNESSE

Hier, il a plu toute la journée. Mais aujourd'hui, le soleil est de retour ! Papa Pig, Maman Pig, George et Peppa prennent leur petit-déjeuner.

– Nous allons profiter du beau temps pour faire une promenade au parc, annonce Maman Pig.
– Allez vite mettre des vêtements, les enfants ! ajoute Papa Pig. Peppa, tu es grande maintenant, tu peux montrer à George comment s'habiller.

Youpi ! George et Peppa montent dans leur chambre. George veut s'habiller tout seul, comme un grand. Peppa ferme les yeux et... surprise ! Son petit frère a enfilé sa tenue de dinosaure !

- **Grrr !** Dinosaure ! dit George.
- Mais George, ce n'est pas une tenue pour se promener ! rigole Peppa.

– Je vais t'apprendre à t'habiller correctement, dit Peppa en riant. Il faut choisir les bons vêtements. Peppa enfile un déguisement. Puis, elle met du rouge à lèvres autour de sa bouche. Elle va faire une blague à ses parents !

– Et voilà, avec ma plume violette, je serai la plus élégante pour aller me promener ! se vante-t-elle en s'admirant dans le miroir.

Hi ! Hi ! Hi ! George met aussi des habits très chics. Comme il est beau !

Peppa et George sont fiers de s'être préparés tout seuls. Ils descendent vite rejoindre Papa Pig et Maman Pig dans le salon.
– Oh, oh ! glousse Papa Pig. Vos vêtements sont un peu grands...

– C'est vrai, les enfants, acquiesce Maman Pig.
Il faut mettre des chaussures plus confortables !
Et des habits à votre taille...
Vite ! Peppa et George vont changer de tenue.

De retour dans la chambre, Peppa explique à son petit frère comment bien s'habiller :

– S'il y a du soleil et qu'il fait très chaud, on doit mettre un chapeau pour se protéger la tête, dit-elle en posant un chapeau sur sa tête.

George enfile de son côté sa tenue préférée...
mais il la met à l'envers !

– L'étiquette doit être à l'intérieur, juste derrière ton cou, explique Peppa.

Hop ! George met sa tenue à l'endroit. Puis, Peppa lui tend une paire de chaussettes.

– Voilà, tu es prêt ! Attention, quand il fait froid, il faut bien se couvrir avec un bonnet, des gants et une écharpe ! lui dit-elle en lui montrant les vêtements chauds.

Peppa se change finalement et
met sa robe rouge. Ils enfilent
leurs bottes et rejoignent leurs
parents dans le jardin.
– En voiture tout le monde !
s'écrie Papa Pig en les apercevant.

– Votre tenue est parfaite, ajoute Maman Pig.
Bravo Peppa !

Super ! La famille Pig est enfin arrivée.
Un bel arc-en-ciel se forme au-dessus du parc.
– Regardez, là-bas ! s'écrie soudain Peppa.
– Des flaques de boue ! se réjouissent en chœur
Papa Pig et Maman Pig.

Toute la famille court sauter dans les flaques de boue ! **Splash ! Splash !** Oh non ! Les vêtements sont tout sales maintenant ! Mais tout le monde s'amuse.

Quelle journée ! Peppa et George ont besoin d'un bon bain.

De retour à la maison, ils filent à la salle de bain. **Froutch ! Froutch !** Il est l'heure de faire disparaître toutes les taches de boue !

– C'est le soir, maintenant, il faut se laver les dents et mettre un pyjama pour dormir, explique Peppa.

George est content. Cette fois, il a mis son pyjama à l'endroit du premier coup. Grâce à Peppa, il sait s'habiller comme un grand !

Peppa et George se blottissent dans leur lit. Ils portent la tenue idéale pour faire de beaux rêves.

**Bonne nuit Peppa,
bonne nuit George !**

Grouin !

Retrouve vite les autres histoires de Peppa et George !

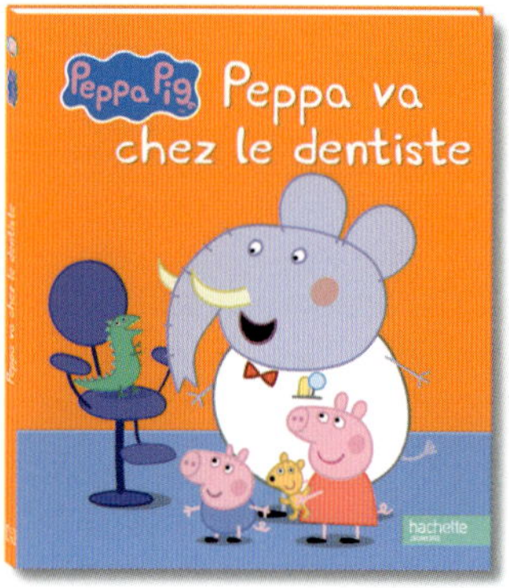

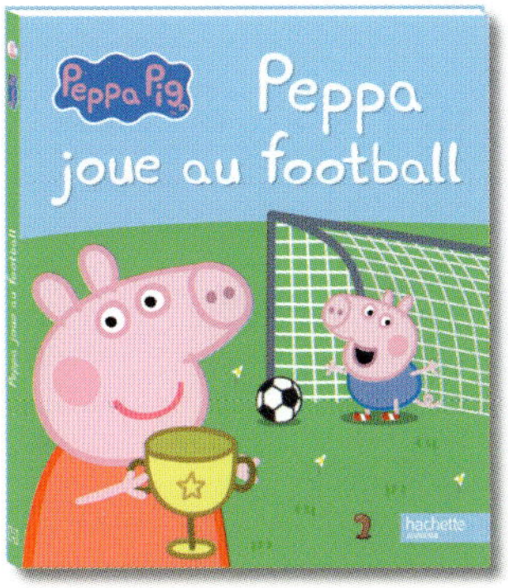
Peppa Pig
Peppa
joue au football
hachette

Peppa Pig
Peppa part
en camping
hachette

Peppa Pig
Peppa
a perdu une dent
hachette

Peppa Pig
Peppa
et la galette
des rois
hachette

Peppa Pig
Peppa
se dispute
avec Suzy
hachette

Peppa Pig
Peppa
fête Noël
hachette

Peppa Pig
Peppa
se déguise
hachette

Peppa Pig
Peppa veut
des lunettes
A
BC
DEF
hachette

Peppa Pig
Peppa va
à la bibliothèque
hachette

Peppa Pig
Peppa va
à l'école
ABC
hachette

Peppa Pig
Bonne nuit
Peppa
hachette

Peppa Pig
Peppa fait
des crêpes
hachette